हम आपको अमीर क्यों बनाना चाहते हैं?

न्यूयॉर्क टाइम्स के बेस्टसेलिंग लेखक

हम आपको अमीर क्यों बनाना चाहते हैं?

लेखक दो • संदेश एक

डोनाल्ड जे.
ट्रम्प
मेरिडिथ मैकाइवर

रॉबर्ट टी.
कियोसाकी
शेरॉन लेक्टर

अनुवाद : डॉ. सुधीर दीक्षित, रजनी दीक्षित

MANJUL
मंजुल पब्लिशिंग हाउस

Visit websites at: www.trump.com and www.richdad.com

First published in India by

MANJUL

Manjul Publishing House

Corporate and Editorial Office

• 2nd Floor, Usha Preet Complex, 42 Malviya Nagar, Bhopal 462 003 - India

Sales and Marketing Office

• C-16, Sector 3, Noida, Uttar Pradesh, 201301 - India

Website: www.manjulindia.com

Distribution Centres

Ahmedabad, Bengaluru, Bhopal, Kolkata, Chennai, Hyderabad, Mumbai, New Delhi, Pune

Hindi language translation of
Why We Want You To Be Rich by ***Donald J. Trump*** & ***Robert T. Kiyosaki***

This edition first published in 2008
Twelfth impression 2023

ISBN 978-81-8322-090-3

Translation by Dr. Sudhir Dixit, Rajni Dixit

Printed and bound in India by Repro India Ltd.

Photographs courtesy of Scott Duncan, The Trump Organization and the Rich Dad Company, with special thanks to Scott Duncan.

Cover design and layout Melanie Wilke and Kevin Stock

न्यूयॉर्क टाइम्स के बेस्टसेलिंग लेखक

हम आपको अमीर क्यों बनाना चाहते हैं?

लेखक दो • संदेश एक

डोनाल्ड जे.
ट्रम्प
मेरिडिथ मैकाइवर

रॉबर्ट टी.
कियोसाकी
शेरॉन लेक्टर

अनुवाद : डॉ. सुधीर दीक्षित, रजनी दीक्षित

MANJUL
मंजुल पब्लिशिंग हाउस

Visit websites at: www.trump.com and www.richdad.com

First published in India by

MANJUL

Manjul Publishing House

Corporate and Editorial Office

• 2nd Floor, Usha Preet Complex, 42 Malviya Nagar, Bhopal 462 003 - India

Sales and Marketing Office

• C-16, Sector 3, Noida, Uttar Pradesh, 201301 - India

Website: www.manjulindia.com

Distribution Centres

Ahmedabad, Bengaluru, Bhopal, Kolkata, Chennai,
Hyderabad, Mumbai, New Delhi, Pune

Hindi language translation of
Why We Want You To Be Rich by ***Donald J. Trump*** & ***Robert T. Kiyosaki***

This edition first published in 2008
Twelfth impression 2023

ISBN 978-81-8322-090-3

Translation by Dr. Sudhir Dixit, Rajni Dixit

Printed and bound in India by Repro India Ltd.

Photographs courtesy of Scott Duncan, The Trump Organization and the Rich Dad Company, with special thanks to Scott Duncan.

Cover design and layout Melanie Wilke and Kevin Stock

समर्पण

हम यह पुस्तक विलियम जैंकर और द लर्निंग एनेक्स को समर्पित करते हैं, क्योंकि हम वित्तीय शिक्षा के प्रति उनकी प्रतिबद्धता के बहुत बड़े प्रशंसक हैं।

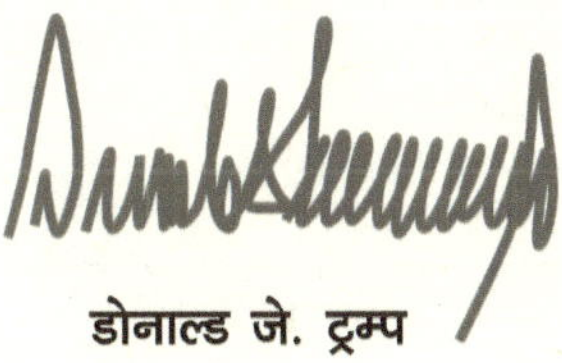

डोनाल्ड जे. ट्रम्प

रॉबर्ट टी. कियोसाकी

विषय सूची

प्रस्तावना 09

खंड एक 23
डोनाल्ड ट्रम्प और रॉबर्ट कियोसाकी ने यह पुस्तक क्यों लिखी

अध्याय 1 : मिलियनेअर और बिलियनेअर की मुलाक़ात 25
अध्याय 2 : हमारी साझी चिंताएँ 41
अध्याय 3 : सिकुड़ता मध्य वर्ग 51
अध्याय 4 : आप ख़ुद को अमीर कैसे बनाएँ 63
अध्याय 5 : हम आपको अमीर क्यों बनाना चाहते हैं 73

खंड दो 87
तीन प्रकार के निवेशक

अध्याय 6 : जीतने के लिए निवेश करना 89
अध्याय 7 : अपना युद्ध और युद्ध का मैदान चुनें 97
अध्याय 8 : बचत करने वालों और निवेश करने वालों में फ़र्क़ होता है 105
अध्याय 9 : आप इन दो चीज़ों का निवेश करते हैं 117
अध्याय 10 : विजेता नियंत्रण में रहते हैं 129
अध्याय 11 : दाएँ-मस्तिष्क और बाएँ-मस्तिष्क की रचनात्मकता 137
अध्याय 12 : बड़ी सोच रखें - विस्तार की सोच रखें 143
अध्याय 13 : बहुत अमीर बनना जोखिम भरा नहीं है... यह तो निश्चित है 151

खंड तीन 159
निर्णायक पल

अध्याय 14 : आपने अपने पिता से क्या सीखा? 163

अध्याय 15 : आपने अपनी माँ से क्या सीखा? 171
अध्याय 16 : आपने स्कूल से क्या सीखा? 177
अध्याय 17 : सैनिक स्कूल ने आपके जीवन को परिभाषित करने में किस तरह मदद की? 183
अध्याय 18 : खेलों से आपने कौन सा निर्णायक सबक़ सीखा? 193
अध्याय 19 : आपने बिज़नेस से क्या सीखा? 205
अध्याय 20 : ईश्वर, धर्म और धन के बारे में आपका जीवनदर्शन क्या है? 211

खंड चार 219
अगर आप मेरी जगह होते, तो क्या करते?

अध्याय 21 : मैं भी स्कूल में हूँ, मुझे क्या करना चाहिए? 221
अध्याय 22 : मेरे पास ज़्यादा पैसा नहीं है, मुझे क्या करना चाहिए? 237
अध्याय 23 : मैं बेबी बूमर हूँ, लेकिन मेरे पास ज़्यादा पैसा नहीं है, मुझे क्या करना चाहिए? 247
अध्याय 24 : अगर मैं पहले से ही अमीर हूँ, तो मेरे लिए क्या सलाह है? 257
अध्याय 25 : जो लोग अमीर बनना चाहते हैं ...वे अमीर क्यों नहीं बन पाते? 265

खंड पाँच 275
बस शुरू कर दें!

अध्याय 26 : आप रियल एस्टेट में निवेश क्यों करते हैं? 277
अध्याय 27 : आप नेटवर्क मार्केटिंग की सलाह क्यों देते हैं? 289
अध्याय 28 : आप ख़ुद का बिज़नेस शुरू करने की सलाह क्यों देते हैं? 297
अध्याय 29 : लीडर्स टीचर्स होते हैं 307

समापन 315

प्रस्तावना

हम आपको अमीर क्यों बनाना चाहते हैं

लेखक दो • संदेश एक

अमीर लोग और ज़्यादा अमीर बनते जा रहे हैं, लेकिन क्या आप अमीर बन रहे हैं?
"हमारा मध्यवर्ग ख़त्म होता जा रहा है और यह अमेरिका की स्थिरता तथा दुनिया के प्रजातंत्र के लिए एक ख़तरा है। हम आपको अमीर इसलिए बनाना चाहते हैं, ताकि आप समस्या का नहीं, समाधान का हिस्सा बन सकें।"

– डोनाल्ड जे. ट्रम्प और रॉबर्ट टी. कियोसाकी

डोनाल्ड ट्रम्प और रॉबर्ट कियोसाकी दोनों ही चिंतित हैं। उनकी चिंता यह है कि अमेरिका के अमीर लोग ज़्यादा अमीर बनते जा रहे हैं, लेकिन अमेरिका ज़्यादा ग़रीब होता जा रहा है। ध्रुवों की बर्फ़ की तरह मध्य वर्ग का ह्रास होता जा रहा है। अमेरिका दो वर्गों वाला समाज बनता जा रहा है। जल्दी ही आप या तो अमीरों की श्रेणी में रहेंगे या फिर ग़रीबों की। डोनाल्ड और रॉबर्ट आपको अमीर बनाना चाहते हैं।

मध्य वर्ग के सिकुड़ने की समस्या यूँ तो पूरी दुनिया में है, लेकिन अमीर जी-8 देशों (इंग्लैंड, फ़्रांस, जर्मनी, जापान आदि) में यह ख़ास तौर पर ज़्यादा गंभीर नज़र आती है।

फ़ेडरल रिज़र्व के पूर्व चेयरमैन एलन ग्रीनस्पैन के अनुसार, "जैसा मैंने अक्सर कहा है, इस तरह की समस्या को कोई प्रजातांत्रिक समाज- पूँजीवादी प्रजातांत्रिक समाज-बिना सुलझाए क़ायम नहीं रह सकता है।" उन्होंने आगे यह भी समझाया कि किस प्रकार अमेरिका में अमीरों तथा बाक़ी लोगों के बीच आमदनी की बहुत चौड़ी खाई बन चुकी है। और उनके बीच का फ़ासला इतनी तेज़ी से बढ़ रहा है कि अंततः इससे प्रजातांत्रिक पूँजीवाद की स्थिरता भी ख़तरे में पड़ सकती है।

समस्या शिक्षा की है

फ़ेडरल रिज़र्व के चेयरमैन ने इस समस्या का मुख्य कारण क्या बताया ? एक शब्द में उनका जवाब था, *शिक्षा*। ग्रीनस्पैन के मुताबिक़ चौथे ग्रेड के टेस्ट तक अमेरिकी बच्चे दुनिया भर के बच्चों के मुक़ाबले ज़्यादा अच्छे नंबर लाते हैं। लेकिन 12वें ग्रेड तक आते-आते वे बहुत पिछड़ जाते हैं। उनका कहना है, "हमें इसे रोकने के लिए कुछ करना चाहिए।"

डोनाल्ड ट्रम्प और रॉबर्ट कियोसाकी भी *शिक्षा* की कमी को दोष देते हैं। लेकिन वे एक अलग तरह की शिक्षा पर ध्यान केंद्रित करते हैं, जिसे *वित्तीय शिक्षा* कहा जाता है। दोनों ही अमेरिका में गुणवत्तापूर्ण वित्तीय शिक्षा की कमी को लेकर काफ़ी चिंतित हैं। दोनों ही यह मानते हैं कि वित्तीय शिक्षा की कमी के कारण ही आज अमेरिका दुनिया का सबसे अमीर देश होने के बावजूद इतिहास का सबसे बड़ा कर्ज़दार देश बन चुका है और वह भी इतने कम समय में। कमज़ोर अमेरिकी अर्थव्यवस्था और कमज़ोर अमेरिकी डॉलर (दुनिया की रिज़र्व मुद्रा) विश्व की स्थिरता के लिए अच्छे नहीं हैं। जैसा दुनिया के दूसरे देशों में अक्सर कहा जाता है, "जब अमेरिका छींकता है, तो दुनिया को सर्दी हो जाती है।"

दोनों शिक्षक हैं

डोनाल्ड ट्रम्प और रॉबर्ट कियोसाकी सफल उद्यमी और निवेशक हैं। दोनों ही व्यवसायी हैं और अंतर्राष्ट्रीय ख्याति प्राप्त कर चुके हैं। दोनों शिक्षक भी हैं। दोनों

बेस्टसेलिंग लेखक हैं, शैक्षणिक बोर्ड गेम बनाते हैं, वित्तीय शैक्षणिक कार्यक्रमों में भाषण देते हैं और दोनों के शैक्षणिक कार्यक्रम टी.वी. पर प्रसारित होते हैं। डोनाल्ड ट्रम्प का नेटवर्क टी.वी. शो *द एप्रेंटिस* बेहद लोकप्रिय है। रॉबर्ट कियोसाकी का *रिच डैड्स गाइड टु वेल्थ* नामक टी.वी. शो शैक्षणिक सार्वजनिक टेलीविज़न नेटवर्क *पीबीएस* पर प्रसारित होता है।

दोनों शिक्षक इसलिए नहीं हैं, क्योंकि उन्हें ज़्यादा पैसों की ज़रूरत है, बल्कि इसलिए हैं, क्योंकि उन्हें आपके और आपके परिवार, इस देश तथा दुनिया के भविष्य की चिंता है।

परोपकार करने वाले ज़्यादातर अमीर लोग अपना पैसा उन क्षेत्रों में दान दे देते हैं, जिन पर उनका भरोसा होता है। लेकिन डोनाल्ड और रॉबर्ट धन के साथ-साथ अपना समय भी दे रहे हैं। इस कहावत को याद रखें, अगर आप किसी को एक मछली देंगे, तो उसका पेट एक दिन के लिए भर जाएगा, लेकिन अगर आपने उसे मछली पकड़ना सिखा दिया, तो उसका पेट ज़िंदगी भर भरा रहेगा। ग़रीब और मध्य वर्ग को दान देने के बजाय डोनाल्ड और रॉबर्ट उन्हें मछली पकड़ना सिखा रहे हैं। इसके अलावा, इस पुस्तक की बिक्री से होने वाले लाभ का एक हिस्सा वित्तीय साक्षरता सिखाने वाले संगठनों को दान में दिया जाएगा।

वित्तीय सलाह

वित्तीय सलाह के तीन स्तर हैं : ग़रीबों के लिए सलाह, मध्य वर्ग के लिए सलाह और अमीरों के लिए सलाह। ग़रीबों के लिए वित्तीय सलाह यह है कि सरकार उनकी देखभाल करेगी। ऐसे लोग सोशल सिक्युरिटी और मेडीकेयर के भरोसे रहते हैं। मध्य वर्ग के लिए वित्तीय सलाह है : अच्छी सी नौकरी खोजो, मेहनत से काम करो, अपनी आमदनी से कम ख़र्च करो, पैसे बचाओ, मीच्युअल फ़ंडों में लंबे समय के लिए निवेश करो और अपने निवेशों को डाइवर्सिफ़ाई करो यानी अलग-अलग क्षेत्रों में निवेश करो। मध्य वर्ग के ज़्यादातर लोग निष्क्रिय निवेशक होते हैं। वे डरते हैं कि कहीं उनका पैसा *न* डूब जाए। इसका मतलब यह है कि वे हार से बचने के लिए काम और निवेश करते हैं। अमीर लोग सक्रिय निवेशक होते हैं, जो जीतने के लिए काम और निवेश करते हैं। यह पुस्तक सक्रिय निवेशक बनने यानी संसाधनों का विस्तार करने के बारे में है, ताकि आप जीतने के लिए काम और निवेश करके बेहतरीन जीवन जी सकें।

डोनाल्ड ट्रम्प और रॉबर्ट कियोसाकी बेस्टसेलिंग लेखक तथा लोकप्रिय वक्ता इसलिए हैं, क्योंकि वे लोगों को यह नहीं सिखाते हैं कि वे अपनी आमदनी से कम ख़र्च करें। वे तो लोगों को यह सिखाते हैं कि वे अपने संसाधनों का विस्तार कैसे करें और जीवन की गुणवत्ता को बेहतर कैसे बनाएँ। वे चाहते हैं कि लोग जीतने के लिए काम और निवेश करें।

थोड़ा सा इतिहास

इंसान की विकास-यात्रा पर ग़ौर करें। *शिकारी युग* में इंसान क़बीलों में रहता था और ज़्यादातर मामलों में सभी लोग एक सा जीवन जीते थे। क़बीले का मुखिया भी काफ़ी हद तक ज़्यादातर लोगों की तरह ही रहता था। तब मुखिया के पास लियर जेट, करोड़ों-अरबों डॉलर की ज़मीन-जायदाद और सोने के पैराशूट नहीं हुआ करते थे।

कृषि युग में द्वि-स्तरीय समाज विकसित हुआ। राजा और उसके अमीर दोस्त एक स्तर पर थे, जबकि राजा के लिए काम करने वाले बाक़ी सभी लोग (किसान) दूसरे स्तर पर थे। आम तौर पर राजा राज्य की ज़मीन का मालिक होता था। किसान राजा की भूमि पर काम करते थे और अपनी फ़सल का एक हिस्सा राजा को देकर उसे एक तरह का टैक्स चुकाते थे। किसान किसी चीज़ के मालिक नहीं थे और राजा हर चीज़ का मालिक था।

औद्योगिक युग में अमेरिका में आधुनिक मध्य वर्ग का उदय हुआ और उसके साथ ही प्रजातंत्र की शुरुआत भी हुई।

अमेरिका के संस्थापक इरोक्वोई कॉनफ़ेडरेसी की पाँच जनजातियों से बड़े प्रभावित थे। ये जनजातियाँ उस इलाक़े में रहती थीं, जिसे आज न्यू इंग्लैंड के नाम से जाना जाता है। संस्थापक इन जनजातियों से इतने ज़्यादा प्रभावित थे कि उन्होंने इन्हीं के शासन तंत्र को हमारे प्रजातंत्र का आधार बनाया। जनजातियों के शासन तंत्र में प्रतिनिधि चुने जाते थे तथा इसमें एक उच्च और एकनिम्न सदन के अलावा एक सुप्रीम कोर्ट होती थी (जिसमें सिर्फ़ महिलाएँ होती थीं)।

जिस समय अमेरिका के संस्थापक इरोक्वोई प्रजातंत्र का अनुकरण कर रहे थे, उस वक़्त यूरोप में प्रजातंत्र और मध्य वर्ग का विचार अव्यावहारिक समझा जाता था - बहरहाल, उसी दौरान अमेरिका में सशक्त मध्य वर्ग और प्रजातांत्रिक समाज अच्छी तरह फलने-फूलने लगा।

आज *सूचना युग* में मध्य वर्ग धीरे-धीरे मर रहा है और प्रजातांत्रिक पूँजीवाद का भी यही हाल है। अमीरों और ग़रीबों के बीच की इतनी चौड़ी खाई इतिहास में पहले कभी नहीं रही। क्या हम *कृषि युग* में वापस जा रहे हैं, जहाँ प्रजातंत्र का नामोनिशान नहीं था और सिर्फ़ दो वर्ग हुआ करते थे? या फिर हम किसी नई क़िस्म के पूँजीवाद और प्रजातंत्र को विकसित कर रहे हैं?

क्षितिज पर समस्याएँ

जिस तरह ग्लोबल वार्मिंग के प्रभावों के बारे में हम हाल ही में जागरूक हुए हैं, उसी तरह मध्य वर्ग के लुप्त होने के प्रभावों के बारे में भी हम हाल ही में जागरूक हो रहे हैं। वर्तमान में मध्य वर्ग के ज़्यादातर लोग सुरक्षित महसूस करते हैं। वे संतुष्ट हैं,

हालाँकि उनमें से ज़्यादातर जानते हैं कि क्षितिज पर समस्याएँ खड़ी हैं।

वे सुरक्षित इसलिए महसूस करते हैं, क्योंकि वे मानते हैं कि उनकी सरकार उनका साथ देगी, उनकी देखभाल और रक्षा करेगी। बहरहाल, वे यह नहीं जानते हैं कि सरकार उनकी ज़्यादा रक्षा नहीं कर सकती है। सरकारें, यहाँ तक कि अमेरिकी सरकार भी, अपनी जनता की पहले की तरह रक्षा नहीं कर सकती हैं, क्योंकि *समस्याएँ अब विश्वव्यापी हो चुकी हैं*। उदाहरण के लिए, कच्चे तेल की क़ीमत वे देश तय करते हैं, जिन पर अमेरिका का कोई नियंत्रण नहीं है। आतंकवाद किसी देश के ख़िलाफ़ युद्ध नहीं है; आतंकवाद तो विचारों के ख़िलाफ़ जंग है। कोई आतंकवादी कहीं भी हमला करके भीड़ में ग़ुम हो सकता है। वैश्वीकरण ने आज लाखों अमेरिकी नौकरियाँ छीन ली हैं और इस समस्या का कारण यह है कि बहुराष्ट्रीय कंपनियाँ कई राष्ट्रों से ज़्यादा अमीर तथा शक्तिशाली बनती जा रही हैं। इंटरनेट के कारण वैश्वीकरण की रफ़्तार बढ़ गई है, जिसकी बदौलत दुनिया भर में तत्काल संप्रेषण संभव हो गया है। अब आप कभी भी, कहीं भी संप्रेषण कर सकते हैं।

जिस तरह *पर्यावरणविदों* को यह चिंता सता रही है कि मेंढकों की कुछ प्रजातियाँ लुप्त हो रही हैं, उसी तरह *अर्थशास्त्रियों* को यह चिंता सता रही है कि मध्य वर्ग और ग़रीबों की पेंशनें तथा स्वास्थ्य सुविधाएँ लुप्त हो रही हैं। कुछ सालों में दुनिया भर में बेबी बूमर्स की सबसे बड़ी पीढ़ी रिटायर होगी। ज़्यादातर सरकारों के पास इतने वित्तीय संसाधन नहीं हैं कि वे उनसे किए गए वित्तीय वादे पूरे कर सकें।

नेता नहीं, बिज़नेसमैन

लोग यह उम्मीद लगाए बैठे हैं कि उनके चुने हुए नेता ग़रीबों और मध्य वर्ग के सामने आने वाली समस्याओं से उन्हें बचा लेंगे। डोनाल्ड ट्रम्प और रॉबर्ट कियोसाकी नेता नहीं हैं (हालाँकि डोनाल्ड को राष्ट्रपति बनवाने के लिए प्रबल मुहिम छिड़ चुकी है)। वे यह पुस्तक उद्यमी, निवेशक और शिक्षाविद् के रूप में लिख रहे हैं।

आपकी समस्याओं को सुलझाने का वादा करने के बजाय डोनाल्ड और रॉबर्ट यह चाहते हैं कि आप समस्याओं का शिकार बनने से बचें। यह उम्मीद न करें कि नेता और शासकीय अधिकारी आपकी समस्याएँ सुलझा देंगे। यह भी न सोचें कि आपको सुरक्षित, समृद्ध और स्वस्थ जीवन जीने का *हक़* है तथा यह आपको अपने आप मिल जाएगा। इसके बजाय डोनाल्ड और रॉबर्ट चाहते हैं कि आप अमीर बनें तथा इस देश और दुनिया के सामने मौजूद समस्याओं के समाधान का हिस्सा बनें।

यह पुस्तक *कैसे-करें* का फ़ॉर्मूला नहीं बताती है

जब पैसे की बात आती है, तो कई लोग यह पूछने लगते हैं कि उन्हें क्या करना चाहिए। वे अक्सर इस तरह के सटीक सवाल पूछते हैं, "मेरे पास 25,000 डॉलर हैं।

मुझे इनका क्या करना चाहिए ?" जब आप लोगों से कहते हैं कि आप नहीं जानते कि आप अपने पैसे का क्या करें, तो वे अक्सर आपको ख़ुशी-ख़ुशी सलाह देते हैं ... और उनकी सलाह यह होती है कि आप अपना पैसा उन्हें दे दें।

यह पुस्तक *कैसे-करें* का फ़ॉर्मूला नहीं बताती है। डोनाल्ड और रॉबर्ट आपको यह नहीं बताएँगे कि आपको कहाँ निवेश करना है। वे तो आपको यह बताएँगे कि वे क्या सोचते हैं, वे वित्तीय रूप से क्यों जीतते हैं और वे धन, व्यवसाय तथा निवेश की दुनिया को किस दृष्टिकोण से देखते हैं।

भविष्य-दृष्टि की बात

ज़्यादातर अमीर लोग आपको वे बातें नहीं बताना चाहते हैं, जो वे जानते हैं। वे यह नहीं चाहते हैं कि आप अमीर बनने के रहस्य सीख लें। लेकिन डोनाल्ड और रॉबर्ट अलग हैं। वे अपने रहस्य और ज्ञान आप तक पहुँचाना चाहते हैं।

लीडरशिप की एक परिभाषा भविष्य-दृष्टि (vision) है। यह पुस्तक भविष्य-दृष्टि के बारे में है। यह उन चीज़ों को देखने के बारे में है, जिन्हें ज़्यादातर लोग नहीं देख पाते हैं, लेकिन जिन्हें उन दो लोगों ने देखा है, जो पैसे के खेल में बार-बार विजयी हुए हैं (हालाँकि कभी-कभार हारे भी हैं)। *हम आपको अमीर क्यों बनाना चाहते हैं* पुस्तक में बताया गया है कि ये दो लोग *किस तरह* सोचते हैं और वे उस तरह से क्यों सोचते हैं। उनके विश्लेषण से आपको यह ज्ञान मिलेगा कि आप अपने वित्तीय भविष्य को किस तरह से सुधार सकते हैं।

चेतावनी

धन की दुनिया में एक और शब्द अक्सर इस्तेमाल होता है - पारदर्शिता। पारदर्शिता की कई परिभाषाएँ हैं। इस पुस्तक पर जो तीन परिभाषाएँ लागू होती हैं, वे हैं :

1. धोखे या छल से रहित।
2. इतनी स्पष्ट कि इसमें झाँका जा सके।
3. आसानी से समझ आने योग्य।

अपनी आँखों से देखने और अपने निर्णय ख़ुद लेने के लिए लोगों को काफ़ी भविष्य-दृष्टि की ज़रूरत होती है। हमारा शैक्षणिक तंत्र वास्तव में लोगों को वित्तीय साक्षरता नहीं सिखाता है, इसीलिए लोग दूर तक नहीं देख पाते हैं। और अगर वे देख नहीं पाते हैं, तो कोई पारदर्शिता नहीं होती है। भविष्य-दृष्टि और पारदर्शिता की कमी के कारण ही निवेश करते समय लोग अपना पैसा दूसरों को निवेश करने के लिए थमा

देते हैं। वे आँखें मूँदकर इस सलाह का पालन करते हैं, "कड़ी मेहनत करो, पैसे बचाओ, मीच्युअल फ़ंडों में लंबे समय के लिए निवेश करो और डाइवर्सिफ़ाई करो।" वे कड़ी मेहनत और निवेश संबंधी इस सलाह का अनुसरण सिर्फ़ इसलिए करते हैं, क्योंकि वे दूर तक देख नहीं सकते हैं।

चेतावनी : अगर आपको यक़ीन है कि कड़ी मेहनत करने, पैसे बचाने, मीच्युअल फ़ंडों में लंबे समय के लिए निवेश करने और डाइवर्सिफ़ाई करने की सलाह सही है, तो हो सकता है यह पुस्तक आपके लिए न हो।

डोनाल्ड और रॉबर्ट मीच्युअल फ़ंडों में निवेश इसलिए नहीं करते हैं, क्योंकि मीच्युअल फ़ंड कंपनियाँ पारदर्शी नहीं होती हैं। वे अपने सच्चे ख़र्च नहीं बताती हैं। चूँकि ज़्यादातर शौकिया निवेशक दूर तक देख नहीं सकते हैं, इसलिए इस बात से उन्हें कोई दिक्क़त भी नहीं होती है। बहरहाल, डोनाल्ड और रॉबर्ट जैसे व्यावसायिक निवेशक अपने सभी निवेशों में पारदर्शिता चाहते हैं।

हालाँकि पैसे बचाने और मीच्युअल फ़ंडों में निवेश करने की वित्तीय सलाह ग़रीब और मध्य वर्ग के लिए अच्छी हो सकती है, लेकिन यह उन लोगों के लिए अच्छी सलाह नहीं है, जो अमीर बनना चाहते हैं। यह पुस्तक दो अमीर लोगों की नज़रों से दुनिया को देखने के बारे में है। यह पुस्तक धन की दुनिया को उस तरह से समझने के बारे में है, जिस तरह से बहुत कम लोग समझ पाते हैं।

इतिहास वर्तमान को किस तरह प्रभावित करता है

यह पुस्तक इस बारे में भी बताएगी कि इतिहास हमें इस वित्तीय विपत्ति तक किस तरह लाया है। कुछ महत्वपूर्ण वर्ष हैं :

> **1971** : स्वर्ण की सुरक्षा ख़त्म होने के साथ ही हमारा धन मुद्रा में बदल गया। यही वह साल था, जब "पैसे बचाएँ" दक़ियानूसी और बुरी वित्तीय सलाह बन गई। आज मध्य वर्ग के पास बचत के नाम पर बहुत कम पैसे हैं।

क्या ऐसा इसलिए है, क्योंकि वे जानते हैं कि बचत एक दक़ियानूसी विचार है?

> **1973** : कच्चे तेल का पहला झटका महसूस हुआ। यह एक राजनीतिक समस्या थी। बहरहाल, कच्चे तेल की वर्तमान क़ीमत का झटका माँग और पूर्ति की समस्या है, जिससे हम सभी प्रभावित होंगे। कच्चे तेल की कमी की बदौलत हममें से कुछ लोग ज़्यादा अमीर बन सकते हैं, लेकिन बहुसंख्यक लोग ज़्यादा ग़रीब बन जाएँगे।

वर्तमान तेल संकट आपको किस तरह प्रभावित करेगा ?

1974 : एम्प्लॉई रिटायरमेंट इन्कम सिक्युरिटी एक्ट यानी एरिसा (ERISA) पारित हुआ। एरिसा ही बाद में उन योजनाओं का आधार बना, जिन्हें हम 401 (के) नाम से जानते हैं। क़ानून के बहुत कम परिवर्तनों ने इतने सारे लोगों को इतना ज़्यादा प्रभावित किया है, जितना कि 401 (के) ने किया है। 401 (के) मूलतः अमेरिका के टैक्स क़ानून में एक रहस्यमय सब-पैरेग्राफ़ था, जिसे सिर्फ़ ऊँची आमदनी वाले उन सीईओज़ तथा एक्ज़ीक्यूटिव्ज़ के लिए बनाया गया था, जो निवेश करके टैक्स बचाने का रास्ता खोजते थे। जब आईआरएस ने 1981 में यह फ़ैसला दिया कि सामान्य कर्मचारी भी इसी नियम का इस्तेमाल कर सकते हैं, तो रिटायरमेंट बचत के इतिहास में क्रांति आ गई। बहरहाल, समस्या यह है कि 401 (के) रिटायरमेंट योजना नहीं है; यह तो बचत योजना है। 401 (के) वाले कई कर्मचारियों के पास रिटायर होने लायक़ पर्याप्त पैसा कभी नहीं हो पाएगा। इसका कारण यह है कि 401 (के) कम तनख़्वाह वाले कर्मचारियों के लिए नहीं, बल्कि बहुत ऊँची आमदनी वाले एक्ज़ीक्यूटिव्ज़ के लिए बनाया गया था। आसान शब्दों में, 401 (के) बचत योजना लगभग 80 प्रतिशत कर्मचारियों के लिए काफ़ी नहीं होगी, ख़ास तौर पर उनके लिए, जिनकी वार्षिक आमदनी डेढ़ लाख डॉलर से कम है। 401 (के) योजना के बावजूद लाखों मध्यवर्गीय कर्मचारी ग़रीबों की श्रेणी में आ जाएँगे।

क्या आपके पास 401 (के) है ?

1989 : बर्लिन की दीवार गिर गई और वर्ल्ड वाइड वेब शुरू हो गया। दूसरे शब्दों में, कर्मचारियों के संरक्षण के लिए बना आर्थिक ढाँचा असफल हो गया। इसी साल हमने सूचना युग में क़दम रखा। अचानक कई युवक मिलियनेअर और बिलियनेअर बन गए, जबकि अधिक उम्र वाले बेबी-बूम कर्मचारियों की छँटनी होने लगी।

बहुत से ज़्यादा उम्र वाले कर्मचारियों को अपने से बहुत कम उम्र के युवा कर्मचारियों के अधीन इसलिए काम करना पड़ा, क्योंकि उनमें तकनीकी कुशलता नहीं थी। औद्योगिक युग में बूढ़े कर्मचारियों की तनख़्वाह हर साल बढ़ जाती थी, लेकिन अब उनमें से कई को नौकरी से निकाला जाने लगा, क्योंकि उनकी शिक्षा तथा अनुभव अब दक़ियानूसी हो गए थे।

क्या आपकी योग्यताएँ पुरानी हो गई हैं ?

1996 : टेलीकॉम रिफ़ॉर्म एक्ट पारित हुआ। इस एक्ट ने दुनिया को फ़ाइबर ऑप्टिक केबल से जोड़कर वैश्वीकरण की शुरुआत की। इसका मतलब यह

था कि ऊँची योग्यता वाले कामों का निर्यात संभव हो गया। कंप्यूटर प्रोग्रामरों, डॉक्टरों, वकीलों और लेखापालों की नौकरियाँ विदेश जाने लगीं। ज़ाहिर है, जिन देशों में जीवनशैली की कम लागत के कारण इन विशेषज्ञों की सेवाओं की क़ीमत कम थी, वहाँ के लोगों को ये नौकरियाँ मिलने लगीं।

क्या आप ऐसे क्षेत्र में काम कर रहे हैं, जिसे फ़ाइबर ऑप्टिक केबल बदल सकता है?

2001 : चीन को वर्ल्ड ट्रेड ऑर्गेनाइज़ेशन (डब्ल्यू.टी.ओ.) में शामिल कर लिया गया। आज अमेरिका और कई अन्य पश्चिमी देश (जैसे जी-8 देश) उत्पादक के बजाय उपभोक्ता बन चुके हैं। इसके कारण बैलेंस ऑफ़ ट्रेड की विकराल समस्या खड़ी हो गई और हमारी फ़ैक्ट्रियाँ भी हमारे हाथ से फिसल गईं।

कई छोटी कंपनियाँ *वॉल-मार्ट* जैसी दिग्गज कंपनियों से प्रतियोगिता नहीं कर पाईं, क्योंकि दिग्गज कंपनियों की पहुँच सीधे चीन की फ़ैक्ट्रियों तक है।

आज अमेरिका और अन्य पश्चिमी देशों में मध्य वर्ग सिकुड़ता जा रहा है, जबकि चीन और भारत में मध्य वर्ग का विस्तार हो रहा है।

क्या आप विदेशों में बने सामान का उपभोग करते हैं?

2004 : केरी-बुश बहस के दौरान अमेरिकी नौकरियों के विदेश जाने (आउटसोर्सिंग) के बारे में बात हुई थी। लेकिन एक मुद्दा इससे भी बड़ा था, जिसे दोनों ने छुआ तक नहीं। अमेरिकी कर्ज़ के विदेशी हाथों में जाने के बारे में कुछ नहीं कहा गया।

हालाँकि हमारे देश में काम करने वाले ग़ैर-क़ानूनी रूप से घुस आने वाले विदेशियों के बारे में काफ़ी बातचीत होती है, लेकिन विदेशगमन की इससे भी ज़्यादा गंभीर समस्या पर बातचीत नहीं होती है : विदेशी कर्ज़, जिसकी बदौलत अमेरिका चल रहा है। 2004 में हमारी ट्रेज़री का 44 प्रतिशत कर्ज़ विदेशियों ने दिया था। इतिहास में किसी भी अग्रणी देश पर इतना विदेशी ऋण पहले कभी नहीं रहा है। हमारा देश इसका ब्याज तक नहीं चुका सकता है और दुनिया हमारे कर्ज़ की मात्रा को एक सीमा तक ही सहन करेगी।

क्या आप अपने व्यक्तिगत ऋण का ब्याज चुकाने में सक्षम हैं?

यह पुस्तक राजनीतिक नहीं है। यह रिपब्लिकन्स या डेमोक्रेट्स, लिबरल्स या कन्ज़र्वेटिव्ज़ को दोष नहीं दे रही है। यह पुस्तक धन और वित्तीय शिक्षा के

बारे में है। यह वित्तीय शिक्षा और धन-प्रबंधन की कमी के प्रभावों के बारे में है। यह देश भर में फैले धन के कुप्रबंधन (money mismanagement) से आपको सुरक्षित रखने के बारे में है। आज की समस्याएँ इतनी विकराल हैं कि हमारी सरकार उनसे नहीं निबट सकती है। शायद इसीलिए हमारे नेता असली समस्याओं के बारे में बातचीत करने से कतराते हैं।

अमेरिका का जीवनस्तर दुनिया में सबसे ऊँचा है। हमने यह ऊँचा जीवनस्तर दुनिया का सबसे बड़ा कर्ज़दार देश बनकर हासिल किया है। अमेरिका का डॉलर दुनिया की रिज़र्व मुद्रा है और अब तक दुनिया ने हमें मनचाही संख्या में डॉलर छापने दिए हैं। यह किसी परीकथा का दृश्य है या फिर बुरे सपने का ? डोनाल्ड और रॉबर्ट को लगता है कि यह फंतासी ज़्यादा लंबे समय तक नहीं चल पाएगी। उन्हें विश्वव्यापी और ज़ोरदार झटके की उम्मीद है। दुर्भाग्य से इससे सबसे ज़्यादा नुक़सान ग़रीब और मध्य वर्ग को होगा। यही कारण है कि वे आपको अमीर बनाना चाहते हैं।

यह पुस्तक दुनिया बदलने के बारे में नहीं है

यह पुस्तक दुनिया बदलने के बारे में नहीं है। *यह पुस्तक तो आपको बदलने के बारे में है, ताकि आप बदलती दुनिया के शिकार न हो जाएँ*। दुनिया तेज़ी से बदल रही है, जबकि नेता और सरकारी अफ़सर इतनी तेज़ी से नहीं बदल सकते हैं या इन परिवर्तनों से आपकी रक्षा नहीं कर सकते हैं।

हाल ही में घोषणा की गई है कि बिल गेट्स और वॉरेन बफ़ेट दुनिया की कुछ गंभीर समस्याओं को सुलझाने के लिए एकजुट हो गए हैं। यह बहुत अच्छी बात है, क्योंकि पैसे में हमारी दुनिया की कई समस्याओं को सुलझाने की शक्ति है, जैसे भूख, सस्ते मकान और कई बीमारियों का इलाज (शायद कैंसर और एड्स का भी)।

धन ग़रीबी को दूर नहीं कर सकता

पैसा सिर्फ़ एक ही समस्या को नहीं सुलझा सकता है और वह है *ग़रीबी की समस्या*। ग़रीबी के बहुत से कारण हैं, उनमें से एक है वित्तीय शिक्षा की कमी। ग़रीबी को दूर करने के लिए पैसे फेंकने में दिक्क़त यह है कि इससे और ज़्यादा लोग ग़रीब बन जाते हैं तथा ज़्यादा समय तक ग़रीब बने रहते हैं। इसीलिए डोनाल्ड और रॉबर्ट टीचर्स हैं। वे जानते हैं कि विश्वव्यापी ग़रीबी का इकलौता सच्चा समाधान धन नहीं, बल्कि वित्तीय शिक्षा है। अगर सिर्फ़ पैसा बाँटने से ही ग़रीबी की समस्या सुलझ जाती, तो वे अपना धन दान कर देते। बहरहाल, वे जानते हैं कि धन से ग़रीबी की समस्या नहीं सुलझ सकती, इसलिए वे अपने समय का दान कर रहे हैं। इसके अलावा, इस पुस्तक से होने वाले लाभ का एक हिस्सा वित्तीय साक्षरता सिखाने वाली परोपकारी

तथा शैक्षणिक संस्थानों को दान में दिया जाएगा।

वित्तीय शिक्षा बढ़ने पर आपको हर जगह वित्तीय अवसर दिखने लगेंगे। अमीर बनने के बाद आप दुनिया को बदलने के लिए बहुत कुछ कर सकते हैं। डोनाल्ड ट्रम्प और रॉबर्ट कियोसाकी ने यही किया है। इसीलिए वे दोनों मिलकर टीचर की भूमिका निभा रहे हैं।

इस पुस्तक में आपको दो ऐसे लोग मिलेंगे, जिनकी पृष्ठभूमियाँ अलग हैं, जिनके नज़रिए अलग हैं और जिनकी आवाज़ें अलग हैं। रॉबर्ट कहानी सुनाना पसंद करते हैं और अक्सर अपनी लेखनी संवादों का प्रयोग करते हैं। डोनाल्ड सीधे मुद्दे की बात कहते हैं और कम से कम शब्दों में व्यक्त करते हैं। हमने उनकी आवाज़ों में फ़र्क़ करने के लिए अलग-अलग टाइपफ़ेस का इस्तेमाल किया है।

क्या आप इस पुस्तक को खुले दिमाग़ से पढ़ सकते हैं ? अगर हाँ, तो आप दुनिया को इन दो सफल लोगों की नज़रों से देख सकेंगे और धन के बारे में अपनी मानसिकता का विस्तार कर सकेंगे। इसके अलावा आप यह भी जान सकेंगे कि आप अपने वित्तीय भविष्य को किस तरह बेहतर बना सकते हैं।

शेरॉन लेक्टर

"हाँ, हमने लगभग आदर्श प्रजातंत्र बना दिया है। लेकिन क्या वे इसे क़ायम रख पाएँगे? या फिर वे अपनी धन-दौलत के आनंद में स्वतंत्रता की याद खो देंगे? चरित्र के बिना भौतिक प्रचुरता विनाश का सबसे अचूक तरीक़ा है। मैं अपने देश के लिए सचमुच काँप उठता हूँ, जब मैं यह सोचता हूँ कि ईश्वर न्यायपूर्ण है।"

- थॉमस जेफ़रसन

खंड एक

डोनाल्ड ट्रम्प और रॉबर्ट कियोसाकी ने यह पुस्तक क्यों लिखी

डोनाल्ड ट्रम्प और रॉबर्ट कियोसाकी ने मिलकर यह पुस्तक लिखी है। वैसे देखा जाए, तो उन दोनों का मिलना ही बेहद आश्चर्यजनक बात थी, क्योंकि इससे पहले वे एक-दूसरे से कभी नहीं मिले थे। डोनाल्ड ट्रम्प न्यूयॉर्क (दुनिया की वित्तीय राजधानी) में रहते हैं, उनका जन्म दौलतमंद परिवार में हुआ था, वे बिलियनेअर हैं और उन्होंने कम उम्र में ही पैसा बनाना शुरू कर दिया था। रॉबर्ट कियोसाकी हवाई (दुनिया की पर्यटन राजधानी) में पले-बढ़े थे, मध्यवर्गीय परिवार में जन्मे थे और ज़िंदगी में काफ़ी बाद में मिलियनेअर बने हैं।

हालाँकि दोनों ही वित्तीय रूप से स्वतंत्र हैं और उन्हें अब काम करने की ज़रूरत नहीं है, लेकिन उन्होंने पहले से ज़्यादा कड़ी मेहनत करने का विकल्प चुना है। हालाँकि उनके कामों में अंतर है, लेकिन उनकी चिंताएँ समान हैं। इसी वजह से वे एक साथ यह पुस्तक लिख रहे हैं।

डोनाल्ड और रॉबर्ट दोनों ही अंतर्राष्ट्रीय बेस्टसेलिंग लेखक हैं। वे दोनों ही अकेले बेस्टसेलिंग पुस्तक लिख सकते थे।

तो फिर उन्होंने मिलकर यह पुस्तक क्यों लिखी ? हो सकता है, आपने उनकी पुस्तकें बुकस्टोर में देखी हों। हो सकता है, आपने उन्हें ख़रीदा हो या नहीं ख़रीदा हो। लेकिन क्या आपको इस बात पर हैरानी नहीं होती है कि दो सुपरस्टार मिलकर यह पुस्तक क्यों लिख रहे हैं ? शायद वे आपका ध्यान आकर्षित करने के लिए ऐसा कर रहे हैं! यह विषय इतना ज़्यादा महत्वपूर्ण है।

इस पुस्तक के पहले खंड में डोनाल्ड और रॉबर्ट बताते हैं कि वे एक-दूसरे से कैसे मिले और उन्होंने यह पुस्तक लिखने का फ़ैसला क्यों किया।

अध्याय एक

मिलियनेअर और बिलियनेअर की मुलाक़ात

रॉबर्ट के विचार

शिकागो : 6 नवंबर, 2005

रविवार की दोपहर थी। लाखों लोग एक बड़े रियल एस्टेट सेमिनार में आए हुए थे, जिसे शिकागो के द लर्निंग एनेक्स ने आयोजित किया था। सेमिनार हॉल आकर्षक वित्तीय निवेशों और अवसरों के पोस्टरों से भरा हुआ था। छोटे-छोटे क्लासरूमों में प्रशिक्षक लोगों को यह बता रहे थे कि वे किस तरह अमीर बन सकते हैं। गुफा जैसे हॉल में रोमांच का प्रेरक माहौल था। लोग सीखने को लेकर तो रोमांचित थे ही, वे इस बारे में भी रोमांचित थे कि इससे उनका बैंक बैलेंस किस तरह बदल सकता है।

मंच के पीछे एक बड़े कमरे में प्रॉडक्शन टीम काम कर रही थी। वहाँ एक अलग तरह का रोमांच था। तभी एक लंबी, काली लिमोज़िन आई, जिसे देखकर लोग फुसफुसाने लगे, "वे आ गए! डोनाल्ड ट्रम्प आ गए!"

मैं अपनी पार्टनर और सह-लेखिका शैरॉन लेक्टर के साथ ग्रीन रूम में खड़ा था। इस प्राइवेट लाउंज में मुख्य वक्ता मंच पर जाने से पहले इंतज़ार करते थे। इसलिए मैं लिमोज़िन को आते हुए नहीं देख पाया। लेकिन जब मैंने ग्रीन रूम के दरवाज़े के पास से दो पुलिस वालों को जाते देखा, तो मैं समझ गया कि डोनाल्ड ट्रम्प आने वाले हैं। मैं जल्दी से उनके और उनके साथ आने वालों को जगह देने के लिए हट गया।

ग्रीन रूम के बाहर खड़े-खड़े मैंने देखा कि कार में से एक लंबा आकर्षक व्यक्ति उतर रहा है। यह सिर्फ़ डोनाल्ड ट्रम्प ही हो सकते थे, जिन्हें *द एप्रेंटिस* देखने वाले दुनिया भर के करोड़ों दर्शक अच्छी तरह से पहचानते थे। हममें से जिन लोगों को ख़ुशक़िस्मती से मंच के पीछे वाले कमरे में जाने का *पास* मिला था, उन्होंने तत्काल दो पंक्तियाँ बना लीं। डोनाल्ड ट्रम्प प्रशंसकों की दोनों पंक्तियों के बीच मुस्कराते और सिर हिलाते हुए गुज़रे। इस तरह का स्वागत तो सिर्फ़ शहंशाहों या राष्ट्रपतियों का होता है। अगर यह हॉलीवुड होता, तो एक रेड कारपेट का ऑर्डर दे दिया जाता।

द लर्निंग एनेक्स के संस्थापक और सीईओ बिल जैंकर ने डोनाल्ड का स्वागत किया

तथा उन्हें ग्रीन रूम में पहुँचाकर दरवाज़ा बंद कर दिया।

"हे भगवान!" एक युवा महिला कहती है। "वे असल ज़िंदगी में तो शो से भी ज़्यादा आकर्षक दिखते हैं।" एक और युवती बोली, "मुझे यक़ीन नहीं हो रहा है कि वे इतने लंबे हैं!" एक अन्य युवती ने कहा, "क्या तुमने उनके बाल देखे ?" समूह के ज़्यादातर पुरुष ख़ामोश रहे।

ग्रीन रूम का दरवाज़ा अचानक खुला। जो लोग अंदर झाँक सकते थे, उन्होंने देखा कि डोनाल्ड पत्रकारों से बात कर रहे थे। बिल जैंकर बाहर निकलकर मेरे पास आए और पूछा, "क्या आप डोनाल्ड का परिचय देने के लिए तैयार हैं ? लोगों को यह बहुत अच्छा लगेगा कि रिच डैड के रॉबर्ट कियोसाकी डोनाल्ड का परिचय दे रहे हैं।"

डोनाल्ड ट्रम्प ग्रीन रूम से निकलकर बिल और मेरे पास आए। बिल ने उनसे अकेले में कुछ बात की, जिसके बाद डोनाल्ड मुझसे बोले, "हैलो। आप मेरा परिचय देंगे ?" मैंने जवाब में सिर हिला दिया।

डोनाल्ड बोले, "यह तो बहुत बढ़िया रहेगा। आपका नाम अब भी *द न्यूयॉर्क टाइम्स* की बेस्टसेलर सूची में है। यह बहुत आश्चर्यजनक बात है।" फिर उन्होंने अपनी आवाज़ थोड़ी धीमे की और आगे बोले, "मैं आपसे कुछ बात करना चाहता हूँ। क्या आपके पास इस वक़्त थोड़ा समय है ?"

"ज़ाहिर है," मैंने जवाब दिया।

"आप दुनिया के नंबर वन पर्सनल-फ़ाइनैंस लेखक हैं और मैं नंबर वन बिज़नेस लेखक हूँ। हमें एक साथ कोई पुस्तक लिखनी चाहिए। इस बारे में आपका क्या ख़्याल है ?"

इस प्रस्ताव से मैं इतना स्तब्ध रह गया कि मेरी तो बोलती ही बंद हो गई।

"बहुत बढ़िया विचार है!" बिल जैंकर ने मुझे ख़ामोश देखकर कहा। "वह पुस्तक निश्चित रूप से बेस्टसेलर होगी।"

आख़िरकार मैंने ख़ुद को सँभाला और हल्के से जवाब दिया, "बढ़िया विचार है। हम यह काम कर लेते हैं।"

मैं जानता था कि डोनाल्ड को हाथ मिलाना पसंद नहीं है, लेकिन फिर भी मैंने हाथ आगे बढ़ाने का जोखिम लिया। मैं यह देखना चाहता था कि क्या वे इस पुस्तक के बारे में वाक़ई गंभीर हैं। वे वाक़ई गंभीर थे और उन्होंने मुझसे हाथ मिलाया। इसके बाद डोनाल्ड अपने डरावने बॉडीगार्ड कीथ की तरफ़ मुड़े और उससे बोले, "रॉबर्ट को मेरा कार्ड दे दो।"

सवा छह फ़ुट का बॉडीगार्ड कीथ अचानक अपना डरावना स्वरूप छोड़कर मुस्कराया। उसने एक सुनहरा कार्ड केस निकालकर मुझे डोनाल्ड ट्रम्प का बिज़नेस कार्ड थमा दिया।

डोनाल्ड ने कहा, "अगली बार आप जब भी न्यूयॉर्क आएँ, तो मुझे फ़ोन कर दें। हम दोनों मिलकर पुस्तक लिखना शुरू कर देंगे। मैं मेरिडिथ से आपका परिचय करवा दूँगा। वे इस प्रोजेक्ट में हमारी मदद करेंगी।"

इस मोड़ पर मैंने भी डोनाल्ड का परिचय शेरॉन से करवा दिया और हम एक बार फिर हाथ मिलाने लगे।

शो का समय हो चुका था, इसलिए मैं मुड़ा और मंच की तरफ़ चल दिया। मुख्य हॉल

और उससे जुड़े कमरों में शिकागो के 24,000 से ज़्यादा प्रशंसक डोनाल्ड ट्रम्प का बेसब्री से इंतज़ार कर रहे थे। जैसे ही मैंने संक्षिप्त परिचय दिया, ज़बर्दस्त लोकप्रिय टेलीविज़न शो *द एप्रेंटिस* का थीम सॉन्ग बजने लगा, छत से हज़ारों सुनहरे गुब्बारे गिरने लगे और भीड़ तालियाँ बजाने लगी। डोनाल्ड ट्रम्प मंच पर आ रहे थे।

घर तक की लंबी यात्रा

शिकागो से फ़ीनिक्स की हवाई यात्रा के दौरान हाथ मिलाने की हक़ीक़त मुझे समझ में आने लगी। मैं ख़ुद से पूछता रहा, "मैं डोनाल्ड ट्रम्प के साथ पुस्तक लिखने वाला कौन होता हूँ? और हम किस विषय पर पुस्तक लिखेंगे?"

"कंबल लेंगे?" एयर होस्टेस ने मुझे दुविधा से बाहर निकालते हुए पूछा।

"नहीं, धन्यवाद," मैंने मुस्कराकर जवाब दिया।

एयर होस्टेस के जाते ही मेरे मन में विचार कौंधा, "हम रियल एस्टेट पर लिख सकते हैं।"

इस विचार के आते ही मेरे भीतर का व्यक्तिगत आलोचक उठ खड़ा हुआ। यह आलोचक मुझे तभी से यातना दे रहा था, जब से इस पुस्तक का प्रस्ताव रखा गया था। मेरे अंदरूनी आलोचक ने संदेह से पूछा, "तुम और डोनाल्ड ट्रम्प रियल एस्टेट पर पुस्तक लिखोगे? रियल एस्टेट के क्षेत्र में डोनाल्ड ट्रम्प बहुत बड़े खिलाड़ी हैं और तुम पिद्दी हो। वे न्यूयॉर्क में गगनचुंबी इमारतें बनाते हैं। और तुम्हारे पास क्या है? कुछ अपार्टमेंट हाउस, कुछ छोटी-मोटी व्यावसायिक इमारतें और थोड़ी-बहुत ज़मीन। इसके अलावा, सबसे बड़ी बात तो यह है कि वे बिलियनेअर हैं, जबकि तुम सिर्फ़ मिलियनेअर हो।"

इससे पहले मैं जीवन में अपनी उपलब्धियों से काफ़ी संतुष्ट था। लेकिन जब मैंने डोनाल्ड ट्रम्प के साथ मिलकर पुस्तक लिखने के बारे में सोचा, तो मेरी सफलताएँ और उपलब्धियाँ अचानक बहुत छोटी तथा महत्वहीन दिखने लगीं। डोनाल्ड ट्रम्प के साथ पुस्तक लिखने के बारे में गर्व महसूस करने के बजाय मैं दुखी हो गया। शिकागो से फ़ीनिक्स की पूरी उड़ान में मैं ख़ुद से बार-बार यही पूछता रहा, "हम किस विषय पर लिख सकते हैं?"

दो लंबे सप्ताह

डोनाल्ड ने मुझे मेरिडिथ मैकाइवर को फ़ोन करने को कहा था, जो हमारी पुस्तक की समन्वयक थीं। बहरहाल, मैंने उन्हें फ़ोन नहीं किया। दो सप्ताह बाद बिल जैंकर ने न्यूयॉर्क से फ़ोन करके मुझसे पूछा, "क्या आपने डोनाल्ड को फ़ोन किया?"

"नहीं, मैंने नहीं किया," मैं बोला।

"क्यों?"

"क्योंकि मेरी हिम्मत नहीं हो रही है," मैंने कहा। "इसके अलावा, हम किस विषय पर लिख सकते हैं? हालाँकि यह सच है कि हम दोनों ही बिज़नेसमैन हैं और हम दोनों ही रियल एस्टेट में निवेश करते हैं, लेकिन उनके फ़ाइनैंशियल स्टेटमेंट में मुझसे ज़्यादा शून्य हैं।"

"ओह, यह बात रहने दें," बिल ने कहा। "आपकी पुस्तकों की 2.6 करोड़ प्रतियाँ बिक चुकी हैं। आप पूरी दुनिया में मशहूर हैं। आप पाँच साल से *द न्यूयॉर्क टाइम्स* की बेस्टसेलिंग

सूची में हैं। पाँच साल से! सिर्फ़ तीन अन्य पुस्तकें ही इतने लंबे समय तक वहाँ रही हैं। ख़ुद को छोटा मत समझो। आप *दोनों ही* बेस्टसेलिंग लेखक हैं।"

"हाँ," मैंने संकोच से कहा। "लेकिन फिर भी उनके स्टेटमेंट में ज़्यादा शून्य और कॉमा हैं। उनकी इमारतें ज़्यादा ऊँची हैं। उनका टेलीविज़न शो प्राइम टाइम में लोकप्रिय है। हम दोनों गोल्फ़ खेलते हैं – लेकिन वे कई गोल्फ़ कोर्सेस के मालिक भी हैं। हम किस बारे में लिखेंगे?"

बिल ने कहा, "रॉबर्ट, बस मेरिडिथ को फ़ोन करो और पता लगा लो। उससे बात तो करो। वह तुम्हारे फ़ोन का इंतज़ार कर रही है ... बस उसे फ़ोन कर दो।"

"ठीक है, ठीक है," मैंने जवाब दिया। "मैं उसे अभी फ़ोन करता हूँ।" मेरी हिम्मत जवाब न दे जाए, इसलिए मैंने बिल का फ़ोन रखते ही मेरिडिथ का नंबर डायल कर दिया।

"हैलो, मैं मेरिडिथ मैकाइवर बोल रही हूँ।"

और इस पुस्तक का जन्म हो गया।

बोर्डरूम

12 दिसंबर 2005

मैं पीबीएस के टेलीविज़न कार्यक्रम की रिकॉर्डिंग के सिलसिले में न्यूयॉर्क में था और वहाँ मुझे *याहू! फ़ाइनैंस* वालों से भी मिलना था। चूँकि मैं न्यूयॉर्क में ही था, इसलिए मेरिडिथ और मैंने मुलाक़ात तय की, ताकि आदर्श पुस्तक की योजना बनाई जा सके। 12 दिसंबर को मेरी पत्नी किम और मैंने डोनाल्ड ट्रम्प के ऑफ़िस के लिए टैक्सी कैब पकड़ी ... उस इमारत में सिर्फ़ उनका ऑफ़िस ही नहीं था; पूरी इमारत उनकी थी।

आपमें से जिन लोगों ने *द एप्रेंटिस* देखा है, वे न्यूयॉर्क सिटी के मशहूर फ़िफ़्थ एवेन्यू पर बने ट्रम्प टॉवर के सजे हुए प्रवेशद्वार को अच्छी तरह से जानते होंगे। किसी देहाती की तरह फ़ुटपाथ पर खड़े-खड़े पीछे की तरफ़ झुककर मैंने गगनचुंबी इमारत की ऊँचाई पर अपनी निगाह दौड़ाई। मंज़िल के ऊपर मंज़िल थी, जब तक कि मेरी नज़रें आख़िर उस बिंदु पर नहीं पहुँच गईं, जहाँ इमारत और आसमान मिल रहे थे। ट्रम्प टॉवर निश्चित ही किम और मेरी इमारतों से बहुत ज़्यादा बड़ा था। हालाँकि मैं कई बार इस टॉवर के पास से गुज़रा था, लेकिन आज यह मुझे पहले से ज़्यादा ऊँचा लग रहा था, क्योंकि मैं जानता था कि आज मैं डोनाल्ड ट्रम्प से मिलने के लिए इसके अंदर जा रहा था।

फ़िफ़्थ एवेन्यू पहुँचने पर मेरे मन में कई यादें ताज़ा

> ज़्यादातर अमीर लोग दूसरों को यह नहीं बताना चाहते कि वे अमीर कैसे बने... अपनी असफलताओं के बारे में तो बिलकुल भी नहीं बताना चाहते...
>
> मैं चाहता हूँ कि लोग यह बात जान लें कि मैंने इसी तरह बहुत कुछ सीखा है। मैं चाहता हूँ कि लोग यह बात जान लें कि हम अमीर हों या ग़रीब, सभी के पास वित्तीय समस्याएँ होती हैं।
>
> – *रॉबर्ट टी. कियोसाकी*

हो गईं। मुझे याद आया कि जब मैं 1965 में मर्चेन्ट मैरीन अकेडमी में पढ़ने के लिए पहली बार न्यूयॉर्क आया था, तो मैं इसी तरह की इमारतों को निहारा करता था। मैं हवाई से आया एक ग़रीब लड़का था, जो पहली बार इस तरह के बड़े शहर में आया था। ज़ाहिर है, मुझे ऐसी इमारतों में घुसने की इजाज़त नहीं थी।

और आज 40 साल बाद मैं यहाँ खड़ा था और मुझे ख़ुद डोनाल्ड ट्रम्प ने अपने ऑफ़िस की इमारत में बुलाया था। उस पल मुझे यथार्थ का एक ज़ोरदार झटका लगा।

ज़्यादातर लोग मुझे बहुत सफल मानते हैं। *रिच डैड* पुस्तकों में बताए सिद्धांतों पर चलकर मैंने करोड़ों डॉलर कमाए और गँवाए हैं। लेकिन ट्रम्प टॉवर के सामने खड़े होते वक़्त मुझे अचानक यह एहसास हुआ कि मैं कितनी दूर आ गया था। यह अविश्वसनीय भावना थी!

मुझे डोनाल्ड की एक प्रिय कहावत याद आई, "बड़ा सोचो!" उनकी इमारत के सामने खड़े होने भर से ही मुझे यह एहसास हो गया कि पहली बार न्यूयॉर्क आने के बाद से अब तक मेरी सोच कितनी ज़्यादा बड़ी हो चुकी थी। "वाह!" मेरे मुँह से निकल गया। किम ने मेरा हाथ दबा दिया।

एक गहरी साँस लेकर मैं किम के साथ ट्रम्प टॉवर में दाख़िल हुआ और लिफ़्ट की तरफ़ बढ़ने लगा। वहाँ सुरक्षाकर्मियों ने हमारा स्वागत किया। जाँच के बाद हम लिफ़्ट में दाख़िल होकर ऊपर की मंज़िल पर पहुँच गए, जहाँ डोनाल्ड अपना साम्राज्य चलाते थे।

अगर आपने *द एप्रेंटिस* देखा हो, तो आप मि. ट्रम्प के ऑफ़िस के प्रवेश द्वार से परिचित होंगे, जिसमें आकर्षक रिसेप्शनिस्ट दरवाज़े की रखवाली करती है। (जिज्ञासु लोगों को बता दूँ कि डोनाल्ड ने टी.वी. शो के लिए कुछ मंज़िल नीचे अपने ऑफ़िस की हूबहू नक़ल बनवा रखी है। असली बोर्डरूम में जाने के बजाय वे लिफ़्ट से उतरकर कृत्रिम बोर्डरूम में पहुँच जाते हैं।) हालाँकि मैंने उनका कार्यक्रम बहुत बार देखा था, लेकिन मैंने कभी यह सोचा भी नहीं था कि मैं किसी दिन डोनाल्ड ट्रम्प की दुनिया में क़दम रख सकता हूँ।

यह महसूस करना अजीब था कि मैं शो के सेट पर था। मेरा दिमाग़ लगातार टी.वी. शो और असली जीवन के बीच झूलता रहा।

जब रिसेप्शनिस्ट ने हमें बैठा दिया, तो जिस पहले व्यक्ति ने हमारा स्वागत किया, वह था डोनाल्ड ट्रम्प का भीमकाय बॉडीगार्ड कीथ। हमें देखकर कीथ ने इतने उत्साह से हमारा स्वागत किया, जैसे हम पुराने दोस्त हों। वह हमारे पास बैठकर अच्छे से बातचीत करने लगा। मैं उसकी शालीनता देखकर दंग रह गया। उसने हमें बताया कि डोनाल्ड का व्यक्तिगत बॉडीगार्ड बनने से पहले वह न्यूयॉर्क सिटी डिटेक्टिव था। उसने हमें पानी पिलाया और तब तक बातचीत की, जब तक कि मुख्य ऑफ़िस के दरवाज़े से मेरिडिथ नहीं आ गई।

मेरिडिथ न्यूयॉर्क सिटी की आदर्श युवा एक्ज़ीक्यूटिव है। यह आकर्षक युवती लंदन, पेरिस, सिडनी, टोकियो, टोरंटो या बीजिंग किसी भी जगह रहे, सहज ही अनुभव करेगी। उसने अपना हाथ बढ़ाया और गर्मजोशी से मुस्कराते हुए बोली, "आपसे मिलकर अच्छा लगा।"

मेहमाननवाज़ी के लिए कीथ को शुक्रिया कहने के बाद किम और मैं मेरिडिथ के पीछे-पीछे काँच के दरवाज़े से होते हुए असली बोर्डरूम में पहुँच गए। बैठने के बाद मेरे दिमाग़ में एक बार फिर टी.वी. सीरियल के दृश्य घूमने लगे, जिनमें पुरुष और महिला एप्रेंटिस उम्मीदवार

डोनाल्ड और उसके सलाहकारों के सामने बैठे रहते थे। मैंने ख़ामोशी से ख़ुद से पूछा, "तुम यहाँ क्या कर रहे हो? तुम यहाँ कैसे पहुँचे?" (दरअसल, मैंने जिन शब्दों का इस्तेमाल किया था, वे थे, "मैं यहाँ क्या कर रहा हूँ?" और "मैं यहाँ कैसे पहुँचा?") मुझे यक़ीन था कि ये सवाल एक से ज़्यादा एप्रेंटिस के मन में आए होंगे।

कुछ मिनट की बातचीत के बाद मेरिडिथ ने पूछा, "आप किस बारे में लिखना चाहेंगे?"

मैंने जवाब दिया, "देखिए, मैं ग़रीबी को लेकर बहुत चिंतित हूँ। मुझे लगता है कि हम इसे ख़त्म करने के बारे में लिख सकते हैं। पुस्तक का शीर्षक *ग़रीबी ख़त्म करो* हो सकता है।"

मेरिडिथ ने सिर हिलाया, "यह एक संभावित विषय हो सकता है।"

"या फिर, मैं इस बारे में चिंतित हूँ कि अमेरिका के अमीर लोग ज़्यादा अमीर बनते जा रहे हैं, लेकिन अमेरिका ग़रीब होता जा रहा है। हम मध्य वर्ग और ग़रीबों की बदहाली के बारे में लिख सकते हैं तथा यह भी कि ऊँची तनख़्वाह वाली नौकरियाँ किस प्रकार चीन और भारत को निर्यात हो रही हैं। मैं बहुत समय से इस बारे में भी चिंतित हूँ कि पेंशनें ग़ायब हो रही हैं और जब बेबी बूमर रिटायर होने लगेंगे, तो सोशल सिक्युरिटी तथा मेडिकेयर दिवालिया हो जाएँगी।"

मेरिडिथ ने कहा, "मि. ट्रम्प भी इन मुद्दों को लेकर बहुत चिंतित हैं। उन्होंने इस बारे में एक बहुत बढ़िया पुस्तक लिखी है।"

"*द अमेरिका वी डिज़र्व*," किम ने कहा।

"बिलकुल ठीक," मेरिडिथ बोली। "इसमें उन्होंने इन्हीं मुद्दों पर अपनी चिंता व्यक्त की थी और 11 सितंबर के हमले से पहले आतंकवादी हमलों के ख़तरे का उल्लेख भी किया था।"

"9/11 से पहले?" किम ने पूछा।

मेरिडिथ ने हामी भरते हुए कहा, "उन्होंने आतंकवाद पर एक पूरा खंड लिखा था। इसके अलावा उन्होंने अनियंत्रित राष्ट्रीय कर्ज़ की समस्या के बारे में भी बात की थी। लेकिन वे सिर्फ़ समस्याएँ ही नहीं बताते हैं। वे अनूठे समाधान भी सुझाते हैं।"

किम ने सिर हिलाया। उसे वह पुस्तक बहुत पसंद थी।

मेरिडिथ ने आगे कहा, "टेलीविज़न शो, फ़ैशन शो, कैसिनो और रियल एस्टेट के अलावा भी मि. ट्रम्प की बहुत सी चिंताएँ हैं। जो भी इस युग की वैश्विक समस्याओं के बारे में चिंतित है और उन्हें सुलझाने के तरीक़े खोजना चाहता है, उसे यह पुस्तक ज़रूर पढ़नी चाहिए।"

मैंने कहा, "तब तो हमारे पास निश्चित रूप से कुछ साझे विषय हैं। आप जानती हैं, मि. ट्रम्प से मेरी मुलाक़ात लर्निंग एनेक्स में हुई थी। हम दोनों ही बरसों से वहाँ सिखा रहे हैं। मुझे यह दिलचस्प लगता है कि मि. ट्रम्प जैसी रईस और मशहूर शख़्सियत सामान्य जनता के सामने बोलने आती है। दरअसल मैं यह जानने के लिए उत्सुक हूँ कि वे क्यों सिखाते हैं। लेकिन हम दोनों ही अक्सर इतनी जल्दबाज़ी में रहते हैं कि मुझे उनसे कभी यह पूछने का मौक़ा नहीं मिल पाया।"

मेरिडिथ बोली, "वे पैदाइशी टीचर हैं। बरसों तक उनके साथ काम करते-करते मैंने यह बात समझ ली है। *द एप्रेंटिस* को ही ले लें। जब मार्क बर्नेट ने उनके सामने शो का प्रस्ताव

रखा, तो मि. ट्रम्प ने इस बात पर ज़ोर दिया कि शो शैक्षणिक दृष्टि से महत्वपूर्ण होना चाहिए, वरना वे उसे नहीं करेंगे।"

"बिलकुल," किम बोली। "मैं इसे इसलिए देखती हूँ, क्योंकि इससे मुझे व्यवसाय संबंधी ज्ञान मिलता है। मुझे यह सीखना अच्छा लगता है कि वे किस तरह अलग-अलग स्थितियों का सामना करते हैं। सबसे अच्छा हिस्सा वह होता है, जब वे अपने कामों के पीछे की विचार प्रक्रिया बताते हैं। मैं जानना चाहती हूँ कि वे किसी को नौकरी से क्यों निकालते हैं।"

मैंने कहा, "*द एप्रेंटिस* मनोरंजक भी है और शिक्षाप्रद भी। इसे देखते समय मुझे यह नहीं लगता है कि मैं अपना वक़्त बर्बाद कर रहा हूँ। मुझे हमेशा महसूस होता है कि मैं कोई व्यावहारिक बात सीख रहा हूँ, जिसका मैं इस्तेमाल कर सकता हूँ।"

किम बोली, "शायद इस पुस्तक की एक पृष्ठभूमि यह हो सकती है कि आप दोनों ही टीचर्स हैं, हालाँकि आप दोनों उद्यमी और रियल एस्टेट निवेशक भी हैं। रॉबर्ट ने चीन में सोने की एक खनन कंपनी बनाकर उसके आईपीओ जारी किए थे। इनकी एक रियल एस्टेट निवेश कंपनी भी है, दक्षिण अमेरिका में चाँदी की एक खनन कंपनी और एक ऑइल कंपनी भी है। बहुत से लोग ये बातें उसी तरह जानते हैं, जिस तरह वे ट्रम्प टॉवर और ट्रम्प प्लेस को जानते हैं। लेकिन वे यह नहीं जानते हैं कि आप दोनों टीचर्स हैं।"

"मैं ऑइल खोजने में कामयाब नहीं हो पाया," मैंने अफ़सोस के साथ कहा।

किम हँसते हुए बोली, "हर व्यवसाय कामयाब नहीं होता है।"

"और मि. ट्रम्प भी हमेशा कामयाब नहीं हुए हैं," मेरिडिथ बोली। "उन्होंने भी चुनौतियों का सामना किया है।"

किम ने कहा, "*द आर्ट ऑफ़ द कमबैक* में उन्होंने अपनी वित्तीय चुनौतियों के बारे में बहुत खुलकर बताया था। वह पुस्तक भी बहुत अच्छी थी।"

मेरिडिथ ने मुस्कराकर हामी भरी, "आप दोनों ने ही अपनी सफलताओं और असफलताओं के बारे में लोगों को बहुत खुलकर बताया है। मुझे बताएँ कि आप अपनी वित्तीय मुश्किलों के बारे में इतना खुलकर क्यों बताते हैं?"

"क्योंकि मैं चाहता हूँ कि लोग जानें - कि मैंने इसी तरह इतना कुछ सीखा है। मैं लोगों को बताना चाहता हूँ कि हम अमीर हों या ग़रीब, सभी के पास वित्तीय समस्याएँ होती हैं," मैंने जवाब दिया।

"बिलकुल! मि. ट्रम्प भी ऐसा ही करते हैं। वे चाहते हैं कि लोग सचमुच सीखें। इसीलिए वे अपनी जीत और हार दोनों के बारे में बताते हैं। बाक़ी कितने दौलतमंद लोग ऐसा करते हैं?"

"बहुत कम," मैंने कहा। "ज़्यादातर अमीर लोग दूसरों को यह नहीं बताना चाहते हैं कि वे अमीर कैसे बने ... अपनी असफलताओं के बारे में तो बिलकुल भी नहीं बताना चाहते ... और इसमें मेरे रिच डैड का परिवार भी शामिल है।"

"अच्छा कैसे?"

मैंने किम की तरफ़ देखा और बदले में वह मुस्करा दी। मैंने कहा, "*रिच डैड पुअर डैड* पुस्तक लिखने के बाद जब मैंने उनके परिवार को यह पुस्तक दिखाई, तो उन्होंने कहा कि

पुस्तक में परिवार का नाम नहीं लिया जाना चाहिए ... वैसे मैंने अमीर डैडी के बारे में कोई बुरी बात नहीं लिखी थी। दरअसल वे लोग किसी को यह पता नहीं चलने देना चाहते थे कि वे किस तरह अमीर बने थे। इसलिए उनकी भावनाओं का सम्मान करते हुए मैंने अपने अमीर डैडी का नाम उजागर नहीं किया।"

"और क्या इससे आपको दिक़्क़त हुई ?" मेरिडिथ ने पूछा।

"हाँ," मैंने जवाब दिया। "कुछ लोगों ने तो यहाँ तक कहा कि मैं मनगढ़ंत क़िस्सा सुना रहा हूँ और मेरे कोई अमीर डैडी थे ही नहीं।"

"यह मूर्खतापूर्ण है," किम बोली। "रॉबर्ट तो अपने प्रिय लोगों की इच्छाओं का सम्मान कर रहे थे।" वह कुंठित दिखने लगी। यह हम दोनों के लिए ही कटु विषय था। "ज़्यादातर अमीर लोग अपनी सफलता के रहस्य ख़ुद तक ही सीमित रखना चाहते हैं।"

"इसी बिंदु पर आप और मि. ट्रम्प बाक़ी अमीर लोगों से अलग हैं," मेरिडिथ ने मुस्कराते हुए कहा। "आप दोनों ही टीचर्स हैं और आलोचना के बावजूद अपना ज्ञान दूसरों तक पहुँचाना चाहते हैं।"

किम ने पूछा, "क्या जनता तक अपना ज्ञान पहुँचाने के लिए मि. ट्रम्प की भी आलोचना होती है ?"

"ओह हाँ, आपको तो अंदाज़ा भी नहीं होगा," मेरिडिथ ने कहा। "बहुत से लोग सोचते हैं कि मि. ट्रम्प भाषण इसलिए देते हैं, पुस्तकें इसलिए लिखते हैं और टीवी शो तथा बोर्ड गेम जैसे शैक्षणिक प्रॉडक्ट्स इसलिए बनाते हैं, क्योंकि वे ज़्यादा प्रचार या धन कमाना चाहते हैं। हालाँकि इससे उन्हें पैसा मिलता है और प्रचार होना भी अच्छा लगता है, लेकिन उनका प्राथमिक लक्ष्य लोगों को सिखाना और शिक्षित करना है। वे सचमुच लोगों को अमीर बनाना चाहते हैं। वे हमारे देश और देशवासियों की वित्तीय स्थिति के बारे में सचमुच बहुत चिंतित हैं। वे इस बारे में चिंतित हैं कि हमारी अर्थव्यवस्था कितने कुप्रबंधन का शिकार है और इससे दुनिया पर क्या प्रभाव पड़ेगा। वे इस बारे में चिंतित हैं कि हमारे स्कूलों में वित्तीय शिक्षा क्यों नहीं दी जाती। इसीलिए वे अपना ज्ञान बड़ी उदारता से बाँटते हैं।"

अचानक दरवाज़े पर दस्तक हुई। वहाँ पर डोनाल्ड की प्राइवेट सेक्रेटरी रौना थीं। उन्होंने कहा, "मि. ट्रम्प आपसे पाँच मिनट में मिलेंगे। उन्हें देरी के लिए अफ़सोस है। लोगों को इंतज़ार करवाना उन्हें सख़्त नापसंद है, लेकिन वे एक फ़ोन कॉल में उलझ गए हैं।"

"कोई दिक़्क़त नहीं," मैंने कहा। "मेरिडिथ के साथ हुई बातचीत बहुत उपयोगी थी।"

रौना के जाने के बाद मेरिडिथ हमें बोर्डरूम से बाहर ले जाने लगीं। मैंने वहाँ की शानदार अंदरूनी सजावट को देखा और उन जगहों के बारे में सोचा, जहाँ मैंने काम किया था। मैंने कहा, "डोनाल्ड और मेरे दोनों के पास अमीर डैडी थे, जिनसे हमने सीखा और उनके साथ काम भी किया। एक तरह से बचपन में हम दोनों ही एप्रेंटिस थे।"

जब हम डोनाल्ड ट्रम्प के ऑफ़िस तक जाने के लिए बोर्डरूम से निकलकर हॉल में चलने लगे, तो मेरिडिथ ने कहा, "तो आप दोनों में यह समानता है कि आप दोनों ही सचमुच टीचर्स हैं और दुनिया को राह दिखा सकते हैं।"

हम आपको अमीर क्यों बनाना चाहते हैं?

विचारों के तार जुड़ना

"आपका स्वागत है," डोनाल्ड ट्रम्प ने अपनी डेस्क के पीछे खड़े होते हुए कहा। "इंतज़ार करवाने के लिए माफ़ी चाहता हूँ।"

"कोई दिक्क़त नहीं," मैंने कहा और उनके ऑफ़िस में चारों तरफ़ नज़र दौड़ाई। वहाँ पर दुनिया भर के लोगों द्वारा दिए गए सम्मान, ट्रॉफ़ियाँ और तोहफ़े सजे थे। डेस्क के पास रेडियो यंत्र रखा था, जिससे वे साप्ताहिक रेडियो शो देते थे। यह सब बहुत प्रभावशाली था।

सामान्य शिष्टाचार के बाद हम मुलाक़ात के मुद्दे पर आ गए। डोनाल्ड ने पूछा, "तो हमारी पुस्तक किस बारे में होनी चाहिए?"

"मेरा मानना है कि हम सब यही सोच रहे हैं," मैंने जवाब दिया। "चूँकि हम दोनों के रियल एस्टेट व्यवसाय और फ़ाइनैंशियल स्टेटमेंट्स के आकार में बहुत बड़ा अंतर है, इसलिए मुझे नहीं लगता कि पैसे के मामले में हममें समानता हो सकती है। आख़िर आप बिलियनेअर हैं और मैं सिर्फ़ मिलियनेअर हूँ।"

डोनाल्ड हँस दिए। "कभी भी मिलियनेअर होने पर अफ़सोस मत करना। दुनिया में अरबों लोग वित्तीय रूप से आपकी जगह पर आना चाहेंगे।"

"मैं जानता हूँ, लेकिन मिलियन और बिलियन में काफ़ी फ़र्क़ होता है। आज कई मिलियनेअर दरअसल दिवालिया हैं।"

"इससे आपका क्या मतलब है?" डोनाल्ड ने पूछा।

"देखिए, हम सब ऐसे लोगों को जानते हैं, जिनके मकानों की क़ीमत तो बढ़ गई है, लेकिन उनकी आमदनी नहीं बढ़ी है। उदाहरण के लिए, हवाई का मेरा एक सहपाठी है, जिसे उसके माता-पिता विरासत में मकान छोड़ गए थे। चूँकि रियल एस्टेट की क़ीमतें आसमान छू रही हैं और मकान पर कोई कर्ज़ नहीं है, इसलिए तकनीकी दृष्टि से वह मिलियनेअर है, लेकिन वह और उसकी पत्नी वित्तीय दृष्टि से तंगी में हैं, क्योंकि उनकी वार्षिक आमदनी ९०,००० डॉलर से भी कम है। उनके तीन बच्चे स्कूल जा रहे हैं और उन्हें यह समझ नहीं आ रहा है कि वे उनके कॉलेज की शिक्षा का ख़र्च कैसे उठा पाएँगे।"

"तो वे पूँजी की दृष्टि से अमीर हैं, लेकिन नक़द की दृष्टि से ग़रीब हैं," डोनाल्ड ने कहा।

"हाँ। वे काग़ज़ी मिलियनेअर हैं, लेकिन दरअसल मध्यवर्गीय हैं। अगर उनमें से कोई एक या उनका बच्चा बीमार हो जाए, तो वे जल्दी ही ग़रीबों की श्रेणी में आ सकते हैं।"

डोनाल्ड ने थोड़े गंभीर लहज़े में कहा, "ऐसा बहुत से लोगों के साथ होता है, ख़ास तौर पर रिटायर होने और नौकरी छोड़ने के बाद। अगर वे बीमार हो जाएँ, तो सिर्फ़ ज़िंदा रहने के लिए उन्हें अपना सब कुछ बेचना पड़ता है।"

"जब कुछ सालों में बेबी बूमर रिटायर होंगे, तो समस्या और बढ़ जाएगी।"

"हाँ, मैं जानता हूँ," डोनाल्ड ने कहा। "मेडीकेयर हमारे देश का सबसे बड़ा कर्ज़ है। यह सोशल सिक्युरिटी से भी बड़ा है। मैं नहीं जानता कि जब 7.5 करोड़ लोग रिटायर और बूढ़े हो जाएँगे, तो हम उनके इलाज, दवाओं और दीर्घकालीन चिकित्सा का ख़र्च कैसे उठा पाएँगे! मुझे यह चिंता है कि हमारे बच्चों की पीढ़ी हमारी पीढ़ी की सरकार पर वित्तीय निर्भरता का

ख़र्च कैसे उठा पाएगी!"

"शायद हमें इसी बारे में लिखना चाहिए," मैंने कहा।

"देखिए, मैं इस बारे में *द अमेरिका वी डिज़र्व* पहले ही लिख चुका हूँ। वैसे यह पुस्तक उतनी लोकप्रिय नहीं हुई, जितनी कि मुझे उम्मीद थी। मुझे लगता है कि यह मेरी सबसे अच्छी पुस्तक थी, क्योंकि यह सिर्फ़ अमीर बनने के बारे में नहीं थी, बल्कि हमारे सामने मौजूद समस्याओं के बारे में थी। लेकिन मेरी अन्य पुस्तकों की तुलना में इसकी बिक्री काफ़ी कम हुई।"

"मेरी भी एक पुस्तक का यही हश्र हुआ था," मैंने कहा। "*यह रिच डैड्स प्रोफ़ेसी* थी, जो 2002 में प्रकाशित हुई थी। इसमें बताया गया है कि जब बेबी बूमर्स रिटायर हो जाएँगे, तो हमारे सामने क्या-क्या समस्याएँ आएँगी। यह पुस्तक शेयर बाज़ार के पतन और हमारी 401 (के) योजनाओं की ख़ामियों के बारे में है। इस पुस्तक में बताया गया है कि निकट भविष्य में बहुत से कर्मचारी अपनी पेंशन और रिटायरमेंट के लाभ खो देंगे।"

"और यह भी ज़्यादा नहीं बिकी?" डोनाल्ड ने पूछा।

"नहीं। आपकी पुस्तक की तरह ही कई लोगों ने इसके बारे में भी कहा था कि यह मेरी सबसे अच्छी पुस्तक है, लेकिन यह उतनी ज़्यादा नहीं बिकी। इससे भी बुरा यह रहा कि वॉल स्ट्रीट प्रकाशनों ने मेरी भविष्यवाणियों पर यक़ीन नहीं किया।"

"अच्छा?" डोनाल्ड ने कहा।

"इससे मैं कुछ समय तक विचलित हुआ। और कुंठित भी। लेकिन कुछ महीनों पहले *न्यूयॉर्क टाइम्स मैग्ज़ीन* और *टाइम मैग्ज़ीन* दोनों ने अपनी कवर स्टोरी में लगभग वही बातें कहीं, जो मैंने 2002 में कही थीं।"

डोनाल्ड ने पूछा, "उन्होंने क्या लिखा?"

मेरे पीबीएस शो के लिए मेरे पास दोनों पत्रिकाएँ थीं, इसलिए मैंने उन्हें अपने ब्रीफ़केस से निकाल लिया। "यह *टाइम मैग्ज़ीन* का 31 अक्टूबर 2005 का अंक है। कवर पर हेडलाइन है, 'द ग्रेट रिटायरमेंट रिपऑफ़।' सबटाइटल में लिखा है, 'जो करोड़ों अमेरिकी सोचते हैं कि रिटायरमेंट के बाद वे आराम से रहेंगे, उन्हें दुखद हैरानी होगी। कंपनियाँ किस तरह लोगों की जेब काट रही हैं - संसद की मदद से।'"

"हाँ! मैंने इसे पढ़ा था," डोनाल्ड ने कहा। "मुझे वह बात याद है कि कंपनियाँ संसद की मदद से लोगों की जेब काट रही हैं। लेख में लिखा था कि अमीर लोग सरकार की मदद से वैधानिक तरीक़े से कर्मचारियों का हिस्सा चुरा रहे थे।"

"हाँ, मैंने भी इसका यही मतलब निकाला था," मैंने कहा।

डोनाल्ड ने पूछा, "और *न्यूयॉर्क टाइम्स मैग्ज़ीन* में क्या लिखा है?"

उस पत्रिका को उठाकर मैंने कहा, "30 अक्टूबर 2005 वाले कवर पर लिखा है, 'हमें आपको सूचित करते हुए अफ़सोस हो रहा है कि आपको पेंशन नहीं मिलेगी।' सबटाइटल में लिखा है, 'अमेरिका का अगला वित्तीय विध्वंस।'"

डोनाल्ड ने सिर हिलाया। "बहुत से विषयों पर आपकी और मेरी चिंताएँ समान हैं।"

"हाँ, इसीलिए तो मैं सिखाता हूँ, पुस्तकें लिखता हूँ और बोर्ड गेम बनाता हूँ। मैं यह

काम पैसे के लिए नहीं करता। हालाँकि पैसा आना अच्छा लगता है। पैसे कमाने के इससे ज़्यादा आसान रास्ते हैं। मैं गहन चिंता के कारण शैक्षणिक प्रॉडक्ट्स तैयार करता हूँ और सिखाता हूँ। मेरा मानना है कि हमारा देश और हमारे लाखों देशवासी कष्ट में हैं।"

"मुझे भी ऐसा ही लगता है," डोनाल्ड ने कहा। "जब आप और मैं लर्निंग एनेक्स में भाषण देने जाते हैं, तो अक्सर इसके लिए हमें दो दिन यात्रा करनी पड़ती है ... सिर्फ़ एक भाषण देने के लिए। दो घंटे के भाषण के लिए हम काफ़ी समय और ऊर्जा लगाते हैं। जैसा आपने कहा, पैसे कमाने के इससे ज़्यादा आसान तरीक़े हैं।"

किम और मैंने सहमति में सिर हिला दिया। किम भी लोगों को वित्तीय मार्गदर्शन देती है। उसने कहा, "हम सभी रियल एस्टेट और अन्य निवेशों में इससे ज़्यादा पैसा कमाते हैं तथा ज़्यादा आसानी से कमाते हैं। लेकिन हमारे मन में सिखाने की प्रबल इच्छा है। यही प्रबल इच्छा हमें पूरे दिन हवाई जहाज़ों में सफ़र करवाती है, रात को होटल में रुकवाती है, एक छोटा सा भाषण दिलवाती है और फिर घर तक वापस सफ़र करवाती है। निश्चित रूप से हम पैसे के लिए यह काम नहीं करते हैं।"

डोनाल्ड ने सहमत होते हुए कहा, "जब हम द लर्निंग एनेक्स के कार्यक्रमों में हज़ारों लोगों के सामने बोलते हैं, तो क्या आपको उन लोगों की चिंता नहीं होती? इतने सारे लोग हमारी बात सुनने के लिए अपना समय और पैसा ख़र्च कर रहे हैं। उनमें से कुछ अमीर होते हैं और कुछ अमीर बन जाएँगे, लेकिन बाक़ी लोग वित्तीय दृष्टि से ज़िंदगी भर जूझते रहेंगे। इससे मेरा दिल टूट जाता है।"

"शायद आपको इसी बारे में लिखना चाहिए," मेरिडिथ ने कहा। "शायद लोगों को यह जानने की ज़रूरत है कि आप उन्हें अमीर क्यों बनाना चाहते हैं और आपकी चिंताएँ क्या हैं।"

"इसके अलावा," किम ने बीच में कहा, "यह भी बताना चाहिए कि आप दोनों अब भी काम क्यों करते हैं, हालाँकि आपको काम करने की कोई ज़रूरत नहीं है। आप दोनों के पास ही पर्याप्त दौलत है, लेकिन आप रिटायर नहीं होना चाहते हैं। आप इस बारे में क्यों नहीं लिखते कि आपको कौन सी चीज़ प्रेरित करती है ... आपको कौन सी चीज़ प्रोत्साहित करती है। क्या प्रेरणा धन से ज़्यादा महत्वपूर्ण नहीं है?"

"मैं इसलिए सिखाता हूँ, क्योंकि मुझे सिखाना अच्छा लगता है," डोनाल्ड ने कहा। "लेकिन मैं सचमुच चिंतित हूँ। काश मेरा अनुमान ग़लत हो, लेकिन मुझे लगता है कि अमेरिका वित्तीय संकट में है। मेरा मानना है कि हमारी सरकार का पूरा प्रबंधन ही ग़लत है। देखिए, मैं ऐसा इसलिए नहीं कह रहा हूँ क्योंकि सरकार डेमोक्रेट या रिपब्लिकन पार्टी की है। किसी समूह विशेष की तरफ़ उँगली उठाना या उसे दोष देना बेकार है। मुझे लगता है कि सरकार किसी भी पार्टी की रहे, मध्य वर्ग संकट में है और यह सिकुड़ता रहेगा। जैसा मैंने अक्सर कहा है, मुझे डर है कि आज जो लोग मध्य वर्ग में हैं, उनमें से ज़्यादातर भविष्य में ग़रीब बन जाएँगे और वह भी बरसों तक कड़ी मेहनत करने के बाद।"

"संभवतः हमें वित्तीय शिक्षा के ज़रिये ग़रीबी ख़त्म करने के बारे में पुस्तक लिखनी चाहिए," मैंने कहा। "आख़िर, इसकी कमी के कारण ही तो हम इस दलदल में फँसे हैं। क्यों न इससे उबरने के लिए वित्तीय शिक्षा का प्रयोग किया जाए?"

"बहुत बढ़िया विचार है! लेकिन दुनिया से ग़रीबी ख़त्म करने में तो कई पीढ़ियाँ लग सकती हैं। इसलिए हमें सबसे पहले लोगों को यह बताना होगा कि *वे ख़ुद को* कैसे बचा सकते हैं। हमें यह काम सबसे पहले करना होगा - शिक्षा का पूरा तंत्र बदलने में तो बहुत वक़्त लग जाएगा।"

उन्होंने आगे कहा, "कुछ सालों में लाखों बेबी बूमर्स रिटायर होंगे। तब सरकार यह कहकर अपने हाथ ऊँचे कर देगी कि इसके पास पैसा नहीं है। इसके अलावा, तेल की क़ीमतें आसमान छू रही हैं, हमारे डॉलर का मूल्य घट रहा है, मुद्रास्फीति नियंत्रण से बाहर हो चुकी है और हम अब भी मध्य-पूर्व के युद्ध में उलझे हैं। हमें उन लोगों को जवाब देने होंगे, जो इस वक़्त जवाब की तलाश कर रहे हैं। हमें लोगों को अमीर बनना सिखाना होगा, या कम से कम यह तो सिखाना ही होगा कि अगले कुछ साल तक वे कैसे बचे रह सकते हैं। और हमें यह काम कल नहीं... बल्कि *आज* करना होगा।"

उस पल मैं जान गया कि हम एक साथ पुस्तक क्यों लिख रहे थे।

डोनाल्ड का दृष्टिकोण

शुरुआत

जब मैं पहली बार रॉबर्ट कियोसाकी से मिला, तो मुझे हैरानी हुई। ज़िंदगी अक्सर हमें हैरान करती रहती है। मैं रॉबर्ट के बारे में जानता था। मुझे मालूम था कि उनकी पुस्तकों की करोड़ों प्रतियाँ बिक चुकी हैं और पाँच सालों से *न्यूयॉर्क टाइम्स* बेस्टसेलर सूची में हैं। यह कोई छोटी उपलब्धि नहीं है। मुझे उम्मीद थी कि वे ऊर्जावान होंगे और दबंग भी।

मेरा ऊर्जावान वाला अनुमान सटीक था - रॉबर्ट की सकारात्मक ऊर्जा प्रवाहित होकर चारों तरफ़ मौजूद लोगों में भर जाती है। यह अपने आप होता है; इसके लिए उन्हें कोई कोशिश नहीं करनी पड़ती। मैं इस बात से प्रभावित हुआ। रॉबर्ट के बारे में मुझे यह बहुत अच्छा लगा कि वे बहुत विनम्र हैं, बहुत संकोची, यहाँ तक कि ख़ुद को पृष्ठभूमि में रखने वाले। इस व्यक्ति की लिखी पुस्तकों की 2.6 करोड़ प्रतियाँ बिकी हैं ? आश्चर्यजनक! मैं सोच रहा था कि यह छलावा होगा, नाटक होगा, भूमिका होगी, जो उन्होंने किसी कारण से ओढ़ रखी होगी। मैं कई बार संदेहवादी हो सकता हूँ।

मुझे जल्दी ही पता चल गया कि रॉबर्ट शत-प्रतिशत खरे थे। उनसे कई बार बातचीत करने के बाद मैं जान गया कि वे ईमानदार थे और उन्हें सिखाना अच्छा

लगता था – शायद मेरे जितना ही। जब मैंने उन्हें बताया कि मैं *द एप्रेंटिस* करने के लिए सिर्फ़ इसी कारण तैयार हुआ था, क्योंकि इसमें शैक्षणिक सामग्री थी, तो रॉबर्ट ने मुझसे कहा, "डोनाल्ड, आप बाक़ी चाहे जो हों, सबसे बढ़कर टीचर हैं!" लगता है, एक टीचर ही दूसरे टीचर को पहचान सकता है।

हम शिक्षा के महत्व के बारे में बात करने लगे और उन्होंने *द एप्रेंटिस* के मार्गदर्शक पहलू का ज़िक्र करते हुए बताया कि वे और किम हर सप्ताह इससे कुछ सीखते हैं।

मैंने उनसे पूछा कि अगर वे जानते हों कि वे असफल नहीं हो सकते, तो वे क्या करेंगे। उन्होंने तपाक से कहा, "हम बहुत सारे लोगों तक अपनी बात पहुँचाकर उन्हें सिखाने के तरीक़े खोजेंगे।"

यह वैसा ही था, जैसा मैंने उन्हें शिकागो में द लर्निंग एनेक्स में बताया था – मैं नंबर वन बिज़नेस लेखक था और वे नंबर वन पर्सनल-फ़ाइनैंस लेखक थे। एक साथ मिलकर हम करोड़ों लोगों तक पहुँच सकते थे। लेकिन इससे भी बड़ी बात यह थी कि यह मज़ेदार अनुभव होगा।

रॉबर्ट को तत्काल मेरा मतलब समझ में आ गया, लेकिन मुझे अच्छा लगा कि उन्होंने पुस्तक का वादा करने से पहले इसके बारे में काफ़ी समय तक सोचा। मैं जानता था कि वे काफ़ी विचारशील हैं और सही निर्णय पर पहुँचने के लिए बहुत विचार-मंथन करेंगे। जब वे कुछ सप्ताह बाद न्यूयॉर्क स्थित मेरे ऑफ़िस में मुझसे मिले, तो छूटते ही बोले, "पहले तो मैं थोड़ा घबरा गया था। ऐसा लग रहा था कि मेरे भीतर एक युद्ध चल रहा था। लेकिन सही स्वरूप की जीत हुई – जो आत्मसंतुष्ट होने से इंकार करता है!" रॉबर्ट अपने और मेरे प्रति ईमानदार थे। मैं समझ गया कि उनकी पुस्तकें इतनी ज़्यादा लोकप्रिय क्यों हैं।

पुस्तकें लिखना आनंददायक तो होता है, लेकिन इसमें बहुत मेहनत करनी पड़ती है। मेरे पास इतना ज़्यादा ख़ाली समय नहीं रहता है, जिसमें मैं पुस्तकें लिखने की मेहनत कर पाऊँ। बहरहाल, मैंने पाया कि मैं किसी नए विषय पर मेहनत करने के लिए उत्सुक था – ख़ास तौर पर ऐसे व्यक्ति के साथ, जिसकी चिंताएँ और उम्मीदें मेरे समान ही थीं।

इमर्सन ने कहा था, "जो व्यक्ति मुश्किल चीज़ों को आसान बना देता है, वह शिक्षाविद् है।" उन्होंने यह भी कहा था, "ज्ञान का अस्तित्व सिर्फ़ फैलने के लिए होता है।"

बरसों पहले जब मैंने *रिच डैड पुअर डैड* पढ़ी, तब तक मैं रॉबर्ट से नहीं मिला था। मुझे याद है, तब मैंने सोचा था कि रॉबर्ट में चीज़ों को आसान बनाने की कला है। वे कहानियाँ सुनाने में भी माहिर हैं। यह लोगों तक अपनी बात आसानी से

पहुँचाने की एक कुंजी है। इस कारण वे बेहतरीन सार्वजनिक वक्ता भी हैं। लोग मेरे बारे में भी अक्सर यही बात कहते हैं। मैं नहीं जानता कि "कहानी सुनाने" वाली हमारी यह क़ाबिलियत जन्मजात है या नहीं, लेकिन इससे हमें दूसरों की मदद करने में मदद मिली है। कहानियों का इस्तेमाल करके हम जटिल चीज़ों को आसान बना देते हैं।

मैं जानता हूँ कि अक्सर जब लोग मेरे बारे में सोचते हैं, तो वे सोचते हैं, "ओह, वह बिलियनेअर..." और यह एक तरह से मेरे मुँह पर दरवाज़ा बंद करने जैसा होता है। मेरा बेटा डॉन जूनियर कहता है कि मैं तो एक ब्लू-कॉलर आदमी हूँ, जिसका बैंक बैलेंस बड़ा है। शायद इससे आपको मेरे व्यक्तित्व की झलक मिल सकती है। वह मेरे साथ बहुत समय बिता चुका है और वह जानता है कि मैं भीतर से बहुत सरल हूँ। इसका मतलब यह नहीं है कि मैं आसान हूँ, लेकिन चीज़ों के प्रति मेरा दृष्टिकोण बहुत सरल है। हालाँकि मेरे काम बहुत जटिल हो सकते हैं, लेकिन मैं उन्हें टुकड़ों में बाँटना जानता हूँ। आप किसी बनी-बनाई बहुमंज़िली इमारत से शुरुआत नहीं करते हैं - आप एक ब्लूप्रिंट और नींव से शुरुआत करते हैं। मुझे पता है कि चीज़ों में समय और धैर्य की ज़रूरत होती है। यही बात शिक्षा पर भी लागू होती है।"

अगर आपने *द एप्रेंटिस* देखा हो, तो आप जानते होंगे कि हम एप्रेंटिसों के साथ काफ़ी सख़्ती से पेश आते हैं, क्योंकि असली ज़िंदगी में बहानों या भावनाओं की ज़्यादा गुंजाइश नहीं होती है। जैसी पुरानी कहावत है, *ज़िंदगी कोई ड्रेस रिहर्सल नहीं है*, यह असली चीज़ है। इसलिए अगर उत्कृष्टता तक पहुँचना है, तो आपको लगातार कोशिश करनी होगी। रॉबर्ट और मैं उन कोशिशों को थोड़ी कम डरावनी और थोड़ी ज़्यादा हासिल करने योग्य बना रहे हैं।

मैं यह बात स्वीकार करता हूँ। मुझे जानने वाले लोग यह सुनकर हैरान होंगे कि मैं एक अन्य उद्यमी के साथ मिलकर यह पुस्तक लिख रहा हूँ। उद्यमियों को नियंत्रण में रहना बहुत पसंद होता है और नियंत्रण बाँटना उनकी मनमाफ़िक स्थितियों की सूची में बहुत ज़्यादा ऊपर नहीं होता है। लेकिन जब आप किसी ऐसे व्यक्ति से मिलते हैं, जिसके विचार काफ़ी हद तक आपकी तरह हों, तो यह सुखद बन जाता है। किसी दूसरे की शक्तियों के जुड़ने से हम कमज़ोर नहीं, सशक्त बनते हैं।

दरअसल, कई भविष्यदृष्टाओं और उद्यमियों की एक कमज़ोरी यह होती है कि वे अपनी भविष्य-दृष्टि और लक्ष्यों को सफलतापूर्वक दूसरों तक पहुँचा नहीं पाते हैं। इस राह में एकाकीपन हो सकता है। पुरानी कहावत है, *शिखर पर अकेलापन होता है - लेकिन भीड़ नहीं होती*। यह कहावत प्रायः सच होती है।

उद्यमी वे लोग होते हैं, जो कुछ नया करने की कोशिश करते हैं। इस तरह का गठबंधन करना रॉबर्ट और मेरे दोनों के लिए नया काम है। मुझे लगता है कि

एक-दूसरे से जुड़ने के कारण हम बेहतर शिक्षक, वक्ता और व्यक्ति बने हैं, क्योंकि हमने अपने भिन्न व्यक्तित्वों को मिलाकर एक ऐसी पुस्तक तैयार की है, जो वृहद् भी है और पठनीय भी। इससे क्या फ़ायदा है कि आपके पास ढेर सारा ज्ञान हो, लेकिन आप उसे ख़ुद तक सीमित रखें ?

> इससे क्या फ़ायदा है कि आपके पास ढेर सारा ज्ञान हो, लेकिन आप उसे ख़ुद तक सीमित रखें?
>
> *- डोनाल्ड जे. ट्रम्प*

एक और दिलचस्प बात : उद्यमियों के बारे में अक्सर कहा जाता है कि वे सामूहिक कोशिशें नहीं करते हैं। वे नियंत्रण में रहना चाहते हैं। वे काम को ख़ुद करना चाहते हैं। वे पूरा श्रेय लेना चाहते हैं। कम से कम उद्यमिता के लिए उपयुक्त व्यक्तित्व-प्रकारों का विश्लेषण करने वाले विशेषज्ञ तो यही कहते हैं। मुझे लगता है कि रॉबर्ट और मैं उस साँचे में फ़िट नहीं होते हैं। लेकिन मुझे लगता है कि हमें इस बात की ज़्यादा चिंता भी नहीं है।

इस प्रक्रिया में जो विकसित हुआ, वह एक पुस्तक से अधिक है। यह एक जीवंत उदाहरण बन गई कि हमने अपनी शुरुआती मुलाक़ात से लेकर पहले ड्राफ़्ट के पूरे होने तक लगातार एक साथ काम किया। जल्दी ही यह पुस्तक हमारा संयुक्त प्रयास बन गई, जो बेहतर जीवन के इच्छुक हर व्यक्ति को वित्तीय शिक्षा प्रदान करना चाहती थी - ख़ास तौर पर तब, जब हम सभी को चुनौतीपूर्ण भविष्य के लिए वित्तीय रूप से तैयार रहने की ज़रूरत है। यह पुस्तक हर उस व्यक्ति के लिए है, जो आगे बढ़ना चाहता है और अपने आरामदेह दायरे से बाहर निकलना चाहता है। हो सकता है कि आप मिलियनेअर हों या अभी तक न बने हों, लेकिन इस पुस्तक के सबक़ सभी लोगों पर लागू होते हैं, चाहे आपकी वर्तमान वित्तीय स्थिति कैसी भी हो।

मुझे उम्मीद है कि आप इससे सीखने के साथ इसका आनंद भी लेंगे। जैसा आप जल्दी ही जान जाएँगे, बिज़नेस के बारे में कुछ भी उबाऊ नहीं होता है। रॉबर्ट और मुझमें एक और बात समान है - हम दोनों को ही ऊबना पसंद नहीं है। हम काम करना पसंद करते हैं। तो ध्यान केंद्रित करें, अपनी एकाग्रता बनाए रखें और आनंद लें। *हम आपको अमीर क्यों बनाना चाहते हैं - लेखक दो • संदेश एक* में सीखने के लिए बहुत कुछ है। पढ़ें और पढ़ते रहें!

अध्याय दो

हमारी साझी चिंताएँ

रॉबर्ट के विचार

डलास, टेक्सॉस, 19 फ़रवरी 2006

एक बार फिर रविवार दोपहर काली लिमोज़िन कार द लर्निंग एनेक्स के रियल एस्टेट एक्सपो के प्रवेशद्वार पर आकर रुकी। एक बार फिर रोमांच का माहौल बन गया और लोग फुसफुसाने लगे, "डोनाल्ड आ गए, डोनाल्ड आ गए।" एक बार फिर पुलिस वाले रास्ता बनाने के लिए जल्दी-जल्दी अंदर आए। दो क़तारें बन गईं और मि. ट्रम्प दीवाने समर्थकों के बीच से होते हुए अंदर आए।

लगभग एक घंटे बाद जब प्रेस वाले चले गए, तो डोनाल्ड ने मुझसे पूछा, "कितने श्रोता हैं? और वे कैसे हैं?"

"हज़ारों लोग हैं और वे बहुत बढ़िया हैं। इस वीकएंड पर दुनिया भर से लोग यहाँ आए हैं। वे सीखने के लिए बहुत रोमांचित हैं और ज्ञान के भूखे हैं।"

मैं भी रोमांचित था - हालाँकि उसके कारण अलग थे।

डोनाल्ड के साथ हुई पिछली मुलाक़ात के बाद मैं उनकी पुस्तक *द अमेरिका वी डिज़र्व* पढ़ चुका था। इस पुस्तक में अमेरिका और विश्व के सामने मौजूद बड़ी चुनौतियों का उल्लेख था, जैसे आतंकवाद, राष्ट्रीय कर्ज़ और स्वास्थ्य सुविधाएँ। स्वास्थ्य सुविधाओं वाले मुद्दे पर उनके अध्याय के अंश नीचे दिए गए हैं :

> "अमेरिकी शासन के जनरल अकाउंटिंग ऑफ़िस, जो कि काँग्रेस की निष्पक्ष जाँच शाखा है, ने एक अप्रिय तस्वीर पेश की है :
>
> "सोशल सिक्युरिटी के विपरीत मेडिकेयर एचआई प्रोग्राम 1992 से घाटे में चल रहा है - पेरोल टैक्स तथा अन्य आमदनी वर्तमान में चल रही सहायता योजनाओं के भुगतान के लिए काफ़ी नहीं है ... सारांश यह है कि मेडिकेयर योजना शासकीय ख़ज़ाने पर बोझ बन चुकी है ... और 2013 तक सोशल सिक्युरिटी का भी यही हाल हो जाएगा ..."

"वर्तमान मेडिकेयर योजना आर्थिक और वित्तीय दोनों दृष्टियों से लंबे समय तक नहीं चल सकती। यह कोई नई खोज नहीं है – मेडिकेयर के ट्रस्टीज़ ने 1990 के दशक की शुरुआत में ही यह बता दिया था कि इस योजना को इसके वर्तमान स्वरूप में नहीं चलाया जा सकता।"

इस स्वास्थ्य संबंधी दैत्य के बारे में नेता क्या कर रहे हैं, इसके बारे में उन्होंने लिखा है :

"क्लिंटन ने इस दैत्य की तरफ़ घूरकर देखा – और पलकें मिचमिचाने लगे। वे उन कठोर निर्णयों को लेने से कतराते रहे, जो भविष्य में लेने होंगे, हालाँकि तब वे ज़्यादा कष्टकारी होंगे।

"लेकिन सच तो यह है कि इस कठोर मुद्दे से कतराने वाले क्लिंटन इकलौते नेता नहीं हैं। सार्थक सुधारों के लिए नेताओं की एक नई पीढ़ी की ज़रूरत होगी। इसमें जोखिम लेने वालों की ज़रूरत होगी, जिनमें फ़ौलाद की संकल्प-शक्ति और भविष्य-दृष्टि हो।"

दीर्घकालीन स्वास्थ्य सेवाओं के बारे में उन्होंने लिखा है :

"चिकित्सा बीमा कहानी का एक और पहलू यह है कि यह लगभग पूरी तरह से राडार स्क्रीन के बाहर हो चुकी है। इसमें दीर्घकालीन चिकित्सा सुविधा शामिल है। इस वक़्त बेबी बूमर पीढ़ी रिटायरमेंट की ओर बढ़ रही है और उनके माता-पिता अब भी जीवित हैं। इस वजह से यह मुद्दा बहुत संवेदनशील और महत्वपूर्ण हो जाता है।

"कुछ आँकड़ों से आपको स्थिति पता चल जाएगी : बूढ़े लोगों की संख्या 2030 तक दुगुनी यानी 7.5 करोड़ हो जाएगी और नर्सिंग होम में रहने वाले वृद्धों की संख्या पाँच गुना बढ़ जाएगी।

"मैं प्रतिक्रिया जानता हूँ : क्या मेडिकएड योजना नर्सिंग होम का ख़र्च नहीं उठाएगी ? बेबी बूमर्स अक्सर यह सवाल पूछते हैं। उन्हें लगता है कि दीर्घकालीन चिकित्सा सेवा की ज़रूरत होने पर उनके माता-पिताओं और उनकी बीमारी का ख़र्च मेडिकएड उठाएगी।

"जवाब यह है : मेडिकएड योजना दीर्घकालीन चिकित्सा सहायता के लिए बनी ही नहीं है। और जैसा सीनेटर जॉन ब्रूक्स और रिप्रज़ेन्टेटिव विलियम थॉमस ने कहा है, 'दीर्घकालीन चिकित्सा की बढ़ती माँग मेडिकएड को दिवालिएपन की तरफ़ धकेल रही है।'

"लगभग आधे अमेरिकियों को दीर्घकालीन चिकित्सा सेवा की ज़रूरत होगी, लेकिन उनमें से सिर्फ़ एक चौथाई ही निजी नर्सिंग होम सेवा का दीर्घकालीन ख़र्च उठा सकते हैं, जो प्रति वर्ष 41,000 डॉलर (1999 के डॉलर्स में) है। सिर्फ़ 1 प्रतिशत अमेरिकियों ने दीर्घकालीन चिकित्सा सेवा बीमा करवाया है। इसका मतलब साफ़ है : ज़्यादातर लोग मेडिकएड के भरोसे बैठे हैं। वर्तमान परिस्थितियों को देखते हुए यह तय है कि आगे चलकर उन्हें भारी निराशा होगी।

"शुरुआत में थोड़ी मदद करने के बाद मेडिकएड हाथ खड़े कर देगी। इसके बाद मरीज़ की जमा-पूँजी ख़र्च होने लगेगी और वह ग़रीब हो जाएगा। अगर आपके माता-पिता बीमार हो जाते हैं, तो इसका मतलब है कि उनकी ज़िंदगी भर की जमा-पूँजी चली जाएगी। और अक्सर इसका मतलब यह भी है कि दोनों में से जो ज़्यादा जिएगा, वह ग़रीबी में जिएगा। इससे परिवारों पर बहुत ज़्यादा वित्तीय बोझ भी आ जाएगा। जो बेबी बूमर ख़ुद की नाव पर दुनिया की सैर करना चाहता है, उसे अपने मम्मी-डैडी को किसी अच्छे अस्पताल में दाख़िल रखने के लिए अपनी कार तक बेचनी पड़ेगी।"

जैसा मैं कह चुका हूँ, डोनाल्ड के साथ मेरी पहली मुलाक़ात के बाद मैं जान गया कि हम यह पुस्तक एक साथ क्यों लिख रहे हैं। लेकिन *द अमेरिका वी डिज़र्व* पढ़ने के बाद मेरे मन में कोई शक नहीं रह गया था कि हमारी साझी चिंताएँ क्या थीं, हम दोनों टीचर्स क्यों थे और हम लोगों को अमीर क्यों बनाना चाहते थे।

उस दिन डलास के ग्रीन रूम में मैंने नीचे दिया ख़ाक़ा खींचा :

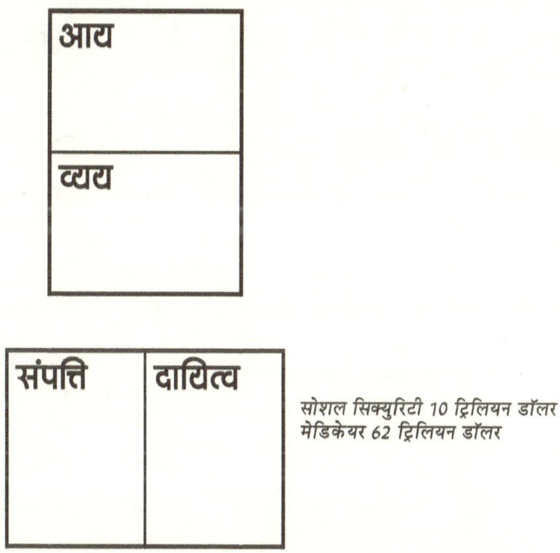

"आप कहते हैं कि हम पर 72 ट्रिलियन डॉलर का कर्ज़ है?" डोनाल्ड ने पूछा। "यह किसने कहा?"

"दो अर्थशास्त्रियों ने," मैंने जवाब दिया। "1994 में केन्ट स्मेटर्स और जगदीश गोखले ने काफ़ी शोध के बाद यह हिसाब लगाया कि 1994 तक अमेरिकी जनता के प्रति हमारी सरकार का कितना दायित्व था।"

"यह तो बहुत बड़ी रक़म है," डोनाल्ड ने कहा।

"दुनिया भर के शेयर बाज़ारों और बॉण्ड बाज़ारों में जितना पैसा लगा हुआ है, यह दायित्व उससे भी ज़्यादा है," मैंने कहा। "मेरा मानना है कि संसार के शेयर बाज़ारों में सूचीबद्ध सभी शेयरों का मूल्य सन् 2000 में 36 ट्रिलियन डॉलर था और संसार के बॉण्ड बाज़ारों के सभी बॉण्डों का मूल्य 31 ट्रिलियन डॉलर था। यानी दोनों में कुल 67 ट्रिलियन डॉलर का पैसा लगा है। बहरहाल, हमारी सरकार का जनता के प्रति दायित्व इससे भी ज़्यादा है।"

डोनाल्ड ने कहा, "मैं जानता था कि स्थिति ख़राब है, लेकिन यह नहीं जानता था कि यह इतनी ख़राब है। हम इसे नहीं चुका सकते।"

"हम इतना ख़र्च तभी उठा सकते हैं, जब हम ज़्यादा मुद्रा छापें। लेकिन इससे सबकी बचत ख़त्म हो जाएगी। एक संभावना अति-मुद्रास्फीति है, लेकिन उससे भी समस्या नहीं सुलझेगी। उससे न सिर्फ़ बचत ख़त्म हो जाएगी, बल्कि निश्चित आमदनी वाले लोग भी ख़त्म हो जाएँगे।"

डोनाल्ड ने कहा, "और यह सिर्फ़ अमेरिका की समस्या ही नहीं है। हालाँकि हम अमेरिकी जनता और अमेरिका की वित्तीय स्थिति के बारे में बात कर रहे हैं, लेकिन यह समस्या दुनिया भर में महसूस की जा रही है। लोगों की उम्र बढ़ रही है और यूरोप से लेकर एशिया तक के नेता चिंतित हैं कि वे अपनी जनता की स्वास्थ्य सुविधाओं और कल्याण का ख़र्च कैसे उठा पाएँगे।"

इतिहास की झलक

1930 के दशक में जर्मन सरकार ने इतनी ज़्यादा मुद्रा छाप ली कि पैसे की क़ीमत ही ख़त्म हो गई। एक कहानी में बताया गया है कि एक औरत ब्रेड ख़रीदने के लिए ठेले में नोट भरकर ले गई। जब वह बेकरी की दुकान से बाहर निकली, ताकि पैसे ले जाकर ब्रेड वाले को दे सके, तो उसने पाया कि कोई उसका ठेला चुरा ले गया था और पैसे छोड़ गया था।

> हम चाहते हैं कि लोग अधिकार की मानसिकता छोड़ दें और अमीर बन जाएँ, ताकि वे समस्या को सुलझा सकें... जो उनकी ख़ुद की समस्या है।
>
> *– रॉबर्ट टी. कियोसाकी*

अति-मुद्रास्फीति से मुद्रा की क़ीमत घटती है। हालाँकि 1933 में एडोल्फ़ हिटलर के जर्मन चांसलर चुने जाने का सामाजिक, राजनीतिक और वित्तीय माहौल जटिल था, लेकिन उसके सत्तासीन होने का एक बहुत बड़ा कारण यह भी था कि मध्य वर्ग की जमा-पूँजी ख़त्म हो गई थी।

अमेरिका में 1930 के दशक में भारी मंदी का दौर शुरू हो गया, जिसकी वजह से फ्रैंकलिन डेलेनो रूज़वेल्ट राष्ट्रपति चुन लिए गए। रूज़वेल्ट ने समस्या को सुलझाने के लिए 1935 में सोशल सिक्युरिटी शुरू की, जो आज ख़ुद समस्या बन चुकी है। दूसरे शब्दों में, 75 साल पहले हमने एक समस्या को सुलझाने के लिए जो समाधान खोजा था, वही आज समस्या बन चुका है – दरअसल यह पहले से ज़्यादा बड़ी समस्या बन चुका है। हम असली

समस्या को सुलझाने के बजाय सरकारी पैसे से समस्या सुलझाने की कोशिश कर रहे हैं। समाधानों के तौर पर शुरू होने वाली अन्य सरकारी योजनाएँ थीं मेडिकेयर (1955) और मेडिकएड (1966)। आज ये ज़्यादा बड़ी समस्याएँ इसलिए बन चुकी हैं, क्योंकि हम असली समस्या को सुलझाने में कामयाब नहीं हो पाए।

जर्मन सरकार की ही तरह राष्ट्रपति निक्सन ने भी 1971 में स्वर्ण मानदंड ख़त्म कर दिया। आज अमेरिकी डॉलर का मूल्य घट रहा है, बचत करने वालों की जमा-पूँजी कम हो रही है और उनके रिटायरमेंट के लिए बहुत कम बचा है ... उनकी मदद के लिए सिर्फ़ सोशल सिक्युरिटी और मेडिकेयर हैं, जो ख़ुद संकट में हैं। इतिहास ख़ुद को दोहरा रहा है। फ़र्क़ सिर्फ़ इतना है कि इस बार समस्या ज़्यादा बड़ी है।

हम किस बारे में चिंतित हैं

डोनाल्ड ने कहा था : "मुझे डर है कि हमारे देशवासियों में अधिकार की मानसिकता जड़ें जमा चुकी है। और मैं सिर्फ़ ग़रीब लोगों की बात नहीं कर रहा हूँ। राष्ट्रपति और सीनेटर्स सहित बहुत से लोग सरकार से पेंशन की उम्मीद करते हैं। मैं सचमुच चाहता हूँ कि हम उनकी समस्याओं को सुलझाने का ख़र्च वहन कर सकें, लेकिन ऐसा करने पर देश दिवालिया हो जाएगा। हम अमीरों से सारा ख़र्च उठाने के लिए कह सकते हैं, लेकिन क्या इससे समस्या सुलझेगी? और अगर सुलझ भी जाए, तो कितने समय तक सुलझेगी?"

मैं उनकी बात से सहमत था। डोनाल्ड और मैं चाहते हैं कि लोग अधिकार की मानसिकता को छोड़ दें और अमीर बन जाएँ, ताकि वे समस्या को सुलझा सकें ... जो उनकी ख़ुद की समस्या है।

नीचे दिए गए रेखाचित्र पर विचार करें :

ख़राब वित्तीय परिणामों की समस्या सुलझाने का सबसे अच्छा तरीक़ा अपने विचारों को बदलना है - ग़रीब और मध्यवर्गीय व्यक्ति के बजाय हमें अमीर व्यक्तियों की तरह सोचना चाहिए। इसका मतलब है अधिकार की मानसिकता त्यागना - चाहे आप सेना के अफ़सर हों, सरकारी कर्मचारी हों, स्कूल टीचर हों, कर्मचारी हों या ग़रीब हों। अगर हम सरकार से अपनी देखभाल की उम्मीद करते रहेंगे, तो हमें यही परिणाम मिलेंगे - एक दिवालिया देश, जो उच्च शिक्षित लेकिन वित्तीय रूप से ज़रूरतमंद लोगों से भरा है।

अल्बर्ट आइंस्टीन ने पागलपन की परिभाषा देते हुए कहा था, "एक ही काम बार-बार करना और अलग परिणामों की उम्मीद करना।" मेरी राय में बच्चों को स्कूल भेजना और उन्हें पैसे के बारे में कुछ नहीं सिखाना पागलपन है।

जब आप नीचे दिए गए ***कैशफ़्लो क्वाड्रैंट*** को देखते हैं, तो

ई *का मतलब है कर्मचारी*

एस *का मतलब है छोटा बिज़नेस मालिक, सेल्फ़-एम्प्लॉयड या विशेषज्ञ*

बी *का मतलब है बड़ा बिज़नेस मालिक, जैसे डोनाल्ड ट्रम्प*

आई *का मतलब है निवेशक*

मेरा मानना है कि हमें ज़्यादा से ज़्यादा बच्चों को बी क्वाड्रैंट का प्रशिक्षण देना चाहिए, ताकि वे उद्यमी बनकर नौकरियाँ उत्पन्न कर सकें। मेरा यह भी मानना है कि हमें सभी बच्चों को आई क्वाड्रैंट में निवेशक बनने का प्रशिक्षण देना चाहिए। विडंबना यह है कि आज हमारे स्कूल में बच्चों को ई या एस बनाने की शिक्षा तो बख़ूबी दी जा रही है, लेकिन बी या आई क्वाड्रैंट की बहुत कम शिक्षा दी जा रही है।

ठोस वित्तीय शिक्षा के साथ पढ़ाई पूरी करने के बजाय ज़्यादातर बच्चे जब स्कूल-कॉलेज से निकलते हैं, तो उनमें से कुछ तो कर्ज़ के बोझ तले दबे होते हैं। उनकी मानसिकता कड़ी मेहनत करने, बचत करने, कर्ज़ उतारने, दीर्घकालीन निवेश करने और डाइवर्सिफ़ाई करने की होती है।

वॉरेन बफ़ेट ने डाइवर्सिफ़िकेशन के बारे में कहा है :

"डाइवर्सिफ़िकेशन अज्ञान का कवच है। अगर आप जानते हैं कि आप क्या कर रहे हैं, तो डाइवर्सिफ़िकेशन में बहुत कम समझदारी है।"

अमीर बनने की एक कुंजी यह है कि आपको यह पता होना चाहिए कि आप क्या कर रहे हैं।

दोबारा मंच पर

"पंद्रह मिनट," बिल जैंकर ने डोनाल्ड से कहा।

वे बोले, "ठीक है! मैं तैयार हूँ।"

जब हम मंच की तरफ़ बढ़े, तो डोनाल्ड ने कहा, "हम लोगों को इसलिए अमीर बनाना चाहते हैं, ताकि वे अपनी वित्तीय समस्याएँ ख़ुद सुलझा सकें। ज़्यादातर लोग शेयर बाज़ार, सरकार या पेंशन से अपनी समस्याएँ सुलझाने की आस लगाए बैठे हैं।"

मैंने कहा, "शुरुआत के लिए यह जगह अच्छी है।"

"हम अमीर *कैसे* बने, इसके बजाय हमें लोगों को यह बताना होगा कि हम अमीर *क्यों* बने। ... और हमें लोगों को यह भी बताना होगा कि काफ़ी अमीर होने के बावजूद हम अब भी काम क्यों करते हैं।"

"हम उनसे कहेंगे कि सरकार से मदद की उम्मीद करने के बजाय वे अपने *'क्यों'* यानी कारण ख़ुद खोजें। इस तरह हम समस्या को सुलझाने में योगदान दे सकते हैं। ज़ाहिर है, हम सबकी मदद नहीं कर सकते हैं, क्योंकि सब व्यक्तियों में अमीर बनने की प्रतिभा नहीं होती है, लेकिन हम उन लोगों की मदद कर सकते हैं, जिनमें अमीर बनने की प्रतिभा और इच्छा है।"

डोनाल्ड ने कहा, "यह अधिकार की मानसिकता एक विकराल समस्या है।"

"वाक़ई बहुत बड़ी," मैंने सहमत होते हुए कहा।

डोनाल्ड बोले, "यह तो राष्ट्रीय कर्ज़, डॉलर के घटते मूल्य, तेल संकट और रिटायरमेंट योजनाओं से भी ज़्यादा बड़ी समस्या है। हालाँकि ये समस्याएँ भी बहुत बड़ी और असली हैं।"

"समस्याओं से कोई फ़र्क़ नहीं पड़ता है," मैंने कहा। "हम सबके पास पैसे की समस्याएँ हैं... आपके और मेरे पास भी हैं। असली फ़र्क़ तो इससे पड़ता है कि हम समस्या को कैसे *सुलझाते* हैं।"

"बिलकुल सही कहा," डोनाल्ड ने कहा। "अगर हमारे देशवासी अधिकार की मानसिकता रखेंगे, तो हम अपनी या देश की वित्तीय समस्याओं को नहीं सुलझा सकते। यह मानसिकता ही सारी समस्या की जड़ है। इसीलिए हम लोगों को अमीर बनाना चाहते हैं।"

जब मैं मंच की सीढ़ियाँ चढ़ा और डोनाल्ड का परिचय देने के लिए तैयार हुआ, तो मैंने कहा, "हमारी वित्तीय समस्याएँ हमारे सोचने के तरीक़े से उत्पन्न होती हैं। यही वजह है कि हमें पैसे के बारे में सोचने का तरीक़ा बदलना होगा।"

इतना कहकर मैं मंच पर चढ़ गया और हज़ारों प्रशंसकों तथा विद्यार्थियों के सामने खड़े होकर डोनाल्ड ट्रम्प का परिचय देने लगा।

डोनाल्ड का दृष्टिकोण

भेड़ चिंतन

रॉबर्ट ने कहा है, "हम पुरातन चिंतन से वर्तमान वित्तीय संकट को नहीं सुलझा सकते।" मैं इस बात से सहमत हूँ। अधिकार की यह मानसिकता हर जगह है। दरअसल यह हमारी अर्थव्यवस्था में किसी महामारी की तरह फैल चुकी है।

मुझे लगता है कि हम सभी "भेड़चिंतन" का मतलब जानते होंगे। यह भीड़ की मानसिकता है, जो लोगों के सर्वश्रेष्ठ और निकृष्टतम स्वरूप को उभारती है। सर्वश्रेष्ठ से मेरा मतलब है कि एक गड़रिया प्रकट हो जाएगा और भीड़ को सही राह दिखाएगा। लेकिन इस बात की संभावना कम होती है। आम तौर पर भेड़िए पहले आएँगे और भेड़ों का रेवड़ उनके पीछे चलने के लिए तैयार हो जाएगा। हम चाहते हैं कि आप भेड़ों के रेवड़ का हिस्सा न बनें। हम चाहते हैं कि आप देखने, सुनने, सोचने और करने में सक्षम बनें, ताकि आप भेड़चाल से अलग रह सकें। जो लोग ख़ुद सोच सकते हैं, वे भेड़ों के रेवड़ का हिस्सा कभी नहीं बनते हैं।

भेड़ चिंतन लोगों को वित्तीय रूप से आत्मनिर्भर नहीं बनने देता। इसके चलते वे ख़ुद कुछ नहीं सोच पाते हैं और अंधों की तरह अपना पैसा वित्तीय सलाहकारों के हवाले कर देते हैं। इससे मुझे एक और कहानी याद आती है।

क्लियर चैनल पर अपने रेडियो प्रोग्राम में मैंने "ऑब्जेक्ट ऑरेंज" के बारे में बोलने का फ़ैसला किया। यह ज्याँ-क्लॉड और क्रिस्टो के "गेट्स" प्रोजेक्ट के बारे में नहीं है, जो पिछले साल सेंट्रल पार्क में हुआ था। यह डेट्रॉयट, मिशिगन में हुई एक घटना के बारे में है।

डेट्रॉयट में खंडहर मकानों की समस्या थी, क्योंकि पिछले पचास सालों में शहर से लगभग दस लाख लोग पलायन कर गए थे। शहर के चित्रकारों का एक समूह खंडहर इमारतों को देखते-देखते तंग आ गया था। इसलिए उन्होंने इसके बारे में कुछ करने का फ़ैसला किया।

खंडहर इमारतों की तरफ़ लोगों का ध्यान आकर्षित करने के लिए चित्रकारों ने रातोरात उन पर भड़कीला नारंगी रंग पोत दिया। भड़कीले नारंगी रंग को अनदेखा करना मुश्किल होता है, इसलिए उन खंडहरों को गिरा दिया गया – जो इस काम का उद्देश्य था।

चित्रकारों ने अपनी पहचान गोपनीय रखी थी। वे जानते थे कि उन पर आपराधिक मामला चलाया जा सकता है। यह भी उम्मीद है कि दूसरे सनकी भी इसी

तरह का कोई काम करके समस्याएँ सुलझाने में योगदान देंगे।

> जो लोग ख़ुद सोच सकते हैं, वे भेड़ों के रेवड़ का हिस्सा नहीं बनते हैं।
> *– डोनाल्ड जे. ट्रम्प*

यह लोगों द्वारा ख़ुद पहल करने और परिणाम हासिल करने का बहुत बढ़िया उदाहरण है। चित्रकारों ने किसी के आने और कुछ करने का इंतज़ार नहीं किया। इसके बजाय उन्होंने मामले को अपने हाथ में ले लिया। उनका तरीक़ा अपारंपरिक, लेकिन बहुत कारगर था।

अपारंपरिक चिंतन स्पष्ट रूप से ज़िंदा है और अच्छी तरह काम कर रहा है – निश्चित रूप से डेट्रॉयट में। चित्रकार ही अकेले नहीं हैं, जिन्हें अपने दिमाग़ का इस्तेमाल करने का अधिकार है – हम सभी को यह अधिकार है। हमें इसी तरह सोचना चाहिए, भले ही हम कहीं भी रहते हों या कुछ भी करते हों। हमारे लिए व्यक्तिगत और राष्ट्रीय दोनों दृष्टियों से सबसे बुरी चीज़ यह है कि हम निष्क्रिय या मूक दर्शक बन जाएँ – या धीरे-धीरे अपने आरामदेह दायरे में डूब जाएँ।

जैसा मैं पहले भी कह चुका हूँ, जीतने का सबसे अच्छा तरीक़ा संघर्ष करना है। हालाँकि हम तथाकथित महाशक्ति बन चुके हैं, लेकिन हमें अपनी पुरानी प्रतिष्ठा के दम पर आराम करने के प्रलोभन में नहीं फँसना चाहिए। यह पतन का पहला संकेत होता है। हमारे सामने कुछ चुनौतियाँ हैं और यह सबसे अच्छा रहेगा कि हम उनके बारे में जागरूक रहें। हमें भेड़ चिंतन के जाल में नहीं फँसना चाहिए, क्योंकि इससे हमारा जहाज़ डूब जाएगा।

आज लोगों को अपने सोचने के तरीक़े को बदलने की जितनी ज़रूरत है, उतनी पहले कभी नहीं रही। अपनी वित्तीय स्थिति तथा भविष्य के बारे में सोचने के तरीक़े को बदले बिना काम नहीं चलेगा।

रॉबर्ट और मैं चाहते हैं कि आप अपने चिंतन का विस्तार करें। हम सभी डेकार्ट की बुद्धिमानी से लाभ उठा सकते हैं : "मैं सोचता हूँ, इसलिए मैं हूँ।"

ज़्यादा बड़ा सोचें!

अध्याय तीन

सिकुड़ता मध्य वर्ग

रॉबर्ट के विचार

आपका वित्तीय आई.क्यू. बढ़ाना

बुद्धिमत्ता की कई परिभाषाएँ हैं। इसकी एक व्यावहारिक परिभाषा मैंने अपने अमीर डैडी से सीखी थी, "बुद्धिमत्ता समस्याएँ सुलझाने की योग्यता है।" मिसाल के तौर पर, स्कूल में अगर आप गणित की समस्याएँ सुलझा लेते हैं, तो आपको गणित में बुद्धिमान समझा जाता है। स्कूल से निकलने पर अगर आप कार सुधार सकते हैं, तो आपमें कार संबंधी बुद्धिमत्ता समझी जाती है। पैसे के मामले में आप जितनी बड़ी वित्तीय समस्याएँ सुलझा सकते हैं, आपकी वित्तीय बुद्धिमत्ता उतनी ही ज़्यादा होती है।

आज हमारी दुनिया के सामने कई गंभीर वित्तीय समस्याएँ हैं। इनमें से कुछ तो आपस में जुड़ी हुई हैं और एक समस्या के कारण दूसरी उत्पन्न होती है। हमारे सामने मौजूद कुछ गंभीर वित्तीय समस्याएँ हैं :

1. डॉलर का मूल्य घटना
2. राष्ट्रीय कर्ज़ बढ़ना
3. बेबी बूमर्स का रिटायर होना
4. तेल की क़ीमतें बढ़ना
5. अमीरों और बाक़ी लोगों के बीच की खाई बढ़ना
6. तनख़्वाह घटना
7. नौकरियों की आउटसोर्सिंग
8. सोशल सिक्युरिटी और मेडिकेयर का दिवालिया होना
9. जमा-पूँजी ख़त्म होना
10. स्कूल-कॉलेजों में वित्तीय शिक्षा का अभाव

कुछ गंभीर सवाल हैं :

1. हम क्या कर सकते हैं?
2. इन समस्याओं के समाधान क्या हैं?
3. क्या हमारा वित्तीय आई.क्यू. इतना ज़्यादा है कि हम इन समस्याओं को सुलझा सकेंगे?
4. इन समस्याओं के शिकार होने से हम कैसे बच सकते हैं?
5. हम अपने परिवारों को इन समस्याओं का शिकार होने से कैसे बचा सकते हैं?

आज की कई वित्तीय समस्याएँ इसलिए अस्तित्व में हैं, क्योंकि हमने उन्हें तब नहीं सुलझाया, जब वे पहली बार सामने आई थीं। लोगों के वित्तीय आई.क्यू. को बढ़ाने के बजाय हमने उन्हें सिखाया कि वे अपनी व्यक्तिगत समस्याओं को सुलझाने के लिए सरकार से आस लगाएँ। इसीलिए कोई भी नेता सोशल सिक्युरिटी और मेडिकेयर से छेड़छाड़ करने की हिम्मत नहीं जुटा पाता है... हालाँकि हममें से ज़्यादातर लोग जानते हैं कि इन योजनाओं का दिवालिया होना तय है।

मुझे लगता है, आपमें से कुछ पाठक कह रहे होंगे, "जो लोग अपनी देखभाल नहीं कर सकते, हमें उनकी देखभाल करनी चाहिए।" मैं इस बात से सहमत हूँ। सभ्य समाज होने के नाते हमें उन लोगों की देखभाल करनी चाहिए, जो अपनी देखभाल ख़ुद नहीं कर सकते। बहरहाल, हममें से ज़्यादातर लोग अपनी देखभाल ख़ुद कर *सकते* हैं, बशर्ते हमें करनी *पड़े* और हमारे पास उसका प्रशिक्षण हो।

यह अपने वित्तीय आई.क्यू. को बढ़ाने का समय है।

जनसंख्या का बदलता ग्राफ़

अतीत में हमारे कमज़ोर वित्तीय आई.क्यू. समाधानों के कारण आज हमारी जनसंख्या का ग्राफ़ बदल रहा है

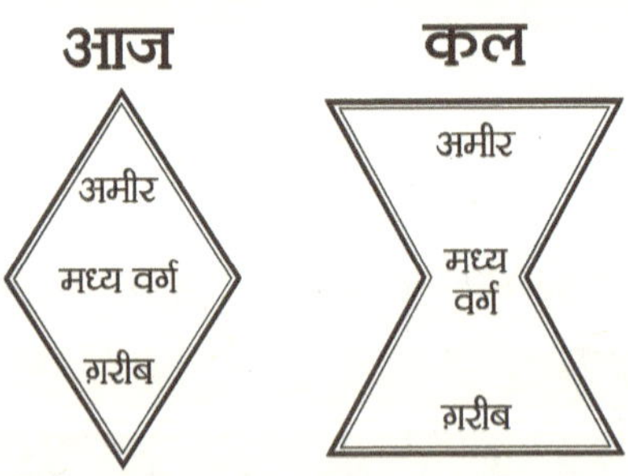

जैसा रेखाचित्र से स्पष्ट है, अमीर लोग ज़्यादा अमीर बनते जा रहे हैं और बाक़ी सभी ज़्यादा ग़रीब होते जा रहे हैं, हालाँकि बहुत से लोग पहले से ज़्यादा पैसे बना रहे हैं। दुर्भाग्य से, सिर्फ़ अमेरिका ही इस दिशा में नहीं बढ़ रहा है। दुनिया की बहुत सी अर्थव्यवस्थाएँ दो वर्गों का समाज बनती जा रही हैं : अमीर और ग़रीब ... ख़ास या आम।

हम आपको अमीर क्यों बनाना चाहते हैं?

16 अप्रैल 2006 को *द न्यूयॉर्क टाइम्स* के रविवारीय अंक में पहले पन्ने पर एक लेख छपा, जिसका शीर्षक था :

> "जापान के उत्थान से आर्थिक खाई बढ़ी"

इस लेख का दूसरा पैरेग्राफ़ था :

> "जो देश कभी यह नारा देता था : '10 करोड़ लोग, सभी मध्य वर्गीय', आज वह 'विजेताओं' और 'पराजितों' में बँट चुका है। आज जापान 'बढ़ती हुई असमानताओं का समाज बन गया है।'"

दूसरे शब्दों में, मध्य वर्ग नष्ट होता जा रहा है। जापान में आज आप या तो अमीर हैं या ग़रीब हैं, वित्तीय रूप से विजेता हैं या पराजित हैं। यही अमेरिका और कई यूरोपीय देशों में भी हो रहा है।

कम वित्तीय आई.क्यू. की क़ीमत

डोनाल्ड ट्रम्प और मैं इस बात पर एकमत हैं कि हम आज की जटिल वित्तीय चुनौतियों को बीते हुए कल की वित्तीय बुद्धि से नहीं सुलझा सकते। अगर हम सोशल सिक्युरिटी और मेडिकेयर की समस्या को सुलझाने के लिए जनता को ज़्यादा अनुदान देंगे, तो इस तरह से हम सोने का अंडा देने वाली मुर्गी का पेट चीर देंगे और फिर भविष्य में हमारे हाथ सोने का एक भी अंडा नहीं लगेगा।

हम लिखते हैं, भाषण देते हैं, शैक्षणिक खेल खेलते हैं और अन्य प्रॉडक्ट्स बनाते हैं। इसका कारण यह है कि हम लोगों को अमीर बनाना चाहते हैं, ताकि वे अपनी वित्तीय समस्याओं को सुलझाने के लिए किसी दूसरे का मुँह न ताकें, बल्कि उन्हें ख़ुद सुलझा लें। हम दोनों की ही यह राय है कि लोगों को पैसा देकर हमने समस्या को ज़्यादा बड़ा, मुश्किल और ख़तरनाक बना लिया है।

आसान शब्दों में कहा जाए, तो अमेरिका अब एक ऐसा उच्च शिक्षित देश बनने वाला है, जिसमें सिर्फ़ अमीर और ग़रीब होंगे। मध्य वर्ग लुप्त होने की कगार पर है। समस्या यह है कि हमारे देश में मेरे ग़रीब डैडी जैसे बहुत सारे लोग हैं - जो एक अच्छे आदमी थे, उच्च-शिक्षित थे, परिश्रमी थे, लेकिन रिटायर होने के बाद सरकारी मदद की उम्मीद करते थे।

हमने इस बात का ज़िक्र किया है कि कुछ सालों में लगभग 7.5 करोड़ बेबी बूमर्स की पहली खेप रिटायर होने लगेगी। यह वह पहली पीढ़ी थी, जिसने पूरी तरह से सोशल सिक्युरिटी और मेडिकेयर में योगदान दिया है। समस्या यह है कि जो पैसा उन्होंने लगाया था, वह ग़ायब हो चुका है।

> बुद्धिमत्ता की कई परिभाषाएँ हैं। इसकी एक व्यावहारिक परिभाषा मैंने अपने अमीर डैडी से सीखी थी, "बुद्धिमत्ता समस्याएँ सुलझाने की योग्यताहै।"
>
> *– रॉबर्ट टी. कियोसाकी*

दो और समस्याएँ हैं : चूँकि हम स्कूलों में पैसे के बारे में ज़्यादा कुछ नहीं सिखाते हैं, इसलिए उन 7.5 करोड़ लोगों में से ज़्यादातर को यह नहीं मालूम कि उनका पैसा कैसे ग़ायब हुआ। दूसरी बात, चूँकि उन लोगों ने पूरा योगदान दिया है, इसलिए उन्हें पाई-पाई का भुगतान पानें का हक़ है। लेकिन अगर 7.5 करोड़ बेबी बूमर्स में से हर एक को सोशल सिक्युरिटी और मेडिकेयर लाभों में सिर्फ़ 1,000 डॉलर महीना भी दिया जाए, तो अमेरिकी सरकार पर हर महीने 75 बिलियन डॉलर का अतिरिक्त ख़र्च आ जाएगा। यह कैटरिना तूफ़ान या इराक युद्ध के ख़र्च के बराबर होगा - हर महीने। अच्छी ख़बर यह है कि वित्तीय तूफ़ान का शिकार होने से बचने के लिए आपके पास अब भी तैयारी का समय है ... लेकिन ज़्यादा नहीं है।

संडे स्कूल में मुझे सिखाया गया था :

> *किसी आदमी को मछली दोगे, तो उसका पेट एक दिन के लिए भर जाएगा।* और यही हमारा देश करता आ रहा है। यह सोशल सिक्युरिटी और मेडिकेयर के अधिकार की मानसिकता है।
>
> *किसी आदमी को मछली पकड़ना सिखा दोगे, तो उसका पेट ज़िंदगी भर के लिए भर जाएगा।* यही डोनाल्ड और मैं कर रहे हैं। हम लोगों को अमीर बनना और दूसरों को अमीर बनाना सिखा रहे हैं।

टीच टु बी रिच एक ऐसा प्रॉडक्ट है, जिसे मैंने हमारे ***कैशफ़्लो*** क्लब्स की मदद के लिए तैयार किया है, ताकि लोग दूसरों को अमीर बनना सिखा सकें। इसमें मैंने बताया है कि कुछ लोग दूसरों को मछली देना या पकड़ना नहीं सिखाना चाहते हैं ... इसके बजाय वे लोगों को मछली बेचते हैं। स्टॉक ब्रोकर्स, रियल एस्टेट ब्रोकर्स, वित्तीय योजनाकार, बैंकर्स और बीमा एजेंट ऐसे ही लोग होते हैं। वे बेचने का काम करते हैं ... सिखाने या देने का काम नहीं करते हैं। जब आप *सेल (sell)* और *फ़िश (fish)* शब्दों को जोड़ देते हैं, तो आपको *सेल्फ़िश (selfish)* शब्द मिलता है, जिसका अर्थ है *स्वार्थी*। हालाँकि व्यवसाय के क्षेत्र में कार्यरत ज़्यादातर लोग स्वार्थी नहीं हैं, लेकिन फिर भी काफ़ी लोग स्वार्थी हैं। मैं यह बात यहाँ इसलिए कह रहा हूँ, ताकि आप सावधान रहें कि सिखाने वालों और बेचने वालों में फ़र्क़ होता है।

डोनाल्ड और मेरी चिंता यह है कि ज़्यादातर लोग अपने धन का प्रबंधन या निवेश करना नहीं सीखते हैं। *सीखने* के बजाय वे अपना धन विशेषज्ञों को *सौंप देते हैं* और फिर आशा तथा प्रार्थना करते हैं कि वे सचमुच विशेषज्ञ हों।

डोनाल्ड की पुस्तक *हाऊ टु गेट रिच* में उन्होंने वित्तीय सलाहकारों ... यानी मछली बेचने वाले स्वार्थी लोगों के बारे में लिखा है। उनके अध्याय का शीर्षक ही पूरी बात कह देता है :

अपने वित्तीय सलाहकार ख़ुद बनें

अध्याय यहाँ से शुरू होता है :

> "बहुत से लोग वित्तीय सलाहकारों को फ़ीस देते हैं, लेकिन मैंने देखा है कि अधिकांश सलाहकार लोगों को बर्बाद कर देते हैं।

> "ख़ास तौर पर खिलाड़ी कम उम्र में काफ़ी पैसे कमाते हैं, मगर अक्सर कोई वित्तीय सलाहकार खिलाड़ी की पूँजी मिटा डालता है और तीस साल की उम्र के बाद खिलाड़ी के पास अतीत की शोहरत के अलावा कुछ नहीं बचता है – और उसे ज़िंदा रहने के लिए मजबूरन काम करना पड़ता है।"

हम आपको मछली पकड़ना सिखाना चाहते हैं

डोनाल्ड ट्रम्प और मैं मछली नहीं बेचते हैं। हम निवेश सलाह नहीं बेचते हैं या लोगों को यह नहीं बताते हैं कि वे किस चीज़ में निवेश करें। हम टीचर्स हैं। हम चाहते हैं कि आप ख़ुद अमीर बनने का तरीक़ा सीखें, अपने धन का निवेश स्वयं करें और अपने वित्तीय विशेषज्ञ ख़ुद बनें। हम चाहते हैं कि आप ख़ुद मछली पकड़ना सीख लें।

अमीर डैडी का रहस्य

जैसा मैंने पहले ज़िक्र किया है, कई अमीर लोग अपने राज़ को राज़ ही रखना चाहते हैं। मुझे इस बात का तब तक एहसास नहीं हुआ, जब तक मेरे अमीर डैडी के परिवार ने *रिच डैड पुअर डैड* पुस्तक में अपने नाम का उल्लेख न करने को कहा। कई अमीर लोग ग़ुमनाम रहना चाहते हैं। वे या तो अपनी पहचान छिपाना चाहते हैं या फिर अपने वित्तीय रहस्य दूसरों को बताना नहीं चाहते हैं। इसीलिए मुझे यह देखकर सुखद हैरानी हुई कि बिलियनेअर होने के बावजूद डोनाल्ड ट्रम्प के विचार इतने खुले थे और वे लोगों को वित्तीय सफलता की कुंजियाँ बताने के इच्छुक थे।

अपनी पुस्तक *बफ़ेटोलॉजी* में मैरी बफ़ेट लिखती हैं :

> "एफ़. स्कॉट फ़िट्ज़ेराल्ड ने लिखा था कि बहुत अमीर लोग आपसे और मुझसे अलग होते हैं। उन्होंने सही कहा था। लेकिन वे कई बहुत अजीब मायनों में अलग होते हैं, ख़ास तौर पर इस मामले में कि वे परिवार और दोस्तों से चुप्पी साधे रखने की उम्मीद करते हैं। जब मैं पीटर (वॉरेन बफ़ेट के बेटे) की पत्नी थी, तो मुझे कई बार समझाया गया कि मैं वॉरेन और उनकी निवेश प्रक्रिया के बारे में परिवार के बाहर के किसी भी व्यक्ति से ज़िक्र न करूँ; यह पुस्तक लिखने का तो सवाल ही नहीं उठता था।"

पीटर से तलाक़ के बाद मैरी बफ़ेट ने ख़ामोशी का ताला तोड़ दिया। अपनी पुस्तक में उन्होंने विस्तार से बताया कि वॉरेन बफ़ेट कैसे निवेश करते हैं। उन्होंने बफ़ेट के रहस्य उजागर कर दिए। यह बहुत अच्छी पुस्तक है और इसे अच्छी तरह से लिखा गया है। यह वॉरेन बफ़ेट के रहस्य बताती है। यह वॉरेन बफ़ेट की *कैसे-करें* पुस्तक है, हालाँकि उन्होंने इसे प्रामाणिक घोषित नहीं किया है। बहरहाल, सच तो यह है कि यही वॉरेन बफ़ेट का तरीक़ा है। इसका यह मतलब नहीं है कि आप या मैं या डोनाल्ड ट्रम्प भी इसी तरह से निवेश कर सकते हैं। और यह भी ज़रूरी नहीं है कि हम ऐसा करना चाहेंगे।

आपको उस शैली और तरीक़े को खोजना होगा, जो आपके लिए सबसे उपयुक्त हो। हालाँकि वॉरेन और डोनाल्ड जैसे लोगों से सीखना महत्वपूर्ण है, लेकिन अपना ख़ुद का फ़ॉर्मूला

खोजना भी उतना ही महत्वपूर्ण है।

सपने बनाम लक्ष्य

सपने ज़्यादातर लोग देखते हैं। अमीर लोग लक्ष्य बनाते हैं। तो सवाल यह है, सपनों और लक्ष्यों में क्या फ़र्क़ है?

हाल ही में मैं अटलांटा, जॉर्जिया के न्यू बर्थ चर्च में प्रवचन सुन रहा था। उस दिन प्रवचन बिशप एडी लॉन्ग नहीं दे रहे थे। इसके बजाय वह प्रवचन आर्कबिशप वरनॉन ऐश ने दिया। उस प्रवचन में प्रक्रियाओं और लक्ष्यों की शक्ति पर सशक्त नसीहत दी गई थी।

आर्कबिशप ऐश ने कहा, "हर लक्ष्य की एक प्रक्रिया होती है।' उनके यह कहते ही मुझे एहसास होने लगा कि ज़्यादातर लोग अपने सपनों को साकार क्यों नहीं कर पाते हैं। उसका कारण यह है कि ज़्यादातर लोगों के पास सपने तो होते हैं, लेकिन वे उन्हें साकार करने के लिए आवश्यक प्रक्रिया पर ध्यान केंद्रित नहीं करते हैं। उदाहरण के लिए, वज़न बहुत से लोग घटाना चाहते हैं। लेकिन उनके लक्ष्य को हासिल करने की राह में डाइटिंग और एक्सरसाइज़ की मुश्किलें आ जाती हैं। परिणाम : अधिक स्वस्थ और आकर्षक शरीर का उनका सपना हमेशा सपना ही बना रहता है।

कुछ समय पहले मैं अपनी बेंटले कनवर्टिबल में अपने जिम गया। एक युवती ने जिम से बाहर निकलते समय कहा, 'यह मेरे सपनों की कार है।'

कार की प्रशंसा के लिए उसे धन्यवाद देते हुए मैंने पूछा, "आपके पास अपने इस सपने को सच करने की क्या योजना है?"

उसका जवाब था, "मुझे नहीं मालूम। मुझे लगता है कि मैं बस इसके सपने देखती रहूँगी।' आर्कबिशप ऐश इसी बारे में कह रहे थे। उनका संदेश यह था कि प्रक्रिया भी लक्ष्य जितनी ही महत्वपूर्ण है... इसलिए प्रक्रिया के बिना लक्ष्य बस सपना ही रह जाता है।

कई लोग, ख़ासकर धन संबंधी समस्याओं से घिरे लोग, सोचते हैं कि ज़्यादा पैसे से उनकी पैसे संबंधी समस्याएँ सुलझ जाएँगी। लक्ष्य बनाने और अपनी ख़ुद की प्रक्रिया - अपना ख़ुद का फ़ॉर्मूला - खोजने तथा अमीर बनने के बजाय... वे लॉटरी का टिकट ख़रीदते हैं, तनख़्वाह बढ़ने की उम्मीद करते हैं, पड़ोसी जोन्स परिवार की बराबरी करने के चक्कर में कर्ज़ में डूब जाते हैं, जो ख़ुद भी अमीर दिखने के चक्कर में बुरी तरह कर्ज़ में डूबे हैं, हालाँकि वे किसी दिन अमीर बनने के सपने देखते रहते हैं। आर्कबिशप का सबक़ यह था कि सपनों और लक्ष्यों के बीच सिर्फ़ प्रक्रिया का फ़र्क़ होता है... और कई मायनों में, प्रक्रिया सपने या लक्ष्य से ज़्यादा महत्वपूर्ण होती है।

क्या होगा, अगर सब कुछ चला जाए?

बरसों पहले एक रिपोर्टर ने हेनरी फ़ोर्ड से पूछा कि अगर उन्होंने अपनी बिलियन डॉलर की संपत्ति गँवा दी, तो क्या होगा। उन्होंने तपाक से जवाब दिया, "मैं इसे पाँच साल के भीतर दोबारा कमा लूँगा।" अपना ख़ुद का फ़ॉर्मूला, अपनी ख़ुद की प्रक्रिया खोजने का एक महत्वपूर्ण पहलू यह है कि जब आप अपने लक्ष्य तक पहुँचते हैं, तो ज्ञान हासिल करने की यह प्रक्रिया

ही आपको अमीर बनाती है। जैसा मेरे अमीर डैडी अक्सर कहा करते थे, "पैसा आपको अमीर नहीं बनाता है। ज्ञान आपको अमीर बनाता है।" और ज्ञान प्रक्रिया से हासिल होता है।

जैसा आप जानते हैं, डोनाल्ड और मेरे सामने कई वित्तीय मुश्किलें आई हैं। हम जानते हैं कि उन मुश्किलों ने हमें ज़्यादा स्मार्ट और अमीर बनाया है। वित्तीय मुश्किलें, विजय, पराजय - ये सभी चीज़ें अमीर बनने की प्रक्रिया का हिस्सा हैं। डोनाल्ड और मेरे लिए सीखने की प्रक्रिया उद्यमिता और रियल एस्टेट के माध्यम से थी। वॉरेन बफ़ेट की प्रक्रिया कंपनियाँ ख़रीदने के माध्यम से थी। मुहम्मद अली की बॉक्सिंग के माध्यम से थी। तो यह पुस्तक आपको फटाफट अमीर बनाने के बारे में नहीं है। यह पुस्तक तो अमीर बनने की आपकी ख़ुद की प्रक्रिया को खोजने के बारे में है। यह उस प्रक्रिया के बारे में है, जो आपके सपनों को सच कर देगी।

डोनाल्ड का दृष्टिकोण

सिकुड़ता मध्य वर्ग

रॉबर्ट के साथ सिकुड़ते मध्य वर्ग के बारे में बात करते समय मुझे इस बात का एहसास हुआ कि कुछ चीज़ें स्पष्ट की जा *सकती* हैं। नीचे जो डायग्राम दिया गया है, वह एक बालूघड़ी (hour glass) की तरह है, जिसका सिकुड़ा हुआ हिस्सा मध्य वर्ग है। या फिर यह ऐसी युवती की तरह है, जिसकी कमर बहुत पतली है।

कल

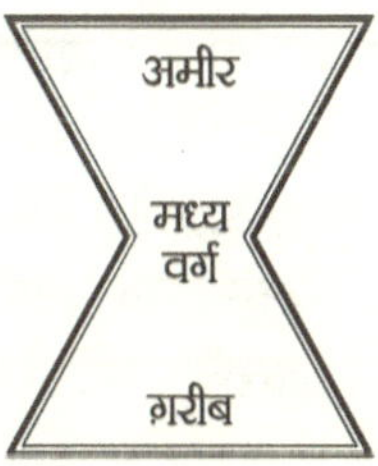

जब आप बालूघड़ी को उलटते हैं, तो क्या होता है ? चाहे आप इसे किसी भी तरह से उलटें, या तो ग़रीब लोग अमीरों को खिलाएँगे या फिर अमीर लोग ग़रीबों को खिलाएँगे। या तो यह होगा, या फिर वह होगा। मुझे यह तस्वीर पसंद नहीं है, क्योंकि इससे मुझे इतिहास याद आ जाता है। मुझे अमेरिका का वह विद्रोह याद आ

जाता है, जो इसने सामंती जीवनशैली के ख़िलाफ़ किया था। क्या हम दोबारा उसी दिशा में लौट रहे हैं ? क्या हमारे पूर्वजों का आदर्शवाद ग़लत था ?

सफ़र के दौरान मैं कुछ अख़बार पढ़ रहा था। *द वॉल स्ट्रीट जर्नल* के कुछ लेखों को पढ़ने के बाद मैं जोखिम के बारे में सोचने लगा। अभी कल ही हमने सुना था कि तीन पर्वतारोही माउंट एवरेस्ट फ़तह करने के बाद नीचे उतरते समय मौत की नींद सो गए। अपने लक्ष्य तक पहुँचने के बावजूद वे शायद थकान से मर गए। आज हमने महान रेसहॉर्स बारबरो और उसकी भयंकर दुर्घटना की ख़बर पढ़ी। वोल्वो ओशन रेस की दुर्घटना के बारे में भी, जिसमें हॉलैंड का एक युवक याट से समुद्र में गिर गया। दूसरी याट के लोग तूफ़ानी समुद्र में कूद पड़े। बचाने वालों में से एक लापता हो गया। वे सभी अनुभवी तैराक थे और उनकी निपुणता पर किसी को कोई संदेह नहीं था। दूसरी घटना में, हज़ारों लोग बारबरो नामक घोड़े को घुड़दौड़ का कीर्तिमान बनाते देखने गए। बहरहाल, दौड़ में उन्होंने उस घोड़े को गिरते देखा। यह एक अविश्वसनीय त्रासदी थी, जिसे कोई भी दर्शक नहीं भूल पाएगा। प्रशंसक ट्रिपल क्राउन विन देखने आए थे – यानी एक ही घोड़ा केंटुकी डर्बी, द प्रीकनेस और द बेलमोंट स्टेक्स जीते – 1978 के बाद से पहली बार। *द वॉल स्ट्रीट जर्नल* के पत्रकार ने लिखा था कि भीड़ का दुख उनकी शुरुआती उम्मीद जितना ही था।

उम्मीदों के आश्चर्यजनक परिणाम हो सकते हैं। अक्सर विजय और पराजय के बीच एक महीन रेखा होती है। इसके बारे में सोचने पर मैं दार्शनिक बन जाता हूँ। कई बार तो सबसे अच्छी योजनाएँ भी नियंत्रण के बाहर की घटनाओं के कारण असफल हो सकती हैं, जैसे मौसम, चोट या शायद बहुत ज़्यादा आत्मविश्वास (अगर ऐसी कोई चीज़ होती हो)। दर्शन (philosophy) उन अस्पष्ट चीज़ों और घटनाओं को समझने की कोशिश है, जो जीवन में कभी न कभी हम सबके सामने आती हैं।

मैंने पहले भी ज़िक्र किया है कि हम सबके लिए पूर्ण बनना महत्वपूर्ण है, वरना हम शिकार बन जाते हैं। एक छोटा सा छेद जहाज़ को डुबा सकता है। इसी तरह, तूफ़ान भी उसे डुबा सकता है, जैसा कि वोल्वो रेस के याटमैन हमें बता सकते हैं। दोनों ही प्रकार के असंतुलन हमारे संतुलन को अस्थिर व अनियंत्रित करने वाली स्थितियाँ उत्पन्न कर सकते हैं।

> कोई गारंटी नहीं है, लेकिन अगर हम तैयार होंगे, तो समस्याओं के आने पर हैरान नहीं होंगे।
>
> *– डोनाल्ड जे. ट्रम्प*

दुनिया के इतिहास के संदर्भ में हमारा देश हाल ही में महाशक्ति बना है। आज हमारे सामने जो सबसे बड़ा जोखिम है, वह है भविष्य के लिए तैयार न होना। जैसा हम देख चुके हैं, कोई गारंटी नहीं है, लेकिन अगर हम तैयार होंगे, तो समस्याओं के आने पर हैरान नहीं होंगे। प्रथम विश्व युद्ध के

दौरान गैलीपोली की लड़ाई में किसी को भी उम्मीद नहीं थी कि ढाई लाख सैनिक शहीद हो जाएँगे या ब्रिटिश, ऑस्ट्रेलियाई, न्यूज़ीलैंड और फ्रांसीसी सेनाओं का गठबंधन तुर्की जैसी तुच्छ सेना से हार जाएगा। यह उनके लिए बड़ी हैरानी की बात थी – क्योंकि उन्हें यह मालूम नहीं था कि वे कहाँ जा रहे थे।

वर्तमान चीन

आज के परिवेश में वैश्वीकरण जीवन की सच्चाई है। जब रॉबर्ट ने कहा कि हमें चीन और भारत की विकासशील अर्थव्यवस्थाओं पर नज़र रखनी चाहिए, तो मैं मुस्करा दिया – एक बार फिर हमारी सोच एक सी थी। कई लोग सोचते हैं कि चीन और/या भारत को अमेरिका जैसी आर्थिक महाशक्ति के बराबर पहुँचने में बरसों लगेंगे। लेकिन यह भेड़चिंतन की प्रक्रिया का एक और उदाहरण हो सकता है। रॉबर्ट और मैं इस समय भी इसके वैश्विक प्रभाव को देख सकते हैं।

हाल ही में मैं यूरोप में रहने वाले एक दोस्त से बातचीत कर रहा था। उसने बताया कि वहाँ अमेरिका के बजाय चीन के बारे में ज़्यादा ख़बरें छपती हैं। वहाँ चीन छाया रहता है। चीन के बारे में सिर्फ़ दो तथ्य ही यह बताने के लिए काफ़ी हैं कि चीन क्या कर रहा है और कहाँ जा रहा है :

1. चीन में पहला स्टारबक्स दो साल पहले खुला। अब चीन में अमेरिका से ज़्यादा स्टारबक्स हैं।
2. 1970 में शंघाई में सिर्फ़ एक गगनचुंबी इमारत (skyscraper) थी। आज वहाँ 800 से ज़्यादा गगनचुंबी इमारतें हैं।

मैं ख़ुद गगनचुंबी इमारतें बनाता हूँ और मेरे ट्रम्प टॉवर में स्टारबक्स है, इसलिए मुझे ये दोनों तथ्य बहुत प्रभावी लगे। सिर्फ़ इन्हीं दो उदाहरणों से यह बात साबित हो जाती है : चीन बहुत बड़ी शक्ति है। इसकी जनसंख्या इतनी ज़्यादा है कि दुनिया के हर पाँच लोगों में से एक चीनी है। चीन की अर्थव्यवस्था तरक्की कर रही है और नई प्रौद्योगिकी के बहुत अनुकूल है। चीन के लोग मेहनती और अनुशासित हैं। इसका क्या मतलब है ? हम या तो अपनी आँखें बंद करके हाशिए पर पहुँच सकते हैं या फिर चीन का अध्ययन करके परिवर्तनों से लाभ उठाने की स्थिति में आ सकते हैं।

वर्तमान भारत

मेरी दो सबसे बड़ी संतानें डॉन जूनियर और इवांका ट्रम्प ऑर्गेनाइज़ेशन में काम करते हैं। वे हाल ही में भारत गए थे, इसलिए मैंने भारत पर ख़ुद कुछ शोध करने का फ़ैसला किया। लेकिन सबसे पहले मैं एक वाक़या बताना चाहूँगा, जो ट्रम्प टॉवर में कुछ समय पहले हुआ था :

पिछले साल मेरी एक कर्मचारी हवाई अड्डे तक किराए की कार में जाने वाली थी। कार उसे लेने के लिए ट्रम्प टॉवर आई। युवा ड्राइवर भारत का था और ड्राइवर के रूप में वह पहली बार हवाई अड्डे तक जा रहा था। बहरहाल, यह जानने में उसकी ज़्यादा रुचि थी कि क्या कार में बैठी सवारी ने डोनाल्ड ट्रम्प को देखा था। मेरी कर्मचारी ने जवाब दिया, "हाँ, पाँच मिनट पहले।"

ड्राइवर बहुत प्रभावित होकर बोला, "आपने डोनाल्ड ट्रम्प को पाँच मिनट पहले देखा ? ट्रम्प टॉवर में ?"

"हाँ, वहीं उनका ऑफ़िस है और हम वहाँ काम करते हैं।"

युवक और ज़्यादा प्रभावित हो गया। उसने कहा, "आपका मतलब है, डोनाल्ड ट्रम्प *काम करते हैं ?*" उसे अपने कानों पर यक़ीन नहीं हो रहा था। इसलिए मेरी कर्मचारी ने मेरे जीवन की वास्तविकता विस्तार से बता दी : ऑफ़िस में काफ़ी देर तक काम करना, चिट्ठियाँ, पेंसिलें, कॉपी मशीन और ऐसी चीज़ें, जो हर ऑफ़िस में होती हैं।

ड्राइवर इसके बावजूद प्रभावित बना रहा। फिर हवाई अड्डे का रास्ता खोजते समय उसने मेरी कर्मचारी को अपने देश यानी भारत के बारे में कुछ बातें बताईं। कुछ ही मिनटों में उसने संक्षेप में भारत का इतिहास बता दिया। उसने यह भी बताया कि उसके देश में हज़ारों भाषाएँ और बोलियाँ हैं, हर तीस मील बाद बोलने का लहज़ा बदल जाता है, लेकिन चाहे आप पंजाब में हों या किसी भी प्रांत में, हर व्यक्ति छह शब्दों का मतलब समझता है।

अब चौंकने की बारी मेरी कर्मचारी की थी। उसने पूछा, "वे कौन से शब्द हैं ?"

ड्राइवर ने स्टियरिंग व्हील पर से अपने हाथ हटाकर उन्हें लहराते हुए कहा, "आपको नौकरी से निकाला जाता है!"

मेरी कर्मचारी हँस पड़ी और उसने पूछा कि क्या उसे हवाई अड्डे का रास्ता मालूम है। उसने कहा कि चिंता की कोई बात नहीं है, वह खोजने की कोशिश करेगा। मुझे ख़ुशी है कि उसने बिना किसी दिक़्क़त के रास्ता खोज लिया। स्पष्ट रूप से उसे दिशा का और अपने देश का बहुत अच्छा ज्ञान था।

क्या आपको अंदाज़ा है कि भारत किस दिशा में जा रहा है ? क्या हम भारत के बारे में *कुछ* जानते हैं ?

यहाँ पर कुछ तथ्य बताए जा रहे हैं :

- भारत दुनिया की सबसे बड़ी, सबसे पुराने समय से चली आ रही सभ्यता है।
- पिछले 10,000 सालों में भारत ने किसी भी देश पर आक्रमण नहीं किया है।

- भारत दुनिया का सबसे बड़ा प्रजातंत्र है।
- भारत दुनिया के उन चुनिंदा देशों में है, जिन्होंने हिंसा के बिना आज़ादी हासिल की है।
- जहाज़रानी (navigation) की कला 6,000 साल पहले सिंधु नदी में विकसित हुई थी। (शायद वह युवा ड्राइवर वहीं का था।)
- सभी यूरोपीय भाषाओं का जन्म संस्कृत से हुआ है।
- 17वीं शताब्दी में भारत पर ब्रिटेन के कब्ज़ा जमाने से पहले भारत दुनिया का सबसे अमीर देश था।
- शतरंज की खोज भारत में हुई थी।
- अंकों की खोज भारत में ही हुई। अल्बर्ट आइंस्टीन ने कहा था, "हम भारतीयों के बहुत ऋणी हैं, जिन्होंने हमें गणना करना सिखाया, क्योंकि इसके बिना कोई महत्वपूर्ण वैज्ञानिक खोज संभव नहीं थी।"
- बीजगणित, त्रिकोणमिति (trigonometry) और अंकगणित भारत की देन हैं।
- "पाई" का मान सबसे पहले बुधायन नामक गणितज्ञ ने आँका था। उन्होंने उस अवधारणा को स्पष्ट किया, जिसे पाइथैगॉरस थ्योरम के नाम से जाना जाता है। उन्होंने यह काम यूरोपीय गणितज्ञों से बहुत पहले छठी शताब्दी में ही कर दिखाया था।
- भारत दुनिया का सबसे बड़ा अँग्रेजी बोलने वाला देश है।

मैं यह कहना चाहता हूँ कि भारत पर निश्चित रूप से नज़र रखनी चाहिए और इसके बारे में ज़्यादा से ज़्यादा जानकारी हासिल करनी चाहिए। अमेरिका के 38 प्रतिशत डॉक्टर और 12 प्रतिशत वैज्ञानिक भारतीय मूल के हैं। वे अमेरिका और विश्व के सबसे अमीर जातीय समूह का प्रतिनिधित्व करते हैं। वे शिक्षा पर ज़ोर देते हैं और बहुत से भारतीय बड़े अमेरिकी तथा वैश्विक कॉरपोरेशन चलाते हैं।

भारत एक बार फिर प्रमुख आर्थिक महाशक्ति बन चुका है और उसे महत्व देना चाहिए, सिर्फ़ पर्यटन स्थल या इतिहास के हिस्से की तरह नहीं। भारत हमारे भविष्य के लिए महत्वपूर्ण है और वैश्विक रूप से जागरूक नागरिकों की तरह हमें इस आकर्षक तथा प्रगतिशील देश के बारे में जानकारी हासिल करने में कुछ समय देना चाहिए।

इसका निश्चित रूप से मतलब है कि दुनिया में व्यावहारिक प्रतियोगिता है, ख़ास तौर पर चीन और भारत में! यह अच्छी बात है – मैं हमेशा से मानता हूँ कि प्रतियोगिता हमें घमंड से छुटकारा दिलाती है। मार्क ट्वेन की बात याद रखेंः "इस तरह से न रहें कि आपका पालन-पोषण करना दुनिया का कर्तव्य है। दुनिया का

आपके प्रति कोई कर्तव्य नहीं है। यह आपके पहले अस्तित्व में आई है।"

यह बात बहुत सी चीज़ों पर लागू हो सकती है। इस बारे में सोचें। आप इस जानकारी से कैसे लाभ उठा सकते हैं? अमीर लोग अवसरों को देख लेंगे, जबकि ग़रीब अपना सिर रेत में छिपाकर नाटक करेंगे कि कुछ नहीं हो रहा है।

क्या आप इन आर्थिक परिवर्तनों से उत्पन्न होने वाले अवसरों को पहचान सकते हैं?

अध्याय चार

आप ख़ुद को अमीर कैसे बनाएँ

रॉबर्ट के विचार

समस्याएँ सुलझाएँ

धन की समस्याएँ सबके पास होती है। अगर आप ख़ुद को अमीर बनाना चाहते हैं, तो समस्याएँ सुलझाएँ। समस्या को पहचानने से समाधान खोजने का *अवसर* मिलता है।

हर पीढ़ी की अलग-अलग वित्तीय समस्याएँ होती हैं। मेरे माता-पिता की पीढ़ी के सामने मंदी और विश्वयुद्ध की चुनौती थी। उनके लिए इन समस्याओं का समाधान था स्कूल जाना, अतिरिक्त लाभ देने वाली सुरक्षित नौकरी करना, 65 की उम्र में रिटायर होना और बाक़ी ज़िंदगी सुकून से गोल्फ़ खेलना। द्वितीय विश्वयुद्ध की पीढ़ी के बहुत से लोगों के पास सुनिश्चित लाभ वाली पेंशन योजना (Defined Benefit Pension Plan), बचत, सोशल सिक्युरिटी और मेडिकेयर थे। मेरे माता-पिता की पीढ़ी के ज़्यादातर लोगों के हिसाब से अच्छी शिक्षा और अच्छी नौकरी वित्तीय सुरक्षा के लिए पर्याप्त थे।

मेरी पीढ़ी यानी बेबी बूमर पीढ़ी के सामने अलग क़िस्म की वित्तीय समस्याएँ हैं। आज कॉलेज की अच्छी शिक्षा और अच्छी नौकरी ही पर्याप्त नहीं हैं। स्थिति इसलिए भी बदतर हो गई है, क्योंकि नौकरियाँ विदेशों को निर्यात (Outsource) हो रही हैं। चूँकि नौकरियाँ विदेश जा रही हैं, इसलिए सबसे अमीर देशों के कर्मचारी बहुत महँगे लगने लगे हैं। एक बहुत ही महँगा ख़र्च है मेरे माता-पिता की पीढ़ी की सुनिश्चित लाभ वाली पेंशन योजना। कंपनियाँ कर्मचारियों को ज़िंदगी भर भुगतान नहीं करना चाहतीं।

1974 में बदलते वैश्विक बाज़ारों के कारण कई कंपनियों ने डिफ़ाइन्ड बेनिफ़िट (डीबी) पेंशन योजनाएँ बंद कर दीं और डिफ़ाइन्ड कंट्रीब्यूशन (डीसी) यानी सुनिश्चित योगदान वाली पेंशन योजनाएँ शुरू कर दीं, जिन्हें बाद में अमेरिका में 401 (के), आईआरए और कियोघ प्लान्स के नाम से जाना गया। मेरी पीढ़ी की समस्या यह है कि डीबी सच्ची पेंशन योजना है, जबकि डीसी वास्तव में पेंशन नहीं, बचत योजना है। दरअसल, 401 (के) को पेंशन योजना के रूप में बनाया ही नहीं गया था। दूसरे देशों में भी यही समस्या है। वे अपने सुनिश्चित लाभों और सुनिश्चित योगदान वाली पेंशन योजनाओं के लिए बस अलग नामों का इस्तेमाल

> धन की समस्याएँ सबके पास होती हैं। अगर आप ख़ुद को अमीर बनाना चाहते हैं, तो समस्याएँ सुलझाएँ। समस्या को पहचानने से समाधान खोजने का अवसर मिलता है।
>
> *– रॉबर्ट टी. कियोसाकी*

करते हैं।

बहुत आसान शब्दों में कहा जाए, तो सुनिश्चित लाभ वाली पेंशन योजना में आपको ज़िंदगी भर लाभ मिलता रहेगा। दूसरी तरफ़, सुनिश्चित योगदान वाली पेंशन योजना में आपको तभी तक लाभ मिल पाएगा, जब तक आपके खाते में पैसा रहेगा। दूसरे शब्दों में, सिद्धांततः सुनिश्चित लाभ वाली योजना में पैसे मिलना कभी बंद *नहीं* होंगे, जबकि सुनिश्चित योगदान वाली योजना में बंद हो *सकते* हैं। इसीलिए *यूएसए टुडे* के सर्वे में पाया गया कि वर्तमान अमेरिका में सबसे बड़ा डर रिटायरमेंट के बाद पैसे ख़त्म होने का है। हममें से ज़्यादातर लोग पहले से ही जानते हैं कि भविष्य में बेबी बूमर पीढ़ी के ८० प्रतिशत लोगों के पास गुज़र-बसर करने के लिए पर्याप्त दौलत नहीं रहेगी।

बेबी बूमर पीढ़ी के बाद आने वाली पीढ़ियों को जेनरेशन एक्स और जेनरेशन वाय कहा जाता है। इनके सामने की वित्तीय समस्याएँ अलग हैं। अगर बेबी बूमर जेनरेशन ने अपने माता-पिता के छोड़े कचरे को ठीक से साफ़ नहीं किया, तो जेनरेशन एक्स और जेनरेशन वाय के सामने कचरे का अंबार लग जाएगा, जिसे उन्हें साफ़ करना पड़ेगा। जेनरेशन एक्स और वाय के सामने न सिर्फ़ उनकी वित्तीय समस्याएँ और राष्ट्रीय कर्ज़ रहेगा (दुनिया के इतिहास में सबसे ज़्यादा कर्ज़), बल्कि उन्हें बेबी बूमर माता-पिता की वित्तीय समस्याएँ भी विरासत में मिलेंगी और शायद उनके दादा-दादियों की भी [क्योंकि हम सबकी जीवन-आशा (Life expectancy) बढ़ गई है]। ज़्यादा लंबे समय तक जीने के कारण हम अपने रिटायरमेंट की उम्र बढ़ा सकते हैं और ज़्यादा उम्र तक काम कर सकते हैं, लेकिन अगर हम ज़्यादा समय तक ज़िंदा रहें, मगर काम करने में समर्थ न हों, तो क्या होगा?

यह समस्या बहुत बड़ी है। यह ट्रिलियनों डॉलर की समस्या है। अगर हम इसे अगली पीढ़ी तक आगे धकाते चले जाएँगे, तो यह ज़्यादा बड़ी और जटिल बन जाएगी। वित्तीय समस्याएँ जितनी ज़्यादा बड़ी और जटिल होंगी, उन्हें सुलझाने के लिए उतने ही ज़्यादा वित्तीय आई.क्यू. की ज़रूरत होगी। हमें इस समस्या को सुलझाने के लिए अपनी सारी दिमाग़ी शक्ति लगानी पड़ेगी।

सबसे बड़ी बात, अक्टूबर 31, 2005 की *टाइम मैग्ज़ीन* की कवर हेडलाइन थीः

"द ग्रेट रिटायरमेंट रिपऑफ़

> जो करोड़ों अमेरिकी सोचते हैं कि वे रिटायरमेंट के बाद आराम से रहेंगे, उन्हें **दुखद हैरानी** होगी।
>
> कंपनियाँ किस तरह लोगों की जेब काट रही हैं – संसद की मदद से।"

हमारे स्कूलों में वित्तीय शिक्षा का अभाव है। इस कारण अनैतिक लोगों, जिनमें दोनों राजनीतिक दलों के चुने हुए प्रतिनिधि शामिल हैं, के लिए यह आसान हो जाता है कि वे

विश्वास करने वाले भोले-भाले लोगों की जेब क़ानूनी रूप से काट सकें। इसलिए समस्या जटिल होती जाती है।

मुझे इसके बारे में बताएँ

डोनाल्ड और मैं उम्मीद करते हैं कि हमारा अंदाज़ा ग़लत हो, लेकिन हमें सचमुच लगता है कि अमेरिका संकट में है ... और अगर अमेरिका संकट में है, तो समझ लीजिए पूरी दुनिया संकट में है।

आज की दुनिया की सबसे बड़ी समस्याओं में से एक तेल (crude oil) की बढ़ती क़ीमत है। तेल संसार की अर्थव्यवस्था का ख़ून है। अगर तेल की क़ीमत यूँ ही बढ़ती रही और हम जल्द ही इसका कोई बेहतर विकल्प नहीं खोज पाए, तो विश्व की अर्थव्यवस्था दम तोड़ने लगेगी। जैसा डोनाल्ड ने मुझसे एक दिन कहा था, "अगर किसी दिन गैस स्टेशन पर गैसोलिन का दाम पाँच डॉलर प्रति गैलन हो जाए, तो इससे आपको और मुझे ज़्यादा फ़र्क़ नहीं पड़ेगा। लेकिन अगर आप एक घंटे में 10 डॉलर कमाते हैं, तो पाँच डॉलर प्रति गैलन का दाम होने पर आपके परिवार के राशन में कटौती हो सकती है।" उन्होंने आगे कहा, "कच्चा तेल हमारी अर्थव्यवस्था की *हर चीज़* को प्रभावित करता है और समस्या यह है कि हमारे तेल का स्टॉक ख़त्म हो रहा है। ऐसे में क़ीमतें ऊपर ही जाएँगी। आपको और मुझे तो कोई ख़ास दिक्क़त नहीं होगी, लेकिन इससे लाखों-करोड़ों लोग तबाह हो जाएँगे।"

अगर तेल की क़ीमत 100 डॉलर प्रति बैरल से ऊपर हो जाती है और मुझे यक़ीन है कि निकट भविष्य में ऐसा होगा, तो अर्थव्यवस्था पर बुरा असर पड़ेगा - लेकिन यह ज़रूरी नहीं है कि इसका *आप* पर भी बुरा असर पड़े। आप *इसी समय* इस समस्या का सामना कर सकते हैं और समाधान का हिस्सा बन सकते हैं।

जब मैं आगे आने वाली कुछ वित्तीय चुनौतियों के बारे में बात करता हूँ, तो मुझे अलग-अलग प्रतिक्रियाएँ मिलती हैं। एक आम प्रतिक्रिया है, "मुझे यह सब न बताएँ।" दूसरी प्रतिक्रिया मिलती है, "हमें सकारात्मक सोचना चाहिए। इतना नकारात्मक सोच अच्छा नहीं है," या "ईश्वर हर समस्या को सुलझा देगा।"

ये प्रतिक्रियाएँ उन लोगों की हैं, जिनका वित्तीय आई.क्यू. बहुत कमज़ोर है। समस्याओं का सीधे सामना करने और यह पूछने के बजाय कि "मैं इन समस्याओं से कैसे लाभ उठा सकता हूँ?" वे अपना सिर रेत में छिपा लेते हैं। इस मानसिकता के कारण लाखों-करोड़ों लोग आने वाले वर्षों में बुरी तरह आहत होंगे। समस्या को अवसर के रूप में देखने के बजाय वे आँखों पर पट्टी बाँधना पसंद करते हैं।

दौलत = ऊर्जा

1973-74 के पहले तेल संकट के बाद मेरे अमीर डैडी ने मुझे सिखाया था कि कच्चे तेल और दौलत में सीधा संबंध होता है। वे अक्सर कहते थे, "दौलत=ऊर्जा।" चूँकि मैं 1966 से शुरुआत करने के बाद स्टैंडर्ड ऑइल के टैंकर पर एप्रेंटिस था, इसलिए तेल में मेरी रुचि थी। अमीर डैडी का स्पष्टीकरण सीधा था। उनका कहना था, "जब ऊर्जा का मूल्य घटता है, तो हमारी दौलत बढ़ जाती है।" समीकरण इस तरह दिखता है :

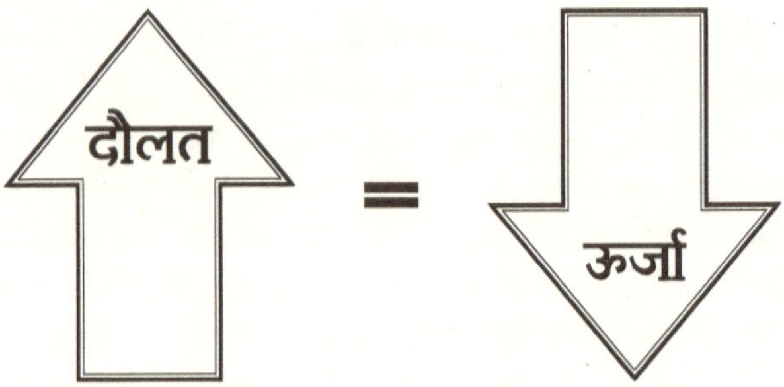

इसी तरह, जब ऊर्जा का मूल्य बढ़ता है, तो ज़्यादातर लोगों की दौलत घट जाती है।

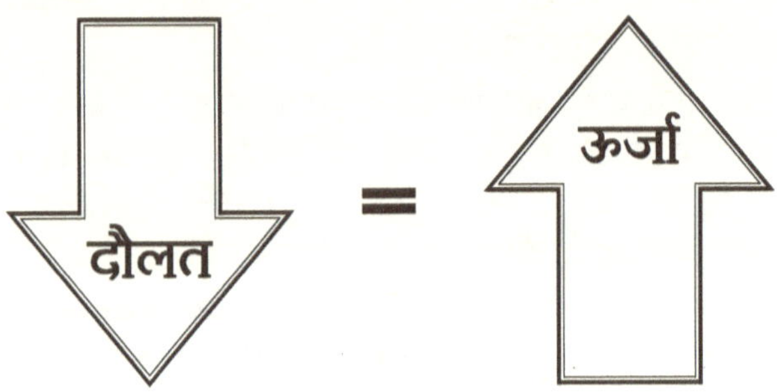

1974 में मैंने ज़ेरॉक्स कंपनी के सेल्समैन के रूप में अपना नया कैरियर शुरू किया। इस साल मेरे अमीर डैडी का सिद्धांत सही साबित हुआ। 1974 में तेल की ऊँची क़ीमतों के कारण अर्थव्यवस्था संकुचित होने लगी। लोगों ने ज़ेरॉक्स फ़ोटोकॉपियर किराए पर लेना बंद कर दिया। इसके विपरीत, वे उन मशीनों को लौटाने लगे जो उन्होंने पहले किराए पर ली थीं। नए सेल्समैन के रूप में मेरी पहली बिक्री के वक़्त मैं ग्राहक के सामने घुटने टेककर बैठा था और बेचने के बजाय गिड़गिड़ा रहा था। मैं ग्राहक से गुज़ारिश कर रहा था कि वह अपनी मशीन न लौटाए। मुझे याद है, एक ग्राहक ने मुझसे कहा था, "अब मैं फ़ोटोकॉपियर का क्या करूँगा? मेरा बिज़नेस तो चौपट हो गया है।" इस छोटे से उदाहरण से आप समझ सकते हैं

कि जब ऊर्जा का मूल्य बढ़ जाता है, तो क्या होता है।

शुरुआती दो सालों में मेरी हालत बड़ी अजीब थी। ज़ेरॉक्स से पैसे लेने के बजाय मुझे उल्टे पैसे देने थे। यह अजीब परिस्थिति इसलिए थी, क्योंकि जब भी कोई ग्राहक किराए की मशीन लौटाता था, तो मशीन को किराए पर देने का कमीशन मशीन गँवाने वाले सेल्समैन के ख़ाते में से कट जाता था। मैं बेच नहीं रहा था, बल्कि भूखों मर रहा था। उन दो सालों में मैं कई बार नौकरी से निकलते-निकलते बचा।

बुरे समय में आप अमीर बन सकते हैं

अच्छी बात यह है कि संकुचित होती अर्थव्यवस्था की चुनौती ने मुझे ज़्यादा अच्छा सेल्समैन बना दिया। हालाँकि मैंने उस वक़्त अपने इस हुनर से ज़्यादा पैसा नहीं कमाया, लेकिन उस समय का सेल्स प्रशिक्षण आज भी लाभ पहुँचा रहा है। मेरे व्यवसाय इसलिए सफल हैं, क्योंकि मैं बेच सकता हूँ - और सेल्स तथा मार्केटिंग के महत्व को समझता हूँ। मुश्किल आर्थिक समय में इन चीज़ों से लाभ होता है। जैसा डोनाल्ड ट्रम्प और मैं अक्सर कहते हैं, "अगर आप किसी भी तरह के व्यवसाय में हैं, तो आपको यह सीखना होगा कि बेचा कैसे जाता है।"

मेरे वित्तीय आई.क्यू. को बढ़ाना

चूँकि तेल की आपूर्ति कम थी, इसलिए मेरे अमीर डैडी ने सुझाव दिया कि मैं तेल उद्योग के बारे में ज़्यादा सीखूँ। मैं स्टैंडर्ड ऑइल में 1966 से 1969 तक रहा। पहले मैं एक एप्रेंटिस था और फिर शिप ऑफ़िसर के रूप में उनके ऑइल टैंकर में थर्ड मेट रहा। चूँकि मेरी तेल में रुचि थी, इसलिए मुझे इसके बारे में सीखना ज़्यादा आसान लगा।

एक बार जब मैं ज़ेरॉक्स के सेल्समैन के रूप में सफल होने लगा, तो तेल के बारे में ज़्यादा सीखने के लिए मैंने ओक्लाहामा की एक तेल कंपनी में पार्ट-टाइम काम शुरू कर दिया। यह कंपनी तेल और गैस में निवेश के बदले में टैक्स छूटें बेच रही थी। उन दिनों एक लाख डॉलर के निवेश पर उससे चार गुना टैक्स छूट ली जा सकती थी। इस उदाहरण में, एक लाख डॉलर के निवेश पर चार लाख डॉलर तक की टैक्स छूट मिल सकती थी। इस तरह से निवेशकों ने तेल के उत्पादन से ज़्यादा पैसे बनाए और कम टैक्स दिया - जिसकी वजह से अमीर लोग ज़्यादा अमीर बन गए।

तेल की ऊँची क़ीमतों वाले इस दौर में तेल और गैस की टैक्स छूटों को बेचकर मैंने कुछ महत्वपूर्ण सबक़ सीखे। पहला सबक़ यह था कि तेल संकट के कारण सभी उद्योग-धंधे चौपट नहीं होते हैं। मेरी आँखों को यह सच्चाई दिखी कि कई लोग ज़्यादा अमीर बन रहे हैं, जबकि बाक़ी लोग ज़्यादा ग़रीब होते जा रहे हैं। इस एहसास के साथ मेरा वित्तीय आई.क्यू. बढ़ने लगा - मैंने एक नई दुनिया देखी। कंपनियों को ज़ेरॉक्स कॉपियर्स बेचने और अपने ख़ाली समय में अमीरों को टैक्स छूटें बेचने के अनुभवों के बाद मैंने अमीर बनने का फ़ैसला कर लिया।

सबक़

समीकरण की तरफ़ देखें ...

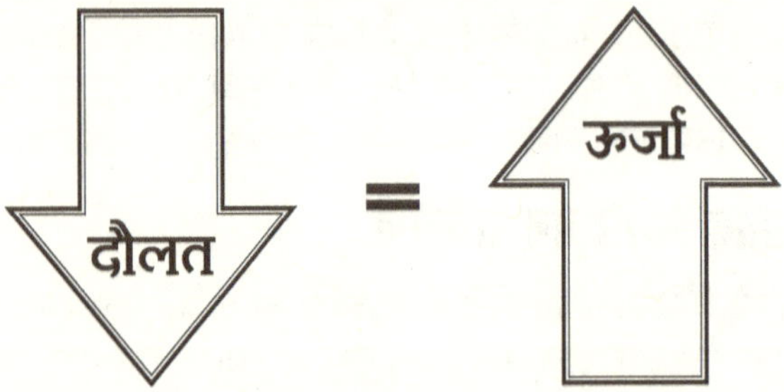

कटु सत्य यह है कि जब ऊर्जा की क़ीमतें ऊपर जाती हैं, तो देश की दौलत नीचे आ जाती है, सिवाय उन लोगों के जिनका वित्तीय आई.क्यू. ऊँचा होता है और जो समझदारी से निवेश करते हैं।

हाँ, अगर आप अमीर हैं, तो आपका समीकरण इस तरह दिख सकता है :

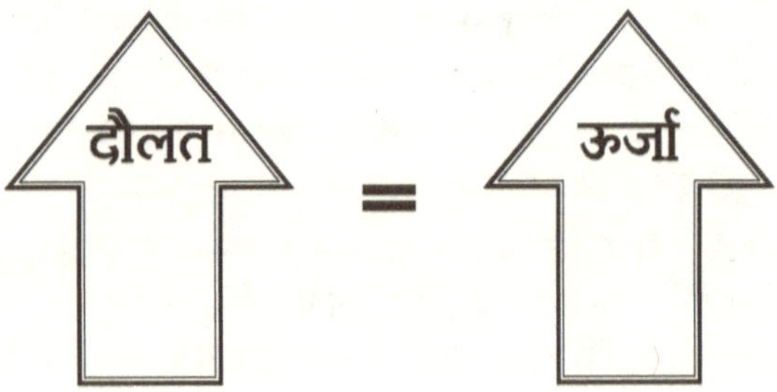

चुनाव आपको करना है। आप "दौलत=ऊर्जा" का मनचाहा समीकरण चुन सकते हैं।

मैं तेल के खोजी अभियानों में पार्टनर इसलिए बना, क्योंकि मैं अमीरों के पाले में रहना चाहता था। आज भी मैं तेल और गैस पार्टनरशिप्स में निवेश करता हूँ ... जैसा मैं 1970 और 1980 के दशक में करता था।

टैक्स छूटें पहले जितनी अच्छी तो नहीं रहीं, लेकिन वे अब भी काफ़ी लुभावनी हैं। आज अगर मैं एक लाख डॉलर का निवेश करता हूँ, तो मुझे पहले की तरह चार गुना छूट तो नहीं मिलती है, लेकिन अब भी 70 प्रतिशत छूट मिलती है और इसके अलावा 15 प्रतिशत का डिप्लीशन अलाउंस मिलता है। इसका मतलब है कि जब मैं एक लाख डॉलर निवेश करता हूँ, तो मुझे 70,000 डॉलर की टैक्स छूट मिलती है और हर डॉलर की आमदनी पर 15 प्रतिशत छूट मिलती है, यानी मैं ज़्यादा कमाता हूँ और कम टैक्स भरता हूँ। बचत ख़ातों, शेयरों, बॉण्डों या मीच्युअल फ़ंडों में ऐसा करके दिखा दें। पैसा कमाने का तरीक़ा जानना और कम टैक्स चुकाना वित्तीय समझदारी है।

मेरी समस्या एक ईमानदार तेल कंपनी खोजना थी। जैसा मेरे अमीर डैडी ने मुझसे बरसों

पहले कहा था : "तेल खोजने वाले आदमी की परिभाषा यह है : एक झूठा, जो किसी गड्ढे के पास खड़ा है।" आप *तेल खोजने वाले आदमी* की जगह *सोना खोजने वाले* को भी रख सकते हैं।

हालाँकि आज मैं अपनी पुस्तकों और गेम्स से काफ़ी पैसा कमा लेता हूँ, लेकिन मेरी ज़्यादातर दौलत चीन की सोने की खदान, दक्षिण अमेरिका की चाँदी की खदान और मेरी रियल एस्टेट कंपनियों तथा अमेरिका की ऑइल पार्टनरशिप्स से आती है।

जब भी कोई रिपोर्टर मुझसे पूछता है, "क्या अमीर बनने का सबसे अच्छा तरीक़ा अमीर बनने के बारे में पुस्तक लिखना नहीं है ?" तो मैं हर बार हँस देता हूँ। जवाब में मैं सिर्फ़ इतना कहता हूँ, "अगर आपको लगता है कि अंतर्राष्ट्रीय बेस्टसेलर पुस्तक लिखना और शैक्षणिक बोर्ड गेम बनाना आसान है, तो आप ही यह क्यों नहीं कर लेते ?" मेरी राय में बेस्टसेलर पुस्तक लिखने के बजाय तेल या सोना खोजना ज़्यादा आसान है।

डोनाल्ड ट्रम्प और मैं पुस्तकें इसलिए लिखते हैं, क्योंकि हम चिंतित हैं। हमारा संदेश यह है कि सही वित्तीय शिक्षा और तैयारी से आप अपना वित्तीय आई.क्यू. बढ़ा सकते हैं और मुश्किल समय में ज़्यादा ग़रीब बनने के बजाय ज़्यादा अमीर बन सकते हैं।

डोनाल्ड के विचार

शिक्षा से डर भाग जाता है

रॉबर्ट और मेरा संदेश यह है कि सही वित्तीय शिक्षा और योजना से आप वित्तीय जगत में चल रही उथल-पुथल से उबर सकते हैं और समस्याएँ सुलझाने के तरीक़े खोजकर ज़्यादा अमीर बन सकते हैं।

मुझे समस्या सुलझाने का एक आसान उदाहरण याद आता है। जब रॉबर्ट इस पुस्तक के बारे में बातचीत करने आए, तो मेरे ऑफ़िस के बीचोबीच एक लाल कुर्सी रखी थी। मैंने उनसे पूछा कि उन्हें नई कुर्सी कैसी लगी और उनकी राय में इसकी क़ीमत कितनी होगी।

उन्होंने उस शानदार डाइनिंग-रूम चेयर को देखा और आख़िरकार कहा, "मुझे ज़रा भी अंदाज़ा नहीं है।" मुझे यह जवाब पसंद आया।

"मेरे गोल्फ़ कोर्स मैनेजर माइक ने कैलिफ़ोर्निया से फ़ोन करके मुझसे कहा था कि उसे रेस्तराँ के लिए 150 कुर्सियाँ चाहिए। उसे एक कुर्सी का दाम 1,500 डॉलर बताया गया था। मुझे यह बहुत महँगा सौदा लगा, इसलिए उन कुर्सियों को ख़रीदने के बजाय मैंने कुछ फ़ोन किए।

"इसकी क़ीमत 90 डॉलर है," मैंने गर्व से कहा। "यह बहुत शानदार कुर्सी है। यह बेहतरीन है। ज़रा बैठकर तो देखिए। और यह 1,500 वाली कुर्सी से ज़्यादा अच्छी भी है। क्या आप जानते हैं कि सिर्फ़ कुछ फ़ोन करके मैंने कितना पैसा बचा लिया है?"

यह लीडरशिप और समस्याएँ सुलझाने की क्षमता का मामला है। अगर मेरा स्टाफ़ सोचता है कि मैं लापरवाही से पैसे ख़र्च करता हूँ, तो वे भी लापरवाही से पैसे ख़र्च करेंगे। इसलिए मैं ऐसा सिर्फ़ फ़िज़ूलख़र्ची से बचने के लिए नहीं करता हूँ, बल्कि अपनी टीम के सामने मिसाल पेश करने के लिए भी करता हूँ। देखिए, मैं पैसे ख़र्च करने से घबराता नहीं हूँ। मैं सर्वश्रेष्ठ सामान ख़रीदना पसंद करता हूँ। लेकिन मुझे फ़िज़ूलख़र्ची पसंद नहीं है। बहुत से लोग वित्तीय रूप से इसलिए जूझते हैं, क्योंकि वे घटिया सोचते हैं और घटिया ख़रीदते हैं। यह सच है कि आप घटिया बनकर अमीर बन सकते हैं, लेकिन भला कौन घटिया अमीर आदमी कहलाना चाहेगा?

जब मेरे सामने वित्तीय मुश्किलें थीं, तब भी मैं कभी कंजूस नहीं रहा। जब मेरी कंपनी दिवालिएपन की कगार पर झूल रही थी, तब भी मैंने अपने कर्मचारियों को अच्छी तनख़्वाह दी। और इसीलिए मैं सबसे अच्छी क़ीमत पर सबसे अच्छी कुर्सी ख़रीदता हूँ। मुझे चूना लगाया जाना पसंद नहीं है, ख़ास तौर पर तब, जब मैं कम पैसों में ज़्यादा अच्छी चीज़ ख़रीद सकता हूँ। और मैं अपने स्टाफ़ से भी ऐसी ही उम्मीद करता हूँ।

हम सबको एक बात याद रखनी चाहिए कि थोड़ी सी कोशिश बहानों से कहीं ज़्यादा बेहतर है। अगर हम सभी अपने पैने दिमाग़ का प्रयोग करके वर्तमान परिवेश में क्वांटम लीप या ऊँची छलाँग लगा दें, तो हमारे पास बेहतरीन विचार आ सकते हैं। समस्या सुलझाना सर्वश्रेष्ठ शिक्षा है। जिस तरह नफ़रत की जगह समझ आ सकती है, उसी तरह डर की जगह शिक्षा आ सकती है।

अज्ञान ज़्यादा आसान होता है, लेकिन अक्सर यह डर का परिणाम होता है। जैसा रॉबर्ट फ्रॉस्ट ने कहा है, "मैं डरे हुए लोगों से जितना डरता हूँ, उतना किसी से नहीं डरता।" अपने डर को कम करें और साहस को बढ़ाएँ।

मुझे रॉबर्ट के डायग्राम पसंद हैं। जब मैं उनके दौलत और ऊर्जा के तीरों को देखता हूँ, तो मैं सोचता हूँ कि हमारी व्यक्तिगत ऊर्जा दौलत बन सकती है। अगर आपमें आगे बढ़ने की लगन हो, तो यह अपने आप में ऊर्जा की बहुत बड़ी शक्ति है। सही एकाग्रता होने पर आपके सफल होने की संभावना बढ़ जाएगी। मुझे अलैक्ज़ेंडर ग्राहम बेल का वाक्य हमेशा अच्छा लगता है : *अपने सारे विचार हाथ के काम पर केंद्रित कर लो। सूर्य की किरणें तब तक किसी चीज़ को नहीं जला पाती हैं, जब तक कि उन्हें केंद्रित न किया जाए।* अगर आप अपनी ऊर्जा को केंद्रित कर सकते हैं, तो आपके दौलत कमाने और उसे बनाए रखने की संभावना बढ़ जाती है। आपके तीरों

की दिशा हमेशा सही रहेगी।

मैंने सीखा है कि जो ज़रूरी होता है, वह कई बार आँखों से दिखाई नहीं देता है। यहीं पर विवेक काम आता है। लीडर वही बनते हैं, जिनमें डर नहीं, विवेक होता है। इसीलिए वे अवश्यंभावी की भविष्यवाणी कर सकते हैं। शिक्षा के कारण उनमें अंतर्दृष्टि होती है, जो डर की जगह ले लेती है और उनकी सफलता की संभावना को काफ़ी बढ़ा देती है।

अगर समस्याओं को चुनौतियों के रूप में देखा जाए, तो उन्हें सुलझाना ज़्यादा आसान हो जाता है। इस तरह देखना इसलिए भी सही है, क्योंकि समस्याएँ ज़िंदगी का हिस्सा हैं। समस्याओं को सकारात्मक नज़रिए से देखने पर आपको निश्चित रूप से अधिक ऊर्जा मिलेगी। मुझे इस बात पर पूरा भरोसा है, क्योंकि मैं जानता हूँ कि यह सच है। मैं यह बात अपने अनुभव से जानता हूँ। विश्वास साहस की दिशा में एक बड़ा क़दम है और इसके सामने डर ग़ायब हो जाएगा।

रॉबर्ट ने कहा है कि समस्या अवसर उत्पन्न कर सकती है। उन्होंने सही कहा है; मैं इस बात से सहमत हूँ। अगर आप अपनी समस्याओं को इस रोशनी में देखने लगेंगे, तो मैं आपको गारंटी दे सकता हूँ कि आप उन्हें सुलझाने की दिशा में चल पड़ेंगे। मेरे सामने कुछ बड़ी समस्याएँ आई थीं, जिनमें बिलियनों डॉलर कर्ज़ की समस्या शामिल थी, लेकिन मैं कभी दिवालिया नहीं हुआ। आज मैं पहले से ज़्यादा सफल हूँ, इसलिए मैं अनुभव से बोल रहा हूँ।

ट्रम्प टॉवर इतने लंबे समय से पर्यटन के नक़्शे पर है कि लोग भूल चुके हैं कि यह मैनहट्टन में अचानक किसी दिन प्रकट नहीं हो गया था। जब मैंने अपनी नई इमारत के लिए "टिफ़ैनी वाली जगह" चुनने का फ़ैसला किया, तो मेरे सामने बहुत सी बाधाएँ खड़ी थीं। मुझे बहुत सी समस्याओं को सुलझाना पड़ा। सबसे पहले तो मैं बोनविट टेलर स्टोर और इमारत ख़रीदना चाहता था, लेकिन उन्होंने सोचा कि मेरा दिमाग़ चल गया था। मैंने हार नहीं मानी, लेकिन तीन साल तक मुझे उनकी तरफ़ से कोई हरी झंडी नहीं मिली। फिर मैंने टिफ़ैनी के ऊपर के सारे हवाई अधिकार ख़रीदने की कोशिश की, क्योंकि इसके बाद ही मैं ज़्यादा ऊँची इमारत बना सकता था। अधिकार मिलने के बाद मुझे ज़मीन के एक छोटे से टुकड़े की ज़रूरत थी, जो अनिवार्य था, क्योंकि ज़ोन क़ानूनों के तहत किसी भी इमारत के पीछे कम से कम तीस फ़ुट ख़ाली जगह छूटनी चाहिए। इसके लिए काफ़ी खोजबीन और सौदेबाज़ी करनी पड़ी। इसके अलावा मेरे

> मैंने सीखा है कि जो ज़रूरी होता है, वह कई बार आँखों से दिखाई नहीं देता है। यहीं पर विवेक काम आता है।
>
> – डोनाल्ड जे. ट्रम्प

आर्किटेक्ट डेर स्कट और मैंने कम से कम चार दर्जन डिज़ाइनों का गहन अध्ययन किया। हमने हर डिज़ाइन के सर्वश्रेष्ठ तत्वों को चुनकर उसे अंतिम डिज़ाइन में शामिल किया। फिर हमें उस आख़िरी डिज़ाइन पर नगरीय निकाय की अनुमति लेनी थी।

यह तो ट्रम्प टॉवर की कहानी का बस एक हिस्सा है। इनमें से कोई भी क़दम आसान नहीं था, लेकिन मैंने हर क़दम को चुनौती के रूप में देखा और छोटी-छोटी बातों पर काम करने का आनंद लिया। अगर मैंने इसे इस तरह नहीं देखा होता, तो मैं जल्दी ही हताश हो जाता। बहरहाल, आज मेरे पास एक सुंदर इमारत है, जो दुनिया भर में मशहूर है। क्या यह इतना महत्वपूर्ण काम था ? हाँ! और यह समस्या सुलझाने की बहुत बड़ी मिसाल थी।

ट्रम्प टॉवर के बारे में एक रोचक कहानी इसके नाम की भी है। मैं पहले तो इसका नाम टिफ़ैनी टॉवर रखना चाहता था, क्योंकि यह टिफ़ैनी में था। मेरे एक दोस्त ने पूछा कि जिस इमारत का सपना मैंने देखा था और जिसे मैंने बनाया था, उसका नामकरण मैं किसी दूसरे मशहूर नाम पर क्यों कर रहा हूँ। उसकी बात मेरे दिल को लग गई और मैंने इसका नाम ट्रम्प टॉवर रख दिया।

रॉबर्ट और मुझे एहसास है कि समस्याएँ जटिल हो सकती हैं और कई बार तो अनंत भी लग सकती हैं, लेकिन हम आपको प्रोत्साहित करना चाहते हैं कि आप उन्हें *चुनौतियों* के रूप में देखें। अगर आप ऐसा करेंगे, तो आप बड़ी सफलता हासिल कर सकते हैं। याद रखें, आसान कुछ नहीं (nothing) है। लेकिन *कुछ नहीं* (nothing) कौन बनना चाहता है ? अपनी वित्तीय बुद्धि को बेहतर बनाएँ और कुछ बनकर दिखाएँ!

रॉबर्ट और डोनाल्ड ट्रम्प नेशनल गोल्फ़ क्लब, लॉस एंजेलिस के गोल्फ़ कोर्स में

अध्याय पाँच

हम आपको अमीर क्यों बनाना चाहते हैं

रॉबर्ट के विचार

जब जनरल मोटर्स के तत्कालीन प्रेसिडेंट चार्ल्स विल्सन को 1953 में रक्षा सचिव बनाया गया, तो उनसे पूछा गया कि क्या वे ऐसे निर्णय ले सकेंगे, जिनसे जनरल मोटर्स (जीएम) पर विपरीत प्रभाव पड़े। उन्होंने कहा कि वे ले तो सकते हैं, लेकिन उन्हें ऐसी स्थिति की संभावना नज़र नहीं आती है, "क्योंकि बरसों से मैं मानता आ रहा हूँ कि जो देश के लिए अच्छा है, वही जनरल मोटर्स के लिए अच्छा है और जो जनरल मोटर्स के लिए अच्छा है, वही देश के लिए अच्छा है।" तभी से जीएम के तत्कालीन प्रेसिडेंट को अक्सर यह कहते हुए उद्धृत किया जाता है, "जो जनरल मोटर्स के लिए अच्छा है, वह अमेरिका के लिए अच्छा है," हालाँकि उनका संदेश निश्चित रूप से इससे ज़्यादा जटिल था। उनका यह मतलब था कि दो विशालकाय दिग्गज - जीएम और अमेरिका - आपस में गुँथे हुए हैं। यह आज भी सही है, हालाँकि उस तरह नहीं, जिस तरह उस वक़्त था।

जनरल मोटर्स आज संकट में है और अमेरिका भी। जीएम की समस्याओं का कारण यह है कि इसकी कारें उतनी अच्छी नहीं हैं, जितनी होनी चाहिए। इसके अलावा कंपनी बरसों से प्रबंधन की समस्याओं से भी जूझ रही है। अमेरिका की ही तरह यह भी अतीत की सफलताओं के दम पर चल रही है और समस्याओं को सुलझाने के बजाय उन्हें भविष्य की तरफ़ धकेल रही है।

जीएम का प्रबंधन कितना ख़राब है, यह एक उदाहरण से पता चलता है। हमने यह उदाहरण *बफ़ेटोलॉजी* पुस्तक से लिया है। मैरी बफ़ेट ने लिखा है :

> "जनरल मोटर्स कंपनी के वित्तीय रिकॉर्डों में भी यही बात देखी जा सकती है, जिससे पता चलता है कि 1985 से 1994 तक इसने प्रति शेयर लगभग 17.92 डॉलर कमाए और लगभग 20.62 डॉलर का डिविडेंड दिया। इसी कालखंड में कंपनी ने पूँजीगत सुधारों पर प्रति शेयर लगभग 102.34 डॉलर ख़र्च किए। आपके दिमाग़ में यह सवाल उठना चाहिए कि अगर जनरल मोटर्स की आमदनी 17.92 डॉलर थी और इसने 20.62 डॉलर का डिविडेंड दिया, तो डिविडेंड में देने के लिए अतिरिक्त

> 2.68 डॉलर कहाँ से आए? इसके अलावा, वे 102.34 डॉलर कहाँ से आए, जो इसने पूँजीगत सुधारों पर ख़र्च किए?"

इस उदाहरण में यह बात शामिल नहीं है कि जीएम ने बाज़ार का कितना हिस्सा गँवाया। इसमें उन कर्मचारियों की संख्या भी शामिल नहीं है, जो अब काम नहीं कर रहे हैं (लेकिन जिन्हें पैसे दिए जा रहे हैं)। इसमें पेंशन योजना और चिकित्सा दायित्व का ख़र्च भी शामिल नहीं है। दूसरे शब्दों में, अमेरिका की ही तरह दुनिया की सबसे बड़ी कार निर्माता कंपनी भी दिवालिएपन की कगार पर खड़ी है। जीएम के लिए जो अच्छा है, वह अमेरिका के लिए भी अच्छा है, लेकिन क्या हम उसका ख़र्च उठा सकते हैं?

जीएम के आँकड़ों को समझने के लिए एमबीए होना ज़रूरी नहीं है ... छठी कक्षा का गणित भी पोल खोल देगा। ख़ुद से पूछें, "जो कंपनी प्रति शेयर 17.92 डॉलर कमाती है, वह प्रति शेयर 20.62 डॉलर का डिविडेंड कैसे दे सकती है और इसके बाद भी व्यवसाय कैसे कर सकती है?" कोई भी बच्चा आपको यह बता सकता है कि अगर आपके हाथ में 17.92 डॉलर हैं, तो आप उसमें से 20.62 डॉलर ख़र्च नहीं कर सकते। अगला सवाल यह है, "कोई कंपनी जब प्रति शेयर सिर्फ़ 17.92 डॉलर कमाती है, तो वह प्रति शेयर 102.34 डॉलर ख़र्च कैसे कर सकती है?" 12 साल का लड़का भी आपको यह बात बता सकता है कि अगर आपने सिर्फ़ 17.92 डॉलर कमाए हैं, तो 102.34 डॉलर ख़र्च करना धन का सही प्रबंधन नहीं है। यह समझदारीपूर्ण नहीं लगता है।

हालाँकि यह समझदारीपूर्ण नहीं लगता है, लेकिन लाखों लोग जीएम में निवेश कर रहे हैं, जीएम के भविष्य पर अपने रिटायरमेंट को दाँव पर लगा रहे हैं और उन स्टॉकब्रोकर्स तथा वित्तीय योजनाकारों की बात मान रहे हैं, जो उन्हें जीएम जैसी ब्लू चिप कंपनियों में निवेश करने की सलाह देते हैं। लोग इतने नादान कैसे हो सकते हैं? मेरा जवाब है : "वित्तीय शिक्षा के अभाव के कारण।"

वॉरेन बफ़ेट के पास इस सवाल का एक और जवाब हो सकता है। उन्होंने कहा था :

> "मुझे इस बात से मदद मिली कि बिज़नेस स्कूलों से निकलने वाले हज़ारों विशेषज्ञ यह सिखा रहे थे कि सोचने से कोई फ़ायदा नहीं होता है।"

इस उद्धरण से यह स्पष्ट होता है कि जीएम जैसी कंपनी, जिसमें हज़ारों स्मार्ट लोग काम कर रहे थे, इतने मूर्खतापूर्ण वित्तीय निर्णय कैसे ले सकती थी।

बफ़ेट ने यह भी कहा था :

> "अगर कैलकुलस की ज़रूरत पड़े, तो मुझे दोबारा अख़बार बाँटने का कारोबार शुरू करना पड़ेगा। मुझे कभी बीजगणित की ज़रूरत महसूस नहीं हुई।"

उनके कहने का मतलब यह है कि अमीर बनने में सिर्फ़ कॉमन सेंस की ज़रूरत होती है, जिसमें सामान्य गणित से काम चल जाता है।

इससे एक और स्पष्ट सवाल उत्पन्न होता है : "कितने शिक्षित लोगों को किसी ऐसी कंपनी में निवेश करने के लिए राज़ी किया जा सकता है, जो तार्किक गणित के बजाय घपले के गणित का इस्तेमाल करती है?" इस संदर्भ में बफ़ेट का एक कोटेशन उपयुक्त लगता है :

"वॉल स्ट्रीट ही इकलौती जगह है, जहाँ लोग रॉल्स रॉयस कार में बैठकर उन लोगों से सलाह लेने जाते हैं, जो ट्रेनों में सफ़र करते हैं।"

अमीर ज़्यादा अमीर बन रहे हैं

डोनाल्ड ट्रम्प और मैं इस देश के भविष्य को लेकर बहुत चिंतित हैं। हम जानते हैं कि जिस तरह जीएम की कारों में कुछ गड़बड़ है, उसी तरह देश में भी कुछ गड़बड़ है। हमें डर है कि जीएम की तरह ही इस देश और इसकी दौलत का भी बहुत ग़लत प्रबंधन हो रहा है। हालाँकि आँकड़ों के साथ खेलने से अमीरों को लाभ होता है और वे ज़्यादा अमीर बन जाते हैं, लेकिन इसकी क़ीमत ग़रीब और मध्यवर्गीय लोग चुकाते हैं।

अगर आप हाल में डेट्रॉयट गए हों, तो आप जानते होंगे कि यह किसी श्मशान घाट जैसा दिखता है। शहर और कंपनियाँ दम तोड़ रही हैं। जब कंपनियाँ दम तोड़ती हैं, तो रियल एस्टेट की क़ीमतें घट जाती हैं और लोग आर्थिक स्थिति के अलावा अन्य दृष्टियों से भी आहत हो जाते हैं। तो जो जीएम के लिए अच्छा है, क्या वह अमेरिका के लिए भी अच्छा है? क्या डेट्रॉयट भावी अमेरिका का उदाहरण है?

तूफ़ान

हमारे सामने खड़ी वित्तीय समस्याएँ इतनी ज़्यादा विकराल हो चुकी हैं कि इन्हें सुलझाना सिर्फ़ अमेरिकी सरकार के बस की बात नहीं है। उदाहरण के लिए, हमारी वित्तीय चुनौतियाँ सिर्फ़ इस बात से नहीं सुलझ सकतीं कि फ़ेडरल रिज़र्व ब्याज की दरें बढ़ा या घटा दे, हालाँकि अमेरिका और दुनिया भर के करोड़ों लोग फ़ेडरल रिज़र्व की बुद्धिमत्ता के क़ायल हैं। जब भी फ़ेडरल रिज़र्व के पूर्व चेयरमैन एलन ग्रीनस्पैन और वर्तमान चेयरमैन बेन बर्नान्के बोलते हैं, तो दुनिया सुनती है। बहरहाल, समस्याएँ अब तक नहीं सुलझी हैं और वे अब वैश्विक समस्याएँ बनती जा रही हैं, जो हमारे देश की सरहदों के पार हैं और हमारे नेताओं के नियंत्रण से भी बाहर हैं।

आइए कुछ समस्याओं को देखें और यह भी देखें कि वे आपस में किस तरह से जुड़ी हुई हैं :

1. **बढ़ता व्यापार घाटा :** 2006 में अमेरिका का अनुमानित व्यापार घाटा 423 बिलियन डॉलर था। इसका मतलब है कि देश के रूप में हम जितना उत्पादन करते हैं, उससे 423 बिलियन डॉलर ज़्यादा का उपभोग करते हैं। छोटे पैमाने पर इसका मतलब यह होगा कि एक परिवार महीने में 5,000 डॉलर कमाता है और 6,000 डॉलर ख़र्च करता है। आप और मैं जानते हैं कि यह 5,000 डॉलर प्रति माह वाला परिवार अपनी समस्या को और बड़ा बना रहा है। इस समस्या से अगली समस्या उत्पन्न होती है।

2. **बढ़ता अमेरिकी कर्ज़ :** ट्रेज़री डिपार्टमेंट के अनुसार वॉशिंगटन (1789) से लेकर क्लिंटन (2000) तक अमेरिका के 42 राष्ट्रपतियों ने विदेशी सरकारों और वित्तीय संस्थाओं से कुल 1.01 ट्रिलियन डॉलर का कर्ज़ लिया। 2000 से 2005

के बीच बुश के व्हाइट हाउस ने 1.05 ट्रिलियन डॉलर का कर्ज़ लिया - जो सभी पुराने शासनकालों के योग से भी अधिक था।

5,000 डॉलर महीने की आय वाले परिवारों की ओर वापस लौटते हैं। इनमें से कई परिवारों ने होम इक्विटी लोन लेकर अपनी समस्या सुलझाने की कोशिश की। आपने टी.वी. पर विज्ञापन देखे होंगे, जिनमें यह बताया जाता है कि अपने क्रेडिट कार्ड का कर्ज़ उतारने के लिए होम इक्विटी लोन लेना कितना स्मार्ट तरीक़ा है। यह समस्या को आगे धकेलने का एक छोटा सा उदाहरण है। आज राष्ट्रपति और सरकार समस्या को काफ़ी कुछ इसी तरह से सुलझा रहे हैं और हमारे भविष्य पर होम इक्विटी लोन ले रहे हैं। यह समस्या अगली समस्या की तरफ़ ले जाती है।

3. डॉलर का घटता मूल्य : जैसा पहले ज़िक्र किया जा चुका है, 1971 में डॉलर को असली *धन* से *मुद्रा* में बदल दिया गया। 1971 में राष्ट्रपति निक्सन एक समस्या को सुलझाने की कोशिश कर रहे थे - हमारा बहुत सारा सोना देश से बाहर जा रहा था। सोना देश से बाहर क्यों जा रहा था? जवाब पहले नंबर की समस्या में मिलता है - बढ़ता व्यापार घाटा। चूँकि हम बहुत ज़्यादा जापानी और यूरोपीय सामान ख़रीद रहे थे, इसलिए हमारे व्यापार घाटे का अंतर सोने में वसूला जाता था, क्योंकि तब हमारे डॉलर के पीछे सोने की साख थी। उस समस्या को सुलझाने के लिए राष्ट्रपति निक्सन ने हमारे डॉलर को संपत्ति से दायित्व - यानी आईओयू - में बदल दिया। आज हमारा व्यापार घाटा पहले से बहुत ज़्यादा है और हमारे आईओयू भी बहुत ज़्यादा हैं।

डॉलर को सोने की साख प्रदान करने के बजाय अमेरिका मनचाहे नोट छाप सकता है (जिस तरह लोग बैंक में पैसे न होने के बावजूद क्रेडिट कार्डों का इस्तेमाल कर सकते हैं या चेक काट सकते हैं - फ़र्क़ सिर्फ़ यह है कि चेक बाउंस होने पर आपको और मुझे गिरफ़्तार करके जेल भेजा जा सकता है)।

हालाँकि 1971 में हम मनचाही तादाद में नोट छापकर समस्या को अस्थायी रूप से सुलझाना चाहते थे, लेकिन इससे अधिक उपभोग की समस्या नहीं सुलझी। इसका परिणाम यह हुआ कि 1971 के परिवर्तन से ज़्यादा बड़ी समस्याएँ उत्पन्न हो गईं। बहुत बड़ी समस्याएँ, जिनकी क़ीमत हम आज चुकाना शुरू कर रहे हैं।

1996 और 2006 के बीच के दस सालों में सोने की तुलना में अमेरिकी डॉलर का मूल्य घटकर आधा हो चुका है। 1996 में सोना लगभग 250 डॉलर प्रति औंस बिकता था। दस साल बाद 2006 में सोना 600 डॉलर प्रति औंस बिक रहा था। उदाहरण के लिए, अगर आप 1996 में बैंक में 1,000 डॉलर जमा करते, तो आज 2006 में उनका मूल्य सोने की तुलना में कम होता। इसके बजाय अगर आपने 1996 में 1,000 डॉलर में चार औंस सोना ख़रीदा होता, तो आज उस सोने की क़ीमत 2,400 डॉलर होती।

1971 के नियमों के इस परिवर्तन का मतलब था कि बचत करने वालों की हार होने लगी। जो लोग मानते थे कि उनका पैसा बैंक में सुरक्षित है, वे इसलिए हार

गए क्योंकि उनका पैसा बैंक में नहीं था - उनके पास तो एक मुद्रा थी, सरकार का एक आईओयू था। जो लोग निश्चित आमदनी पर जीते हैं, वे महँगाई की मार का शिकार हो जाएँगे - उनके डॉलर की क्रय क्षमता घटती जाएगी। सरकार इन लोगों को बता रही है कि समस्या *मुद्रास्फीति* है। सरकार उन्हें यह नहीं बता रही है कि समस्या दरअसल *अवमूल्यन* है। हमारे डॉलर का मूल्य इसलिए घट रहा है, क्योंकि हमारी सरकार समस्याओं को सुलझाने के लिए ज़्यादा नोट छाप रही है। 2020 तक ब्रेड के पैकेट की क़ीमत 12 डॉलर हो सकती है, लेकिन लोगों को उतनी ही पेंशन मिलेगी, बशर्ते उन्हें तब तक पेंशन मिलती रहे। इस समस्या से अगली समस्या उत्पन्न होती है।

4. धनविहीन बेबी बूमर्स : हमने इस बात पर ज़ोर दिया है कि अगले कुछ सालों में 7.5 करोड़ बेबी बूमर्स की पहली खेप रिटायर होने लगेगी। कइयों के पास रिटायरमेंट के बाद जीवन-यापन के लिए पर्याप्त जमा-पूँजी नहीं होगी। बचत की इस कमी का एक कारण तो ग्रेशम का नियम है। यह बताता है कि जब बुरा धन सिस्टम में दाख़िल होता है, तो अच्छा धन छिप जाता है। यह पूरे इतिहास में हुआ है - रोमन साम्राज्य में भी। 1964 में अमेरिका ने असली चाँदी के सिक्कों को हटा दिया और उनकी जगह पर नक़ली चाँदी के सिक्के चला दिए। तत्काल असली चाँदी के सिक्के चलन से बाहर हो गए।

मेरा मानना है कि लोग इसलिए भी बचत नहीं कर रहे हैं, क्योंकि जाने-अनजाने वे जानते हैं कि जो पैसा उन्हें मिल रहा है, वह असली नहीं है। शायद इसीलिए उनके पास जितनी तेज़ी से पैसा आता है, उसे वे उतनी ही तेज़ी से उड़ा डालते हैं। हम आज कर्ज़दारों के देश सिर्फ़ इसलिए बन गए हैं, क्योंकि लोग जानते हैं कि उनके पैसे का मूल्य दिनोदिन कम होता जा रहा है - इसलिए इसे क्यों बचाएँ, क्योंकि बचाने वाले पराजित होते हैं। अधिकांश मध्यवर्गीय अमेरिकियों के पास बैंकों के बचत ख़ाते के बजाय होम इक्विटी और रिटायरमेंट अकाउंट में ज़्यादा पैसा होता है। अमेरिकी लोगों की बचत की दर दुनिया की सबसे कम बचत दरों में से एक है। लोग कम पैसे और कम अवसर के साथ ज़्यादा लंबा जी रहे हैं। इस समस्या से अगली समस्या पैदा होती है।

5. अधिकार की मानसिकता : चूँकि लाखों लोगों के पास वित्तीय संसाधनों का अभाव होता है, इसलिए उन्हें उम्मीद होती है कि सरकार उनकी वित्तीय समस्याओं को सुलझा देगी या उनकी देखभाल करेगी। अगर सरकार उनकी देखभाल नहीं करेगी, तो फिर कौन करेगा? क़ीमतें आसमान छू रही हैं, उनकी देखभाल का ख़र्च कौन उठा सकता है?

समस्या को अब और ज़्यादा समय तक आगे नहीं धकाया जा सकता है। सोशल सिक्युरिटी पर 10 ट्रिलियन डॉलर और मेडिकेयर पर 62 ट्रिलियन डॉलर का कर्ज़ है, इसलिए ऐसा लगता है कि इस समस्या को सुलझाने का एकमात्र तरीक़ा वही करते रहना है, जो हमने अब तक हमेशा किया है - आमदनी से ज़्यादा ख़र्च करो, सीमा से ज़्यादा उधार लो और ज़्यादा नोट छापो। यह मौत का ऐसा फंदा है, जो

> हमारे सामने खड़ी वित्तीय समस्याएँ इतनी ज़्यादा विकराल हो चुकी हैं कि इन्हें सुलझाना सिर्फ़ अमेरिकी सरकार के बस की बात नहीं है... बहरहाल, समस्याएँ अब तक नहीं सुलझी हैं और वे अब वैश्विक बनती जा रही हैं, जो हमारे देश की सरहदों से परे हैं तथा हमारे नेताओं के नियंत्रण से भी बाहर हैं।
>
> *–रॉबर्ट टी. कियोसाकी*

समस्या सुलझाने की अक्षमता से उत्पन्न हुआ है – एक ऐसी समस्या, जो वित्तीय शिक्षा की कमी से उत्पन्न हुई है। इस समस्या से अगली समस्या पैदा होती है।

6. कच्चे तेल की ऊँची क़ीमतें : तेल की क़ीमतें वित्तीय शिक्षा की कमी से नहीं बढ़ती हैं। वे तो लोभ, स्वार्थ और वित्तीय दूरदर्शिता की कमी के कारण बढ़ती हैं। हालाँकि हमारे पास तेल की जगह इस्तेमाल की जा सकने वाली प्रौद्योगिकी और वैकल्पिक ऊर्जा संसाधन मौजूद हैं, लेकिन हमने अब तक उनका इस्तेमाल नहीं किया है। देश और दुनिया के रूप में हम इस लोभ तथा दूरदर्शिता की कमी के कारण काफ़ी वित्तीय कष्ट उठाएँगे।

तेल की ऊँची क़ीमतें पुरानी समस्याओं को और बढ़ा देंगी। पहले अमेरिका हमारी समस्याओं को सुलझाने के लिए जितना चाहे उतना कर्ज़ ले सकता था, क्योंकि हमारी अर्थव्यवस्था तरक्की कर रही थी। जब तक हम तरक्की कर रहे थे, तब तक दूसरे देश और नेता हमें जितना चाहे उतना उधार देने के बहुत इच्छुक थे। महँगी ऊर्जा के साथ समस्या यह है कि इसके कारण अर्थव्यवस्था फैलने के बजाय संकुचित होने लगती है। अगर अर्थव्यवस्था संकुचित हो जाएगी, तो हमें उधार देने वाले देश शायद हमें उधार देने में हिचकने लगेंगे। अगर ऐसा होता है, तो आर्थिक समस्याएँ ज़्यादा बड़े वादों और ज़्यादा कर्ज़ से नहीं सुलझाई जा सकतीं। ताश के पत्तों का महल ढह जाएगा।

7. अमीरों के लिए टैक्स छूट : हममें से अधिकांश लोग स्वर्णिम नियम के बारे में जानते हैं। यह स्वर्णिम नियम वह नहीं है, जो हमें दूसरों के प्रति अच्छा व्यवहार करने की याद दिलाता है। मैं जिस स्वर्णिम नियम की बात कर रहा हूँ, वह यह है, "जिस व्यक्ति के पास स्वर्ण होता है, वही नियम बनाता है।" यह बहुत दुखद है कि अमेरिका में ग़रीब और मध्य वर्ग का सरकार में प्रतिनिधित्व ख़त्म हो गया है। आज अमीर लोग नियम बनाते हैं, इसीलिए वे और ज़्यादा अमीर बनते जा रहे हैं।

11 मई 2006 को *एबीसी न्यूज़* ने नवीनतम टैक्स छूटों के बारे में एक ख़बर प्रसारित की। उसमें यह बताया गया था :

"वॉशिंगटन के विचारमंथन समूह टैक्स नीति केंद्र ने पाया कि 1.8 मिलियन डॉलर से अधिक कमाने वाले शीर्षस्थ 0.1 प्रतिशत टैक्सदाताओं को औसतन 82,000 डॉलर वापस मिलेंगे। 27,000 से 47,000 डॉलर के बीच की आमदनी वाले मध्यवर्गीय अमेरिकियों को औसतन सिर्फ़ 20 डॉलर ही वापस मिलेंगे।"

वूडू अर्थशास्त्र या नीचे रिसने वाला प्रभाव

एक मौद्रिक सिद्धांत अमीरों के हित वाले टैक्स क़ानूनों की सिफ़ारिश करता है। इसके पीछे विचार यह है कि अगर अमीरों के पास ज़्यादा पैसा होगा, तो वे निवेश करेंगे, जिससे अधिक नौकरियों के अवसर उत्पन्न होंगे। धन ग़रीबों और मध्यवर्ग के पास रिसकर आएगा। इस सिद्धांत को कई बार "वूडू अर्थशास्त्र" या "नीचे रिसने वाला प्रभाव" (trickle-down effect) कहा जाता है। हालाँकि यह सिद्धांत रूप में अच्छा लगता है और हालाँकि कुछ पैसा रिसकर नीचे आता है, लेकिन इसका कुल जमा परिणाम यह होता है कि धन अमीरों के हाथों में ही ठहरा रहता है।

अमीरों के पास ज़्यादा पैसा होने पर कई बार संपत्ति (assets) की क़ीमत भी बढ़ जाती है। संपत्ति की क़ीमत क्यों बढ़ती है ? क्योंकि अमीर अपने पैसे से यही ख़रीदते हैं - संपत्ति। इसी कारण तो वे अमीर बनते हैं। जब संपत्ति की क़ीमतें बढ़ती हैं, तो संपत्ति (असली और दीर्घकालीन महत्व की चीज़ें) ज़्यादा महँगी हो जाती है और ग़रीबों तथा मध्य वर्ग की पहुँच से दूर हो जाती है। रियल एस्टेट की क़ीमत की तरफ़ देखें और जिसने अभी तक मकान नहीं ख़रीदा है, उससे पूछें कि क्या वह अपने सपनों का घर ख़रीदने का ख़र्च उठा सकता है। रिसकर नीचे आने वाले पैसे से सपनों का मकान ख़रीदना मुश्किल होता है।

संक्षेप

अपनी पुस्तक *द अमेरिका वी डिज़र्व* में डोनाल्ड ट्रम्प ने बताया है कि अगर वे अमेरिका के राष्ट्रपति होते, तो क्या करते। मुझे उनके विचार साहसी और कल्पनाशील लगे। मुझे लगता है कि वे बहुत बढ़िया राष्ट्रपति साबित होंगे और अगर वे कभी इस पद का चुनाव लड़ने का निर्णय लेते हैं, तो मैं ज़ोर-शोर से उनका प्रचार करूँगा।

व्यक्तिगत रूप से मैं कम आशावादी हूँ। मेरे ग़रीब डैडी हवाई राज्य के लेफ़्टिनेंट गवर्नर पद का चुनाव लड़े थे और हार गए थे। इस अनुभव ने राजनीतिक प्रक्रिया में मेरे बिश्वास को कम कर दिया है। अब मेरी योजना यह है कि मैं वित्तीय क्षेत्र में निपुण बन जाऊँ, अपने जीवन के लिए व्यक्तिगत रूप से ज़िम्मेदार बन जाऊँ और ख़ुद को सरकार के कुप्रबंधन का शिकार न बनने दूँ।

मेरे डैडी को यक़ीन था कि वे सरकार को बदल सकते हैं। लेकिन उनकी कटु पराजय के बाद मैंने फ़ैसला किया कि सबसे अच्छा यही रहेगा कि मैं ख़ुद को बदल लूँ। क़ानूनों को बदलने (जैसे टैक्स क़ानूनों को अधिक न्यायोचित बनाने) की कोशिश करने के बजाय मैंने अमीर बनने और टैक्स क़ानूनों का लाभ उठाने का फ़ैसला किया। अगर आप अमीरों से लड़ने के बजाय उनकी जमात में शामिल होना चाहते हैं, तो आगे भी पढ़ते रहें। यह पुस्तक आपके लिए ही लिखी गई है। अगर आप सरकार को बदलना चाहते हैं, तो शायद यह पुस्तक आपके लिए नहीं है।

डोनाल्ड और मेरा मानना है कि नियमों को बदलने का सबसे अच्छा तरीक़ा यह है कि पहले आपके पास धन हो। अगर आपके पास धन है, तो आपके पास ज़्यादा शक्ति होगी। जब आपके पास शक्ति होगी, तो आप असली स्वर्णिम नियम को लागू करने के ज़्यादा क़रीब

होंगे, जो कहता है, "दूसरों के साथ वैसा ही व्यवहार करो, जैसा आप उनसे अपने लिए चाहते हों।"

डोनाल्ड के विचार

आपको पहले तो यह जानना चाहिए कि हो क्या रहा है। फिर आप वहाँ से आगे जा सकते हैं। आप सीखने से करने की दिशा में जाते हैं। सबसे बुरी चीज़ यह है कि सीखने से *पहले* करके मुश्किल सबक़ सीखा जाए। सीखना अपने आप में एक निवेश है। रॉबर्ट और मैं आपको आसान तरीक़े से सिखाने की कोशिश कर रहे हैं।

नियम हमेशा सुखद नहीं होते हैं, लेकिन अगर आप नियमों, क़ानूनों और प्रतिबंधों को बदलने की स्थिति में न हों, तो उनके बारे में जानना अच्छा होता है। उदाहरण के लिए, मेरे पास कई लोग आते हैं, जिनके दिमाग़ में दुनिया की सबसे अच्छी इमारत बनाने का विचार होता है। फिर मुझे पता चलता है कि उन्हें ज़ोनिंग (zoning) के बारे में ज़रा भी जानकारी नहीं है। न्यूयॉर्क सिटी के ज़ोनिंग नियमों के बारे में वे कुछ भी नहीं जानते हैं। यह तो वही बात हुई कि आप दुनिया का सबसे अच्छा जहाज़ बनाना चाहते हों, लेकिन जहाज़ बनाने के कारख़ाने के बारे में कुछ न जानते हों। अगर आप जहाज़ बनाना ही नहीं जानते हों, तो उसे तैराकर बंदरगाह से बाहर कैसे ले जाएँगे ? इस तरह की घटनाएँ अक्सर होती हैं। यक़ीन मानें, ऐसी घटनाएँ इतनी ज़्यादा होती हैं कि आप कल्पना भी नहीं कर सकते। बहरहाल, इनसे मैं यह सोचने पर मजबूर हो जाता हूँ कि लोग कितना ग़लत सोचते हैं। शिक्षा सोचने में हमारी मदद करती है। बहरहाल, चिंतन प्रक्रिया बहुत कम लोगों में नज़र आती है, शिक्षित लोगों में भी।

मुझमें और रॉबर्ट में टापू मानसिकता है। इसका मतलब है : अपने टापू की देखभाल करो। 9/11 के बाद न्यूयॉर्कवासी एक सूत्र में बँध गए। मैनहट्टन अचानक बड़े मशहूर शहर से "हमारा" टापू बन गया, सिर्फ़ बड़ा, मशहूर शहर नहीं रहा, जिसमें हम रहते थे। कई अन्य लोगों ने भी इसे अपना मान लिया, जो पहले यहाँ कभी नहीं रहे थे। 9/11 हमले ने इस टापू को बर्बाद नहीं किया। इसने इसे बेहतर और ज़्यादा शक्तिशाली बना दिया। मुझे यह कहते हुए ख़ुशी है कि इस मायने में 9/11 आतंकवादियों की असफलता थी।

हम सभी यह पुरानी कहावत जानते हैं, "कोई आदमी टापू नहीं होता है।" इसका विश्लेषण करने के बहुत से तरीक़े हैं, लेकिन मेरे हिसाब से इसका मतलब यह

है, "हम सब इसमें एक साथ हैं।" 9/11 के बाद यह प्रमाणित हो चुका है। मुझे उम्मीद है कि हम इस भावना को थोड़ा-बहुत क़ायम रख पाएँगे। वर्तमान और भविष्य की आर्थिक शक्तियों का सामना करते समय हमें ठोस होने की ज़रूरत है।

यह गंभीर मामला है। लेकिन इसका यह मतलब नहीं है कि हमें इसे करने में मज़ा नहीं आ सकता। मुझे आपको बताना होगा, रॉबर्ट बड़ा सोचते हैं। वे सोचते हैं कि *पूरी दुनिया* उनका टापू है! जब पुस्तकें बेचने की बात आती है, तो यह बिलकुल सही है। लोगों को वित्तीय शिक्षा देने का उनका संकल्प भी दुनिया भर में कामयाब हो चुका है। यह सही भी है। यह एक वैश्विक समस्या है। लेकिन समाधान आपसे और हमसे शुरू हो सकते हैं।

रॉबर्ट और मेरी टीम अच्छी है। मुझे आख़िर एक ऐसा साथी मिल गया, जो मेरी ही तरह बड़ा सोचता है। और आप रॉबर्ट की इस बकवास पर ध्यान न दें, "डोनाल्ड ट्रम्प गगनचुंबी इमारतें बनाते हैं, जबकि मेरे पास सिर्फ़ दोमंज़िला इमारतें हैं।" वे बहुत ही योग्य हैं, बहुत सफल हैं और निश्चित रूप से उनका चिंतन विश्वव्यापी है।

आपको कौन सी चीज़ प्रेरित करती है ?

लेकिन आइए, हम किसी और महत्वपूर्ण चीज़ पर ध्यान केंद्रित करें- यानी, आपके लिए सबसे महत्वपूर्ण चीज़ क्या है ? क्या यह आपका परिवार है ? उनके हित हैं ? उनका और आपका भविष्य है ? अगर ऐसा है, तो आप सही पुस्तक पढ़ रहे हैं। रॉबर्ट और मेरे लिए कई चीज़ें बहुत महत्वपूर्ण हैं। हम उनके लिए किसी भी हद तक जा सकते हैं। इसलिए हमें यक़ीन है कि हममें और आपमें बहुत सी बातें एक जैसी हैं।

मान लीजिए, आपके परिवार और हितों पर ख़तरा मँडराने लगे। आप क्या करते हैं ? आप ख़ुद को तैयार करते हैं और अनिष्ट से निबटने की तैयारी करते हैं।

मैं वित्तीय दहशत नहीं फैलाना चाहता हूँ, लेकिन मुझे आपको बताना होगा कि स्थिति बहुत अच्छी नज़र नहीं आ रही है। हमारी वित्तीय सुरक्षा डावाँडोल है। आप आज भव्य साक्स स्टोर में सामान ख़रीद सकते हैं या ऑनलाइन शॉपिंग कर सकते हैं, इसका यह मतलब नहीं है कि सब कुछ ठीक है और चिंता की कोई बात नहीं है। आरामदेह दायरे की सुखद अवस्था के प्रलोभन में न फँसें। अदूरदर्शी न बनें।

रॉबर्ट ने कुछ बहुत असली समस्याओं पर प्रकाश डाला है, जो आज हम सभी के सामने हैं :

1) बढ़ता व्यापार घाटा
2) बढ़ता राष्ट्रीय कर्ज़
3) डॉलर का घटता मूल्य
4) धनविहीन बेबी बूमर्स

5) अधिकार की मानसिकता

6) कच्चे तेल की ऊँची क़ीमतें

7) अमीरों के लिए टैक्स छूट

इनमें से एक ही समस्या देश में वित्तीय तबाही मचा सकती है। यह पहले से कहीं ज़्यादा महत्वपूर्ण है कि आप ख़ुद को और अपने परिवार को शिक्षित कर लें, ताकि आप भविष्य में वित्तीय रूप से सुरक्षित रह सकें। शिक्षा से आपको भविष्य-दृष्टि मिलती है। भविष्य-दृष्टि से आप आर्थिक समस्याओं को पहचान सकते हैं और उन्हें आर्थिक अवसरों में बदल सकते हैं। बहरहाल, आपको इस बारे में सावधान रहना होगा कि आप कैसी शिक्षा हासिल करते हैं।

मैंने एक बार किसी को कहते सुना था, "विज्ञापन के युग से पहले मैं दुनिया को देख सकता था।" इस व्यक्ति के सामने चीज़ें ज़्यादा स्पष्ट थीं, जब तक कि विज्ञापन, मीडिया और नेताओं ने उसे झूठे मायाजाल में नहीं फँसा दिया। उसका मानना था कि जब दुनिया के ये विशेषज्ञ उसके सामने चीज़ें स्पष्ट करने लगे, तो उसकी दृष्टि धुँधली हो गई। मीडिया एक सशक्त साधन है, अच्छे के लिए भी, बुरे के लिए भी। सारांश यह है कि आपको ख़ुद के लिए सोचना सीखना चाहिए।

रॉबर्ट और मैं यहाँ पर आपके लिए नहीं सोचेंगे। लेकिन चूँकि हम दोनों ने ही काफ़ी चिंतन किया है और हम सफल हो चुके हैं, इसलिए हमारा मानना है कि हमारी बातों से क्षितिज पर छाया कोहरा थोड़ा कम हो सकता है और शायद मीडिया के उन झटकों को भी कम कर सकता है, जो हम सबको लगते हैं।

आपकी स्वाभाविक अनुभूतियाँ क्या हैं?

मुझे लगता है कि हवाई में पले-बढ़े रॉबर्ट कुशल तैराक होंगे। आख़िर वे सर्फ़िंग करते थे। मैंने कभी सोचा भी नहीं था कि मैं हवाई के किसी सर्फ़र के साथ कोई पुस्तक लिखूँगा। मुझे उनकी पुस्तक *रिच डैड्स प्रोफ़ेसी* का एक वाक्य याद है : "आप किसी पुस्तक से तैरना नहीं सीख सकते।" इसके बाद यह वाक्य था : "आप किसी पुस्तक या बिज़नेस स्कूल से बिज़नेस करना भी नहीं सीख सकते।" दूसरे शब्दों में, प्रत्यक्ष अनुभव का कोई सानी नहीं है।

इस बात से मुझे अनुभूतियों के बारे में कुछ और याद आ गया। रॉबर्ट ने समुद्र में एक साल बिताया था और यू.एस. मर्चेन्ट मैरीन अकेडमी में प्रशिक्षण के दौरान पूरी दुनिया का चक्कर लगाया था। इस दौरान उन्होंने मौसम के परिवर्तनों को भाँपना सीखा। कुछ समय बाद आपकी छठी इंद्रिय विकसित हो जाती है और आपको पता चल जाता है कि स्थितियाँ कब बदलने वाली हैं। मुझे लगता है कि उन्होंने इस अनुभूति को आर्थिक भविष्यवाणियों के क्षेत्र में भी लागू किया है। उन्होंने वर्तमान

आर्थिक स्थिति को "भावी तूफ़ान" की संज्ञा दी है। यह कोई राहत भरा विचार या छवि नहीं है।

मेरी अनुभूति की शुरुआत बेसबॉल से हुई थी। बेसबॉल खिलाड़ियों को छठी इंद्रिय की ज़रूरत होती है, वरना वे कभी लिटिल लीग में या उससे आगे नहीं पहुँच सकते हैं। ज़्यादातर लोग यह बात नहीं जानते हैं, लेकिन मैं एक अच्छा बेसबॉल खिलाड़ी था। दरअसल मैं इतना अच्छा खेलता था कि खेल प्रतिभा की बदौलत मुझे कॉलेजों की स्कॉलरशिप के प्रस्ताव मिले थे। मैं जानता था कि इसे कैसे खेला जाता है और मेरे पास उस तरह खेलने की क्षमता थी।

मैंने खेल के उसी ज्ञान को बिज़नेस में भी लागू किया है। मैं कई बार किसी स्थिति को देखता हूँ और चीज़ों के सही होने का इंतज़ार करता हूँ और फिर सोचता हूँ, "ठीक है, सारे बेस लोड हो चुके हैं ? अच्छा।" क्योंकि इसका मतलब मेरे लिए ग्रैंड स्लैम होता है। भारी जीत (grand slam) मिलने पर बहुत अच्छा लगता है।

दूसरी तरफ़, रॉबर्ट सोचते हैं, "आदर्श लहर ? ठीक है, अब चलते हैं!" पूर्व-सर्फ़र्स किस तरह सोचते हैं, यह मैं नहीं जानता हूँ। दरअसल एक बार किसी ने मुझे बताया था कि पूर्व-सर्फ़र जैसी कोई चीज़ नहीं होती है। सर्फ़र ज़िंदगी भर सर्फ़र ही रहते हैं।

अगर रॉबर्ट के पास सैन्य प्रशिक्षण और समुद्र का अनुभव नहीं होता, तब भी क्या मैं उनके साथ पुस्तक लिख रहा होता। शायद हाँ, क्योंकि उनके पास भविष्य-दृष्टि और लगन है तथा ये दोनों बहुत महत्वपूर्ण चीज़ें हैं।

वित्तीय आई.क्यू.

रॉबर्ट और मैंने अपनी पुस्तकों में "वित्तीय आई.क्यू." का ज़िक्र किया है। कुछ समय पहले रॉबर्ट की पत्नी किम ने अपनी पहली पुस्तक *रिच वुमैन* लिखी। उन्होंने मुझे इसकी पांडुलिपि पढ़ने को दी। मुझे यह पुस्तक इतनी अच्छी लगी कि मैंने इसकी प्रशंसा में इसके कवर पर कुछ वाक्य लिख दिए। किम का लक्ष्य है कि सभी महिलाएँ अपना वित्तीय आई.क्यू. बढ़ाएँ और अपनी देखभाल के लिए पुरुषों पर निर्भर न रहें। मैं सभी पुरुषों और महिलाओं को उनकी पुस्तक पढ़ने की सलाह दूँगा।

वित्तीय आई.क्यू. की सबकी अपनी-अपनी परिभाषाएँ होती हैं, लेकिन यह एक जीवंत शब्दावली है, जो हमेशा बदलती रहती है। मेरे लिए इसका मतलब है राष्ट्रीय और अंतर्राष्ट्रीय समुद्र में अपनी नाव खेने की योग्यता, वर्तमान से परे भविष्य में झाँकने और उस अनुमान के आधार पर निर्णय लेने की क्षमता। यह कोई आसान काम नहीं है। इस पर हर दिन मेहनत करनी होती है, लेकिन वर्तमान दुनिया में सफल होने के लिए ऐसा करना ज़रूरी है।

मैं इस मामले में सौभाग्यशाली हूँ कि मुझे ज़्यादा नींद की ज़रूरत नहीं पड़ती

है – बस रात में तीन-चार घंटे की नींद ही काफ़ी है। तो मैं उन अतिरिक्त घंटों में क्या करता हूँ ? मैं पढ़ता हूँ। मैं दुनिया की घटनाओं के बारे में जानकारी हासिल करता हूँ और इतिहास की पुस्तकें पढ़ता हूँ।

आप अनुमान लगा सकते हैं कि अगर किसी व्यक्ति के पास पढ़ने के लिए एक सप्ताह में 28 अतिरिक्त घंटे हों, तो वह काफ़ी कुछ पढ़ सकता है। आप ख़ुद हिसाब लगाकर देख लें। मैं जानता हूँ कि रॉबर्ट सामूहिक अध्ययन को पसंद करते हैं, जहाँ लोग किसी पुस्तक को इकट्ठे पढ़ते हैं। यह एक अच्छा विचार है, लेकिन चूँकि मैं आम तौर पर सुबह के शुरुआती घंटों में पुस्तक पढ़ता हूँ, इसलिए मुझे नहीं लगता कि कोई समूह मुझे ज़्यादा पसंद करेगा।

इतिहास का महत्व

मैं इतिहास के अध्ययन के महत्व पर ज़ोर देना चाहूँगा। ज्ञान शक्ति है। हम इतिहास, ऐतिहासिक सभ्यताओं और अतीत के साम्राज्यों से बहुत कुछ सीख सकते हैं। इतिहास के प्रवाह में बहुत बड़ी-बड़ी चीज़ें ग़ायब हो चुकी हैं। क्या आपको ऑटोमान साम्राज्य याद है ? क्या आप जानते हैं कि इसका शासनकाल कितना लंबा था ? क्या आप जानते हैं, साम्राज्य के रूप में इसका कैसे और क्यों पतन हुआ ? शायद आपको पता लगाना चाहिए। यह वर्तमान दुनिया की घटनाओं को समझने के लिए महत्वपूर्ण हो सकता है। दूसरे शब्दों में, आप जो चीज़ें नहीं जानते हैं, वे किसी न किसी तरह, किसी न किसी दिन आपको प्रभावित कर सकती हैं। जब वे ऐसा करेंगी, तो आपको किसे दोष देना चाहिए ?

रॉबर्ट और मैं दोनों ही इतिहास के कीड़े हैं। हमारे एक साथ जुड़ने का एक कारण यह है कि हम दोनों ही इतिहास को मार्गदर्शक मानते हैं। इतिहास की ग़लतियों को दोहराने के बजाय इतिहास से सीखना ज़्यादा अच्छा है। जैसी पुरानी कहावत है, "जो लोग इतिहास से नहीं सीखते हैं, वे उसे दोहराने के लिए अभिशप्त होते हैं।"

अगर वर्तमान अचानक खो जाए, तो आप इसके बारे में क्या याद रखना चाहेंगे।

मेरे दिमाग़ में दो कोटेशन आते हैं, एक राल्फ़ वाल्डो इमर्सन का और दूसरा अल्बर्ट आइंस्टीन का :

> "जो हमारे पीछे है
> और जो हमारे सामने है
> वे हमारे भीतर की चीज़ों के बजाय
> छोटे मामले हैं।"
>
> – *इमर्सन*

"जो मस्तिष्क किसी नए विचार से फैलता है,
वह कभी अपने मूल आकार में वापस नहीं लौटता है।"

– *आइंस्टीन*

इमर्सन का कोटेशन मुझे दंभी बनने से रोकता है, क्योंकि मैं जानता हूँ कि मुझे काफ़ी कुछ सीखना और हासिल करना है। आइंस्टीन का कोटेशन मुझे बड़ा सोचने के लिए प्रेरित करता है। मैं इन बातों को स्पष्ट करते समय ज़्यादा ज्ञान बघार सकता हूँ, लेकिन ये कोटेशन इतने स्पष्ट हैं कि इनके बारे में विस्तार से बताना बेमानी है। मुझे यह भी यक़ीन है कि सरल चीज़ें बेहतर होती हैं; हालाँकि सरल चीज़ें आसान नहीं होती हैं। किसी चीज़ का सार प्रस्तुत करने में बहुत से समय और विचार की ज़रूरत पड़ सकती है। यह एक अच्छा कारण है कि हमें महान चिंतकों और लेखकों की पुस्तकें पढ़नी चाहिए – वे हमारे लिए सार प्रस्तुत कर देते हैं।

लेकिन यहाँ पर आपको एक काम सौंपा जा रहा है : अपनी जड़ों के बारे में विचार करें और यह सोचें कि आप आज जो भी कर रहे हैं, क्यों कर रहे हैं। यह अपने लिए सोचना शुरू करने का अच्छा तरीक़ा है – और शायद कोई दूसरा इसका सही जवाब नहीं दे सकता।

> यह गंभीर मामला है।
> लेकिन इसका मतलब
> यह नहीं है कि हमें
> इसे करने में मज़ा
> नहीं आ सकता।
>
> – *डोनाल्ड जे. ट्रम्प*

रॉबर्ट और मैं आपको बता चुके हैं कि हम आपको अमीर क्यों बनाना चाहते हैं, लेकिन हम क्या चाहते हैं, यह महत्वपूर्ण नहीं है। महत्वपूर्ण तो यह है कि *आप* अपने और अपने परिवार के लिए क्या चाहते हैं। क्या आप अमीर बनना चाहते हैं ?

खंड दो

तीन प्रकार के निवेशक

दुनिया में तीन प्रकार के निवेशक होते हैं :

1. जो बिलकुल भी निवेश नहीं करते हैं
2. जो हार से बचने के लिए निवेश करते हैं
3. जो जीतने के लिए निवेश करते हैं

जो लोग *बिलकुल भी निवेश नहीं करते हैं*, वे यह उम्मीद करते हैं कि उनके रिटायरमेंट के बाद उनका परिवार, कंपनी या सरकार उनकी देखभाल करे।

जो लोग *हार से बचने के लिए* निवेश करते हैं, वे आम तौर पर सुरक्षित जगहों पर निवेश करते हैं। ज़्यादातर निवेशक इसी श्रेणी में आते हैं। निवेश करते समय इन लोगों की मानसिकता बचत करने की होती है।

जो लोग *जीतने* के लिए *निवेश* करते हैं, वे ज़्यादा अध्ययन करना चाहते हैं, ज़्यादा नियंत्रण चाहते हैं और अधिक लाभ कमाने के लिए निवेश करते हैं।

रोचक बात यह है कि तीनों प्रकार के निवेशक बहुत अमीर बन सकते हैं – वे भी, जो दूसरों से अपनी देखभाल की उम्मीद करते हैं। उदाहरण के लिए, एक्सॉन के सीईओ जब हाल ही में रिटायर हुए, तो उनकी कंपनी ने उन्हें आधा बिलियन डॉलर की राशि देकर विदा किया।

डोनाल्ड और रॉबर्ट दोनों ही जीतने के लिए निवेश करते हैं। अगर आप जीतने के लिए निवेश करना चाहते हैं, तो यह पुस्तक आप ही के लिए है।

अध्याय छह

जीतने के लिए निवेश करना

रॉबर्ट के विचार

डोनाल्ड और मेरी चिंताएँ एक सी हैं और हम आपको अमीर बनाना चाहते हैं। तो हमारे समाधान क्या हैं?

एक दिन हम डोनाल्ड के ऑफ़िस में बैठे थे। डोनाल्ड ने कहा, "मैं जीतने के लिए निवेश करता हूँ। और आप?" इस वाक्य से मूलभूत अंतर स्पष्ट हो गया। वे और मैं *जीतने के लिए* निवेश करते हैं, जबकि बाक़ी लोग *हार से बचने के लिए निवेश* करते हैं।

हमने इस सलाह के बारे में बात की है, "पैसे बचाओ, कर्ज़ से मुक्त हो जाओ, लंबे समय के लिए निवेश करो (आम तौर पर मीच्युअल फ़ंडों में) और अपने निवेशों को डाइवर्सिफ़ाई करो।" उस शाम डोनाल्ड और मैंने इस बारे में बातचीत की कि हम पैसे बचाने पर ध्यान केंद्रित नहीं करते हैं। दरअसल हम दोनों पर ही लाखों डॉलर का कर्ज़ है - लेकिन यह अच्छा कर्ज़ है। हम डाइवर्सिफ़ाई नहीं करते हैं ... कम से कम उस संदर्भ में तो नहीं, जिसमें ज़्यादातर लोग डाइवर्सिफ़ाई शब्द का इस्तेमाल करते हैं। और हालाँकि हम दीर्घकालीन निवेशक हैं, लेकिन हम मीच्युअल फ़ंडों में निवेश नहीं करते हैं, कम से कम मूलभूत निवेश साधन के रूप में तो नहीं करते हैं। क्यों? क्योंकि हम जीतने के लिए निवेश करते हैं।

डोनाल्ड और मैं बातें करने लगे कि हमारी पुस्तकें अन्य वित्तीय लेखकों की पुस्तकों से अलग और ज़्यादा लोकप्रिय क्यों हैं। एक बार फिर अंतर स्पष्ट हो गया। मैंने कहा, "ज़्यादातर वित्तीय लेखक अपने पाठकों से कहते हैं कि *वे अपनी आमदनी से कम ख़र्च करें*। एक लेखक ने तो यहाँ तक सलाह दी कि हर रोज़ कैपुचीनों कॉफ़ी न पिएँ, बल्कि उसके पैसे बचाकर मीच्युअल फ़ंड में निवेश करें - ताकि बाद में आप अमीर बन सकें। आप और मैं अपनी आमदनी से कम में नहीं जीते हैं। हमें शान से जीना अच्छा लगता है। इसलिए हम अपनी चादर फैला लेते हैं यानी अपनी आमदनी बढ़ाते जाते हैं। जब हम लिखते या सिखाते हैं, तो हम दूसरों को अमीर बनने तथा अच्छे जीवन का आनंद लेने के लिए प्रोत्साहित करते हैं।"

एक पल ठहरने के बाद डोनाल्ड मुस्कराकर बोले, "आप सही कहते हैं। मैं ऐसे किसी व्यक्ति को नहीं जानता, जो तंगी में जीना पसंद करता हो। कम से कम मेरे दोस्तों में तो ऐसा

कोई नहीं है। जिन लोगों को मैं जानता हूँ, वे जीवन का आनंद लेना चाहते हैं। हम सभी जीवन का आनंद लेते हैं। हम लोग जीतने के लिए खेलते हैं और हम *जीतते* हैं। आप भी जीतते हैं और जीवन का आनंद लेते हैं। इसीलिए आपकी और मेरी पुस्तकों की इतनी ज़्यादा बिक्री होती है तथा हमारे भाषणों को सुनने के लिए इतनी ज़्यादा भीड़ उमड़ती है। लोग विजेताओं को पसंद करते हैं।"

"ज़्यादातर वित्तीय विशेषज्ञ लोगों को सुरक्षित खेलने और अपनी आमदनी से कम में जीने की सलाह देते हैं। वे लोगों से कहते हैं कि निवेश करना ख़तरनाक है। इसके बजाय उन्हें बचत करना चाहिए तथा आर्थिक जोखिम से बचना चाहिए। ये विशेषज्ञ जीतने पर ध्यान केंद्रित *नहीं* करते हैं। उनका पूरा ध्यान हार से बचने पर केंद्रित होता है," मैंने कहा।

"यह बहुत बड़ा अंतर है," डोनाल्ड बोले।

मैंने सिर हिला दिया। *रिच डैड पुअर डैड* प्रकाशित होने के बाद से पत्रकारों सहित कई लोगों ने मुझसे कहा है कि मेरे विचार बहुत जोखिम भरे हैं। बहरहाल, मैं मानता हूँ कि अधिकांश लोग जो कर रहे हैं, वह ज़्यादा जोखिम भरा है। दुनिया भर में नौकरी की सुरक्षा दिनोदिन कम होती जा रही है। ऐसे में सुरक्षित नौकरी की उम्मीद करना मूर्खतापूर्ण है। शेयर बाज़ार में मंदी के दौर के कारण भोले-भाले निवेशकों की जेब से ट्रिलियनों डॉलर चले जाते हैं। ऐसे में वित्तीय सुरक्षा के लिए शेयर बाज़ार पर भरोसा करना मूर्खतापूर्ण लगता है। हमारे स्कूलों में विद्यार्थियों को पैसे के बारे में न के बराबर सिखाया जा रहा है, इसलिए सिर्फ़ शिक्षा को पर्याप्त मानने पर भरोसा करना जोखिम भरा लगता है।

मैं अपने जीवन के बारे में सोचने लगा। मैंने उन महत्वपूर्ण पलों के बारे में सोचा, जब मैंने फ़ैसला किया था कि अब मैं हार से बचने के लिए नहीं, बल्कि जीतने के लिए पैसे का खेल खेलूँगा।

"आप जानते हैं, अधिकांश लोग जहाँ निवेश करते हैं, हम वहाँ निवेश नहीं करते हैं," डोनाल्ड ने कहा। "क्या यह विसंगति नहीं है कि अधिकांश लोग जिन निवेशों को सुरक्षित समझते हैं, दरअसल उन्हीं में ज़्यादा जोखिम होता है?"

मैंने सिर हिला दिया।

डोनाल्ड ने कहा, "एक और बात है। आप और मैं पैसे कमाने को खेल मानते हैं। हमें इसमें मज़ा आता है। हम इस खेल का आनंद उठाते हैं। कई बार हमें नुक़सान होता है, लेकिन ज़्यादातर बार हम जीतते हैं। हमें मज़ा आता है।"

मैंने कहा, "यह मज़ेदार खेल *है।* मैं इस खेल से प्यार करता हूँ।"

डोनाल्ड बोले, "लेकिन ज़्यादातर लोग पैसे कमाने को खेल नहीं मानते हैं। वे इसे ज़िंदगी और मौत, जीत और हार की तरह लेते हैं।"

मैंने कहा, "उनका अस्तित्व दाँव पर लगा होता है। वे ज़िंदा रहने के लिए संघर्ष करते हैं, इसीलिए वे दहशत में रहते हैं कि उनका पैसा कहीं डूब न जाए। इसीलिए वे निवेश को जोखिम भरा मानते हैं।"

"और जोखिम भरे निवेश कर बैठते हैं," डोनाल्ड ने कहा और अपनी डेस्क को हल्के से थपथपाया। "यह एक वित्तीय त्रासदी है।"

हम आपको अमीर क्यों बनाना चाहते हैं?

मैंने पूछा, "पैसा गँवाना ?"

"नहीं, मज़ा न आना। पैसे कमाना मज़ेदार है। जीवन मज़ेदार होना चाहिए। और लाखों लोग मज़े करने के बजाय डर-डरकर जी रहे हैं। यह बहुत बड़ी विडंबना है।"

मैंने कहा, "इसीलिए वे इस खेल को सुरक्षित तरीक़े से खेलते हैं, 'सुरक्षित' निवेशों में निवेश करते हैं, नौकरी की सुरक्षा को जकड़े रहते हैं और अपनी आमदनी से कम में गुज़ारा करते हैं। इससे भी बड़ी बात यह है कि लाखों लोग कर्ज़ में गले तक डूबे हैं - बुरे कर्ज़ में, क्योंकि वे मज़े तो करना चाहते हैं, लेकिन उन्होंने यह नहीं सीखा है कि जीतने के लिए निवेश कैसे किया जाए। वे अच्छी ज़िंदगी जीना चाहते हैं, इसलिए उन्हें यह सलाह दी जाती है कि वे बुरा कर्ज़ ले लें।"

"और इसमें कोई मज़ा नहीं है," डोनाल्ड ने कहा। "आप और मैं इस खेल से प्यार करते हैं। हमने शैक्षणिक गेम बनाए हैं, क्योंकि गेम खेलना मज़ेदार होता है। जब आपको मज़ा आता है, तो आप ज़्यादा सीखते हैं। आप जीतना चाहते हैं, हालाँकि कई बार आप हारते भी हैं। मैंने आज तक एक भी ऐसा लोकप्रिय खेल नहीं देखा, जिसका शीर्षक हो : *पैसे बचाओ या अपनी आमदनी से कम में जियो*। क्या आपने देखा है ? हो सकता है, ऐसे खेल होते हों, लेकिन मुझे नहीं लगता कि वे हमारे खेलों जितने लोकप्रिय होंगे। हम मन लगाकर खेलते हैं। हम जीतने के लिए खेलते हैं। हमें मज़ा आता है। ज़िंदगी का यही तो मतलब है।"

मीटिंग ख़त्म हो गई। सोचने को काफ़ी कुछ था। जब मैं लिफ़्ट में पहुँचा और ट्रम्प टॉवर की लॉबी तक पहुँचने का बटन दबाने लगा, तो मेरा दिमाग़ सरपट भाग रहा था। ज़्यादातर निवेशक सुरक्षित क्यों खेलते हैं या हार से बचने के लिए निवेश क्यों करते हैं ? सिर्फ़ चंद लोग ही जीतने के लिए निवेश क्यों करते हैं ? जब लॉबी में लिफ़्ट का दरवाज़ा खुला, तो मेरे दिमाग़ में एक सवाल कौंधा, "जीतने के लिए खेलने वाले व्यक्ति और जुआरी में क्या फ़र्क़ है ? और जोखिम में ?"

जब मैं फ़िफ़्थ एवेन्यू के फ़ुटपाथ पर पहुँचा और हाथ देकर टैक्सी रोकी, तो मुझे एहसास हुआ कि मेरे दिमाग़ में जो सवाल घुमड़ रहे थे, इस पुस्तक में उन्हीं के जवाब देने की ज़रूरत थी। मुझे एहसास हुआ कि ज़्यादातर लोग हार से बचने के लिए निवेश इसलिए करते हैं, क्योंकि वे निवेश को जोखिम भरा या जुआ मानते हैं। कई तो यह भी मानते हैं कि ज़्यादा लाभ के लिए आपको ज़्यादा जोखिम लेना पड़ता है। सच्चाई इसके बिलकुल विपरीत है।

धन का 90/10 का नियम

टैक्सी में बैठते समय मुझे 90/10 का नियम याद आया, जो मेरे अमीर डैडी ने मुझे बरसों पहले सिखाया था (जिसके बारे में मैं अपनी अन्य पुस्तकों में भी लिख चुका हूँ)। हालाँकि हममें से ज़्यादातर ने 80/20 के नियम के बारे में सुना है, लेकिन 90/10 का नियम ख़ास तौर से धन पर लागू होता है। आसान भाषा में कहा जाए, तो पैसे के खेल में 10 प्रतिशत खिलाड़ी 90 प्रतिशत धन कमाते हैं। मसलन गोल्फ़ में 10 प्रतिशत प्रोफ़ेशनल खिलाड़ी 90 प्रतिशत धन कमाते हैं और बाक़ी 90 प्रतिशत प्रोफ़ेशनल खिलाड़ी बचे हुए 10 प्रतिशत में धन हिस्सा बाँटते हैं।

90/10 का नियम मेरे जीवन में बहुत विश्वसनीय रहा है (हालाँकि किसी वैज्ञानिक अध्ययन ने इसे अब तक प्रमाणित नहीं किया है)। हम सभी ने सुना है कि 10 प्रतिशत अमेरिकी 90 प्रतिशत दौलत के मालिक हैं। रियल एस्टेट निवेशकों के क्षेत्र में भी आप आसानी से कह सकते हैं कि 90 प्रतिशत दौलत 10 प्रतिशत लोगों के हाथ या क़ाबू में है। यही नहीं, इन चुनिंदा 10 प्रतिशत लोगों में भी सबसे ज़्यादा दौलत शिखर के 1 प्रतिशत व्यक्तियों के पास होती है।

90/10 का यह नियम व्यवसाय चुनने में भी मेरे लिए उपयोगी साबित हुआ है। उदाहरण के लिए, मैंने गोल्फ़ में कैरियर इसलिए नहीं बनाया, क्योंकि मुझे नहीं लगता था कि मैं शीर्षस्थ 10 प्रतिशत में हो सकता हूँ। मुझमें इसकी प्रतिभा तो थी ही नहीं, इच्छा भी नहीं थी। अगर आपने मुझे कभी गाते सुना हो, तो आप यह भी समझ गए होंगे कि मैंने गायन को कैरियर के रूप में क्यों नहीं चुना। जब मैंने *रिच डैड पुअर डैड* लिखने का निर्णय लिया और अपना बोर्ड गेम कैशफ़्लो बनाया, तो मुझे पूरा भरोसा नहीं था कि मेरी पुस्तक और गेम बहुत ज़्यादा सफल हो सकते हैं। मैं अपना सर्वश्रेष्ठ प्रदर्शन करना *चाहता* था, हालाँकि मैं कभी अच्छा लेखक नहीं रहा था और मैंने पहले कभी बोर्ड गेम नहीं बनाया था। मैं अच्छा करना चाहता था, सिखाना चाहता था और जीतना चाहता था।

मेरा मानना है कि डोनाल्ड ट्रम्प मेरे साथ पुस्तक लिखने को इसलिए तैयार हुए, क्योंकि मेरी पुस्तक *रिच डैड पुअर डैड* और मेरा बोर्ड गेम कैशफ़्लो अंतर्राष्ट्रीय स्तर पर सफल हो चुके हैं। हम यह पुस्तक एक साथ इसलिए नहीं लिख रहे हैं, क्योंकि मैं रियल एस्टेट में उनकी तरह अंतर्राष्ट्रीय सफलता पा चुका हूँ, हालाँकि मेरे पास दुनिया भर में लाखों डॉलर की जायदाद और कंपनियाँ हैं। बिज़नेस और रियल एस्टेट निवेश में मैं सफल हो चुका हूँ। इस क्षेत्र में मैं विजेता हूँ, प्रोफ़ेशनल हूँ, लेकिन शीर्षस्थ 10 प्रतिशत में नहीं हूँ, जिस तरह से डोनाल्ड ट्रम्प हैं। लेखक के रूप में मैं शीर्षस्थ 10 प्रतिशत में हूँ। दरअसल *रिच डैड पुअर डैड* को *न्यूयॉर्क टाइम्स* बेस्टसेलर लिस्ट में तीसरी सबसे ज़्यादा लंबे समय तक चलने वाली बेस्टसेलर कहा गया है। यह उस व्यक्ति के लिए ज़्यादा बुरा नहीं है, जो हाई स्कूल में दो बार अँग्रेजी में फ़ेल हो गया था।

> मुझे एहसास हुआ कि ज़्यादातर लोग हार से बचने के लिए निवेश इसलिए करते हैं, क्योंकि वे निवेश को जोखिम भरा या जुआ मानते हैं। कई तो यह भी मानते हैं कि ज़्यादा लाभ के लिए आपको ज़्यादा जोखिम लेना पड़ता है। सच्चाई इसके बिलकुल विपरीत है।
>
> *–रॉबर्ट टी. कियोसाकी*

डोनाल्ड ट्रम्प जीतने के लिए खेलते हैं

मैं एरिज़ोना के फ़ीनिक्स शहर में रहता हूँ। जब डोनाल्ड ने वहाँ पर क़दम रखने की बात सोची, तो हंगामा हो गया। ट्रम्प और उनकी टीम कैमलबैक रोड पर 24वीं और 32वीं स्ट्रीट के बीच एक अट्टालिका बनाना चाहते थे। यह फ़ीनिक्स की सबसे अच्छी जगह है। 24वीं और 32वीं स्ट्रीट के बीच की जगह *मोनोपॉली* के खेल में बोर्डवॉक और पार्क प्लेस जैसी है। वे

कैमलबैक रोड पर सबसे ऊँची इमारत बनाना चाहते थे, लेकिन जहाँ वे इमारत बनाना चाहते थे, वहाँ ऊँचाई की पाबंदियाँ थीं।

कई सालों तक बहस चलती रही। पूरे शहर में इस सवाल पर बहस हो रही थी कि क्या डोनाल्ड ट्रम्प को सबसे अच्छी जगह पर सबसे ऊँची इमारत बनाने की इजाज़त देनी चाहिए? मेरी पत्नी और मैं डोनाल्ड की जीत चाहते थे। क्यों? क्योंकि 24वीं और 32वीं स्ट्रीट के बीच या उसके आस-पास हमारी भी रिहायशी और व्यावसायिक जायदाद थी। अगर डोनाल्ड ट्रम्प जीत जाते, तो हम भी जीत जाते।

2005 में उस इलाक़े के निवासियों ने इस बात पर वोटिंग की कि मि. ट्रम्प को सबसे ऊँची इमारत बनाने देना चाहिए या नहीं। जब वोट गिने गए, तो यह पता चला कि निवासी उन्हें ऊँची इमारत तो बनाने देना चाहते थे, लेकिन उतनी नहीं, जितनी वे चाहते थे। यह सुनकर ट्रम्प ने अपनी योजना छोड़ दी।

पुस्तक के बारे में न्यूयॉर्क में हमारी एक मीटिंग के दौरान मैंने उनसे फ़ीनिक्स की वोटिंग के बारे में पूछा। वे अविचलित दिखे। उन्होंने बस इतना ही कहा, "अगर मैं सबसे ऊँची और सबसे अच्छी इमारत नहीं बना सकता, तो मैं इमारत ही नहीं बनाना चाहता।" फिर उन्होंने मुझे दुबई में बन रही अपनी एक भव्य इमारत दिखाते हुए गर्व के साथ कहा, "मैं फ़ीनिक्स के बारे में विचलित क्यों होऊँ, जब मैं इस पर काम करने में व्यस्त हूँ?"

जब मेरी टैक्सी फ़िफ़्थ एवेन्यू से होटल की तरफ़ गई, तो मेरे सामने इस पुस्तक की तस्वीर ज़्यादा स्पष्ट हो गई। यह पुस्तक जीवन का आनंद लेने के बारे में थी। यह हार से बचने के बारे में नहीं, बल्कि जीवन के खेल में जीतने के बारे में थी। अपनी आमदनी से कम में जीने और कैपुसिनो कॉफ़ी की चुस्कियों का आनंद छोड़ने के बजाय यह पुस्तक सबसे आलीशान सपनों के अनुसार जीने के बारे में थी।

जब टैक्सी होटल के पास पहुँची, तो मैंने उस सवाल पर विचार किया, जो एक पत्रकार ने मुझसे साल के शुरू में पूछा था : "क्या आपने इस साल के लिए कोई लक्ष्य तय किया है?"

मेरा जवाब था, "नहीं, मैंने नहीं किया।"

"क्यों नहीं?" उसने पूछा। "आप तो अपनी पुस्तकों में लक्ष्य तय करने के महत्व के बारे में बहुत बातें करते हैं।"

मैंने जवाब दिया, "हाँ, लक्ष्य तय करना महत्वपूर्ण है। लेकिन मेरी समस्या यह है कि जीवन के इस दौर में मैं यह नहीं जानता हूँ कि और किस चीज़ की तमन्ना की जाए। मेरे पास पर्याप्त से अधिक पैसा है, मेरा वैवाहिक जीवन बहुत सुखद है, मैं अपने काम से प्यार करता हूँ, मेरे पास अच्छी सेहत है और मैं अपनी उम्मीदों से ज़्यादा सफल हो चुका हूँ। आज मैं अपने सबसे ऊँचे सपनों से बेहतर जीवन जी रहा हूँ। मेरी पुस्तकें इंटरनेशनल बेस्टसेलर्स हैं, *द ओपरा शो* में मेरा इंटरव्यू लिया जा चुका है, मैं डोनाल्ड ट्रम्प के साथ एक पुस्तक लिख रहा हूँ और मैं अपने सहकर्मियों से प्यार करता हूँ। मैं नहीं जानता कि और किस चीज़ की तमन्ना कीजाए।"

पत्रकार ने पूछा, "तो आप अब इस बारे में क्या कर रहे हैं?"

मैंने जवाब दिया, "मुझे लगता है कि मुझे और ज़्यादा ऊँचे सपने देखने चाहिए।"

टैक्सी मेरे होटल के सामने रुक गई। किराया देते समय मैं सोच रहा था कि यह पुस्तक

सबसे ऊँचे सपनों का जीवन जीने के बारे में थी ... लेकिन सिर्फ़ तभी, जब आप इस तरह का जीवन जीने की हिम्मत कर सकें।

डोनाल्ड के विचार

विजेता

मैं काफ़ी समय से 90/10 का नियम जानता हूँ, लेकिन रॉबर्ट ने हमें अच्छा याद दिलाया है। अगर हम सभी इस तरफ़ ध्यान नहीं देंगे, तो जल्दी ही यह 95/05 या 99/01 का अनुपात बन सकता है। वह समय भी आ सकता है, जब देश के 1 प्रतिशत लोग 99 प्रतिशत संपत्ति के मालिक होंगे। विजेता ऐसा कभी नहीं होने देंगे और मुझे उम्मीद है कि इसमें आप भी शामिल हैं।

सपने देखना महत्वपूर्ण है। जैसा रॉबर्ट ब्राउनिंग ने कहा है, "किसी इंसान की पहुँच उसकी पकड़ से ज़्यादा होना चाहिए।" इसी से तो हम आगे बढ़ते हैं। मैं यह कहना चाहता हूँ, "अगर आपकी हक़ीक़त सपनों से शुरू होती है, तो आपके सपने हक़ीक़त बन जाएँगे।"

ऐसा क्यों है ? क्योंकि अगर हम सपने नहीं देखेंगे, तो मन मसोसकर जिएँगे। और मेरा दावा है कि अधिकांश लोग इस तरह नहीं जीना चाहते होंगे। कभी किसी बच्चे को यह कहते सुना है कि वह बेरोज़गार बनना चाहता है। आम तौर पर वे इस तरह की बातें कहते हैं, "मैं राष्ट्रपति बनना चाहता हूँ।" "मैं अंतरिक्ष-यात्री बनना चाहता हूँ।" "मैं इंजीनियर बनना चाहता हूँ।" "मैं डॉक्टर बनना चाहता हूँ।" ये बहुत मेहनत भरे और बढ़िया व्यवसाय हैं। युवकों के पास सपने और महत्वाकांक्षाएँ होती हैं तथा होनी भी चाहिए।

विजेता दिल से युवा बने रहते हैं – उनके लक्ष्य ऊँचे होते हैं, उनमें उत्साह होता है और वे अपने लक्ष्य पाने के लिए योजनाएँ बनाते हैं। हो सकता है कि उनके सपने बहुत ऊँचे हों, लेकिन यह सपने न होने से ज़्यादा बेहतर हैं। फिर वे उन बातों पर ध्यान केंद्रित करते हैं, जिनसे वे अपने सपने साकार कर सकते हैं।

ज़िद्दी होने से विजेता बनने में काफ़ी मदद मिलती है। कुछ लोग इसलिए असफल हो गए, क्योंकि उन्होंने बहुत जल्दी हार मान ली। अगर आप इस पुस्तक को पढ़ रहे हैं, तो शायद आप उस जमात में शामिल नहीं होंगे। मेरे पिता मुझे एक युवक की कहानी सुनाते थे, जिसे सोडा बहुत पसंद था। वह सोडा बिज़नेस में आया

और उसने एक कोल्ड ड्रिंक बनाकर बाज़ार में उतारा, जिसका नाम 3-अप रखा। प्रॉडक्ट असफल हो गया। उसने एक नया सोडा बाज़ार में उतारा, जिसका नाम 4-अप था। यह भी असफल हो गया। उसने अपने नए प्रॉडक्ट 5-अप को सफल बनाने के लिए बहुत मेहनत की, लेकिन वह भी असफल हो गया। अब भी उसे सोडा बहुत पसंद था, इसलिए उसने एक बार फिर 6-अप प्रॉडक्ट के साथ कोशिश की। जब यह भी असफल हो गया, तो उसने पूरी तरह हार मान ली।

कुछ साल बाद किसी और ने सोडा बिज़नेस के बारे में सोचा तथा उसने एक नया प्रॉडक्ट बनाकर उसका नाम 7-अप रखा, जो बहुत सफल हो गया। बचपन में मैं यह नहीं समझ पाया कि मेरे डैडी हमें यह कहानी बार-बार क्यों सुनाते थे। बाद में मुझे एहसास हुआ कि वे हमें कभी हार न मानने की शिक्षा दे रहे थे। मैं उस कहानी को कभी नहीं भूला और मैंने कभी हार नहीं मानी। तो उनका सबक़ सही था। अगर ज़रूरत हो, तो ख़ुद को यह कहानी बार-बार सुनाएँ। इससे आपके भीतर का विजेता बलवान बनेगा।

जीत के लिए दूसरी आवश्यक चीज़ है जीतने का नज़रिया। मैं लोगों से कहता हूँ कि वे ख़ुद को विजेता के रूप में देखें। सकारात्मक सोच काम करती है। इसमें असीम शक्ति होती है। चाहे आप संकोची हों या मिलनसार, जीतने के लिए आपको इसकी शक्ति की ज़रूरत होती है। इसकी शक्ति की बदौलत आप ऊँचाई पर पहुँचते हैं और सकारात्मक बनकर आप कई मुश्किल स्थितियों को पार कर सकते हैं।

एक वक़्त मैं कर्ज़ में बुरी तरह डूबा हुआ था। उस समय मैंने ज़िद पकड़ ली और हार मानने से इंकार कर दिया। मैंने नकारात्मक बनने से इंकार कर दिया। मैंने समाधान पर ध्यान केंद्रित किया और ख़ुद को तसल्ली दी कि मैं इस स्थिति से उबर जाऊँगा तथा पहले से ज़्यादा सफल बनूँगा। यही हुआ। बड़ी-बड़ी पत्रिकाओं में मेरे दिवालिया होने की ख़बरें छपती रहीं, लेकिन मैंने ख़ुद को कभी दिवालिया नहीं माना। मेरा ध्यान वर्तमान की बदहाली के बजाय अपने सपनों की ख़ुशहाली पर केंद्रित था। मैं जीत गया।

क्या आपमें इतनी ज़िद है कि आप विजेता बन सकें ? अगर ऐसा है, तो आप जीतने के लिए निवेश कर सकते हैं! यह कोई विदेशी क्षेत्र नहीं है और विजेता निवेशकों के समूह में शामिल होने के लिए आपको किसी पासपोर्ट या वीज़ा की ज़रूरत नहीं होती है। मैंने सुना है, बहुत से लोग ख़ुद से कहते हैं, “मैं ज़िद्दी हूँ” लेकिन इसके बाद वे इस तरह से काम करते हैं, जैसे उनमें आवश्यक क्षमता नहीं हो या निवेश के बारे में सीखने की सामर्थ्य नहीं हो! जैसा रॉबर्ट ने इशारा किया है, वे बहुत सारे मज़ों से महरूम रह जाएँगे और साथ ही बेहतर भविष्य से भी – यह बहुत दुखद होगा, क्योंकि इसकी कोई ज़रूरत नहीं है।

अज्ञान शिक्षा से ज़्यादा महँगा साबित हो सकता है और इसमें निश्चित ही आपकी वित्तीय शिक्षा भी शामिल है। अज्ञात के भय को अपनी इच्छाओं और वित्तीय कल्याण की राह में आड़े न आने दें। कुछ लोग आपसे लाभ उठाने की ख़ातिर आपको अयोग्य साबित करना चाहेंगे। मैंने बहुत से लोगों के साथ ऐसा होते देखा है। ऐसा अपने साथ न होने दें – पैसे के बारे में सीखें और इससे अपने लिए काम करवाएँ। यही सफल निवेश की कुंजी है।

> ज़िद्दी होने से विजेता बनने में काफ़ी मदद मिलती है।
>
> *– डोनाल्ड जे. ट्रम्प*

अध्याय सात

अपना युद्ध और युद्ध का मैदान चुनें

रॉबर्ट के विचार

मैंने सैनिक स्कूल में युद्ध और युद्ध का मैदान चुनने के महत्व के बारे में सीखा। मैरीन कॉर्प्स में मुझे यह दोबारा याद दिलाया गया। उदाहरण के लिए, पहाड़ों की ऊँचाई पर तैनात सैनिक अक्सर तराई में तैनात सैनिकों की तुलना में लाभदायक स्थिति में रहते थे। तराई में रहने वाले सैनिकों के पास यह विकल्प होता था कि वे लड़ें या भाग जाएँ। शायद इसी विकल्प से ये कहावतें बनी होंगी, "कई बार लड़ाई से मुँह मोड़कर भागना बेहतर होता है, ताकि आप किसी और दिन लड़ने के लिए ज़िंदा रह सकें," और "अपने युद्ध सावधानी से चुनें।" यही बिज़नेस में भी सही है।

रिच डैड श्रृंखला की दूसरी पुस्तक *रिच डैड्स **कैशफ़्लो** क्वाड्रैंट* में मैंने बताया है कि कुछ लोग बाक़ी लोगों के बजाय ज़्यादा आसानी से अमीर क्यों बनते हैं। ***कैशफ़्लो** क्वाड्रैंट* उन लोगों के लिए मेरी सबसे महत्वपूर्ण पुस्तक है, जो अपने जीवन में परिवर्तन करना चाहते हैं। अगर आप अपने जीवन में परिवर्तन नहीं करना चाहते हैं, तो यह आपके लिए सबसे बुरी पुस्तक हो सकती है। आइए, हम ***कैशफ़्लो** क्वाड्रैंट* पर एक नज़र डाल लेते हैं :

जैसा पहले बताया जा चुका है :

ई *का मतलब है कर्मचारी*

एस *का मतलब है छोटा व्यवसायी, सेल्फ़-एम्प्लॉयड या विशेषज्ञ*

बी *का मतलब है बड़े बिज़नेस का मालिक जैसे डोनाल्ड ट्रम्प*

आई *का मतलब है निवेशक*

हर क्वाड्रैंट के व्यक्ति की मानसिकता बाक़ी तीन क्वाड्रैंटों के व्यक्तियों की मानसिकता से बहुत अलग होती है। जब नज़रिए की बात आती है, तो ई क्वाड्रैंट के ज़्यादातर लोग सुरक्षा चाहते हैं। वे कहते हैं, "मैं ऐसी सुरक्षित नौकरी की तलाश कर रहा हूँ, जिसमें अतिरिक्त लाभ भी हों।" एस क्वाड्रैंट का छोटा व्यवसायी कहता है, "अगर आप काम को सही तरीक़े से करना चाहते हैं, तो उसे ख़ुद करें।" बी क्वाड्रैंट का व्यक्ति अक्सर अपनी कंपनी या कंपनियों को चलाने के लिए प्रेसिडेंट, सीईओ या अन्य प्रतिभावान व्यक्तियों की तलाश करता है। एस और बी क्वाड्रैंट के बिज़नेस मालिकों में मूलभूत अंतर कर्मचारियों की संख्या है। *फ़ोर्ब्स* मैग्ज़ीन ने एक बार "बड़े बिज़नेस" को परिभाषित करते हुए कहा था कि इसमें 500 से अधिक कर्मचारी होते हैं। आई क्वाड्रैंट निवेशक का है। जैसा आप खंड दो की प्रस्तावना में पढ़ चुके हैं, निवेशक तीन प्रकार के होते हैं।

अलग-अलग क्वाड्रैंटों के लिए अलग-अलग टैक्स क़ानून होते हैं। टैक्स के लिहाज़ से ई क्वाड्रैंट सबसे बुरा होता है, क्योंकि इस क्वाड्रैंट में आप टैक्स से बचने के लिए ज़्यादा कुछ नहीं कर सकते हैं - इसलिए आपको सलाह के लिए अकाउंटेंट की ज़रूरत भी नहीं होती है। टैक्स छूटों के हिसाब से सबसे अच्छे क्वाड्रैंट बी और आई होते हैं। क्यों ? क्योंकि ज़्यादातर सरकारें बी क्वाड्रैंट के लोगों को टैक्स में छूट देती हैं। उन्हें छूट इसलिए दी जाती है, क्योंकि वे नौकरियाँ उपलब्ध कराते हैं। और आई क्वाड्रैंट के लोगों को टैक्स में छूट इसलिए मिलती है, क्योंकि वे अर्थव्यवस्था में अपने धन का निवेश करते हैं। ख़ास टैक्स छूटें आम तौर पर उन लोगों को दी जाती हैं, जो रियल एस्टेट और तेल में निवेश करते हैं, क्योंकि हर देश को मकानों और ऊर्जा की ज़रूरत होती है।

आप किस क्वाड्रैंट में जीत सकते हैं ?

जैसा इस अध्याय के शुरू में बताया गया है, अपने युद्ध और युद्ध के मैदान को सावधानी से चुनना महत्वपूर्ण होता है। जब अमीर बनने की बात आती है, तो अपने लिए सर्वश्रेष्ठ क्वाड्रैंट चुनना उतना ही महत्वपूर्ण होता है।

कैशफ़्लो *क्वाड्रैंट* इसलिए महत्त्वपूर्ण है, क्योंकि इससे आपको यह तय करने में मदद मिलती है कि किस क्वाड्रैंट में आपके जीतने की सबसे ज़्यादा संभावना है। जैसा आपने अनुमान लगा लिया होगा, डोनाल्ड ट्रम्प और मैंने बी तथा आई क्वाड्रैंटों में काम करने का विकल्प चुना है।

बरसों पहले जब मैं हाई स्कूल में था और मुझे अँग्रेजी में दिक्क़त आ रही थी, तो मेरे अमीर डैडी ने इशारा किया था कि मैं शायद स्कूल या नौकरी की दुनिया में ज़्यादा सफल नहीं

हो पाऊँगा। उन्होंने कहा था, "तुम इतने विद्रोही हो कि उन लोगों से आदेश लेना पसंद नहीं करोगे, जिनका तुम सम्मान नहीं करते हो। शायद तुम बिज़नेस में उद्यमी और निवेशक के रूप में ज़्यादा सफल हो सकते हो।"

हालाँकि मुझे उनकी बात अच्छी नहीं लगी, लेकिन इससे मुझे यह सीखने में मदद मिली कि मैं कहाँ उपयुक्त नहीं था। इससे मुझे यह चेतावनी भी मिल गई कि मुझे उन विषयों का अध्ययन करना था, वे योग्यताएँ विकसित करनी थीं और वे अनुभव हासिल करने थे, जो मेरे ज़्यादातर साथियों को नहीं करने थे। बी और आई क्वाड्रैंटों में मेरे अनुभवों के बारे में ज़्यादा जानने के लिए आप मेरी *रिच डैड्स गाइड टु इनवेस्टिंग* तथा *रिच डैड्स बिफ़ोर यू क्विट युअर जॉब* पढ़ें।

आपमें से कुछ सोच रहे होंगे, "लेकिन मैं उद्यमी नहीं बनना चाहता।" या फिर आपका दिल जोखिम लेने और बँधी-बँधाई तनख़्वाह न मिलने के बारे में सोचकर तेज़ी से धड़क रहा होगा। चिंता न करें। यह पुस्तक उद्यमी या व्यावसायिक निवेशक बनने के बारे में उतनी नहीं है, जितनी कि जीतने के बारे में है। हालाँकि तीन अलग-अलग प्रकार के निवेशक होते हैं और हम उन निवेशकों को पसंद करते हैं, जो जीतने के लिए निवेश करते हैं, लेकिन तीनों ही प्रकार के निवेशक बहुत अमीर बन सकते हैं। यही क्वाड्रैंटों के बारे में सही है। लोग हर क्वाड्रैंट में बहुत अमीर बन सकते हैं और बने हैं। उदाहरण के लिए, जनरल इलेक्ट्रिक के संस्थापक थॉमस एडिसन बी क्वाड्रैंट में थे। जनरल इलेक्ट्रिक के पूर्व सीईओ जैक वेल्च ई क्वाड्रैंट में थे। दोनों ही व्यक्ति उसी कंपनी से बहुत अमीर बने, हालाँकि उनके क्वाड्रैंट अलग-अलग थे।

मैं ***कैशफ़्लो*** *क्वाड्रैंट* का ज़िक्र आपके सामने इसलिए कर रहा हूँ, ताकि आप यह जान सकें कि *आपके पास* किस क्वाड्रैंट में जीतने की सबसे प्रबल संभावना है। हालाँकि टैक्स क़ानून बी और आई क्वाड्रैंटों के लिए ज़्यादा लाभकारी हैं, लेकिन टैक्स क़ानून उतने महत्वपूर्ण नहीं हैं, जितना यह कि किस क्वाड्रैंट में आपके जीतने की सबसे ज़्यादा संभावना है।

> ज़्यादातर वित्तीय लेखक आमदनी से कम में जीने और पैसे बचाने की सलाह देते हैं। डोनाल्ड और मैं आपकी आमदनी बढ़ाने, जीवन का आनंद लेने और आपके धन का निवेश करने के बारे में लिखते हैं।
>
> *–रॉबर्ट टी. कियोसाकी*

हमारे स्कूल सिस्टम को ई और एस क्वाड्रैंटों का प्रशिक्षण देने के लिए तैयार किया गया है। इसीलिए बहुत से लोग कहते हैं, "स्कूल जाओ, ताकि तुम्हें अच्छी नौकरी मिल सके," जो ई क्वाड्रैंट की प्रोग्रामिंग है। या वे कहते हैं, "स्कूल जाओ, ताकि तुम कोई व्यवसाय सीख सको। फिर तुम्हारे पास जीवन भर एक सुरक्षित काम रहेगा।" यह मानसिकता एस क्वाड्रैंट के लिए आदर्श है। (एक बार फिर, अगर आप बी या आई क्वाड्रैंट के बारे में ज़्यादा सीखना चाहते हैं, तो डोनाल्ड ट्रम्प की पुस्तकें पढ़ें। मुझे व्यक्तिगत रूप से उनकी *द आर्ट ऑफ़ द डील, द आर्ट ऑफ़ द कमबैक* और *हाऊ टु गेट रिच* पसंद हैं, जो बी और आई क्वाड्रैंट में उनके चिंतन का सार हैं।)

डोनाल्ड और मैं अधिकांश स्कूल टीचर्स और अन्य लेखकों से ज़्यादा पैसे इसलिए कमाते हैं, क्योंकि अधिकांश स्कूल टीचर्स ई क्वाड्रैंट में काम करते हैं और ज़्यादातर लेखक एस क्वाड्रैंट के नज़रिए से लिखते हैं।

ज़्यादातर वित्तीय लेखक आमदनी से कम में जीने और पैसे बचाने की सलाह देते हैं। जबकि डोनाल्ड और मैं आमदनी बढ़ाने, जीवन का आनंद लेने और धन का निवेश करने की सलाह देते हैं। एक बार फिर, वित्तीय सलाह के इस फ़र्क़ को अलग-अलग क्वाड्रैंटों से पहचाना जा सकता है, क्योंकि हर क्वाड्रैंट के जीवनमूल्य अलग-अलग होते हैं।

इसलिए एक पल ठहरकर ख़ुद से पूछें कि आपके लिए कौन सा क्वाड्रैंट सबसे अच्छा है। आप अपनी आँखें मूँदकर शांति से अपना जवाब सोच सकते हैं। यह शांत प्रक्रिया महत्वपूर्ण है क्योंकि यह अपने और अपने जवाब के प्रति ईमानदार बने रहने के लिए महत्वपूर्ण है।

डोनाल्ड इस मामले में ख़ुशक़िस्मत थे कि उनके पास बी और आई क्वाड्रैंटों के रोल मॉडल के रूप में उनके डैडी थे। मेरे डैडी ई क्वाड्रैंट में थे। जब मैंने ऐलान किया कि मैं बिज़नेसमैन बनने जा रहा हूँ, तो यह मेरे ग़रीब डैडी के जीवनमूल्यों के विपरीत था, जो सुरक्षित नौकरी और सरकारी सुविधाओं में यक़ीन करते थे। यह तो वैसा ही था, जैसे मैं दुश्मन के दल में शामिल हो रहा था ... गद्दार बन रहा था। मेरे डैडी सचमुच मानते थे कि अमीर लोग लोभी होते हैं और ग़रीबों का शोषण करते हैं ... और कुछ अमीर ऐसा करते भी हैं। बहरहाल, मेरे जीवनमूल्य उनके जीवनमूल्यों से विपरीत थे। मैं उद्यमी और निवेशक बनना चाहता था। हालाँकि मैं डैडी से बहुत प्रेम करता था और उनका सम्मान भी करता था, लेकिन कैरियर और धन के मामलों में हमारे नज़रिए अलग थे।

1973 में वियतनाम से लौटने के बाद मुझे यह फ़ैसला करना था कि मैं किस क्वाड्रैंट में काम करूँ। मेरे ग़रीब डैडी चाहते थे कि मैं नौकरी की सुरक्षा के कारण मैरीन कॉर्प्स में ही काम करता रहूँ। जब मैंने उन्हें बताया कि मैं वह नौकरी छोड़ रहा हूँ, तो उन्होंने मुझे किसी एयरलाइंस में पायलट की नौकरी करने की सलाह दी। जब मैंने उन्हें बताया कि मैं अब हवाई जहाज़ नहीं उड़ाना चाहता हूँ, तो उन्होंने सलाह दी कि मैं कॉलेज जाकर मास्टर डिग्री लूँ और पीएच.डी. भी कर लूँ, ताकि मुझे सरकारी नौकरी मिल सके। चूँकि वे ***कैशफ़्लो*** *क्वाड्रैंट* को नहीं समझते थे, इसलिए वे यह नहीं समझ पाए कि मैं नौकरी को नहीं, बल्कि क्वाड्रैंट को ... या मुझे कहना चाहिए कि क्वाड्रैंट के भिन्न जीवनमूल्यों को ठुकरा रहा था।

जब मेरे असली डैडी यानी मेरे ग़रीब डैडी को एहसास हो गया कि मैं अपने अमीर डैडी के व्यावसायिक और वित्तीय जीवनमूल्यों यानी बी और आई क्वाड्रैंटों को ज़्यादा पसंद करता हूँ, तो हम दोनों के बीच का फ़ासला बढ़ गया और हमारे संबंधों में तनाव आ गया। मेरे ग़रीब डैडी *सुरक्षा* को महत्व देते थे, जबकि अमीर डैडी *स्वतंत्रता* को महत्व देते थे। जैसा आपमें से कई लोग जानते होंगे, सुरक्षा और स्वतंत्रता पर्यायवाची नहीं हैं। दरअसल, वे विपरीत हैं। इसीलिए सबसे ज़्यादा *सुरक्षा* वाले लोगों के पास सबसे कम *स्वतंत्रता* होती है। सबसे ज़्यादा सुरक्षित लोग जेल में बंद रहते हैं, जहाँ वे अधिकतम सुरक्षा में रहते हैं।

जब मुझसे पूछा जाता है, "आपके लिए पैसा क्यों महत्वपूर्ण है ?," तो मैं अक्सर जवाब देता हूँ, "क्योंकि पैसा मुझे स्वतंत्रता प्रदान करता है। पैसा मुझे जीवन में अधिक विकल्प प्रदान करता है।" मसलन, यात्रा करते समय मुझे हवाई अड्डों पर लाइन में खड़े होने में समय

बर्बाद करना अच्छा नहीं लगता है। ज़्यादा पैसा होने से मेरे पास प्राइवेट जेट किराए पर लेने का विकल्प होता है। आज मैं व्यावसायिक एयरलाइंस के बजाय प्राइवेट जेट से ज़्यादा सफ़र करता हूँ। ज़ाहिर है, डोनाल्ड के पास उनका अपना प्राइवेट जेट है, जिससे मेरी बात प्रमाणित होती है। एक रात को डलास से उड़ान भरते समय मेरा छोटा सा प्राइवेट चार्टर्ड जेट डोनाल्ड के प्राइवेट जेट के पास से गुज़रा। मुझे विनम्रता का एहसास हुआ कि मेरा जेट इतना छोटा था कि उनके जेट के नीचे से रेंगकर निकल सकता था।

इसीलिए मैं प्रबलता से सुझाव देता हूँ कि आप शांति से बैठकर यह फ़ैसला करें कि आपके लिए कौन सा क्वाड्रैंट सबसे अच्छा है। ख़ुद से पूछें, "मेरे जीवनमूल्य क्या हैं? क्या मुझे नौकरी की सुरक्षा की ज़रूरत है? क्या मैं सुरक्षा से ख़ुश हूँ? क्या इस क्वाड्रैंट में मेरी योग्यताओं की जाँच होती है? या फिर मैं स्वतंत्रता को ज़्यादा महत्व देता हूँ?" इसके अलावा, आप ख़ुद से यह भी पूछ सकते हैं कि आपके माता-पिता के जीवनमूल्य क्या हैं और आपके दोस्तों के भी। इस कहावत में सच्चाई है, "एक जैसे पंख वाले पक्षी एक साथ उड़ते हैं।"

तो सबक़ यह है, अगर आप अमीर बनने का चुनाव करते हैं, तो अपने युद्ध और युद्ध के मैदान को सावधानी से चुनें - या मुझे कहना चाहिए, अपने जीवनमूल्यों और क्वाड्रैंटों को सावधानी से चुनें।

डोनाल्ड के विचार

अपने युद्ध और युद्ध के मैदान को चुनना

रॉबर्ट का ***कैशफ़्लो*** *क्वाड्रैंट* एक प्रभावी साधन है और इसी कारण मैंने उनकी पुस्तक *रिच डैड्स कैशफ़्लो क्वाड्रैंट* को अमेज़ॉन की अपनी अनुशंसित पुस्तकों की सूची में चुना है। अगर आप थोड़ा समय निकालकर उनकी बात पर विचार करें, तो आगे चलकर आपका बहुत सा समय बच जाएगा। किसी भी रास्ते पर चलने के लिए, चाहे वह नया हो या पुराना, अपने और अपनी इच्छाओं के बारे में जानना महत्वपूर्ण है।

मैं जानता हूँ कि कुछ लोगों की नज़रें चार्ट या फ़ॉर्मूले को देखते ही फिसल जाती हैं, क्योंकि इसका मतलब होता है कि उन्हें ज़्यादा समय देना होगा और ज़्यादा मेहनत करनी होगी। लेकिन अगर आपको एहसास हो जाए कि इससे आपका कैशफ़्लो और लाभ कितना बढ़ सकता है, तो आपको आनंद और रोमांच का एहसास हो सकता है। विकल्प चुनना आपके हाथ में है।

जब मैं रियल एस्टेट के क्षेत्र में कारोबार शुरू कर रहा था, तो मैं आसानी से

अपने पिता के व्यवसाय में ठहर सकता था और सफल हो सकता था, लेकिन मुझे संतुष्टि नहीं मिलती। मेरे पास अपनी निश्चित योजनाएँ थीं और मुझे उन्हें अपने दम पर हासिल करना था। अगर मैं ऐसा नहीं करता, तो मेरा जीवन आरामदेह तो होता, लेकिन रोमांचक नहीं होता। मेरी ज़िंदगी *मेरी* नहीं होती।

रॉबर्ट को यह एहसास हो गया कि उनके पिता के लक्ष्य उनके लक्ष्यों से मेल नहीं खाते थे। हम सभी को अपने दिल को टटोलकर पता लगाना होगा कि हमें क्या करना और बनना है। अपने जीवन की कल्पना करें और फिर पता लगाएँ कि इस प्रक्रिया में आपसे कहाँ चूक हुई है। मैंने इसके कुछ उदाहरण देखे हैं और मैं सोचता हूँ कि यह ख़ुद को परखने का बहुत ज़ोरदार तरीक़ा है। अगर आप अपना जीवन नहीं जिएँगे, तो फिर कौन जिएगा? अगर आप अपने जीवन के बारे में नहीं सोचेंगे, तो फिर कौन सोचेगा? आप इस समय यहाँ हैं, इसलिए पूरा ध्यान दें!

मैं जब युद्धों और युद्धों के मैदानों के बारे में सोचता हूँ, तो अखाड़े में होने के संदर्भ में सोचता हूँ। मुझे उम्मीद है कि हम सभी कुछ हद तक यह चुनते हैं कि हम किस अखाड़े में काम कर रहे हैं या किस अखाड़े में काम करना *पसंद* करेंगे। यह उपलब्धि, संतुष्टि के लक्ष्य और सपनों के बारे में है। परिवर्तन करना मुश्किल होता है, लेकिन कई बार यही सबसे लाभकारी होता है।

हम सब अपने आस-पास रहने वाले लोगों से बहुत प्रभावित होते हैं। अपने आस-पास के समूह से नाता तोड़ना या अप्रत्याशित क़दम उठाना आसान नहीं होता है। हो सकता है, आपको एक-दो साल तक अकेलापन झेलना पड़े। बहरहाल, इसके बाद आपके दायरे का विस्तार होने लगेगा। अंततः आपके पास गतिविधियों और लोगों से भरा एक अखाड़ा होगा, जिसमें आपको आनंद आएगा। यह बहुत हद तक अपनी ख़ुद की स्क्रिप्ट लिखने की तरह है, जिसे देखकर और जिसमें भाग लेकर आप आनंदित हो सकते हैं।

विकल्प एक स्वतंत्रता है, जिसका हम सभी प्रयोग कर सकते हैं। मुझे ऐसे कई लोग मिलते हैं, जिनके जीने का तरीक़ा मुझे पसंद नहीं होता है, लेकिन इससे मुझे रेस्तराँ का मीनू याद आ जाता है - जहाँ सबके लिए कुछ न कुछ होता है। और अगर उस रेस्तराँ में नहीं है, तो किसी दूसरे रेस्तराँ में होता है। यह याद रखना लोगों के मूल्यांकन या आलोचना से बचने का एक अच्छा तरीक़ा भी है - हर व्यक्ति की पसंद अलग-अलग होती है।

स्क्रिप्ट के विचार की ओर लौटते हैं। मैंने किसी को एक बार कहते सुना था कि हम सभी अपनी ज़िंदगी की फ़िल्म ख़ुद बनाते हैं। कल्पना कीजिए कि आप अपनी ज़िंदगी की फ़िल्म के दृश्य लिख रहे हैं - आप इसमें किस क़िस्म के दृश्य रखना चाहेंगे? मुझे नहीं लगता कि हम हम्माली, बोरियत या ग़रीबी को चुनेंगे। न सिर्फ़ इसे लिखने में मज़ा नहीं आता है, बल्कि इसे देखना भी उबाऊ और निराशाजनक

होता है। ख़ुद को थोड़ी स्वतंत्रता दें, ताकि आप अपने सपनों को साकार कर सकें और वह बन सकें, जो आप सचमुच बनना चाहते हैं।

ध्यान दें, ऊपर वाले पैरेग्राफ़ में मैंने कहा है, "ख़ुद को ... दें।" ज़्यादातर मामलों में आप ही वह व्यक्ति हैं, जो ख़ुद को मौक़ा दे सकते हैं। बहुत सारे लोग यथास्थिति को क़ायम रखना चाहते हैं, इसीलिए वे नहीं चाहेंगे कि आप बदल जाएँ। लेकिन आपमें ख़ुद को बदलने की क्षमता है। सबसे पहले तो आप यह पुस्तक पढ़ने का समय निकाल रहे हैं, इसी बात से मैं जानता हूँ कि आप औसत दर्जे से ऊपर उठने और ख़ुद को रोकने वाली जंज़ीरों को तोड़ने में सक्षम हैं। हममें से कोई भी ग़रीबी की रेखा के आस-पास नहीं जीना चाहेगा, जो कई मामलों में आसान राह होती है। जो लोग असाधारण होते हैं, वे साधारण के पार निकल जाते हैं।

> ख़ुद को थोड़ी स्वतंत्रता दें, ताकि आप ऐसे व्यक्ति के रूप में विकसित हो सकें, जो आप सचमुच बनना चाहते हैं।
>
> *– डोनाल्ड जे. ट्रम्प*

ज़िंदगी और बिज़नेस में संघर्ष हो सकता है; युद्ध भी हो सकता है। लेकिन यह सुनिश्चित करें कि आप *अच्छी* लड़ाई लड़ने का विकल्प चुनें – अर्थहीन युद्धों और युद्ध के मैदानों से दूर रहें। अर्थहीन जीवन न जिएँ और अपनी ऊर्जा भी बर्बाद न करें।

याद रखें : अपनी स्क्रिप्ट ख़ुद लिखें, फिर इसे ख़ुद फ़िल्माएँ और उस तरीक़े से जिएँ, जिस तरीक़े से आप जीना चाहते हैं। यही स्वतंत्रता है, यही शक्ति है, यही जीत है।

आपका दृष्टिकोण

कैशफ़्लो *क्वाड्रैंट की समीक्षा करें और सोचें कि यह आपके जीवन पर किस तरह लागू होता है*

किस क्वाड्रैंट से आपको इस समय सबसे ज़्यादा आमदनी होती है ?

____

अब कल्पना करें कि आप उतने सफल बन चुके हैं, जिसके बारे में आपने सपना देखा था। सफलता के शिखर पर पहुँचने के बाद आप किस क्वाड्रैंट में होंगे ?

____

दोनों जवाबों की तुलना करें। क्या आप सही क्वाड्रैंट में हैं ?

____

अगर हैं, तो अपनी योग्यताओं को पैना करें और सफलता की राह पर चलदें!

अगर नहीं हैं, तो फिर योजना बनाएँ कि आप उस क्वाड्रैंट की ओर कैसे चल सकते हैं, जिसमें आप ख़ुद को बहुत सफल बनाना चाहते हैं। सिर्फ़ आप ही यह काम कर सकते हैं!

आपको रातोरात चलने की ज़रूरत नहीं है। लेकिन आपको प्रक्रिया शुरू करने की ज़रूरत है! इस परिवर्तन के लिए आवश्यक क़दम क्या हैं ?

1. ____________________________________

2. ____________________________________

3. ____________________________________

अध्याय आठ

बचत करने वालों और निवेश करने वालों में फ़र्क़ होता है

रॉबर्ट के विचार

बहुत से लोग मीच्युअल फ़ंडों में निवेश करते हैं। जब मैं लोगों से कहता हूँ कि वे बचत नहीं, निवेश करें, तो उनमें से कई यह कहते हैं, "लेकिन मैं निवेश तो कर रहा हूँ। मेरे पास मीच्युअल फ़ंडों का पोर्टफ़ोलियो है। मेरे पास 401 (के) योजना है। मैंने स्टॉक और बॉण्ड ख़रीदे हैं। क्या यह निवेश नहीं है?"

मैं एक क़दम पीछे हटता हूँ और अपनी बात को ज़्यादा स्पष्ट करते हुए कहता हूँ, "हाँ, बचत भी एक तरह का निवेश है। इसलिए जब आप मीच्युअल फ़ंड या स्टॉक या बॉण्ड ख़रीदते हैं, तो आप एक तरह से निवेश कर रहे हैं, लेकिन यह बचत करने वाले के दृष्टिकोण और जीवनमूल्यों से किया गया निवेश है।"

आइए, निष्क्रिय निवेशक के जीवनदर्शन को देखें। अधिकांश वित्तीय योजनाकार आपको सलाह देंगे कि आप

- कड़ी मेहनत करें
- पैसे बचाएँ
- कर्ज़ से मुक्त हो जाएँ
- लंबे समय के लिए निवेश करें (ख़ास तौर पर मीच्युअल फ़ंडों में)
- डाइवर्सिफ़ाई करें

वित्तीय योजनाकारों की भाषा में अक्सर इस बात को ऐसे कहा जाता है। "कड़ी मेहनत करें। ध्यान रखें कि जिस कंपनी में आप काम करते हों, उसमें समान योगदान वाली 401 (के) योजना हो। उसमें ज़्यादा से ज़्यादा योगदान दें। आख़िर इस धन पर टैक्स नहीं लगता है। अगर आपने हाउस लोन लिया हो, तो उसे तत्काल चुका दें। अगर आपके पास क्रेडिट कार्ड हो, तो उसका तत्काल भुगतान कर दें। इसके अलावा संतुलित पोर्टफ़ोलियो भी रखें, जिसमें कुछ ग्रोथ फ़ंड हों, कुछ स्मॉल कैप फ़ंड हों, कुछ टेक फ़ंड हों, विदेशी शेयर बाज़ार फ़ंड

हो। बुढ़ापे की स्थायी आमदनी के लिए बॉण्ड फ़ंड में भी निवेश करें। ज़ाहिर है, डाइवर्सिफ़ाई करें, डाइवर्सिफ़ाई करें, डाइवर्सिफ़ाई करें। अपने सभी अंडे एक ही डलिया में रखना समझदारी नहीं है।"

हालाँकि यह हूबहू वैसा सेल्स डायलॉग तो नहीं है, जैसा आपको सुनने को मिलता है, बहरहाल, मुझे लगता है कि वित्तीय सलाह के रूप में छिपे इस सेल्स डायलॉग से आप परिचित होंगे।

डोनाल्ड ट्रम्प और मैं यह नहीं कह रहे हैं कि हर एक को बदलना चाहिए और यह काम बंद कर देना चाहिए। यह कुछ लोगों के लिए अच्छी सलाह है - जिनका जीवनदर्शन बचत का है या जो निष्क्रिय निवेशक हैं।

मेरा मानना है कि आज के माहौल में यह सबसे ख़तरनाक वित्तीय सलाह है, हालाँकि वित्तीय रूप से नादान लोगों को यह सुरक्षित और बुद्धिमत्तापूर्ण सलाह लगती है।

बचत करने वालों और निवेश करने वालों में मूल रूप से एक शब्द का अंतर होता है - *लीवरेज*। लीवरेज की एक परिभाषा है *कम चीज़ों से ज़्यादा काम करने की योग्यता*।

अधिकांश बचत करने वाले वित्तीय लीवरेज का प्रयोग नहीं करते हैं। वैसे आपको तब तक लीवरेज का इस्तेमाल करना भी नहीं चाहिए, जब तक कि आपके पास वित्तीय शिक्षा या प्रशिक्षण न हो। लेकिन मैं इसे आगे स्पष्ट करूँगा। आइए, हम औसत सलाह को बचत करने वाले के नज़रिए से और फिर निवेशक के नज़रिए से देखें। यानी हम सलाह को ई तथा एस क्वाड्रैंट वाले व्यक्ति के नज़रिए से देखें और फिर उसे बी तथा आई क्वाड्रैंट वाले व्यक्ति के नज़रिए से देखें।

कड़ी मेहनत करें

हम "कड़ी मेहनत करें" वाली सलाह से शुरू करते हैं।

> जब ज़्यादातर लोग "कड़ी मेहनत करें" के बारे में सोचते हैं, तो वे सिर्फ़ *ख़ुद* कड़ी मेहनत करने के बारे में सोचते हैं। आपकी कड़ी मेहनत में ज़्यादा लीवरेज नहीं है। जब डोनाल्ड और मैं कड़ी मेहनत के बारे में सोचते हैं, तो स्वयं मेहनती होने के बावजूद हम ज़्यादातर दूसरे लोगों के बारे में सोचते हैं, जो अपनी कड़ी मेहनत से हमें अमीर बनाते हैं। यह लीवरेज है। इसे कई बार दूसरे लोगों का समय (other people's time) के नाम से भी जाना जाता है। जैसा पहले ही कहा जा चुका है, बी क्वाड्रैंट के व्यक्ति को ई और एस क्वाड्रैंट के लोगों से ज़्यादा टैक्स छूटें मिलती हैं, क्योंकि वह नौकरियाँ उत्पन्न करता है। दूसरे शब्दों में, हमारी सरकार चाहती है कि हम नौकरियाँ उत्पन्न करें ... नौकरियों की तलाश न करें। अगर सभी लोग नौकरियों की तलाश करने लगेंगे, तो हमारी अर्थव्यवस्था ठप्प हो जाएगी। अर्थव्यवस्था के विकास के लिए नौकरियाँ उत्पन्न करने वाले लोगों की ज़रूरत होती है।

बचत करें

हालाँकि मैंने पैसे बचाने के बारे में पिछले अध्याय में काफ़ी कुछ बताया है, लेकिन कुछ

और बातों का ज़िक्र करना आवश्यक है।

पैसे बचाने के साथ समस्या यह है कि वर्तमान आर्थिक तंत्र की तरक्की के लिए *बचत* करने वालों की नहीं, बल्कि *कर्ज़* लेने वालों की ज़रूरत है।

मैं इस बात को नीचे दिए गए डायग्राम से स्पष्ट करता हूँ, जो *रिच डैड पुअर डैड* में बताया गया है।

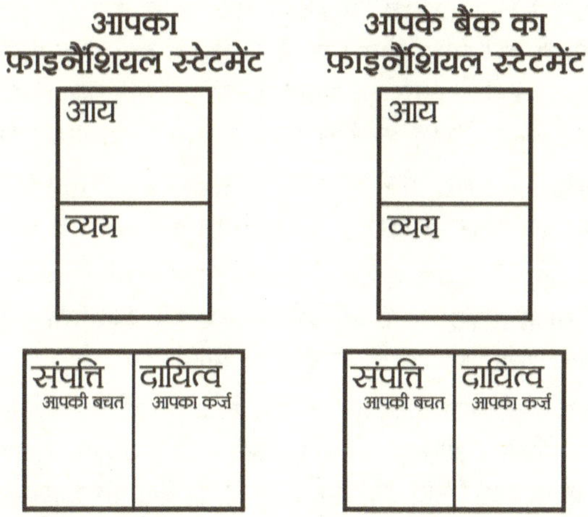

एक मिनट तक इस डायग्राम का अध्ययन करें। आपकी बचत बैंक के लिए दायित्व है, लेकिन आपके लिए संपत्ति है। दूसरी तरफ़ आपका लिया कर्ज़ बैंक के लिए संपत्ति है, लेकिन आपके लिए दायित्व है।

हमारे वर्तमान आर्थिक तंत्र की प्रगति के लिए स्मार्ट कर्ज़ लेने वालों की ज़रूरत है ... जो पैसे उधार लेकर ज़्यादा अमीर बन सकें, ऐसे लोगों की ज़रूरत नहीं है जो पैसे उधार लेकर ज़्यादा ग़रीब बनें। एक बार फिर, 90/10 का धन का नियम लागू होता है - दुनिया के 10 प्रतिशत कर्ज़ लेने वाले लोग कर्ज़ से ज़्यादा अमीर बन जाते हैं - 90 प्रतिशत लोग कर्ज़ से ज़्यादा ग़रीब बन जाते हैं।

डोनाल्ड ट्रम्प और मैं कर्ज़ लेकर ज़्यादा अमीर बनते हैं। हमारे बैंकर हमसे प्रेम करते हैं। हमारे बैंकर चाहते हैं कि हम उनसे ज़्यादा से ज़्यादा पैसा उधार लें, क्योंकि कर्ज़दारों के कारण ही तो वे ज़्यादा अमीर बनते हैं। यह दूसरे लोगों का धन (other people's money) यानी ओपीएम कहलाता है। डोनाल्ड और मैं आपको वित्तीय शिक्षा हासिल करने की सलाह देते हैं। हम चाहते हैं कि आप स्मार्ट तरीक़े से कर्ज़ का इस्तेमाल करें। अगर हमारे पास ज़्यादा कर्ज़दार होंगे, तो हमारे देश की अर्थव्यवस्था प्रगति करेगी। अगर हमारे पास ज़्यादा बचत करने वाले होंगे, तो हमारी अर्थव्यवस्था संकुचित होगी।

अगर आप यह समझ लें कि कर्ज़ अच्छा हो सकता है और अगर आप कर्ज़ का इस्तेमाल लीवरेज के रूप में करना सीख लें, तो आप ज़्यादातर बचत करने वालों से बेहतर स्थिति में होंगे।

कर्ज़ से मुक्त हो जाएँ

अधिकांश बचत करने वाले सोचते हैं कि कर्ज़ बुरा होता है और अपने घर का कर्ज़ उतारना समझदारी भरा होता है। बहुत से लोगों के लिए कर्ज़ सचमुच बुरा होता है और इससे मुक्त होना उनके लिए सचमुच समझदारी भरा क़दम होता है। बहरहाल, अगर आप अपनी वित्तीय शिक्षा में कुछ समय निवेश करने के इच्छुक हों, तो कर्ज़ का इस्तेमाल लीवरेज के रूप में करके ज़्यादा तेज़ी से आगे बढ़ सकते हैं। लेकिन एक बार फिर मैं आपको सावधान कर दूँ कि आप कर्ज़ लेकर निवेश करने से पहले वित्तीय शिक्षा ज़रूर हासिल करें।

> कर्ज़ अच्छा और बुरा दोनों तरह का हो सकता है। वित्तीय रूप से समझदार बनने का लक्ष्य यह जानना है कि कर्ज़ का इस्तेमाल कब करना है और कब नहीं करना है।
>
> डोनाल्ड और मैं रियल एस्टेट से इसलिए प्रेम करते हैं, क्योंकि हमारे बैंक अच्छे प्रबंधन वाली रियल एस्टेट ख़रीदने के लिए हमें कर्ज़ देना पसंद करते हैं। ज़ाहिर है, रियल एस्टेट भी अच्छी या बुरी हो सकती है।
>
> जो बचत करने वाले मीच्युअल फ़ंडों में निवेश करते हैं, उन्हें लीवरेज का इस्तेमाल करने में मुश्किल आती है, सिर्फ़ इसलिए क्योंकि ज़्यादातर बैंक मीच्युअल फ़ंडों में लगाने के लिए कर्ज़ नहीं देंगे! क्यों ? ज़ाहिर है, बैंक मीच्युअल फ़ंडों को बहुत जोखिम भरा और रियल एस्टेट को बहुत सुरक्षित निवेश मानते हैं।
>
> जिस तरह मेरे ग़रीब डैडी बचत करने वाले होने के कारण 1970 के शुरुआती वर्षों में वित्तीय रूप से पिछड़ गए, उसी तरह आज लाखों लोग उसी कारण से पिछड़ रहे हैं।
>
> इस आर्थिक माहौल में बचत करने वाले हार रहे हैं और कर्ज़ लेने वाले जीत रहे हैं। बहरहाल, किसी भी कारण से कर्ज़ लेते समय आपको हमेशा सावधान रहना चाहिए।

लंबे समय के लिए निवेश करें

"लंबे समय के लिए निवेश करें" के कई अर्थ हैं :

1. इस सलाह को सेल्स डायलॉग के रूप में देखें : "अपना पैसा मुझे कई सालों के लिए दे दें, मैं आपको अपनी फ़ीस पर डिस्काउंट दे दूँगा।" मैं इसे सेल्स डायलॉग इसलिए कहता हूँ, क्योंकि "लंबे समय के लिए निवेश करना" इसी तरह की बात है, जैसे कोई एयरलाइन आपके सामने अक्सर हवाई यात्रा की कोई स्कीम रख रही हो। वह आपको आजीवन, वफ़ादार, भुगतान करने वाला ग्राहक बनाना चाहती है।
2. इसका यह भी मतलब है कि वे आपसे लंबे समय तक फ़ीस ले सकते हैं। यानी कि मकान ख़रीदते समय तो आप रियल एस्टेट ब्रोकर को कमीशन देंगे ही, उसके बाद भी आप जब तक उस मकान में रहेंगे, उसे हर महीने कमीशन देते रहेंगे।

3. मीच्युअल फ़ंड अन्य निवेशों जितना फ़ायदा इसलिए नहीं पहुँचा सकते हैं, क्योंकि फ़ंड मैनेजमेंट आपसे फ़ीस वसूल करते हैं। हालाँकि मुझे फ़ीस देने में कोई दिक्क़त नहीं है, लेकिन मुझे कमतर प्रदर्शन के लिए फ़ीस देना पसंद नहीं है।

   कई लोग मीच्युअल फ़ंडों में लंबी अवधि के लिए निवेश करते हैं। बहरहाल, मीच्युअल फ़ंड लीवरेज नहीं देते हैं। जैसा मैं पहले ही कह चुका हूँ, मेरा बैंक मुझे मीच्युअल फ़ंडों में निवेश करने के लिए लाखों डॉलर उधार नहीं देगा, क्योंकि उसमें बहुत जोखिम है। इसमें नियंत्रण की कमी भी है (इस विषय पर हम बाद में चर्चा करेंगे)।

   मीच्युअल फ़ंडों और हेज फ़ंडों में एक अंतर लीवरेज का है। हेज फ़ंड अक्सर उधार के पैसों का इस्तेमाल करते हैं। वे उधार के पैसों का इस्तेमाल क्यों करते हैं? अगर आप स्मार्ट निवेशक हों, तो उधार के पैसों से आप अपने आरओआई यानी रिटर्न ऑन इनवेस्टमेंट को बढ़ा सकते हैं। दूसरे शब्दों में, आप अपना जितना ज़्यादा व्यक्तिगत पैसा लगाएँगे, आपको उतना ही कम लाभ होगा।

   मीच्युअल फ़ंडों का अपना समय और जगह होती है। मैं भी कभी-कभार उनमें निवेश करता हूँ। लेकिन मेरे लिए मीच्युअल फ़ंड फ़ास्ट फ़ूड की तरह हैं। कभी-कभार तो ठीक है, लेकिन आपको उसे खाने की आदत नहीं डालना चाहिए।

डाइवर्सिफ़ाई करें, डाइवर्सिफ़ाई करें, डाइवर्सिफ़ाई करें

दुनिया के सबसे अमीर निवेशक वॉरेन बफ़ेट डाइवर्सिफ़िकेशन के बारे में कहते हैं : "डाइवर्सिफ़िकेशन अज्ञान का कवच है। अगर आप जानते हों कि आप क्या कर रहे हैं, तो इसमें बहुत कम समझदारी होती है।"

तो सवाल यह है, आप ख़ुद को किसके अज्ञान से बचा रहे हैं? अपने अज्ञान से या अपने वित्तीय सलाहकार के अज्ञान से?

"डाइवर्सिफ़ाई" शब्द के बहुत से अर्थ होते हैं। आम तौर पर इसका मतलब होता है कि आप अपने सभी अंडे एक ही डलिया में न रखें, जैसा वॉरेन बफ़ेट करते हैं। मैंने एक बार उन्हें कहते सुना था, "अपने सभी अंडे एक ही डलिया में रखें, और फिर उस डलिया पर नज़रें जमाए रखें।"

व्यक्तिगत रूप से मैं डाइवर्सिफ़ाई नहीं करता हूँ, कम से कम उस तरह से तो नहीं, जिस तरह से वित्तीय योजनाकार अनुशंसा करते हैं। मैं बहुत सी अलग-अलग संपत्तियाँ नहीं ख़रीदता हूँ। मैं केंद्रित होना ज़्यादा पसंद करता हूँ। दरअसल, मैं डाइवर्सिफ़ाई करके नहीं, बल्कि केंद्रित होकर आगे बढ़ता हूँ।

मैंने "फ़ोकस" शब्द की एक बहुत अच्छी परिभाषा इसके संक्षिप्त रूप के इस्तेमाल में सुनी थी।

(Follow One Course Until Successful) **एक ही दिशा में चलते रहो, जब तक कि सफल न हो जाओ**

मैंने यही किया है। बरसों पहले, मैंने रियल एस्टेट में तब तक निवेश किया, जब तक

कि मैं सफल नहीं हो गया। मैं रियल एस्टेट में आज भी निवेश करता हूँ। जब मैं बॉण्ड के बारे में सीखना चाहता था, तो मैंने उसमें तब तक निवेश किया, जब तक कि मैं सफल नहीं हो गया। सफल होने के बाद मैंने फ़ैसला किया कि मुझे बॉण्ड पसंद नहीं हैं, इसलिए अब मैं उनमें निवेश नहीं करता हूँ। मैं दो कंपनियों को सफलतापूर्वक शुरू करके उनके आईपीओ जारी कर चुका हूँ। मैंने लाखों डॉलर कमाए और सफल रहा, लेकिन इसके बाद मैंने इस प्रक्रिया को जारी नहीं रखने का फ़ैसला किया। मैं अब भी रियल एस्टेट को पसंद करता हूँ।

मेरे लिए डाइवर्सिफ़िकेशन एक सुरक्षात्मक क़दम है, इसलिए डाइवर्सिफ़िकेशन में मुझे बहुत कम लीवरेज दिखता है।

ज़्यादातर लोगों के लिए डाइवर्सिफ़िकेशन एक अच्छी रणनीति है, सिर्फ़ इसलिए क्योंकि यह निवेशकों को अपने आप से बचाती है और अयोग्य या अनैतिक सलाहकारों से भी।

कड़ी मेहनत करो, कर्ज़ से मुक्त हो जाओ, लंबे समय के लिए निवेश करो और डाइवर्सिफ़ाई करो - यह पारंपरिक वित्तीय नियोजन सलाह औसत निवेशक के लिए *अच्छी* है। यह उस निष्क्रिय निवेशक के लिए *अच्छी* है, जो हर महीने अपना पैसा किसी और को निवेश करने के लिए दे देता है। यह उस व्यक्ति के लिए भी *अच्छी* सलाह है, जो अमीर तो है, लेकिन निवेशक बनने का तरीक़ा नहीं सीखना चाहता है। कई मूवी स्टार्स, अमीर प्रोफ़ेशनल्स, प्रोफ़ेशनल खिलाड़ी और विरासत की दौलत से अमीर बने वंशज इस समूह में आते हैं। कुंजी यह है कि अच्छा वित्तीय सलाहकार खोजा जाए।

बहरहाल, यह जान लें कि इस राह का अनुसरण करने में बहुत कम लीवरेज होता है - और लीवरेज प्रचुर दौलत की कुंजी है।

लीवरेज कुंजी है

गुफाओं में रहते समय भी इंसान लीवरेज चाहता था। सबसे पहले उसने आग और भाले के लीवरेज का इस्तेमाल किया। आग और भाले ने इंसान के लिए मुश्किल परिवेश पर विजय पाना आसान बना दिया। संतान के बड़े होने पर माता-पिता उसे आग जलाना और भाले का इस्तेमाल करना सिखा देते थे, ताकि वह अपनी रक्षा कर सके और भोजन के लिए जानवरों का शिकार कर सके। बरसों बाद तीर-कमान का इस्तेमाल शुरू हुआ, जो लीवरेज का अधिक उच्च प्रकार था। एक बार फिर लीवरेज की परिभाषा है *कम चीज़ों से अधिक काम करने की क्षमता*। तीर-कमान भाले से श्रेष्ठ था, क्योंकि यह कम मेहनत से ज़्यादा काम करता था।

समय गुज़रता गया और मनुष्य अधिक लीवरेज विकसित करने के लिए अपने दिमाग़ का इस्तेमाल करता रहा। घोड़े की सवारी सशक्त लीवरेज था। न सिर्फ़ घोड़े का प्रयोग यातायात और खेत जोतने में हुआ, बल्कि यह युद्ध में भी महत्वपूर्ण शक्ति बन गया।

इसके बाद बारूद का विकास हुआ। जिस राजा के पास गोला-बारूद होता था, वह उस राजा को हरा देता था, जिसके पास गोला-बारूद नहीं होता था। मूल निवासी जैसे अमेरिकन इंडियन्स, हवाइयन्स, न्यूज़ीलैंड के माओरीज़, ऑस्ट्रेलिया के मूल निवासी और कई अन्य संस्कृतियाँ गोला-बारूद के कारण ही हारी थीं।

सिर्फ़ सौ साल पहले घोड़े की जगह कार और हवाई जहाज़ ने ले ली। एक बार फिर लीवरेज के इन दोनों प्रकारों का इस्तेमाल शांतिपूर्ण उद्देश्यों और युद्धों में हुआ। आज जिन देशों के हाथों में तेल की आपूर्ति है, उनका ज़्यादातर दुनिया पर लीवरेज है।

रेडियो, टेलीविज़न, टेलीफ़ोन, यह कंप्यूटर जिस पर मैं लिख रहा हूँ और वर्ल्ड वाइड वेब सभी लीवरेज के प्रकार हैं। हर नए आविष्कार से उन लोगों को अधिक दौलत और शक्ति मिलती है, जिनके पास लीवरेज के उस साधन का प्रशिक्षण होता है।

अगर आप अमीर बनना चाहते हैं और वैश्विक परिवर्तनों के शिकार नहीं होना चाहते हैं, तो यह महत्वपूर्ण है कि आप अपने सबसे महान लीवर - यानी अपने मस्तिष्क - का विकास करें। अगर आप अमीर बनना चाहते हैं और अपनी दौलत को सुरक्षित रखना चाहते हैं, तो आपका मस्तिष्क - आपकी वित्तीय शिक्षा - सबसे बड़ा लीवर है।

> बचत करने वालों और निवेश करने वालों में मूल रूप से एक शब्द का अंतर होता है - लीवरेज। लीवरेज की एक परिभाषा है कम चीज़ों से ज़्यादा काम करने की योग्यता।
>
> *-रॉबर्ट टी. कियोसाकी*

डोनाल्ड और मुझे दोनों को यह सौभाग्य मिला कि हमारे पास अमीर डैडी थे, जिन्होंने पैसे की दुनिया से हमारा परिचय करवाया। लेकिन हमारे अमीर डैडी बस हमारा परिचय ही करवा सकते थे। हमें इसके बाद भी अपनी भूमिका निभानी थी। हमें इसके बाद भी अध्ययन करना था, सीखना था, अभ्यास करना था, सुधार करना था और ऊपर उठना था। जिस तरह गुफा में माता-पिताओं ने अपनी संतानों को आग जलाना और भाले का इस्तेमाल करना सिखाया, उसी तरह हमारे अमीर डैडियों ने हमें पैसे का इस्तेमाल करना सिखाया और यह भी कि अमीर बनने में अपने दिमाग़ का इस्तेमाल कैसे किया जाए।

आपमें से कुछ कह रहे होंगे, "लेकिन मेरे डैडी अमीर नहीं हैं। मेरे पास शुरुआती पूँजी नहीं है। मेरे पास अच्छी शिक्षा नहीं है।" इसी तरह की सोच से प्रचुर दौलत हासिल करने और उसे क़ायम रखने की संभावना धूमिल हो जाती है। आपकी संभावना इसलिए धूमिल हो जाती है, क्योंकि आप अपनी सबसे बड़ी संपत्ति यानी मस्तिष्क का प्रयोग ख़ुद के ही ख़िलाफ़ कर रहे हैं। आप अपने दिमाग़ का इस्तेमाल पैसा बनाने के बजाय बहाने बनाने में कर रहे हैं। याद रखें, आपका मस्तिष्क आपका सबसे बड़ा लीवर है। लेकिन सभी लीवर दो दिशाओं में काम कर सकते हैं - अच्छे के लिए या बुरे के लिए। जिस तरह कर्ज़ आपको अमीर बना सकता है, उसी तरह कर्ज़ आपको ग़रीब भी बना सकता है।

मेरे पास बहुत अच्छी शिक्षा नहीं थी। मैं अमीर परिवार में भी पैदा नहीं हुआ था। मेरे पास तो बस एक अमीर डैडी थे, जिन्होंने मुझे सिखाया कि बहाने बनाने के बजाय पैसे बनाने के लिए अपने दिमाग़ का इस्तेमाल किस तरह किया जाता है। अमीर डैडी बहानों से नफ़रत करते थे। वे कहा करते थे, "बहाने चवन्नी के सौ मिलते हैं। इसीलिए असफल लोगों के पास इतने बहाने होते हैं।" वे यह भी कहते थे, "अगर आप अपने मस्तिष्क को नियंत्रित नहीं कर सकते, तो आप अपने जीवन को भी नियंत्रित नहीं कर सकते।" आज जब भी मैं किसी

दुखी, बीमार या ग़रीब व्यक्ति से मिलता हूँ, तो मैं समझ जाता हूँ कि उसने अपने मस्तिष्क का नियंत्रण खो दिया है, जो ईश्वर का हमें दिया सबसे बड़ा औज़ार है।

हालाँकि आज डोनाल्ड और मेरे पास पैसा है, लेकिन हम दोनों ही वित्तीय असफलताएँ झेल चुके हैं। अगर हम अपने दिमाग़ का इस्तेमाल दूसरों को दोष देने या बहाने बनाने में करते, तो हम आज ग़रीब होते।

हम सभी अमीर पैदा हुए हैं

तो आपके लिए हमारा संदेश वही है, जो हमें अपने अमीर डैडियों से मिला है : "हम सभी अमीर पैदा हुए हैं। हम सभी को दुनिया का सबसे सशक्त लीवर - हमारा दिमाग़ - मिला है ... इसलिए बहाने बनाने के बजाय अपने दिमाग़ का इस्तेमाल उस लीवरेज के लिए करें, जो आपको अमीर बनाए।"

संक्षेप

गुफामानवों और वनमानुषों में लीवरेज का फ़र्क़ था। अमीर, ग़रीब और मध्य वर्ग के बीच लीवरेज का फ़र्क़ है। बचत करने वालों और निवेशकों के बीच लीवरेज का फ़र्क़ है। ई और एस क्वाड्रैंट तथा बी और आई क्वाड्रैंट के बीच लीवरेज का फ़र्क़ है। अच्छी तरह प्रशिक्षित और अनुशासित निवेशक बहुत कम जोखिम तथा धन से ज़्यादा मुनाफ़ा कमा सकता है, लेकिन इसमें लीवरेज की ज़रूरत होती है ... और लीवरेज हासिल करने के लिए आपको स्वयं को शिक्षित करने और अपने दिमाग़ का समझदारी से इस्तेमाल करने की ज़रूरत होती है।

डोनाल्ड के विचार

बचत करने वाले और निवेश करने वाले में क्या फ़र्क़ है ? बरसों पहले मेरे एक यहूदी दोस्त ने इस सवाल के जवाब में कहा था : "मोज़ेस निवेश करते हैं, जीसस बचाते हैं।" मुझे यह तो नहीं मालूम कि इससे हमें कुछ मदद मिलेगी या नहीं, लेकिन यह कई स्तरों पर सोचने के लिए मजबूर अवश्य करता है।

मैं निवेशकों को सक्रिय बचत करने वाला मानता हूँ। निवेश करना पैसे कमाने का एक तरीक़ा है। हो सकता है कि आप निवेश से रातोरात अमीर न बनें, लेकिन बचत करके अमीर बनने में *निश्चित रूप से* समय लगता है। अगर आप अपने पैसे को बचाने के बजाय उसका निवेश करें, तो उससे आपको ज़्यादा लाभ होता है।

बहुत से लोग जोखिम लेने से डरते हैं या निवेश के बारे में सीखने में लगने वाले समय से घबराते हैं। रॉबर्ट ने बहुत अच्छी तरह बताया है कि पैसे का प्रबंधन करते

समय व्यक्ति किन नीतियों पर चल सकता है। *रिच डैड पुअर डैड* संयोग से सफल नहीं हुई थी। इसके पीछे कारण था। यह दुनिया भर में ज़बर्दस्त सफल इसलिए हुई, क्योंकि उन्होंने इन चीज़ों को स्पष्ट करने का समय निकाला।

निवेशक बैंक में बड़े क़दमों से जाता है और बड़े क़दमों से बाहर आता है। बचत करने वाला बड़े क़दमों से बैंक में जाता है और छोटे क़दमों से बाहर आता है। निवेश करने और बचत करने के अंतर के बारे में मुझे हमेशा यही तस्वीर दिखती है। दरअसल, बैंक में बचत करने वाले की जमा-पूँजी की शक्ति घट जाती है।

निवेशक कई मामलों में स्वप्नदर्शी होते हैं - वे वर्तमान से आगे तक देखते हैं। वे भविष्य में देखते हैं। अगर वे स्पष्टदर्शी होते हैं, तो बैंक में जाने और बाहर आने वाले क़दम इतने डरावने नहीं होते हैं - वे इस विश्वास पर काम करते हैं कि इसमें लिया गया जोखिम हर एक के लिए अच्छा साबित होगा। वे हर एक को विजेता देखना चाहते हैं।

मुझे लोगों को यह विश्वास दिलाने की ज़रूरत महसूस नहीं होती है कि मेरे विचार अच्छे हैं, क्योंकि अगर मुझे उन्हें विश्वास दिलाना पड़े, तो मैं उनके सामने मुँह ही नहीं खोलूँगा। मैं उन्हें विश्वास दिलाने के बजाय बताता हूँ कि मैं जो प्रस्ताव रख रहा हूँ, उससे हर एक को लाभ होगा। मैं सौदों को तब तक शुरू ही नहीं करता हूँ, जब तक कि मैं इन मूलभूत क़दमों को पूरा नहीं कर लेता। जब मैं शुरू कर रहा था, तब भी मैं परिणामों को इतनी स्पष्टता से देख सकता था कि "सफल सौदे" की भावना मेरे विचारों और कार्यों में दृढ़ता से भर जाती थी।

धन प्रतिभा की तरह है। अगर आप इसे ख़ुद तक सीमित रखेंगे, तो इससे ज़्यादा फ़ायदा नहीं होगा। इसका विकास होना चाहिए। इसे पोषण देना चाहिए। इसका सही उपयोग होना चाहिए। इसमें समय, मेहनत और धैर्य की ज़रूरत होती है। ऐसे कई प्रतिभाशाली व्यक्ति हैं, जो कभी सफल नहीं हो पाते हैं, क्योंकि उन्होंने कभी अपना विकास ही नहीं किया। यह एक बहुत महान विचार की तरह है जिसे कभी मौक़ा ही नहीं दिया गया, क्योंकि उस विचार के मालिक ने उस पर पर्याप्त नहीं सोचा, या इससे भी बुरी बात है, ज़रा भी नहीं सोचा।

निवेश में ज़िम्मेदारी की ज़रूरत होती है, सतत ज़िम्मेदारी की। बचत में यह ज़रूरत नहीं होती। निवेश हर एक के लिए नहीं है, लेकिन यह किसी भी अन्य योग्यता की तरह है - जब आप इसकी कोशिश करते हैं और परिणामों के बारे में जान लेते हैं, तो यह आश्चर्यजनक ढंग से रोमांचक हो सकता है। शायद आप कह रहे होंगे, "निवेश करना *रोमांचक* है ?" जब मुझे यह प्रतिक्रिया मिलती है, तो मैं समझ जाता हूँ कि इस व्यक्ति ने अभी तक इसकी कोशिश ही नहीं की है।

आपमें से अधिकांश लोग अब तक यह जान चुके होंगे कि मुझे रोमांच पसंद है।

लेकिन पैसे के मामले में मैं बिलकुल जोखिम नहीं लेता हूँ। और आपको भी ऐसा ही करना चाहिए। बहरहाल, जो चीज़ आपके जीवन को इतना लाभ पहुँचा सकती है और आपके जीवन में इतना आमूलचूल परिवर्तन कर सकती है, उससे कतराना सबसे अच्छा चुनाव नहीं है।

हम पहले ही डर और इसे कम करने के तरीक़ों के बारे में बात कर चुके हैं। यह बचत करने वाले और निवेश करने वाले में एक और अंतर है : बचत करने वाला अब भी डर के दायरे में जी रहा है। निवेश करने वाला उस डर को जीत चुका है और पुरस्कारों की फ़सल काट रहा है। जो डर आपके सामने हैं, उन पर ध्यान केंद्रित करें और फिर ... उन्हें जीत लें!

जब मैं शुरू कर रहा था और मैनहट्टन में रहने आया ही था, तो रियल एस्टेट बाज़ार इस हद तक गिर गया कि – पहली बार – लोग इस बारे में बातें करने लगे थे कि शहर दिवालिया हो जाएगा। यह डर बढ़ता गया और शहर पर से नागरिकों का भरोसा उठने लगा। किसी नए रियल एस्टेट डेवलपर के रहने के लिए यह कोई बहुत बढ़िया माहौल नहीं था।

लेकिन मैंने इस समस्या को एक बहुत बड़े अवसर के रूप में देखा, क्योंकि मेरे लिए मैनहट्टन दुनिया का केंद्र था और मैं उस दुनिया का हिस्सा बनने जा रहा था, चाहे वर्तमान (और मेरी नज़र में अस्थायी) वित्तीय संकट जो भी हों। इसलिए इस विशिष्ट डर ने दरअसल मेरी महत्वाकांक्षा और साहस को कम नहीं किया, बल्कि हवा दी। इसी समय मैं हडसन नदी के पास की 100 एकड़ की विशाल अविकसित जायदाद के बारे में सोचने लगा। वित्तीय संकट ने मेरे सपनों के पर नहीं कतरे – और मैंने अपने विचार को बेहतर समय या कम मुश्किल दिन पर नहीं टाला। मैं रियल एस्टेट डेवलपर बनने के लिए संकल्पवान था, चाहे माहौल कैसा भी हो। मुद्दे की बात यह है कि मैंने समय का निवेश किया और परिस्थितियों के बावजूद अपने विचारों को विकसित किया। मैंने अपनी योजना को कल पर नहीं टाला ... या परिस्थितियों के आदर्श व अनुकूल होने का इंतज़ार नहीं किया।

> निवेशक कई मायनों में भविष्यदृष्टा होते हैं – वे वर्तमान के पार देखते हैं।
>
> – डोनाल्ड जे. ट्रम्प

बचत करने वाले लंबे समय तक इंतज़ार करते हैं, जिसका अक्सर यह मतलब होता है कि वे अवसरों को गँवा देते हैं। हो सकता है इस पल आपके पास पैसा न हो और परिस्थितियाँ आदर्श न हों, लेकिन इसका यह मतलब नहीं है कि आपका दिमाग़ बेहतर भविष्य की राह नहीं खोज सकता। परिस्थितियाँ कभी आदर्श नहीं होती हैं, लेकिन सक्रिय निवेशक का दिमाग़ अवसरों के लिए तैयार रहता है और उनके आते ही

उनका लाभ उठा लेता है। निवेश करने के मौक़े कभी न गँवाएँ : हर माहौल में अवसरों की तलाश करें। यही लीवरेज है।

आपका दृष्टिकोण

यह समीक्षा करें कि आज आप अपने जीवन में लीवरेज से किस तरह लाभ उठा सकते हैं :

दूसरे लोगों के समय का अपने लाभ के लिए उपयोग करके :

____

दूसरे लोगों के धन का अपने लाभ के लिए उपयोग करके :

____

आप किस तरह अपने जीवन में लीवरेज के प्रयोग को बढ़ा सकते हैं ?

____

आप दूसरों के जीवन में लीवरेज के प्रयोग को किस तरह देख सकते हैं ?

____

क्या आप ख़ुद को वह करते देख सकते हैं, जो वे करते हैं ?

____

लीवरेज के अन्य उदाहरणों के लिए पढ़ते रहें – हो सकता है, वे उदाहरण इन सवालों का जवाब देने में आपकी मदद करें।

अध्याय नौ

आप इन दो चीज़ों का निवेश करते हैं

रॉबर्ट के विचार

मेरे अमीर डैडी अक्सर कहा करते थे, "इंसान सिर्फ़ दो चीज़ों का ही निवेश कर सकता है : समय और धन।" वे यह भी कहते थे, "चूँकि ज़्यादातर लोग ज़्यादा समय का निवेश नहीं करते हैं, इसलिए वे अपना धन गँवा बैठते हैं।"

धन के ९०/10 नियम को मार्गदर्शक मानते हुए मैं कहूँगा कि ९० प्रतिशत निवेशक अपने धन का निवेश करते हैं, लेकिन वे समय का ज़्यादा निवेश नहीं करते हैं। और जो 10 प्रतिशत लोग ९० प्रतिशत धन कमाते हैं, वे पैसे से ज़्यादा समय का निवेश करते हैं। इस पुस्तक के अंत तक आप जान जाएँगे कि डोनाल्ड और मैं इतना ज़्यादा पैसा क्यों कमाते हैं, हमें इतना ज़्यादा लाभ क्यों होता है और हम अपने व्यक्तिगत धन का कम इस्तेमाल क्यों करते हैं। हम ऐसा इसलिए कर सकते हैं, क्योंकि हम अपने धन का कम और समय का ज़्यादा निवेश करते हैं।

तीन तरह के निवेशकों के नीचे दिए गए डायग्राम पर नज़र डालें। मुझे लगता है कि आप समय और धन के निवेश के आपसी संबंध को समझ जाएँगे।

ग़ैर-निवेशक	निष्क्रिय निवेशक	सक्रिय निवेशक
समय का निवेश नहीं करता *धन का निवेश नहीं करता*	*समय का निवेश नहीं करता* *धन का निवेश करता है*	*समय का निवेश करता है* *धन का निवेश करता है*
कोई वित्तीय शिक्षा नहीं होती	**कोई वित्तीय शिक्षा नहीं होती**	**बहुत ज़्यादा वित्तीय शिक्षा होती है**

इस आसान डायग्राम को देखकर आप आसानी से समझ सकते हैं कि पहले दो प्रकार के निवेशक यानी ग़ैर-निवेशक और निष्क्रिय निवेशक यह क्यों कहते हैं, "निवेश करना जोखिम भरा है।" उनके पास कोई वित्तीय शिक्षा नहीं होती है या बहुत कम होती है। इसके अलावा उन्हें बहुत कम वित्तीय अनुभव होता है, इसलिए वे सुरक्षा का वादा करने वाले हर वित्तीय

सलाहकार के शिकार बन जाते हैं।

डोनाल्ड ट्रम्प ने अपनी वित्तीय शिक्षा में समय का बहुत ज़्यादा निवेश किया है। वे व्हार्टन गए, जो अमेरिका का संभवतः सबसे अच्छा बिज़नेस स्कूल है। 1969 में जब मैं न्यूयॉर्क की मर्चेन्ट मैरीन अकेडमी से ग्रेजुएट होकर निकला, तो मैंने भी व्हार्टन जाने के बारे में सोचा था। अकेडमी के मेरे एक सहपाठी अल नोवाक को वहाँ दाख़िला मिल गया था और वह चाहता था कि मैं भी उसके साथ चलूँ। बहरहाल, मैं नहीं गया, क्योंकि वियतनाम युद्ध चल रहा था और मैंने फ़्लाइट स्कूल जाने का फ़ैसला किया।

मेरे पास डोनाल्ड की तरह औपचारिक बिज़नेस स्कूल शिक्षा नहीं थी, लेकिन मैं जानता था कि शिक्षा *न* होना एक कमज़ोरी है। इसी कारण मैंने बहुत से समय और धन का निवेश कर शिक्षा के पारंपरिक दायरों से बाहर अपनी वित्तीय शिक्षा हासिल की। मैंने कई सेमिनारों में हिस्सा लिया, कई टेप और सीडी सुनीं, कई बिज़नेस पुस्तकें पढ़ीं। मैंने जो कुछ सीखा, उसे किसी को सिखाने की आदत डाली ... क्योंकि सिखाना सीखने के सबसे अच्छे तरीक़ों में से एक है। मैंने मार्गदर्शक खोजकर और एप्रेंटिस बनकर भी सीखा, जिस तरह मेरे अमीर डैडी मेरे मार्गदर्शक थे और मैं उनका एप्रेंटिस था।

मैंने दो कंपनियों के आईपीओ जारी किए, क्योंकि मुझे दो मार्गदर्शक मिले, जिन्होंने मुझे इसकी प्रक्रिया सिखाई। मैंने तेल और गैस में भारी निवेश किया, क्योंकि मेरे पास स्टैंडर्ड ऑइल ऑफ़ कैलिफ़ोर्निया और एक मार्गदर्शक का प्रशिक्षण था, जिसने मुझे तेल और गैस सिंडिकेशन्स (तेल और गैस निवेशों के लिए धन कैसे उगाहा जाए) के बारे में सिखाया।

मैं असली जीवन के अनुभवों और बहुत बढ़िया मार्गदर्शकों तथा सलाहकारों के माध्यम से अपनी वित्तीय शिक्षा बढ़ाता रहता हूँ।

अगर मैंने अपनी वित्तीय शिक्षा रोक दी होती, तो मैं डोनाल्ड ट्रम्प के साथ यह पुस्तक नहीं लिख रहा होता। मुझे धन, व्यवसाय, वित्त और दौलत के बारे में सीखना अच्छा लगता है। मैं शायद मरते दम तक विद्यार्थी बना रहूँगा। मुझे नहीं लगता कि मैं कभी यह महसूस करूँगा कि मुझे बहुत कुछ आता है या मेरा कप पूरा भरा है या मेरे पास सभी जवाब हैं। मुझे लगता है कि सीखने के लिए बहुत कुछ है और मुझे सीखने में मज़ा आता है।

वित्तीय विशेषज्ञ

कई निवेशक निवेश को जोखिम भरा इसलिए मानते हैं, क्योंकि वे उन विशेषज्ञों से वित्तीय सलाह लेते हैं, जिनके पास बहुत कम वित्तीय प्रशिक्षण या अनुभव होता है।

1. क्या आप जानते हैं कि वित्तीय विशेषज्ञ के बजाय लाइसेंसी मसाज थेरेपिस्ट बनने में ज़्यादा समय लगता है?
2. क्या आप जानते हैं कि 20 प्रतिशत से भी कम स्टॉक ब्रोकर्स और रियल एस्टेट ब्रोकर्स उस प्रॉडक्ट में निवेश करते हैं, जिसमें निवेश करने की सलाह वे आपको देते हैं?
3. क्या आप जानते हैं कि अधिकांश वित्तीय पत्रकारों के पास वित्तीय प्रशिक्षण या वास्तविक दुनिया का निवेश अनुभव बहुत कम होता है?

4. क्या आप जानते हैं कि कितने सारे लोग हॉट टिप के आधार पर निवेश करते हैं – हॉट टिप, जो ग़रीब लोग देते हैं, अमीर लोग नहीं ?
5. हमारे कितने नेताओं और क़ानून बनाने वालों को असली दुनिया का निवेश अनुभव होता है ?
6. कितने स्कूल टीचर्स को असली दुनिया का वित्तीय प्रशिक्षण या अनुभव है ?

शिकार न हों

मैंने एक बार वॉरेन बफ़ेट को कहते सुना था, "अगर आप पोकर खेल रहे हैं और 20 मिनट बीतने तक आपको यह पता न चल पाए कि शिकार कौन है ... तो समझ लें कि आप ही शिकार हैं।"

मेरे अमीर डैडी कहते थे, "ई और एस क्वाड्रैंट के ज़्यादातर लोग इसलिए कष्ट उठाते हैं, क्योंकि वे ई और एस क्वाड्रैंट के लोगों से वित्तीय सलाह लेते हैं।" या, जैसा वॉरेन बफ़ेट कहते हैं (और मैंने इस पुस्तक में उसका संदर्भ पहले ही दे दिया है), "वॉल स्ट्रीट ही इकलौती जगह है, जहाँ लोग रॉल्स रॉयस में बैठकर उन लोगों से सलाह लेने जाते हैं, जो ट्रेनों में सफ़र करते हैं।"

अपनी सलाह सावधानी से चुनें

चूँकि आपका मस्तिष्क आपकी सबसे मूल्यवान संपत्ति और लीवर है, इसलिए आपको इस बारे में बहुत सतर्क रहना चाहिए कि आप इसके भीतर कौन से विचारों को जगह देते हैं। कई बार तो नई चीज़ सीखने से ज़्यादा मुश्किल पहले से मौजूद विचारों से मुक्ति पाना होताहै।

कई वित्तीय पत्रकार मेरे विचारों से सहमत नहीं होते हैं, क्योंकि ये उनके विचारों से मेल नहीं खाते हैं। वे पूछते हैं, "आप कहते हैं कि आप बिना पैसे के निवेश कर सकते हैं। क्या यह जोखिम भरा नहीं है ?"

मैं उन्हें यह जवाब देना चाहता हूँ, "क्या आपको दिखता नहीं है ? अगर प्रोजेक्ट में मेरा पैसा ही नहीं लगा है, तो मुझे जोखिम कैसे हो सकता है ?"

कुछ दिन पहले मैं रेडियो पर चाँदी में निवेश करने के बारे में बोल रहा था। एक फ़ोन करने वाले ने कहा, "मैं मीच्युअल फ़ंड में निवेश करके 9 प्रतिशत कमा रहा हूँ। मैं चाँदी में निवेश क्यों करूँ ?"

मैं यह कहना चाहता था, "पिछले एक साल में चाँदी का भाव सौ प्रतिशत बढ़ चुका है।" लेकिन मैंने ऐसा नहीं कहा। इसके बजाय मैंने बस यही कहा, "मुझे ख़ुशी है कि आप 9 प्रतिशत लाभ से ही संतुष्ट हैं।"

कई लोग निवेश को जोखिम भरा मानते हैं। सही भी है, वित्तीय शिक्षा तथा अनुभव से रहित लोगों के लिए यह सचमुच जोखिम भरा काम है। यह *और भी जोखिम भरा* है, जब आप अपना पैसा किसी वित्तीय सलाहकार को सौंप देते हैं, जिसके पास आपसे बस थोड़ी सी ज़्यादा शिक्षा और अनुभव होता है।

मुझे बहुत अच्छा लगता है, जब रियल एस्टेट के सेल्समैन ख़रीदारों से कहते हैं, "इस

जायदाद का मूल्य बढ़ेगा।" दूसरे शब्दों में, उनका मतलब यह होता है, "इसे अभी ख़रीद लें, भले ही नुक़सान हो रहा हो, क्योंकि भविष्य में इससे फ़ायदा होगा। रियल एस्टेट की क़ीमत हमेशा बढ़ती है।" मैं चाहता हूँ कि ख़रीदार यह पूछे, "अगर मुझे फ़ायदा नहीं होगा, तो क्या आप मुझे मनी-बैक गारंटी दे सकते हैं?" इससे आम तौर पर सेल्समैन का जोश ठंडा हो जाएगा।

जब निवेश की बात आती है, तो आपको ये सवाल पूछने चाहिए :

1. आप टैक्स कैसे कम कर सकते हैं?
2. आप जोखिम कैसे कम कर सकते हैं और लाभ कैसे बढ़ा सकतेहैं?
3. आप अच्छे निवेश कैसे खोज सकते हैं?
4. आप अच्छे और बुरे सौदे में फ़र्क़ कैसे कर सकते हैं?
5. आप अपने धन का कम इस्तेमाल कर दूसरे लोगों के धन (ओपीएम) से ज़्यादा निवेश कैसे कर सकते हैं?
6. आप धन का जोखिम लिए बिना अनुभव कैसे पा सकते हैं?
7. आप नुक़सान से कैसे निबट सकते हैं?
8. आप अच्छे सलाहकार कैसे खोज सकते हैं?

मैं इन सवालों के आसान जवाब देना चाहूँगा। लेकिन इनका कोई निश्चित जवाब नहीं हो सकता। इन्हीं सवालों की वजह से मैं अध्ययन करता हूँ, सीखता हूँ और खोजता रहता हूँ। ख़ुद से ये सवाल बार-बार पूछकर मैं बेहतर जवाब पाता हूँ, लेकिन मुझे अब तक ऐसा कोई सटीक जवाब नहीं मिला है, जो मुझे आरामदेह व सुरक्षित अनुभव करा सके। ये ऐसे सवाल हैं, जिनके बारे में सच्चे विद्यार्थी जानते हैं कि शायद उन्हें *सही* जवाब कभी नहीं मिलेगा - क्योंकि हमेशा बेहतर जवाब की गुंजाइश रहती है। हम जानते हैं कि हम हमेशा बेहतर बन सकते हैं।

जो जवाब शायद मुझे कभी नहीं मिलेगा, उसी की खोज मुझे अमीर बनाती है। इस खोज से मैं आगे बढ़ता हूँ, ज़्यादा अमीर बनता हूँ और रिटायर नहीं होता हूँ, हालाँकि मेरे पास रिटायर होने लायक़ पर्याप्त पैसा है। देखिए, धन की खोज मुझे अमीर नहीं बनाती है। यह तो ज्ञान की खोज है। यह तो ज़्यादा सीखने, ज़्यादा करने, ज़्यादा हासिल करने और सीखने की चाह रखने वालों की मदद करने की इच्छा है, जो मुझे प्रेरित करती है ... धन सिर्फ़ स्कोर बताता है। धन एक पैमाना है, जो मुझे बताता है कि हम किस तरह काम कर रहे हैं। धन तो सफलता का जश्न है, जिस तरह धन की कमी यह याद दिलाती है कि हमें ज़्यादा सीखने की ज़रूरत है। जिस तरह यात्रा करने वाला मील के पत्थर देखता है, उसी तरह मैं धन को सिर्फ़ मील का पत्थर मानता हूँ - मील का ऐसा पत्थर, जो बताता है कि मैं कितनी यात्रा कर चुका हूँ और कितनी दूर आ गया हूँ।

टाइगर वुड्स को देखकर लग सकता है कि वे पैसे के लिए खेलते हैं, क्योंकि उनके पास बहुत ज़्यादा पैसा है। बहरहाल, अगर आप उनसे पूछें, तो वे कहेंगे कि वे खेल में निपुण होने के लिए खेलते हैं ... और पैसा उनकी निपुणता का पैमाना है। मेरा अंदाज़ा है कि रोलिंग स्टोन्स के सदस्य इतनी यात्रा इसलिए नहीं करते हैं, क्योंकि उन्हें पैसे से प्रेम है, बल्कि इसलिए

करते हैं, क्योंकि उन्हें जनता का मनोरंजन करने में मज़ा आता है। अगर वे मनोरंजन नहीं करेंगे, तो उनकी ज़िंदगी सूनी हो जाएगी। बहुत से पूर्व फ़ुटबॉल सितारे मुफ़्त में मैच खेलने को तैयार हो जाएँगे, बशर्ते वे मैदान में उतरने लायक़ युवा और स्वस्थ हों।

मैंने हाल ही में एक बहुत अच्छी पुस्तक पढ़ी। स्टीवन प्रेसफ़ील्ड की इस पुस्तक का शीर्षक है *द वॉर ऑफ़ आर्ट*। मैं यह पुस्तक हर उस व्यक्ति को पढ़ने की सलाह देता हूँ, जो जानता है कि उसका जीवन गंतव्य स्थल नहीं, बल्कि यात्रा है। *द वॉर ऑफ़ आर्ट* में प्रेसफ़ील्ड कहते हैं, "कई लोग सोचते हैं कि शौकिया लोग पैसे के लिए नहीं, बल्कि खेल के प्रति प्रेम के कारण खेलते हैं। सच्चाई तो यह है कि शौकिया लोग सिर्फ़ इसी कारण शौकिया बने रहते हैं, क्योंकि वे खेल से पर्याप्त प्रेम नहीं करते हैं।" प्रेसफ़ील्ड का प्रमुख तर्क यह है कि आप "अपने भीतर के अनजिए जीवन" को हासिल करने के लिए प्रतिरोध के पार निकल जाएँ। वे हमारे सामने मौजूद *प्रतिरोध* के प्रकारों पर बात करते हुए कहते हैं कि अक्सर हम ख़ुद ही ये प्रतिरोध अपने ऊपर लादते हैं। इस बारे में वे हमें क्या सलाह देते हैं :

1. आप जो करते हों, उससे प्रेम करें
2. धैर्य रखें
3. डर के बावजूद काम करते रहें

मैं धन के खेल में इसलिए जीतता हूँ, क्योंकि मैं इस खेल से प्यार करता हूँ। बचपन में मैंने मुफ़्त में काम इसलिए किया, क्योंकि मैं इसे खेलना सीखना चाहता था। आज मैं गोल्फ़ कोर्स और बास्केटबॉल कोर्ट में जाकर देखता हूँ कि युवा और अधेड़ मुफ़्त में खेल ही नहीं रहे हैं, बल्कि खेलने के लिए पैसे भी दे रहे हैं, क्योंकि वे खेल से बहुत ज़्यादा प्यार करते हैं।

> *द वॉर ऑफ़ आर्ट* में स्टीवन प्रेसफ़ील्ड कहते हैं, "कई लोग सोचते हैं कि शौकिया लोग पैसे के लिए नहीं, बल्कि खेल के प्रति प्रेम के कारण खेलते हैं। सच्चाई तो यह है कि शौकिया लोग सिर्फ़ इसी कारण शौकिया बने रहते हैं, क्योंकि वे खेल से पर्याप्त प्रेम नहीं करते हैं।"
>
> – रॉबर्ट टी. कियोसाकी

मैं पढ़ता हूँ और सीखता हूँ, क्योंकि मुझे इस खेल से प्यार है और मैं जीतना चाहता हूँ। मैंने इस खेल का इतिहास पढ़ा है और इसका अध्ययन किया है। मैं जानता हूँ कि मुझे जितना जानने की ज़रूरत है, उतना मैं कभी नहीं जान पाऊँगा। मैं खेल के नियमों और खिलाड़ियों का अध्ययन करता हूँ। मैं अपने प्रतियोगियों की जानकारी रखता हूँ और उनके बारे में पढ़ता हूँ, क्योंकि मैं उनका सम्मान करता हूँ। डोनाल्ड ट्रम्प से मिलने से बहुत पहले मैंने उनकी पुस्तकें पढ़ ली थीं और मुझे उनकी सफलताओं तथा असफलताओं की जानकारी थी। मैंने एप्पल के संस्थापक स्टीव जॉब्स और वर्जिन के संस्थापक रिचर्ड ब्रान्सन की पुस्तकें भी पढ़ी हैं। जैसा आप देख सकते हैं, मैंने बिज़नेस के विद्रोही लीडर्स का अध्ययन किया है, परंपरावादियों का नहीं। परंपरावादी मुझे नीरस लगते हैं।

आप इसे पसंद करें न करें, हम सभी धन के इस खेल में शामिल हैं। चाहे आप अमीर हों या ग़रीब, चाहे आप अमेरिका, एशिया, यूरोप, अफ़्रीका, दक्षिण अमेरिका या कनाडा या चाहे जहाँ रहे हों, हम सब धन के इस खेल में शामिल हैं। इस खेल में जीतते वही हैं, जो इस खेल से सबसे ज़्यादा प्रेम करते हैं। अगर आप इस खेल से प्रेम नहीं करते हैं, तो बाहर हो जाएँ। शायद आप कोई दूसरा उपयोगी और रोमांचक काम कर सकें।

डोनाल्ड ट्रम्प और मैं हारते कम, जीतते ज़्यादा हैं, क्योंकि हम खेल से प्रेम करते हैं। अगर आप खेल से प्रेम नहीं करते हैं और पढ़ना तथा सीखना नहीं चाहते हैं, तो डोनाल्ड और मेरी सलाह है कि आप किसी ऐसे व्यक्ति को खोजें, जो जीतने (और पढ़ने) के प्रति समर्पित हो। जब आपको ऐसा व्यक्ति मिल जाए, तो आप अपना पैसा उस व्यक्ति को देकर कहें कि वह आपके लिए इसका निवेश कर दे।

आख़िरी विचार

निष्क्रिय निवेशक	सक्रिय निवेशक
धन का निवेश करते हैं	**समय का निवेश करते हैं**
इसमें निवेश करते हैं :	**इसमें निवेश करते हैं :**
नौकरी	*व्यवसाय*
बचत	*रियल एस्टेट*
कर्ज़ चुकाने	*अधिक उन्नत माध्यम*
मीच्युअल फ़ंड्स	
डाइवर्सिफ़िकेशन	
धन का अभाव	**धन की प्रचुरता**
डर	**आनंद**

इस तुलना से यह पता चलता है कि निष्क्रिय निवेशकों और सक्रिय निवेशकों में कई फ़र्क़ होते हैं। न सिर्फ़ वे ज़्यादा समय का निवेश करते हैं, बल्कि वे भिन्न निवेश साधनों में भी निवेश करते हैं। मैंने इस सूची में व्यवसाय को सबसे ऊपर इसलिए रखा है, क्योंकि 500 से ज़्यादा कर्मचारियों की एक बड़ी कंपनी बनाने में बहुत ज़्यादा वित्तीय कुशलता, शिक्षा और अनुभव की ज़रूरत होती है।

रियल एस्टेट अगले स्थान पर है, जिसमें शेयरों, बॉण्ड्स या मीच्युअल फ़ंडों से ज़्यादा वित्तीय कुशलता, शिक्षा और अनुभव की ज़रूरत होती है। याद रखें कि शेयरों, बॉण्ड्स और मीच्युअल फ़ंडों के निवेशक तथा रियल एस्टेट के निवेशकों के बीच एक बड़ा फ़र्क़ यह होता है कि रियल एस्टेट में लीवरेज शामिल है। इसलिए आपको ज़्यादा सतर्क रहना होगा। और

रियल एस्टेट में मैनेजमेंट कुशलता, अनुभव तथा योग्यता की ज़रूरत होती है। इसमें लीवरेज में निपुणता और मैनेजमेंट की कला की ज़रूरत भी होती है। इसीलिए पेपर एसेट्स में सफल हो चुके अधिकांश निवेशक जब रियल एस्टेट में निवेश करने की कोशिश करते हैं, तो असफल हो जाते हैं।

अधिक उन्नत निवेश साधन हैं हेज फ़ंड्स, जो लीवरेज का इस्तेमाल करते हैं। इसके अलावा लिमिटेड पार्टनरशिप, प्राइवेट इक्विटी फ़ंडिंग, सिंडिकेशन और अन्य चीज़ें भी शामिल हैं।

जब आप *कैशफ़्लो* के गेम बोर्ड की तस्वीर देखते हैं, तो आप देख सकते हैं कि अलग-अलग लोगों के लिए अलग-अलग निवेश होते हैं।

जैसा आप देख सकते हैं, निवेशकों के तीन स्तर होते हैं। पहला स्तर है चूहा दौड़, जो निष्क्रिय निवेशकों के लिए है। ये लोग आम तौर पर पेपर एसेट्स में निवेश करते हैं, जैसे शेयर, बॉण्ड्स और मीच्युअल फ़ंड। क्यों ? क्योंकि पेपर एसेट्स में आम तौर पर सबसे कम वित्तीय शिक्षा की ज़रूरत होती है।

दूसरा स्तर छोटे सक्रिय निवेशकों का है। ये लोग छोटे निवेशों - अक्सर छोटी कंपनियों या रियल एस्टेट - में निवेश करते हैं।

फ़ास्ट ट्रैक अमीरों और वित्तीय रूप से शिक्षित निवेशकों के लिए बनाया गया है। 1933 में राष्ट्रपति जॉन केनेडी के पिता जोसेफ़ केनेडी ने फ़ास्ट ट्रैक बनाया था, ताकि अमीर और निपुण निवेशक से शौकिया निवेशक की रक्षा की जा सके।

डोनाल्ड और मैं फ़ास्ट ट्रैक में निवेश करते हैं। क्यों ? क्योंकि वहीं मज़ा है और वहीं ढेर सारा मुनाफ़ा है। क्या यह ज़्यादा जोखिम भरा है ? जवाब है, "नहीं," बशर्ते आपके पास सशक्त वित्तीय शिक्षा और अनुभव हो। जवाब है "हाँ," बशर्ते आप सिर्फ़ धन का निवेश करना चाहते हों, लेकिन अपनी शिक्षा में समय का निवेश नहीं करना चाहते हों।

कैशफ़्लो बोर्ड गेम का उद्देश्य लोगों को निवेशकों के तीन स्तरों के बारे में सिखाना है। इसका उद्देश्य लोगों को प्रेरित करना है कि वे चूहा दौड़ से बाहर निकलें और ज़्यादा आनंद उठाएँ।

क्या खेल बेहतर शिक्षण साधन हैं?

1969 में शिक्षा जगत में एक अध्ययन किया गया, जिसमें यह पता लगाया गया कि किन तरीक़ों से कितना सीखा जाता है। शोध के आधार पर द कोन ऑफ़ लर्निंग तैयार किया गया, जो नीचे दिया गया है। इससे पता चलता है कि सीखने का सबसे कम प्रभावी तरीक़ा पढ़ना और लेक्चर सुनना है, जबकि सबसे प्रभावी तरीक़ा काम को सचमुच करके देखना है। अगला सबसे प्रभावी तरीक़ा असली अनुभव की नक़ल (simulation) करके सीखना है।

क्या यह दिलचस्प नहीं है कि शिक्षा तंत्र अब भी मूलतः पढ़ने और लेक्चर सुनने के पुराने तरीक़े से ही सिखाता चला जा रहा है? जबकि इसके पास 1969 से द कोन ऑफ़ लर्निंग है!

डोनाल्ड और मैं दोनों ही खेलों की शक्ति में यक़ीन करते हैं। मेरे गेम ***कैशफ़्लो*** में खिलाड़ी नौकरियों और तनख़्वाहों से शुरू करते हैं तथा उनके परिवार होते हैं। वे कृत्रिम पैसों का निवेश करके निवेश करने की योग्यताएँ सीखते हैं और वे सीखते हैं कि उनका हर निर्णय

कोन ऑफ़ लर्निंग

2 सप्ताह बाद स्मृति		सहभागिता की प्रकृति
जो हम कहते और करते हैं, उसका 90%	असली काम करना	निष्क्रिय
	सच्चे अनुभव की नक़ल करना	
	नाटकीय प्रस्तुति करना	
हम जो कहते हैं, उसका 70%	उस विषय पर भाषण देना	
	बहस में शामिल होना	
हम जो सुनते और देखते हैं, उसका 50%	इसे उस जगह पर होते देखना	सक्रिय
	प्रदर्शन देखना	
	किसी को प्रस्तुति देते हुए देखना	
	फ़िल्म देखना	
हम जो देखते हैं, उसका 30%	तस्वीरों को देखना	
हम जो सुनते हैं, उसका 20%	शब्द सुनना	
हम जो पढ़ते हैं, उसका 10%	पढ़ना	

Source : Cone of Learning adapted from (Dale, 1969)

हम आपको अमीर क्यों बनाना चाहते हैं?

उनके फ़ाइनैंशियल स्टेटमेंट को किस तरह प्रभावित करता है। कृत्रिम पैसों से सीखने से खिलाड़ियों का निवेश का डर कम हो जाता है।

डोनाल्ड ने भी एक बोर्ड गेम तैयार किया है ***ट्रम्प : द गेम***, जो रियल एस्टेट से संबंधित सौदेबाज़ी की योग्यताएँ सिखाता है। इसमें खिलाड़ियों को मूल्यवान अनुभव हासिल होता है और वे ऐसी तकनीकें सीखते हैं, जो असल ज़िंदगी या बिज़नेस में उनकी मदद कर सकती हैं।

दोनों ही गेम्स खिलाड़ियों को प्रेरित करते हैं और उन्हें यह एहसास दिलाते हैं कि भावनाओं को बीच में न आने देना महत्वपूर्ण होता है। दोनों ही गेम्स एड्रिनलिन के प्रवाह को तेज़ कर देते हैं और खिलाड़ियों को रोमांचित कर देते हैं।

डोनाल्ड के विचार

मैंने अपने अध्याय की शुरुआत करने से पहले रॉबर्ट का अध्याय पढ़ा है, जो अच्छा है क्योंकि मैं भी दो बातों पर ही ज़ोर देता हूँ : समय और पैसा। उन्होंने इतने अच्छे तर्क दिए हैं और इतनी अच्छी तरह से मुद्‌दों को समझाया है कि मैं उससे आगे क्या जोड़ूँ ?

मैं शब्दों की भूलभुलैया में काम नहीं करता हूँ, लेकिन हाल ही में यह पता लगाया गया है कि अँग्रेजी भाषा में जो शब्द सबसे ज़्यादा इस्तेमाल किया जाता है, वह है "टाइम (time)।" "मनी" (money) शीर्षस्थ 100 शब्दों में हो सकता है, लेकिन लोकप्रियता के मामले में यह "टाइम" (समय) के मुक़ाबले बहुत पीछे है। फिर मुझे किसी की कही एक बात याद आई कि जीवन एक क्रेडिट कार्ड है, जो हमें जन्म के समय दिया गया है – बस इसमें एक्सपायरी की तारीख़ नहीं दी गई है। असली सवाल धन नहीं, बल्कि उस कार्ड पर लिखी एक्सपायरी की तारीख़ है।

वैज्ञानिकों और भौतिक-शास्त्रियों ने हमेशा से समय की अवधारणा में बहुत दिलचस्पी ली है। समय अंकों में नापा जाता है, जिससे बात गणित पर आ जाती है। इससे बात धन की आ जाती है। लेकिन अगर आपका समय ख़त्म हो रहा हो, तो दुनिया का सारा धन भी उस स्थिति को नहीं बदल पाएगा।

मेरे बेटे बैरन के जन्म के समय मेरी पत्नी मेलेनिया और बेटे बैरन ने सटीक टाइमिंग का प्रदर्शन किया। मैं उसी समय न्यूयॉर्क लौटा था, हम अस्पताल गए और बैरन का जन्म हो गया। बैरन का स्वभाव बहुत ही संयत है। मुझे लगता है कि यह उसे अपनी माँ से मिला होगा। लेकिन मुझे अब भी उसके जन्म की टाइमिंग पर हैरत होती है। कुछ घटनाओं पर हमारा कोई नियंत्रण नहीं होता है, लेकिन फिर भी कई

> अगर कोई चीज़ आपके जीवन को प्रभावित करती है, तो उसके बारे में ज़्यादा से ज़्यादा जानना सबसे अच्छा है।
>
> – डोनाल्ड जे. ट्रम्प

बार वे पूरी तरह नियंत्रित नज़र आती हैं।

मैं किसी चीज़ के बारे में कभी पूरे विश्वास से नहीं कह सकता – क्योंकि मैं सर्वज्ञ नहीं हूँ। मेरे पास सहज अनुभूतियाँ और मान्यताएँ हैं, लेकिन हैरानी की संभावना हमेशा बनी रहती है। इस कारण मैं बहुत विनम्र हूँ, हालाँकि लोगों को ऐसा नहीं लगता होगा। अजीब बात यह है कि मुझे इस विनम्रता के कई बार पुरस्कार मिले हैं। कई बार ऐसा भी होता है।

लिंडा केपलेन थेलर अमेरिका में सबसे तेज़ी से बढ़ रही एडवर्टाइज़िंग एजेंसी द केपलेन थेलर ग्रुप की सीईओ हैं। वे कार विज्ञापन से संबंधित काम का मूल्यांकन करने के लिए *द एप्रेंटिस* में जज के रूप में आई थीं। इससे पहले मेलेनिया ने एक लोकप्रिय एफ़्लेक विज्ञापन किया था और बताया था कि लिंडा तथा उनकी टीम उनके और सेट पर मौजूद बाक़ी सभी लोगों के प्रति कितनी प्रोफ़ेशनल और सहृदय थीं। इसके अलावा, विज्ञापन बहुत सफल रहा। मैं उनसे इतना प्रभावित था कि जब हमें अपने एक एपिसोड में विज्ञापन व्यवसाय के विशेषज्ञ की ज़रूरत पड़ी, तो मुझे लिंडा की याद आई। मुझे हैरानी नहीं है कि रॉबिन कोवल के साथ लिखी उनकी पुस्तक *द पॉवर ऑफ़ नाइस* बहुत सफल हो रही है। यह समझदारी से निवेश किए गए समय की शक्ति का प्रबल सबूत है – शालीन बनकर और दूसरों का ध्यान रखकर। रॉबर्ट कहते हैं कि आपको अपनी सलाह सावधानी से चुननी चाहिए। मेरे हिसाब से लिंडा की पुस्तक धन और समय दोनों के निवेश के लिहाज़ से अच्छी साबित होगी।

यह निवेश और धन के क्षेत्र में कैसे लागू होता है ? दरअसल यह हर चीज़ पर लागू होता है। आप अपने समय के साथ क्या करते हैं, यह एक बहुत बड़ा विषय है, क्योंकि बीते समय को दोबारा नहीं पाया जा सकता। अक्सर खोए हुए धन को दोबारा हासिल किया जा सकता है। जैसा प्लूटार्क ने कहा था, "समय सबसे समझदार सलाहकार है।" संक्षेप में, अपने समय के प्रति सावधान रहें और इसका विचारपूर्वक निवेश करना सीखें।

इस अभ्यास से मेरी बात ज़्यादा स्पष्ट हो जाएगी :

> अगर आप समय को धन मानते हैं, तो क्या आप इसके प्रति ज़्यादा सतर्क रहेंगे ? मसलन, अगर आपके 15 मिनट बर्बाद करने का मतलब 500 डॉलर गँवा देना हो, तो क्या आप उन 15 मिनटों के उपयोग के प्रति ज़्यादा जागरूक रहेंगे ? मुझे ऐसा ही लगता है। और उन 15 मिनटों को "बर्बाद"

करने का क्या मतलब होगा ? अगर आप मनोरंजन उद्योग में हैं, तो फ़िल्म देखना आपके समय की बर्बादी नहीं है। अगर आप रेस्तराँ व्यवसाय में हैं, तो किसी नए रेस्तराँ का मुआयना करना आपके समय या धन की बर्बादी नहीं है। जवाब हममें से हर एक के लिए अलग है। मुझे लगता है कि जब हम अपना समय बर्बाद करते हैं, तो हम सभी को वास्तविकता पता चल जाती है।

आपका काम यह है, इस बात पर नज़र रखें कि आप अपना समय कहाँ और कैसे बिताते हैं - और यह मूल्यांकन करें कि ऐसा करने में आप कितने पैसे का निवेश कर रहे हैं। दुनिया की सारी दौलत भी गुज़रे हुए समय की जगह नहीं ले सकती, इसलिए यह बात ध्यान में रखकर चलें।

रॉबर्ट की एक और बहुत अच्छी बात यह थी कि हम सभी धन से प्रभावित होते हैं, चाहे हम कोई भी हों, कहीं भी रहते हों या कुछ भी करते हों। समय की तरह धन भी एक आम पैमाना है, जो हम सबमें समान है। अधिकांश लोगों को खाने-पीने का सामान ख़रीदने के लिए धन की ज़रूरत होती है, जो ज़िंदा रहने के लिए ज़रूरी है, इसलिए सभी आपस में जुड़े हुए हैं, चाहे हम यह बात मानें या न मानें।

धन आपके जीवन को प्रभावित करेगा। मेरी अवधारणा यह है कि अगर कोई चीज़ आपके जीवन को प्रभावित करती है, तो उसके बारे में ज़्यादा से ज़्यादा जानना सबसे अच्छा है। क्या आप अपनी वित्तीय शिक्षा में निवेश करने का समय निकाल पाएँगे ?

आपके विचार

समीक्षा करें कि आप अपना समय कैसे बिताते हैं। एक सप्ताह में 168 घंटे होते हैं (7 X 24) :

काम में बिताए घंटे	________
यात्रा में बिताए घंटे	________
तैयार होने में बिताए घंटे	________
खाने में बिताए घंटे	________
सोने में बिताए घंटे	________
परिवार के साथ बिताए घंटे	________
मनोरंजन में बिताए घंटे	________
व्यायाम में बिताए घंटे	________
शिक्षित होने में बिताए घंटे	________
आराम करने में बिताए घंटे	________
कुल	168 घंटे

क्या आप हर सप्ताह 4 से 10 घंटे का समय अपनी वित्तीय शिक्षा में लगा सकते हैं ? इस बात की काफ़ी संभावना है कि आप ऐसा कर सकते हैं। सवाल यह है : क्या आप ऐसा करेंगे ?

शिक्षित बनने में अधिक समय लगाने का संकल्प करें और फिर यह काम कर दें! इस पुस्तक को पढ़ना एक अच्छी शुरुआत है। इसके अलावा आप और क्या कर सकते हैं ?

अध्याय दस

विजेता नियंत्रण में रहते हैं

रॉबर्ट के विचार

जब आप लीवरेज को समझ लेंगे, जो *कम चीज़ों से ज़्यादा काम करने की योग्यता* है, तो आपको शायद हर जगह लीवरेज दिखने लगेगा। उदाहरण के लिए, मैं जिस कुर्सी पर बैठा हूँ, वह भी एक तरह का लीवरेज है। मेरे लिए ज़मीन पर बैठकर टाइप करना मुश्किल होता। पार्टनर होना भी लीवरेज है। रिच डैड कंपनी में मैंने अपनी योग्यताओं में किम और शेरॉन की योग्यताओं को साथ जोड़ा है, इससे मुझे बहुत ज़्यादा लीवरेज मिलता है, जो अकेले अपनी योग्यताओं से नहीं मिलता। महत्वपूर्ण पार्टनर बनाने से लीवरेज मिलता है और इसे अक्सर ओपीआर कहा जाता है, यानी दूसरे लोगों के संसाधनों (other people's resources) का इस्तेमाल करना। हम बिज़नेस के कई क्षेत्रों में महत्वपूर्ण पार्टनरों की मदद लेते हैं। जैसे, हमारे एक महत्वपूर्ण पार्टनर हमारी पुस्तकों के वितरक हैं, जिससे हमें रिच डैड कंपनी में यह सिस्टम नहीं बनाना पड़ा। महत्वपूर्ण संदेश यह है : अमीर लोग ग़रीबों की तुलना में ज़्यादा लीवरेज का प्रयोग करते हैं। अगर आप अमीर बनना चाहते हैं, तो आपको लीवरेज की ज़रूरत है। अगर आप बहुत ज़्यादा अमीर बनना चाहते हैं, तो आपको बहुत ज़्यादा लीवरेज की ज़रूरत है।

कैशफ़्लो क्वाड्रैंट के ई और एस वाले हिस्से में बहुत कम लीवरेज होता है। ई और एस क्वाड्रैंटों में आप अपना काम ख़ुद करते हैं। बी और आई वाले हिस्सेसिर्फ़ लीवरेज हैं - इसमें आप दूसरे लोगों के धन और समय का इस्तेमाल करते हैं।

लीवरेज कई तरह का हो सकता है। लीवरेज आपके विचार हो सकते हैं। जो लोग जीतते हैं, वे अपने विचारों के मामले में सतर्क रहते हैं। वे यह नहीं सोचते हैं, "मैं यह काम नहीं कर सकता।" या "यह बहुत जोखिम भरा है।" या "मैं इसका ख़र्च नहीं उठा सकता।" इसके बजाय वे सोचते हैं, "मैं इस काम को कैसे कर सकता हूँ?" या, "मैं अपने जोखिम को कम कैसे कर सकता हूँ?" या, "मैं इसका ख़र्च कैसे उठा सकता हूँ?" जो लोग जीतने के लिए निवेश करते हैं, वे इस बारे में भी बहुत सावधान रहते हैं कि वे वित्तीय सलाह किससे लेते हैं। जिस तरह ओलंपिक खिलाड़ी सावधानी से चुनाव करते हैं कि वे अपने शरीर में कौन सा आहार आने दें, उसी तरह जीतने के लिए निवेश करने वालों को भी सावधानी से चुनना

चाहिए कि वे अपने दिमाग़ में कौन से विचार आने दें। कई बार इसमें मस्तिष्क से पुराने विचारों को साफ़ करने की ज़रूरत होती है। मेरे अधिकांश जीवन के दौरान मेरे दिमाग़ में धन के बारे में मेरे ग़रीब डैडी और मेरे अमीर डैडी की सिखाई बातों के बीच युद्ध होता रहा।

नियंत्रण की शक्ति

जीतने के लिए निवेश करने वाले लोग लीवरेज के अलावा *नियंत्रण* चाहते हैं। लोग सोचते हैं कि निवेश जोखिम भरा है, लेकिन ऐसा सिर्फ़ इसलिए है, क्योंकि उनका कोई नियंत्रण नहीं होता है।

मुझे बिज़नेस और रियल एस्टेट पसंद हैं, क्योंकि इनमें मेरा नियंत्रण होता है। मुझे शेयर, बॉण्ड और मीच्युअल फ़ंड जैसे पेपर एसेट्स इसलिए पसंद नहीं हैं, क्योंकि उनमें मेरा कोई नियंत्रण नहीं होता है। निवेश को जोखिम भरा मानने वाले ज़्यादातर लोग पेपर एसेट्स में निवेश करते हैं, जहाँ उनका कोई नियंत्रण नहीं होता है। क्या आप भी इन्हीं में से एक हैं?

आपमें से जिन लोगों ने पीबीएस पर मेरा टेलीविज़न शो देखा हो, वे मेरे कार वाले उदाहरण से परिचित होंगे। शो में मैं कार का एक चित्र दिखाकर नियंत्रण का महत्व प्रदर्शित करता हूँ। कार में मेरे पास ये नियंत्रण होते हैं :

1. स्टियरिंग व्हील
2. ब्रेक
3. एक्सीलरेटर
4. गियर
5. ड्राइविंग लाइसेंस
6. बीमा

कार के उदाहरण का निवेश के क्षेत्र में इस्तेमाल करते हुए मैं जनता से पूछता हूँ कि क्या वे इनमें से किसी एक तत्व के बिना कार चलाएँगे। उदाहरण के लिए, अगर कार में स्टियरिंग व्हील न हो, तो क्या आप कार चलाएँगे?

स्पष्ट रूप से जवाब "नहीं" है। क्यों? इसका जवाब हम सभी जानते हैं : क्योंकि स्टियरिंग व्हील के नियंत्रण के बिना कार चलाना बहुत जोखिम भरा होगा।

कई लोग निवेश को जोखिम भरा सिर्फ़ इसलिए मानते हैं, क्योंकि उनके पास नियंत्रण नहीं होता है। और जब आप मीच्युअल फ़ंड्स, शेयरों, बॉण्ड्स या बचत में निवेश करते हैं, तो आपके पास लगभग शून्य नियंत्रण होता है।

इससे बढ़कर, ज़्यादातर निवेशकों के पास कोई प्रशिक्षण नहीं होता है, जबकि कार चलाने के लिए कम से कम लाइसेंस की ज़रूरत होती है, जिससे यह साबित हो सके कि ड्राइवर प्रशिक्षित है और कार चला सकता है।

स्थिति और बदतर हो जाती है, क्योंकि निवेश सलाहकारों, वित्तीय योजनाकारों और ब्रोकर्स का भी कोई नियंत्रण नहीं होता है। शायद इसी कारण वे "डाइवर्सिफ़ाई करो, डाइवर्सिफ़ाई करो, डाइवर्सिफ़ाई करो" का राग अलापते हैं। डाइवर्सिफ़िकेशन की ज़रूरत तब पड़ती है,

जब आपके पास नियंत्रण न हो। वॉरेन बफ़ेट डाइवर्सिफ़ाई इसलिए नहीं करते हैं, क्योंकि वे नियंत्रण के लिए निवेश करते हैं। वे या तो पूरी कंपनी ख़रीद लेते हैं या फिर कंपनी के इतने सारे शेयर ख़रीद लेते हैं, ताकि उनका नियंत्रण हो जाए।

डोनाल्ड और मैं बिज़नेस तथा रियल एस्टेट से इसलिए प्रेम करते हैं, क्योंकि उसमें हमारे पास नियंत्रण होता है। हमारा नियंत्रण किस चीज़ पर होता है ? ज़्यादातर जवाब फ़ाइनैंशियल स्टेटमेंट के नीचे दिए गए डायग्राम में मिल जाते हैं:

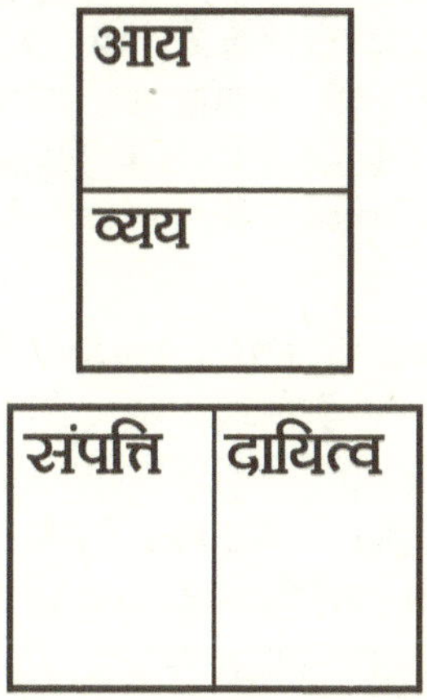

उद्यमी और रियल एस्टेट निवेशक होने के नाते हम ये छह नियंत्रण चाहते हैं :

1. आय
2. व्यय
3. संपत्ति
4. दायित्व
5. प्रबंधन
6. बीमा

जब हम वित्तीय शिक्षा के बारे में बात करते हैं, तो हम उस शिक्षा के बारे में बात करते हैं, जो आपको यह ज्ञान देती है कि इन छह तत्वों को कैसे नियंत्रित किया जाए। *रिच डैड पुअर डैड* पुस्तक इन छह बातों पर नियंत्रण करने के बारे में है। उदाहरण के लिए, बीमे के संदर्भ में मैं बताता हूँ कि टैक्स और क़ानूनी मुकदमों से व्यक्तिगत संपत्ति की रक्षा के लिए कंपनी बनाना कितना महत्वपूर्ण है।

इन छह तत्वों पर नियंत्रण की बदौलत ही अमीर लोग ग़रीबों से अलग होते हैं।

नियंत्रण का एक और उदाहरण बिक्री बढ़ाने और ख़र्च घटाने की योग्यता है। ज़्यादातर लोग ख़र्च कम करने में माहिर होते हैं, लेकिन बहुत कम लोग बिक्री बढ़ाने में निपुण होते हैं। इसीलिए 1974 में वियतनाम से लौटने के बाद मुझे अमीर डैडी ने सलाह दी थी कि मैं बिक्री करना सीखने के लिए कोई नौकरी कर लूँ। उन्होंने कहा था, "अगर तुम उद्यमी बनना चाहते

हो, तो तुम्हें यह जानना होगा कि बेचा कैसे जाता है।" इसीलिए मैंने ज़ेरॉक्स कॉरपोरेशन में चार साल काम किया और बेचने की कला सीखी।

जब लोग मुझसे पूछते हैं कि उद्यमी बनने के लिए उन्हें पहला काम कौन सा करना चाहिए, तो मैं उन्हें सलाह देता हूँ कि उन्हें बेचना सीखना चाहिए। ज़्यादातर लोग मेरी सलाह नहीं मानते हैं। जैसा डोनाल्ड ट्रम्प कहते हैं, कुछ लोग पैदाइशी सेल्समैन होते हैं और कुछ नहीं होते हैं। अगर आप बेचने में निपुण नहीं हैं, तब भी आप सीख सकते हैं ... बशर्ते आप सीखना चाहें। मैं पैदाइशी सेल्समैन नहीं था, लेकिन मैंने सीखा। मैं सबसे अच्छा *लिखने वाला* लेखक नहीं हूँ, मैं सबसे अच्छा *बिकने वाला* लेखक हूँ। बेचने के अध्ययन के कारण अपने निवेशों और पुस्तकों की बिक्री से होने वाली आमदनी पर मेरा अधिक नियंत्रण है। दुनिया महान लेखकों से भरी पड़ी है, जिनके पास महान संदेश है। दिक़्क़त यह है कि वे यह नहीं जानते हैं कि बेचा कैसे जाता है। बेचने में अक्षमता की बहुत बड़ी क़ीमत चुकानी पड़ती है – जो पैसे से ज़्यादा होती है।

डोनाल्ड ट्रम्प और मैं नेटवर्क मार्केटिंग या डायरेक्ट सेल्स उद्योग का समर्थन करके इसमें क़दम रखने की सलाह इसलिए देते हैं, क्योंकि इस उद्योग में शिक्षा का पहलू शामिल है। न सिर्फ़ इनमें से ज़्यादातर कंपनियाँ लोगों को बिज़नेस मालिक बनने का प्रशिक्षण देती हैं, बल्कि इनमें से कई कंपनियों में बहुत बढ़िया व्यक्तिगत विकास और सेल्स ट्रेनिंग प्रोग्राम भी होते हैं। किसी संगठन को पारिश्रमिक नहीं, शैक्षणिक पहलू की ख़ातिर चुनें। अपने धन का निवेश करने से पहले अपनी शिक्षा में ज़्यादा निवेश करें।

अगर आप बेच नहीं सकते हैं, तो अपनी आमदनी, अपनी कंपनी की आमदनी या अपनी जायदादों की आमदनी पर आपका बहुत कम नियंत्रण होता है। "ट्रम्प" नाम किसी इमारत पर लग जाए, तो इससे न सिर्फ़ बिक्री बढ़ती है, बल्कि क़ीमत और मूल्य भी बढ़ता है। यही सेल्स की शक्ति है। यही नियंत्रण है।

अमीर बनना सिखाएँ

मैंने एक प्रॉडक्ट तैयार किया है, जिसका शीर्षक है *टीच टु बी रिच*। यह उन लोगों के लिए है, जो नियंत्रण वाले इन छह क्षेत्रों में ज़्यादा वित्तीय शिक्षा हासिल करना चाहते हैं। यह प्रॉडक्ट ***कैशफ़्लो*** क्लब्स के लिए तैयार किया गया है और रिच डैड के शैक्षणिक तथा दर्शनसंबंधी मुद्दे सिखाता है। *टीच टु बी रिच* में दो वर्कबुक और तीन डीवीडी शामिल हैं। डीवीडी उन लोगों की सुविधा के लिए है, जो देखकर सीखना पसंद करते हैं। ग्रुप लीडर डीवीडी चलाकर ग्रुप डिस्कशन शुरू कर सकता है, जिसमें वह दो वर्कबुक की मदद भी ले सकता है। डीवीडी और वर्कबुक के अलावा यह सलाह भी दी जाती है कि सबक़ को दोहराने के लिए हर व्यक्ति ***कैशफ़्लो*** गेम्स 101 और 202 खेले। यह काम कोन ऑफ़ लर्निंग के अनुसार है। ग्रुप डिस्कशन और गेम खेलकर आप उस सामग्री को याद रखने की क्षमता बढ़ा रहे हैं – आप सबक़ को अपने दिमाग़ में स्थायी बना रहे हैं। इससे ज़्यादा महत्वपूर्ण यह है कि यह आपको निवेश की असली दुनिया के लिए तैयार करता है और आप सीखने में ज़्यादा समय का निवेश करते हैं ... अपने धन का निवेश करने से पहले।

आप शिक्षा द्वारा अपने निवेशों को नियंत्रित करना सीख सकते हैं। अगर आपके पास

नियंत्रण है, तो आपका जोखिम कम हो जाएगा और निवेशों से होने वाला मुनाफ़ा बढ़ जाएगा।

कोई नियंत्रण नहीं

कई लोग बेबस महसूस करते हैं, क्योंकि उनका अपनी नौकरियों पर कोई नियंत्रण नहीं होता है। मैं कई लोगों से मिला हूँ, जिनकी नौकरियाँ छूट गई हैं, इसलिए नहीं, क्योंकि वे ख़राब कर्मचारी थे, बल्कि इसलिए क्योंकि उनकी कंपनियाँ बिक गईं और उन्हें नौकरी से निकाल दिया गया। आज बहुत सारी नौकरियाँ विदेशों की ओर जा रही हैं और अधिकांश लोग नियंत्रण से बाहर महसूस कर रहे हैं। आत्मविश्वास महसूस करना मुश्किल है, जब आपका अपनी नौकरी और तनख़्वाह पर बहुत कम नियंत्रण हो और आप बचत, शेयरों, बॉण्ड्स तथा मीच्युअल फ़ंड्स जैसी संपत्तियों में निवेश करते हों - जिन पर आम तौर पर आपका कोई नियंत्रण नहीं होता है।

अगर हमारा शैक्षणिक तंत्र अपना काम सही तरीक़े से कर रहा होता, तो यह बच्चों को यह सिखाता कि नियंत्रण लेना सीखने और बिना नियंत्रण के जीना सीखने में क्या फ़र्क़ होता है।

संक्षेप में, तीन कारणों से लोग निवेश को जोखिम भरा मानते हैं। वे कारण हैं :

1. उनके पास बहुत कम वित्तीय शिक्षा होती है।
2. वे ऐसी चीज़ों में निवेश करते हैं, जहाँ उनके पास कोई नियंत्रण नहीं होता है — जैसे बचत, शेयर, बॉण्ड्स और मीच्युअल फ़ंड्स।
3. वे सेल्समैनों से निवेश की सलाह लेते हैं, जिनका ख़ुद का निवेश पर कोई नियंत्रण नहीं होता है।

> लीवरेज कई तरह का हो सकता है। लीवरेज आपके विचार हो सकते हैं। जो लोग जीतते हैं, वे अपने विचारों के मामले में सतर्क रहते हैं। वे यह नहीं कहते हैं, "मैं यह काम नहीं कर सकता।" या "यह बहुत जोखिम भरा है।" या "मैं इसका ख़र्च नहीं उठा सकता।" इसके बजाय वे कहते हैं, "मैं यह काम कैसे कर सकता हूँ" या "मैं अपना जोखिम कम कैसे कर सकता हूँ?" या "मैं इसका ख़र्च कैसे उठा सकता हूँ?"
>
> *- रॉबर्ट टी. कियोसाकी*

दूसरा क़दम नियंत्रण है। जब आप समझ लें कि आप किस चीज़ का लीवरेज करने वाले हैं, तो आपका अगला क़दम यह सुनिश्चित करना होगा कि आपके पास नियंत्रण हो।

डोनाल्ड के विचार

विजेता नियंत्रण में रहते हैं

नियंत्रण शिक्षा के बारे में है। हम वित्तीय रूप से जितने ज़्यादा शिक्षित बनेंगे, उतनी ही तेज़ी से हम उन स्थितियों को भाँप सकते हैं, जो लाभकारी या अलाभकारी होंगी। बुरे और अच्छे विचारों को छाँटकर अलग करना ज़्यादा आसान बन जाता है।

बिज़नेसमैन के रूप में मेरी बहुत सी रुचियाँ हैं और मैं उन *सभी* में सक्रिय दिलचस्पी लेकर उन पर नियंत्रण बनाए रखता हूँ। मैं योग्य व्यक्तियों को नौकरी पर रखता हूँ और यह विश्वास करता हूँ कि वे अपना सर्वश्रेष्ठ प्रयास करेंगे, लेकिन मैं उनसे नियमित संपर्क में रहता हूँ और उनके लिए अपने दरवाज़े खुले रखता हूँ। मैं माइक्रोमैनेज नहीं करता हूँ, लेकिन मैं जानता हूँ कि अंततः ज़िम्मेदारी मेरी ही है। इसका मतलब यह है कि मैं नियंत्रण में हूँ। बात ख़त्म।

द ट्रम्प ऑर्गेनाइज़ेशन न्यूयॉर्क की सबसे बड़ी निजी कंपनी है। मुझे इस बात पर गर्व है और मुझे उस काम पर भी गर्व है, जो हमने किया है। यह ध्यान दें कि मैंने "हम" शब्द का प्रयोग किया है – क्योंकि हम बहुत से लोग बहुत कड़ी मेहनत करते हैं और मैं यह बात जानता हूँ। लेकिन मैं यह सुनिश्चित करता हूँ कि हम ख़ुद मानदंड स्थापित करके विजेता बने रहें।

जीवन जोखिम से भरा है। चाहे हम कितनी ही कोशिश कर लें, हमारे पास पूर्ण नियंत्रण कभी नहीं होता है। लेकिन हम जोखिम को घटा सकते हैं और अपने लीवरेज को बढ़ा सकते हैं : शिक्षित बनकर, विकल्प चुनकर और सकारात्मक नज़रिया रखकर। बहुत से लोगों को बहुत बड़ी सफलताएँ मिली हैं, हालाँकि "संभावनाएँ" उनके पूरी तरह ख़िलाफ़ थीं। वे इसलिए जीते, क्योंकि उन्होंने अपनी क़िस्मत का नियंत्रण अपने हाथ में लेने का फ़ैसला किया और हार मानने से इंकार कर दिया।

> मस्तिष्क की शक्ति सबसे बड़ा लीवरेज है।
>
> *– डोनाल्ड जे. ट्रम्प*

नियंत्रण बनाए रखने का एक तरीक़ा बड़ी तस्वीर को हमेशा दिमाग़ में रखना है। जब लोग बड़ी तस्वीर के बारे में बात करते हैं, तो मुझे अक्सर दीवारदरी की याद आ जाती है। एक बार किसी ने मुझे बताया था कि अगर आप किसी सुंदर और बेशक़ीमती दीवारदरी के पीछे देखें, तो आपको वहाँ सिर्फ़ गठानों का गुच्छा दिखेगा। कई बार लोग सिर्फ़ उसे ही देखते हैं, क्योंकि उन्होंने दूसरी तरफ़ की सुंदर डिज़ाइन

नहीं देखी है। क़िस्मत कई बार इसी तरह से काम करती है, इसलिए अपनी दीवारदरी – अपने जीवन की डिज़ाइन – को अधूरा छोड़कर नियंत्रण न छोड़ें।

जब मैंने यह बात सुनी, तो उसके बाद किसी ने कहा कि उनकी ज़िंदगी में "मुसीबतों के गुच्छे" थे। अचानक मैं समझ गया कि वह आदमी अपनी दीवारदरी की तस्वीर को नहीं देख पा रहा था। वह बड़ी तस्वीर को भूल गया था। जब मैंने उसे कहानी सुनाई, तो वह ज़्यादा आरामदेह महसूस करने लगा। कई बार दूसरी तरफ़ से भी चीज़ों को देखें। इससे आपको नियंत्रण क़ायम रखने में मदद मिलेगी और यह अंतर्ज्ञान मिलेगा कि समस्याओं और लोगों के साथ किस तरह पेश आना है। आपको अपने चारों तरफ़ की चीज़ों पर नियंत्रण करना होगा, कम से कम इस हद तक ताकि आपके सामने गठानों के गुच्छे न रहें।

आदेश, निपुणता, सत्ता, वर्चस्व और संकल्प शब्द नियंत्रण के पर्यायवाची हैं। हो सकता है, बहुत सी चीज़ों पर आपका नियंत्रण न हो, लेकिन आप यह काम ख़ुद से शुरू कर सकते हैं। मस्तिष्क की शक्ति सबसे बड़ा लीवरेज है। आपके पास एक दिमाग़ है। इसका इस्तेमाल करें। मुझे नियंत्रण का दीवाना मान लें, लेकिन मैं बहानों को स्वीकार नहीं करता हूँ। विजेता ज़िम्मेदारी स्वीकार करके ही नियंत्रण में रहते हैं।

आपके विचार

आज ही अपने जीवन की समीक्षा करें। क्या आप यह विकल्प चुनने में समर्थ हैं कि आप आज अपना दिन कैसे बिताएँगे या आपको यह बताया जाता है कि आप अपना दिन कैसे बिताएँ? क्या आप यह निर्देशित करते हैं कि आपके धन का किस तरह निवेश किया जाए या आप यह काम किसी दूसरे पर छोड़ देते हैं?

आप किन चीज़ों के नियंत्रण में हैं?

____

____

आप किन चीज़ों के नियंत्रण में ***नहीं*** हैं?

____

____

अपनी वित्तीय शिक्षा और निवेशों में अधिक सक्रिय बनने के बाद आप महसूस करेंगे कि आपका अपने जीवन पर नियंत्रण बढ़ गया है।

अगर आप कर्मचारी हैं और महसूस करते हैं कि आपका अपने जीवन पर नियंत्रण नहीं है, तो यह विचार करें कि आप कौन सा पार्ट-टाइम काम कर सकते हैं। आप यह देखकर हैरान रह जाएँगे कि अपने जीवन पर अधिक नियंत्रण पाने के बाद आपका आत्मविश्वास कितनी जल्दी बढ़ता है।

अध्याय ग्यारह

दाएँ-मस्तिष्क और बाएँ-मस्तिष्क की रचनात्मकता

रॉबर्ट के विचार

बायाँ-मस्तिष्क (मस्तिष्क का बायाँ गोलार्द्ध) आम तौर पर एकरेखीय सोच या तर्क से संबद्ध होता है। जो लोग पढ़ाई और गणित में अच्छे होते हैं, उनका बायाँ मस्तिष्क अधिक विकसित माना जाता है। दायाँ-मस्तिष्क (मस्तिष्क का दायाँ गोलार्द्ध) अधिक आकाशीय एवं स्थानिक (spatial) होता है। कला, संगीत और चित्रकला में निपुण लोगों का दायाँ मस्तिष्क अधिक विकसित होता है। वास्तविकता में काम करने के लिए दोनों हिस्सों की ज़रूरत होती है, लेकिन आपको बात समझ में आ गई होगी।

कई सालों तक मैंने शिक्षा पर शोध करके यह पता लगाया कि हम कैसे सीखते हैं। क्या आप जानते हैं कि जब हम पैदा होते हैं, तो हमारा मस्तिष्क अविभाजित होता है? चार या पाँच साल की उम्र में मस्तिष्क दो गोलार्द्धों में बँट जाता है - एक दायाँ हिस्सा और एक बायाँ हिस्सा। हमारा वर्तमान शिक्षा तंत्र उन लोगों के लिए है, जिनका बायाँ हिस्सा दाएँ हिस्से से अधिक प्रबल होता है।

जीनियस की झलक

विंस्टन चर्चिल ने बताया है कि बचपन में उनके मस्तिष्क में अचानक कौंध उठती थी, जिससे वे स्तब्ध हो जाते थे। वे पल भर के लिए ख़ामोश बैठे रहते थे और फिर बताते थे कि उन्हें क्या अनुभव हुआ था। शोधकर्ताओं का अनुमान है कि सहज अनुभूति (intuition) की यह कौंध दाएँ मस्तिष्क में उठती है और फिर बाएँ-मस्तिष्क के कॉर्पस कैलोसम हिस्से तक यात्रा करती है। चूँकि भाषा का संबंध बाएँ-मस्तिष्क से होता है, इसलिए सिद्धांत के मुताबिक जीनियस की कौंध दाएँ-मस्तिष्क में शुरू होकर बाएँ-मस्तिष्क तक जाती थी, जिससे चर्चिल अपने इस सहज ज्ञान के बारे में बोल पाते थे। क्या ईश्वर या हमारी रचना करने वाला हमें नई जानकारी इसी तरह देता है? क्या यही वह सिद्धांत हो सकता है, जो "मस्तिष्क-मंथन" (brainstorm) के पीछे है?

समाज में बाएँ-मस्तिष्क वाले लोगों को स्मार्ट और दाएँ-मस्तिष्क वाले लोगों को असामान्य समझा जाता है। दाएँ-मस्तिष्क वालों की तुलना में हम बाएँ-मस्तिष्क वालों को ज़्यादा महत्व

> सफल होने के लिए आपके मस्तिष्क के दोनों हिस्सों की ज़रूरत होती है। नियंत्रण रखने और रचनात्मक बनने में वित्तीय शिक्षा तथा अनुभव दोनों की ज़रूरत होती है।
>
> *- रॉबर्ट टी. कियोसाकी*

और ज़्यादा तनख़्वाह देते हैं। इसीलिए कॉरपोरेट अमेरिका में अकाउंटेंट, वकील, डॉक्टर, दंतचिकित्सक और एमबीए को आम तौर पर ज़्यादा तनख़्वाह दी जाती है।

हम बाएँ-मस्तिष्क की प्रधानता वाले लोगों को दाएँ-मस्तिष्क की प्रधानता वाले लोगों से ज़्यादा मूल्यवान मानते हैं, लेकिन अब शायद यह प्रवृत्ति बदल रही है। अपनी पुस्तक *अ होल न्यू माइंड* में डेनियल पिंक लिखते हैं कि अब बाएँ-मस्तिष्क के बजाय दाएँ-मस्तिष्क की प्रधानता वाले लोगों को ज़्यादा महत्व दिया जा रहा है। वे कहते हैं :

"भविष्य एक बहुत अलग क़िस्म के व्यक्ति का है, जिसके पास एक अलग तरह का मस्तिष्क हो - रचनाकार और परानुभूति रखने वाला, बड़ी तस्वीर पहचानने वाला और अर्थ का सृजन करने वाला। ये लोग ... अब समाज के सबसे क़ीमती पुरस्कार पाएँगे और इसकी सबसे बड़ी ख़ुशियाँ हासिल करेंगे।"

रचनात्मकता आपको अमीर बनाती है

बाएँ-मस्तिष्क और दाएँ-मस्तिष्क की कार्यविधि समझना महत्वपूर्ण है, क्योंकि रचनात्मकता में हमें बहुत अमीर बनाने की शक्ति है।

मुझे यह दिलचस्प लगता है कि ज़्यादातर लोग जिन चीज़ों में निवेश करते हैं - जैसे बचत, शेयर, बॉण्ड्स और मीच्युअल फ़ंड्स - उनमें रचनात्मकता की आवश्यकता नहीं होती है। दरअसल सामान्य निवेशक के रूप में अगर आप इन निवेशों में रचनात्मकता दिखाने की कोशिश करेंगे, तो हो सकता है कि आप जेल पहुँच जाएँ। संघीय सरकार सिक्युरिटीज़ एंड एक्सचेंज कमीशन (एसईसी) जैसी संस्थाओं के माध्यम से किसी भी तरह की रचनात्मकता के ख़िलाफ़ पहरेदार बन जाती है। एसईसी इन निवेशों को बेचने वाले लोगों - जैसे बैंकर्स, स्टॉकब्रोकर्स और वित्तीय योजनाकारों - पर नज़र रखकर यह सुनिश्चित करती है कि इसके नियमों का पालन हो। कई मायनों में बचत, शेयर, बॉण्ड्स और मीच्युअल फ़ंड्स जैसे निवेश बाएँ मस्तिष्क की प्रधानता वाले लोगों के लिए आदर्श होते हैं।

दूसरी ओर रियल एस्टेट और बड़ी कंपनियाँ दाएँ-मस्तिष्क की प्रधानता वाले लोगों के लिए आदर्श हैं। दरअसल इनमें आप जितने ज़्यादा रचनात्मक होंगे, आपके अमीर बनने की संभावना उतनी ही ज़्यादा होगी। मैं आपको रचनात्मकता के कुछ उदाहरण दे दूँ।

1. अगर मैं पैसा बचाऊँ या बॉण्ड्स में निवेश करूँ, तो ब्याज दर बैंक तय करता है। रियल एस्टेट में अपनी ब्याज दर मैं ख़ुद तय करता हूँ।

2. जब आमदनी की बात आती है, तो रियल एस्टेट या बिज़नेस में मैं अपनी आमदनी घटा या बढ़ा सकता हूँ। शेयर्स, बॉण्ड्स और मीच्युअल फ़ंडों में दूसरे लोग मेरी

आमदनी तय करते हैं।

3. जब टैक्स की बात आती है, तो पेपर एसेट्स के क्षेत्र में टैक्सों पर मेरा बहुत कम नियंत्रण रहता है। रियल एस्टेट और बिज़नेस में मेरा इस बात पर नियंत्रण होता है कि मैं टैक्स कब चुकाऊँ या कितना चुकाऊँ या उसे चुकाना कब तक टालता रहूँ। दरअसल टैक्स क़ानून बिज़नेस या रियल एस्टेट में पुनर्निवेश का समर्थन करने के लिए बनाए गए हैं।

4. मैं जायदाद के प्रयोग को बदल सकता हूँ। उदाहरण के लिए, अगर मैं 10 एकड़ ज़मीन को किसान के नज़रिए से देखूँ, तो मैं उसके लिए 1,000 डॉलर प्रति एकड़ क़ीमत चुकाना चाहूँगा। अगर मैं उसी 10 एकड़ ज़मीन को डेवलपर के नज़रिए से देखूँ, तो मैं ज़ोनिंग बदल सकता हूँ और उसी ज़मीन का मूल्य 10,000 डॉलर प्रति एकड़ हो जाएगा।

5. मैं किसी जायदाद या छोटे बिज़नेस को बेचने के लिए अपने संबंधों का प्रयोग करके "अंदरूनी जानकारी" का इस्तेमाल कर सकता हूँ। लेकिन अगर मैं किसी शेयर को बेचने में "अंदरूनी जानकारी" का इस्तेमाल करूँ, तो यह ग़ैर-क़ानूनी होगा।

6. मैं एक बुरी जायदाद में थोड़ी-बहुत मरम्मत व सजावट जैसे पेंट करके इसका मूल्य बढ़ा सकता हूँ।

सूची काफ़ी लंबी है। आप कितना कमाते हैं और कैसे कमाते हैं, यह सिर्फ़ आपकी रचनात्मकता तय करती है, बशर्ते अपने बिज़नेस या रियल एस्टेट पर आपका नियंत्रण हो।

1. बिज़नेस में मैं मैनेजमेंट को नौकरी पर रख सकता हूँ या निकाल सकता हूँ। अगर किसी शेयर या मीच्युअल फ़ंड का मैनेजमेंट ख़राब हो, तो मैं सिर्फ़ उस शेयर या फ़ंड को बेच सकता हूँ और किसी बेहतर मैनेजमेंट वाले शेयर या फ़ंड को खोज सकता हूँ।

2. बिज़नेस में मैं अपने बिज़नेस मॉडल को बदल सकता हूँ। इस समय रिच डैड कंपनी में हम तीन नए डिवीज़न बना रहे हैं। एक डिवीज़न सीधे स्कूलों की ज़रूरतें पूरी करेगा, दूसरा डिवीज़न क्षेत्रीय सेमिनारों पर केंद्रित होगा, जबकि तीसरा डिवीज़न फ्रैंचाइज़ी सिस्टम होगा, जो सीधे ग्राहकों को बेचेगा।

3. बिज़नेस में हम नए ब्रांड बना सकते हैं। रिच डैड ब्रांड के अलावा हम दो नए ब्रांड बना रहे हैं। एक ब्रांड है रिच वुमैन, जिसकी प्रभारी मेरी पत्नी किम है। और दूसरा ब्रांड है रिच फ़ैमिली, जिसकी प्रभारी मेरी पार्टनर शैरॉन लेक्टर हैं।

जैसा मैंने कहा है, सूची बहुत लंबी है।

वास्तविकता में सफल होने के लिए आपके मस्तिष्क के दोनों हिस्सों की ज़रूरत होती है। सफल होने में बाएँ-मस्तिष्क (शब्दों और गणित की योग्यताओं) और दाएँ-मस्तिष्क (रचनात्मकता) के सही तालमेल की ज़रूरत होती है।

नियंत्रण रखने और रचनात्मक बनने में वित्तीय शिक्षा तथा अनुभव दोनों की ज़रूरत

होती है। आपने ध्यान दिया होगा कि डोनाल्ड ट्रम्प बहुत रचनात्मक हैं और उनके पास नियंत्रण है – जो दोनों ही उनकी सफलता में योगदान देते हैं। अगर आपके पास नियंत्रण हो, तो रचनात्मक बन जाएँ।

डोनाल्ड के विचार

कौंध

नियंत्रण और रचनात्मकता के बारे में रॉबर्ट की बात से मुझे एक चीज़ याद आई, जो उस कौंध जैसी हो सकती है, जिसके बारे में वे बता रहे थे। इस मामले में यह स्मृति की कौंध है, लेकिन मुझे लगता है कि इसका ज़िक्र किया जाना चाहिए। इस पुस्तक की शुरुआत में रॉबर्ट ने ट्रम्प टॉवर आने का वर्णन किया है, लेकिन मैंने *उनके* ऑफ़िस का ज़िक्र नहीं किया है। उनका ऑफ़िस नियंत्रण और रचनात्मकता का सार है। मैं उनके होम ऑफ़िस की बात नहीं कर रहा हूँ, जिसके पास ही एक स्विमिंग पूल है और उनकी बाईं कोहनी के पास एक बहुत बड़ी निजी लाइब्रेरी है। मैं तो स्कॉट्सडेल, एरिज़ोना में बने उनके कंपनी ऑफ़िस की बात कर रहा हूँ।

जब मैं रिच डैड ऑफ़िसेस की डिज़ाइन के बारे में सोचता हूँ, तो मेरे सामने यह बहुत स्पष्ट हो जाता है कि रॉबर्ट की पुस्तकें और उनके कई अन्य व्यवसाय इतने ज़्यादा सफल क्यों हैं – उनमें रचनात्मक नियंत्रण है। स्कॉट्सडेल में उनके ऑफ़िस पूरी तरह कार्योन्मुखी हैं, उनमें एक ऑडियो और विज़ुअल स्टूडियो है तथा इतने बड़े व्यवसाय के लिहाज़ से वे बहुत कम जगह घेरते हैं। मैं तत्काल समझ गया कि रॉबर्ट और उनके साथी जानते हैं कि वे क्या कर रहे हैं। संक्षेप में, अगर आप जानते हैं कि आप क्या कर रहे हैं, तो आपको उस काम को करने के लिए ज़्यादा जगह की ज़रूरत नहीं होती है।

इसी तरह जब लोग द ट्रम्प ऑर्गेनाइज़ेशन में मेरे मुख्य ऑफ़िस में आते हैं, तो वे हमेशा यह देखकर हैरान हो जाते हैं कि यह कितना छोटा है। हम यहाँ बहुत सारे काम करते हैं, लेकिन हम अनावश्यक ऊर्जा बर्बाद नहीं करते हैं, जैसे ज़्यादा स्टाफ़, ज़्यादा चीज़ें या फालतू जगह। हर व्यक्ति जानता है कि उसे क्या करना है और वह अपना काम कर देता है। मैं जानता हूँ कि मेरा नाम विलासिता का पर्याय माना जाता है, लेकिन ऐसा इसलिए है, क्योंकि हम जानते हैं कि इसे हासिल करने के लिए कैसे काम करना है। जब चीज़ें नियंत्रण के लिहाज़ से ज़रूरत से ज़्यादा बड़ी हो जाती हैं, तो रचनात्मकता होना मुश्किल है। उस चीज़ को नियंत्रित करना मुश्किल होता है,

जो हाथ से निकल जाए।

> रचनात्मकता और नियंत्रण एक साथ चलते हैं।
>
> *- डोनाल्ड जे. ट्रम्प*

रॉबर्ट यह भी ज़िक्र करते हैं कि रचनात्मकता आपको अमीर बनाती है। बिलकुल सही बात है! इसका एक और कारण हैः रचनात्मक लोगों को किसी की प्रेरणा की ज़रूरत नहीं होती है। वे ख़ुद से प्रेरित होते हैं। वे अधिकतम प्रगति करने के लिए अपने मस्तिष्क के दोनों हिस्सों की बात सुनते हैं और उनका इस्तेमाल करते हैं। वे प्रेरणा का इंतज़ार करने के बजाय उसे *खोज* लेते हैं। और वे अपने मस्तिष्कों का ज़्यादा से ज़्यादा उपयोग करते हैं।

कुछ साल पहले एक लेख में बताया गया था कि मेडिकल स्कूल में सबसे इच्छित उम्मीदवार संगीत विशारद थे। इसका कारण यह था कि उनके बाएँ और दाएँ मस्तिष्क एक जैसे विकसित थे, क्योंकि संगीत गणितीय भी होता है और रचनात्मक भी। इसमें अनुशासन और हर दिन कई घंटों के अभ्यास की ज़रूरत होती है - जो मेडिकल विद्यार्थियों के लिए बहुत अच्छा तालमेल होता है।

रचनात्मकता का संबंध सहज-अनुभूति (intuition) से भी है, जिसमें मैं यक़ीन करता हूँ। कुछ चीज़ों को स्पष्ट नहीं किया जा सकता, लेकिन रचनात्मक मस्तिष्क उन्हें ग्रहण करके मूर्त रूप में साकार कर सकता है। किसी प्रोजेक्ट पर काम करते समय मैं बहुत एकाग्र होता हूँ, लेकिन बीच में आने वाले नए विचारों और प्रेरणा के लिए भी तैयार रहता हूँ। कई बार मुझे पक्का पता नहीं होता है कि कोई चीज़ सही क्यों नहीं है, लेकिन मैं जान जाता हूँ कि वह सही नहीं है। मसलन, ट्रम्प टॉवर बनाते समय लोगों ने मुझसे कहा कि लॉबी में दीवारों पर पेंटिंग्स लगाना चाहिए। मुझे पेंटिंग्स अच्छी लगती हैं, लेकिन मुझे यह विचार पुरातनपंथी लगा। मैं कोई ज़्यादा मौलिक चीज़ चाहता था। मेरे पास काफ़ी बड़ी जगह थी और वहाँ मैं एक फव्वारा चाहता था। यह लगभग ८0 फ़ुट ऊँचा है और इसे बनाने में 20 लाख डॉलर की लागत आई है, लेकिन यह अद्‌भुत है। यह उस जगह पर बहुत जमता है।

नवाचारी चिंतन के बहुत अच्छे परिणाम मिल सकते हैं। जब मैंने पाम बीच में मैर-ए-लैगो ख़रीदा, तो यह निजी भवन था। यह मार्जोरी मेरीवेदर पोस्ट का था और यह एक वेनेशियन पैलेजो जैसा था। यह कला का उत्कृष्ट नमूना था। यह बहुत बड़ा भी था। इसमें 118 कमरे थे और यह अटलांटिक महासागर तथा लेक वर्थ के सामने बीस एकड़ में फैला हुआ था। मैंने इसे इसकी मूल भव्यता तक पहुँचाया और यह सोचा कि क्लब बनने पर इसका सार्वजनिक महत्व बढ़ सकता है। अब द मैर-ए-लैगो क्लब पाम बीच के जीवंत इतिहास में एक सुनहरा अध्याय बन चुका है। आपमें से जिन लोगों के पास अपने मकान होंगे, वे जानते होंगे कि 118 कमरों के मकान का

रखरखाव कितना महँगा साबित हो सकता है, इसलिए इसे मेंबरशिप क्लब में बदलने के वित्तीय लाभों को आप समझ सकते होंगे। लेकिन यह मेरा दूसरा घर है – और यह इसकी विशाल सफलता का एक और कारण है। इसे आदर्श हालत में रहना चाहिए, क्योंकि मेरे लिए हर छोटी-छोटी बात महत्वपूर्ण होती है।

रचनात्मकता और नियंत्रण एक साथ चलते हैं। और सर्वश्रेष्ठ परिणामों के लिए ऐसा ही होना चाहिए। इसलिए अपने मस्तिष्क के दोनों हिस्सों की बात सुनें। आपको अच्छे परिणाम दिखने लगेंगे।

आपके विचार

क्या आप रचनात्मक हैं ? इस पुस्तक में पहले हमने समस्या सुलझाने के बारे में बात की है। समस्या सुलझाते समय आप रचनात्मक बनते हैं – क्योंकि आप समाधान की रचना करते हैं।

क्या आपके मन में कभी कोई महान विचार आया है ? ज़ाहिर है, आया ही होगा!

क्या आपने उस महान विचार से पैसा कमाया है ?

अगर हाँ, तो बधाइयाँ! यह काम जारी रखें।

अगर नहीं, तो सोचें कि आप अपने महान विचार का किस तरह इस्तेमाल कर सकते हैं, उसे किस तरह *लीवरेज* दे सकते हैं और कैसे *नियंत्रण* में रह सकते हैं!

क्या आपने किसी समस्या या चुनौती को सुलझाने के लिए रचनात्मकता का इस्तेमाल किया है ?

अध्याय बारह

बड़ी सोच रखें – विस्तार की सोच रखें

रॉबर्ट के विचार

डोनाल्ड ट्रम्प की सबसे बड़ी पहचान उनका वह भाषण है, जो वे "बड़ी सोच रखें" (Thinking Big) शीर्षक से देते हैं। वे निश्चित रूप से जो कहते हैं, वही करते भी हैं। अगर आपको उनकी बड़ी सोच की प्रतिभा पर कोई शक हो, तो न्यूयॉर्क सिटी जाकर उन अट्टालिकाओं की संख्या गिन लें, जिन पर उनका नाम लिखा है।

मुझे बड़ी सोच पर उनका भाषण सुनने का सौभाग्य मिल चुका है। वे हर बार उसमें कोई नई बात जोड़ देते हैं और मेरी सोच को व्यापक बना देते हैं। अगर आपको कभी "बड़ी सोच रखें" भाषण सुनने का मौक़ा मिले, तो उसे हाथ से न जाने दें। अगर आप इसे एक से ज़्यादा बार सुन सकते हों, तो मौक़े का फ़ायदा उठाते रहें।

हालाँकि मेरे अमीर डैडी ने "बड़ा सोचने" के बारे में बात नहीं की, लेकिन उन्होंने हमें यही अवधारणा सिखाई थी। इसके बजाय वे अक्सर "लीवरेज" और "विस्तार" शब्दों का प्रयोग करते थे। अपने बेटे और मुझे लीवरेज तथा विस्तार में फ़र्क़ करना सिखाते समय उन्होंने मैकडॉनल्ड्स फ्रैंचाइज़ी का उदाहरण दिया। उन्होंने कहा, "जब रे क्रॉक ने मैकडॉनल्ड बंधुओं से मैकडॉनल्ड्स ख़रीदा, तो उन्होंने ख़ुद को लीवरेज दिया। जब उन्होंने इसके फ्रैंचाइज़ी बनाए, तो उन्होंने इसके लीवरेज का विस्तार किया।"

जब रे क्रॉक ने हैमबर्गर स्टैंड ख़रीदा, तो उन्होंने ख़ुद को लीवरेज दिया, क्योंकि बर्गर व्यवसाय उनके होने या न होने पर कमाई कर सकता था। एस क्वाड्रैंट के ज़्यादातर बिज़नेस मालिक अपनी प्रगति यहीं पर रोक लेते हैं और अपने बिज़नेस को छोटा ही रखते हैं। जब रे क्रॉक ने छोटे व्यवसाय का फ्रैंचाइज़ी सिस्टम विकसित कर लिया, तो उन्होंने हैमबर्गर व्यवसाय का विस्तार करके उसे बी क्वाड्रैंट में पहुँचा दिया।

आप ध्यान दें कि मैं "फ्रैंचाइज़ी सिस्टम" की बात कर रहा हूँ, जिसमें महत्वपूर्ण शब्द है *सिस्टम*। *बिफ़ोर यू क्विट युअर जॉब* पुस्तक मैंने उद्यमियों के लिए लिखी है। इसमें मैंने बी-आई त्रिकोण के बारे में विस्तार से लिखा है। मेरी सोच को केंद्रित करने और बिज़नेस को बनाने वाले आठ हिस्सों के बारे में सिखाने के लिए अमीर डैडी बी-आई त्रिकोण का इस्तेमाल करते थे :

आँकड़े बताते हैं कि 10 नए बिज़नेसों में से 9 पहले पाँच साल में असफल हो जाते हैं। जो बिज़नेस बच जाते हैं, उनमें से भी 10 में से 9 दस साल बाद असफल हो जाते हैं। (एक बार फिर 90/10 के नियम पर ध्यान दें।)

कई उद्यमी सिर्फ़ इसलिए असफल हो जाते हैं, क्योंकि बी-आई त्रिकोण के आठ हिस्सों

में कोई एक या एक से अधिक हिस्से कमज़ोर होते हैं या होते ही नहीं हैं। जब भी मैं किसी डूबते बिज़नेस को देखता हूँ, तो मैं विश्लेषण के लिए बी-आई त्रिकोण का सहारा लेता हूँ।

ध्यान दें कि इसमें *प्रॉडक्ट* शब्द सबसे छोटी जगह घेरे है और *मिशन* शब्द सबसे बड़े हिस्से में है - मिशन त्रिकोण का आधार है। ऐसा इसलिए है, क्योंकि प्रॉडक्ट बी-आई त्रिकोण का सबसे कम महत्वपूर्ण हिस्सा है, जबकि मिशन सबसे महत्वपूर्ण हिस्सा है। अक्सर मैं किसी भावी उद्यमी से मिलता हूँ, जो मुझसे कहता है, "मेरे पास एक बेहतरीन नए प्रॉडक्ट का विचार है।"

मैं अक्सर यह पूछता हूँ, "आपका मिशन क्या है?"

अक्सर जवाब मिलता है, "पैसा कमाना।" अधिकांश मामलों में उस बिज़नेस के बचने की संभावना बहुत कम होती है।

मिशन बिज़नेस का सबसे महत्वपूर्ण हिस्सा है। यह बिज़नेस की आत्मा है। यह बिज़नेस का दिल है। आत्मा और दिल के बिना अधिकांश उद्यमी बिज़नेस को सफल नहीं बना पाएँगे, क्योंकि सामने की राह मुश्किल होती है।

दुनिया में बहुत से बेहतरीन प्रॉडक्ट्स असफल हो जाते हैं। प्रॉडक्ट्स इसलिए असफल हो जाते हैं, क्योंकि उनके पीछे बी-आई त्रिकोण की शक्ति नहीं होती है।

सफलतम व्यवसायों का अध्ययन करने पर आप पाएँगे कि उनमें बी-आई त्रिकोण पूरी तरह और जीवंतता से काम कर रहा है। महान व्यवसाय में सशक्त मिशन, बढ़िया लीडरशिप

और सुयोग्य मैनेजर्स होते हैं, जो एक साथ अच्छी तरह काम करते हैं। इनमें उत्कृष्ट कैशफ़्लो और फ़ाइनेंसिंग, स्पष्ट और प्रभावी सेल्स तथा बेहतरीन मार्केटिंग संप्रेषण होते हैं। इसके अलावा उसमें कुशल सिस्टम, स्पष्ट तथा निश्चित क़ानूनी दस्तावेज़ व अनुबंध होते हैं। और ज़ाहिर है, एक बहुत बढ़िया प्रॉडक्ट भी होता है।

हममें से ज़्यादातर लोग मैकडॉनल्ड्स से अच्छा हैमबर्गर बना सकते हैं। लेकिन हममें से बहुत कम लोग मैकडॉनल्ड्स से ज़्यादा अच्छा बिज़नेस सिस्टम बना सकते हैं। इससे हम एक बार फिर *सिस्टम* पर आ जाते हैं। एस क्वाड्रैंट बिज़नेस मालिक और बी क्वाड्रैंट बिज़नेस मालिक के बीच सबसे बड़ा अंतर सिस्टम का होता है। आम तौर पर एस क्वाड्रैंट का बिज़नेस मालिक ख़ुद सिस्टम होता है, इसलिए वह विस्तार नहीं कर सकता।

बहुत सारे व्यवसाय *लोगों* पर निर्भर होते हैं। मैकडॉनल्ड्स *सिस्टम* पर निर्भर है। इसका सिस्टम बहुत अच्छी तरह से बना है। चाहे आप दुनिया में कहीं भी जाएँ, मैकडॉनल्ड्स का व्यवसाय काफ़ी हद तक एक जैसा मिलेगा। सबसे महत्वपूर्ण बात यह है कि उनका बिज़नेस सिस्टम अक्सर ऐसे लोग चलाते हैं, जो सिर्फ़ हाई स्कूल तक पढ़े होते हैं। उनका सिस्टम इतना अच्छा और दमदार है।

मैंने बहुत से व्यवसायों को देखा है, जिनमें बहुत उच्च-शिक्षित और ऊँची तनख़्वाह वाले लोगों का स्टाफ़ होता है, जो कड़ी मेहनत करने के बावजूद बहुत कम हासिल कर पाते हैं। अधिकांश मामलों में इस तरह के व्यवसाय मूलतः लोगों पर केंद्रित होते हैं और बहुत बढ़िया सिस्टम विकसित नहीं कर पाते हैं। ऊँची तनख़्वाह वाले लोगों की बहुत बढ़िया टीम भी उत्कृष्ट सिस्टम के बिना सफल नहीं हो सकती।

उद्यमी और सीईओ में क्या फ़र्क़ है? आसान भाषा में कहें, तो उद्यमी उस व्यक्ति की तरह है, जो बहुत अच्छी रेस कार बनाता है। सीईओ रेस कार के ड्राइवर की तरह है। अगर आपके पास बहुत बढ़िया रेस कार ड्राइवर है, लेकिन रेस कार घटिया है, तो बहुत बढ़िया सीईओ हर रेस में हार जाएगा। यह दुर्लभ है कि उद्यमी ख़ुद बहुत बढ़िया सीईओ साबित हों। डोनाल्ड ट्रम्प उन दुर्लभ लोगों में से एक हैं। बिल गेट्स, माइकल डेल और स्टीव जॉब्स भी ऐसे ही हैं। ये लोग बहुत बढ़िया रेस कार बना सकते हैं और चला भी सकते हैं।

> मिशन बिज़नेस का सबसे महत्वपूर्ण हिस्सा है। यह बिज़नेस की आत्मा है। यह बिज़नेस का दिल है। आत्मा और दिल के बिना अधिकांश उद्यमी बिज़नेस को सफल नहीं बना पाएँगे, क्योंकि सामने की राह मुश्किल होती है।
>
> *-रॉबर्ट टी. कियोसाकी*

रिच डैड कंपनी में हमारे पास तीन सीईओ और तीन रेस-कार निर्माता हैं : किम, शेरॉन और मैं। शेरॉन रेस कार बनाने और चलाने में उत्कृष्ट हैं। किम और मैं कार चलाने में ज़्यादा अच्छे हैं, लेकिन हम कार के कुछ हिस्से बना सकते हैं। मैं अक्सर कहता हूँ कि मैं रिच डैड कंपनी का हॉर्न हूँ और शेरॉन इंजन हैं। मैं निश्चित रूप से यह कहूँगा कि रिच डैड कंपनी *टीम* व्यवसाय (*team* enterprise) का बहुत अच्छा उदाहरण है।

संक्षेप

मैं कई लोगों से मिला हूँ, जो एस क्वाड्रैंट में बहुत अमीर बन चुके हैं। कई छोटे व्यवसाय के मालिक हैं, जो छोटे व्यवसाय के उत्कृष्ट निर्माता और ड्राइवर हैं। इसके अलावा ई और एस भी हैं, जो बी क्वाड्रैंट वाले बिज़नेस के साथ जुड़कर बहुत अमीर बन चुके हैं। उदाहरण के लिए, टाइगर वुड्स एस क्वाड्रैंट में हैं (उनके मामले में एस का मतलब सुपरस्टार, सेल्फ़-एम्प्लॉयड या स्पेशलिस्ट है), लेकिन उनकी ज़्यादातर दौलत बी क्वाड्रैंट के व्यवसायों के विज्ञापन से आती है। यही कुछ फ़िल्मी सितारों के बारे में भी सही है। वे एस क्वाड्रैंट में हैं, लेकिन वे सोनी या वार्नर ब्रदर्स जैसे बी क्वाड्रैंट के बिज़नेसों से जुड़े हैं।

डोनाल्ड कहते हैं, "बड़ा सोचो!" इसीलिए वे विशाल इमारतें और मेगाहिट टेलीविज़न शो बनाते हैं। मेरे अमीर डैडी कहते थे, विस्तार करो और उनका मतलब था, मैकडॉनल्ड्स की तरह विस्तार करो। दोनों ही बड़ी सोच और विस्तार के रूप हैं।

क्या अब आप समझ रहे हैं कि 90/10 का धन का नियम किस तरह काम करता है? जो 10 प्रतिशत लोग 90 प्रतिशत धन कमाते हैं, वे ऐसे काम करते हैं, जो बाक़ी के 90 प्रतिशत लोग कभी नहीं करते हैं।

डोनाल्ड के विचार

विस्तार के बारे में सोचो

रॉबर्ट ने "बड़ी सोच रखें, विस्तार की सोच रखें" के बारे में बहुत बढ़िया तरीक़े से और सटीकता से समझाया है। लेकिन हम इसे एक क़दम आगे तक ले चलते हैं। हमें सिर्फ़ बड़ा ही नहीं सोचना है, बल्कि विस्तार के बारे में भी सोचना है। उद्यमियों के लिए विस्तार से सोचने का मतलब यह देखना है कि क्या संभव है और फिर उसे साकार करना है। उद्यमी सपना देखते हैं और उसे समझदारी तथा अपरिहार्य की संज्ञा देते हैं। बाक़ी की दुनिया इसे नवाचार कहती है।

हाल ही में मैंने दिलचस्पी से एक नवाचार के बारे में पढ़ा, जिसका श्रेय मुझे दिया गया था। मुझे हैरानी हुई, क्योंकि मैंने उसे कभी नवाचार नहीं, बल्कि दो तत्वों को जोड़ने का तरीक़ा माना था, जो एक साथ अच्छा काम कर सकते थे। बरसों पहले मैं 1 सेंट्रल पार्क वेस्ट में पहला ट्रम्प इंटरनेशनल होटल एंड टॉवर बना रहा था, जो पहले गल्फ़ वेस्टर्न बिल्डिंग थी। मुझे जब इसमें कुछ दिक्क़तें आईं, तो मैंने फ़ैसला किया कि फ़्लैट्स और होटल एक साथ रखना ज़्यादा अच्छा रहेगा। मेरा यह प्रयोग बहुत सफल रहा और उसके बाद से मैंने तथा कई अन्य लोगों ने इस तालमेल को

दोहराया है।

कई बार नवाचार दरअसल सामान्य समझदारी का परिणाम होता है, जब इसे असामान्य चिंतन के साथ जोड़ दिया जाता है। यह रचनात्मक होता है, लेकिन यह नए तालमेल के बारे में होता है।

मैं युवा अमेरिकी संगीत-रचयिता जोनाथन डॉवे के बारे में पढ़ रहा था, जिन्होंने अपने नवाचार से लोगों का ध्यान आकर्षित किया था। मेट्रोपोलिटन ऑपेरा के मशहूर कंडक्टर जेम्स लेवाइन ने उनकी कुछ रचनाओं को खोजा और इस साल उनका प्रीमियर किया। इससे यह तथ्य सामने आया कि डॉवे को शुरुआती रेनेसाँ संगीत पसंद था और उन्होंने फ़्रैक्टल ज्योमेट्री के साथ इसका तालमेल बैठाने का तरीक़ा खोज लिया। उन्होंने पुरानी चीज़ से एक नई चीज़ निकाल ली। उनकी कुशलता "प्रभावों के मेल" से आई, जैसा होटल और टॉवर के मामले में मेरे साथ हुआ था। यह लग सकता है कि संगीत रचना के साथ रियल एस्टेट डेवलपमेंट की तुलना करना उचित नहीं है, लेकिन अगर आप इसका विश्लेषण करने में अधिक समय लगाएँगे, तो आप पाएँगे कि इसमें बहुत सी बातें एक सी हैं।

किसी ने एक बार कहा था कि मेरा जीवन ऑपेरा जैसा है। मुझे यह तुलना असामान्य लगी, इसलिए मैंने ऑपेरा के बारे में ज़्यादा जानकारी हासिल करने का फ़ैसला किया। बहुत सी चीज़ों की तरह ही ऑपेरा दरअसल ग्रीस में शुरू हुआ और फिर काफ़ी बाद में फ़्लोरेंस में प्रकट हुआ, जहाँ पहला ऑपेरा वेनिस में प्रदर्शित हुआ। चूँकि मैं ऑफ़िस में इंटरकॉम का इस्तेमाल नहीं करता हूँ, इसलिए यहाँ के आवाज़ के स्तर को ऑपेरा से जोड़ा जा सकता है। इसके अलावा मैंने ग्रीस का अध्ययन किया है, इसलिए भी यह समानता उपयुक्त है। इसलिए मेरा मानना है कि जब ग्रीक प्रभाव 17वीं शताब्दी में इटली में लिखे गए संगीत के साथ जुड़ा, तो इस संगीत कला का प्रकट होना तय था। कुछ चीज़ों को विकसित होने में सदियाँ लग जाती हैं। मैं अब भी विकसित हो रहा हूँ, इसलिए ऑपेरा से अपनी तुलना किए जाने पर ख़ुशी होती है, हालाँकि पूरे ऑपेरा में बैठना एक ऐसा काम है, जो मैं नहीं कर सकता। मेरी दिलचस्पी के दायरे में यह बेसबॉल से मुक़ाबला नहीं कर सकता। लेकिन मेरा हमेशा यह मानना है कि आप बिना किसी चीज़ को गले लगाए उसका सम्मान कर सकते हैं।

बीथोवन भी एक महान रचयिता थे। उन्होंने अपनी वृहद नाइन्थ सिम्फ़नी में आवाज़ों को शामिल करने का फ़ैसला करके लोगों को चौंका दिया। आज हम सभी "ओड टु जॉय" के बारे में जानते हैं और इसके बिना उसकी कल्पना भी नहीं कर सकते, लेकिन तब इसे नवाचार समझा गया था। यह एक ज़बर्दस्त सनसनी थी। और यह रातोरात नहीं हुआ – उन्होंने इस सिम्फ़नी के स्केच 1811 में बनाए और इसका प्रीमियर 1824 में हुआ। इन विचारों को विकसित होने में तेरह साल का समय लग गया। मैं कहूँगा कि बीथोवन इस दौरान बड़ा सोच रहे थे।

विस्तार की सोच रखना नवाचार का बस एक और तरीक़ा है। कई बार मैं ख़ुद से पूछता हूँ कि मैं अपनी विचार प्रक्रिया को विस्तृत बनाने के लिए इसमें किस और चीज़ को शामिल कर सकता हूँ। क्या मैं ऐसा कुछ जोड़ सकता हूँ, जो इस प्रोजेक्ट या विचार का विस्तार कर सकता है, जिसे मैं अपने सिर में घुमड़ने दे रहा हूँ? कई बार मैं ख़ुद को बताता हूँ कि कुछ न कुछ ऐसा है, जो अभी बिलकुल सही नहीं है – क्योंकि उससे अपने आप अधिक विचारों के आने के लिए दरवाज़ा खुल जाता है। मैं ख़ुद से पूछता हूँ, "मैं क्या नहीं देख पा रहा हूँ? और क्या संभव है?" कई बार जवाब नवाचारी विचारों के रूप में सामने आते हैं। इसका मतलब कोई ख़ुफ़िया प्रक्रिया नहीं है, लेकिन यह एक प्रक्रिया है और इसमें एकाग्रता की ज़रूरत होती है।

रॉबर्ट, किम और शेरॉन हाल ही में कैलिफ़ोर्निया में मेरे गोल्फ़ कोर्स पर आए थे।

मैंने उन्हें कुर्सी की एक और कहानी सुनाई। मेरे क्लब में एक सुंदर बॉलरूम है, जहाँ से प्रशांत महासागर और कैलिफ़ोर्निया का नंबर वन गोल्फ़ कोर्स दिखता है, लेकिन क्लब में 300 लोगों से भी कम के बैठने की जगह थी। कम जगह के कारण हम शादियों जैसे कई कार्यक्रम नहीं करवा पाते थे, इसलिए मेरी मैनेजमेंट टीम ने इमारत को बड़ा बनाने के बारे में सोचा। वे मेरे पास बॉलरूम को बड़ा करने की योजनाएँ लेकर आए, जिसमें मिलियनों डॉलर और बहुत से समय की ज़रूरत थी। अगर हम इमारत को दोबारा बनवाते, तो इसमें कई महीने का समय लग जाता, जिस दौरान हमें इसे बंद रखना पड़ता और कई मिलियन डॉलर की आमदनी ख़त्म हो जाती – इसके अलावा, पुनर्निर्माण में मिलियनों डॉलर भी ख़र्च करने पड़ते।

जब हम सभी बॉलरूम में खड़े होकर चारों तरफ़ देख रहे थे, तो मेरा ध्यान एक महिला की तरफ़ गया, जिसे अपनी कुर्सी से बाहर निकलने में दिक्क़त आ रही थी। कुर्सी बहुत बड़ी थी और खड़े होते समय उसे टेबल से दूर खिसकाने में मुश्किल आ रही थी। दरअसल कमरे में विशाल कुर्सियाँ भरी हुई थीं। मेरे मन में तत्काल एक तस्वीर आ गई : हमें नई कुर्सियों की ज़रूरत थी – छोटी कुर्सियों की!

> विस्तार से सोचने का मतलब यह देखना है कि क्या संभव है और फिर उसे साकार करना है।
>
> *– डोनाल्ड जे. ट्रम्प*

इस एक विचार ने न सिर्फ़ मेरे मिलियनों डॉलर बचा दिए, बल्कि मेरी कमाई भी करवाई। हमने पुरानी कुर्सियों को बेचकर बहुत ज़्यादा पैसे कमाए, जिसमें से हमने नई सुनहरी कुर्सियाँ ख़रीद लीं और इसके बाद भी पैसा बच गया। हम अब आराम से 440 से ज़्यादा लोगों को बैठा सकते हैं और हम अब बड़े कार्यक्रम आयोजित करने लगे हैं, जिससे हमारी आमदनी भी बढ़ गई है। इमारत के विस्तार की कोई ज़रूरत नहीं

पड़ी और हमारा समय भी बर्बाद नहीं हुआ। जिस चीज़ में लाखों डॉलर लग सकते थे, वह लाभकारी चीज़ में बदल गई!

यह भविष्य-दृष्टा बनने की दिशा में पहला क़दम है – किसी चीज़ को देखना और यह जानना कि यह अलग या बेहतर हो सकती है।

जैसा मैं पहले कह चुका हूँ, आप जितने ज़्यादा स्रोतों से सीख सकते हों, सीखें। विस्तार करने के बारे में सोचें और सीखें। यह महँगा नहीं होगा, बल्कि आपको इससे बहुत ज़्यादा लाभ होगा।

आपके विचार

रचनात्मक रूप से सोचें – और फिर उस रचनात्मकता को लीवरेज का लाभ दें

क्या आप उस दुनिया में आरामदेह महसूस करते हैं, जिसमें आप रहते हैं ? अपनी दुनिया का विस्तार करने की कल्पना करें, जिसमें नए रोमांच, नए दोस्त और नई जगहें शामिल हों। जब आप नए अनुभवों से गुज़रते हैं, तो आपके मन में नए विचार आते हैं। आप नई समस्याएँ देखेंगे, जिनका आप समाधान खोज सकते हैं। और आप यह भी देखेंगे कि कितने तरीक़ों से इन समाधानों का इस्तेमाल लोगों की सेवा में हो सकता है।

यह सब अपनी दुनिया और भविष्य-दृष्टि के विस्तार से होता है।

बड़ा सोचें और जिएँ!

जोखिम के डर को अलग रखकर सोचें कि आपके मन में कौन सा सपना है ?

____

आपके जीवन का वह एक हिस्सा कौन सा है, जहाँ आप ज़्यादा बड़ा सोच सकते हैं ? उस बड़े विचार को लिखें :

____

आपके जीवन का वह एक क्षेत्र कौन सा है, जहाँ आप विस्तार करने के बारे में सोच सकते हैं ? उस विस्तार करने वाले विचार को लिख लें:

____

आप इसके बारे में क्या करने वाले हैं ?

____

अध्याय तेरह

बहुत अमीर बनना जोखिम भरा नहीं है ... यह तो निश्चित है

रॉबर्ट के विचार

आगे बढ़ने से पहले आइए हम जल्दी से प्रक्रिया की समीक्षा कर लें :

1. मैं/आप
2. लीवरेज
3. नियंत्रण
4. रचनात्मकता
5. विस्तार

आज कई लोग वित्तीय संकट में हैं या आगे नहीं बढ़ पा रहे हैं, क्योंकि वे कभी "मैं/आप" से आगे नहीं निकल पाते हैं। कुछ लोग उच्च शिक्षित होने के बावजूद जीवन में कड़ी मेहनत करते हैं, क्योंकि वे लीवरेज का ज़्यादा प्रयोग नहीं करते हैं। वे अपनी शक्तियों के आगे किसी और शक्ति का दोहन या प्रयोग नहीं करते हैं।

इन लोगों का अपनी नौकरियों पर बहुत कम नियंत्रण होता है या बिलकुल भी नहीं होता है, चाहे वे कितना ही कमाते हों या कितना ही निवेश करते हों। कई को अपने काम या निवेशों में अपनी रचनात्मकता दिखाने का मौक़ा भी नहीं मिलता है। वे तो बस वही करते हैं, जो उनसे कहा जाता है - व्यवसाय में भी और वित्तीय मामलों में भी। और जब विस्तार की बात आती है, तो वे बस इतना जानते हैं कि नई नौकरी की तलाश करें, पार्ट-टाइम नौकरी खोजें या प्रमोशन व तनख़्वाह बढ़ने की उम्मीद करें।

कई लोग इस दुष्चक्र में ज़िंदगी भर उलझे रहते हैं, क्योंकि उन्हें स्कूल में यही करना सिखाया गया है। इससे हटकर और कुछ करना उन्हें जोखिम भरा लगता है। उन्हें डर होता है कि अगर उन्होंने लीक से हटकर कुछ किया, जो उनके पास जो थोड़ा-बहुत नियंत्रण है, वह भी चला जाएगा। वे कम वेतन पर काम करते हैं, क्योंकि उन्हें डर होता है कि अगर उन्होंने तनख़्वाह बढ़ाने का आग्रह किया, तो उन्हें नौकरी से निकाला जा सकता है। वे रचनात्मक होने के बजाय बँधी-बँधाई लीक पर चलते हैं, क्योंकि उन्हें नया काम करने से या किसी ऐसी चीज़ की कोशिश करने में डर लगता है, जिसमें असफलता मिल सकती है। जब वे निवेश

करते हैं, तो ख़ुद कुछ करना नहीं सीखते हैं। इसके बजाय वे अपना पैसा किसी ऐसे व्यक्ति को दे देते हैं, जिसे वे विशेषज्ञ मानते हैं। बिज़नेस और धन के मामले में वे अपनी शंकाओं, डरों और सीमित ज्ञान की जंज़ीरों में जकड़े होते हैं। वे जोखिम से डर-डरकर जीते हैं और सोचते हैं कि ज़्यादातर ज़िंदगी जोखिम भरी है।

कई निवेश सलाहकार, वित्तीय पत्रकार और सेल्समैन ऐसे लोगों के जोखिम के डर का फ़ायदा उठाते हैं और उन्हें सबसे जोखिम भरे निवेश बेच देते हैं। वे सचमुच मानते हैं कि पैसे बचाना और मीच्युअल फ़ंड्स में लंबे समय के लिए निवेश करना सुरक्षित है ... जोखिम भरा नहीं है।

स्थिति और बिगड़ जाती है, क्योंकि इनमें से कई लोग (और उनके "वित्तीय विशेषज्ञ" भी) सोचते हैं कि डोनाल्ड ट्रम्प, वॉरेन बफ़ेट और मेरे काम जोखिम भरे हैं। यह बिलकुल सच नहीं है। डोनाल्ड ट्रम्प और वॉरेन बफ़ेट बहुत सा पैसा सिर्फ़ इसलिए कमाते हैं, क्योंकि वे जानते हैं कि उनके प्रयास का अंतिम परिणाम *निश्चित* (predictable) है - जो जोखिम का विपरीत है।

अमीर बनना निश्चित है

मैकडॉनल्ड्स के उदाहरण के अलावा मेरे अमीर डैडी निश्चितता को समझाने के लिए सेब उगाने वाले किसान का उदाहरण देते थे। उन्होंने मुझे सेब उगाने वाले एक किसान की कहानी सुनाई, जिसने एक एकड़ खेत में सेब के बीज बोए। मेरे अमीर डैडी ने कहा, "उस पहले एकड़ में बीज बोना मुश्किल था। किसान के पास ज़्यादा पैसा नहीं था और सेब के पौधों को बड़े होने में समय लगता है। कुछ साल बाद उन पेड़ों में सेब लग गए और किसान उन्हें बेच आया। सेब बेचकर मिले मुनाफ़े से उसने दो एकड़ ज़मीन और ख़रीद ली तथा उसमें भी सेब के बीज बो दिए। जल्दी ही उसके सौ एकड़ से ज़्यादा ज़मीन हो गई, जिसमें सेब ही सेब लगे थे। शुरुआत धीरे-धीरे हुई थी, लेकिन वह जानता था कि अगर वह उस काम में जुटा रहा, तो जल्दी ही बहुत अमीर बन जाएगा।" हालाँकि यह उदाहरण बहुत आसान है, लेकिन इससे मुझे काफ़ी लाभ हुआ।

कुछ लोग पूछ सकते हैं, "वह सब तो ठीक है, लेकिन कीड़ों या सूखे का जोखिम नहीं था क्या?" यह एक जायज़ सवाल है ... और सफल बिज़नेस मालिक हर चीज़ के आदर्श होने की उम्मीद नहीं करते हैं। उदाहरण के लिए, सभी स्टोर मालिक जानते हैं कि ग्राहक और कर्मचारी दोनों ही थोड़ा-बहुत सामान चोरी से ले जाएँगे। सफल व्यवसाय इन नुक़सानों को भी अपने भावी अनुमान में शामिल कर लेगा और ऐसे सिस्टम बनाएगा, ताकि इन्हें नियंत्रित और न्यूनतम किया जा सके।

कुछ आलोचक इसके बावजूद कह सकते हैं, "हाँ, लेकिन अगर आप बहुत ज़्यादा पेड़ लगाएँगे और सेब का बहुत ज़्यादा उत्पादन करेंगे, तो क़ीमत गिर जाएगी।" हाँ, यह सच है। लेकिन क़ीमतें कम करना ही तो प्रतिस्पर्धी पूँजीवाद का उद्देश्य है। प्रतिस्पर्धी पूँजीवाद के बिना हम कम क़ीमत पर ज़्यादा ऊँची जीवनशैली का आनंद नहीं उठा सकते।

सबक़ यह है जब आप निश्चितता को समझ लेंगे, तो आप इसे हर जगह देख सकेंगे। जब भी आप मैकडॉनल्ड्स के पास से गुज़रेंगे, तो यह आपको दिख जाएगी। जब भी आप

लेवीज़ जीन्स देखेंगे, तब यह आपको दिख जाएगी। जब भी आप अपनी कार में गैस भरवाने के लिए गैस स्टेशन जाएँगे, तो आपको निश्चितता दिख जाएगी। आप इसे *मोनोपॉली* खेलते समय भी देख सकते हैं। अगर आपको याद हो, तो इस खेल में एक मकान से सीमित आमदनी होती है। अगर आप दो और मकान जोड़ लेते हैं, तो आपकी कमाई बढ़ जाती है और अगर चार मकानों को एक लाल होटल में बदल लेते हैं, तो कमाई बहुत ज़्यादा बढ़ जाती है। निश्चितता को समझ लेने के बाद आप इसे हर जगह देखने लगेंगे। और जहाँ भी आप निश्चितता देखेंगे, आप समझ जाएँगे कि कोई व्यक्ति या कंपनी बिना ज़्यादा जोखिम लिए बहुत सारा पैसा कैसे कमा रही है।

अब शायद आप समझ गए होंगे कि मैं लोगों की यह बात सुनकर क्यों कुंठित हो जाता हूँ, "निवेश करने में बहुत जोखिम है।" या जब मैं किसी वित्तीय योजनाकार को यह सलाह देते सुनता हूँ कि बचत और मीच्युअल फ़ंड में निवेश करना सुरक्षित है। मेरे हिसाब से यह वित्तीय प्रशिक्षण का अभाव और कमज़ोर वित्तीय आई.क्यू. का सूचक है।

डोनाल्ड ट्रम्प ने बिलियनों डॉलर सिर्फ़ एक इमारत बनाकर नहीं कमाए हैं। वे बहुत सारी इमारतें बनाते हैं या एक इमारत में सैकड़ों फ़्लैट बनाकर उन्हें बेचते हैं। सफलता का उनका फ़ॉर्मूला मेरे अभी-अभी बताए फ़ॉर्मूले से मेल खाता है। वे लीवरेज करते हैं, नियंत्रण करते हैं, रचनात्मक सृजन करते हैं, विस्तार करते हैं और भविष्य का सटीक अनुमान लगाते हैं। हालाँकि हमेशा थोड़ा जोखिम तो होता है, लेकिन उन्हें अपनी योजनाओं पर भरोसा होता है, क्योंकि प्रक्रिया पर उनका पूरा नियंत्रण होता है।

जब मैं निवेश करता हूँ, तो मैं भी इसी प्रक्रिया से गुज़रता हूँ। मसलन, किसी इमारत को ख़रीदते समय मुझे विश्वास होता है कि इससे मुझे चार प्रकार की आमदनी होगी :

1. किराए से होने वाली आमदनी
2. मूल्यह्रास या डिप्रिसिएशन से होने वाली आमदनी (छद्म कैशफ़्लो)
3. ऋण-भुगतान या एमॉरटाइज़ेशन (मेरा किराएदार मेरा कर्ज़ उतारता है)
4. मूल्य-वृद्धि या एप्रीसिएशन (डॉलर का मूल्य कम हो रहा है)

मैंने मूल्य-वृद्धि को आख़िर में इसलिए रखा है, क्योंकि यह बाक़ी आमदनियों से कम महत्वपूर्ण है। बहरहाल, अधिकांश निवेशक मूल्य-वृद्धि या कैपिटल गेन्स पाने के लिए ही निवेश करते हैं। उदाहरण के लिए, जब कोई व्यक्ति किसी कंपनी का शेयर 5 डॉलर में ख़रीदता है और उसे 12 डॉलर तक रोककर बेच देता है, तो वह कैपिटल गेन्स के लिए बेच रहा है। यही रियल एस्टेट बेचने वाले लोगों के बारे में सही है।

मैं मूल्य-वृद्धि को सबसे आख़िर में इसलिए भी रखता हूँ, क्योंकि कैपिटल गेन्स पर टैक्स लगता है। रियल एस्टेट का एक वरदान है 1031 एक्सचेंज, जो निवेशक को कैपिटल गेन्स पर लगने वाले टैक्स टालने का मौक़ा देता है। अगर आप अच्छी तरह से योजना बना लें, तो कई बार तो आप अनंत काल तक टैक्स भुगतान को टाल सकते हैं। कैपिटल गेन्स टैक्स से बचने की यह क्षमता रियल एस्टेट को शेयरों, बॉण्ड्स, मीच्युअल फ़ंडों और ख़ास तौर पर बचत जैसे पेपर एसेट्स की तुलना में ज़्यादा अच्छा निवेश बना देती है। अगर आप ज़्यादा जानना चाहें कि रियल एस्टेट क़ानूनी रूप से सबसे अच्छा निवेश क्यों है, तो आपको

> सफल होने के लिए आपके मस्तिष्क के दोनों हिस्सों की ज़रूरत होती है। नियंत्रण रखने और रचनात्मक बनने में वित्तीय शिक्षा तथा अनुभव दोनों की ज़रूरत होती है।
>
> *–रॉबर्ट टी. कियोसाकी*

रिच डैड्स रियल एस्टेट एडवांटेजेस पुस्तक पढ़ना चाहिए, जिसे मेरी पार्टनर और सी.पी.ए. शेरॉन लेक्टर तथा वकील और रिच डैड कंपनी के सलाहकार गैरेट सटन ने लिखा है। मैं इस बात की तरफ़ आपका ध्यान खींचना चाहता हूँ कि इस पुस्तक को एक सी.पी.ए. और एक वकील ने लिखा है। इसके पीछे कारण है।

एक बार फिर मैं ज़ोर देता हूँ कि रियल एस्टेट का यह उदाहरण और कम टैक्स चुकाना निश्चित है, जिसका सटीक अनुमान लगाया जा सकता है।

1996 में मैं रिटायरमेंट से बाहर निकला और मैंने अपना बोर्ड गेम *कैशफ़्लो* तथा *रिच डैड पुअर डैड* बाज़ार में उतारे। मुझे ज़रा भी अंदाज़ा नहीं था कि रिच डैड कंपनी इतनी सफल होगी। लेकिन मैंने शेरॉन और माइकल लेक्टर के रूप में सही टीम चुनी। सही टीम लीवरेज का सबसे अच्छा रूप है। उसी साल मैंने एक तेल कंपनी, स्वर्ण-खनन कंपनी और रजत-खनन कंपनी शुरू की। हालाँकि तेल कंपनी असफल रही, लेकिन खनन कंपनियाँ आईपीओ जारी करने और विलय के बाद सार्वजनिक कंपनियाँ बन गईं। ये कंपनियाँ कनाडा के स्टॉक एक्सचेंजों में सूचीबद्ध हैं। दोनों ही कंपनियों ने मुझे लाखों डॉलर कमाकर दिए हैं।

कई लोग कहते थे कि तेल, स्वर्ण और रजत-खनन कंपनियों में हाथ डालना जोखिम भरा था। हालाँकि थोड़ा जोखिम तो *था*, लेकिन मेरे हिसाब से यह बहुत कम था। मैं जोखिम को कम इसलिए मानता था, क्योंकि मैं जानता हूँ कि हम सभी तेल और गैस का इस्तेमाल व उपभोग करते हैं। यह निश्चित और अनुमानयोग्य है।

मैं यह भी जानता था कि सोने और चाँदी का मूल्य बढ़ेगा। मैं यह बात कैसे जानता था? क्योंकि मैं जानता था कि हमारे देश को चलाने वाले नेता ख़र्च करना बंद नहीं करेंगे, कर्ज़ लेना बंद नहीं करेंगे और नोट छापना बंद नहीं करेंगे। तो इस मामले में सोने और चाँदी के दाम बढ़ना निश्चित या अनुमानयोग्य नहीं था; हमारे नेताओं की वित्तीय अयोग्यता निश्चित या अनुमानयोग्य थी। वे समस्याओं को नहीं सुलझाते हैं। वे तो बस उसे आगे खिसका देते हैं और ज़्यादा बड़ा बना देते हैं। उनके व्यवहार का अनुमान लगाना आसान है। और इस बात से कोई फ़र्क़ नहीं पड़ता है कि वे रिपब्लिकन हैं या डेमोक्रेट।

संक्षेप

वित्तीय रूप से शिक्षित होने पर आप उस मुक़ाम पर पहुँच सकते हैं, जहाँ अमीर बनना निश्चित (Predictable) होता है। जब किसी के पास शिक्षा और अनुभव होता है तथा वह लीवरेज, नियंत्रण, रचनात्मकता, विस्तार और अनुमानयोग्य निश्चितता को समझ लेता है, तो जीवन अलग दिखने लगता है — कम से कम मेरे साथ तो ऐसा ही हुआ था।

बचपन में मेरे अमीर डैडी ने मुझे बार-बार *मोनोपॉली* गेम खिलवाया। इसे खेलते समय

में लीवरेज, नियंत्रण, रचनात्मकता, विस्तार और अनुमानयोग्य निश्चितता की शक्ति को सीख और समझ रहा था। कम से कम हज़ारवीं बार खेलने के बाद अचानक एक दिन मेरे दिमाग़ को भविष्य की झलक दिख गई — प्रचुर दौलत का भविष्य। उस वक़्त मेरी उम्र लगभग 15 साल होगी। इससे एक समस्या पैदा हो गई। एक अलग दुनिया की झलक देखने के बाद मैं अब यह मानने को तैयार नहीं था कि जीवन जोखिम भरा है या नौकरी की सुरक्षा की ज़रूरत है या किसी कंपनी या सरकार को मेरी देखभाल करनी चाहिए। एक अलग भविष्य की झलक देखने के बाद मुझे जीवन जोखिम भरा नहीं लगा। इसके बजाय यह रोमांचक लगा और इसी से मेरे जीवन में आमूलचूल परिवर्तन हो गया।

डोनाल्ड के विचार

ज़्यादातर मामलों में अमीर लोग ज़्यादा अमीर बनते जाते हैं, क्योंकि जब आपके पास निवेश करने के लिए पैसा होता है, तो निवेश करना ज़्यादा आसान होता है। इसके बाद भी आपसे ग़लतियाँ हो सकती हैं और आपका पैसा डूब सकता है, लेकिन ज़्यादा संभावना इस बात की है कि अगर आप अमीर हैं और गंभीर निवेशक हैं, तो आप ज़्यादा अमीर बन जाएँगे।

यह जोखिम भरी तस्वीर नहीं है। आप जो निवेश कर रहे हैं, उसकी तैयारी करने से जोखिम का तत्व कम हो जाता है। जोखिम कम करने का काम निवेश सलाहकारों पर नहीं छोड़ना चाहिए - आपको पहले तो ख़ुद पर्याप्त सीखना चाहिए, ताकि आप "अच्छी सलाह" के लिए उनके रहमोकरम पर निर्भर न रहें। अगर आप चाहते हैं कि आपकी स्क्रिप्ट में कोई ग़लती न रहे, तो उसके प्रूफ़ ख़ुद पढ़ें।

कई वित्तीय सलाहकार बहुत बढ़िया हैं, जिन्होंने अपने और दूसरों के लिए बहुत दौलत कमाई है, क्योंकि वे अपने काम को अच्छी तरह जानते हैं। उन्होंने धन की दुनिया को इतनी अच्छी तरह समझ लिया है कि वे प्रवृत्तियों का अनुमान लगाने के काम में माहिर हो चुके हैं। उनके अनुभव और योग्यता के कारण उनके काम में जोखिम कम रहता है।

इस अध्याय के शीर्षक में लिखा है *बहुत अमीर बनना निश्चित* है। इसका कारण यह है कि *बहुत अमीर* वाला हिस्सा बताता है कि आपके पास इस समय पर्याप्त पैसा है, जिससे आप काम शुरू कर सकते हैं। निर्णायक तत्व यह है कि *बहुत अमीर* बनने के लिए आप अपने धन से ख़ुद के लिए काम करवा रहे हैं या नहीं। जो लोग ऐसा करने का तरीक़ा जानते हैं, उनके पास बेहद अमीरों की श्रेणी में शामिल होने का बहुत अच्छा अवसर होता है।

जब भी मैं कोई नई इमारत बनाता हूँ, तो उसमें जोखिम के बारे में निश्चित रूप से विचार करता हूँ, जिसका मतलब है कि यह मेरे लिए फ़ायदे का सौदा होगी या नहीं। मैं बड़े जोखिम लेना पसंद नहीं करता हूँ, ख़ास तौर पर जब मैं अपने दिमाग़ में भविष्य का अनुमान लगा सकता हूँ। जब मैंने होटल-फ़्लैट्स के तालमेल के विचार को आज़माने का फ़ैसला किया, तो मैं देख सकता था कि यह तालमेल बहुत आरामदेह रहेगा, क्योंकि फ़्लैट्स के मालिक होटल की सफलता में भी सहयोग करेंगे। मैं जानता था कि निवेशकों और मालिकों को यह बात बहुत आकर्षित करेगी, क्योंकि मैंने गणित लगा लिया था और मैं जानता था कि यह विचार बिज़नेसमैन के रूप में मुझे आकर्षित करेगा, चाहे मैं निर्माता हूँ या निवेशक। इससे मेरा और उनका जोखिम कम हो गया था। यह अधिक अनुमानयोग्य या निश्चित बन गया था, लेकिन मैं यह स्वीकार करूँगा कि इस विचार की आशातीत सफलता पर मुझे हैरानी हुई थी।

मेरे डैडी हमेशा ज़ोर देते थे कि कुछ चीज़ें अनुमानयोग्य होती हैं, यानी बुद्धिमानी भरे काम से बुद्धिमानी भरे परिणाम मिलते हैं। वे बहुत मेहनती थे और हमेशा कहते थे कि शुरुआत से ही समझदारी से काम करने पर समय की बचत होती है। मैंने कम उम्र से ही अपने दिमाग़ में चीज़ों का पूर्वानुमान लगाना और जाँच करना शुरू कर दिया था - काम शुरू करने से पहले। इस वजह से मैंने प्रक्रिया में से बहुत सी गफ़लतों और जोखिम को कम कर दिया। इससे मेरा बहुत सा समय और पैसा भी बचा।

मेरे पास निर्माण के ज्ञान का लीवरेज था और अच्छी सहज बुद्धि का वरदान था। मैंने बरसों तक रियल एस्टेट का अध्ययन भी किया था। वर्षों पहले मैं न्यूयॉर्क सिटी की इस बात से तंग आ गया था कि वहाँ सेंट्रल पार्क में वोलमैन रिंक को दोबारा बनाने में कई वर्ष और मिलियनों डॉलर बर्बाद किए जा रहे थे। मैंने इस काम में लगने वाले वक़्त और लागत का अनुमान लगाया। मेरा अनुमान सही साबित हुआ। मैंने यह काम कुछ महीनों में कर दिया और वह भी बजट से 7.5 लाख डॉलर कम में। मेरे लिए यह अनुमानयोग्य था और इसमें कोई जोखिम नहीं था। इसे कभी न होते देखना मेरी सेहत के लिए जोखिम था।

बहुत सफल बनना भी निश्चित या अनुमानयोग्य हो सकता है - ख़ास तौर पर अगर कोई कभी-कभार जोखिम ले। मार्क बरनेट मुझे एप्रेंटिस में काम करने के लिए राज़ी कर रहे थे। अपना ख़ुद का रिएलिटी शो मेरे लिए नया क्षेत्र था और आम तौर पर मैं नए शो जैसी चीज़ों को ज़्यादा पसंद नहीं करता हूँ। 95 प्रतिशत नए टेलीविज़न शो असफल हो जाते हैं। मैं पहले से ही सफल था, लेकिन *द एप्रेंटिस* हिट होने के बाद मैं ज़्यादा सफल बन गया। मेरे पक्ष में चीज़ें पहले से ही थीं। यही बात धन पर लागू होती है।

रॉबर्ट लीवरेज, नियंत्रण, रचनात्मकता, विस्तार और निश्चितता के बारे में जो

कहते हैं, वह सच है। उन सभी स्तरों पर बहुआयामी और चुस्त बनना रोमांचक हो सकता है और लाभदायक भी। अगर लोग इसे जोखिम भरा मानते हों, तो उन्हें ऐसा मानने दें। मेरे लिए यह बहुत अच्छी और रोमांचक चुनौती है। आप अपनी दुनिया को बदल सकते हैं, बशर्ते आप चाहें। ऐसा करके आप पूरी दुनिया के प्रति महान योगदान देते हैं। यह सोचने क़ाबिल बात है।

> हमारे सामने सबसे बड़ा जोखिम यह होता है कि हमने जो सीखा है, उसके साथ आगे न बढ़ें।
>
> - डोनाल्ड जे. ट्रम्प

हमारे सामने सबसे बड़ी चुनौती यह है कि हमने जो सीखा है, उसके साथ आगे बढ़ें। विस्तार के कई आयाम होते हैं। मैं अब्राहम लिंकन की सलाह से अपनी बात पूरी करता हूँ : "मेरी नज़र में उस आदमी का ज़्यादा महत्व नहीं है, जो कल के मुक़ाबले आज ज़्यादा समझदार न हो।"

यह बहुत अच्छा प्रेरक वाक्य है, जिस पर ध्यान दिया जाना चाहिए। आप नियमित रूप से जो सीखें, उस पर अमल करें। अगर आप ऐसा करते हैं, तो मेरी भविष्यवाणी है कि आपको जल्दी ही सफलता मिल जाएगी।

आपके विचार

अमीर बनना अनुमानयोग्य है।

याद है हमने आपको आइंस्टीन की पागलपन की परिभाषा बताई थी, "एक ही काम बार-बार करना और अलग परिणामों की उम्मीद करना।" अमीर बनने या ज़्यादा अमीर बनने के लिए आपको उन चीज़ों को बदलने की ज़रूरत हो सकती है, जिन्हें आप कर रहे हैं। ख़ुद से वादा करें (इस मामले में आप ही महत्वपूर्ण हैं) कि आप उन तीन चीज़ों को बदल देंगे, जो आप इस समय कर रहे हैं। ख़ुद को जवाबदेह बनाने के लिए काम और समय सीमा भी लिख लें।

____

____

____

उदाहरण 1 :

मैं सप्ताह में एक रात टी.वी. नहीं देखूँगा और इसके बजाय सेमिनारों में जाऊँगा।

उदाहरण 2 :

मैं सोफ़े पर लेटना छोड़ दूँगा और इस सप्ताह एक बिज़नेस ब्रोकर के पास जाकर यह शोध करूँगा कि किस तरह के बिज़नेस में मेरी रुचि हो सकती है।

खंड तीन

निर्णायक पल

हार-जीत से परे निकल जाना

फ़ॉर्मूला :

लीवरेज

नियंत्रण

रचनात्मकता

विस्तार

अनुमानयोग्य निश्चितता

यह क़दम-दर-क़दम प्रक्रिया प्रचुर दौलत पाने का आधारभूत फ़ॉर्मूला है। अगर आपने महान उद्यमियों या निवेशकों की कहानियाँ पढ़ी हैं, तो आपको शायद ऐसा ही पैटर्न या प्रक्रिया मिलेगी। यहाँ तक कि किसी कंपनी को ख़रीदने का फ़ैसला करते समय वॉरेन बफ़ेट भी इसी तरह की विचार प्रक्रिया का प्रयोग करते हैं। बफ़ेट के मामले में *रचनात्मकता* के स्थान पर *विश्लेषण* शब्द का इस्तेमाल किया जाना चाहिए। कंपनियों का विश्लेषण करने और उनके वर्तमान तथा भावी मूल्य का अनुमान लगाने में बफ़ेट की प्रतिभा इतनी सटीक होती है कि वे जब कोई कंपनी ख़रीद लेते हैं, तो फिर उसे शायद ही कभी बेचते हैं। डोनाल्ड ट्रम्प बहुत रचनात्मक हैं। जहाँ बाक़ी लोगों को ख़ाली ज़मीन या पुरानी इमारत नज़र आती है, वहाँ वे एक सुनहरी गगनचुंबी इमारत देख लेते हैं।

आज कई निवेशक संपत्ति सिर्फ़ बेचने के लिए ख़रीदते हैं। वे सस्ते में ख़रीदकर महँगे में बेचने की फ़िराक़ में रहते हैं। वे कैपिटल गेन्स के लिए निवेश करते हैं। शेयर बाज़ार में इस तरह के निवेशक को ट्रेडर कहा जाता है। रियल एस्टेट में ऐसे व्यक्ति को फ़्लिपर कहा जाता है, जो बेचने के लिए ज़मीन-जायदाद ख़रीदता है।

सच्चा निवेशक निवेश का स्वामी बनने और उसे भावी पीढ़ियों को हस्तांतरित

करने के लिए ख़रीदता है। हालाँकि डोनाल्ड ट्रम्प और रॉबर्ट कियोसाकी दोनों ही ख़रीदने के बाद कई अन्य व्यावसायिक निवेशकों की तरह कभी-कभार बेचते हैं, लेकिन वे ऊपर बताए फ़ॉर्मूले के अनुसार निवेश करते हैं। यही वह फ़ॉर्मूला है, जिससे 10 प्रतिशत निवेशक 90 प्रतिशत धन कमाते हैं।

फ़ॉर्मूला आसान नज़र आ सकता है, लेकिन इसे हक़ीक़त में बदलना सरल नहीं है। ज़्यादातर लोग फ़ॉर्मूले में बताई गई प्रक्रिया को लागू करने की कोशिश नहीं करते हैं, क्योंकि वे जानते ही नहीं हैं कि फ़ॉर्मूले का अस्तित्व भी है। ज़्यादातर लोगों को यह पता ही नहीं होता है कि कुछ अमीर लोग बाक़ी अमीर लोगों से ज़्यादा दौलतमंद क्यों बनते हैं।

इस फ़ॉर्मूले को जानने वाले कुछ लोगों ने इस पर अमल करने की कोशिश की, लेकिन असफल हो गए। हममें से ज़्यादातर लोग किसी न किसी व्यक्ति को जानते होंगे जो एक दिन अमीरी में खेल रहा था, लेकिन अगले ही दिन दिवालिया हो गया। किसी कारण से फ़ॉर्मूला बाक़ी ज़िंदगी उसकी पकड़ में नहीं आया।

और कुछ लोगों के लिए यह फ़ॉर्मूला उनकी ज़िंदगी है। उनका खेल है। एक चुनौती है। उनका आनंद, उनका रोमांच है। यह एक तरह से उनके ज़िंदा रहने का कारण है - फ़ॉर्मूले में निपुण होना। 90 प्रतिशत धन कमाने वाले 10 प्रतिशत लोग आम तौर पर यही होते हैं।

पुस्तक के इस खंड में आप जानेंगे कि डोनाल्ड और रॉबर्ट इस खेल से प्रेम क्यों करते हैं और इसमें क्यों जीतते हैं। यह जानकारी महत्वपूर्ण है क्योंकि जैसा हमने कहा, क़दम-दर-क़दम प्रक्रिया सरल है, लेकिन आसान नहीं है।

यह खंड धन *कैसे* कमाएँ का सबक़ नहीं है; यह तो *क्यों* कमाएँ के बारे में है। इसे पूरा पढ़ने के बाद आप ज़्यादा अच्छी तरह समझ जाएँगे कि 10 प्रतिशत लोग 90 प्रतिशत धन *क्यों* कमाते हैं। ज़्यादातर लोग सफल होने के बजाय असफल हो जाते हैं। हम एक मूलभूत लेकिन प्रमुख तथ्य को फिर से दोहराना चाहते हैं, जिसे आपको याद रखना चाहिए : इसकी प्रक्रिया सरल है, लेकिन आसान नहीं है।

यह खंड निर्णायक पलों के बारे में है, जिनमें व्यक्ति ज़िंदगी बदल देने वाला निर्णय लेता है। हम सभी के जीवन में ऐसे पल आते हैं। ऐसे ही पलों में हमें अपने सच्चे चरित्र का पता चलता है। ऐसे पलों में हम बहादुर या डरपोक बन सकते हैं, सच्चे या झूठे बन सकते हैं, आगे या पीछे जा सकते हैं।

हममें से ज़्यादातर ने तीन डी के बारे में सुना होगा :

1. Desire (इच्छा)
2. Drive (प्रेरणा)
3. Discipline (अनुशासन)

हम सभी ऐसे लोगों को जानते हैं, जिनमें इच्छा है – उदाहरण के लिए अमीर बनने की इच्छा, लेकिन उनमें या तो प्रेरणा नहीं है या फिर अनुशासन नहीं है या फिर दोनों नहीं हैं।

हममें से ज़्यादातर ने तीन ए के बारे में सुना होगा :

1. Ambition (महत्वाकांक्षा)
2. Ability (योग्यता)
3. Attitude (नज़रिया)

हम सभी ऐसे लोगों को जानते हैं, जिनमें महत्वाकांक्षा तो होती है, लेकिन वे कभी अपनी योग्यताओं को विकसित नहीं कर पाए – अक्सर इसलिए, क्योंकि उनका नज़रिया ग़लत था।

हममें से ज़्यादातर ने तीन ई के बारे में सुना होगा :

1. Education (शिक्षा)
2. Experience (अनुभव)
3. Execution (अमल)

हम सभी ऐसे लोगों को जानते हैं जिनकी शिक्षा बहुत अच्छी रही है, लेकिन उनके पास असली दुनिया का अनुभव नहीं है। अनुभव न होने के कारण वे अक्सर असली दुनिया में अमल करने – काम करने, समयबद्ध तरीक़े से काम करने, परिणाम देने – में समर्थ नहीं हो पाते हैं।

और हममें से ज़्यादातर ने चार एच के बारे में भी सुना होगा :

1. Honor (सम्मान)
2. Humility (विनम्रता)
3. Humor (हास्य-बोध)
4. Happiness (ख़ुशी)

हम सभी ऐसे लोगों को जानते हैं, जो सफल तो हैं, लेकिन उनके पास सम्मान नहीं है। और हम सभी ऐसे लोगों को जानते हैं, जो सफल तो हैं, लेकिन विनम्र नहीं हैं। हम सभी ऐसे सफल लोगों को भी जानते हैं, जिनमें हास्यबोध नहीं है – वे ख़ुद पर हँसने की योग्यता खो चुके हैं। और हम सभी ऐसे लोगों को जानते हैं जो सफल तो हैं, लेकिन ख़ुश नहीं हैं।

जब आप डोनाल्ड और रॉबर्ट के निर्णायक पलों के बारे में पढ़ेंगे, तो आप इस बात पर ध्यान दे सकते हैं कि उनके कितने गुण तीन डी, तीन ए, तीन ई और चार एच में व्यक्त होते हैं। इन्हीं निर्णायक पलों की बदौलत वे इतने सफल हैं और निरंतर आगे

बढ़ रहे हैं। आप यह भी ध्यान देंगे कि जिन निर्णायक पलों ने उनके जीवन को परिभाषित किया है, वे *कैसे* के बजाय *क्यों*... के आस-पास घूमते हैं।

उनके निर्णायक पलों के बारे में पढ़ते समय अपने जीवन के बारे में सोचें। आपके निर्णायक पल क्या हैं ? क्या उन्होंने सफल होने में आपकी मदद की है ? क्या उन्होंने आपको पीछे रोक रखा है ? ख़ुद के प्रति ईमानदार रहें। ईमानदारी से स्पष्टता आती है और स्पष्टता से बदलने का मौक़ा मिलता है। इसके बाद आप अपने जीवन को ज़्यादा स्पष्टता से देखना शुरू कर सकते हैं। फिर आपके सामने एक और निर्णायक पल आ जाएगा, जिसमें आप अपने जीवन पर नियंत्रण हासिल कर सकते हैं!

अध्याय चौदह

आपने अपने पिता से क्या सीखा?

रॉबर्ट की प्रतिक्रिया

मेरे डैडी महान थे। बचपन से मैं उनका सम्मान करता था। मुझे उनका बेटा होने पर गर्व था और मैं चाहता था कि वे भी मुझ पर गर्व करें।

स्कूल में पहले दिन क्लास की अटेंडेंस लेते समय टीचर्स मेरे नाम पर ठहर जाते थे और पूछते थे, "क्या रैल्फ़ कियोसाकी तुम्हारे डैडी हैं?"

मेरे डैडी हवाई राज्य के शिक्षा प्रमुख थे। वे जापानियों के लिहाज़ से लंबे थे। उनकी लंबाई छह फ़ुट तीन इंच होगी और उनका क़द कई मायनों में ऊँचा था। वे प्रतिभाशाली व्यक्ति और स्वतंत्र चिंतक के रूप में मशहूर थे। ग्रेजुएशन में वे अपनी क्लास में अव्वल आए थे और हवाई के शिक्षा जगत में उन्हें महान शिक्षाविद् माना जाता था। उनकी मृत्यु के ठीक पहले उन्हें हवाई के इतिहास के दो सर्वश्रेष्ठ शिक्षाविदों में से एक माना गया। मुझे याद है कि मुझे अख़बार में छपा वह लेख दिखाते समय वे रोने लगे थे। जैसा लेख में लिखा था, उन्होंने शिक्षा और हवाई के बच्चों की ख़ातिर अपना जीवन न्योछावर कर दिया था।

डैडी पहले तो मेडिकल स्कूल जाना चाहते थे, क्योंकि कई पीढ़ियों से हमारा परिवार डॉक्टर बनता आया था। लेकिन जब वे माऊ टापू पर हाई स्कूल में थे, तो उनका ध्यान इस तरफ़ गया कि उनके सहपाठी क्लास से तेज़ी से ग़ायब हो रहे थे। अपनी क्लास के स्टुडेन्ट प्रेसिडेंट होने के नाते वे प्रिंसिपल से इसका कारण जानने गए। पहले तो उन्हें घुमाया गया, लेकिन आख़िरकार उन्हें सच्चाई पता चल गई। उन्हें पता लगा कि शहर के शुगर प्लांटेशन में ज़्यादातर बच्चों के माता-पिता काम करते थे और इस प्लांटेशन ने स्थायी व्यवस्था कर रखी थी कि हर साल 20 प्रतिशत बच्चों को फ़ेल कर दिया जाए, चाहे उनकी पढ़ाई का स्तर कैसा भी हो। ऐसा इसलिए किया जाता था, ताकि शुगर प्लांटेशन को पर्याप्त अशिक्षित मज़दूर मिलते रहें। मेरे डैडी को पता चला कि टीचर, प्रिंसिपल और शिक्षा तंत्र में सभी स्तरों पर मौजूद लोग *इसी व्यवस्था के अनुसार चल रहे थे*। तब मेरे डैडी ने मेडिकल कॉलेज न जाने का फ़ैसला किया और वे टीचर बनकर सिस्टम को बदलने के लिए कॉलेज चले गए। इसके अलावा वे उन बच्चों को सर्वश्रेष्ठ शिक्षा दिलवाने के लिए जूझे, जिनके माता-पिता प्राइवेट स्कूलों की भारी-भरकम फ़ीस नहीं भर सकते थे - जिनके पास और कोई विकल्प नहीं था तथा वे पब्लिक

स्कूल सिस्टम पर निर्भर थे, जो उनके ख़िलाफ़ नहीं, बल्कि *उनके लिए* काम करे। उन्होंने यह लड़ाई जीवन भर लड़ी।

बहरहाल, अमेरिका का शिक्षा तंत्र ख़राब होता जा रहा है। यहाँ का शिक्षा तंत्र दुनिया में सबसे ज़्यादा ख़राब है, हालाँकि यहाँ शिक्षा पर जितना ख़र्च किया जाता है, उतना किसी दूसरे देश में नहीं किया जाता।

मेरे डैडी जमकर जूझे, लेकिन हवाई राज्य का शिक्षा तंत्र आज भी बहुत बुरी स्थिति में है। *होनोलूलू मैग्ज़ीन* के मई 2006 अंक की कवर स्टोरी में हवाई के पब्लिक स्कूलों की ग्रेडिंग की गई। इस लेख में बताया गया कि नेशनल एज्युकेशन एसोसिएशन (एनईए) ने हवाई को 50 राज्यों में 43वें क्रम पर रखा था - दूसरे शब्दों में देश में नीचे से सातवें स्थान पर। इसे मानदंड और जवाबदेही के मामलों में डी ग्रेड, स्कूल के माहौल के लिए एफ़ ग्रेड, टीचर की गुणवत्ता सुधारने पर डी ग्रेड और स्कूल के संसाधनों की पर्याप्तता पर सी ग्रेड मिला था।

इसका कारण पैसे की कमी नहीं है। 2001 में शिक्षा तंत्र का बजट 1.3 बिलियन डॉलर था और 2006 में यह 2.1 बिलियन डॉलर है। जैसा लेख में लिखा गया है :

> "हालाँकि सरकार पाँच साल पहले की तुलना में आज ज़्यादा पैसे दे रही है, लेकिन करदाताओं को कोई प्रगति नज़र नहीं आ रही है। हमारे सरकारी स्कूल तंत्र में एक चीज़ नहीं बदली है और वह है परिवर्तन का विरोध करने की इसकी उल्लेखनीय योग्यता।"

मेरे डैडी हवाई के लेफ़्टिनेंट गवर्नर पद का चुनाव लड़े, क्योंकि उन्हें एहसास हो गया था कि सिर्फ़ सुपरिंटेंडेंट ऑफ़ एज्युकेशन के पद पर रहकर ही वे तंत्र को नहीं बदल सकते। वे इससे ऊपर के पद पर पहुँचना चाहते थे, इसलिए उन्होंने डेमोक्रेटिक पार्टी के गढ़ माने जाने वाले राज्य में रिपब्लिकन पार्टी के टिकट पर चुनाव लड़ा। वे कई मायनों में हार गए। उन्हें दोबारा हवाई में सरकारी नौकरी नहीं मिली (क्योंकि वे उस राजनीतिक मशीनरी के ख़िलाफ़ खड़े हुए थे, जिसने हवाई को अपने शिकंजे में कस रखा था)। इसके अलावा जिन लोगों के साथ उन्होंने वर्षों काम किया था, वे भी नौकरियाँ छूटने के डर से उनके ख़िलाफ़ हो गए। मेरे डैडी को नौकरी न मिलने का दुख तो था, लेकिन इससे भी ज़्यादा दुख उन्हें अपने दोस्तों के व्यवहार से हुआ। दोस्तों की कायरता और गद्दारी ने उनका दिल तोड़ दिया। अपनी राजनीतिक पराजय के वक़्त मेरे डैडी की उम्र लगभग पचास साल थी और वे इस झटके से कभी नहीं उबर पाए।

1974 में जब मैं वियतनाम से लौटा, तो डैडी को अपने घर में बैठे पाया। उनकी उम्र पचास साल से थोड़ी ही ज़्यादा थी, लेकिन वे अंदर से टूट चुके थे। उन्होंने एक राष्ट्रीय आइसक्रीम का फ्रैंचाइज़ी ख़रीदकर कुछ पैसे कमाने की कोशिश की थी। उन्होंने समय से पहले ही रिटायरमेंट ले लिया था और अपनी ज़्यादातर बचत फ्रैंचाइज़ी ख़रीदने में लगा दी थी। अगर उन्हें राज्य से थोड़ी सी रक़म का चेक नहीं मिलता और बाद में सोशल सिक्युरिटी तथा मेडिकेयर से पैसों की मदद नहीं मिलती, तो वे दिवालिया हो चुके होते।

यह मेरे लिए एक निर्णायक पल था। मैं यह देखकर काँप उठा कि जिस आदमी से मैं प्रेम करता था और जिसका मैं सम्मान करता था, वह पूरे दिन लिविंग रूम में बैठकर टी.वी.

देखता रहता था। वे अभी ज़्यादा बूढ़े नहीं हुए थे। वे उच्च शिक्षित थे, लेकिन उनका दिल टूट चुका था। समय गुज़रने के साथ वे ख़ुद पर ज़्यादा ग़ुस्सा होते गए और पुराने दोस्तों पर, जिन्होंने उनके साथ गद्दारी की थी।

टी.वी. देखते समय उन्होंने मुझे वह सलाह दी, जिसके बारे में मैंने पहले भी बताया है : "वापस कॉलेज जाओ, मास्टर्स डिग्री लो, पीएच.डी. करो और फिर सरकारी नौकरी कर लो।" उन्होंने यह सलाह पूरी ईमानदारी से दी थी। उन्होंने अपनी ज़िंदगी में यही किया था। उन्हें शिक्षा पर यक़ीन था। आख़िर उन्होंने इसकी ख़ातिर अपना जीवन न्योछावर किया था।

उस पल मुझे एहसास हुआ कि शिक्षा में किसी अनिवार्य चीज़ की कमी थी। हमारी पारंपरिक शिक्षा ने हमें असली दुनिया के लिए तैयार नहीं किया था। इसने हमें कर्मचारी बनने के लिए तैयार किया था। तब मैं जान गया कि मैं अपने असली डैडी के बजाय अपने अमीर डैडी (मेरे सबसे अच्छे दोस्त के डैडी) के पदचिन्हों पर चलूँगा। मैंने अपने अमीर डैडी का अनुसरण करने का फ़ैसला इसलिए किया, क्योंकि उन्होंने औपचारिक शिक्षा की कमी को अपनी उद्यमिता की भावना के आड़े नहीं आने दिया। उन्होंने अपनी कम शिक्षा के बावजूद मुझे और अपने बेटे को दुनिया का ज्ञान सिखाया और हमें मार्गदर्शन दिया। जो लोग पहले से नहीं जानते हों, उन्हें बता दूँ कि वे अंततः हवाई के सबसे अमीर व्यक्तियों में से एक बन गए।

1974 मेरे लिए निर्णायक वर्ष था। सबसे पहले तो, मैं जानता था कि मैं अपने पिता के पदचिन्हों पर नहीं चलूँगा। बरसों बाद मुझे एहसास हुआ कि 1974 में ही एरिसा (ERISA) पारित हुआ था, जिसने बाद में 401 (के) का रास्ता प्रशस्त किया। मेरे डैडी की आँखों से दुनिया देखने के बाद मैं जान गया कि मेरी पीढ़ी यानी बेबी बूमर पीढ़ी उसी बदहाली का सामना करेगी, जिससे मेरे डैडी जूझ रहे थे। मेरी पीढ़ी दुनिया का सामना सुशिक्षित, मेहनती, ईमानदार लोगों के रूप में करेगी - जिसे सरकार या परिवार की मदद की ज़रूरत इसलिए होगी, क्योंकि वे वित्तीय रूप से आत्मनिर्भर होना नहीं जानते हैं। आने वाले सालों में दुनिया के लाखों-करोड़ों लोग मेरे डैडी की तरह ही जीवन भर की कड़ी मेहनत के बाद खड़े रहेंगे, लेकिन उनके पास ज़्यादा पैसा नहीं होगा और उन्हें यह डर सताएगा कि उनका पैसा ख़त्म हो जाएगा।

> हम सभी के जीवन में निर्णायक पल होते हैं। इन पलों में हमें अपने सच्चे चरित्र का पता चलता है। हम हीरो या कायर बनते हैं; सच्चे या झूठे बनते हैं; हम आगे बढ़ते हैं या पीछे हटते हैं।
>
> *-रॉबर्ट टी. कियोसाकी*

सम्मान की वजह से मैंने *रिच डैड पुअर डैड* अपने डैडी की मृत्यु के पाँच साल बाद छपवाई। कुछ लोग सोचते हैं कि मेरी पुस्तक उनके प्रति असम्मानजनक थी। बहरहाल, मुझे यक़ीन है कि मेरे डैडी इतने बड़े थे कि वे उस पुस्तक की सच्चाइयों का सामना कर सकते थे। शारीरिक लंबाई के अलावा भी उनका क़द कई मायनों में बड़ा था।

मैंने वह पुस्तक उस मशाल को जलाए रखने के लिए लिखी थी, जिसे मेरे डैडी ज़िंदगी भर थामे रहे। मैं दक़ियानूसी हो चुके वर्तमान शिक्षा तंत्र में सुधार करने और उसे बदलने के लिए जूझ रहा था, जिसका

वास्तविक दुनिया से कोई सरोकार नहीं था और जो बच्चों को आने वाली ज़िंदगी के लिए तैयार नहीं कर रहा था। जैसा मैं बरसों से कह रहा हूँ, "हमारा स्कूल सिस्टम हमें पैसे के बारे में क्यों नहीं सिखाता है? भले ही हम अमीर हों या ग़रीब, बुद्धिमान हों या मूर्ख, हममें समान बात यह है कि हम सभी धन का इस्तेमाल करते हैं।"

टाइम मैग्ज़ीन ने एक कवर स्टोरी छापी थी, जिसकी हेडलाइन में बताया गया था कि अमेरिका स्कूल छोड़ने वाले विद्यार्थियों का देश बन चुका है। इस लेख में बताया गया था कि स्कूल प्रशासक बच्चों के पढ़ाई छोड़ने के वास्तविक आँकड़ों को उसी तरह छिपाते हैं, जिस तरह एनरॉन ने अपने नुक़सान को छिपाया था। लेख में सटीकता से बताया गया था कि आज समस्या अतीत की तुलना में ज़्यादा बदतर है, क्योंकि आज पढ़ाई छोड़ने वाले विद्यार्थियों को अच्छी तनख़्वाह वाले फ़ैक्ट्री के काम नहीं मिल सकते। आज उनके पास सिर्फ़ कम तनख़्वाह वाले कामों का विकल्प बचा है जैसे फ़ास्ट-फ़ूड रेस्तराँओं में क्लर्क बनने का काम। इसका कारण यह है कि अमेरिका आज निर्माता नहीं, बल्कि उपभोक्ता देश बन चुका है। हम आने वाले सालों में इस ज़बर्दस्त समस्या की क़ीमत चुकाएँगे - शिक्षण तंत्र के पुरातनपंथी बनने की समस्या, जो परिवर्तन का विरोध करता है।

मुझे मेरे डैडी से विरासत में यही मिला था। मैं उन्हीं की लड़ाई लड़ रहा हूँ। इकलौता फ़र्क़ यह है कि मैं यह काम सिस्टम के बाहर से कर रहा हूँ। मैं सीधे सिस्टम पर हमला नहीं कर रहा हूँ। मैं यह काम अमीर आदमी के रूप में कर रहा हूँ, कर्मचारी के रूप में नहीं, जिसे स्थायी तनख़्वाह की ज़रूरत होती है।

जैसा आपमें से कुछ लोग जानते हैं, रिच डैड कंपनी ने कई शैक्षणिक अभियान छेड़े हैं। हमने बच्चों (K-12), माता-पिताओं और टीचर्स के लिए www.RichKidSmartKid.com वेबसाइट तैयार की है। इस वेबसाइट पर छोटे-छोटे गेम, अध्याय की योजनाएँ और टीचर्स के लिए निर्देश दिए गए हैं ... जो मुफ़्त हैं और विज्ञापनों से रहित हैं। इसमें दिए गए खेल रचनात्मक हैं, दिलचस्प हैं और सीखने की प्रक्रिया को मज़ेदार अनुभव बना देते हैं।

कॉलेज स्तर पर द रिच डैड कंपनी ने दो कॉलेज कोर्सों का पाठ्यक्रम तैयार किया है : रिच डैड्स ***कैशफ़्लो*** पर्सनल फ़ाइनैंस कोर्स और रिच डैड्स रियल एस्टेट इनवेस्टिंग। ये पाठ्यक्रम - जिनमें अध्यायों की योजना, अतिरिक्त सामग्री और वीडियो सामग्री शामिल है - मुफ़्त हैं और दुनिया भर के कॉलेजों तथा विश्वविद्यालयों में उपलब्ध हैं। अभी ये पाठ्यक्रम सिर्फ़ अमेरिका के शहरों में पढ़ाए जा रहे हैं। इन वित्तीय पाठ्यक्रमों को अपने शहर में लाने के बारे में अधिक जानकारी के लिए http://college.richdad.com वेबसाइट पर जाएँ।

रॉबर्ट का परिवार।
सबसे बड़े रॉबर्ट बीच में हैं।

डोनाल्ड की प्रतिक्रिया

मेरे पिता का प्रभाव

मेरे पिता की विरासत इस कहावत में निहित है, *"जिसे ज़्यादा दिया गया है, उसी से ज़्यादा की उम्मीद की जाती है।"* मैं इसलिए प्रेरित हूँ, क्योंकि मुझे ऐसा करना ही है।

आज मई का एक बहुत सुहाना दिन है और मैं अपने जेट में बैठकर ग्रेनेडाइन्स के कैनाउअन टापू की ओर जा रहा हूँ, जो सेंट बार्ट्स के पास ही है। मुझे वहाँ एक रिज़ॉर्ट विकसित करना है, जिसमें गोल्फ़ कोर्स और बँगले होंगे। अगर आप स्वर्ग को पसंद करते हों, तो आपको यह जगह पसंद आएगी। मैं दो दिन तक उस रिज़ॉर्ट का मुआयना करने के लिए वहाँ जाऊँगा। जेट में उड़ते समय मुझे जो सुकून का समय मिलता है, उसका लाभ लेना मुझे बहुत अच्छा लगता है। बहरहाल, रॉबर्ट ने मेरे विदा लेने से पहले फ़ोन पर मुझसे पूछा :

"डोनाल्ड, अगर आपसे हर चीज़ छीन ली जाए, तो आप क्या करेंगे ?"

उन्होंने बताया कि हेनरी फ़ोर्ड ने कहा था कि वे पाँच साल के भीतर दोबारा सारा कारोबार खड़ा कर लेंगे और पिकासो पेंटिंग करते रहेंगे आदि-आदि। मैं पहले ही एक झटका झेल चुका हूँ, जो मुझे पूरी तरह मिटा सकता था और जिससे उबरना

> आप जो कर रहे हैं, उसके बारे में ज़्यादा से ज़्यादा जान लें।
>
> - फ्रेड ट्रम्प

मुश्किल था। लेकिन मैं पहले से ज़्यादा सफल बन गया हूँ, इसलिए मैं सुरक्षित रूप से कह सकता हूँ कि मैं यही काम करता रहूँगा।

लेकिन फिर मैं अपने डैडी फ्रेड ट्रम्प के बारे में सोचने लगा, जो कम उम्र में ही तबाही की कगार पर पहुँच चुके थे : जब मेरे डैडी 11 साल के थे, तो उनके डैडी की मौत हो गई। अपनी माँ और दो छोटे भाई-बहनों की देखभाल और लालन-पालन की ज़िम्मेदारी मेरे डैडी पर आ गई। यह मेरे डैडी के जीवन का निर्णायक पल था। वे तत्काल छोटे-मोटे काम करने लगे - बूट पॉलिश करना, फलों के बाज़ार में सामान पहुँचाना, निर्माण स्थल पर लकड़ी के लट्ठे पहुँचाना आदि। उन्होंने जैसे-तैसे हाई स्कूल की पढ़ाई पूरी की, लेकिन वे कॉलेज जाने के बारे में सोच भी नहीं सकते थे। इसलिए वे क्वीन्स, न्यूयॉर्क में एक मकान बनाने वाले के यहाँ कारपेंटर के सहायक के रूप में काम करने लगे। एक साल बाद उन्होंने अपना पहला मकान बनाया और अपनी कंपनी का नाम एलिज़ाबेथ ट्रम्प एंड सन रखा। इसका कारण यह था कि अभी बिज़नेस शुरू करने की उनकी उम्र नहीं हुई थी और उन्हें सभी क़ानूनी दस्तावेज़ों तथा चेकों पर अपनी माँ से दस्तख़त कराने पड़ते थे।

मेरे डैडी इतने सफल हुए कि उन्होंने अपने छोटे भाई को एम.आई.टी. में पढ़ने भेजा, जहाँ उन्होंने पीएच.डी. पूरी की। इसके अलावा वे मेरी माँ से शादी करके परिवार बनाने में भी सफल हुए। कहानी को संक्षेप में कहा जाए, तो 11 साल की उम्र से शुरू करके वे अपने दम पर अमीर बने थे और उनसे सीखना एक बहुत बढ़िया मिसाल थी। वे ऐसे व्यक्ति थे, जिन्होंने कभी किसी चीज़ को हल्केपन से नहीं लिया। अच्छे और बुरे दोनों तरह के समयों में उन्होंने अपने लिए बहुत ऊँचे मानदंड स्थापित किए।

मेरे डैडी के पास शिकायत करने का समय नहीं था। वे बस काम करते थे। और यह सीखा जा सकता था। मुश्किल समय से गुज़रते वक़्त मैं अपने डैडी के संघर्ष को याद करता था और उनका अनुसरण करते हुए जूझता रहता था। मैं आपको अपने अनुभव से बता सकता हूँ कि लगन की ज़रूरत होती है। मुझे लगता है कि हेनरी फ़ोर्ड काम के बारे में जानते थे और पिकासो भी। चाहे आप किसी भी उद्योग में हों या किसी भी उद्योग में जाना चाहते हों, काम का नीति-शास्त्र (work-ethic) महत्वपूर्ण है।

रॉबर्ट अपने दो डैडियों का ज़िक्र करते हैं - एक अमीर, दूसरे ग़रीब। मार्गदर्शक चुनते समय उनके पास दो उदाहरण थे, जिनसे वे सीख सकते थे, देख सकते थे और चुन सकते थे। उन्होंने अपने अमीर डैडी से सबसे ज़्यादा सीखा, जो ज़्यादा शिक्षित नहीं थे। उन्होंने चीज़ों का अनुमान ख़ुद लगाना सीखा, जैसा मेरे डैडी को करना पड़ा

था। इससे हम सबको सबक़ लेना चाहिए। हालाँकि मैं उच्च शिक्षा को महत्व देता हूँ, लेकिन कई बार मुश्किलों की पाठशाला लोगों को ज़्यादा सहज बुद्धि प्रदान करती है। मेरे डैडी स्वाभाविक रूप से स्मार्ट थे। उनकी सहज बुद्धि और काम के नीति-शास्त्र ने उन्हें प्रभावी डायनैमो बना दिया।

मेरे डैडी मेरे लिए बहुत बड़ी प्रेरणा और बहुत बड़ी मिसाल थे। उन्हें हमें यह कभी नहीं बताना पड़ा कि कड़ी मेहनत और अनुशासन से सफलता मिलती है। हम उन्हें काम करते देखकर यह समझ सकते थे - दिन भर, रात भर, कई सालों तक। लेकिन उन्होंने इसे कभी नीरस मेहनत नहीं माना। वे जो कर रहे थे, उससे प्रेम करते थे। उन्हें अपने बिज़नेस से प्यार था और उनका उत्साह सच्चा था। इस मिसाल ने मुझ पर अमिट छाप छोड़ी और मैं बहुत कृतज्ञ हूँ।

आज तक मुझे उन लोगों के पत्र मिलते हैं, जो मेरे डैडी को जानते थे और उनकी उदारता तथा काम के नीति-शास्त्र से प्रभावित थे। मुझे हाल ही में किसी का पत्र मिला, जिसने बताया कि मेरे डैडी निर्माण स्थलों पर ज़मीन से कीलें उठा लिया करते थे। उन्हें बर्बादी से चिढ़ थी और उनके लिए यह सिर्फ़ चिढ़ नहीं थी, बल्कि अच्छा काम करने का हिस्सा था। मेरे डैडी पूरा ध्यान देते थे और आदर्श थे। वे हमेशा मुझसे कहते थे, "जो कर रहे हो, उसके बारे में ज़्यादा से ज़्यादा जान लो।"

मैंने उनकी बात सुनी और उनकी सलाह मानी। जब लोग मुझसे पूछते हैं कि मैं क्यों सफल हूँ, तो मैं जो पहली चीज़ सोचता हूँ, वह है मेरा लालन-पालन और मेरे डैडी का प्रभाव। हाँ, मैं व्हार्टन गया, लेकिन व्हार्टन से पहले मेरे डैडी थे। अगर वे पारिवारिक वित्तीय समर्थन और शिक्षा के लाभ के बिना इतना कुछ हासिल कर सकते थे, तो मुझे अपने डैडी से ज़्यादा उम्मीदें ख़ुद से करनी चाहिए - सिर्फ़ इसलिए क्योंकि मेरे पास शुरुआत में उनसे ज़्यादा था। हमारे पास उपलब्धि के वही मानदंड थे और काम का वही नीति-शास्त्र था, लेकिन परिस्थितियाँ भिन्न थीं। मैं निश्चित रूप से इस वक़्त जो कर रहा हूँ, उससे कम स्वीकार नहीं कर सकता था, क्योंकि मैं कोई बहाना नहीं बना सकता था। अगर मुझे लगनशील माना जाता है, तो इसके पीछे एक बहुत अच्छा कारण है। अपने बहानों के बजाय तर्क रखें; हर चीज़ स्पष्ट हो जाएगी।

आपकी प्रतिक्रिया

आपने अपने पिता से क्या सीखा, जिससे आपको आज सफल होने में मदद मिली?

(अगर आपके पिता आपके जीवन में सकारात्मक रोल मॉडल नहीं हैं, तो फिर उस व्यक्ति के प्रभाव का वर्णन करें, जिसने आपके जीवन को बहुत ज़्यादा प्रभावित किया है।)

अध्याय पंद्रह

आपने अपनी माँ से क्या सीखा?

रॉबर्ट की प्रतिक्रिया

मेरी मम्मी बहुत प्रेममयी थीं। मैंने जीवन में इतनी ममतामयी महिला नहीं देखी। जब मैं छोटा था, तो उन पर ग़ुस्सा होता था, क्योंकि वे मेरे सभी दोस्तों को गले लगाती थीं। मैं कहता था, "मम्मी, हमें गले लगाना बंद करो।" आज मैं सोचता हूँ कि काश वे यहाँ होतीं, तो मैं एक बार फिर उनसे गले मिल सकता।

मेरी मम्मी की 48 साल की कम उम्र में मृत्यु हो गई थी। बचपन से ही उनका दिल कमज़ोर था। इसके अलावा, बचपन में ही उन्हें र्‍यूमेटिक फ़ीवर भी हो गया था, जिससे वे काफ़ी कमज़ोर हो गई थीं। शायद इसीलिए वे इतना ज़्यादा प्यार लुटाती थीं। वे हर दिन ज़िंदगी का जश्न मनाती थीं, क्योंकि एक रजिस्टर्ड नर्स होने के नाते शायद वे जानती थीं कि उनके पास ज़्यादा ज़िंदगी नहीं बची है।

मेरी पत्नी किम मेरी माँ से काफ़ी मिलती-जुलती है। हालाँकि उनकी शक्ल एक सी नहीं है, लेकिन उनकी आत्मा एक सी है। जब मैंने पहली बार किम को देखा था, तो मैं उसकी सुंदरता से आकर्षित हुआ था। वह छह महीने तक मेरे साथ डेटिंग पर जाने को तैयार नहीं हुई थी। लेकिन आख़िरकार हमारी पहली डेट पर मैं जान गया कि मुझे मेरे सपनों की राजकुमारी मिल गई है। किम में भी भावनाओं की वही गर्माहट थी, जो मेरी माँ में थी। हम 1984 के उस दिन के बाद से लगभग हर दिन एक साथ हैं।

मेरी माँ की मृत्यु के वक़्त मैं मैरीन कॉर्प्स में था। मैं पेन्साकोला, फ़्लोरिडा में नैवी फ़्लाइट स्कूल में प्रशिक्षण ले रहा था, जब डैडी ने मुझे फ़ोन करके बताया कि मेरी मम्मी गुज़र गई थीं। अंत्येष्टि वाले दिन मैंने कल्पना से ज़्यादा दुख महसूस किया। मेरे ऊँचे-पूरे डैडी आँसुओं में डूब गए। उन्हें इस दुख से उबारने में हम तीनों बच्चों ने मदद की।

कुछ साल बाद मैं वियतनाम में था। मैं मैरीन कॉर्प्स जनरल को हेलीकॉप्टर में बैठाकर एक दूरस्थ गाँव लाया था, जहाँ अमेरिका उत्तरी वियतनाम के ख़िलाफ़ आख़िरी कोशिश करने की योजना बना रहा था। दुश्मन डीएमझेड के पार एक बड़ा आक्रमण कर रहा था। हमें उन्हें दक्षिण दिशा में बढ़ने से रोकना था। बहरहाल, हम उन्हें नहीं रोक पाए। हम जान गए कि युद्ध

ख़त्म हो गया था। हम हार गए थे।

मेरे साथी गाँव में खाने-पीने का सामान लेने और स्मृति-चिन्ह ख़रीदने चले गए थे। मैं हेलीकॉप्टर के पास रुका रहा, जो घास के मैदान के किनारे पर खड़ा था। अचानक ढेर सारे छोटे-छोटे वियतनामी बच्चे वहाँ आ गए और हेलीकॉप्टर में चढ़ने-उतरने लगे। मैं उन्हें रोकने के लिए अँग्रेजी में चिल्लाता रहा। ज़ाहिर है, वे मेरी भाषा नहीं समझे और हेलीकॉप्टर में चढ़ते-उतरते रहे, जैसा 9 और 12 साल के लड़कों के लिए स्वाभाविक था।

मुझे डर लगा कि कहीं ये लड़के विएत काँग नामक लड़ाकू दस्ते के न हों, क्योंकि उस इलाक़े में ऐसे बहुत से लड़के थे। मैं खींचकर लड़कों को हेलीकॉप्टर से उतारने लगा। मैं चिंतित था कि उनमें से कोई हेलीकॉप्टर में हथगोला या बम न रख दे। यह डर मुझ पर हावी हो गया और मैं लड़कों को हेलीकॉप्टर से दूर रखने के लिए बलप्रयोग करने लगा। एक लड़का समझने का नाम नहीं ले रहा था। जैसे ही मैं उसे दूर फेंकता था, वह फिर से हेलीकॉप्टर के भीतर चढ़ जाता था और मशीनगनों तथा दूसरे हथियारों से खेलने लगता था।

आख़िर आगबबूला होकर मैंने उसके बाल पकड़कर उसे हेलीकॉप्टर से उतार लिया। जवाब में उसने मुझे लात मारी और मेरे हाथ में काट लिया। मैंने संयम खो दिया और तत्काल मेरा मैरीन कॉर्प्स का प्रशिक्षण हावी हो गया। मैंने अपनी पिस्तौल बाहर निकाली, उसका हैमर खींचा, उसकी कनपटी पर नली लगाई और उस पर चिल्लाने लगा। अचानक हमारी नज़रें मिलीं और वह रोने लगा। वह दहशत में था। उसे दिख रहा था कि मैं ग़ुस्से में पागल हो गया था। मैं उसे मारना चाहता था। मेरी नज़र में यह सही निर्णय था। मैं जानता था कि वह दुश्मन था।

जब मैं उसके सिर से पिस्तौल सटाए खड़ा था, तो मैंने उसकी आँखों में झाँका और उसकी आत्मा को देख लिया। पेशेवर क़ातिलों में एक कहावत मशहूर है, "अगर किसी को मारना है, तो उससे नज़रें मत मिलाओ।" इस लड़के की आँसुओं से भरी आँखों में झाँकते समय मैं अचानक रोने लगा। मैं ठिठक गया। मैंने ट्रिगर नहीं दबाया। मुझे अचानक सुनाई दिया कि मेरी माँ मुझसे आग्रह कर रही थीं। हालाँकि वे कुछ साल पहले गुज़र चुकी थीं, लेकिन मैं उनकी आवाज़ पहचानता था और यह बिलकुल स्पष्ट थी। वे कह रही थीं, "रुक जाओ। मैं ज़िंदगी भर तुम्हें समझाती रही हूँ कि ज़्यादा दयालु बनो। मैंने तुम्हें इसलिए पैदा नहीं किया है, ताकि तुम किसी दूसरी माँ का बच्चा छीन लो।"

मैंने पिस्तौल का हैमर दोबारा लगा लिया, लड़के की आँखों में देखा और उसे इशारे से बता दिया कि मैं उसे मारने वाला नहीं हूँ। इसके बजाय मैंने वह फ़ुटबॉल उठाई, जो लड़कों के पास थी, पिस्तौल नीचे रखी और उसके दोस्तों को इशारा करके बता दिया कि हमें फ़ुटबॉल खेलना चाहिए।

जब हम उस शाम जनरल को बैठाकर वापस लौटने लगे, तो दुश्मनों ने हम पर काफ़ी गोलाबारी की। मैं यह साबित तो नहीं कर सकता, लेकिन मुझे यक़ीन है कि उन लड़कों ने दुश्मन को हमारी मौजूदगी के बारे में जानकारी दे दी होगी। वे लड़के सचमुच दुश्मन थे। उस शाम को मैं फ़्लाइट डेक पर अकेला बैठकर बीते दिन के बारे में सोच रहा था। मैं बार-बार ख़ुद से पूछता रहा, "क्या मैंने सचमुच अपनी माँ की आवाज़ सुनी थी?" अंत में मुझे एहसास

हुआ कि इससे ज़्यादा फ़र्क़ नहीं पड़ा। मैंने आख़िरकार उनकी बात सुन ली। मुझे संदेश मिल गया।

मेरी माँ का संदेश यह था कि मैं अच्छा था, लेकिन मुझमें ओछापन था। हालाँकि मैं बहुत मुस्कराता था, लेकिन अंदर से मैं लड़ना चाहता था। मेरा स्वभाव बुरा था और मेरा फ़्यूज़ बहुत कमज़ोर था। जब मेरे मम्मी-डैडी दो साल के लिए पीस कॉर्प्स (शांति सेना) में शामिल हुए, तब मैं हाई स्कूल में था। मैंने उन्हें तभी बता दिया था कि मैं मैरीन कॉर्प्स में शामिल होने जा रहा हूँ और मैंने ऐसा ही किया। वे वियतनाम युद्ध के ख़िलाफ़ थे।

> ऐसा नहीं है कि मैं नहीं लड़ूँगा, लेकिन मैं अब हथियारों या हिंसा का सहारा नहीं लूँगा। इसके बजाय मैं अपने डैडी की समझदारी और अपनी माँ की करुणा के सहारे लड़ूँगा।
>
> *- रॉबर्ट टी. कियोसाकी*

उस दिन वियतनाम के एक छोटे से गाँव के बाहर घास भरे मैदान पर मेरी ज़िंदगी का निर्णायक मोड़ था। यह निर्णायक पल था। जब मैं गोलाबारी के बावजूद सही-सलामत लौट आया, तो मैं जानता था कि मैरीन के रूप में मेरा कैरियर ख़त्म हो चुका है। जैसा महान अमेरिकन इंडियन चीफ़ जोसफ़ ने एक बार कहा था, "अब मैं कभी, कभी नहीं लड़ूँगा।" ऐसा नहीं था कि मैं नहीं लड़ूँगा। लेकिन मैं अब हथियारों या हिंसा का सहारा नहीं लूँगा। इसके बजाय मैं अपने डैडी की समझदारी और अपनी माँ की करुणा के सहारे लड़ूँगा।

बिज़नेस में डोनाल्ड और मैंने सशक्त व सफल महिलाओं को अपने आस-पास रखने का चुनाव किया है।

मेरी दोनों पार्टनर्स महिलाएँ हैं और हमारे मिशन के प्रति उनके समर्पण की मैं दाद देता हूँ। मैं जानता हूँ कि हमारे रिच वुमैन और रिच फ़ैमिली नामक नए ब्रांडों का भविष्य किम और शेरॉन के समर्थ व सहानुभूतिपूर्ण हाथों में सुरक्षित है।

आज द रिच डैड कंपनी दुनिया भर के बच्चों को मुफ़्त वित्तीय शिक्षा दे रही है।

डोनाल्ड की प्रतिक्रिया

समस्त सलाह की जननी

मेरी माँ स्कॉटिश मूल की थीं और उन्होंने मुझे समझदारीपूर्ण सलाह दी थी, जिसका मैंने हमेशा पालन करने की कोशिश की है :

"ईश्वर में विश्वास रखो और अपने प्रति ईमानदार रहो।"

यह सलाह बहुत व्यापक है और मुझे लगता है कि यह हमें पहचान का प्रबल एहसास करा सकती है। दूसरी तरफ़, इससे बड़ी तस्वीर को याद रखने में भी मदद मिलती है। यह इतनी संक्षिप्त है कि इसे याद रखना आसान है। जब मैंने पहली बार "बड़ा सोचो" कहा था, तो शायद मैं अपनी माँ के बारे में सोच रहा होऊँगा। लोग कहते हैं कि संक्षिप्तता बुद्धि की आत्मा है, लेकिन यह अच्छी याददाश्त की कुंजी भी है।

मेरी माँ को भव्य समारोहों में आनंद आता था और वे यूरोप से आने वाली शाही सवारियों तथा समारोहों को देखना पसंद करती थीं। शायद मेरे स्वभाव का भड़कीला वाला हिस्सा उन्हीं की देन है, हालाँकि वे स्कॉटिश थीं और पैसे तथा समय को लेकर बहुत सतर्क रहती थीं। उनके पास परोपकार और ज़रूरतमंद उद्‌देश्यों के लिए हमेशा समय होता था, इसलिए उनकी रुचियाँ व्यापक लेकिन अच्छी तरह संतुलित थीं।

मुझे लगता है कि मेरी रुचियाँ भी ऐसी ही हैं। मैं कई उद्‌देश्यपूर्ण कामों में गोपनीय रूप से दान देता हूँ। अगर आप मशहूर हैं और खुलेआम बहुत दान देते हैं, तो मदद माँगने वालों के लाखों आग्रह आपके पास आने लगेंगे, जिनमें गर्म हवाई गुब्बारों से लेकर कॉलेज शिक्षा तथा गर्मी की छुट्टियों के लिए धनराशि माँगी जाएगी। गुप्त दान के बहुत लाभ हैं।

मेरा बड़ा भाई फ्रेड 42 साल की उम्र में नहीं रहा। इसका मुझ पर बहुत प्रभाव पड़ा। मैंने देखा कि मेरे माता-पिता को कितना बड़ा झटका लगा था और उन्हें कितना दुख पहुँचा था। संतान की मौत को झेलना कभी आसान नहीं होता, भले ही उसकी उम्र कितनी भी हो। यह हमेशा एक सदमा होता है और यह आपको ज़िंदगी भर हर दिन सताता रहता है। इससे मुझे एहसास हुआ कि जीवन सचमुच कितना मूल्यवान है और मैंने संकल्प किया कि मैं अपने और अपने आस-पास के लोगों के जीवन को जितना अच्छा बना सकता था, बनाऊँगा। यह मेरे जीवन का निर्णायक पल था।

मेरे वर्तमान स्वरूप का यह एक छिपा हुआ कारण है। अंतिम परिणाम इतना

ख़ामोशीपूर्ण नहीं होगा, लेकिन इस नुक़सान के कारण मुझे बहुत प्रेरणा मिली। मैं अपने माता-पिता के ज़्यादा क़रीब महसूस करने लगा और इस भयंकर घटना के बाद उनके सुख और कल्याण के लिए ख़ुद को ज़्यादा ज़िम्मेदार महसूस करने लगा। हाँ, यह मेरे लिए मुश्किल था, लेकिन उनके लिए यह ज़्यादा मुश्किल था।

> ईश्वर में विश्वास रखो और ख़ुद के प्रति ईमानदार रहो।
>
> *- मेरी ट्रम्प*

मेरी माँ धार्मिक थीं और अपने धर्म के अनुसार जीती थीं। वे मेरे लिए बचपन में और बड़े होने के बाद भी बहुत बढ़िया मिसाल थीं। वे बहुत सशक्त थीं, लेकिन बहुत नर्मदिल और विनम्र भी थीं। वे अपनी हर चीज़ बेहिचक दे देती थीं। इसलिए जब मैं अपने माता-पिता की तारीफ़ करता हूँ, तो आप देख सकते हैं कि मेरे पास इसका अच्छा कारण है।

मेरी माँ की सलाह सरल लेकिन समझदारीपूर्ण थी। यह मूल मुद्दे तक पहुँचती है और मुझे केंद्रित तथा संतुलित रखती है। "ईश्वर पर भरोसा रखो और ख़ुद के प्रति ईमानदार रहो।" इससे अच्छी सलाह और क्या हो सकती है?

डोनाल्ड अपने माता-पिता, मेरी और फ़्रेड ट्रम्प के साथ न्यूयॉर्क मिलिट्री अकेडमी में, 1964

आपकी प्रतिक्रिया

आपने अपनी माँ से क्या सीखा, जिसने आपको सफल बनने में मदद की?

____

____

____

(अगर आपकी माँ आपके जीवन में सकारात्मक रोल मॉडल नहीं थीं, तो उस महिला के प्रभाव का वर्णन करें, जिसने आपके जीवन को बहुत प्रभावित किया हो।)

____

____

____

अध्याय सोलह

आपने स्कूल से क्या सीखा?

रॉबर्ट की प्रतिक्रिया

एक कहावत है, "मोची के बच्चों के पास जूते नहीं होते हैं।" मेरे मामले में यह कहावत यूँ होनी चाहिए थी, "शिक्षा प्रमुख के बच्चे में दिमाग़ नहीं होता है।" हालाँकि मेरे डैडी शिक्षा प्रमुख थे, लेकिन मैं स्कूल में फ़ेल हुआ — एक बार नहीं, बल्कि दो बार। मैं सेकंड और सीनियर ईयर में अँग्रेजी में फ़ेल हुआ, क्योंकि मैं लिख नहीं पाता था। यह मेरे डैडी के लिए बहुत शर्म की बात रही होगी कि उनका बेटा क्लास में फिसड्डी था।

ख़राब ग्रेड के बावजूद मैंने ग्रेजुएशन पूरा किया और मुझे यू.एस. नैवल अकेडमी तथा यू.एस. मर्चेन्ट मैरीन अकेडमी के लिए नामांकित किया गया। मेरे ग्रेड कमज़ोर थे, लेकिन बाक़ी चीज़ों में मेरा स्कोर अच्छा था। मैं फ़ुटबॉल अच्छी खेलता था, इसलिए मुझे दाख़िले में मदद मिली। मैंने न्यूयॉर्क स्थित किंग्स पॉइंट की यू.एस. मर्चेन्ट मैरीन अकेडमी को चुना, क्योंकि मैं पेशेवर जहाज़ी बनना चाहता था और किंग्स पॉइंट अकेडमी के ग्रेजुएट्स को ज़्यादा तनख़्वाह मिलती थी। 1965 में जब मैंने यह निर्णय लिया, तो नैवी में कमीशन्ड रैंक वालों को 200 डॉलर प्रति माह मिलते थे, जबकि किंग्स पॉइंट के ग्रेजुएट को लगभग 2,000 डॉलर मिलते थे। जब मैं किंग्स पॉइंट से ग्रेजुएट हो गया, तब भी नैवी के कमीशन्ड रैंक वालों को 200 डॉलर प्रति माह मिल रहे थे, जबकि किंग्स पॉइंट के ग्रेजुएट व्यापारिक जहाज़ों में युद्ध क्षेत्र में जाते समय 1,00,000 डॉलर प्रति वर्ष कमा रहे थे। सच तो यह था कि नैवल अकेडमी भले ही ज़्यादा मशहूर थी, लेकिन उस वक़्त किंग्स पॉइंटर्स अमेरिका में सबसे ऊँची तनख़्वाह वाले कॉलेज ग्रेजुएट्स हुआ करते थे। 1969 में एक लाख डॉलर सालाना तनख़्वाह अच्छी-ख़ासी रक़म थी, ख़ास तौर पर जब आपकी उम्र सिर्फ़ 22 साल हो।

बहरहाल, मैंने इनमें से कोई नौकरी नहीं की। इसके बजाय ग्रेजुएशन के बाद मैं स्टैंडर्ड ऑइल ऑफ़ कैलिफ़ोर्निया में नौकरी करने लगा और सैन फ़्रांसिस्को से बाहर चला गया। कम तनख़्वाह के बावजूद मैंने स्टैंडर्ड ऑइल को चुना, जहाँ सात महीने के काम के बदले में सिर्फ़ 47,000 डॉलर मिलते थे। मैंने ऐसा इसलिए किया, क्योंकि मेरी तेल में रुचि थी और हमारे टैंकर हवाई तथा ताहिती तक जाते थे। (ज़रा इस बारे में सोचें!)

1966 में अकेडमी ने सेकंड ईयर की पूरी क्लास को एप्रेंटिस के तौर पर साल भर के लिए जहाज़ों पर भेजा (जिसे सी-ईयर कहा जाता है)। उस साल मैंने फ्रेटर्स, टैंकर्स और पैसेंजर लाइनर्स पर स्टुडेंट ऑफ़िसर के रूप में यात्रा की। साल भर तक दुनिया भर की यात्रा करने से मेरे दिमाग़ का काफ़ी विस्तार हुआ। दूर-दराज़ के अजीबोग़रीब बंदरगाहों पर सहपाठियों से मिलने में भी मज़ा आता था। मेरा काफ़ी विकास हुआ और मैंने असली दुनिया के बारे में काफ़ी कुछ सीखा, जिससे मेरे माता-पिता ने मुझे सुरक्षित रखने की कोशिश की थी।

अकेडमी में चार साल के दौरान मेरे सामने दो निर्णायक पल आए। पहला तो अँग्रेजी के बारे में था। अँग्रेजी में दो बार फ़ेल होने के बाद मुझे यक़ीन हो चुका था कि कॉलेज स्तर की अँग्रेजी मेरे विद्यार्थी कैरियर का अंत साबित होगी। मुझे फ़ेल होने और वियतनाम भेज दिए जाने के बुरे-बुरे सपने आते थे, क्योंकि उस समय अकादमी में फ़ेल होने वाले विद्यार्थियों को यही सज़ा मिलती थी। बहरहाल, फ़र्स्ट ईयर की अँग्रेजी तो मज़ेदार निकली। मेरे टीचर डॉ. ए.ए. नॉर्टन बहुत बढ़िया थे। वे वेस्ट पॉइंट ग्रेजुएट थे और द्वितीय विश्वयुद्ध में बी-17 बॉम्बर पाइलट रह चुके थे। मेरी स्पेलिंग की ग़लतियों और सुधारवादी विचारों के लिए सज़ा देने के बजाय उन्होंने मुझे लिखने के लिए प्रोत्साहित किया। मुझे उनके विषय में बी ग्रेड मिला। ग्रेड से भी ज़्यादा महत्वपूर्ण यह था कि डॉ. नॉर्टन ने विद्यार्थी के रूप में मेरे आत्मविश्वास को दोबारा जगा दिया। उस स्कूल में आधी से ज़्यादा क्लास फ़ेल हो गई थी और उसे ग्रेजुएशन से पहले ही बाहर निकाल दिया गया था। मैं उन मुश्किल शैक्षणिक वर्षों को सिर्फ़ इसलिए पार कर पाया, क्योंकि डॉ. नॉर्टन को मुझ पर भरोसा था। आज मेरी पुस्तकों का 46 से अधिक भाषाओं में अनुवाद हो चुका है, 2.6 करोड़ से अधिक प्रतियाँ बिक चुकी हैं और मुझे शिप ऑफ़िसर के बजाय लेखक के रूप में ज़्यादा जाना जाता है। अगर डॉ. नॉर्टन नहीं होते, तो मैं शायद अकेडमी की पढ़ाई पूरी नहीं कर पाता और निश्चित रूप से पुस्तक तो कभी लिख ही नहीं पाता।

> मेरी स्पेलिंग की ग़लतियों और सुधारवादी विचारों के लिए सज़ा देने के बजाय डॉ. नॉर्टन ने मुझे लिखने के लिए प्रोत्साहित किया। मुझे उनके विषय में बी ग्रेड मिला। ग्रेड से भी ज़्यादा महत्वपूर्ण यह था कि डॉ. नॉर्टन ने विद्यार्थी के रूप में मेरे आत्मविश्वास को दोबारा जगा दिया... और डॉ. नॉर्टन के विश्वास की बदौलत ही मैंने उन मुश्किल शैक्षणिक वर्षों को सफलतापूर्वक पार किया।
>
> *– रॉबर्ट टी. कियोसाकी*

मेरे जीवन का एक और निर्णायक पल वह था, जब मुझे तेल की शक्ति और विश्व की अर्थव्यवस्था पर इसके प्रभाव का पता चला। 1966 में स्टैंडर्ड ऑइल टैंकर पर एप्रेंटिस ऑफ़िसर के रूप में मैंने सीखा कि तेल ही शक्ति है। आज मैं तेल में लाखों डॉलर का निवेश करता हूँ। उद्यमी के रूप में मैंने दो तेल कंपनियाँ शुरू की थीं। एक तो शुरू में ही असफल हो गई और दूसरी सार्वजनिक होने के बाद ठप्प हो गई। मैंने इन

असफलताओं से बहुत कुछ सीखा।

1972 में वियतनाम में पायलट के रूप में मुझे एहसास हो गया कि हम साम्यवाद को रोकने के लिए संघर्ष नहीं कर रहे थे। मैं जान चुका था कि हम तेल और बड़ी तेल कंपनियों पर क़ब्ज़े के लिए लड़ रहे थे। आज भी हम वही कर रहे हैं - देश अलग हैं, कंपनियाँ वही हैं।

1980 के दशक में मैं ग्लोबल एनर्जी नेटवर्क इंटरनेशनल यानी जेनी (GENI) नामक संस्थान का संस्थापक संचालक सदस्य बन गया। जेनी एक अलाभकारी संस्था थी और इसका उद्देश्य डॉ. आर. बकमिन्स्टर फ़ुलर के विचारों को दुनिया भर में फैलाना था, जिन्हें हमारे युग के सबसे प्रतिभाशाली व्यक्तियों में गिना जाता है। डॉ. फ़ुलर के अनुसार दुनिया के पास ऊर्जा के क्षेत्र में आत्मनिर्भर होने की प्रौद्योगिकी है, जिसका मतलब यह है कि हमारे पास दोबारा नई होने वाली प्रदूषणरहित ऊर्जा है। समस्या यह है कि तेल कंपनियाँ तेल की क़ीमत को ऊँचा रखना चाहती हैं और ये कंपनियाँ बहुत शक्तिशाली हैं।

मैंने डॉ. फ़ुलर के विचार का समर्थन किया, क्योंकि अगर जेनी के इरादे कामयाब हो जाएँ, तो हमारी दुनिया समृद्ध हो जाएगी, ग़रीबी घट जाएगी, जनसंख्या वृद्धि कम हो जाएगी और विश्व शांति की अधिक संभावना रहेगी।

मैंने 1994 में जेनी के संचालक मंडल से इस्तीफ़ा दे दिया। आज भी यह संस्था अच्छी तरह काम कर रही है। अगर आपको जेनी या इसके कार्यों के बारे में अधिक जानकारी चाहिए, तो आप उनकी वेबसाइट GENI.org देख सकते हैं। उनके विचार साहसी हैं, सोचने योग्य हैं और दुनिया को बदलकर रख देंगे, बशर्ते दुनिया संसाधनों के लिए लड़ने-भिड़ने के बजाय सहयोग करने के लाभ देख सके।

हालाँकि मैं पाखंडी या पाला बदलने वाला लग सकता हूँ, लेकिन मैं अब भी पूँजीपति हूँ। मैं अब भी तेल से पैसे कमाता हूँ, लेकिन फिर भी तेल की जगह ग़ैर-प्रदूषणकारी, नवीनीकरण वाले ऊर्जा संसाधन का समर्थन करता हूँ, जो दुनिया के जीवनस्तर को ऊपर उठाकर ग़रीबी तथा युद्ध को ख़त्म करेगा। जैसा जॉन लेनॉन ने *इमेजिन* गीत में कहा है, "आप कह सकते हैं कि मैं स्वप्नदर्शी हूँ, लेकिन मैं अकेला नहीं हूँ।"

डोनाल्ड की प्रतिक्रिया

कॉलेज के दिन

मैं जानता हूँ कि यह सुनकर लोगों को हैरानी होगी, लेकिन मैं बहुत अच्छा विद्यार्थी था। मैं गंभीर था, हर क्लास में मन लगाकर पढ़ता था और मेहनत करता था। जब रॉबर्ट और मैं अपने कॉलेज के दिनों के बारे में बात कर रहे थे और यह सोच रहे थे कि हमें अमीर बनने में किस चीज़ से मदद मिली, तो मुझे याद आया कि मैं अपने ख़ाली समय में रियल एस्टेट और फ़ोरक्लोज़र्स के बारे में पढ़ता था। मैंने हमेशा ज़रूरत से ज़्यादा किया है।

मुझे लगता है कि यही सफलता की कुंजी है। सिर्फ़ वित्तीय सफलता की ही नहीं, बल्कि हर क्षेत्र में सफलता की। अगर आप सिर्फ़ उतना ही करते हैं, जितना कि काम चलाने के लिए ज़रूरी है, तो काम चल जाएगा। लेकिन अंतिम परिणाम उल्लेखनीय या उत्कृष्ट नहीं होंगे। अगर आपको दूसरों से ऊपर उठना है, तो आपको ऐसे काम करने होंगे, जो दूसरे नहीं करना चाहते हैं।

गोल्फ़ के महान खिलाड़ी गैरी प्लेयर ने कहा था, "मैं जितनी ज़्यादा मेहनत करता हूँ, उतना ही ज़्यादा ख़ुशक़िस्मत बनता जाता हूँ।" मैंने इस बात को अपना लिया है। हम अपना सबसे बड़ा नुक़सान यह कर सकते हैं कि हम चीज़ों के आसान होने की उम्मीद करें। मैं जानता था कि रियल एस्टेट आसान नहीं है, इसलिए मैंने ख़ुद को तैयार किया। चाहे आपकी रुचि किसी भी क्षेत्र में हो, आप भी ऐसा ही करें।

मेरी क्लास के कई विद्यार्थी बहुत होनहार थे, लेकिन वास्तविक दुनिया में उनका प्रदर्शन इतना अच्छा नहीं रहा। मैं कई बार सोचता हूँ कि वे शिक्षा जगत की आवश्यकताओं पर इतना ज़्यादा ध्यान केंद्रित कर रहे थे कि बाहरी दुनिया पर नज़र ही नहीं रख पाए, इसलिए जब वे कॉलेज से निकले, तो असली दुनिया को देखकर उन्हें हैरानी हुई। मुझे लगता है कि मैं दुनिया के ख़तरों और मुश्किलों से वाक़िफ़ था। मैं राष्ट्रीय और अंतर्राष्ट्रीय घटनाओं की ख़बर रखता था, जो रियल एस्टेट और अन्य विषयों से संबंधित होती थीं, इसलिए जब मैं कॉलेज से निकलकर बिज़नेस की दुनिया में आया, तो मुझे कोई ख़ास हैरानी नहीं हुई।

इसका बड़ा लाभ हुआ। यह खेल में महत्वपूर्ण है और यह जीवन में भी महत्वपूर्ण है। कई बार उत्कृष्ट बनने के लिए एकाकी होने की ज़रूरत होती है, जो अच्छी बात है, लेकिन साथ ही हमें जागरूक भी रहना चाहिए। हो सकता है कि लोग इस हद तक अति-प्रशिक्षित हो जाएँ कि दुनिया के किसी काम के न रहें। किताबी कीड़े और

सड़कों के समझदार आदमी में फ़र्क़ होता है।

> अपनी वित्तीय सुरक्षा के लिए ख़ुद के सिवाय किसी पर निर्भर न रहें।
>
> – डोनाल्ड जे. ट्रम्प

दोनों बातें संभव हैं। दरअसल इस बिंदु पर यह अनिवार्य भी है। मुझे इस बात से फ़ायदा हुआ कि मैंने अपने पिता के साथ बचपन से काम करके रियल एस्टेट का बुरा पहलू देख लिया था। मैं यह बात जानता था कि दुनिया बुरी हो सकती है। किराया वसूलते वक़्त मैं दरवाज़े से हटकर खड़ा होता था, ताकि कोई मुझे गोली न मार दे। इसलिए मैं जानता था कि मेरे सामने क्या है। मेरे पिता के पास सड़कों की और बिज़नेस की दुनिया की समझदारी थी। चूँकि मैं व्हार्टन गया था, इसलिए मैंने दोनों से सीखा।

शायद हम सभी उतने ख़ुशक़िस्मत नहीं होते हैं। इसमें कोई दिक़्क़त नहीं है। आपके पास जो है और आप जहाँ हैं, उसी का अधिकतम लाभ उठाएँ। बस आवश्यकता से ज़्यादा काम करें। आप कितना करने के इच्छुक हैं, उसी से यह तय होगा कि आप कहाँ पहुँचेंगे। मैं अपने कॉलेज में अतिरिक्त पढ़ाई करने का इच्छुक था और बदले में श्रेय या शाबाशी की उम्मीद नहीं करता था। मैंने यह काम स्व-प्रेरणा से किया और मैं इसे अपनी सफलता का एक बड़ा कारण मानता हूँ।

आपकी प्रतिक्रिया

आपने स्कूल से क्या सीखा, जिससे आपको सफल बनने में मदद मिली ?

क्या किसी टीचर ने आप पर सकारात्मक प्रभाव डाला ?

____

____

____

स्कूल के किन सबक़ों को आपने अपने जीवन में उतारा है ?

____

____

____

परिणाम क्या थे ?

____

____

____

अध्याय सत्रह

सैनिक स्कूल ने आपके जीवन को परिभाषित करने में किस तरह मदद की?

रॉबर्ट की प्रतिक्रिया

मैं तीन कारणों से सैनिक स्कूल गया था।

जब मैं 10 साल का था, तो मेरी फ़िफ़्थ ग्रेड की टीचर ने हमें कोलंबस, कोर्टेज, मैगेलन और डे गामा जैसे महान खोजियों के इतिहास का अध्ययन करने को कहा। उन पुस्तकों को पढ़ते-पढ़ते मैं समुद्री यात्रा करने और दुनिया की सैर करने के लिए प्रेरित हो गया।

जब मैं 13 साल का था, तो बाक़ी बच्चे अपनी माँओं के लिए सलाद बाउल बना रहे थे। मैंने अपनी शॉप टीचर से कहा कि वे मुझे लकड़ी के प्रोजेक्ट के लिए नाव बनाने दें। मैंने ख़ाका तैयार किया और अगले कुछ महीने तक ख़ुशी-ख़ुशी 8 फ़ुट की एल टोरो क्लास सेलबोट बनाई। वह क्लास उन दुर्लभ क्लासों में थी, जिनमें मुझे ए मिला था।

हाइलो खाड़ी में अपनी नाव पर मैंने ज़िंदगी के कुछ सबसे सुखद दिन बिताए। हाइलो खाड़ी का नाम उस शहर पर पड़ा था, जिसमें मैं बड़ा हुआ था। अपनी नाव में बैठते समय मेरा दिमाग़ कल्पनाओं में खो जाता था और मैं दूर के बंदरगाहों तथा मादक विदेशी औरतों के सपने देखने लगता था।

जब मेरी हाई स्कूल मार्गदर्शक सलाहकार ने मुझसे पूछा, "बड़े होने पर तुम क्या करना चाहते हो?" तो मैंने जवाब दिया, "मैं समुद्र में जाना चाहता हूँ, ताहिती जैसी सुंदर जगहों की यात्रा करना चाहता हूँ, बियर पीना चाहता हूँ और सुंदर औरतों का पीछा करना चाहता हूँ।"

मुझसे परेशान होने के बजाय वे बोलीं, "मेरे पास तुम्हारे लिए स्कूल है।" फिर उन्होंने यू.एस. मर्चेन्ट मैरीन अकेडमी का ब्रोशर निकाला और बोलीं, "इसे पढ़ लेना। यह मुश्किल है। लेकिन अगर तुम सचमुच समुद्र में जाना चाहते हो, तो मैं अकेडमी में दाख़िल होने में तुम्हारी मदद कर सकती हूँ।"

यू.एस. सीनेटर डेनियल के. इनोए से 1965 में मैंने आवश्यक सिफ़ारिश करवा ली और हाइलो के छोटे से क़स्बे को छोड़कर न्यूयॉर्क पहुँच गया, जहाँ मैं मर्चेन्ट मैरीन ऑफ़िसर के रूप

> ... मुझे एहसास हुआ कि लड़ाई इच्छाशक्ति और प्रशिक्षण का अंतिम इम्तहान था। दूसरे नंबर की कोई जगह नहीं होती है और सबसे ज़्यादा तैयारी करने वाला व्यक्ति जीतता है।
>
> अब मेरे विचार बदल गए और मैं सोचने लगा "लड़ाई जोखिम भरी नहीं होती है। तैयार न रहना जोखिम भरा होता है।" मैं यह एहसास भी कर चुका हूँ कि उद्यमिता में जोखिम नहीं है। जोखिम तो तैयारी न होने में है।
>
> *– रॉबर्ट टी. कियोसाकी*

में अपनी शिक्षा शुरू करने वाला था। एप्रेंटिसशिप के दौरान 1968 में मैं पेपेटे, ताहिती तक गया, मैंने बियर पी और एक बहुत सुंदर औरत के साथ घूमने गया। इतनी ख़ूबसूरत औरत मैंने तब तक नहीं देखी थी। वह टेलीविज़न पर मौसम की ख़बर पढ़ती थी और मिस ताहिती की दावेदार भी थी। मेरे सपने सच हो गए थे।

अकेडमी जाने का मेरा दूसरा कारण यह था कि मेरे डैडी के पास मुझे कॉलेज भेजने के लिए पैसे नहीं थे। उन्होंने मुझसे साफ़ कह दिया था, "हाई स्कूल की पढ़ाई पूरी करने के बाद तुम अपने दम पर हो।" और मैं अपने दम पर था। अकेडमी जाने का मतलब यह था कि मुझे पूरी स्कॉलरशिप, कमरा, खाना-पीना, कपड़ा भत्ता और यात्रा भत्ता मिलेगा। इसके अलावा, हमें हर महीने थोड़ी सी (और मेरा मतलब है सचमुच थोड़ी सी) तनख़्वाह भी मिलती थी।

तीसरा और शायद सबसे महत्वपूर्ण कारण अनुशासन था। हाई स्कूल में पढ़ते समय मैं क्लास में कम समय देता था, सर्फ़िंग करने में ज़्यादा समय बिताता था। मेरे शिक्षा प्रमुख डैडी ने मुझे ऐसा करते पकड़ लिया, लेकिन इसके बाद भी अच्छे मौसम में मैं क्लास से गोता मारने के प्रलोभन में फँस जाता था।

मैं जानता था कि मुझे अनुशासन की ज़रूरत है। अगर मैं हवाई यूनिवर्सिटी जाता, तो शायद वहाँ की पढ़ाई कभी पूरी नहीं कर पाता।

अकेडमी में मैंने अनुशासन सीखा, मुश्किल तरीक़े से। सज़ा अक्सर मिलती थी और तगड़ी मिलती थी। पढ़ाई मेरी उम्मीद से ज़्यादा मुश्किल थी। सख़्त सैनिक सिस्टम के बिना मैं कभी ग्रेजुएट नहीं हो पाता।

मैंने वहाँ आदेश देना और उनका पालन करना भी सीखा। दूसरे शब्दों में, मैंने लीडरशिप सीखी। कैशफ़्लो क्वाड्रैंट के बी क्वाड्रैंट में सफलता पाने के लिए लीडरशिप अनिवार्य है। तीन साल के सख़्त अनुशासन और लीडरशिप प्रशिक्षण के बाद सीनियर ईयर में मेरा प्रमोशन बटालियन ऑफ़िसर के रूप में हो गया। तब मेरा काम ग्रेजुएट क्लासों के नए विद्यार्थियों को लीडरशिप सिखाना था - ये ख़ुराफ़ाती और शरारती लड़के बिल्कुल मेरे शुरुआती स्वरूप जैसे थे। वे सोचते थे कि वे सिस्टम को हरा सकते हैं।

सबसे बड़ा सबक़

अकेडमी के चार सालों के बाद मैंने मैरीन कॉर्प्स के लिए स्वेच्छा से अपना नाम लिखवा

दिया, क्योंकि वियतनाम युद्ध तब भी चल रहा था। नैवी फ़्लाइट स्कूल में मैंने जीवन के दो निर्णायक सबक़ सीखे, जिनसे मुझे काफ़ी लाभ हुआ। वे हैं :

1. फ़्लाइट ट्रेनिंग का सबसे रोचक हिस्सा यह सीखना था कि हवाई जहाज़ से हवाई जहाज़ की लड़ाई कैसे की जाती है, जिसे अक्सर डॉगफ़ाइट कहा जाता है। हम उस वक़्त टी-28 ट्रोज़न नाम का हवाई जहाज़ उड़ाते थे, जो द्वितीय विश्व युद्ध का एक इंजन वाला हवाई जहाज़ था। यह बड़ा था, तेज़ था और ग़लतियों को माफ़ नहीं करता था। कई विद्यार्थी मर गए, क्योंकि हवाई जहाज़ बहुत तेज़ और बड़ा था। अगर आप अच्छे पायलट न हों, तो वह हवाई जहाज़ आपकी जान ले सकता था।

   एक दिन मैं अकेला उड़ रहा था और अपने प्रशिक्षक की तलाश कर रहा था, जो मुझ पर हमला करने वाले थे। अचानक मुझे अपने हेलमेट के ईयरफ़ोन में चीख़ सुनाई दी : "धाड़, धाड़, धाड़!" यह प्रशिक्षक थे, जो मुझे बता रहे थे कि लड़ाई शुरू हो चुकी है। तत्काल मैंने वही किया, जो मुझे सिखाया गया था। मैंने इंजन की रक्षा करने के लिए ईंधन डाला और हवाई जहाज़ को ऊपर ले गया तथा उसे घुमाकर हमलावर से पीछा छुड़ाने की कोशिश करने लगा।

   पीछा छुड़ाने के बजाय मुझे तो बस यही सुनाई दिया, "धाड़, धाड़, धाड़, पकड़ लिया, बदमाश।" मैं अपने प्रशिक्षक से पीछा नहीं छुड़ा पाया। मैं ऊपर गया, घूमा, गोता लगाया, रुकने की कोशिश की, लेकिन किसी भी तरह मैं उनसे पीछा नहीं छुड़ा पाया। मुझे देखने में मुश्किल आ रही थी, क्योंकि मेरा चेहरा पसीना-पसीना हो रहा था। 10 मिनट तक प्रशिक्षक मेरे हवाई जहाज़ के पीछे-पीछे उड़ते रहे और मेरे किसी चकमे में नहीं आए।

   ज़मीन पर लौटने के बाद विश्लेषण शुरू हुआ। जब प्रशिक्षक ने मेरी उड़ान की कमियाँ बताने के लिए अपने हाथों का इस्तेमाल किया, तो मेरे पेट में खलबली मच गई। मेरी हालत इसलिए ख़राब नहीं थी, क्योंकि मैंने इतने धुआँधार तरीक़े से हवाई जहाज़ उड़ाया था। मेरी हालत इसलिए ख़राब थी, क्योंकि मैं जान गया था कि मैं कितना ख़राब पायलट था और मुझे अभी कितना कुछ सीखना था।

   उस पल प्रशिक्षक ने एक ऐसी बात कही, जो मुझे हमेशा याद रही, "इस काम में दिक्क़त यह है कि यहाँ कोई दूसरे नंबर की जगह नहीं है। सिर्फ़ एक पायलट ही ज़िंदा लौटता है।" यह मेरे जीवन का निर्णायक पल था। उस दिन के बाद से मैंने प्रैक्टिस की, प्रैक्टिस की, प्रैक्टिस की।

   बाद में वियतनाम में मैं उन्हीं शब्दों को बार-बार सुनता रहा। इस बार लड़ाई असली थी। गोलियाँ असली थीं; रेडियो पर मेरे प्रशिक्षक की नक़ली "धाड़, धाड़, धाड़" नहीं थीं।

   मैं आज बिज़नेस में इसलिए नहीं जीतता हूँ, क्योंकि मैं स्मार्ट हूँ या कभी असफल नहीं होता हूँ। मैं इसलिए जीतता हूँ, क्योंकि मेरी दुनिया में कोई दूसरे नंबर की

जगह नहीं है। मुझे लगता है कि डोनाल्ड का व्यक्तिगत नियम भी यही है।

2. दूसरा निर्णायक पल जोखिम के बारे में है।

   जब भी मैं किसी को यह कहते सुनता हूँ, "निवेश जोखिम भरा है," तो मैं जान जाता हूँ कि दरअसल इसका मतलब यह है कि व्यक्ति तैयार नहीं है और उस काम को करने लायक़ नहीं है।

   फ़्लाइट इंस्ट्रक्टर के साथ हवा में वह दिन बिताने के बाद मुझे एहसास हुआ कि लड़ाई इच्छाशक्ति और प्रशिक्षण का अंतिम इम्तहान था। दूसरे नंबर की कोई जगह नहीं होती है और सबसे ज़्यादा तैयारी करने वाला व्यक्ति जीतता है। अब मेरे विचार बदल गए और मैं सोचने लगा, "लड़ाई जोखिम भरी नहीं होती है। तैयार न होना जोखिम भरा होता है।"

   बिज़नेस और निवेश में मैं प्रैक्टिस और तैयारी के बारे में दीवाना हूँ। जोखिम घटाने के लिए मैं प्रैक्टिस करता हूँ। जोखिम घटाने के लिए मैं अपनी योग्यताओं में सुधार करता हूँ। जोखिम घटाने के लिए मैं अध्ययन करता हूँ। मैं जीतने के लिए खेलता हूँ और इनाम उस व्यक्ति को मिलता है, जो खेल को सबसे कम जोखिम तथा सबसे ज़्यादा आत्मविश्वास से खेलता है।

   अगर मुझे जोखिम लेने की ज़रूरत पड़ती है, तो मैं छोटा जोखिम लेता हूँ। अपने पहले रियल एस्टेट सौदे में असली पैसे का निवेश करने से पहले मैंने निवेशकों की एक वर्कशॉप में भाग लिया। उस वर्कशॉप के बाद मैंने सौ से अधिक सौदों की छानबीन की। हवाई में मैं जहाँ भी गया, रियल एस्टेट एजेंट मुझसे कहते रहे, "आपको जिस तरह के सौदे की तलाश है, वह मिल ही नहीं सकता।" महीनों लंबी खोज के बाद मुझे आख़िरकार माऊ टापू पर एक छोटा सा सौदा मिल गया। यह समुद्र किनारे का एक बेडरूम का फ़्लैट था, जो सिर्फ़ 18,000 डॉलर में मिल रहा था। यह मेरा पहला निवेश था। उसके बाद से मैंने लाखों संभावित निवेश देखे हैं, जिनमें से सिर्फ़ कुछ को ख़रीदा है।

   मेरा नायलॉन सर्फ़र-वॉलेट बिज़नेस डूबने के बाद मैं अध्ययन और प्रैक्टिस के अनुशासन की ओर लौटा। मुझे एहसास हो गया था कि उद्यमिता जोखिम भरी नहीं थी। तैयार न होना जोखिम भरा था।

जब मैंने यह समझ लिया कि मेरी दुनिया में कोई दूसरे नंबर की जगह नहीं है और सबसे बड़ा जोखिम तैयार न होने में है, तो इससे दौलत की मेरी खोज में बहुत फ़र्क़ पड़ा।

अधिकांश लोग धन का निवेश तो करते हैं, लेकिन समय का ज़्यादा निवेश नहीं करते हैं। डोनाल्ड और मैं धन का निवेश करने से पहले बहुत से समय का निवेश करते हैं। हम निवेश करने की तैयारी करते हैं। मुझे एहसास था कि उद्यमिता जोखिम भरी नहीं होती है; तैयार न होना जोखिम भरा होता है।

मिलिट्री स्कूल बनाम बिज़नेस स्कूल

जब आप बी-आई त्रिकोण की ओर देखते हैं, तो साफ़ नज़र आ जाता है कि मिलिट्री स्कूल और सैन्य सेवा उद्यमिता तथा निवेश की बेहतरीन तैयारी क्यों थीं। साफ़ कहा जाए, तो बिज़नेस स्कूल बी-आई त्रिकोण के भीतर ध्यान केंद्रित करते हैं... कथ्य पर। मिलिट्री स्कूल इसके बाहरी हिस्से पर ध्यान केंद्रित करते हैं... पृष्ठभूमि पर।

जैसा आप रेखाचित्र से समझ सकते हैं, मिलिट्री स्कूल में चार साल के प्रशिक्षण और लगभग छह साल की सैन्य सेवा ने मुझे उद्यमिता तथा निवेश के लिए तैयार कर दिया। यह बहुत अच्छी शिक्षा थी, क्योंकि इस प्रक्रिया ने मुझे सिखाया : 1. अनुशासन 2. एकाग्रता 3. अपने हितों से ज़्यादा व्यापक लक्ष्यों के लिए काम करना 4. आदेश लेना, आदेशों का पालन करना और आदेश देना। 5. अपने डर और ग़ुस्से को नियंत्रित करना। 6. अपने शत्रु का अध्ययन और सम्मान करना। 7. अपने साथी सैनिकों पर भरोसा करना और उनकी ख़ातिर अपनी जान की बाज़ी लगाने के लिए तैयार रहना, जिस तरह वे मेरे लिए रहते हैं। 8. युद्ध में जाने से पहले तैयारी करना।

डोनाल्ड की प्रतिक्रिया

मुझे सैनिक स्कूल इसलिए भेजा गया था, क्योंकि मैं बचपन में थोड़ा आक्रामक था। लेकिन मैंने वहाँ अनुशासन तथा अपनी ऊर्जा के ज़्यादा अच्छे इस्तेमाल के बारे में उतना नहीं सीखा, जितना कि सौदेबाज़ी (negotiation) की कला के बारे में सीखा। यह कला बाद में बिज़नेस की दुनिया में मेरे बहुत काम आई।

यहाँ मेरा सामना एक पूर्व मैरीन ड्रिल सार्जेन्ट से हुआ और मुझे एहसास हो गया कि मैं शारीरिक रूप से उनकी बराबरी नहीं कर सकता हूँ, इसलिए मैंने स्थिति से निबटने के लिए अपना दिमाग़ लड़ाया।

मुझे किसी तरह इस आदमी से जीतना था और मैंने हार मानने से इंकार कर दिया। मैं सोचने लगा कि वह किस तरह से मेरे पाले में आ सकता है। मैंने पहला मौक़ा ताड़ लिया : मैं बहुत अच्छा बेसबॉल खिलाड़ी था और टीम का कप्तान था, जबकि वे कोच थे। मैं जानता था कि अगर मैं सबसे अच्छा खेलूँगा, तो उन पर अच्छा असर पड़ेगा, जो मैंने किया भी। हमारी टीम बहुत अच्छी थी और मैंने अपनी टीम का अच्छी तरह नेतृत्व करना सीख लिया। यह पहला क़दम था।

दूसरा क़दम उन्हें यह जताना था कि मैं उनका सम्मान करता था (जो मुश्किल नहीं था, क्योंकि मैं सचमुच उनका सम्मान करता था), लेकिन मैं उनसे दबने वाला नहीं हूँ। मुझे लगता है कि उन्हें इस बात से ख़ुशी हुई और वे समझ गए कि उन्हें मेरे पीछे नहीं पड़ना चाहिए। इसलिए हम एक-दूसरे से कमज़ोरी नहीं, बल्कि शक्ति के बिंदु पर मिलते थे और हमारे बीच आपसी सम्मान स्थापित हो गया। यह एक और महान व्यावसायिक सबक़ था, ख़ास तौर पर सौदेबाज़ी के लिए। हम दोनों की ही जीत हुई।

मैं अपने पूर्व मैरीन ड्रिल सार्जेन्ट थियोडोर डोबियास के साथ आज तक संपर्क में हूँ। न्यूयॉर्क मिलिट्री अकेडमी में उनसे मिलना मेरे लिए सौभाग्य की बात रही है। यही मिलिट्री स्कूल के बारे में कहा जा सकता है, हालाँकि शुरुआत में मैं वहाँ जाने के बारे में ज़्यादा रोमांचित नहीं था। बाद में मुझे एहसास हुआ कि मुझे चुनौतियों तथा अनुशासन में मज़ा आता था और मैंने वहाँ बहुत कुछ सीखा। मेरे परिचित लोग जानते हैं कि देर करना या होना मुझे सख़्त नापसंद है।

मिलिट्री स्कूल ने मेरे अंदर वह बात कूट-कूट कर भर दी, जो मेरे पिता हमेशा सिखाते थे - हमें सम्मान दिखाना चाहिए। मैं मि. डोबियास का सम्मान करता था, जिससे मुझे फ़ायदा हुआ और मैंने समय का सम्मान करना सीख लिया। इससे भी मुझे फ़ायदा हुआ। मेरे पिता बिज़नेसमैन के रूप में असली प्रशिक्षक थे, जो कड़ी

मेहनत करवाते थे। प्रशिक्षण के बाद मैं उनके साथ काम करने के लिए तैयार था।

मिलिट्री स्कूल का एक और महत्वपूर्ण सबक़ यह था कि वहाँ बहाने स्वीकार नहीं किए जाते हैं। आप शिकायत करना छोड़ देते हैं और संतुलन तथा लगन का पाठ सीख लेते हैं। जब बाद के जीवन में मुश्किलों और दबावों से मेरा सामना हुआ, तो मैंने हार मानने से इंकार कर दिया। मैं जानता था कि समस्याओं से निबटने का सबसे अच्छा तरीक़ा बस चलते जाना था, लगन से जुटे रहना था और समाधानों पर मेहनत करते रहना था। यह सीखने लायक़ अच्छा सबक़ था।

जब मैं मिलिट्री स्कूल में था, तो मेरे पिता हर सप्ताह मुझे प्रेरक कोटेशन भेजते थे। उनमें से कई तो मुझे आज भी याद हैं और आज भी मुझे प्रेरित करते हैं। उनमें से कुछ हैं :

> "जिसने कभी आदेश का पालन करना नहीं सीखा, वह कभी अच्छा सेनापति नहीं बन सकता।"
>
> – *अरस्तू*

> "कभी लोगों को यह मत बताओ कि काम कैसे करना है। उन्हें बस इतना बता दो कि क्या करना है और वे अपनी कुशलता से आपको हैरान करदेंगे।"
>
> – *जॉर्ज एस. पैटन*

> "जिस काम को आप ख़ुद नहीं कर सकते, उसका आदेश मत दो।"
>
> – *सोफ़ोक्लीज़*

> "हम जो काम बार-बार करते हैं, वही बन जाते हैं। उत्कृष्टता काम नहीं, बल्कि आदत है।"
>
> – *अरस्तू*

मुझे एहसास है कि मेरे पिता कई युगों के ज्ञान के चुनिंदा वाक्य मुझे इसलिए भेज रहे थे, ताकि मुझमें लीडरशिप के गुण समा जाएँ। ये संदेश मेरे अवचेतन में पहुँच गए और आवश्यकता पड़ने पर स्थितियों से निबटने में मेरी मदद करने के लिए बार-बार उभरकर आते रहे। इसीलिए मैं कोटेशनों का दीवाना हूँ। ये नकारात्मक या दुविधापूर्ण चिंतन पर सीधे चोट कर सकते हैं। लोग मुझे इतिहास के महान चिंतकों के कोटेशन दोहराते सुनते हैं। अब उन्हें पता चल गया होगा कि मैंने यह काम कम

> आप जितना ज़्यादा सीखते हैं, आपको उतना ही ज़्यादा एहसास होता है कि आप कितना कुछ नहीं जानते हैं।
>
> – *डोनाल्ड जे. ट्रम्प*

उम्र में ही शुरू कर दिया था और मैं आज भी यह कर रहा हूँ। और यह तब शुरू हुआ था, जब मैं मिलिट्री स्कूल में था।

मिलिट्री स्कूल में एक और निर्णायक पल था, जिसका नाता इतिहास से था। मेरा एक साथी विद्यार्थी हमेशा द्वितीय विश्वयुद्ध का अध्ययन करता रहता था। वह इतिहास का दीवाना था और गंभीर विद्यार्थी था। एक दिन मैंने उससे कहा, "तुमने अब तक द्वितीय विश्वयुद्ध के बारे में बहुत पढ़ लिया है। अब तो तुम इसके विशेषज्ञ बन गए होगे।" उसका जवाब मैं आज तक नहीं भूला हूँ। उसने कहा था, "नहीं, इससे तो मुझे सिर्फ़ यह पता चला है कि मैं कितना कम जानता हूँ।" उसने स्पष्ट किया कि द्वितीय विश्वयुद्ध को समझने के लिए उसे प्रथम विश्वयुद्ध का अध्ययन करना होगा, फिर प्रथम विश्वयुद्ध के पहले दुनिया की स्थिति का अध्ययन करना होगा और अब उसे समझ में आ गया था कि यह बहुत लंबी प्रक्रिया थी। फिर उसने कहा, "इतिहास का अध्ययन करने से मैं बहुत विनम्र हो गया हूँ, क्योंकि मैं जानता हूँ कि मैं सब कुछ कभी नहीं जान पाऊँगा।" इतने पढ़ाकू लड़के के मुँह से यह बात सुनने से मुझ पर अमिट प्रभाव पड़ा।

परिणाम यह हुआ कि मैं ख़ाली समय में इतिहास पढ़ने लगा। मैं जितना ज़्यादा पढ़ सकता था, पढ़ने लगा। मैंने एक आदत डाली, जो आज तक क़ायम है। मैं ख़ुद से पूछता हूँ, "मैं आज कौन सी नई चीज़ सीख सकता हूँ, जिसके बारे में मैं पहले से नहीं जानता हूँ ?" यह मेरे मस्तिष्क को जिज्ञासु और चौकस रखने का तरीक़ा है। अरस्तू ने सही कहा था : उत्कृष्टता आदत बन सकती है।

जब मैं बरसों बाद व्हार्टन गया, तो मिलिट्री स्कूल की आदतों ने मेरी काफ़ी मदद की। जैसा मैंने पहले ज़िक्र किया है, मैंने अपने ख़ाली समय में फ़ोरक्लोज़र्स और रियल एस्टेट से संबंधित हर वह चीज़ पढ़ी जो भी हाथ लगी। वह भी पाठ्यक्रम की पढ़ाई के अलावा। मैं पर्याप्त पढ़ाई से ही संतुष्ट नहीं था, मैं उससे ज़्यादा करना चाहता था। जब मैंने कॉलेज छोड़कर असली दुनिया में क़दम रखा, तो मैं तैयार था, क्योंकि असली दुनिया में "पर्याप्त" करना ही काफ़ी नहीं होता है।

मेरे पिता ने जिस यूनानी दार्शनिक से मेरा परिचय करवाया, उसके शब्दों में यह अंतिम निर्णायक सबक़ है, जो मैंने मिलिट्री स्कूल में सीखा था :

> "पहली और सबसे अच्छी विजय ख़ुद को जीतना है।"
>
> *– प्लेटो*

मैंने समग्र का हिस्सा बनना सीखा। मिलिट्री स्कूल ने मुझे यह समझने का मौक़ा दिया कि अपनी पहचान खोए बिना बड़ी तस्वीर का हिस्सा कैसे बना जाए। यह बिज़नेस में बहुत लाभकारी रहा, क्योंकि आवश्यकता पड़ने पर मैं ख़ुद को छोटा बना सकता हूँ। अगर आप तस्वीर में बिलकुल न हों, तो कई बार तस्वीर ज़्यादा स्पष्ट

होती है। बहुत बढ़िया सबक़। किसी ने एक बार कहा था कि सौदेबाज़ी करते वक़्त मैं गिरगिट की तरह हो जाता हूँ, क्योंकि मैं पृष्ठभूमि में घुल-मिल सकता हूँ और दोबारा उभर सकता हूँ। मिलिट्री स्कूल के अनुभवों से ही मुझमें यह योग्यता आई है।

अधिकांश लोग मुझे मानसिक रूप से सख़्त मानते हैं और यह सच है। यह लाभ भी मिलिट्री स्कूल की देन है। मुझे शिकायत करना पसंद नहीं है। कई बार मैं दृढ़निश्चयी बन सकता हूँ और टस से मस नहीं होता हूँ। अगर मैंने अपना होमवर्क कर लिया है, अगर मैंने कड़ी मेहनत की है और काफ़ी समय तक की है, तो मैं जानता हूँ कि मेरे पास वह सब कुछ है, जो मुझे सहारा दे सकता है या मेरी रक्षा कर सकता है। मैं एक सख़्तजान शत्रु हो सकता हूँ।

जैसा मैंने कहा, मुझे मिलिट्री स्कूल इसलिए भेजा गया, क्योंकि बचपन में मैं थोड़ा आक्रामक था। मिलिट्री स्कूल में मैंने अपनी आक्रामकता को बुरे के बजाय भले के लिए केंद्रित करना सीखा। वहाँ पर मैं लीडर के साथ-साथ साझे लक्ष्य वाली टीम का सदस्य भी बन गया।

डोनाल्ड न्यूयॉर्क मिलिट्री अकेडमी के दल का कोलंबस डे परेड में फ़िफ़्थ एवेन्यू पर नेतृत्व करते हुए, 1963

रॉबर्ट कैंप पेंडलटन, कैलिफ़ोर्निया में वियतनाम जाने की तैयारी करते हुए, 1972

आपकी प्रतिक्रिया

मिलिट्री स्कूल में आपने क्या सीखा, जिससे आपको जीवन को परिभाषित करने में मदद मिली ?

हो सकता है आप मिलिट्री स्कूल न गए हों, लेकिन क्या आप स्काउट्स या अन्य क्लबों में थे, जहाँ आपने अनुशासन और लीडरशिप का महत्व सीखा ? क्या आपको इन अनुभवों से लाभ हुआ ? या आप अपने जीवन मेंअनुशासन और लीडरशिप योग्यताओं के इस्तेमाल से कैसे लाभ उठा सकते थे ?

____

____

जीवन में आप अधिक अनुशासन (जैसे टाइम मैनेजमेंट या फ़ाइनैंशियल मैनेजमेंट) और/या अधिक लीडरशिप योग्यताओं से कहाँ लाभ उठा सकते थे ?

____

____

अध्याय अठारह

खेलों से आपने कौन सा निर्णायक सबक़ सीखा?

रॉबर्ट की प्रतिक्रिया

बचपन में मैं लिटिल लीग बेसबॉल और पॉप वार्नर फ़ुटबॉल खेला। 12 साल की उम्र में मैं गोल्फ़ खेलने लगा। 15 साल की उम्र में मैंने गोल्फ़ छोड़कर सर्फ़िंग शुरू कर दी और हाई स्कूल में मैं फ़ुटबॉल खेलने लगा।

अकेडमी में मैं रोइंग टीम का कप्तान बना और फ़ुटबॉल भी खेली।

फ़्लाइट स्कूल में पहुँचने के बाद रग्बी से मेरा परिचय हुआ। रग्बी मेरा प्रिय खेल है। यह इकलौता खेल है, जिसका मैं दीवाना हुआ हूँ। रग्बी खेलते-खेलते मैं दुनिया घूम चुका हूँ। उम्र ज़्यादा होने के कारण जब मैं इसे खेलने में असमर्थ हो गया, तो मैं रोमांचक टेस्ट मैच देखने के लिए विदेश भी गया। मैंने दक्षिण अफ़्रीका, ऑस्ट्रेलिया, न्यूज़ीलैंड, स्कॉटलैंड, आयरलैंड और इंग्लैंड में रग्बी के टेस्ट मैच देखे हैं।

मैंने हर खेल से अलग-अलग बातें सीखी हैं, जो इतनी महत्वपूर्ण हैं कि उन्होंने मेरे जीवन को प्रभावित किया है।

1. लिटिल लीग में मैंने सीखा कि हारते हुए भी मेहनत से कैसे खेला जाता है। हमारी टीम "बैड न्यूज़ बियर्स" का शुरुआती संस्करण थी। ज़्यादातर सीज़न में हम कभी नहीं जीत पाए ... लेकिन इसके बावजूद हम मेहनत से खेलते रहे और हर मैच के साथ बेहतर होते गए। आख़िर, सीज़न के अंत में हमने लीग की एक बहुत अच्छी टीम को हरा दिया। हम इस कारण जीते, क्योंकि उन्हें घमंड हो गया था और हमारे खेल में सुधार होता गया था।
2. गोल्फ़ से मैंने अपनी भावनाओं, विचारों और शरीर को नियंत्रित करना सीखा। गोल्फ़ का खेल सैद्धांतिक रूप से तो आसान है, लेकिन दुनिया के सबसे मुश्किल खेलों में से एक है। बिज़नेस में मैं कई बार गोल्फ़ के आत्म-नियंत्रण का प्रयोग करता हूँ।
3. मुझे सर्फ़िंग से प्यार रहा है। सर्फ़िंग से मैंने लहरों के चक्र से तालमेल बैठाना या टाइमिंग करना सीखा। आज निवेशक के रूप में मैं अक्सर सर्फ़र के रूप में हासिल

सहज अनुभूति का इस्तेमाल करता हूँ, जिससे मुझे पता चल जाता है कि बाज़ार में कब दाख़िल होना है और इससे ज़्यादा महत्वपूर्ण बात यह है कि बाज़ार से कब बाहर निकलना है।

4. अकेडमी में मैंने रोइंग (rowing) की, क्योंकि मुझे यह सबसे ज़्यादा कष्टकारी खेल लगा। चूँकि स्कूल चुनौतीपूर्ण था, इसलिए मुझे एक ऐसे दर्दनाक खेल की ज़रूरत थी, जो मेरे दिमाग़ को सैन्य व शैक्षणिक दबावों से राहत दे सके, जिनसे मैं जूझ रहा था। रोइंग के खेल से मैंने सटीक टीमवर्क का महत्व सीखा। रोइंग सटीक तालमेल का खेल है। इसकी चुनौती यह है कि किसी रेस के दौरान हम ज़्यादातर ऊर्जा पहले कुछ मिनट में खो देते हैं। नाव की जीत के लिए यह महत्वपूर्ण है कि हर व्यक्ति थकने के बावजूद सटीकता के साथ अपना पूरा दम लगाए। अगर टीम का एक भी व्यक्ति आराम करने के बारे में सोच ले, तो इस बात के आसार रहते हैं कि उसका चप्पू दूसरे चप्पू से टकरा जाएगा और टीम रेस हार जाएगी।
5. फ़ुटबॉल में मैंने यह सीखा कि टीम के हर खिलाड़ी को न सिर्फ़ उसका काम *मालूम* होना चाहिए, बल्कि इससे भी ज़्यादा महत्वपूर्ण यह है कि उसे उस काम को *करना* चाहिए। मैंने उन लोगों के साथ काम करने का महत्व भी सीखा, जिन्हें मैं पसंद नहीं करता था। मैंने उनके व्यक्तित्व के बजाय उनकी योग्यताओं का सम्मान करना सीखा।
6. रग्बी बास्केटबॉल की तरह है, जिसमें टैकलिंग करनी पड़ती है। यह बहुत तेज़ खेल है। हालाँकि रग्बी अमेरिकी फ़ुटबॉल का पूर्वज है, लेकिन इसमें खिलाड़ियों के आकार से फ़र्क़ नहीं पड़ता है। ऊँचे लोग नाटे लोगों के साथ खेलते हैं। यह अनुमान लगाया जाता है कि अमेरिकी फ़ुटबॉल में खिलाड़ी हर मैच में ज़्यादा से ज़्यादा 10 मिनट खेलते हैं। बाक़ी का समय दीगर गतिविधियों में गुज़र जाता है। रग्बी में खेल शायद ही कभी रुकता है, इसलिए खिलाड़ी ज़्यादातर समय दौड़ते रहते हैं। चाहे आप कितने ही थके हुए हों, आपको टीम की ख़ातिर भागते रहना पड़ता है।
7. मैं ताईक्वांडो में ब्लैक बेल्ट भी हूँ। ताईक्वांडो से मैंने ची यानी हमारे शरीर में प्रवाहित होने वाली आंतरिक शक्ति का महत्व सीखा।

हालाँकि मैंने खेलों से कई महत्वपूर्ण सबक़ सीखे हैं, लेकिन सबसे यादगार सबक़ मैंने हाई स्कूल फ़ुटबॉल खेलते समय सीखा। जब मैं जूनियर था, तो हमारे हाई स्कूल की फ़ुटबॉल टीम बहुत बढ़िया थी। बहुत सारे अच्छे खिलाड़ी होने के कारण मुझे ज़्यादातर मैचों में बेंच पर बैठे रहना पड़ता था।

मैच के आख़िर में यह सचमुच शर्मनाक होता था कि मैदान से लौटते वक़्त आपकी यूनिफ़ॉर्म बिलकुल साफ़-सुथरी हो। बेंच पर मेरे साथ बैठने वाले खिलाड़ी तथा मैं अक्सर फिसलने का नाटक करते थे और अपने घुटने कीचड़ में लथपथ कर देते थे, ताकि हमारी बेदाग़ यूनिफ़ॉर्म कीचड़ से सन जाए। बाद में हमने फिसलना छोड़ दिया और यूनिफ़ॉर्मों पर कीचड़ मलने लगे।

जब सीज़न आगे बढ़ा, तब भी मुझे बेंच पर ही रहना पड़ा। मैं सोचने लगा कि कोच ने मुझे बाहर क्यों बैठा रखा है। मुझे यक़ीन था कि वे मुझे मैदान में इसलिए नहीं उतारते थे, क्योंकि वे मुझे पसंद नहीं करते थे। आधे सीज़न के बाद मैं फ़ुटबॉल छोड़ने की योजना बना रहा था। मेरी भावनाएँ आहत हो चुकी थीं।

एक शाम बहुत मुश्किल प्रैक्टिस के बाद सहायक कोच मेरे पास आए और मेरे कंधे पर हाथ रखकर बोले, "मैं तुमसे बात करना चाहता हूँ।"

उनका नाम हर्मेन क्लार्क था। वे पूर्व एनएफ़एल खिलाड़ी थे और सचमुच ऊँचे-पूरे थे। उन्होंने अपना समय हमें इसलिए दिया था, क्योंकि वे इस खेल से बहुत ज़्यादा प्यार करते थे। अपने शांत अंदाज़ में उन्होंने मुझसे पूछा, "तुम जानते हो, कोच तुम्हें क्यों नहीं खिला रहे हैं?"

"नहीं," मैंने कहा। "मैं नहीं जानता। मैं हर चीज़ सही कर रहा हूँ। मैं प्रैक्टिस पर हर दिन आता हूँ। मैं अतिरिक्त चक्कर लगाता हूँ। मैं जेसी जितना अच्छा खेलता हूँ।" जेसी मेरी पोज़ीशन पर खेलता था।

"हाँ, यह सच है," मि. क्लार्क ने कहा। "यही नहीं, तुममें जेसी से ज़्यादा प्रतिभा और गति भी है।"

मैंने पूछा, "तो फिर उसे क्यों खिलाया जाता है? मुझे क्यों नहीं?"

"क्योंकि जेसी ज़्यादा दिल से खेलता है। जेसी मैदान में खेलने के लिए तुमसे ज़्यादा आतुर है। जीवन में प्रतिभा ही काफ़ी नहीं होती है। अगर तुम उस पोज़ीशन पर खेलना चाहते हो, तो तुम्हें ख़ुद को एक बिलकुल नए स्तर तक ले जाना होगा। तुम्हारे पास प्रतिभा तो है, लेकिन भावना नहीं है।"

हालाँकि मैं तब भी खेल छोड़ना चाहता था, लेकिन मैंने मि. क्लार्क के शब्दों को दिल में उतार लिया। अगले दो सप्ताह तक मैंने इस तरह प्रैक्टिस की, जैसी मैंने पहले कभी नहीं की थी। मैं पूरे दिल से खेला। पूरी एकाग्रता से खेला। मैंने प्रैक्टिस में ज़्यादा टैकलिंग की और दो पासों को भी बीच में रोक लिया, जो लाइनमैन के लिए मुश्किल काम था। हालाँकि मुझे इसके बावजूद नहीं खिलाया गया और मैं बेंच पर ही बैठा रहा, लेकिन मैं ख़ुद के बारे में बेहतर महसूस करने लगा।

एक दिन एक अन्य हाई स्कूल के साथ हो रहे मैच में जेसी का हाथ टूट गया। कोच ने बेंच की तरफ़ मुड़कर उम्मीदवारों पर नज़र डाली। आख़िर उन्होंने मेरी तरफ़ देखकर कहा, "तुम जाकर खेलो।"

यह एक छोटा लेकिन निर्णायक पल था। आज मुझे एहसास है कि जीवन में मैं जो चाहता हूँ, उसे हासिल करना मुझ पर है। कोई भी मेरे रास्ते में नहीं है। अगर मैं कोई चीज़ चाहता हूँ, तो मैं जानता हूँ कि इच्छा ही काफ़ी नहीं है। मुझे जीतने के लिए वह सब करना होगा, जो विजेता बनने के लिए ज़रूरी है। मैं अक्सर ख़ुद से कहता रहता हूँ, "जीवन में आप जो चाहे हासिल कर सकते हैं, बशर्ते आप उसके लिए जी-जान से मेहनत करें।" दमदार खिलाड़ी बनने की उम्मीद करने और दमदार खिलाड़ी बनने में ज़मीन-आसमान का फ़र्क़ होता है।

इस पुस्तक की शुरुआत में मैंने नीचे दी गई प्रक्रिया के बारे में लिखा है :

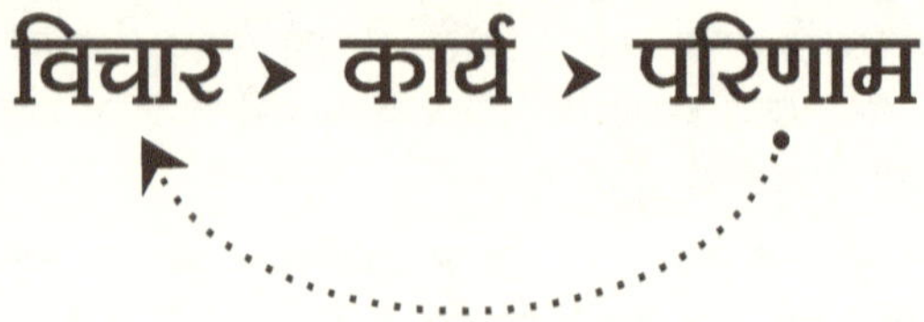

मैंने मि. क्लार्क से जो सबक़ सीखा, वह यह था कि अगर मुझे अपने परिणाम बदलने हैं, तो मुझे यह दोबारा परिभाषित करना होगा कि मैं कौन हूँ और मुझे खेल के प्रति अपने समर्पण को बढ़ाना होगा। जब मेरे विचार और नज़रिए में बदलाव आया, तो मेरे कार्य बदल गए और परिणाम भी बदल गया।

आज मैं जब भी कमज़ोर महसूस करता हूँ और सोचता हूँ कि दुनिया अन्याय कर रही है या मेरी प्रतिभा को नहीं पहचान रही है या लोग मेरे ख़िलाफ़ हैं, तो मैं मि. क्लार्क के साथ हुई बातचीत को याद कर लेता हूँ। फिर मैं अपने विचारों, कार्यों और परिणामों को सुधारने लगता हूँ।

विजेता सिद्धांत

जो मोन्टाना इतिहास के महानतम फ़ुटबॉल खिलाड़ियों में से एक हैं। उन्होंने मुझे अपनी पुस्तक की एक प्रति ऑटोग्राफ़ के साथ भेजी है, जिसका शीर्षक है, *द विनिंग स्पिरिट : 16 टाइमलेस प्रिंसिपल्स दैट ड्राइव परफ़ॉरमेंस एक्सीलेंस*। यह हर उस व्यक्ति के लिए बहुत अच्छी पुस्तक है, जो जीतने के प्रति समर्पित है।

जो लोग यह न जानते हों कि जो मोन्टाना कौन हैं, उन्हें मैं बता दूँ कि वे द सैन फ़्रांसिस्को 49अर्स नाम की प्रोफ़ेशनल फ़ुटबॉल टीम के क्वार्टर बैक थे। उन्होंने सुपर बाउल में अपनी टीम को चार बार विजय दिलाई। उन्हें प्रो फ़ुटबॉल हॉल ऑफ़ फ़ेम में चुना गया और *स्पोर्ट्स इलस्ट्रेटेड* ने उन्हें पिछले 50 सालों का महानतम फ़ुटबॉल खिलाड़ी घोषित किया। नीचे उनकी पुस्तक के कुछ अंश हैं :

"जब मैंने ख़ुद के बच्चों को खेलों में प्रतियोगिता करते देखा, तो पाया कि उनके सिर थपथपाने की प्रवृत्ति बढ़ती जा रही है और यह कहने की, 'बहुत बढ़िया काम किया। आज सभी की जीत हुई।' और फिर सभी खिलाड़ियों को रिबन देना, जो बिस्तर छोड़कर खेलने आ गए थे। यह वह तरीक़ा नहीं था, जिससे मैं बड़ा हुआ था। पिता की भूमिका में ऐसा करना उचित नहीं था। मुझे लगता है किसी पिता के लिए यह उचित नहीं है कि वह अपने बच्चे की आलोचना न करे, उसे सुधार करने के लिए प्रेरित न करे या उसे ज़्यादा ऊँचे स्तर पर खेलने के लिए तैयार न करे। पिता के रूप में आपको सिर्फ़ उत्साह ही नहीं बढ़ाना चाहिए, बल्कि कोच भी बनना चाहिए। और मेरा मानना है कि अगली पीढ़ी को यह बताना ग़लत है कि सिर्फ़ खेलने के लिए मैदान में आ जाने भर से ही उन्हें बधाइयाँ मिलनी चाहिए।

> "प्रतिस्पर्धी खेलों से जीवन की सबसे अच्छी तैयारी होती है, क्योंकि वे हमारे आस-पास की दुनिया की प्रतिस्पर्धी प्रकृति को प्रतिबिंबित करते हैं। मैं खेल या बिज़नेस में

कभी भी किसी ऐसे व्यक्ति को अपनी टीम में नहीं लेना चाहता था, जो प्रतिस्पर्धी से ऊपर उठने - और जीतने - के बारे में दिल से परवाह न करता हो।

"अगर जीतना महत्वपूर्ण नहीं होता, तो लोग स्कोर नहीं रखते।

"आप चाहे इसे पसंद करें या न करें, हम ऐसी दुनिया में रहते हैं, जो स्कोर रखती है।"

सुपर बाउल्स जीतने के बारे में उनका यह कहना था :

"हाल ही में भाषण के बाद एक श्रोता ने मुझसे पूछा कि जब मैंने अपना पहला सुपर बाउल जीता था, उस समय मेरी उम्र कितनी थी।

"मैंने जवाब दिया, 'बारह साल! और तब से मैं हज़ार सुपर बाउल जीत चुका हूँ। हालाँकि चार सुपर बाउल्स को छोड़कर बाक़ी सभी बाउल्स मैंने अपने घर के पिछवाड़े में खेले थे, जो पिट्सबर्ग से जाने वाली सड़क पर कुछ मील दूर मोनोगेहेला, पेनसिल्वेनिया के मेरे क़स्बे में था।"

दूसरे शब्दों में, उन्होंने अपने घर के पिछवाड़े में सुपर बाउल की हज़ारों बार प्रैक्टिस की थी।

व्यक्तिगत तैयारी के बारे में उनका यह कहना है :

"लोग अलग-अलग तरीक़ों से तैयारी करते हैं। एक के लिए जो तरीक़ा कारगर है, वह दूसरे के लिए नहीं होता है। कुछ लोग आख़िरी मिनट तक इंतज़ार करते हैं। कुछ को प्रेरणा के लिए थोड़े-बहुत डर की ज़रूरत पड़ती है। कई लोग ध्यान भंग करने वाली सभी चीज़ों को ख़त्म कर देना चाहते हैं, पूरी तरह एकांत में रहते हैं और ख़ुद को दुनिया से अलग कर लेते हैं। बाक़ी लोगों को तैयारी के लिए पृष्ठभूमि में संगीत या दूसरों का साथ चाहिए होता है। कुछ को बार-बार रिहर्सल की ज़रूरत पड़ती है, तब कहीं जाकर उन्हें आत्मविश्वास का अनुभव होता है। चाहे तरीक़ा जो हो, अच्छी तैयारी का लक्ष्य वही है : सर्वश्रेष्ठ प्रदर्शन के लिए ख़ुद को तैयार करना, अपनी सर्वश्रेष्ठ क्षमता के हिसाब से खेलना या काम करना।"

और अंततः वे एक ऐसी बात कहते हैं, जो तैयारी की कुंजी है :

"हम प्रबलता से विश्वास करते हैं और सिखाते हैं कि तैयारी की दुनिया में *दोहराव ही सर्वोपरि* है। खेल जगत में एक ही अभ्यास बार-बार करना या बिज़नेस की दुनिया में सेल्स पिच का बार-बार अभ्यास करना और प्रस्तुति को सुधारना इसलिए ज़रूरी है, ताकि हम तैयारी से विजय और आत्मविश्वास हासिल कर सकें, जिसे हम असली खेल में अपने साथ ले जा सकें।"

जो मोन्टाना की बात खेल जगत से सीखे मेरे सबसे मूल्यवान सबक़ों में से एक है। मैं कई लोगों से मिलता हूँ, जो मुझसे कहते हैं, "मैंने आपका ***कैशफ़्लो*** गेम एक बार खेल

लिया है। अब मुझे क्या करना चाहिए?"

क्या आप इस बात की कल्पना कर सकते हैं? वे बस एक बार खेले हैं और उन्हें लगता है कि वे उस खेल की बारीकियों को जान चुके हैं। जब मैं यह सलाह देता हूँ कि वे इसे कम से कम 10 बार खेलें और 10 अन्य लोगों को सिखाएँ, तो वे मुझे अजीब निगाहों से घूरने लगते हैं। उन नज़रों को देखकर मैं समझ जाता हूँ कि वह व्यक्ति शायद यह नहीं समझता है कि जीतने के लिए किस तरह की तैयारी की ज़रूरत होती है। जैसा जो मोन्टाना ने कहा है, "दोहराव ही सर्वोपरि है।"

इसीलिए मैं अपने निवेशों या बिज़नेस में "डाइवर्सिफ़ाई, डाइवर्सिफ़ाई, डाइवर्सिफ़ाई" नहीं करता हूँ। इसके बजाय मैं केंद्रित (FOCUS - Follow One Course Until Successful) करता हूँ - एक ही दिशा में तब तक चलते रहो, जब तक कि सफल न हो जाओ - और प्रैक्टिस, प्रैक्टिस, प्रैक्टिस करता रहता हूँ।

जो मोन्टाना की ओर से आख़िरी शब्द :

> "जो भी व्यक्ति अपने चुने हुए क्षेत्र में सफल हो चुका है, वह प्रैक्टिस और तैयारी के महत्व को समझता है। किसी ख़ास क्षेत्र में उत्कृष्ट बनने के लिए हमें एकाग्रता के साथ सीखना चाहिए। प्रैक्टिस कमज़ोरियों पर मेहनत करके ख़ुद को बेहतर बनाने का अवसर है। जब हम किसी क्षेत्र में उत्कृष्ट बनने के लिए मेहनत करते हैं, तो सिर्फ़ उम्मीद के अनुरूप प्रदर्शन करना ही काफ़ी नहीं होता है। हमें लगातार अपनी उम्मीदों से बेहतर बनने की कोशिश करनी चाहिए। न ही हमें प्रैक्टिस बार-बार शुरू और बंद करनी चाहिए। जब हम प्रैक्टिस करते हैं, तो हमें लगातार प्रैक्टिस करनी चाहिए।"

इसी कारण मेरे अमीर डैडी ने मुझे *मोनोपॉली* का गेम बार-बार खिलवाया, जब तक कि एक दिन मुझे अपने भविष्य की झलक नहीं दिख गई। आज मैं *मोनोपॉली* का असली खेल खेलता हूँ। चाहे मैं कितना ही अमीर हो गया हूँ, लेकिन मैं हमेशा जानता हूँ कि मैं बेहतर बन सकता हूँ। मेरे लिए अपने खेल में बेहतर बनना पैसे से कहीं ज़्यादा महत्वपूर्ण है।

गोल्फ़ के खेल का महत्व

हालाँकि मैं बहुत बढ़िया गोल्फ़र नहीं हूँ, लेकिन मैंने गोल्फ़ के मैदान पर बिज़नेस और मानव स्वभाव के बारे में काफ़ी कुछ सीखा है।

मेरा गोल्फ़ कैरियर आठ साल की उम्र में ही शुरू हो गया था। मेरे मम्मी-डैडी हमें हवाई के बिग आईलैंड वाले दूर के देहाती क़स्बे में अपने एक पुराने मित्र के घर ले जाते थे। अधिकांश बच्चों की तरह वयस्कों के साथ लिविंग रूम में बैठना मुझे नीरस लगता था, इसलिए मैं बाहर जाकर कुछ खोजने लगा। मम्मी-डैडी के मित्र के पोर्च में गोल्फ़ क्लब रखे थे। मैंने बैग से वुडन ड्राइवर निकाला और उनके चट्टानी ड्राइववे पर चलता हुआ उसे पत्थरों पर मारने लगा। उनके वुडन ड्राइवर को तोड़ने के बाद मैंने उनका लोहे का क्लब उठा लिया और उसे भी पत्थरों पर मारने लगा।

यह कहने की ज़रूरत नहीं है कि मेरे मम्मी-डैडी के मित्र गोल्फ़ के खेल से मेरे इस प्रकार के परिचय से ख़ुश नहीं हुए।

12 साल की उम्र में मैंने इस खेल को दोबारा शुरू किया। मैं एक प्राथमिक स्कूल में पढ़ता था, जिसमें बहुत से अमीर बच्चे पढ़ते थे। अधिकांश अमीर बच्चों के पिता कंट्री क्लब के सदस्य थे। मेरे डैडी और अमीर डैडी कंट्री क्लब के सदस्य नहीं थे, क्योंकि उस वक़्त दोनों ही अमीर नहीं थे। अमीर डैडी का बेटा माइक और मैं सिर्फ़ एक ही तरीक़े से गोल्फ़ मैदान पर पहुँच सकते थे। वह यह था कि हम अपने उन अमीर दोस्तों के साथ चिपककर वहाँ जाएँ, जिनके पिता क्लब के सदस्य थे।

कुछ समय बाद ही कंट्री क्लब के हेड प्रोफ़ेशनल ने माइक और मुझे समझा दिया कि हमें वहाँ नहीं आना चाहिए। उसने कहा कि अगर हमारे पिता सदस्य नहीं हैं, तो हम नहीं खेल सकते। उस वक़्त माइक और मैंने अपनी ज़िंदगी का पहला बड़ा सौदा किया। हमने हेड प्रोफ़ेशनल को मना लिया कि वह हमें कंट्री क्लब का सदस्य बना ले। हमने यह प्रस्ताव रखा कि सदस्यता के बदले में हम हर महीने गोल्फ़ कोर्स के निश्चित राउंड्स में कैडी का काम करेंगे। हमारे डैडी यह सुनकर थोड़े चकरा गए कि 12 साल की उम्र में हम कंट्री क्लब के सदस्य बन चुके हैं - जिसका सदस्यता शुल्क वे नहीं दे सकते थे।

12 से 15 साल की उम्र के बीच माइक और मैं मौक़ा मिलते ही गोल्फ़ खेलने और कैडी का काम करने लगते थे। स्कूल के बाद कई दिन माइक और मैं हिचहाइकिंग करके कंट्री क्लब पहुँच जाते थे। हमने अनुबंध के मुताबिक़ कैडी का काम किया और मौक़ा मिलने पर खेलते भी रहे।

संयोग से कैडी के काम से हमें काफ़ी आमदनी होने लगी। हमें हर नौ होल के लिए प्रति बैग 1 डॉलर मिलते थे। जल्दी ही हम 18 होल के लिए दो-दो बैग भरने लगे, जिसके बदले हमें हर दिन 4 डॉलर मिलते थे। यह उस वक़्त काफ़ी बड़ी रक़म थी। 15 साल की उम्र में माइक और मैंने सर्फ़बोर्ड ख़रीदने लायक़ पैसे कमा लिए। फिर हमने गोल्फ़ मैचों को छोड़ दिया।

गोल्फ़ खेलने के दो कारण

आज भी मैं कभी-कभार गोल्फ़ खेलता हूँ। मैं ख़ासकर इसलिए खेलता हूँ, क्योंकि मेरी प्यारी किम इस खेल की दीवानी है। दरअसल वह पुरुषों के टी से खेलती है और मुझसे आगे निकल जाती है, जो मेरे पुरुष अहं के लिए अच्छा नहीं है। मैं सामान्य से थोड़ा कमज़ोर गोल्फ़ खिलाड़ी हूँ और फ़ॉर्म में रहने पर मेरा स्कोर 85 से 95 रहता है। फ़ॉर्म में नहीं रहने पर यह इससे भी बुरा रहता है। मैं जानता हूँ कि मुझे जितनी प्रैक्टिस करनी चाहिए, उतनी मैं नहीं करता हूँ।

हालाँकि मैं गोल्फ़ का दीवाना नहीं हूँ, लेकिन दो कारणों से गोल्फ़ उन लोगों के लिए अनिवार्य है, जो अमीर बनना चाहते हैं।

> जब मेरे विचार और नज़रिए में बदलाव आया, तो मेरे कार्य बदल गए और परिणाम भी बदल गया।
>
> *- रॉबर्ट टी. कियोसाकी*

वे दो कारण हैं :

1. **खेल से स्वभाव का पता चलता है।** अधिकांश गोल्फ़ खेलने वाले इस बात से सहमत होंगे कि गोल्फ़ के खेल की सुंदरता यह है कि यह आईने की तरह होता है। यह किसी व्यक्ति के सच्चे मूल स्वभाव का प्रतिबिंब बन जाता है। अक्सर, जब मैं यह जानना चाहता हूँ कि मैं किस प्रकार के व्यक्ति के साथ बिज़नेस कर रहा हूँ, तो मैं उसके साथ गोल्फ़ खेल लेता हूँ। खेलते समय मैं स्कोर की उतनी चिंता नहीं करता हूँ, जितनी इस बात की कि वह किस तरह से खेल रहा है।

   आपको इस तरफ़ ध्यान देना चाहिए कि वह गेंद को कैसे मारता है? वह तेज़ी से घुमाकर गेंद को ज़्यादा दूर तक पहुँचाता है या फिर नियंत्रण रखते हुए घुमाता है? क्या वह धोखा देता है? क्या वह कभी अपने स्कोर के बारे में झूठ बोलता है या गेंद को हाथ से सरकाता है और स्ट्रोक नहीं लेता है?

   कुछ समय पहले मेरे एक मित्र का मित्र चाहता था कि मैं उसकी कंपनी में निवेश करूँ। उसके वित्तीय रिकॉर्ड को देखने के बाद मैंने पूछा कि क्या वह गोल्फ़ खेलना चाहेगा। उसने उत्साह से यह बात मान ली और जल्दी ही हम उसके कंट्री क्लब में पहुँच गए। उस शनिवार को मैं उसके स्कोर को लेकर चिंतित नहीं था। मैं तो उसके खेलने का तरीक़ा देख रहा था। वह बहुत बढ़िया गोल्फ़ खिलाड़ी था, जो गेंद को लंबा और सीधा मारता था। वह अच्छी तरह खेल रहा था, जब तक कि गेंद हरी घास के पास वाले रफ़ में नहीं पहुँच गई। उसे लगा कि मैं उसे नहीं देख रहा हूँ, इसलिए उसने गेंद अपने हाथ से सरका दी। चूँकि घास लंबी थी, इसलिए उसे रफ़ से हरी घास पर आने में दो स्ट्रोक लगाने पड़े। जब मैंने उससे स्कोर पूछा, तो उसने मुझे बताया कि उसने एक ही स्ट्रोक लगाया है। मैंने उससे पूछा कि क्या उसने रफ़ पर अपने दूसरे स्ट्रोक को नहीं गिना। सच बोलने के बजाय उसने इस बात से इंकार कर दिया कि उसने दूसरा स्ट्रोक लगाया था। उसी पल मुझे उसके फ़ाइनैंशियल स्टेटमेंट के आँकड़ों पर शक होने लगा।

   मैंने डोनाल्ड ट्रम्प को गोल्फ़ खेलते देखा है। वे गोल्फ़ को उसी तरह खेलते हैं, जिस तरह बिज़नेस करते हैं। वे गेंद को लंबी और सीधी मारते हैं। वे बहुत सटीक और निश्चित तरीक़े से शॉट मारते हैं।

   मैं गड़बड़ तरीक़े से गेंद मारता हूँ। इसीलिए मुझे लगता है कि मैं गोल्फ़ के बजाय टीम खेलों में ज़्यादा अच्छा हूँ। मुझे रोइंग, फ़ुटबॉल और रग्बी पसंद थे, क्योंकि मैं टीम में ज़्यादा अच्छा खेलता हूँ। बिज़नेस में भी मेरा यही हाल है, इसलिए मैं बहुत सावधान रहता हूँ कि मेरी टीम में कौन रहता है।

2. **गोल्फ़ के मैदान पर बहुत सारा बिज़नेस होता है।** मेरे दोनों डैडी गोल्फ़ खेलते थे। दोनों ही अच्छे खिलाड़ी थे। मेरे ग़रीब डैडी अपने दोस्तों यानी साथी टीचर्स के साथ मज़े के लिए गोल्फ़ खेलते थे। मेरे अमीर डैडी अमीर बनने के लिए गोल्फ़ खेलते थे। वे कहते थे, "बिज़नेस के सौदे बोर्डरूम की तुलना में गोल्फ़ के मैदान पर ज़्यादा होते हैं।" वे स्पष्ट करते हुए आगे कहते थे, "सौदा जितना ज़्यादा

मुश्किल होगा, उतने ही ज़्यादा आरामदेह माहौल की ज़रूरत होगी।"

मुझे उनकी बात की समझदारी को समझने में कई साल लग गए। ज़्यादा बड़ा और परिपक्व होने के बाद मुझे उनकी बात समझ में आई। आज अगर कोई सौदा जटिल होता है, तो मैं अक्सर उस व्यक्ति के साथ गोल्फ़ खेलते समय सौदे पर बातचीत करना चाहता हूँ। गोल्फ़ के मैदान के शांत माहौल में काफ़ी समय मिल जाता है और आरामदेह माहौल में सोचने में अक्सर ज़्यादा लचीलापन होता है। ऐसा लगता है कि गोल्फ़ के मैदान का खुलापन खुले चिंतन को प्रेरित करता है।

निष्कर्ष

हालाँकि मैं गोल्फ़ के प्रति समर्पित नहीं हूँ, लेकिन मैं बिज़नेस के खेल में जीतने के प्रति समर्पित हूँ। गोल्फ़ बिज़नेस का खेल है। मैं अब भी गोल्फ़ को उतनी गंभीरता से नहीं लेता हूँ, जितना कि कई खिलाड़ी लेते हैं, लेकिन मैं बिज़नेस के खेल को बहुत गंभीरता से लेता हूँ। इसीलिए मैं तीन कंट्री क्लब्स का सदस्य हूँ। कंट्री क्लब बिज़नेस करने के लिए शायद सबसे अच्छी जगह होते हैं और यह पता लगाने के लिए भी कि हमें किसके साथ बिज़नेस करना चाहिए।

पुनःश्च : जब डोनाल्ड और मैं इस पुस्तक को एक साथ लिखने के बारे में गंभीर हुए, तो किसी भी महान बिज़नेसमैन की तरह उन्होंने मुझे अपने गोल्फ़ कोर्स पर खेलने के लिए आमंत्रित किया। लॉस एंजेलिस में ट्रम्प नेशनल गोल्फ़ क्लब में हम लोगों ने गोल्फ़ खेला।

डोनाल्ड की प्रतिक्रिया

मैंने जो खेल सबसे ज़्यादा खेले हैं, वे हैं बेसबॉल, टेनिस और गोल्फ़। इन खेलों में निपुणता, टाइमिंग के सशक्त एहसास और एकाग्रता की ज़रूरत होती है। मैं अब भी बेसबॉल और टेनिस देखना पसंद करता हूँ, लेकिन मैं गोल्फ़ का दीवाना हूँ। मैंने अपनी दीवानगी के कारण ही शानदार गोल्फ़ कोर्स बनाए हैं।

इन खेलों से मैंने जो सबक़ सीखा है, वह है अनुभूति का महत्व। स्टैमिना और तकनीक दोनों ही ज़रूरी हैं, लेकिन सचमुच महान बनने का आम तौर पर यह मतलब होता है कि एक "अनुभूति" होती है, जिसे दरअसल स्पष्ट नहीं किया जा सकता। वेन ग्रेटस्काई ने हॉकी में उनकी सफलता के बारे में यह मशहूर वाक्य कहा था – वे उस जगह पर पहुँच जाते थे, जहाँ गेंद जा रही थी। यह अनुभूति को समझने की बढ़िया तस्वीर है।

यह बहुत आसान लगता है, है ना ? हाँ ... जब तक कि आप इसके बारे में

> असाधारण बनने के लिए सटीकता, अनुभूति और लय तीनों की ज़रूरत होती है।
> – डोनाल्ड जे. ट्रम्प

विचार न करें। उन्हें कैसे पता चलता था कि गेंद कहाँ जा रही थी ? बाक़ी खिलाड़ियों को यह क्यों पता नहीं चलता था कि गेंद कहाँ जा रही थी ? ज़ाहिर है, उनमें कोई ख़ास बात थी – अनुभूति।

मैंने देखा है कि कुछ खिलाड़ी बाक़ी खिलाड़ियों से ज़्यादा मेहनत करने के बावजूद पीछे रह जाते हैं। वे योग्य, समर्पित और दक्ष होते हैं, लेकिन उनमें वह ख़ास बात नहीं होती। मैं बहुत अच्छा बेसबॉल खिलाड़ी था। मुझे एहसास हुआ कि मुझमें टाइमिंग का एक नैसर्गिक बोध था। मैं कभी बेब रूथ नहीं बन सकता था, लेकिन मुझे पता था कि उस खेल में महान बनने के लिए किन चीज़ों की आवश्यकता थी।

टेनिस के एकल मुक़ाबले ने मुझे यह एहसास कराया कि इस खेल का उद्देश्य आपके विरोधी को मिटा देना था। सिर्फ़ एक ही विजेता होता है, दो नहीं होते। टेनिस एक खूँख़ार खेल है। क्या आपने कभी मशहूर स्विस टेनिस खिलाड़ी रॉजर फ़ेडरर को खेलते देखा है ? उनमें वही अनुभूति मौजूद है, जिसके बारे में मैं बात कर रहा हूँ। आंद्रे अगासी ने उनके बारे में एक बार कहा था :

"मैं जिन खिलाड़ियों के विरुद्ध खेला हूँ, उनमें वे सबसे अच्छे हैं। आपके पास कोई रास्ता नहीं बचता है। आप सिवाय कमज़ोर प्रतिक्रियाओं के कुछ नहीं कर सकते। हर शॉट में जल्दबाज़ी होती है। आप चाहे जितनी कोशिश कर लें, उनके पास हर बात का जवाब होता है और कुछ समय बाद ही वे ट्रिगर दबाने लगते हैं, जिससे आपको अपना निर्णय बदलना पड़ता है।"

यह रोचक है कि आंद्रे अगासी रॉजर फ़ेडरर के बारे में बात करते समय गोल्फ़ की शब्दावली का प्रयोग करते हैं, क्योंकि गोल्फ़ दिमाग़ी खेल है। गोल्फ़ में तकनीक की आवश्यकता होती है, लेकिन इससे भी ज़्यादा महत्वपूर्ण बात यह है कि इसमें दिमाग़ के बहुत उपयोग की ज़रूरत होती है। रॉजर फ़ेडरर खेल को नियंत्रित करते हैं और सहज अनुभूति से जानते हैं कि विरोधियों से कैसे निबटा जाए। वे जितने खूँख़ार हैं, उतने ही चपल हैं और उनके विरोधी की ईश्वर रक्षा करे। टेनिस आपके विरोधी को जानने के बारे में भी है और ख़ुद को जानने के बारे में भी। यह फ़ेडरर की एक और शक्ति है।

गोल्फ़ खेलना मेरे लिए आनंददायक है। उतना ही जितना सौदे करना है। गोल्फ़ चैंपियन फ़िल मिचेलसन कहते हैं कि उन्हें उनके पिता ने सबसे अच्छी गोल्फ़ सलाह दी थी। उन्होंने उनसे कहा था, जाकर मज़े करो। जब वे प्रैक्टिस करते हैं, तब भी वे मज़े करते हैं और आनंद लेते हैं। मैं इस बात को समझ सकता हूँ और आप चाहे

जो कर रहे हों, उसके लिए यह एक ठोस सलाह है।

मैंने लोगों के साथ गोल्फ़ खेलकर उनकी ईमानदारी के बारे में काफ़ी कुछ सीखा है। इसीलिए इतने सारे बिज़नेस सौदे गोल्फ़ मैचों के दौरान और बाद में होते हैं। गोल्फ़ में एक निश्चित व्यवहार अपेक्षित होता है और जो लोग वैसा व्यवहार करते हैं, वे आम तौर पर अच्छे बिज़नेस पार्टनर साबित होते हैं। कई लोग इसे शिष्टाचार कहते हैं, लेकिन मैं इसे ईमानदारी कहता हूँ। गोल्फ़ का मैच इस गुण का अच्छा सूचक हो सकता है।

गोल्फ़ में लचीलेपन की भी ज़रूरत होती है। संतुलन बनाए रखना अच्छे और ख़राब खेल के बीच का फ़र्क़ तय कर सकता है – और यही बात बिज़नेस पर भी लागू होती है। लचीले बने रहें। निश्चित प्रक्रियाओं में न उलझे रहें। हर मैच, हर सौदा अलग होगा। फ़िट रहें, तैयार रहें, प्रैक्टिस करें और जान लें कि आपको भिन्न-भिन्न स्थितियों से निबटना होगा।

गोल्फ़ के एक महान खिलाड़ी निक फ़ाल्डो एक बहुत अच्छी बात कहते हैं: "आप चाहे गेंद को धीरे से, नरमी से या ज़ोर से मारते हों, लय की ज़रूरत पड़ती है ... लय ही वह गोंद है, जो गोल्फ़ की स्विंग की सभी क्रियाओं को बाँधे रखती है।" मैं हमेशा बिज़नेस, जीवन और गोल्फ़ में लय का बड़ा क़ायल हूँ। लय के महत्व के बारे में उनकी सलाह सबको ध्यान में रखना चाहिए, चाहे आपका व्यवसाय या प्रिय खेल कोई भी हो।

इन तीन खेलों को खेलने और देखने से मुझे बिज़नेस और जीवन संबंधी ज्ञान मिला है। इन सभी से मैंने जो सबसे बड़ा सबक़ सीखा, वह यह है कि असाधारण बनने के लिए सटीकता, अनुभूति और लय तीनों की ज़रूरत होती है।

डोनाल्ड पहले तो सुरक्षित रहे

गोल्फ़ के प्रति डोनाल्ड का जुनून

रॉबर्ट सर्फ़िंग करते हुए

रॉबर्ट (दाएँ) न्यूज़ीलैंड में रग्बी खेलते हुए

आपकी प्रतिक्रिया

आपने खेलों को खेलकर या देखकर कौन से निर्णायक सबक़ सीखे हैं?

____

____

____

अध्याय उन्नीस

आपने बिज़नेस से क्या सीखा?

रॉबर्ट की प्रतिक्रिया

आप सिर्फ़ पुस्तक पढ़कर साइकल चलाना नहीं सीख सकते। यही बिज़नेस के बारे में सच है। पुस्तकें और क्लासें नए विचारों के लिए अच्छे हैं, लेकिन साइकल सीखने की तरह ही बिज़नेस के बारे में सीखना तब तक संभव नहीं है, जब तक कि आप यह काम न करें।

आपने यह कहावत सुनी होगी, "जो जितनी ऊँचाई पर होगा, वह उतनी ही दूर तक गिरेगा।" डोनाल्ड और मैं दोनों ही गिरे हैं। वे ज़्यादा ऊँचाई से गिरे थे और उनके गिरने को सबने देखा था। मैं भी काफ़ी दूर तक गिरा था, लेकिन डोनाल्ड जितना नहीं और मेरे गिरने को कम लोगों ने देखा था ... बहरहाल, इससे मुझे काफ़ी चोट पहुँची थी।

ज़ेरॉक्स में सेल्स प्रशिक्षण पाने के बाद मैंने दो दोस्तों के साथ मिलकर नायलॉन और वेल्क्रो सर्फ़र-वॉलेट बिज़नेस शुरू किया। दुर्भाग्य से बिज़नेस तत्काल सफल हो गया। मैंने दुर्भाग्य से इसलिए कहा, क्योंकि सफलता हमारे दिमाग़ पर चढ़ गई। हम तीनों की उम्र 20 से 30 के बीच थी और हम तीनों ही अविवाहित थे, जो अचानक बहुत सफल हो गए थे। हमारे प्रॉडक्ट्स के बारे में *रनर्स वर्ल्ड* मैग्ज़ीन, *जीक्यू* और यहाँ तक कि *प्लेबॉय* में भी लिखा गया।

एक दिन मेरा एक पार्टनर नई मर्सिडीज़ 450 एसएल कार में आया। हमने उससे पूछा कि उसने कार क्यों ख़रीदी। उसका जवाब था, "क्योंकि हम अमीर हैं। तुम लोग भी अपने सपनों की कार क्यों नहीं ख़रीद लेते?" हमने भी ऐसा ही किया। लैरी ने जॉन की तरह ही मर्सिडीज़ ख़रीद ली, जबकि मैंने चाँदी जैसे रंग की पोर्श टार्गा कार ख़रीदी।

आप शायद बाक़ी की कहानी जानते होंगे। हम लोग तेज़ कार चला रहे थे और उनसे भी ज़्यादा तेज़ औरतों के साथ डेटिंग कर रहे थे। जो बिज़नेस तेज़ी से ऊपर गया था, वह उससे भी ज़्यादा तेज़ी से नीचे आ गया। तीन साल से भी कम समय में हम ग़रीब से अमीर बन गए थे तथा अमीर से दोबारा ग़रीब बन गए थे, और वह भी पहले से ज़्यादा। हम सफल तो हो गए थे, लेकिन बिज़नेस में हुए नुक़सान के कारण कर्ज़ में गले-गले तक डूब चुके थे (अगर आप उद्यमिता के बारे में मेरे द्वारा सीखे गए सबक़ों के बारे में ज़्यादा जानना चाहें, तो *रिच डैड्स बिफ़ोर यू क्विट युअर जॉब* में पढ़ सकते हैं। उस पुस्तक में उद्यमियों के लिए बहुत

> 30 साल की उम्र में जब मेरा बिज़नेस असफल हो गया, तब मुझे एहसास हुआ कि मैं सीखने के मामले में बहुत पीछे था। मैंने देखा कि मेरी उम्र के लोग जीवन में मुझसे काफ़ी आगे निकल चुके हैं, सिर्फ़ इसलिए क्योंकि उन्होंने अपनी शिक्षा और व्यावसायिक कैरियर को गंभीरता से लिया था। उस बिज़नेस की असफलता ने मुझे यह एहसास दिलाया कि मुझे विद्यार्थी बनने की ज़रूरत थी और उस तरह अध्ययन करने की ज़रूरत थी, जिस तरह मैंने पहले कभी नहीं किया था।
>
> *– रॉबर्ट टी. कियोसाकी*

सी जानकारी है, जो ज्ञानवर्धक भी है और रोचक भी।) जैसा मैंने कहा, जब हमारी आमदनी बढ़ी, तो हमने सोचा कि हमारा वित्तीय आई.क्यू. भी बढ़ गया था। समस्या यह थी कि हमारी आमदनी के साथ सिर्फ़ एक चीज़ बढ़ी थी और वह थी हमारी मूर्खता।

यह असफलता बिज़नेस के क्षेत्र में मेरे लिए एक महत्वपूर्ण निर्णायक पल साबित हुई। दस लाख डॉलर की रक़म डूबना मेरे लिए बुरे सपने की तरह था, जिससे मैं जागना चाहता था।

उस समय तक मैं शिक्षा का बहुत ज़्यादा हिमायती नहीं था। मुझे नहीं लगता था कि शिक्षा महत्वपूर्ण है। स्कूल में मैं जैसे-तैसे पास हो जाता था। मैं सी ग्रेड का विद्यार्थी बनकर ख़ुश था। जैसा मेरे ग़रीब डैडी अक्सर मेरे बारे में कहते थे, "तुम सिर्फ़ जूतों की चमक और मुस्कराहट की बदौलत चल रहे हो।"

30 साल की उम्र में जब मेरा बिज़नेस असफल हो गया, तब मुझे एहसास हुआ कि मैं सीखने के मामले में बहुत पीछे था। मैंने देखा कि मेरी उम्र के लोग जीवन में मुझसे काफ़ी आगे निकल चुके हैं, सिर्फ़ इसलिए क्योंकि उन्होंने अपनी शिक्षा और वित्तीय कैरियर को गंभीरता से लिया था। उस बिज़नेस की असफलता ने मुझे यह एहसास दिलाया कि मुझे विद्यार्थी बनने की ज़रूरत थी और उस तरह अध्ययन करने की ज़रूरत थी, जिस तरह मैंने पहले कभी नहीं किया था।

अपनी असफलता से भागने के बजाय मैंने कई सालों तक बिज़नेस को दोबारा खड़ा करने में मेहनत की। मैं बिज़नेस को दोबारा इसलिए बनाना चाहता था, ताकि कुछ बातें जान सकूँ : मैंने किन चीज़ों को अनदेखा किया था ? मैं क्या नहीं देख पाया था ? लोग कहते हैं कि पीछे पलटकर देखना शत-प्रतिशत सही होता है। मेरे लिए यह न सिर्फ़ सही था, बल्कि दर्दनाक भी था। मुझे सारी भूलों का सामना करना था। मुझे ख़ुद को कोसना था। मुझे उन झूठों का सामना करना था, जो मैंने ख़ुद से और दूसरों से बोले थे। कुछ सालों की विनम्रता के बाद नायलॉन वॉलेट बिज़नेस दोबारा उठ खड़ा हुआ तथा सफल और लाभदायक बन गया। यह बिज़नेस के क्षेत्र में मुझे मिली सबसे अच्छी शिक्षा और विनम्रता की सबसे बड़ी ख़ुराक थी।

उस प्रक्रिया से गुज़रने के दौरान 1980 में मैंने एक सेमिनार में हिस्सा लिया, जिसमें मैंने

डॉ. बकमिन्स्टर फ़ुलर के विचार जाने। मेरी ज़िंदगी एक बार फिर बदल गई। 1984 तक हालाँकि मेरा बिज़नेस सफल और लाभदायक हो चुका था, लेकिन मैंने यह काम छोड़ दिया और किम के साथ हवाई से निकल आया। मैं टीचर बन गया। यह एक ऐसा पेशा था, जिसका मैं सम्मान नहीं करता था और मैंने क़सम खाई थी कि मैं कभी टीचर नहीं बनूँगा। 1984 से 1994 तक किम और मैं दुनिया भर में घूमकर उद्यमिता तथा निवेश के बारे में सिखाते रहे। 1994 में हम वित्तीय रूप से आत्मनिर्भर और आज़ाद हो गए। हम रिटायर हो गए और अपनी सिखाई बातों पर अमल करने लगे। उस वक़्त किम 37 और मैं 47 साल का था।

दो साल तक मैं दक्षिणी एरिज़ोना के पहाड़ों में बिस्बी नाम के छोटे क़स्बे के पास छिपा रहा, जहाँ मैंने ***कैशफ़्लो*** बोर्ड गेम विकसित किया और *रिच डैड पुअर डैड* लिखी। 1996 में ***कैशफ़्लो*** का पहला कॉमर्शियल खेल खेला गया और मेरे 50वें जन्मदिन पर यानी 8 अप्रैल 1997 को *रिच डैड पुअर डैड* का लोकार्पण शेरॉन और माइकल लेक्टर के घर पर एक पार्टी में हुआ। सन् 2000 में ओपरा विनफ़्री शो के एक प्रोड्यूसर का फ़ोन आया। मैं ओपरा के सामने मंच पर पहुँचा और बाक़ी इतिहास है।

तो नायलॉन और वेल्क्रो सर्फ़र-वॉलेट बिज़नेस का डूबना मेरे जीवन का निर्णायक पल था। अगर वह झटका नहीं लगता, तो मैं कभी न तो विद्यार्थी बन पाता, न ही टीचर।

डोनाल्ड की प्रतिक्रिया

स्वप्नदर्शी बनना

मैं अपनी एक व्यावसायिक सफलता के बारे में बताऊँगा, जिसे विकसित होने में 30 साल लग गए।

हम वित्तीय संदर्भ में भविष्य देख रहे हैं और ख़ुद को पूरी तरह सुरक्षित रखने की कोशिश कर रहे हैं। ऐसी ही कोशिश में *न्यूयॉर्क* मैग्ज़ीन ने जून 2006 के अंक में "2016 टुमॉरोलैंड" लेख छापा। इसमें उन्होंने यह भविष्यवाणी की कि 10 साल बाद न्यूयॉर्क शहर कैसा होगा। मुझे वह कोलाहल याद है, जिसका सामना मैंने कुछ साल पहले किया था। तब मैं हडसन नदी पर मैनहट्टन के ऊपरी पश्चिमी हिस्से में ट्रम्प प्लेस बनाना चाहता था। यह 16 रहवासी इमारतों का सुंदर कॉम्प्लेक्स था, जिसमें एक पार्क भी था और इसे जल्दी ही पूरा हो जाना चाहिए था। आज वे लोग कह रहे हैं कि जैविट्स सेंटर के नीचे का पश्चिमी हिस्सा 2016 तक मिनीपोलिस शहर से ज़्यादा बड़ा होगा, इसलिए मुझे लगता है कि शहर के उस हिस्से में कुछ घर बनाने का मेरा फ़ैसला ग़लत नहीं था। भविष्य-दृष्टि होना कई बार फ़ायदे का सौदा हो सकता है, ख़ास तौर पर विरोध का सामना करने के बाद और वह ऐसा ही

> भविष्य-दृष्टि तब तक भविष्य-दृष्टि ही बनी रहती है, जब तक कि आप ध्यान केंद्रित नहीं करते हैं, काम नहीं करते हैं और उसे वास्तविकता के धरातल पर नहीं ले आते हैं, जहाँ इससे कुछ फ़ायदा हो सके।
>
> *– डोनाल्ड जे. ट्रम्प*

समय था।

रॉबर्ट और मैं ये बातें आपको इसलिए बता रहे हैं, क्योंकि हम उन्हें आते हुए देख सकते हैं। जैसा मैं पहले कह चुका हूँ, हम वित्तीय भय फैलाने की कोशिश नहीं कर रहे हैं। हम तो सिर्फ़ उम्मीद कर रहे हैं कि आपमें से कुछ लोगों को सही दिशा में ले जाएँ – इससे पहले कि ज़्यादा देर हो जाए और आप कहें, "हम इसे आते हुए क्यों नहीं देख पाए?" सौभाग्य से, व्यक्तिगत सफलता के हमारे रिकॉर्डों के कारण हम इस स्थिति में हैं कि आपको यह संकेत दे सकें कि भविष्य में क्या हो सकता है।

वेस्ट साइड का विकास करते समय मुझे बहुत ज़िद्दी होना पड़ा, जिसका मैंने अभी-अभी ज़िक्र किया है। दरअसल मैंने इसके लिए 30 साल तक इंतज़ार किया। लेकिन मैं जानता था कि यह न्यूयॉर्क शहर के भविष्य के लिए महत्वपूर्ण होगा। मैं इस शहर को जानता हूँ। मैं सही था।

मार्क बरनेट को देखें। उन्होंने टेलीविज़न की एक नई दिशा को भाँपा और बरसों की अस्वीकृति झेली। लोग यह समझ ही नहीं पाए कि वे क्या करना चाहते थे। लेकिन वे कोशिश करते रहे, क्योंकि वे जानते थे कि वे सही थे। जब टेलीविज़न एक्ज़ीक्यूटिव्ज़ को आख़िरकार यह समझ में आया कि वे क्या करना चाहते थे, तो मार्क बरनेट ने एक नई विधा को जन्म दिया और टेलीविज़न के इतिहास में एक नया अध्याय जोड़ दिया।

कई बार यह परिभाषित करना मुश्किल होता है कि भविष्य-दृष्टि क्या होती है। आम तौर पर यह किसी चीज़ के ऐतिहासिक अध्ययन पर आधारित होती है और यह आकलन होती है कि 10 या 20 या इससे भी अधिक सालों में क्या होगा। जोखिम तो रहता है, लेकिन आगे की तरफ़ सोचने वाले लोगों का तीर अक्सर सही निशाने पर लगता है। इसका एक बढ़िया उदाहरण लियोनार्डो दा विंची हैं। उन्होंने अपने आविष्कारों और विचारों में सदियों आगे तक देखा। उनकी भविष्य-दृष्टि के सही साबित होने में सदियाँ लग गईं, लेकिन वह अंततः सही साबित हुई। थोरो ने कहा था, "अगर आपने हवा में महल बना लिया है, तो यह ज़रूरी नहीं है कि आपका महल धराशायी हो जाए। महल तो हवा में ही होने चाहिए। आप तो अब उनके नीचे नींव रख दें।" भविष्य-दृष्टि तब तक भविष्य-दृष्टि ही बनी रहती है, जब तक कि आप ध्यान केंद्रित नहीं करते हैं, काम नहीं करते हैं और उसे वास्तविकता के धरातल पर

नहीं ले आते हैं, जहाँ इससे कुछ फ़ायदा हो सके।

मुझे याद है, रॉबर्ट को इस बात से कुंठा होती है कि उनके सामने चीज़ें इतनी स्पष्ट हैं, लेकिन बाक़ी लोगों को ज़रा भी समझ नहीं आती हैं। वे कहते थे कि सबसे बुरा पहलू यह था कि लोग इसके बारे में सुनना भी *नहीं* चाहते थे! वे जानने के बजाय अज्ञानी - कम से कम ग़ैर जानकार - बने रहना पसंद करते थे। हमने सोचा - क्या यह इतनी बड़ी समस्या थी कि लोग इसका सामना करने के लिए तैयार नहीं थे?

हमें ऐसा नहीं लगता! वरना हम इसके बारे में सोचने और लिखने में अपना समय नहीं लगाते। हम जो कर रहे हैं, उसके पीछे कारण हैं? क्या आपने कभी 2016 के बारे में सोचा है? हमने सोचा है। तो पढ़ते रहिए। जैसा हेनरी किसिंजर ने बुद्धिमत्तापूर्वक कहा है, "इतिहास में आराम की कोई जगह नहीं होती है और पठार भी नहीं होते हैं।"

डोनाल्ड रॉबर्ट को ट्रम्प नेशनल गोल्फ़ क्लब, लॉस एंजेलिस दिखाते हुए

आपकी प्रतिक्रिया

आपने अपनी या किसी दूसरे की व्यावसायिक ग़लतियों से क्या सीखा है?

आपने अपनी या किसी दूसरे की बिज़नेस सफलताओं से क्या सीखा है?

____

____

क्या आप अपने बिज़नेस के मालिक हैं? अगर नहीं, तो क्या आप बनना चाहते हैं? आपको क्या लगता है, किसी बिज़नेस के सफल होने के लिए सबसे आवश्यक तत्व कौन से हैं?

____

____

आप जिन सफल बिज़नेस मालिकों को जानते हैं, उनमें आपको कौन सी ख़ूबियाँ नज़र आती हैं?

____

____

रिच डैड का लोकार्पण, अप्रैल 1997

अध्याय बीस

ईश्वर, धर्म और धन के बारे में आपका जीवनदर्शन क्या है?

रॉबर्ट की प्रतिक्रिया

बड़े होते समय ईश्वर, चर्च और धर्म के बारे में दो बातें मुझे दुविधा में डाल देती थीं। पहली बात तो यह विचार था कि कुछ लोग स्वर्ग जाते हैं और बाक़ी लोग नहीं जाते हैं, भले ही वे एक ही ईश्वर में विश्वास करते हों। मुझे याद है, मैंने अपनी संडे स्कूल टीचर से पूछा था, "हमारे चर्च और कैथोलिक चर्च में क्या अंतर है?" मैं आठ साल का था और प्रोटेस्टेंट चर्च में जाता था, जहाँ मेरे माता-पिता जाते थे। मैं धार्मिक भिन्नताओं के बारे में जानने के लिए उत्सुक था। मुझे सदमा लगा, जब मेरी टीचर ने कहा, "दोनों ही ईसा मसीह में विश्वास रखते हैं, लेकिन कैथोलिक लोग स्वर्ग में नहीं जाते हैं।"

इस जवाब से मैं चकरा गया। जब मैंने पूछा कि ऐसा क्यों होता है, तो उन्होंने जवाब दिया, "क्योंकि वे सही चर्च में नहीं जाते हैं।"

मेरी जिज्ञासा बढ़ने पर मैंने अपने एक कैथोलिक सहपाठी से पूछा कि क्या मैं उसके साथ चर्च जा सकता हूँ। अगले कुछ महीने तक मैं एक कैथोलिक चर्च गया। मैंने देखा कि वहाँ आने वाले लोग भी अच्छे थे। यही नहीं, वे उसी ईश्वर की आराधना करते थे, जिसकी आराधना मेरा परिवार करता था। मैंने प्रोटेस्टेंट चर्च के संडे स्कूल में जाना छोड़ दिया और अपने मम्मी-डैडी से पूछा कि क्या इसके बजाय मैं अपने सहपाठियों के अलग-अलग धर्मों के बारे में ज्ञान हासिल कर सकता हूँ। वे सहमत हो गए।

अगले कुछ सालों तक मैं अपने सहपाठियों से पूछता रहा कि वे किस धर्म या चर्च के हैं और फिर उनके साथ उनके आराधना-स्थल जाने लगा। मैं लूथेरियन, मेथोडिस्ट, ईवेंजेलिकल, बुद्धिस्ट और शिंटो धर्मस्थलों में गया। जिस छोटे क़स्बे में मैं बड़ा हुआ था, वहाँ मेरा कोई यहूदी या मुस्लिम सहपाठी नहीं था। लेकिन बाद में मैं सिनागॉग और मस्ज़िद में भी जा चुका हूँ।

मुझे यह बात लगातार विचलित करती है कि बहुत सारे लोग यह मानते हैं कि वे ही "सही" धर्म का पालन करते हैं, जबकि बाक़ी लोग "ग़लत" धर्म का पालन करते हैं। मैं धार्मिक चुनाव की स्वतंत्रता में दृढ़ता से विश्वास करता हूँ, इसलिए मैं लोगों के मुँह से यह सुनकर परेशान हो जाता हूँ कि वे ही स्वर्ग जाएँगे या वे ही सच्चे ईश्वर का अनुसरण करते

हैं। शायद इसी कारण ईश्वर और धर्म के नाम पर इतने युद्ध हुए हैं। मेरे विचार में पवित्र युद्ध (Holy War) जैसी कोई चीज़ नहीं होती है।

ईश्वर पर भरोसा

वियतनाम में सर्वोच्च शक्ति में मुझे बहुत प्रबल विश्वास हो गया। ऐसे कई मौक़े थे, जब मुझे मर जाना चाहिए था या मेरे दोस्त को मर जाना चाहिए था, लेकिन हम चमत्कारिक रूप से बच गए।

बिज़नेस में मेरा दृढ़ विश्वास है कि अगर मैं सबसे अच्छा काम करता हूँ, मिशन को पूरा करता हूँ तथा कल्याणकारी काम करता हूँ, तो सर्वोच्च शक्ति मेरी मदद करेगी। मेरा यह भी विश्वास है कि अगर मैं धोखा देता हूँ, झूठ बोलता हूँ या बेईमानी करता हूँ, तो सर्वोच्च शक्ति मेरी उतनी मदद नहीं करेगी। मेरा यह भी मानना है कि मैं क़ानूनी, नैतिक और वैधानिक मानदंडों पर चलने की जितनी कोशिश करूँगा, अपने बिज़नेस में मुझे सर्वोच्च सत्ता की उतनी ही ज़्यादा शक्ति प्राप्त होगी।

स्वर्णिम नियम

मैं असली स्वर्णिम नियम का बहुत सम्मान करता हूँ : "दूसरों के साथ वैसा ही करो, जैसा तुम चाहते हो कि वे तुम्हारे साथ करें।" जब भी मैं ग़ुस्सा होता हूँ, विचलित होता हूँ या किसी को दोष देता हूँ, तो प्रतिशोध लेने का संकल्प करने के बजाय मैं ख़ुद से पूछता हूँ, "मैं इस वक़्त इस व्यक्ति से कैसे व्यवहार की उम्मीद करता?" ऐसा नहीं है कि मैं हमेशा वही करता हूँ, जो मुझे करना चाहिए, लेकिन मैं कम से कम इस बारे में विचार तो करता हूँ। उदाहरण के लिए, मेरा एक पुराना दोस्त है, जिससे मेरा मतभेद हो गया। मैं चाहता हूँ कि वह पहले मुझे फ़ोन करके माफ़ी माँगे, जिसका यह मतलब है कि मुझे उसे पहले फ़ोन करके माफ़ी माँगनी चाहिए। लेकिन मैं ज़िद पकड़कर बैठा हूँ और उस मतभेद को दूर करने के लिए अब तक उसे फ़ोन नहीं कर पाया हूँ।

अपना रास्ता खोजना

व्यक्तिगत रूप से मुझे वह पसंद है, जिसे हिंदू परंपरा में *धर्म* कहा गया है। धर्म का मतलब है एक ऐसे रास्ते का अनुसरण करना, जो परम सत्ता ने आपके अपने चुनाव द्वारा आपके लिए निर्धारित किया है। जब मैंने उस व्यवसाय को सिखाने और उसका अनुसरण करने का फ़ैसला किया, जो मेरा दिल चाहता था, तो मेरी ज़िंदगी नाटकीय रूप से बदल गई। उद्यमिता पर लिखी पुस्तक *बिफ़ोर यू क्विट युअर जॉब* में मैंने टीचर बनने के अपने निर्णय के बारे में लिखा है। जब मैंने वह निर्णय ले लिया, तो मेरी क़िस्मत पलट गई। सिखाने का निर्णय लेते ही ईश्वर ने मुझे यह तोहफ़ा दिया कि मेरे जीवन में मेरी पत्नी किम आ गई।

ईश्वर यानी उच्चतर शक्ति में मेरा प्रबल विश्वास है। मैं तो बस कुछ मान्यताओं पर सवाल करता हूँ, जो ईश्वर के बारे में हैं और जिन्हें स्वर्ग की कुंजी माना जाता है। मेरी राय में जीवन में हमारा मुख्य काम धरती को स्वर्ग जैसा बनाना है।

दूसरी दुविधा

दूसरी दुविधा ईश्वर और धन के बारे में थी। मुझे अब भी याद है कि मेरे दोस्त की बहुत अमीर माँ हमेशा संकेत करती रहती थीं कि धन बुरा है। मैं सोचता था कि अगर वे धन को बुरा मानती हैं, तो वे अपना सारा पैसा चर्च को दान क्यों नहीं कर देतीं।

मैं नहीं जानता था कि क्या अमीर बनने की *इच्छा* धर्म-विरोधी थी। मैं इसी उधेड़बुन में था कि क्या ग़रीब लोग सचमुच स्वर्ग जाते हैं और अमीर लोग वहाँ नहीं जा सकते। ईश्वर और धन के बीच की यह दुविधा मुझे परेशान करती रही।

गर्मियों के चर्च कैंप में मुझे इसका जवाब मिल गया। चर्च में सिर्फ़ गर्मियों के लिए एक युवा पादरी आए थे। मुझे वह दिन अब भी याद है, जब वे कैंप में पहली बार आए थे। उनके आते ही चर्च के सभी पुराने पादरियों की आह निकल गई। उनकी पीठ पर गिटार टँगा था और वे नीली जीन्स, टी-शर्ट और काऊबॉय जूते पहने थे। मैं आपको याद दिला दूँ कि यह हवाई में 1960 के दशक के शुरुआती सालों की बात थी। हमने इस तरह की पोशाक फ़िल्मों में आवारा लोगों को ही पहने देखा था। ज़ाहिर है, बच्चों को वे तत्काल पसंद आ गए।

हमें उपदेश देने और नैतिकता के पाठ पढ़ाने के बजाय वे हमें नाचने-गाने ले गए। बुराई या अपराधबोध का एहसास कराने के बजाय वे हमें अपने बारे में अच्छा महसूस कराने लगे।

चर्च के प्रमुख पादरी बूढ़े खडूस की तरह दिखते थे और वे ऐसे ही पारंपरिक कपड़े पहनते थे। वे अक्सर हमें संसार और शरीर की संभावित बुराइयों के बारे में चेतावनी देते थे। इस युवा, ख़ुशनुमा पादरी के आने के बाद प्रमुख पादरी का तनाव में आना स्वाभाविक था। एक शाम को खुले में आग जलाकर हम लोग पास-पास बैठे थे। मैंने धन के बारे में अपना प्रिय सवाल पूछा। बूढ़े पादरी जवाब देने लगे कि *धन का प्रेम सभी बुराइयों की जड़ है* और *ऊँट का सुई के छेद में से निकल जाना आसान है, लेकिन अमीर आदमी का स्वर्ग पहुँचना मुश्किल है*। मेरा मनोबल कम होने लगा। मैं ख़ुद को अपराधी मानने लगा कि मैं अमीर बनना चाहता था।

युवा पादरी ने ईश्वर और धन के विषय पर एक अलग ही बात कही। धन के प्रेम पर उपदेश देने के बजाय उन्होंने हमें अमीर आदमी और उसके तीन सेवकों की नीतिकथा सुनाई, जिसे *पैरेबल ऑफ़ द टेलेंट्स* कहा जाता है, जो बुक ऑफ़ मैथ्यू से ली गई है। कहानी यह है कि अमीर मालिक यात्रा करने जा रहा था। उसने अपने तीन सेवकों को सिक्के (टेलेंट्स) दिए। एक को उसने पाँच सिक्के दिए, दूसरे को दो और तीसरे को एक।

जिस सेवक को पाँच सिक्के मिले थे, उसने व्यापार करके उन्हें दस सिक्कों में बदल लिया। दो सिक्कों वाले सेवक ने दो और सिक्के कमा लिए। जिस सेवक को सिर्फ़ एक सिक्का मिला था, उसने ज़मीन में गड्ढा खोदकर उसे गाड़ दिया।

मालिक ने लौटने पर धन दुगुना करने वाले सेवकों से कहा, "शाबाश, अच्छे और वफ़ादार सेवकों। तुमने कम धन के प्रति वफ़ादारी दिखाई है, मैं तुम्हें ज़्यादा दूँगा। अपने मालिक की ख़ुशी में शामिल हो जाओ।"

कहानी के इस मोड़ पर युवा पादरी बोले, "इन शब्दों पर ग़ौर करो, 'अपने मालिक की

ख़ुशी में शामिल हो जाओ।' - तुम्हारे हिसाब से इसका क्या मतलब है?"

हममें से कुछ हड़बड़ाकर इस सवाल का जवाब देने की कोशिश करने लगे। आख़िर एक युवा लड़की बोली, "हमारे मालिक चाहते हैं कि हम अमीर बनें। जब हम अमीर होते हैं, जब हम उनकी बनाई दुनिया की प्रचुरता का आनंद उठाते हैं, तो हमारे मालिक ख़ुश होते हैं?"

युवा पादरी मुस्कराए, लेकिन कुछ नहीं बोले। इसके बजाय उन्होंने कहा, "अब मैं तुम्हें वह पढ़कर सुनाता हूँ, जो सिक्के को गाड़ने वाले सेवक ने कहा।" इसके बाद उन्होंने गिटार रखकर बाइबल खोली और सेवक का कथन पढ़ने लगे।

"मालिक, मैं जानता था कि आप बहुत कठोर हैं और आप वह फ़सल काटते हैं, जो आपने नहीं बोई और आप वहाँ भी फ़सल बटोरते हैं, जहाँ आपने बीज नहीं बिखेरा, इसलिए मैं डर गया और मैंने आपका सिक्का ज़मीन में छिपा दिया। आपने मुझे जो सिक्का दिया था, वह यह रहा।"

युवा पादरी ने ऊपर देखा कि हम अब भी उनकी बात सुन रहे थे या नहीं। फिर उन्होंने कहा, "उसका कहना था कि उसके मालिक कठोर थे, इसलिए उसने कुछ नहीं किया।"

उसी छोटी लड़की ने पूछा, "आपका मतलब है, उसने अपने मालिक को दोष दिया?"

युवा पादरी एक बार फिर मुस्कराए और मालिक का नौकर को दिया जवाब पढ़ा, "बुरे और आलसी सेवक।"

आग के पास बैठे दूसरे लड़के ने पूछा, "उसके मालिक ने उसे बुरा और आलसी कहा? क्योंकि उसने अपने पैसे को कई गुना नहीं किया? आपका मतलब है, मालिक ने सेवक को पैसा दुगुना नहीं करने पर बुरा और आलसी कहा।"

युवा पादरी सिर्फ़ मुस्कराए और आगे बोले, "तुम जानते थे कि मैं बिना बोए फ़सल काटता हूँ और बीज बिखेरे बिना फ़सल बटोरता हूँ? तब तो तुम्हें मेरे पैसे को सावधानी से साहूकारों के पास निवेश करना चाहिए था और मेरे लौटने पर मुझे मेरा धन ब्याज सहित लौटा देना चाहिए था। इसलिए उससे सिक्का लेकर उसे दे दो, जिसके पास 10 सिक्के हैं।"

मैंने पूछा, "तो मालिक ने उस सेवक को पुरस्कार दिया, जिसने सबसे ज़्यादा धन कमाया था?"

युवा पादरी ने कहा, "क्या तुम यही समझे हो?"

"मुझे तो ऐसा ही लगता है," मैंने कहा। "इसका मतलब है कि मैं जितना ज़्यादा कमाऊँगा, मुझे उतना ही ज़्यादा दिया जाएगा?"

> मेरी राय में जीवन में हमारा प्रमुख काम धरती को स्वर्ग जैसा बनाना है।
>
> *- रॉबर्ट टी. कियोसाकी*

युवा पादरी बस मुस्कराते रहे और अपने गिटार के तारों से धुन छेड़ते रहे।

"क्या इस कहानी में मालिक ईश्वर है?" एक छोटी लड़की ने पूछा। "क्या हम सेवक हैं?"

किसी और ने पूछा, "क्या ईश्वर अमीरों को ग़रीबों से ज़्यादा पुरस्कार देता है?"

मेरे बग़ल में बैठे लड़के ने पूछा, "अगर ईश्वर मालिक है, तो क्या वह अमीरों को पुरस्कार देता है

और ग़रीबों को सज़ा देता है?"

अब तक बूढ़े पादरी अपना सिर हिलाने लगे थे और बातचीत की दिशा से चिंतित होने लगे थे। युवा पादरी बस अपना गिटार बजाते रहे और हमारे विचारों को दिमाग़ में घुमड़ने देते रहे। उन्होंने नीतिकथा के संदेश को हमारे दिमाग़ में जमने का मौक़ा दिया। आख़िरकार जब आग तड़कने लगी और रात की हवा में धुआँ उड़ने लगा, तो उन्होंने पूछा, "यह उन लोगों के बारे में क्या कहती है, जिनके पास पैसा है और जिनके पास पैसा नहीं है?"

मेरे सामने आग के पास बैठा लड़का बोला, "यही कि जिनके पास पैसा नहीं है, वे आलसी हैं? या यह कि जिन लोगों के पास पैसा नहीं है, वे बुरे हैं?"

"नहीं, इसका यह मतलब नहीं है," किसी और ने कहा। "यह सोचना भी क्रूरता है। दुनिया ग़रीब लोगों से भरी पड़ी है।"

"लेकिन उन शब्दों पर भी तो विचार करो, 'अपने मालिक की ख़ुशी में शामिल हो जाओ।' क्या इसका मतलब यह है कि अमीर बनने से इंसान ख़ुश हो जाता है?"

"नहीं, इसका यह मतलब नहीं है?" एक और छोटे लड़के ने कहा। "मेरे मम्मी-डैडी कहते हैं कि अमीर लोग ख़ुश नहीं रहते हैं। वे कहते हैं कि सिर्फ़ ग़रीब और अच्छे लोग ही स्वर्ग जा सकते हैं। वे कहते हैं कि धन का प्रेम सारी बुराई की जड़ है।"

"ठीक है, ठीक है," युवा पादरी ने हमारे मतभेदों को ख़त्म करते हुए कहा। "मुझे प्रसंग पूरा पढ़ने दो।"

अपना गिटार रखकर उन्होंने प्रसंग को पूरा पढ़ा और कहा, "जिसके पास है, उसे *ज़्यादा दिया जाएगा* और उसके पास प्रचुरता होगी। *लेकिन जिसके पास नहीं है, उसके पास का बचा-खुचा भी ले लिया जाएगा*।"

आग ख़ामोशी में तड़कती रही। कोई कुछ नहीं बोला। बूढ़े पादरी और युवा पादरी दोनों ही ख़ामोश थे।

एक छोटी लड़की ने पूछा, "क्या इसका मतलब यह है कि अमीर ज़्यादा अमीर बन जाएँगे और ग़रीब ज़्यादा ग़रीब बन जाएँगे?"

युवा पादरी और बूढ़े पादरी कुछ नहीं बोले।

"यह ठीक नहीं है," छोटी लड़की बोली। "ईश्वर को उन लोगों को देना चाहिए, जिनके पास कुछ नहीं है। ईश्वर को ग़रीबों के प्रति उदार होना चाहिए।"

"हाँ, यह ठीक नहीं है," एक और व्यक्ति ने कहा। "यह कहना कि 'जिसके पास है, उसे ज़्यादा दिया जाएगा और जिसके पास कम है, उससे वह भी छीन लिया जाएगा।' यह तो भयंकर लगता है।"

"क्या इसका मतलब यह है कि आलसी लोग बुरे हैं?" एक शांत आवाज़ आई, जिसे बोलने वाले का चेहरा मैं अँधेरे में नहीं देख पाया। "क्या इसीलिए उनके पास का बचा-खुचा ले लिया जाएगा?"

आग के चारों तरफ़ बातचीत तब तक चलती रही, जब तक कि वह बुझ नहीं गई। कोयलों पर पानी डालते हुए युवा पादरी बोले, "अब सोने का समय हो गया है। तुम नीतिकथा

के बारे में अपना जवाब ख़ुद खोजो। तुममें से कुछ लोग यह सोचोगे कि धन महत्वपूर्ण नहीं है, तुममें से कुछ सोचोगे कि अमीर लोग बुरे होते हैं या ग़रीब लोगों के स्वर्ग जाने की बेहतर संभावना है। तुम जो भी जवाब सोचोगे, वही तुम्हारे बाक़ी जीवन को तय करेगा।"

हालाँकि मैं नीतिकथा का पूरा मतलब शायद नहीं समझा था, लेकिन मैं इतना ज़रूर समझ गया था कि मालिक ने उस व्यक्ति को धन दिया था, जिसने धन को दुगुना कर दिया था। मैंने यह भी फ़ैसला किया कि मालिक वहाँ भी सृजन कर सकते थे, जहाँ कुछ नहीं था। दूसरे शब्दों में वे रचनात्मक थे और रचनात्मकता अनंत है, इसलिए धन भी अनंत यानी प्रचुर था। और रचनात्मक बनने तथा प्रचुरता होने का मतलब मालिक की ख़ुशी थी। जिन लोगों ने अपने धन को दुगुना नहीं किया, उनका बचा-खुचा धन भी उनसे क्यों ले लिया गया, उसके पूरे मतलब के बारे में मुझे अब भी पक्का यक़ीन नहीं है, हालाँकि मैं अंदाज़ा लगा सकता हूँ। बहरहाल, उस शाम को युवा पादरी के शब्द मुझे सच्चे लगे। उस रात को मैंने जो जवाब सोचा, उसने मेरी बाक़ी ज़िंदगी को प्रभावित किया।

ईश्वर और सोने के बीच का फ़र्क़

मेरे अमीर डैडी ने मुझे ईश्वर और सोने के बीच का फ़र्क़ सिखाया। उन्होंने कहा, "अगर तुम ईश्वर जैसे ज़्यादा बनना चाहते हो और किसी भी चीज़ को सोने में बदलना चाहते हो, तो तुम्हें ईश्वर और सोने के बीच का फ़र्क़ मालूम होना चाहिए।" इस बात को ज़्यादा स्पष्ट करते हुए उन्होंने कहा, "ईश्वर (God) और सोने (Gold) में सिर्फ़ एल *(L)* अक्षर का फ़र्क़ होता है।" उन्होंने आगे कहा "*एल* अक्षर पराजित (loser), लुटेरे (looter), घटिया लीडर (lousy leader) और झूठे (liar) का है। अगर तुम अपने चरित्र से इन चीज़ों को नहीं हटाओगे, तो तुम्हारे हाथ में कभी पारस पत्थर नहीं आ पाएगा - यानी तुम जिस चीज़ को छुओगे, उसे सोना बनाने की योग्यता तुममें कभी नहीं आ पाएगी।"

डोनाल्ड की प्रतिक्रिया

मैंने देखा है कि किसी धर्म के सच्चे अनुयायी वास्तविकता के ज़्यादा क़रीब होते हैं और ज़्यादा काम करते हैं। उनमें उद्देश्य का एहसास होता है, जिसे नष्ट नहीं किया जा सकता और वे आसानी से हताश भी नहीं होते हैं। चाहे वे यहूदी हों, ईसाई हों, बौद्ध हों या मुस्लिम हों या किसी अन्य धर्म के हों, धर्म उन्हें दिशा और निष्ठा देता है, जो बिज़नेस विश्लेषण की पकड़ में नहीं आ सकते।

मेरे कुछ कर्मचारी शुक्रवार को सनडाउन की पवित्रता को मानते हैं और उन्हें ऑफ़िस से जल्दी जाना पड़ता है। वे मेहनती हैं और मैं उनकी निष्ठा तथा धार्मिक प्रतिबद्धता का सम्मान करता हूँ। जब शुक्रवार के दिन वे मेरे साथ यात्रा करते हैं, तो मैं अपने जेट को थोड़ी जल्दी पहुँचाने की तैयारी कर लेता हूँ, ताकि उनकी धार्मिक आवश्यकता पूरी हो सके। उनकी अपनी प्राथमिकताएँ हैं और उनकी ख़ातिर मैं ऑफ़िस में अपने दो घंटों का त्याग कर सकता हूँ। मैं जानता हूँ कि वे निष्ठावान हैं और सिर्फ़ जल्दी घर जाने या काम से बचने के लिए बहाना नहीं बना रहे हैं।

मैं ईसाई परिवार में बड़ा हुआ हूँ और मुझे दूसरे धर्मों का सम्मान करना सिखाया गया है। हम सभी के विभिन्न धर्मों के दोस्त थे और हैं। मुझे एहसास होता है कि इससे दुनिया और लोगों के प्रति मेरी समझ बढ़ी है। समझ नफ़रत की जगह ले सकती है और यह उन कुछ युद्धों का जवाब है, जो इस धरती पर हुए हैं।

लोग अक्सर मुझे बाइबल भेजते हैं। कई बार इसलिए, क्योंकि उन्हें लगता है कि मैं टीचर हूँ और कई बार इसलिए, क्योंकि उन्हें लगता है कि मुझे उसकी ज़रूरत है। मैं जानता हूँ कि मैं इसके सिखाए कुछ संदेशों के ख़िलाफ़ गया हूँ, जैसे मैंने कहा है कि अगर लोग तुम्हें तबाह करें, तो तुम उन्हें तबाह कर दो। यह "दूसरा गाल सामने करने" वाले सबक़ से प्रभावित व्यवहार नहीं है, जो हम सबने सुना है, लेकिन मैं इस तरह के व्यवसाय में हूँ कि ऐसा करना पड़ता है।

कई मामलों में मैं बाइबल की कुछ बुद्धिमत्तापूर्ण बातों का पालन करता हूँ, जैसे "साँप जैसे समझदार और फ़ाख़्ता जैसे कोमल बनो।" इससे मेरा क्रोध क़ाबू में रहता है और बुद्धिमानी बढ़ती है।

मैं निश्चित रूप से इस विषय का विशेषज्ञ नहीं हूँ, लेकिन मैं जानता हूँ कि लोग बाइबल के अध्ययन में दशकों बिता सकते हैं। इससे बहुत सी समझदारी, सबक़ और इतिहास की समझ मिलती है। मेरे पिता डॉ. नॉर्मन विन्सेंट पील के मित्र थे, इसलिए मैं उन्हें जानता था। मैं उनकी मशहूर पुस्तक *द पॉवर ऑफ़ पॉज़िटिव थिंकिंग* (सकारात्मक सोच की शक्ति) से परिचित हूँ, जिसकी मैं आज भी अनुशंसा करता हूँ। (आज वे

> मैंने कभी नहीं माना कि समृद्धि बुरी होती है या इससे कतराना चाहिए।
>
> – डोनाल्ड जे. ट्रम्प

हमारे बीच नहीं हैं, लेकिन उनकी पत्नी रूथ सितंबर 2006 में 100 साल की हो चुकी हैं।)

धार्मिक आस्था होने का मतलब है अपने से बड़ी शक्ति में विश्वास करना। मुझे पक्का विश्वास है कि हमसे बड़ी कोई शक्ति है। इस विचार से मुझे शक्ति मिलती है और मैं हर परिस्थिति में लगन से जुटा रहता हूँ। यह चीज़ लीडर्स में होती है, क्योंकि उन्हें इसकी ज़रूरत होती है। वे जानते हैं कि वे सर्वज्ञाता और सर्वसुलभ नहीं हैं, लेकिन वे अपने आस-पास के लोगों के लिए अपना सर्वश्रेष्ठ प्रयास करते हैं और वे अपने निर्णयों में बड़ी तस्वीर को अपने दिमाग़ में रखने की ज़्यादा से ज़्यादा कोशिश करते हैं।

मेरे पास ब्रह्मांड की एक तस्वीर है, जिसे मैं अक्सर देखता रहता हूँ, क्योंकि इससे मुझे ध्यान रहता है कि मेरी समस्याएँ ब्रह्मांड की तुलना में कितनी छोटी हैं। इससे मुझे सही दृष्टिकोण मिलता है और मुझ पर पड़ने वाला दबाव अचानक कम हो जाता है। मैं अपने परिवार और कर्मचारियों तथा कंपनियों के प्रति ज़िम्मेदार बना रहता हूँ, लेकिन मैं जानता हूँ कि हालाँकि मैं मशहूर और सफल हूँ, लेकिन एक ऐसी शक्ति है, जो मुझसे बहुत बड़ी है। आस्था के कारण आप विश्वासपूर्वक आगे बढ़ते हैं, लेकिन आपकी विनम्रता क़ायम रहती है।

आपकी प्रतिक्रिया

ईश्वर और धर्म के बारे में आपका जीवनदर्शन क्या है?

आपकी धार्मिक आस्था ने धन संबंधी आपकी भावनाओं पर क्या प्रभाव डाला?

____

____

____

आपको क्या लगता है, हम प्रचुरता की दुनिया में रहते हैं या अभावों की दुनिया में?

____

____

____

खंड चार

अगर आप मेरी जगह होते, तो क्या करते?

कोई व्यक्ति जो सबसे जोखिम भरी बात कह सकता है, वह यह है, "मेरे पास 10,000 डॉलर हैं। मुझे इनका क्या करना चाहिए?" इस बात में जोखिम यह है कि अगर आप यह नहीं जानते हैं कि अपने पैसे का क्या करें, तो इससे लाखों लोग आकर्षित हो जाते हैं, जो जानते हैं कि आपके पैसे का क्या करना है – उसे आपसे ले लेना है।

अधिकांश लोग जादुई फ़ॉर्मूला चाहते हैं। जो लोग दूसरों से यह जानना चाहते हैं कि वे अपने पैसे का क्या करें, वही अक्सर वित्तीय सलाहकारों से सलाह लेते हैं, जो कहता है, बचत करो, कर्ज़ से छुटकारा पाओ, लंबे समय के लिए निवेश करो और डाइवर्सिफ़ाई करो। अगर आप चाहते हैं कि कोई आपको यह बताए कि आप अपने पैसे का क्या करें, तो ज़्यादातर लोग आपसे कहेंगे कि स्मार्ट तरीक़ा अपनी आमदनी से कम में जीना है। अगर आपको यह आकर्षक लगता हो, तो ऐसा ही करें।

जो लोग जादुई जवाब की तलाश करते हैं, वे आम तौर पर वही होते हैं, जो हार से बचने के लिए निवेश करते हैं। अक्सर वे ग़लतियाँ करने से दहशत में आ जाते हैं। अगर आपके साथ भी ऐसा हो, तो किसी ऐसे व्यक्ति को खोजें, जिसके पास जादुई जवाब हो और अपना पैसा उसे दे दें।

डोनाल्ड और रॉबर्ट वित्तीय शिक्षा तथा तैयारी में यक़ीन करते हैं। हमारा मानना है कि एक नाप के कपड़े सबको नहीं आ सकते हैं; यही जवाबों के साथ है। लोगों को अपनी आमदनी से कम में रहने की ज़रूरत नहीं है, बल्कि इसे लगातार बढ़ाने की ज़रूरत है।

पुस्तक के इस खंड में डोनाल्ड और रॉबर्ट विभिन्न वर्गों के लोगों को सलाह देते हैं कि वे अधिक वित्तीय शिक्षा और तैयारी कैसे हासिल कर सकते हैं।

अध्याय इक्कीस

मैं अब भी स्कूल में हूँ, मुझे क्या करना चाहिए?

रॉबर्ट की प्रतिक्रिया

अगर आप हाई स्कूल में हैं या उससे कम उम्र के हैं, तो मेरा सुझाव है कि आप मज़े लेने पर ध्यान केंद्रित करें। अगर आपने कभी बिल्ली या कुत्ते के बच्चों को खेलते देखा हो, तो आपने ग़ौर किया होगा कि वे बहुत सी योग्यताएँ खेलकर सीखते हैं। मज़े करो, खेलो और सीखो।

मुझे आज के बच्चों पर तरस आता है, जिनके माता-पिता किंडरगार्टन से ही उन्हें हार्वर्ड पहुँचाने की तैयारी शुरू कर देते हैं। हवाई इलाक़े के अमीर माता-पिता छह महीने के बच्चों को ही कॉलेज-प्रेप डे केयर में भेजने लगते थे और इसके लिए 1,000 डॉलर महीने तक ख़र्च कर डालते थे। हालाँकि यह उनका व्यक्तिगत मामला है, लेकिन मैं उनका बच्चा नहीं बनना चाहूँगा।

मेरे लिए बचपन में मुश्किल यह थी कि मैं जब तक स्कूल नहीं गया, तब तक मुझे पता ही नहीं चला कि मैं ग़रीब था। इससे भी बुरी बात यह थी कि मैं अपने माता-पिता, वयस्कों या टीचर्स को यह नहीं बता सकता था कि मैं अमीर बनना चाहता हूँ। मेरे परिवार में अमीर बनने की इच्छा या धन की आकांक्षा बुरी मानी जाती थी। मैं जानता हूँ कि आज भी कई परिवारों या समूहों में ऐसा ही होता है।

अगर किशोरावस्था में आपके परिवार वाले सोचते हैं कि अमीर बनने की इच्छा बुरी बात है, तो ख़ामोश न रहें। वयस्कों को अपना विरोधी न बनाएँ। इससे कोई फ़ायदा नहीं होगा। स्कूल में या इंटरनेट पर अपने जैसी मानसिकता के दोस्त खोज लें और फिर अपने परिवार के जीवनमूल्यों को भंग किए बिना अपने प्रति ईमानदार रहें। आपका परिवार महत्वपूर्ण है।

अगर आपका परिवार आपकी अमीर बनने की इच्छा का समर्थन करता है, तो फिर उन्हें भी अपने साथ मुक़ाम तक ले जाएँ। कई सेमिनारों में बच्चे माता-पिता को घसीटकर ले आते हैं। डोनाल्ड और मैं जो सेमिनार करते हैं, उनमें अक्सर ऐसा ही होता है। कई बार माता-पिता ने अपने बेटे या बेटी की तरफ़ इशारा करके मुझे बताया है, "उसने आपकी पुस्तक पढ़ी और वह मुझे इस कार्यक्रम में खींचकर ले आई। अगर वह ज़ोर नहीं देती, तो मैं

यहाँ नहीं आता।"

यह बात याद रखें : धन अपने आप में अच्छा या बुरा नहीं होता। वैसे हम सभी जानते हैं कि धन के लालच में कई लोग बुरे काम कर डालते हैं। कई लोगों को डर होता है कि अगर आप धन से प्रेम करते हैं, तो आप लोभी बन जाएँगे और कई लोग बन भी जाते हैं। हमेशा याद रखें कि अगर आप अमीर बनने का फ़ैसला करते हैं, तो अच्छे आदमी बनने की कोशिश करें, जो अमीर और उदार हो, लेकिन पैसे के साथ मूर्खता न करता हो।

मेरे जीवन में एक वरदान यह रहा कि मेरे अमीर दोस्त घमंडी नहीं थे। वे सबसे अच्छा व्यवहार करते थे। जब हम बेसबॉल या फ़ुटबॉल खेलते थे, तो हम सभी एक ही टीम में होते थे, चाहे हम अमीर हों या ग़रीब। मैं जानता हूँ कि आज स्थितियाँ अलग हैं। कई विद्यार्थी अपने ही समूह में रहते हैं और कम भाग्यशाली या ग़रीब लड़कों के साथ भेदभाव करते हैं। अगर आप अमीर लड़के बनने का फ़ैसला करते हैं, तो याद रखें कि आपको घमंडी नहीं बनना है और सभी लड़कों के साथ दयालुता तथा सम्मान का व्यवहार करना है।

स्कूल की दो चुनौतियाँ

स्कूल में मैंने दो चुनौतियों का सामना किया। पहली तो यह कि स्कूल मुझ पर नौकरी पाने की प्रोग्रामिंग करना चाहता था। टीचर्स मानते थे कि मैं ई क्वाड्रैंट का कर्मचारी बनूँगा, जबकि मैं उद्यमी बनना चाहता था। भगवान का शुक्र है कि आज उद्यमी बनने के इच्छुक विद्यार्थियों के लिए बिज़नेस क्लब और पाठ्यक्रम हैं। मेरे समय में कुछ क्लब तो थे, लेकिन उनमें ऐसे लोग पढ़ाते थे, जो बिज़नेस के बारे में कुछ नहीं जानते थे।

> अधिकांश लोग पैसे की समस्या से जूझते रहते हैं। इसका कारण यह है कि उन्होंने स्कूल में सिर्फ़ यही सीखा है कि पैसे के लिए काम कैसे किया जाता है। वे यह नहीं सीख पाते हैं कि पैसे से अपने लिए काम कैसे करवाया जाता है।
>
> *– रॉबर्ट टी. कियोसाकी*

दूसरी चुनौती यह थी कि स्कूल लोगों को ग़लतियाँ करने पर सज़ा देता था। क्या यह मूर्खतापूर्ण नहीं है? हम ग़लतियाँ करके ही सीखते हैं। साइकल, स्केटिंग और सर्फ़िंग सीखते समय मैं बार-बार गिरा। मैंने इसी तरह सीखा। अगर मुझे गिरने के लिए सज़ा दी जाती, तो मैं शायद कभी नहीं सीख पाता। जब आप ग़लती करें, तो मेहरबानी करके उसके बारे में झूठ न बोलें या यह नाटक न करें कि आपने ग़लती नहीं की, जैसा कई बड़े लोग करते हैं। इसके बजाय अपनी ग़लतियों से सीखने का समय निकालें। अगर आप ऐसा करेंगे, तो आप उन लोगों से ज़्यादा तेज़ी से सीखेंगे, जो ग़लतियों से बचते हैं या यह नाटक करते हैं कि उन्होंने कोई ग़लती नहीं की है।

दो बेहतरीन अभ्यास

अभ्यास # 1 : जब आप पर्याप्त बड़े हो जाएँ और आपके माता-पिता तैयार हों, तो असली दुनिया का एक बेहतरीन अभ्यास करें। एक सप्ताह के लिए अपने

परिवार का बजट बनाएँ और खाने-पीने का सामान भी ख़रीदें। हम मान लेते हैं कि आपके परिवार का खाने-पीने का साप्ताहिक बजट 100 डॉलर है। आप बजट के भीतर रहते हुए मीनू तैयार करें। फिर राशन तथा सब्ज़ी-भाजी ख़रीदकर लाएँ और उस मीनू से सबको ख़ुश रखें। यह काम कई बार करें, जब तक कि आप बजट बनाने में पारंगत न हो जाएँ और आपका परिवार आपके भोजन के चयन से ख़ुश न हो। पैसे का इस तरह बजट बनाना असल जीवन के लिए बहुत उपयोगी अभ्यास है।

जब मैंने यह काम किया, तो मैं 15 साल का था और मुझे सिर्फ़ शिकायतें ही सुनने को मिलीं। हालाँकि मैं बजट के भीतर ही रहा, लेकिन मेरा परिवार सिर्फ़ हॉट डॉग्स और बीन्स खा-खाकर उकता गया। इस अभ्यास के बाद अपनी मम्मी के प्रति मुझे काफ़ी सहानुभूति महसूस हुई।

अभ्यास # 2 : अधिकांश लोग पैसे की समस्या से जूझते रहते हैं। इसका कारण यह है कि उन्होंने स्कूल में सिर्फ़ यही सीखा है कि *पैसे के लिए काम* कैसे किया जाता है। वे यह नहीं सीख पाते हैं कि पैसे से अपने लिए काम कैसे करवाया जाता है।

खाने-पीने का बजट बनाने में निपुण होने के बाद आप यह सीख सकते हैं कि पैसे से पैसा कैसे कमाया जाता है। अगर आप रचनात्मक हैं, तो यह सीखना आसान है। लेकिन अगर आप रचनात्मक नहीं हैं, तो यह मुश्किल है। आप बस 10 डॉलर की छोटी रक़म लें। फिर यह देखें कि इसे दुगुना करने में आपको कितना समय लगता है। आप इसे किसी दोस्त को उधार दे सकते हैं और उससे हर महीने एक डॉलर ब्याज ले सकते हैं। इस तरह दस महीने में आपकी रक़म दुगुनी हो जाएगी। या आप कोई सामान कम क़ीमत पर ख़रीदकर ज़्यादा क़ीमत में बेच भी सकते हैं। अगर आप इस काम में निपुण हों, तो एक दिन में ही अपना पैसा दुगुना कर सकते हैं। चुनौती यह पता लगाना है कि कितने अलग-अलग तरीक़ों से आप अपने पैसे से ज़्यादा कमाई कर सकते हैं।

ज़्यादातर वयस्कों को आर्थिक तंगी इसलिए होती है, क्योंकि उन्हें ज़रा भी अंदाज़ा नहीं होता है कि पैसे से काम कैसे करवाया जाता है। वे तो बस इतना जानते हैं कि कैसे नौकरी पर जाना है, तनख़्वाह लेना है और उसे ख़र्च करना है। अगर आप अमीर बनना चाहते हैं, तो आपको पैसे से पैसा कमाने के तरीक़े मालूम होने चाहिए।

प्रशिक्षु और मार्गदर्शक

अमीर डैडी डोनाल्ड और मेरे दोनों के ही मार्गदर्शक थे। शायद इसीलिए डोनाल्ड का टेलीविज़न शो *द एप्रेंटिस* इतना लोकप्रिय है। बरसों पहले जब सरकारी नियंत्रण के स्कूल नहीं थे, तब बच्चे किसी मार्गदर्शक के प्रशिक्षु (apprentice) बनकर सीखते थे। यह मार्गदर्शक/प्रशिक्षु (mentor/apprentice) व्यवस्था वह मूल तरीक़ा था, जिससे हम सीखते थे। यह परंपरा गुफा में रहने वाले आदिमानवों जितनी पुरानी है, जहाँ बच्चे अपने मार्गदर्शक

के प्रशिक्षु बनकर कलाएँ सीखते थे।

आज मार्गदर्शक के बजाय हमारे पास टीचर्स हैं। हालाँकि टीचर्स और मार्गदर्शकों में कई समानताएँ हैं, लेकिन कुछ भिन्नताएँ भी हैं। एक अंतर तो यह है कि टीचर आपको कोई एक विषय पढ़ाता है, जबकि मार्गदर्शक वह होता है, जिसकी तरह आप बनना चाहते हैं - वह आपका रोल मॉडल होता है।

बचपन में मेरे सामने एक मुश्किल यह थी कि मेरे डैडी टीचर थे। मैं उनसे प्यार तो करता था, लेकिन मैं बड़े होकर उनके जैसा नहीं बनना चाहता था। उन्होंने मुझे कई अनमोल बातें सिखाईं - सम्मान का महत्व, अध्ययन का प्रेम, ईमानदारी और भ्रष्ट सरकारी तंत्र का विरोध करने का साहस, भले ही अपनी नौकरी चली जाए। उनकी इस तरह की बहुत सी बातों को मैंने अपने जीवन में उतारने की सर्वश्रेष्ठ कोशिश की है। लेकिन मैं बड़े होकर उनकी तरह सरकारी टीचर नहीं बनना चाहता था। मैं कोई नौकरी नहीं करना चाहता था या रिटायर होने के बाद सरकार से देखभाल की उम्मीद नहीं रखना चाहता था। मैं रियल एस्टेट में निवेश करने वाला अमीर उद्यमी बनना चाहता था। इसलिए मैंने एक मार्गदर्शक खोजा, जो मेरे अमीर डैडी थे।

आज मैं टीचर हूँ। फ़र्क़ यह है कि मैं उद्यमी हूँ, जो अपने शिक्षा व्यवसाय का मालिक है। अगर मैं अपने अमीर डैडी का प्रशिक्षु नहीं बना होता, तो शायद रियल एस्टेट, सोने, चाँदी और तेल में निवेश करने वाला उद्यमी भी नहीं बन पाता। दूसरे शब्दों में, मार्गदर्शक खोजकर मैंने अपने दोनों डैडियों की अच्छी बातें सीख लीं।

टीचर और मार्गदर्शक के बीच के फ़र्क़ को याद रखें। अगर आप क़िस्मत वाले हैं और कोई मार्गदर्शक आपको पसंद करता है, तो वह आपको अपना प्रशिक्षु बना लेगा। वह आपको सिखाने में जो समय लगा रहा है, उसके लिए उसका सम्मान करें और उस बुद्धिमत्ता की सराहना करें, जो वह आपको प्रदान कर रहा है।

ज़िंदगी आपको अलग-अलग तरह के लोगों के संपर्क में लाएगी। कुछ से आप प्रेम करेंगे और कुछ के बारे में यह सोचेंगे कि काश आप उनसे नहीं मिले होते। आप सभी से कुछ न कुछ सीख सकते हैं।

स्कूल के बारे में एक शब्द

हालाँकि मुझे स्कूल पसंद नहीं था, स्कूल में मेरा प्रदर्शन भी अच्छा नहीं था और स्कूल में सीखे गए विषयों का मैंने ज़्यादा इस्तेमाल भी नहीं किया है, लेकिन इसके बावजूद मैं सभी विद्यार्थियों को सलाह देता हूँ कि वे अपनी शिक्षा पूरी कर लें, कम से कम कॉलेज में चार साल की शिक्षा।

मैं इसकी सलाह क्यों देता हूँ ? इसके कारण ये हैं :

1. हाई स्कूल और कॉलेज के वर्ष विकास का समय हैं। जब मैं हाई स्कूल और कॉलेज में था, तो मुझे लगता था कि मैं सारे जवाब जानता था। कॉलेज छोड़ने के बाद मुझे यह पता चला कि मैं कितना कुछ नहीं जानता था।
2. कॉलेज की डिग्री एक टिकट है। इसका मतलब है कि आपने कुछ हासिल किया

है। इसका मतलब है कि आपने चार सालों तक ध्यान केंद्रित किया है। अगर मेरे पास कॉलेज की डिग्री नहीं होती, तो मुझे नैवी फ़्लाइट स्कूल में कभी नहीं लिया जाता। हेलीकॉप्टर पायलट के रूप में मैं अक्सर अपने साथ तैनात क्रू चीफ़्स को हेलीकॉप्टर उड़ाने देता था। उनमें से ज़्यादातर मुझसे अच्छे पायलट थे, लेकिन चूँकि उनके पास कॉलेज की डिग्री यानी टिकट नहीं था, इसलिए मिलिट्री उन्हें हेलीकॉप्टर नहीं उड़ाने देती थी।

3. कॉलेज आपको कई अलग-अलग विषयों और रुचियों को टटोलने का मौक़ा देता है। अकेडमी में मुझे अर्थशास्त्र अच्छा लगा, जिससे मुझे हैरानी हुई। अगर मैं कॉलेज नहीं गया होता, तो मुझे वैश्विक आर्थिक प्रवृत्तियों और अर्थशास्त्रियों की भाषा की ज़्यादा जानकारी नहीं होती। जीएनपी और जीडीपी में क्या फ़र्क़ है या एम1, एम2 और एम3 में क्या अंतर है, धन की आपूर्ति कैसे आँकी जाती है - इन चीज़ों को जानने से मेरी आमदनी पर महत्वपूर्ण प्रभाव पड़ा है।

मुझे क्या पढ़ना चाहिए?

कॉलेज के विद्यार्थी मुझसे अक्सर पूछते हैं, "आप मुझे क्या पढ़ने की सलाह देते हैं?" मैं दो विषय पढ़ने की सलाह देता हूँ।

ये हैं :

1. अकाउंटिंग
2. बिज़नेस लॉ

मैं इन विषयों को पढ़ने की सलाह इसलिए नहीं देता हूँ, क्योंकि मेरे हिसाब से हर व्यक्ति को अकाउंटेंट या वकील बनना चाहिए। मैं इनकी सलाह इसलिए देता हूँ, क्योंकि इनकी मदद से विद्यार्थी किसी बिज़नेस या निवेश को भाँपने में सक्षम बन जाता है। इन विषयों में माहिर होना एक्सरे का चश्मा लगाने की तरह है, जिससे आप वह देख सकते हैं, जो ज़्यादातर लोग नहीं देख सकते।

वित्तीय सलाहकार आपको यह विश्वास दिला देते हैं कि आप अपना पैसा उनके हवाले कर दें, क्योंकि उन्हें मालूम है, आप यह सोचते होंगे कि वे ऐसा कुछ देख सकते हैं, जो आप नहीं देख सकते। वे चाहते हैं कि आप यह सोचें कि उन्हें अंदर की बातें मालूम हैं। शायद उनमें से कुछ को होती हों, लेकिन ज़्यादातर को नहीं होतीं। ज़्यादातर वित्तीय सलाहकार सेल्समैन होते हैं (इसीलिए उन्हें ब्रोकर्स कहा जाता है)। जैसा मैंने कहा है, उनमें से अधिकांश उन जगहों पर निवेश नहीं करते हैं, जिनकी वे आपको सलाह देते हैं।

स्कूल जाने और अलग-अलग विषयों का अध्ययन करने का एक फ़ायदा यह है कि आप कई विषयों और व्यवसायों की विशिष्ट "भाषाएँ" सीखते हैं। उदाहरण के लिए, जब मैं फ़्लाइट स्कूल गया, तो मैंने पायलटों का अनुशासन और शब्दावली सीखी। अकेडमी में मैंने नौसेना का और अधिकारी बनने का अनुशासन सीखा। मैंने सीखा कि शिपिंग उद्योग में दाएँ या बाएँ के बजाय स्टारबोर्ड या पोर्ट शब्दों का प्रयोग किया जाता था।

अकाउंटिंग का अध्ययन करने पर आप अंकों और उस क्षेत्र के विशिष्ट शब्दों को पढ़ना

सीख जाएँगे। आपमें से जिन लोगों ने *रिच डैड पुअर डैड* पढ़ी होगी, हो सकता है उन्हें याद हो कि *संपत्ति* (assset) शब्द के बारे में मेरे अमीर डैडी और मेरे ग़रीब डैडी की परिभाषा अलग थी। इसीलिए मेरे ग़रीब डैडी अपने मकान को *संपत्ति* कहते थे, जबकि मेरे अमीर डैडी अपने मकान को *दायित्व* (liability) कहते थे। मेरे अमीर डैडी उस शब्द की परिभाषा को समझते थे, जबकि मेरे ग़रीब डैडी नहीं समझते थे। इस छोटी सी बात से दोनों व्यक्तियों के जीवन पर बहुत फ़र्क़ पड़ा। मैं अब भी ऐसे वित्तीय पत्रकारों और सेल्समैनों से टकराता हूँ, जो मेरे साथ संपत्ति और दायित्व शब्द की परिभाषाओं पर बहस करना चाहते हैं।

वैसे ज़्यादातर मकान दायित्व होते हैं, क्योंकि अकाउंटिंग में तीन मूलभूत रिपोर्टिंग फ़ॉर्म्स होते हैं। वे हैं :

(1) इनकम स्टेटमेंट, जिसका ख़ाक़ा नीचे दिया गया है।

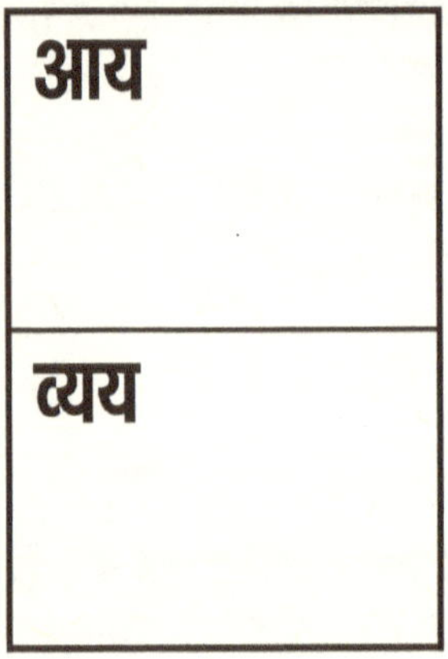

(2) बैलेंस शीट, जिसका ख़ाक़ा नीचे दिया गया है :

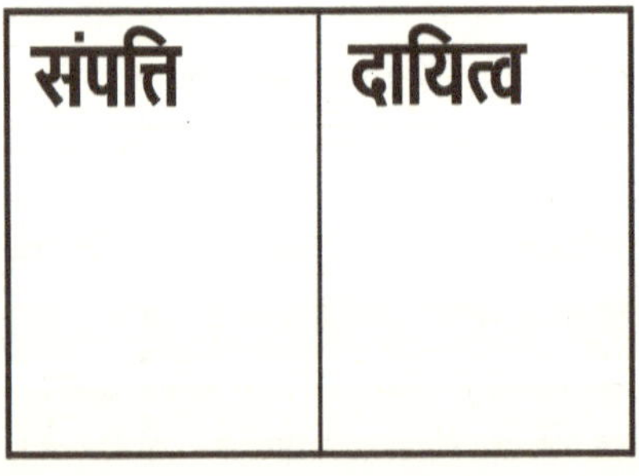

और (3) कैशफ़्लो स्टेटमेंट। कई लोग, कई बार तो अकाउंटेंट भी, कैशफ़्लो स्टेटमेंट की तरफ़ ज़्यादा ध्यान नहीं देते हैं। अगर आप निवेशक हैं (जो ज़्यादातर अकाउंटेंट नहीं होते हैं), तो आपको ***कैशफ़्लो*** स्टेटमेंट की तरफ़ बहुत ध्यान देने की ज़रूरत होगी। जैसा हर

निवेशक या उद्यमी जानता है, कैशफ़्लो सर्वोपरि है।

कैशफ़्लो गेम में कैशफ़्लो स्टेटमेंट यहाँ पाया जाता है :

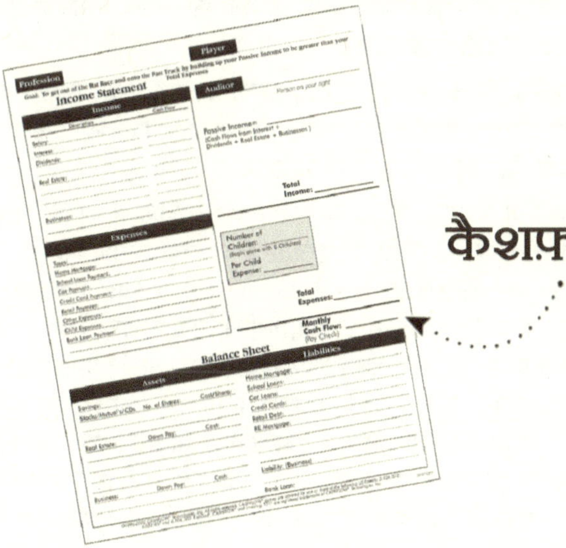

कैशफ़्लो स्टेटमेंट

हाल ही में मैं टेलीविज़न शो *20/20* में गया था। उसमें मेरी या मेरी पुस्तकों की कोई अच्छी छवि पेश नहीं की गई। कार्यक्रम में उन्होंने अपनी पसंद के बहुत से वित्तीय लेखकों को बुलाया था। एक वित्तीय विशेषज्ञ सन् 2000 से पहले टेक्नोलॉजी क्षेत्र के मीच्युअल फ़ंडों में निवेश करने की सलाह दे रहा था। अचानक सन् 2006 में वह रियल एस्टेट का विशेषज्ञ बन गया। *20/20* कार्यक्रम में वह लोगों को अपने सपनों का मकान ख़रीदने की सलाह दे रहा था। कभी मीच्युअल फ़ंड विशेषज्ञ रहा यह व्यक्ति अब अचानक रियल एस्टेट का विशेषज्ञ बन गया था और तंगहाली में जी रहे दंपतियों को उनके सपनों का मकान ख़रीदने की सलाह दे रहा था। उसने उन्हें बताया कि मकान एक संपत्ति है — हालाँकि ब्याज दर बढ़ रही थी, फ़ोरक्लोज़र्स (कर्ज़ न चुका पाने पर होने वाली नीलामी) की संख्या बढ़ती जा रही थी और रियल एस्टेट के भाव आसमान छू रहे थे तथा यह बुलबुला फूटने ही वाला था। क्या आप इस बात की कल्पना कर सकते हैं? उसके अनुसार मकान एक संपत्ति था, क्योंकि उन्हें मकान किराया देने से मुक्ति मिल जाएगी। व्यावसायिक निवेशक के रूप में मैंने दंपति को यह सलाह दी होती कि वे तब तक मकान किराया देते रहें, जब तक कि रियल एस्टेट बाज़ार ठंडा नहीं हो जाता।

20/20 के एक अन्य वित्तीय विशेषज्ञ ने कहा कि ज़्यादातर मिलियनेअर टोयोटा गाड़ियाँ चलाते हैं। जैसा मैंने इस पुस्तक के शुरू में कहा था, आज दुनिया में पहले से ज़्यादा मिलियनेअर हैं। इसका सीधा सा कारण यह है कि डॉलर का मूल्य घट गया है और मकानों का मूल्य बढ़ गया है। वे सचमुच मिलियनेअर हैं — लेकिन सिर्फ़ काग़ज़ पर।

देखिए, टोयोटा चलाना कोई ग़लत बात नहीं है। लेकिन मैं अपने संसाधनों से कम में रहने का चुनाव नहीं करता हूँ, जैसा दूसरे लेखक ने सुझाव दिया था।मैं अमीर इसलिए बनना चाहता था, क्योंकि मैं अच्छी ज़िंदगी जीना चाहता था... अपनी आमदनी से कम में गुज़ारा नहीं करना चाहता था। अगर आप मिलियनेअर बनने के बाद भी अपने संसाधनों से कम में गुज़ारा करना चाहें, तो शौक से करें। यह आपका फ़ैसला है।

अकाउंटिंग और बिज़नेस लॉ का अध्ययन करें। इसके अलावा, बाज़ार के रुझानों के बारे में सीखें, ताकि वे लोग आपको मूर्ख न बना सकें, जो ख़ुद को "विशेषज्ञ" कहते हैं (या जिन्हें मीडिया विशेषज्ञ कहता है), हालाँकि वे सच्चे निवेशक नहीं हैं।

शो के होस्ट एक अनुभवी पत्रकार थे। उन्होंने शिकायत की कि मैं अपनी पुस्तकों में लोगों को स्पष्ट जवाब नहीं देता हूँ। मैं लोगों को इस तरह के जवाब नहीं देता हूँ, "अपना पैसा मेरे हवाले कर दो और डाइवर्सिफ़ाई करो, डाइवर्सिफ़ाई करो, डाइवर्सिफ़ाई करो, ताकि मैं ज़्यादा कमीशन कमा सकूँ," या "एक मकान ख़रीदो, क्योंकि तुम फालतू में मकान किराया दे रहे हो।" दरअसल, मैं चाहता हूँ कि लोग अपने लिए ख़ुद सोचना सीखें। देखिए, ऐसे समय होते हैं, जब किराएदार होना मकान मालिक बनने से अच्छा होता है — और *आपको* यह तय करना आना चाहिए कि आपको किसमें ज़्यादा लाभ है। हालाँकि मैं मानता हूँ कि मकान मालिक बनना महत्वपूर्ण है, लेकिन यह भी महत्वपूर्ण है कि मकान को कब, कहाँ और कितनी ब्याज दर पर ख़रीदा जाए। जिस तरह हर अनुभवी ख़रीदार जानता है कि सेल कब लगेगी, उसी तरह अनुभवी निवेशक भी तब तक ख़रीदना पसंद नहीं करता है, जब तक कि सेल न लगी हो। रियल एस्टेट मार्केट की बुलंदी पर दंपति को मकान ख़रीदने और उसकी क़िस्त चुकाने की सलाह देना मकान मालिक बनने का एक ग़रीब और मूर्खतापूर्ण तरीक़ा है। यह भी मूर्खतापूर्ण है कि वे कैपुसिनो कॉफ़ी न पीकर या खाने में कटौती करके क़िस्त के पैसे बचाएँ।

वित्तीय रूप से साक्षर बनने के बाद लोग अपने लिए ज़्यादा अच्छे तरीक़े से सोच पाते हैं। इसके बाद वे अंधों की तरह किसी के पीछे-पीछे नहीं चलते हैं, क्योंकि वे अपनी एक्सरे आँखों से हक़ीक़त देख सकते हैं। इसलिए भले ही आप अकाउंटेंट या वकील न बनना चाहते हों, अकाउंटिंग और बिज़नेस लॉ का कोर्स ज़रूर करें।

कैशफ़्लो के बारे में

कैशफ़्लो महत्वपूर्ण है, क्योंकि उद्यमी या निवेशक इसी पर मूलभूत नियंत्रण चाहता है। जैसा पहले कहा जा चुका है, मैं रियल एस्टेट से प्रेम इसलिए करता हूँ और बिज़नेस इसलिए ख़रीदता या बनाता हूँ, क्योंकि इनमें नियंत्रण मेरे पास होता है। ज़्यादातर निवेशक निवेश को जोखिम भरा मानते हैं, क्योंकि वे उन निवेशों में निवेश करते हैं, जिन पर उनका कोई नियंत्रण नहीं होता है, जैसे बचत, शेयर, बॉण्ड्स और मीच्युअल फ़ंड्स।

फ़ाइनैंशियल स्टेटमेंट के डायग्राम की तरफ़ देखने पर आप पाएँगे कि कैशफ़्लो का नियंत्रण व्यावसायिक निवेशकों और बिज़नेस मालिकों के लिए इतना महत्वपूर्ण क्यों है।

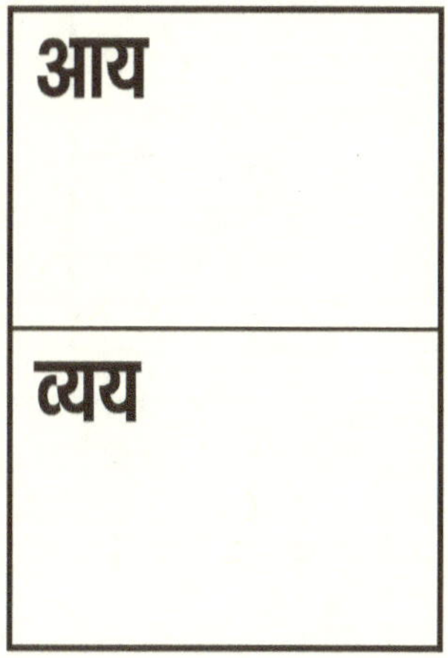

ऊँचे फ़ाइनैंशियल आई.क्यू. की निशानी यह है कि अधिक कैशफ़्लो आय वाले कॉलम में प्रवाहित होकर आता रहता है। कम फ़ाइनैंशियल आई.क्यू. की निशानी यह है कि अत्यधिक नक़द व्यय वाले कॉलम से प्रवाहित होकर बाहर जाता रहता है।

अमेरिका और इसके कई देशवासी वित्तीय संकट में इसलिए हैं, क्योंकि वे अपनी आमदनी वाले कॉलम में आने वाले कैशफ़्लो को नहीं बढ़ा पा रहे हैं और उनके व्यय वाले कॉलम से बाहर निकलने वाले कैशफ़्लो पर उनका कोई नियंत्रण नहीं रह गया है। इसके अलावा संपत्तियाँ बनाने के बजाय वे लगातार दायित्व बढ़ाते जा रहे हैं, जिससे व्यय वाले कॉलम से और तेज़ी से पैसा बाहर निकल रहा है। क्रेडिट कार्ड के कर्ज़ में गले तक डूबा व्यक्ति अगर कर्ज़ चुकाने के लिए होम इक्विटी लोन ले, लेकिन इसके बाद फिर से क्रेडिट कार्ड कर्ज़ में डूब जाए, तो वह ऐसे व्यक्ति का उदाहरण है, जिसका ख़ुद पर या अपनी वित्तीय स्थिति पर कोई नियंत्रण नहीं है।

मेरे अमीर डैडी ने सलाह दी थी कि मैं कुछ साल तक बेचना सीखूँ यानी दरवाज़ों पर दस्तक देना सीखूँ। उनके हिसाब से मुझे यह सीखना चाहिए था कि अपने फ़ाइनैंशियल स्टेटमेंट में आमदनी से होने वाले कैशफ़्लो पर नियंत्रण कैसे किया जाए। बहुत से लोग वित्तीय रूप से संघर्ष इसलिए करते हैं, क्योंकि वे सेल्स या मार्केटिंग में निपुण नहीं होते हैं। डोनाल्ड ट्रम्प शायद दुनिया के सबसे बड़े मार्केटर हैं। उनके ब्रांड का मतलब है पैसा, जिससे और पैसा आकर्षित होता है।

दिलचस्प बात यह है कि मेरे अमीर डैडी ने कहा था कि व्यय वाला कॉलम सबसे महत्वपूर्ण है। उन्होंने कहा था, "ज़्यादातर लोग ख़र्च करके ख़ुद को ग़रीब बना लेते हैं। अगर तुम अमीर बनना चाहते हो, तो तुम्हें यह जानने की ज़रूरत है कि अमीर बनने के लिए ख़र्च कैसे किया जाता है।" नीचे दिया गया डायग्राम यह स्पष्ट करेगा कि उन्होंने ऐसा क्यों कहा था :

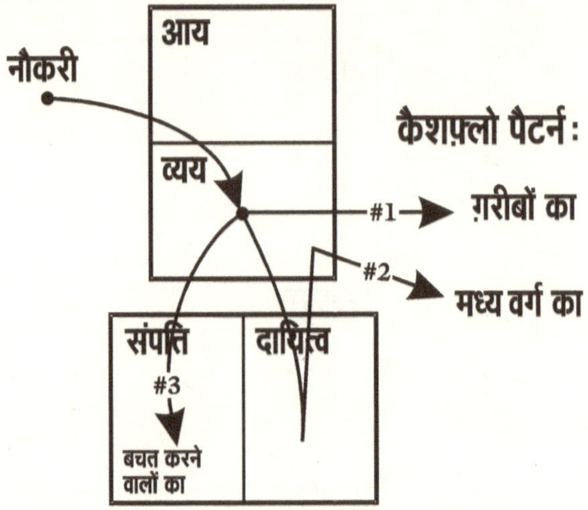

व्यय कॉलम के ये तीन मूलभूत नियंत्रण हैं। अमेरिका और इसके लाखों लोग एक प्रमुख कारण से वित्तीय रूप से जूझ रहे हैं। दरअसल उन सभी के पास कैशफ़्लो #1 और कैशफ़्लो #2 होता है। लेकिन अगर आप अमीर बनना चाहते हैं, तो चाहे आपकी आमदनी कितनी ही क्यों न हो, आपको कैशफ़्लो #3 की ज़रूरत होती है।

जैसा मैंने पहले कहा था, *यूएसए टुडे* ने एक सर्वे करवाया था, जिसमें यह पता चला कि अमेरिका में सबसे बड़ा डर आतंकवाद का नहीं, बल्कि रिटायरमेंट के दौरान पैसे ख़त्म हो जाने का था। क्या इसका कारण यह हो सकता है कि अधिकांश वित्तीय सलाहकारों और लोगों की मानसिकता बचत की है? कैशफ़्लो #3 बचत करने की मानसिकता का डायग्राम है। बहुत अमीर बनने और अपने संसाधनों से कम में नहीं जीने के लिए व्यक्ति को कैशफ़्लो #4 तीर की ज़रूरत होती है। डोनाल्ड और मेरे पास यही कैशफ़्लो वाला तीर है।

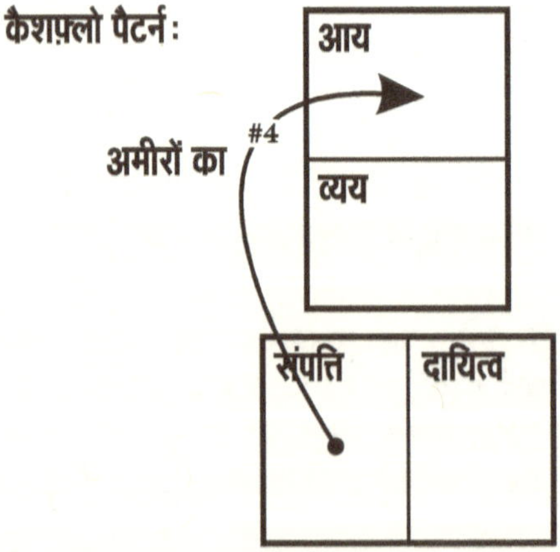

हम आपको अमीर क्यों बनाना चाहते हैं?

हम काम करें या न करें, हमारी संपत्तियों से पैसा आता रहता है। हम इस संपत्ति वाले कॉलम में वृद्धि करने के लिए जितनी ज़्यादा मेहनत करते हैं, उतना ही ज़्यादा पैसा आता है। डोनाल्ड और मेरे पास कैशफ़्लो #4 से पर्याप्त से अधिक पैसा आता है। हमें काम करने की ज़रूरत नहीं है, लेकिन हम इच्छा से काम करने का विकल्प चुनते हैं और अधिक संपत्तियाँ बनाते हैं, जिससे हम ज़्यादा अमीर बनते हैं।

मैं आपको अपनी पत्नी के कारोबार का एक उदाहरण दूँ। 1989 में किम का पहला निवेश 45,000 डॉलर का मकान था, जो उसने पोर्टलैंड, ओरेगॉन में ख़रीदा था। इस मकान में दो बेडरूम और एक बाथरूम था। इसके बाद मेरी पत्नी का फ़ाइनैंशियल स्टेटमेंट इस तरह दिखता था:

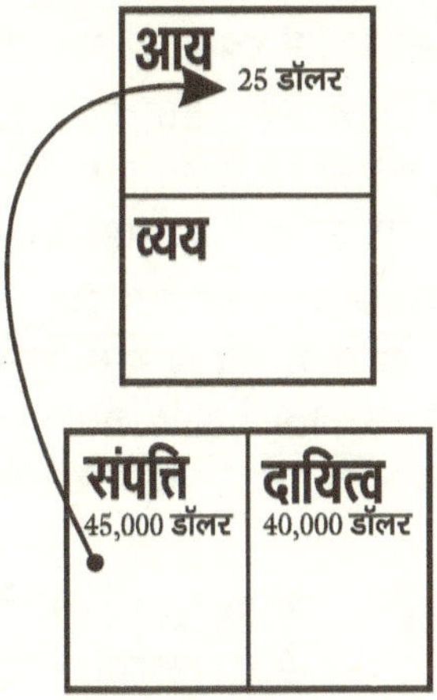

हज़ारों मकान देखने और उनमें से शायद 25 को ख़रीदने के बाद उसने 2004 में नीचे दिया गया निवेश किया। उसने लगभग 80 लाख डॉलर में एक व्यावसायिक जायदाद ली, जिसमें उसने 10 लाख डॉलर का नक़द भुगतान किया, जो उसने उधार लिया था। इस तरह से यह पूरी रक़म कर्ज़ से चुकाई गई। उसका नेट कैशफ़्लो इस तरह से दिखता था :

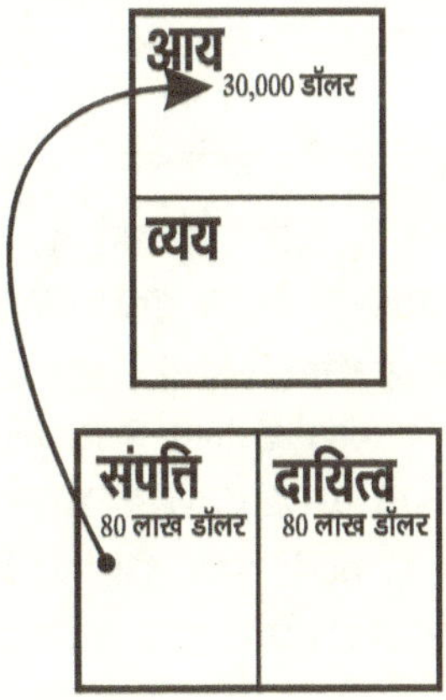

दूसरे शब्दों में, हर महीने उसे 30,000 डॉलर की नक़द आमदनी होती है। इसके अलावा, निष्क्रिय आमदनी होने के कारण इस पर सामान्य से कम दर से टैक्स लगता है यानी कि उस व्यक्ति से कम टैक्स लगता है, जिसे हर महीने 30,000 डॉलर तनख़्वाह मिलती है। यह एक दुर्लभ निवेश है। हालाँकि ऐसे निवेश होते हैं, पर वे दुर्लभ हैं। लेकिन यही तो वित्तीय रूप से साक्षर बनने और एक्सरे दृष्टि होने का लाभ है। अगर आप हिसाब लगाकर देखें, तो इस निवेश के लाभ अनंत हैं। निश्चित रूप से यह उस 10 प्रतिशत लाभ को मात दे देता है, जिसके बारे में वित्तीय योजनाकार डींगें हाँकते हैं।

रियल एस्टेट निवेशकों और उद्यमियों को अपने मूलधन पर ज़्यादा लाभ इसलिए होता है, क्योंकि रियल एस्टेट और बिज़नेस में रचनात्मकता की छूट होती है। अधिकांश मामलों में बचत, शेयरों, बॉण्ड्स तथा मीच्युअल फ़ंडों में रचनात्मकता और नियंत्रण की छूट नहीं होती है।

2005 में किम को एक और निवेश मिला। इस बार उसे ख़ुद के 10 लाख डॉलर लगाने पड़े, लेकिन 2005 का यह निवेश उसे हर महीने 30,000 डॉलर की आमदनी देता है। आज उसकी निष्क्रिय यानी बिना काम किए आमदनी हर साल दस लाख डॉलर से अधिक है।

इसीलिए मैं विद्यार्थियों को कॉलेज में अकाउंटिंग और बिज़नेस लॉ के कोर्स करने की सलाह देता हूँ। कॉलेज ग्रेजुएट होने के बाद आप अभ्यास करना शुरू कर दें। आपको अपनी शिक्षा को अनुभव में बदलने की ज़रूरत होगी। आप जितना ज़्यादा अभ्यास करेंगे, उतना ही ज़्यादा सीखेंगे और अनुभव हासिल करेंगे। आप पाएँगे कि आपका जोखिम कम होने लगेगा और लाभ बढ़ने लगेगा।

किम ने *रिच वुमैन* पुस्तक लिखी है। उसे यह पुस्तक लिखने का हक़ है। किम को बेहतरीन निवेशक बनने में 10 साल लग गए और मैं कह सकता हूँ अब वह विशेषज्ञों की जमात में शामिल हो चुकी है। पुस्तक के शीर्षक के नीचे लिखी यह पंक्ति सारी बात कह देती है : "क्योंकि मुझे यह बताए जाने से नफ़रत थी कि मुझे क्या करना है।" मैं उसकी इस बात की पुष्टि कर सकता हूँ। वह इस कारण अमीर बनी, क्योंकि वह अपनी शर्तों पर ज़िंदगी जीने की स्वतंत्रता चाहती थी।

मेरा बैंक मुझे ब्याज देता है

आपमें से कुछ लोग कहेंगे, "बचत पर मुझे ब्याज मिलता है।" लेकिन इस बचत के साथ समस्या यह है कि डॉलर का मूल्य ब्याज की दर से ज़्यादा तेज़ी से घट रहा है। बचत से आपका अपनी आमदनी या अपने धन से होने वाले लाभ पर बहुत कम नियंत्रण रह जाता है।

जो लोग निश्चित आमदनी के साथ रिटायर होते हैं, वे शायद मुद्रास्फीति को बढ़ते देखेंगे, जिसका मतलब यह है कि उनके डॉलर या बचत का मूल्य कम होता जाएगा।

मैं किसी बैंकर को धन सौंपने के बजाय अपनी आमदनी और लाभ पर नियंत्रण करना सीखना चाहूँगा। मैं कुछ पैसा वक़्त-ज़रूरत के लिए बचत ख़ाते में रखता हूँ, लेकिन मैं यह विश्वास नहीं करता हूँ कि मेरी ज़िंदगी उसके ब्याज के भरोसे चलेगी।

मैं लोगों को बचत करने वाले की मानसिकता के बजाय निवेशक की मानसिकता सीखने के लिए प्रोत्साहित करता हूँ। अगर आप ऐसा करेंगे, तो बुढ़ापे में आपको ज़्यादा चैन की नींद आएगी।

हम आपको अमीर क्यों बनाना चाहते हैं?

निष्कर्ष

अगर आप कॉलेज में हैं, तो अकाउंटिंग और बिज़नेस लॉ की बुनियादी शिक्षा हासिल करें। जब आप कॉलेज से निकल जाएँ, तो उस शिक्षा को अनुभव में बदलने में थोड़ा समय लगाएँ। सैद्धांतिक रूप से आय, व्यय, संपत्ति और दायित्व से प्रवाहित होने वाले कैशफ़्लो पर नियंत्रण सीखना आसान लगता है, लेकिन वास्तविकता में ऐसा नहीं होता है। शैक्षणिक सिद्धांत को असल जीवन में उतारना बहुत महत्वपूर्ण है।

बिज़नेस लॉ खेल के नियमों के बारे में है। आप किसी भी खेल को देख लें, उसके कुछ नियम होते हैं और हर खेल में हमेशा एक रेफ़री होता है। कई बार मैं भी मुश्किल में फँस जाता हूँ, इसलिए नहीं क्योंकि मैं धोखेबाज़ हूँ, बल्कि सिर्फ़ इसलिए, क्योंकि मुझे या मेरे सलाहकार को नियमों की जानकारी नहीं होती। इसीलिए नियम महत्वपूर्ण हैं। आप बुनियादी नियमों को जितनी जल्दी समझ लें, खेल जीतने का आपके पास उतना ही अच्छा मौक़ा है।

अगर आप बजट बनाने और अपने संपत्ति वाले कॉलम में आने वाले धन को नियंत्रित करने में निपुण होंगे, तो आपके पास अमीर बनने का ज़्यादा अच्छा अवसर होगा। अगर आप बजट बनाने और नियंत्रण व लीवरेज समझने में निपुण होंगे, तो आप ऊँची तनख़्वाह वाली नौकरी के बिना भी बहुत अमीर बन सकते हैं। बहुत से लोगों के पास ऊँची तनख़्वाह वाली नौकरियाँ तो हैं, लेकिन वे ग़रीब सिर्फ़ इसलिए हैं, क्योंकि वे यह नहीं जानते हैं कि बजट कैसे बनाना है या लीवरेज कैसे करना है। इसके अलावा उनके पास कोई नियंत्रण भी नहीं होता है।

तो अकाउंटिंग और बिज़नेस लॉ का कोर्स करें। इनकी जानकारी से आपको अच्छे अकाउंटेंट और वकीलों को चुनने में भी मदद मिलेगी। (वयस्क लोग नाइट स्कूल या अपने स्थानीय सामुदायिक कॉलेजों में भी ये विषय सीख सकते हैं। और चाहे आपकी उम्र कितनी भी हो, आप कैशफ़्लो क्लब में शामिल हो सकते हैं और अपनी वित्तीय शिक्षा पर नियंत्रण कर सकते हैं।)

रिच डैड कंपनी में हमारी वेबसाइट www.RichKidSmartKid.com पर हम सभी स्कूलों को वित्तीय शिक्षा मुफ़्त उपलब्ध करवाते हैं। इस तरह से हम सभी बच्चों को धन के खेल में समान अवसर उपलब्ध कराते हैं।

डोनाल्ड की प्रतिक्रिया

इस सप्ताह मुझे जॉर्जटाउन यूनिवर्सिटी के एक प्रोफ़ेसर का पत्र मिला, जिन्होंने मेरे बेटे एरिक को पढ़ाया था। एरिक बिज़नेस स्कूल से पिछले महीने ग्रेजुएट होकर निकला है। हालाँकि मैं जानता था कि वह एक गंभीर विद्यार्थी था, जिसके नंबर अच्छे आते थे, लेकिन मैं यह बात नहीं जानता था कि वह कितना मेहनती था।

प्रोफ़ेसर ने ज़िक्र किया कि उनके लंबे टीचिंग कैरियर में एरिक ही ऐसा इकलौता विद्यार्थी था, जो अपना प्रोजेक्ट हमेशा निश्चित तिथि से एक सप्ताह पहले जमा करता था। एरिक की कार्य-नैतिकता (work-ethic) के बारे में बाक़ी प्रोफ़ेसरों में भी चर्चा होती थी। बाक़ी विषयों के अलावा उसे सौदेबाज़ी (negotiation) और मध्यस्थता (arbitration) विषयों में भी उत्कृष्टता के लिए पुरस्कार मिला। प्रोफ़ेसर ने कहा कि एरिक निश्चित रूप से भीड़ से अलग दिखता था और सिर्फ़ इसलिए नहीं, क्योंकि उसकी लंबाई 6 फ़ुट 5 इंच है। ज़ाहिर है, मुझे उसके इस बेहतरीन प्रदर्शन को सुनकर बहुत गर्व हुआ।

मैंने पहले भी कहा है कि अगर आप उत्कृष्ट बनना चाहते हैं, तो उम्मीद से ज़्यादा काम करना महत्वपूर्ण है। मैं अपने ख़ाली समय में अध्ययन करता था और अगर मैं इस समय दोबारा कॉलेज में होता, तो मैं दोबारा यही करता। इससे कोई फ़र्क़ नहीं पड़ता है कि आप किस विषय का अध्ययन कर रहे हैं। विषय चाहे जो हो, ज़्यादा से ज़्यादा पता लगाएँ। जितना पढ़ सकते हों, पढ़ें; जितना सीख सकते हों, सीखें; हर दिन।

मैं साहित्य के एक विद्यार्थी को जानता था। वह न सिर्फ़ आवश्यक पुस्तकें पढ़ता था, बल्कि क्लिफ़ नोट्स का अध्ययन भी करता था। मैंने उससे पूछा कि जब उसने पुस्तकें पढ़ ली हैं (और वह हर पुस्तक को बहुत ध्यान से पढ़ता था), तो फिर वह क्लिफ़ नोट्स क्यों पढ़ता है। उसका जवाब था, "इस तरह से मैं उनकी बातों से अपनी सोच की तुलना कर सकता हूँ और अपने दिमाग़ में दोनों स्रोतों के बीच बहस करवा सकता हूँ। जब तक मैं यह काम पूरा करता हूँ, मैं उस साहित्यिक रचना से बहुत अच्छी तरह परिचित हो जाता हूँ।" इसमें कोई हैरानी की बात नहीं कि वह एक उत्कृष्ट और ज्ञानी वकील बन गया। उसने उत्कृष्टता से काम करके ख़ुद को तैयार किया था। उसने उम्मीद से ज़्यादा काम किया था।

ख़ुद के सामने लगी छड़ ऊपर उठाते रहें। कभी भी "पर्याप्त" से संतुष्ट न रहें। आज की दुनिया प्रतिस्पर्धी है और यह इतनी तेज़ी से आगे बढ़ती है कि अगर आप प्रतिस्पर्धा में बने रहना या उतरना चाहते हैं, तो आपको अपने स्टैमिना के स्तर को उठाना होगा।

इसके अलावा, आज प्रौद्योगिकी इतनी तेज़ी से बदल रही है और प्रगति कर रही है कि उसके साथ क़दम मिलाकर चलना ज़रूरी है। आपको जानना होगा कि क्या हो रहा है? जब दुनिया में इतना कुछ हो रहा हो, तो आपके सामने बहुत सारा होमवर्क होता है।

दूसरा बड़ा होमवर्क यह है कि आपको विश्व भर में हो रही तत्कालीन घटनाओं की ख़बर रखना है। इस क्षेत्र में लापरवाही न बरतें। हम सबने वैश्विक बाज़ार के बारे में सुना है। अब वह हक़ीक़त बन चुका है, इसलिए इसकी ख़बर रखें। इसके बारे में पढ़ें और अंतर्राष्ट्रीय मामलों की जानकारी रखें।

पिछले सीज़न के *एप्रेंटिस* में हमारे सामने लेनी नाम का एक व्यक्ति था, जो मूलतः रूस का था। एप्रेंटिसों को एक जिंगल लिखने का काम दिया गया। लेनी ने कभी जिंगल के बारे में नहीं सुना था। उसे पता ही नहीं था कि यह क्या बला है। कुछ लोगों को उसकी बात पर यक़ीन नहीं हुआ और वे सोचने लगे कि वह मूर्ख बनने का नाटक कर रहा होगा। लेकिन लेनी मूर्ख बनने का नाटक नहीं कर रहा था, क्योंकि उसने गुनगुनाना शुरू किया और फिर कुछ घंटियाँ जोड़ने की कोशिश की, ताकि क्रिसमस के गीत "जिंगल बेल" के बारे में सोचकर यह पता लगा सके कि जिंगल क्या होता है। आख़िरकार मुझे उसे इसका मतलब बताना पड़ा। इससे यह साबित होता है कि कोई काम करने की कोशिश से पहले उसके बारे में मालूम होने से फ़ायदा होता है।

आइए इस बात का सामना करें कि इस दुनिया में जानने के लिए बहुत कुछ है। अगर आप आज कॉलेज में हैं और दुनिया के मैदान में महान खिलाड़ी बनना चाहते हैं, तो ध्यान दीजिए और अतिरिक्त मील चलिए - हर दिन। अवसरों के अपने पास आने की राह मत देखिए।

जैसा लुई पास्चर ने कहा था, "भाग्य तैयार मस्तिष्क पर कृपा करता है।"

तीसरी बात, जीवन की कुशलताओं को नज़रअंदाज़ न करें, जिसमें वित्तीय शिक्षा की अच्छी-ख़ासी ख़ुराक शामिल होनी चाहिए। आपकी वित्तीय शिक्षा का आपके जीवन की गुणवत्ता पर बहुत प्रभाव पड़ता है, चाहे आपकी रुचियाँ कोई भी क्यों न हों। किसी काले धब्बे को अपने जीवन के ब्लूप्रिंट को बर्बाद न करने दें। निर्माता (builder) की तरह सोचने से मदद मिलती है। हमें इमारत के हर इंच या जीवन के हर पहलू की जवाबदेही लेनी चाहिए। निर्माणकार्य में हम लापरवाह नहीं हो सकते या यह आशा नहीं कर सकते कि चीज़ें आख़िर में अपने आप ठीक हो जाएँगी। यह विनाश की तैयारी है। हमें पता होना ही चाहिए।

मुझे एक बड़ा निर्माता माना जाता है, उसका एक कारण यह है कि मुझमें पूर्णता का गुण है। पूर्णता विकल्प नहीं, बल्कि अनिवार्य आवश्यकता है। अपनी वित्तीय

> जीवन की कुशलताओं को नज़रअंदाज़ न करें, जिनमें वित्तीय शिक्षा की अच्छी-ख़ासी ख़ुराक शामिल होनी चाहिए।
>
> – डोनाल्ड जे. ट्रम्प

शिक्षा को विकल्प के रूप में न देखें, जब तक कि आप आगे चलकर बड़ी समस्याओं का सामना न करना चाहें। शुरुआत में हर सप्ताह अपनी वित्तीय स्थिति का अवलोकन करें। इसे अपने कपड़े धोने जितना ज़रूरी काम मानें।

आख़िरी बात, अपनी एकाग्रता पर ध्यान दें। अगर आपको अपनी महत्वाकांक्षाएँ और रुचियाँ मालूम न चली हों, तो उन्हें खोजने की कोशिश करें। ख़ुद से यह सवाल पूछना अच्छा रहेगा :

अगर मेरे पास पैसे की ज़रूरत नहीं होती, तो मैं क्या करता ?

कॉलेज जाने से पहले मुझे यह विकल्प चुनना था कि मैं फ़िल्म उद्योग में जाऊँ या रियल एस्टेट में। दोनों उद्योगों में मेरी दिलचस्पी थी और मैंने व्हार्टन को चुनने से पहले गंभीरता से यूएससी जाकर फ़िल्म की पढ़ाई करने के बारे में विचार किया था। मुझे रियल एस्टेट से प्यार है और मुझे फ़ैसला लेने के बाद दोबारा नहीं सोचना पड़ा। बहरहाल, मैंने मनोरंजन उद्योग में अपनी दिलचस्पी क़ायम रखी, जिसने मुझे इसके लिए बेहतर तैयार किया, जब मैं अप्रत्याशित रूप से बाद में इसमें दाख़िल हुआ। जिस चीज़ में आपकी दिलचस्पी हो, उसकी तरफ़ ध्यान दें। बाद में आपको अपनी दिलचस्पी के पुरस्कार मिलेंगे।

आपको इस सवाल से भी अपनी एकाग्रता में मदद मिलेगी : अगर आपको पक्का पता हो कि आप असफल नहीं हो सकते, तो आप क्या करेंगे ? आपका जवाब मूर्खतापूर्ण हो सकता है, यह समझदारी भरा भी हो सकता है या यह आपको भी चकित कर सकता है। हो सकता है कि आप इसे ख़ुद तक ही सीमित करना चाहें। सौ साल पहले अगर कोई जवाब देता, "मैं चाँद पर चलना चाहता हूँ," तो उसे पागल समझा जाता। आज हम जानते हैं कि यह संभव है। अपनी एकाग्रता पर मेहनत करते समय आपको यह पता चल सकता है कि आप थोड़े भविष्य-दृष्टा हैं।

इन विचारों को हक़ीक़त में बदलने के लिए संसाधनों की ज़रूरत होती है। तो हम दोबारा आपकी वित्तीय बुद्धिमत्ता पर लौट आते हैं, जिसे जीवन-संबंधी योग्यताओं के रूप में भी जाना जाता है। धन के बारे में सीखें और यह भी कि यह आपके लिए कैसे काम कर सकता है। फिर अपने सपनों को हक़ीक़त में बदलने के लिए काम में जुट जाएँ।

अध्याय बाईस

मेरे पास ज़्यादा पैसा नहीं है, मुझे क्या करना चाहिए?

रॉबर्ट की प्रतिक्रिया

मेरे माता-पिता की पीढ़ी यानी द्वितीय विश्वयुद्ध वाली पीढ़ी के लिए सफलता के नियम बहुत आसान थे : "स्कूल जाओ, नौकरी करो, मेहनत से काम करो और रिटायर होने के बाद कंपनी तथा सरकार तुम्हारी देखभाल करेगी।" उन्हें नियमित रूप से वेतनवृद्धियाँ और प्रमोशन मिलते रहे, क्योंकि अमेरिका की अर्थव्यवस्था फल-फूल रही थी, तेल सस्ता था और हम आज़ाद दुनिया के लीडर थे। हमारा डॉलर मज़बूत था और द्वितीय विश्वयुद्ध के बाद कई देशों पर हमारा कर्ज़ चढ़ा हुआ था। आज लगभग हर चीज़ विपरीत है।

धन के नियम बदल गए हैं। जैसा पहले ही बता चुका हूँ, 1971 में हमारा डॉलर धन से मुद्रा में बदल गया, जिसका मतलब यह हुआ कि आप जितनी तेज़ी से डॉलर बचा सकते हैं, सरकार उससे ज़्यादा तेज़ी से मुद्रा छाप सकती है। दूसरा परिवर्तन 1974 में हुआ, जब बड़े कॉरपोरेशनों ने कर्मचारियों को अँगूठा दिखा दिया कि वे ज़िंदगी भर उनकी देखभाल नहीं करेंगे।

1996 में एक और क़ानून आया, जिसे टेलीकॉम रिफ़ॉर्म एक्ट के नाम से जाना जाता है। यह एक्ट धन के नियमों और वर्तमान रोज़गार को इसलिए प्रभावित कर रहा है, क्योंकि इसके कारण कंपनियाँ अमेरिका के बजाय चीन, भारत, आयरलैंड और दुनिया के बाक़ी देशों में कर्मचारियों को कम वेतन पर नौकरी पर रख सकती हैं।

जब मैं छोटा था, तो विदेशी प्रतिस्पर्धा से सिर्फ़ शारीरिक श्रम करने वाले (blue-collar) कर्मचारियों को ही ख़तरा था। जैसा आप जानते हैं, फ़ैक्ट्री के कई काम विदेश चले गए। 1996 के टेलीकॉम रिफ़ॉर्म एक्ट के बाद मानसिक योग्यता पर आधारित (white-collar) नौकरियाँ भी विदेश जाने लगीं, जिनमें कॉलेज की शिक्षा की ज़रूरत थी।

बहुत से कॉल सेंटर्स अब अमेरिका नहीं, बल्कि भारत जैसे देशों में हैं। ऐसा इसलिए है, क्योंकि टेलीकॉम रिफ़ॉर्म एक्ट ने कंपनियों को वैश्विक बना दिया है और दुनिया भर में फ़ाइबर-ऑप्टिक की मीलों लंबी केबल लाइनें बिछ गई हैं। अब एशिया या पूर्वी यूरोप के किसी व्यक्ति से बात करना अमेरिका के दूसरे शहर में फ़ोन पर बात करने से ज़्यादा सस्ता हो गया है।

क़ानून के इस परिवर्तन से मूलतः बी और आई क्वाड्रैंट के लोगों को लाभ हुआ है, जबकि ई तथा एस क्वाड्रैंट के बहुत से लोगों को इससे कष्ट हुआ है। अमेरिकी इस बात पर चिल्ला रहे हैं कि हमारी नौकरियाँ दूसरे देशों में जा रही हैं। हालाँकि नौकरियाँ बरसों से विदेश जा रही हैं, लेकिन 1996 के अधिनियम से इस प्रक्रिया की रफ़्तार बढ़ गई। इस एक्ट के कारण आज डॉक्टरों, वकीलों और अकाउंटेंट्स की आमदनी भी ख़तरे में पड़ चुकी है।

2001 में कुछ और हुआ - चीन को वर्ल्ड ट्रेड ऑर्गेनाइज़ेशन (डब्ल्यूटीओ) में शामिल कर लिया गया। एक बार फिर, यह बी और आई क्वाड्रैंट के लोगों के लिए बहुत बढ़िया बात है, लेकिन यह ई और एस क्वाड्रैंट के लोगों के लिए ख़तरनाक हो सकती है।

तनख़्वाह बढ़ाने का आग्रह करना

टेलीकॉम रिफ़ॉर्म एक्ट और चीन के डब्ल्यूटीओ में शामिल होने का महत्वपूर्ण परिणाम यह है कि अब तनख़्वाह बढ़ाने का आग्रह करना आसान नहीं है। यह सीधे-सीधे अपनी नौकरी जोखिम में डालने वाली बात है। चाहे आप शारीरिक श्रम करने वाले कर्मचारी हों या मानसिक श्रम करने वाले, जो व्यक्ति आपकी नौकरी से प्रतिस्पर्धा कर रहा है, वह आपसे हज़ारों मील दूर हो सकता है - यह ऐसे समय हो रहा है, जब मुद्रास्फीति की दर बहुत ऊँची है, गैस के दाम बढ़ रहे हैं और मकानों की क़ीमतें आसमान छू रही हैं।

आपमें से कुछ लोग कह सकते हैं, "देखिए, मेरी नौकरी तो सुरक्षित है। मैं स्कूल टीचर हूँ और किसी न किसी को तो क्लासरूम में पढ़ाने के लिए रहना ही पड़ेगा।" हाँ, इस तरह की कई नौकरियाँ हैं, जिनमें पुलिस अफ़सर, डेस्क क्लर्क, दमकल कर्मचारी, होटल परिचारिकाएँ, द्वारपाल, नगरपालिका कर्मचारी आदि शामिल हैं। कुछ नौकरियों को विदेशियों से कोई ख़तरा नहीं है। लेकिन यह याद रखें : अगर ब्लू-कॉलर और व्हाइट-कॉलर कर्मचारियों की नौकरियाँ छूट रही हैं, तो वे आपकी नौकरी के लिए प्रतिस्पर्धा करने लगेंगे और आपके लिए ख़तरा उत्पन्न हो जाएगा।

सरलता या जटिलता

अगर आप वयस्क हैं और आपके पास ज़्यादा पैसा नहीं है, तो आपके पास दो मूलभूत विकल्प हैं :

1. अपने संसाधनों से कम में जीना।
2. अपने संसाधनों को बढ़ाना।

इसे दूसरे तरीक़े से कहें :

1. सरलता
2. जटिलता

मेरे कई मित्रों ने सरलता को चुना है। उन्होंने अपनी आवश्यकताओं और जीवनस्तर को घटा लिया है। दक्षिणी एरिज़ोना में एक दंपति ने कच्ची ईंटों का मकान बना लिया है, इसलिए उन पर कोई कर्ज़ या क़िस्त नहीं है। उनके यहाँ बिजली का कनेक्शन भी नहीं है और

वे सौर ऊर्जा का इस्तेमाल करते हैं। उनका अपना कुआँ है, वे मवेशी पालते हैं और सुरक्षा के लिए उनके पास हथियार भी हैं। पति को मिलिट्री से पेंशन मिलती है और वह अनिवार्य चीज़ें ख़रीदने के लिए महीने में एक बार शहर जाता है। वे लोग सरलता का जीवन जी रहे हैं और बहुत सुखी हैं।

कई बेबी बूमर्स इसी तरह के सरल और सस्ते जीवन की चाहत में मेक्सिको या कोस्टा रिका जाकर रह रहे हैं।

डोनाल्ड और मैंने अधिक जटिल जीवन का विकल्प चुना है। हम पूरे सप्ताह चौबीसों घंटे बिज़नेस करते हैं, क्योंकि हमारे बिज़नेस पूरी दुनिया में फैले हुए हैं। हमारे कई मकान हैं, हम अपने घर से सतत संपर्क में रहते हैं और लगातार यात्रा करते हैं।

किम और मैं अपनी जीवनशैली से प्रेम करते हैं। हमारे दोस्त पूरी दुनिया में हैं और हमारी जीवनशैली लंबी दूरी की व्यक्तिगत तथा व्यावसायिक मित्रताओं का ख़र्च उठा सकती है।

ज़्यादातर लोग इन दो जीवनशैलियों के बीच कहीं पर रहते हैं। आज कोई व्यक्ति आसानी से 100 एकड़ ज़मीन ख़रीद सकता है, बिजली का उपयोग बंद कर सकता है और इसके बावजूद अगर वह चाहे, तो संसार के साथ संपर्क में रहकर 24/7 जीवनशैली जी सकता है।

सरलता, जटिलता या दोनों को इसी समय चुनना इसलिए महत्वपूर्ण है, क्योंकि हर विकल्प में समय, धन और योजना की ज़रूरत होती है। मैं जानता हूँ कि कई लोग बिजली का उपयोग बंद करना चाहेंगे और वर्तमान जीवन के शोर-शराबे से दूर रहना पसंद करेंगे, लेकिन उनके पास समय नहीं है या वे 100 एकड़ ज़मीन नहीं ख़रीद सकते हैं।

वयस्क के रूप में आपको जानना चाहिए कि आप कैसी जीवनशैली चाहते हैं। कोई चीज़ सही या ग़लत नहीं है। मेरा मुद्दा यह है : जो भी आप चाहते हैं, उसके लिए अभी योजना बनाना शुरू कर दें - इससे पहले कि देर हो जाए, ख़ासकर अगर आप 100 एकड़ ज़मीन या उष्णकटिबन्धीय टापू पर रहना चाहते हों। मेरा सुझाव यह है कि आप अपने स्वर्ग की तलाश अभी शुरू कर दें। ज़िंदगी इतनी छोटी है कि स्वर्ग का सपना देखना ही चाहिए, चाहे वह आपकी नज़रों में कैसा भी हो। कुछ चीज़ें पैसे से ज़्यादा महत्वपूर्ण होती हैं।

> आसान शब्दों में, प्रतिस्पर्धात्मक जटिलता का मतलब धन, लोगों और बिज़नेस की दुनिया का विद्यार्थी बनना है और वह भी: हर दिन 24 घंटे, हर सप्ताह सातों दिन और हर साल 52 सप्ताह।
>
> *- रॉबर्ट टी. कियोसाकी*

डोनाल्ड और मैं आपको यह सलाह नहीं देते हैं कि आप हमारी तेज़ गति की जीवनशैली जिएँ। लेकिन हम इससे प्रेम करते हैं। हमने यह विकल्प चुना है। हम चाहते हैं कि आप अपना विकल्प चुनें।

अगर आप रैंच या समुद्रतट पर रिटायर होने के लिए तैयार न हो और अधिक भागमभाग वाला अमीर जीवन आपको लुभा रहा हो, तो आपको शायद अपनी जटिलता बढ़ानी होगी। जटिलता बढ़ाने का मतलब है अपने आस-पास और सामने की दुनिया के बारे में अपनी वित्तीय जागरूकता बढ़ाना। उदाहरण के लिए, जब मैं जागता हूँ, तो मुझे यह जानना होता

है कि एशिया और यूरोप के बाज़ारों का क्या हाल है। येन और डॉलर की विनिमय दर क्या है ? तेल का क्या भाव है ? गैस, सोने और चाँदी की स्थिति क्या है ? चीन व दक्षिण अमेरिका में मेरी कंपनियों की क्या स्थिति है ?

इसका मतलब यह भी है कि दुनिया की नब्ज़ को महसूस करने के लिए *फ़ोर्ब्स, फ़ॉरचून, टाइम* और *द एकोनॉमिस्ट* जैसी पत्रिकाएँ तथा पुस्तकें पढ़ी जाएँ। किम और मैं हमेशा निवेश और वित्तीय वर्कशॉप में भाग लेते रहते हैं। हम ऐसा सिर्फ़ नए लोगों से मिलने के लिए नहीं करते हैं। हम ऐसा इसलिए करते हैं, ताकि हमें नए विचार मिलें और नए निवेश रुझानों का पता चल सके। जटिलता का मतलब है अलग-अलग तरह के लोगों से मिलना और उनके साथ बिज़नेस करना। उद्यमिता और उच्च लीवरेज वाले निवेशों की दुनिया में आप कई दिलचस्प लोगों और झाँसेबाज़ों से मिलते हैं।

हमारे जीवन का मतलब मीडिया से बातचीत करना भी है। मीडिया हमारे साथ 90 प्रतिशत समय अच्छा व्यवहार करता है। लेकिन 90/10 नियम के अनुसार 10 प्रतिशत पत्रकार हमारे बारे में सच्चाई लिखने का वादा करने के बावजूद पीठ में छुरा भोंक देते हैं। वे सच के बजाय झूठी बातें लिखते हैं और सच्ची जानकारी देने के बजाय उसे विकृत करते हैं। जैसा मेरे अमीर डैडी अक्सर कहते थे, "अभिव्यक्ति की स्वतंत्रता का मतलब यह नहीं है कि सच्चाई ही बताई जाएगी।"

आसान शब्दों में, प्रतिस्पर्धी जटिलता का मतलब धन, लोगों और बिज़नेस की दुनिया का विद्यार्थी बनना है और वह भी साल भर चौबीसों घंटे : हर दिन 24 घंटे, हर सप्ताह सातों दिन और हर साल 52 सप्ताह। मैं इस खेल से प्यार करता हूँ। मेरे लिए यह हर दिन सुपर बाउल संडे होने जैसा है। मैं इससे अधिक रोमांचक, कुंठाजनक, कई बार निराशाजनक और लाभकारी खेल के बारे में नहीं जानता हूँ। अगर आप मूर्ख हैं, तो यह खेल आपकी सारी जीती हुई रक़म वापस ले लेगा। अगर आप स्मार्ट हैं, तो यह खेल सारे बाँध तोड़ देगा और पैसा आपके पास बहकर आ जाएगा।

दो अतियाँ

तो ये आपकी दो अतियाँ हैं। यह एक आज़ाद देश है और विकल्प चुनना आपके हाथ में है। मैंने अपना विकल्प बरसों पहले चुन लिया था, जब मैं पाँचवें ग्रेड में पढ़ता था। उस समय मैंने कोलंबस, मार्को पोलो और लीफ़ एरिकसन जैसे महान खोजियों के बारे में पढ़ा था। मैंने उनके पदचिन्हों पर चलकर पूरी दुनिया घूमने का सपना देखा था और मैंने ऐसा ही किया। फ़र्क़ सिर्फ़ यह है कि मैं अब घर बैठे दुनिया की सैर कर सकता हूँ, क्योंकि मैं कंप्यूटर पर अपनी सारी संपत्तियों की स्थिति देख सकता हूँ। इसमें मुझे उससे भी कम समय लगता है, जितना कि कोलंबस को बंदरगाह से बाहर निकलने में लगा होगा। आज दुनिया 24/7 बाज़ार है। ट्रिलियनों डॉलर हर दिन एक हाथ से दूसरे हाथ में आ-जा रहे हैं। इसीलिए मुझे यह देखकर बड़ा अजीब लगता है, जब मैं ऐसे लोगों से मिलता हूँ, जो नौकरी की तलाश कर रहे हैं या वेतनवृद्धि का इंतज़ार कर रहे हैं या सोच रहे हैं कि वे कुछ अतिरिक्त डॉलर कैसे कमाएँगे। ज़ाहिर है, वे मुझसे अलग दुनिया में रहते हैं। आज कोई भी व्यक्ति सबसे दूर-दराज़ के इलाक़े में रहकर भी दुनिया भर में व्यवसाय कर सकता है।

हम आपको अमीर क्यों बनाना चाहते हैं?

जो लोग आज़ाद दुनिया में रहते हैं, उनके पास यह चुनने का विकल्प होता है कि वे किस तरह की दुनिया में रहेंगे। कई लोग वैश्वीकरण से नाराज़ हैं। लेकिन ऐसा करने के बजाय मैं इससे लाभ उठाने की भरसक कोशिश करूँगा। हाल में हममें से ज़्यादातर लोगों ने फ्रांस के दंगों के बारे में सुना होगा। दंगा करने वाले नौकरी की सुरक्षा की माँग कर रहे थे। विद्यार्थी सरकार से ऐसे नियम बनाने की माँग कर रहे थे, जिससे कंपनियाँ कर्मचारियों को नौकरी से न निकाल सकें। हालाँकि मैं उनकी चिंताएँ और नौकरी की सुरक्षा की इच्छा को समझता हूँ, लेकिन मुझे डर है कि ये युवा विद्यार्थी नई वास्तविकता में नहीं जी रहे हैं।

जब लोग मुझसे पूछते हैं कि उन्हें क्या करना चाहिए, तो मैं सलाह देता हूँ कि वे फ्रांस की यात्रा करें, फिर न्यूयॉर्क और लॉस एंजेलिस की उड़ान भरें, फिर हाँगकाँग, सिंगापुर, शंघाई, भारत की यात्रा पर जाएँ। फिर दुबई, प्राग, लंदन और डबलिन की सैर करें और इसके बाद घर लौट आएँ। इसमें 25,000 डॉलर या इससे कम ख़र्च आएगा, लेकिन इससे सस्ता सौदा दूसरा नहीं है।

एरिज़ोना का मेरा एक दोस्त हमेशा यूरोप में छुट्टियाँ मनाता है, लेकिन मेरी सलाह मानकर उसने पूरी दुनिया की सैर की। लौटने पर वह बोला, "वाह! मेरी तो आँखें खुल गईं। मैं यक़ीन नहीं कर सकता कि बाक़ी दुनिया कितनी तेज़ी से आगे बढ़ रही है। हाँगकाँग और शंघाई को देखकर तो मेरी साँस अटक गई। अगर अमेरिकी मज़दूर देख सकें कि एशियाई मज़दूर कितनी तेज़ी से और कितने कम वेतन पर काम कर रहे हैं, तो उन्हें यह एहसास हो सकता है कि वे कितनी कम मेहनत से काम कर रहे हैं। और यूरोप में अमीरों की स्थिति ज़्यादा अच्छी है, क्योंकि वे अधिकांश अमेरिकियों से ज़्यादा वैश्विक पैमाने पर काम करते हैं। लेकिन बाक़ी यूरोपीय कर्मचारी मध्य युग में रह रहे हैं। आगे बढ़ने के बजाय उनमें से कई तो पीछे जा रहे हैं।" तो, यात्रा करें और धन की उस तेज़रफ़्तार दुनिया को देखें, जिसे वैश्वीकरण कहा जाता है।

धन के ओलंपिक को जीतना

जो लोग शून्य से शुरू कर रहे हैं और अमीर बनना चाहते हैं, उन्हें मैं अक्सर सलाह देता हूँ कि वे यह कल्पना कर लें कि वे ओलंपिक का स्वर्ण पदक जीतना चाहते हैं। स्वर्ण पदक जीतने का लक्ष्य बनाने के बाद अगला सवाल यह है, कौन सा ओलंपिक - समर या विंटर ? उसके बाद अगला सवाल है, कौन सा खेल ? क्या आप 100 मीटर की दौड़, वाटर पोलो, रोइंग, फ़िगर स्केटिंग, डाउनहिल स्कीइंग, स्नोबोर्डिंग, हैमर थ्रोइंग या शूटिंग में ओलंपिक जीतना चाहते हैं ? खेल चुनने के बाद अध्ययन करें, प्रशिक्षण लें, कोच नियुक्त करें, छोटे-छोटे मैचों में हिस्सा लें और जीतने के प्रति अपना जीवन समर्पित कर दें।

अगर आप जीतने के प्रति अपना जीवन समर्पित नहीं करना चाहते हैं, तो मुझे नहीं लगता कि आप ऑलंपिक जीत सकते हैं या अमीर बन सकते हैं।

जब मैं अपनी पिछली ज़िंदगी को देखता हूँ, तो मैं स्कूल में तीन विषयों में फ़ेल हुआ था : अँग्रेजी, टाइपिंग और अकाउंटिंग। आज मेरा नाम लेखक के रूप में सबसे ज़्यादा मशहूर है, मैं अपना ज़्यादातर समय टाइप करने में बिताता हूँ और मैं अकाउंटिंग के बारे में लिखता हूँ। हालाँकि मैं लिखने, टाइपिंग या अकाउंटिंग में बहुत बढ़िया नहीं हूँ, लेकिन मैं जीतने के प्रति

समर्पित हूँ।

तथ्यों का आकलन करें

अगर आप वयस्क हैं, तो यह ख़ुद के साथ ईमानदार होने तथा यह पूछने का वक़्त है, "मैं दुनिया से आगे चल रहा हूँ या पिछड़ रहा हूँ?" अगर आप पिछड़ रहे हैं और पिछड़ते रहना चाहते हैं, तो फिर अपने जीवन को सरल बना लें। आपको अपने संसाधनों से कम में जीने की ज़रूरत होगी, जिसकी सलाह अधिकांश वित्तीय योजनाकार देते हैं।

अगर आप वैश्वीकरण में शामिल होने तथा ज़्यादा जटिल बनने का फ़ैसला करते हैं, तो मैं नीचे दिए कुछ मूलभूत क़दम उठाने की सलाह देता हूँ :

1. नए या पुराने मित्र खोजें या ऐसे लोगों के साथ किसी क्लब में शामिल हों, जो उस तरह से सोचते हों, जिस तरीक़े से आप सोचना चाहते हैं।
2. अधिक यात्रा करें। सीखने और विकास करने के लिए ज़्यादा यात्राएँ करें। दुनिया देखें।
3. मैं आपको निम्न पुस्तकें पढ़ने की सलाह देता हूँ :

   द वर्ल्ड इज़ फ़्लेट : थॉमस फ़्राइडमैन
   द डॉलर क्राइसिस : रिचर्ड डंकन
   अ होल न्यू माइंड : डेनियल पिंक
   द कमिंग एकोनॉमिक कोलेप्स : स्टीफ़न लीब
   द अमेरिका वी डिज़र्व : डोनाल्ड ट्रम्प

अगर आपकी गति ज़्यादा तेज़ नहीं है, तब भी इन पुस्तकों को जल्दी से जल्दी पढ़ लें। इन्हें पढ़ने और इनका विश्लेषण करने से आपको दुनिया का एक दिलचस्प दृश्य देखने को मिलेगा। यह उस दृश्य से बहुत अलग होगा, जो हमारे नेता और वित्तीय योजनाकार दिखा रहे हैं। इन पुस्तकों का ख़ास तौर पर समूह में अध्ययन करने से आप दुनिया की समस्याओं से परे देखने लगेंगे। आप उस साहसी नए संसार को देख सकेंगे, जो अवसरों की प्रचुरता के साथ उभर रहा है और हमारे सबसे ऊँचे सपनों से भी ज़्यादा समृद्ध है।

हो सकता है, शुतुरमुर्ग की तरह आँखें बंद कर जीने के बजाय, जैसा ज़्यादातर लोग करते हैं, आप बाज की तरह उड़ना चाहें। हो सकता है, आप उस जीवन का आनंद लेना चाहें, जिसका आनंद सिर्फ़ 10 प्रतिशत लोग ही ले पाते हैं।

अपने जैसी मानसिकता के लोगों से मिलें

रिच डैड कंपनी में हमें इस बात से ख़ुशी होती है कि लोगों ने अपने ***कैशफ़्लो*** क्लब्स बना लिए हैं। ***कैशफ़्लो*** क्लब लोगों का समूह है, जो *कैशफ़्लो* बोर्डगेम खेलने के लिए एकत्रित होते हैं और अपनी वित्तीय शिक्षा में समय का निवेश करते हैं। ये क्लब स्वैच्छिक हैं और रिच डैड कंपनी का हिस्सा नहीं हैं।

ये क्लब दो तरह के होते हैं : व्यावसायिक क्लब्स और शैक्षणिक क्लब्स।

1. व्यावसायिक ***कैशफ़्लो*** क्लब अक्सर तब बनते हैं, जब क्लब का संस्थापक

कैशफ़्लो गेम का प्रयोग करके समूह तक संदेश पहुँचाता है, लेकिन उसके साथ ही बेचने के लिए अपने प्रॉडक्ट्स भी पेश करता है। उदाहरण के लिए, कोई रियल एस्टेट कंपनी इस गेम का इस्तेमाल शैक्षणिक संसाधन के रूप में कर सकती है, लेकिन यह अपनी कंपनी के स्टाफ़ और सेवाओं से लोगों का परिचय भी करवा सकती है।

आपको यह याद दिलाना महत्वपूर्ण है कि ये क्लब रिच डैड कंपनी का हिस्सा नहीं हैं। वे पूरी तरह से आत्मनिर्भर और स्वतंत्र हैं। हम इन व्यावसायिक क्लब्स से बस इतना ही कहते हैं कि वे गेम खेलने से पहले नए सदस्यों को अपना व्यावसायिक उद्देश्य बता दें।

रिच डैड कंपनी में हमें एहसास है कि हममें से ज़्यादातर लोग कुछ न कुछ बेचते हैं। हम सिर्फ़ इतना चाहते हैं कि यह काम गरिमापूर्ण और व्यावसायिक तरीक़े से किया जाए।

2. शैक्षणिक ***कैशफ़्लो*** क्लब्स मूलतः दोस्तों और परिवार वालों को बिज़नेस तथा निवेश के वही सिद्धांत सिखाने के लिए बनाए जाते हैं, जो मेरे अमीर डैडी ने मुझे सिखाए थे।

   मैंने इस पुस्तक में पहले कोन ऑफ़ लर्निंग बताया है। आपको याद होगा कि सीखने और सीखे हुए को याद रखने का सबसे अच्छा तरीक़ा ग्रुप स्टडी और गेम खेलना या कृत्रिम अभ्यास (simulation) है। ***कैशफ़्लो*** क्लब्स यही करते हैं। यह एक साथ सीखने का सहयोगपूर्ण तरीक़ा है। यह नए दोस्तों से मिलने का भी बहुत बढ़िया तरीक़ा है।

   हम प्रबलता से सलाह देते हैं कि आप अपने धन का निवेश करने से पहले अपने समय का निवेश करें। हम चाहेंगे कि आप अपना पैसा मछली बेचने वाले लोगों को न दें, बल्कि ख़ुद मछली पकड़ना सीखें। इसीलिए कैशफ़्लो क्लब्स घरों, लंच के दौरान ऑफ़िसों में, स्कूलों में और चर्चों में बनते हैं।

कैशफ़्लो क्लब्स के यही दो मूलभूत रूप हैं। अगर आप यह जानना चाहें कि आपके आस-पड़ोस में ऐसा कोई क्लब है या नहीं, तो बस हमारी वेबसाइट RichDad.com पर जाएँ, जहाँ आपको इन क्लबों की डायरेक्टरी मिल जाएगी। अगर आप अपना ख़ुद का क्लब शुरू करना चाहें, तो हमसे संपर्क करें। हमारे पास ऐसे नए प्रॉडक्ट्स हैं, जो ख़ास तौर पर ***कैशफ़्लो*** क्लब्स के मार्गदर्शन और समर्थन सामग्री के लिए तैयार किए गए हैं।

निष्कर्ष

अगर आप हमारे वैश्विक समाज की अधिक जटिल दुनिया में जीने का फ़ैसला करते हैं, तो मैं प्रबलता से सलाह देता हूँ कि आप नीचे दिए गए विषय सीखें :

1. **मूलभूत निवेश :** यह अंक पढ़ने की योग्यता है। अगर आप किसी कंपनी, रियल एस्टेट या शेयर में निवेश करने जा रहे हैं, तो अंकों को पढ़ने की योग्यता महत्वपूर्ण

है। अंक वित्तीय साक्षरता का महत्वपूर्ण हिस्सा हैं।

कैशफ़्लो *101* बोर्डगेम मूलभूत निवेश की आधारभूत बातें सिखाने के लिए तैयार किया गया है।

2. **तकनीकी निवेश** : तकनीकी निवेश आज के उथलपुथल भरे संसार में अनिवार्य है। तकनीकी निवेश में यह जानने की ज़रूरत होती है कि जब बाज़ार ऊपर जा रहा हो, तो कैसे निवेश किया जाए और जब बाज़ार नीचे जा रहा हो, तब कैसे निवेश किया जाए। बाज़ार चाहे जिस दिशा में जा रहा हो, तकनीकी निवेशक जानता है कि पैसा कैसे कमाया जाता है।

   इससे भी अधिक महत्वपूर्ण बात यह है कि तकनीकी निवेश निवेशकों को यह सिखाता है कि अपने निवेश का बीमा कैसे किया जाए। जैसा मैं कई बार कह चुका हूँ, व्यावसायिक निवेशक अपने निवेश का बीमा कर लेते हैं। शौकिया लोग ऐसा नहीं करते हैं। मीच्युअल फ़ंड्स के बारे में मेरी एक चिंता यह है कि इन्हें ख़रीदने के लिए कर्ज़ नहीं मिलता है। दूसरी चिंता यह है कि आम तौर पर आप बाज़ार के गिरने के ख़िलाफ़ बीमा नहीं ख़रीद सकते हैं। यह बहुत ही जोखिम भरा है।

   कैशफ़्लो *202* बोर्डगेम आपको तकनीकी निवेश की अंदरूनी जानकारी देता है।

एक बार फिर मैं बता दूँ, अगर आपके पास इन गेम्स को ख़रीदने के लिए पैसा नहीं है, तो RichDad.com वेबसाइट पर जाएँ और अपने क़रीबी ***कैशफ़्लो*** क्लब की तलाश करें। इनमें से ज़्यादातर क्लबों में गेम्स तो हैं ही, इनके इलेक्ट्रॉनिक संस्करण भी हैं, ताकि आप पूरी दुनिया में अपने जैसी मानसिकता वाले लोगों के साथ मिलकर खेल सकें।

सबसे ज़्यादा महत्वपूर्ण बात यह है कि ऐसा करते समय आप सिर्फ़ अपने समय का निवेश करेंगे और इसमें असली धन गँवाने का जोखिम नहीं रहेगा। जब आपको लगे कि आपने मूलभूत और तकनीकी दोनों तरह के निवेशों की मूलभूत बातें सीख ली हैं, तो फिर आप निवेश में थोड़ा असली धन लगा सकते हैं। अगर आपने मेहनत से अध्ययन और अभ्यास किया है, तो जल्दी ही आप दुनिया की सैर कर रहे होंगे, शारीरिक रूप से भी और इंटरनेट पर भी। आप दुनिया का सबसे रोमांचक खेल खेलेंगे - धन का खेल।

डोनाल्ड की प्रतिक्रिया

मेरा सुझाव है कि आप अपनी जीवनशैली को ग़ौर से देखें और यह पता लगाएँ कि आप किस तरह के व्यक्ति हैं। आपको सरलता पसंद है ? या फिर आपको जटिलता पसंद है ?

मेरे लिए धन सेहत की तरह है। सेहत हमारे लिए बहुत महत्वपूर्ण है। आपके पास ढेर सारा पैसा हो, लेकिन अच्छी सेहत न हो, तो यह ज़्यादा अच्छा नहीं है। धन की अपनी सीमाएँ हैं। मैं यह इसलिए कह रहा हूँ, ताकि आप इस बारे में सोचें और यह देखें कि आपके साथ क्या हो रहा है।

अगर मेरे पास पैसा नहीं है, लेकिन सेहत है, तो मैं जानता हूँ कि मेहनत करके और धैर्य रखकर मैं नए सिरे से शुरुआत कर सकता हूँ। मेहनत का मतलब है हर दिन अपने वित्तीय आई.क्यू. को बढ़ाना, दुनिया की घटनाओं की ख़बर रखना, वित्तीय प्रकाशनों को पढ़ना। धैर्य का मतलब यह याद रखना है कि चीज़ें होने में समय, कोशिश और विचार की ज़रूरत होती है।

मैं यह सुनिश्चित करना चाहूँगा कि धन कमाने के बारे में मेरे जो भी विचार हों, वास्तविकता पर आधारित हों। जब हम ज़्यादा आगे निकल जाते हैं, तो दाँव अक्सर बड़े होते जाते हैं। ऐसे में बड़ी ग़लतियाँ करने की ज़्यादा गुंजाइश नहीं होती है। लेकिन अच्छी बात यह है कि हमारे पास थोड़ा ज़्यादा अनुभव होता है, जिसका हम लाभ उठा सकते हैं।

मैं अपने सीएफ़ओ एलन वीज़लबर्ग के साथ एक दिन बात कर रहा था। उन्होंने कहा कि जब वे कॉलेज से निकलने के बाद युवा टीचर बन गए, तो वे विद्यार्थियों को कोई नई बात बताने से पहले किसी जानी-पहचानी बात से सबक़ शुरू करते थे। वे इस बारे में ख़ास तौर पर चिंतित थे कि हाई स्कूल के विद्यार्थियों को पैसे संबंधी ज्ञान नहीं है, यानी कि उनमें जीवन-संबंधी योग्यताएँ नहीं हैं। उन्होंने अपनी बात उन तक पहुँचाने का एक तरीक़ा सोचा। उन्होंने उनसे पूछा कि क्या वे शॉपिंग करना पसंद करते हैं। सभी विद्यार्थियों को यह पसंद था। फिर उन्होंने उनसे पूछा कि वे यह बताएँ कि जीन्स पर 15 प्रतिशत डिस्काउंट कितना होगा। विद्यार्थियों का जवाब था कि कैशियर ख़ुद कम कर देगा।

> मेहनत का मतलब है अपने वित्तीय आई.क्यू. को हर दिन बढ़ाना।
>
> – डोनाल्ड जे. ट्रम्प

फिर टीचर ने उनसे पूछा कि अगर कैशियर उन्हें सही छूट न दे, तो क्या होगा ? क्या उन्हें

सही डिस्काउंट की जानकारी होगी और क्या वे कैशियर को उसकी ग़लती बता पाएँगे ? क्योंकि अगर उन्हें पता ही नहीं होगा, तो वे कैसे जान पाएँगे कि उन्हें धोखा दिया गया है या नहीं ? ख़ैर, बच्चों को धोखा खाने का विचार अच्छा नहीं लगा, इसलिए वे सही राशि की गणना करने में जुट गए। टीचर ने उन्हें बताया कि यह उदाहरण चारों तरफ़ की दुनिया के लिए तैयार होने या कम से कम उसके बारे में जागरूक रहने की दिशा में एक क़दम है।

यही सबक़ वयस्कों पर लागू होता है। हमें अपने आप चीज़ों का अनुमान लगाने का समय निकालना होगा, वरना हम उन लोगों के रहमोकरम पर होंगे, जिनकी प्राथमिकताएँ जाने-अनजाने में हमारे सर्वश्रेष्ठ हितों से अलग होंगी।

अपनी कुशलताओं, रुचियों, रहने की जगह, रुझानों की समीक्षा करें और अपनी स्थिति को बदलने की मानसिकता बना लें। उन विचारों के प्रति खुले रहें, जिन्हें आप आम तौर पर नहीं सोचते हैं। यह एहसास करें कि अवसर कई तरह से आता है और कई बहुत अच्छी चीज़ें बड़ी पराजय के बाद मिलती हैं। यह आसान नहीं होता है, लेकिन ऐसा हो सकता है।

चाहे आप जो भी करें, कभी हार न मानें। यह मूल्यांकन करें कि आप किस काम में निपुण हैं और वही काम करें। हम सबके पास योगदान देने के लिए कुछ न कुछ होता है। हर व्यक्ति अनूठा होता है और जैसा मैं पहले कह चुका हूँ, मैं बहाने स्वीकार नहीं करता हूँ।

जब बात आपकी ज़िंदगी और आपके प्रियजनों के कल्याण की हो, तो आपको भी बहाने स्वीकार नहीं करने चाहिए।

अध्याय तेईस

मैं बेबी बूमर हूँ, लेकिन मेरे पास ज़्यादा पैसा नहीं है, मुझे क्या करना चाहिए?

रॉबर्ट की प्रतिक्रिया

बेबी बूमर पीढ़ी, यानी 1946 से 1964 के बीच पैदा हुई पीढ़ी, कई मायनों में बहुत सौभाग्यशाली थी। वे लोग उस दौर में पैदा हुए थे, जब अमेरिका सैन्य *और* वित्तीय दृष्टि से विश्व का सबसे शक्तिशाली देश बना था। बहरहाल, वे अब अमेरिका का पतन देख रहे हैं, जो सैन्य दृष्टि से भले ही कमज़ोर न हुआ हो, लेकिन कम से कम वित्तीय दृष्टि से तो हो ही रहा है।

बेबी बूमर पीढ़ी औद्योगिक युग की *आख़िरी* और सूचना युग की *पहली* पीढ़ी है। यह एक संक्रांति पीढ़ी है और यह संक्रांति अमीर तथा ग़रीब बूमरों के बीच बड़ी खाई उत्पन्न कर रही है।

बुढ़ापा उन बेबी बूमर्स के लिए आसान नहीं होगा, जो औद्योगिक युग के नियमों और मूल्यों पर चले हैं। कॉलेज की पढ़ाई के बाद ये लोग औद्योगिक युग की कंपनियों में काम करने लगे, जैसे ऑटो और एयरलाइन उद्योग। आज इन उद्योगों में रिटायर होने वाले बूमर्स के सामने महत्वपूर्ण वित्तीय चुनौतियाँ हैं।

जिन बूमर्स ने सूचना युग के नियमों और जीवनमूल्यों को अपना लिया है, उनके पास शान और अमीरी से बुढ़ापा काटने का बेहतर अवसर होगा। हालाँकि ऑटो और एयरलाइन उद्योग में काम कर रहे कई बूमर्स कष्ट उठा रहे हैं, लेकिन जो बूमर्स माइक्रोसॉफ़्ट और एप्पल जैसी कंपनियों में काम करने लगे थे, उनकी स्थिति बहुत अच्छी है।

जब यह पीढ़ी ज़्यादा बूढ़ी होगी, तो औद्योगिक युग और सूचना युग के बूमर्स के बीच संपत्ति का यह अंतर ज़्यादा स्पष्ट दिखेगा। कुछ साल बाद उनका क्या हश्र होगा, यह इस बात पर निर्भर करेगा कि वे धन के किन नियमों पर चले थे – औद्योगिक युग के नियमों पर या सूचना युग के नियमों पर।

जब बेबी बूमर्स की पहली खेप कॉलेज से निकल रही थी, तो दुनिया बदलने लगी थी।

पहले तो हमारे सामने वियतनाम युद्ध आ गया था – एक महँगा युद्ध, जिसने हमारे देश को तोड़ कर रख दिया। फिर 1971 में अमेरिका ने स्वर्ण मानदंड छोड़ दिया। 1973 में पहला तेल संकट आ गया। और फिर 1974 में एरिसा पारित हो गया।

1971 में जब बेबी बूमर्स की पहली खेप कॉलेज से निकल रही थी, तब एक औंस सोने की क़ीमत 35 डॉलर थी। आज एक औंस सोना 700 डॉलर का हो चुका है। इस उदाहरण से पता चलता है कि डॉलर की क्रय शक्ति कितनी कम हो चुकी है।

1971 में कई बेबी बूमर्स शादी कर रहे थे और मकान ख़रीद रहे थे। 1968 में मेरे पिता ने 50,000 डॉलर में मकान ख़रीदा था। आज उस मकान की क़ीमत लगभग 20 लाख डॉलर होगी। हालाँकि मकान की क़ीमतें बढ़ना बेबी बूमर्स के लिए अच्छा है, लेकिन इससे उनके बेटे-बेटियों और नाती-पोतों को अपना मकान ख़रीदने में मुश्किल होगी। कुछ बेबी बूमर्स को अपने बच्चों को अपने घर से बाहर निकालने में बहुत मुश्किल आएगी।

1974 में शुरू हुए परिवर्तनों के कारण कई बेबी बूमर्स को पेंशन नहीं मिलेगी। कई बेबी बूमर्स के पास सुनिश्चित लाभ वाली पेंशन योजनाएँ नहीं हैं, जैसी उनके माता-पिता के पास थीं और अगर हों भी, तो ऐसी योजनाएँ संकट में हैं। स्कूल में उन्हें कोई वित्तीय प्रशिक्षण नहीं मिला, इसलिए वे सुनिश्चित योगदान वाली योजना, बचत योजना और उनके माता-पिता की पेंशन योजना के फ़र्क़ को नहीं समझ पाए। लाखों लोग बस अपना पैसा "वित्तीय विशेषज्ञों" के हवाले करते रहे और उन्हें ज़रा भी पता नहीं लगा कि उनके पैसे का क्या हश्र हो रहा था। 2000 में शेयर बाज़ार के धराशायी होने पर कई बूमर्स की आँखें खुलीं। उन्हें यह सच्चाई दिख गई कि उनका रिटायरमेंट उतना सुरक्षित नहीं है, जितना वे मानते थे। कई को पता लगा कि उनके "विशेषज्ञों" के पास तो उनसे भी कम वित्तीय ज्ञान था।

2006 में बहुत ज़्यादा ईंधन पीने वाली एसयूवी ख़रीदने के बाद बेबी बूमर्स पर एक बार फिर तेल संकट आ गया। इस बार यह राजनीतिक कारणों से उत्पन्न संकट नहीं है, बल्कि असली संकट है। 1973 में तेल की क़ीमत 3 डॉलर प्रति बैरल थी। संभावना है कि निकट भविष्य में इसकी क़ीमत 100 डॉलर प्रति बैरल हो जाएगी।

तेल की क़ीमत बढ़ने का मतलब यह है कि निश्चित आमदनी पर जीने की योजना बना रहे लोगों को कुछ समय बाद ही यह पता चल जाएगा कि उनकी निश्चित आमदनी में पर्याप्त चीज़ें नहीं आ पाएँगी। अगर गैसोलिन की क़ीमत 10 डॉलर प्रति गैलन हो जाएगी, तो उनके रिटायरमेंट की बचत का क्या होगा?

सोशल सिक्युरिटी और मेडिकेयर के बारे में हम पहले से ही जानते हैं। मुझे उम्मीद है कि इस पुस्तक को पढ़ने वाला कोई भी व्यक्ति सरकारी सहायता के भरोसे नहीं बैठा होगा।

यह अनुमान लगाया जा रहा है कि 80 प्रतिशत बेबी बूमर्स का रिटायरमेंट आरामदेह नहीं होगा। कई तो सिर्फ़ इसलिए संकट में हैं, क्योंकि वे अपने माता-पिता की वित्तीय योजनाओं पर चले थे।

मैं नौकरी करता रहूँगा

मेरे कई बेबी बूमर दोस्त कहते हैं कि वे नौकरी करते रहेंगे। हालाँकि मुझे लगता है कि काम करते रहना सक्रिय और सजीव बने रहने का बहुत बढ़िया तरीक़ा है, लेकिन यह सोचना

थोड़ा अदूरदर्शी है कि आप हमेशा काम कर सकते हैं। जब आप शारीरिक रूप से काम नहीं कर पाएँगे, तब क्या होगा? नर्सिंग होम की देखभाल का ख़र्च बहुत ज़्यादा है। और अगर आपकी संतानों के घर में आपके लिए कोई बेडरूम ख़ाली नहीं हुआ, तो क्या होगा?

सेहत, दौलत और ख़ुशी

अकेडमी में मुझे यह एहसास हुआ कि मेरे डैडी सच्चे अर्थों में सफल थे। आख़िर वे शिक्षा प्रमुख थे, उनकी सेवाओं की बदौलत वे जाने जाते थे और उनके साथी उनका सम्मान करते थे। लेकिन उनके पास सेहत, दौलत या ख़ुशी नहीं थी।

मेरे डैडी की सेहत दिनोदिन ख़राब हो रही थी, क्योंकि वे हर दिन दो-तीन पैकेट बिना फ़िल्टर वाली सिगरेट पी जाते थे। अंततः वे फेफड़ों के कैंसर से मर गए।

उनके पास दौलत नहीं थी। उन्होंने बहुत सारा पैसा कमाया था, लेकिन उन्होंने अपनी सारी कमाई ख़र्च कर डाली। उन्होंने बचत करने की कोशिश की और निवेश नहीं किया। मुझे लगता है कि वे टीचर्स पेंशन, सोशल सिक्युरिटी और मेडिकेयर से आस लगाए थे।

वे ख़ुश भी नहीं थे। वे जितने ज़्यादा सफल हुए, काम के दबाव के कारण उतने ही ज़्यादा परेशान रहे। वे घर पर बहुत कम रह पाते थे। मैं बचपन में कई मैच खेलता था, लेकिन वे कभी मेरा मैच देखने नहीं आ पाए। वे हमेशा काम करते रहते थे। वे हमेशा घर से बाहर रहते थे और पूरे राज्य में स्कूलों का दौरा करके पीटीए मीटिंगों में भाग लेते थे - लेकिन उन्हें अपने ख़ुद के बच्चों की पीटीए मीटिंगों में भाग लेने की फ़ुरसत नहीं थी।

> हममें से कई लोग प्रेमपूर्ण नहीं, डर भरा जीवन जीते हैं। उदाहरण के लिए, कई लोग इसलिए काम नहीं करते हैं, क्योंकि उन्हें अपने काम से प्रेम है, बल्कि इस डर के कारण करते हैं कि उन्हें नौकरी से न निकाल दिया जाए या उनकी तनख़्वाह न काट ली जाए। कई लोग इसी डर - पर्याप्त धन के न होने - के कारण निवेश करते हैं। और कई लोग दुखी होते हैं, क्योंकि वे प्रेम नहीं कर पाते हैं।
>
> *– रॉबर्ट टी. कियोसाकी*

सेहत और दौलत समय में मापी जाती हैं

हालाँकि सेहत और दौलत को मापना संभव है, लेकिन ख़ुशी को आँकना मुश्किल है। जब हम डॉक्टर के पास जाते हैं, तो वह आपका ब्लड सैंपल लेगा, ब्लड प्रेशर नापेगा और एमआरआई करवाएगा। इस तरह कुछ हद तक सेहत मापी जा सकती है। यही दौलत के बारे में सही है। जब बैंकर यह जानना चाहेगा कि वह आपको कर्ज़ दे या नहीं, तो वह सबसे पहले आपका कर्ज़ का आवेदन या फ़ाइनैंशियल स्टेटमेंट माँगेगा।

सेहत और दौलत समय में भी मापी जाती हैं। मसलन, अगर आप बीमार हैं, तो डॉक्टर कह सकता है, “आप छह महीने तक ज़िंदा रहेंगे।” इसका मतलब

है कि आप निश्चित रूप से स्वस्थ नहीं हैं। अगर औसत आयु 75 वर्ष है और आप 60 साल के हैं, तो आपका समय ख़त्म हो रहा है।

फ़ोर्ब्स मैगज़ीन ने एक बार "अमीर" लोगों को परिभाषित करते हुए कहा था कि उनकी आमदनी एक साल में दस लाख डॉलर से अधिक होती है। दौलत धन के अलावा समय में भी मापी जा सकती है। उदाहरण के लिए, अगर आपके पास बचत में 10,000 डॉलर हों और आपका मासिक ख़र्च 1,000 डॉलर हो, तो आपकी दौलत 10 महीने की है।

ग़रीब व्यक्ति की परिभाषा

जब मैं लोकप्रिय वित्तीय टीवी चैनल *सीएनबीसी* देख रहा था, तो कमेंटेटर ने कहा कि उसने एक विख्यात वित्तीय संस्था का ऑफ़िस मेमो देखा था। हालाँकि उसने इस मशहूर स्टॉक ब्रोकरेज फ़र्म का नाम लिया था, लेकिन मैं इसलिए नहीं लूँगा, क्योंकि मैंने व्यक्तिगत रूप से वह मेमो नहीं देखा। कमेंटेटर ने कहा, "कंपनी के मेमो में कहा गया है कि ग़रीब व्यक्ति वह होता है, जिसके पास निवेश करने के लिए कम से कम 1,00,000 डॉलर नक़द न हों।"

ज़रा कल्पना करें! इसका मतलब है कि उस कंपनी के मेमो की परिभाषा के अनुसार अधिकांश अमेरिकियों को ग़रीब लोगों की श्रेणी में रखा जा सकता है।

जब मैंने उस कंपनी में काम कर चुके एक दोस्त से पूछा, तो उसने इस बात की पुष्टि करने के साथ यह भी कहा, "वे न सिर्फ़ क्लायंट बनाने से पहले इस मानदंड का प्रयोग करते हैं, बल्कि नौकरी पर रखने से पहले भी 1,00,000 डॉलर के मानदंड का प्रयोग करते हैं।" उसने कहा कि कंपनी को दरअसल आपकी शिक्षा या काम के अनुभव की परवाह नहीं होती है। आपको नौकरी पर रखने से पहले वे आपके उन परिचितों की सूची लिखवाते हैं, जो 1,00,000 डॉलर से ज़्यादा का निवेश कर सकते हैं। अगर आपकी सूची लंबी होती है, तो आपको काम मिल जाता है। अगर आपके पास सूची नहीं होती है, तो आपको काम नहीं मिलता है।

सेहत, दौलत और ख़ुशी के बारे में

मैं सेहत, दौलत और समय के आपसी संबंध का ज़िक्र इसलिए करता हूँ, क्योंकि ऐसे कई लोग हैं, जिनके पास दौलत से ज़्यादा सेहत है ... और हो सकता है कि वे इस बात से ज़्यादा ख़ुश न हों। अगर आपके पास ख़ुशक़िस्मती से दौलत और सेहत दोनों ही हों, तो आप उन लोगों से ज़्यादा लंबा और बेहतर जी सकते हैं, जिनके पास ये दोनों चीज़ें न हों। चिकित्सा के क्षेत्र में इतना ज़्यादा शोध हो रहा है कि भविष्य में बहुत तरक्की होने की संभावना है, बशर्ते आपके पास इसका ख़र्च उठाने के लिए दौलत हो।

आपका जवाब क्या है?

मेरी राय में तीनों चीज़ों में सेहत सबसे महत्वपूर्ण है। अगर आप मर गए, तो दौलत और ख़ुशी बेमानी हैं। दिक्क़त यह है कि कई लोग एक की ख़ातिर दूसरे की क़ुर्बानी दे देते हैं। उदाहरण के लिए, कई लोग दौलत की ख़ातिर अपनी सेहत या ख़ुशी की क़ुर्बानी दे देते हैं। हम सभी ऐसे लोगों को जानते हैं, जो कड़ी मेहनत करते हैं और दौलतमंद हैं, लेकिन वे अपनी

सेहत की परवाह नहीं करते हैं। या वे मेरे डैडी की तरह पैसे और प्रतिष्ठा की ख़ातिर कड़ी मेहनत करते हैं, लेकिन सेहत, दौलत और ख़ुशी की क़ुर्बानी दे देते हैं।

अगर आप बेबी बूमर हों और आपके पास ज़्यादा पैसा न हो और आपका समय ख़त्म हो रहा हो, तो आपके लिए तीनों ही महत्वपूर्ण हैं।

तो आपके लिए मेरे सुझाव ये हैं :

1. **अगर आप ऐसा काम नहीं कर रहे हों, जिससे आप प्यार करते हैं, तो फिर उस काम को करना शुरू कर दें, भले ही उसे पार्ट-टाइम करें।** उदाहरण के लिए मेरा एक दोस्त सरकारी कर्मचारी है, लेकिन उसे अपने काम से चिढ़ है। लेकिन वह गोल्फ़ का दीवाना है। हर शनिवार को वह स्थानीय गोल्फ़ कोर्स जाता है और अपना समय स्वेच्छा से देता है। वह स्थानीय प्रोफ़ेशनल शॉप में काम करता है, गोल्फ़ सिखाता है और टूर्नामेंटों के आयोजन में मदद करता है। उसके रिटायरमेंट में कुछ साल बचे हैं, लेकिन चूँकि उसने गोल्फ़ कोर्स पर इतने सारे दोस्त बना लिए हैं, इसलिए रिटायर होने के बाद उसके पास गोल्फ़ में पूर्णकालिक रूप से जाने के पूरे अवसर हैं।

2. **जिन चीज़ों को आप प्यार करते हैं, उनमें निवेश करें।** एक बार फिर प्यार शब्द पर ध्यान दें। मैं जानता हूँ आपमें से अधिकांश ने सुना होगा कि आप जिस काम से प्यार करते हैं, आपको वही काम करना चाहिए। यही निवेश के बारे में सही है। बहुत सारे लोग अपने पैसे का निवेश ऐसी चीज़ों में करते हैं, जिनके बारे में वे कुछ नहीं जानते हैं, ऐसी चीज़ें जिनमें उनकी कोई रुचि नहीं होती है और जिनसे वे प्यार नहीं करते हैं।

   मैं सिर्फ़ उस चीज़ में निवेश करता हूँ, जिससे मैं प्यार करता हूँ। मैं रियल एस्टेट से प्यार करता हूँ। मेरी पत्नी किम कहती है, "आप जिस भी इमारत के पास से गुज़रते हैं, उससे आपको प्यार हो जाता है।" मैं तेल से भी प्यार करता हूँ, क्योंकि अकेडमी में मैं इस उद्योग में काम कर चुका हूँ। मैं इसे समझता हूँ। मैं सोने-चाँदी से भी प्यार करता हूँ। अगर आपने *रिच डैड पुअर डैड* पढ़ी हो, तो आपको याद होगा कि नौ साल की उम्र में मैंने सीसे से चाँदी के सिक्के (नक़ली सिक्के) बनाने की कोशिश की थी।

   अगर आप उस चीज़ से प्रेम करते हैं, जिसमें आप निवेश कर रहे हैं, तो इस बात की अधिक संभावना है कि आप विषय का अध्ययन करेंगे, अच्छे और बुरे पहलुओं को जानेंगे तथा अंदर-बाहर की चीज़ों को समझेंगे। आप अपने निवेशों को लेकर जितने ज़्यादा जानकार होंगे, इस बात की उतनी ही ज़्यादा संभावना है कि आप लाभकारी निवेश चुनेंगे।

3. **अपना कोच बनाएँ।** 2005 में मैंने हवाई में मेरी और किम की तस्वीर देखी। मैं यह देखकर सदमे में आ गया कि मैं कितना मोटा हो गया था। मैं किसी गुब्बारे जैसा दिख रहा था। मैं जानता था कि मैं भारी हूँ, लेकिन मैंने हमेशा ख़ुद को धोखा दिया था कि मैं बाक़ी लोगों जितना भारी नहीं हूँ और मैं आसानी से डाइटिंग करके अपना वज़न कम कर सकता हूँ। मैं लगभग 25 साल से यह झूठ बोलकर

ख़ुद को बहला रहा था।

उस तस्वीर को देखकर मुझे जो सदमा लगा, उससे मैं सक्रिय हो गया। मैं मरने के डर की वजह से सक्रिय नहीं हुआ। मैं तो इस बात से सक्रिय हुआ, क्योंकि मुझे किम का साथ छूटने का डर था। मैं डर नहीं, प्रेम की वजह से सक्रिय हुआ। मेरे पास ज़िंदा रहने के लिए बहुत कुछ था।

मैं यह भी जानता था कि मुझे जो काम करना था, उसे करने के लिए आवश्यक इच्छाशक्ति मेरे पास नहीं थी। मैं 25 साल से ख़ुद से झूठ बोल रहा था। मुझे एक कोच, एक मार्गदर्शक की ज़रूरत थी - कोई ऐसा, जो मुझे जवाबदेह ठहराए और मुझे अनुशासित कर सके।

एक साल में मेरा वज़न 50 पौंड घट चुका है। लेकिन वज़न से भी ज़्यादा बड़ी बात यह है कि मेरे शरीर में वसा का प्रतिशत 36 से 20 आ चुका है। यहाँ तक आने के लिए मुझे ख़ुद को दोबारा ढालना पड़ा है।

परिवर्तन दिमाग़ में शुरू होता है। एक बार फिर नीचे दिए गए डायग्राम को देखें:

मैं जानता था कि मुझे अपने विचार बदलने थे और सेहत के बारे में ख़ुद को दोबारा शिक्षित करना था।

आज जब लोग मुझसे पूछते हैं कि मैंने अपना वज़न कम कैसे किया (किस तरह की डाइटिंग की, किस तरह के व्यायाम किए), तो मैं यह बताने की कोशिश करता हूँ कि मैंने जो *किया*, वह उतना महत्वपूर्ण नहीं है, जितना यह है कि मैंने अपनी सोच को कैसे बदला।

मैं आज पहले से ज़्यादा खाता हूँ। मुझे बड़ा मज़ा आता है, जब मेरे दोस्त मुझे इतना ज़्यादा खाते देखकर आहें भरने लगते हैं।

अगर आप बेबी बूमर हैं और आपके पास ज़्यादा पैसा या समय नहीं है, तो यह जीवन में बदलाव करने का समय है। अगर आप ऐसा कर सकें, तो अपनी मदद के लिए किसी कोच को नियुक्त कर लें। कोच आपके जीवन के उस हिस्से को दोबारा ढालने में आपकी मदद करेगा, जिस पर ध्यान देने की ज़रूरत है।

ख़ुशी कुंजी है

प्रेम सेहत, दौलत और ख़ुशी भरे जीवन की कुंजी है। अगर आप ख़ुश हैं, तो स्वस्थ रहना ज़्यादा आसान है। अगर आप ख़ुश हैं, तो दौलतमंद होना ज़्यादा आसान है। और अगर आप अपने काम से प्यार करते हैं, तो ख़ुश होना ज़्यादा आसान है।

हममें से कई लोग प्रेम के बजाय डर को अपनी ज़िंदगी चलाने देते हैं। यह संकल्प करें कि अपने अगले काम के बारे में आप प्रेम को निर्णय करने देंगे। अगर आपके विचार और कार्य प्रेम की धरती से उपजें, तो सेहत, दौलत और ख़ुशी के परिणाम मिलने की अधिक संभावना है।

प्रेम से काम आसान नहीं हो जाता है

कुछ लोग सोचते हैं कि जिस काम से प्रेम करते हैं, उसे करना या अपनी प्रिय चीज़ों में निवेश करना या प्रेम के कारण चीज़ें आसान हो जाएँगी। प्रेम आसान नहीं होता है और यह कई बार दर्दनाक हो सकता है। कई लोग प्रेम करना छोड़ देते हैं (चाहे यह नौकरी, व्यक्ति या जगह से हो - यह कोई भी चीज़ हो सकती है), क्योंकि यह दर्दनाक था। हममें से कितनों ने किसी को यह कहते सुना है, "मैं अब दोबारा कभी प्रेम नहीं करूँगा।"

हो सकता है प्रेम जीवन को ज़्यादा आसान न बनाए, लेकिन यह जीवन को अर्थपूर्ण बनाता है।

प्रेम आध्यात्मिक है, हालाँकि कई बार यह दर्दनाक होता है। हर बार जब मैं जिम में होता हूँ, तो मैं कष्ट में होता हूँ और शारीरिक मेहनत छोड़ना चाहता हूँ। लेकिन जैसे ही मैं अपनी प्रेयसी किम के बारे में सोचता हूँ, मुझमें मेहनत करते रहने की इच्छाशक्ति जाग जाती है। दो घंटे का कष्ट अपने सबसे प्रिय व्यक्ति के साथ ज़्यादा लंबे और सुखी जीवन के लिए बहुत छोटी क़ीमत है, इसलिए मैं उस दर्द को बर्दाश्त करता हूँ। यही काम और निवेश के बारे में सही है। अगर प्रेम नहीं होता, तो मैं उस दर्द और कुंठा को नहीं झेल सकता था, जो मुझे अक्सर काम और निवेश में मिलती है। जो भी सोचता है कि प्रेम आसान है, उसने कभी प्रेम नहीं किया है।

कोचिंग के बारे में एक शब्द

रिच डैड कंपनी के पास प्रशिक्षित प्रोफ़ेशनल कोच की टीम है। अगर आप किसी को तलाश रहे हों, जो आपके वित्तीय लक्ष्यों के बारे में आपकी मदद करे और आपको जवाबदेह ठहराए, तो RichDad.com पर जाएँ और अपने कोचिंग कार्यक्रम के बारे में पता लगाएँ।

बेबी बूमर्स के लिए आख़िरी बात

हममें से अधिकांश बेबी बूमर्स के लिए यह बहुत ही रोमांचक समय है। आगे तो और भी रोमांचक समय आने वाला है। ईश्वर से यही प्रार्थना है कि आपके पास सेहत, दौलत और ख़ुशी के कई और वर्ष हों।

डोनाल्ड की प्रतिक्रिया

मैं चिंता करूँगा। इस देश में 60 साल से अधिक उम्र के लोगों के लिए स्थितियाँ बहुत अच्छी नहीं दिख रही हैं, जब तक कि वे अगले 35 सालों तक ख़ुद की देखभाल करने लायक़ दौलतमंद न हों - मुद्रास्फीति, तेल की बढ़ती क़ीमतों और चिकित्सा की बढ़ती लागत को ध्यान में रखने के बाद।

ऐसा नहीं है कि बेबी बूमर्स आलसी थे। उनकी उपलब्धियाँ बहुत बड़ी हैं, लेकिन जैसा रॉबर्ट ने कहा है, जब तक कि वे अधेड़ावस्था में सूचना युग में दाख़िल न हो गए हों, वे कई मायनों में पीछे रह गए हैं। मैं भविष्य के बारे में बहुत गंभीरता से सोचूँगा। आप सोच रहे होंगे, "लेकिन हम यह काम कर चुके हैं।" शायद आपकी बात सच है। दिक्क़त सिर्फ़ इतनी सी है कि कुछ दशकों पहले की तुलना में भविष्य अब नाटकीय रूप से बदल गया है।

यह कहने के बाद और रॉबर्ट के सुझावों को दिमाग़ में रखते हुए मैं यह कहना चाहता हूँ कि नए सिरे से मेहनत करना बहुत महत्वपूर्ण है। दोबारा शुरू करना हमेशा आसान नहीं होता है, लेकिन अगर आप इसे ऐसी चुनौती के रूप में देखें, जिसे आप पार कर सकते हैं, तो आपका आधा काम हो चुका है।

अक्सर ऐसी स्थितियों को याद रखने से मदद मिलती है, जो उस चीज़ से भी बदतर हों, जिनका सामना हम व्यक्तियों और नागरिकों के रूप में कर रहे हैं। हो सकता है कि आप मुश्किल समय का सामना कर रहे हों, लेकिन आप दिवालिया नहीं हैं। मेरे दिमाग़ में "मुश्किल बनाम संकट" सिद्धांत आता है। दूसरे शब्दों में, अपनी स्थिति को सही दृष्टिकोण से देखें। इससे आप अपना संतुलन क़ायम रख पाएँगे।

उम्र के बारे में एक सकारात्मक बात तो यह है कि आप 60 साल तक ज़िंदा रह लिए हैं। यह अपने आप में उपलब्धि है। अनुभव के साथ बुद्धि आती है, इसलिए यहाँ आप लाभदायक स्थिति में हैं। आपकी रणनीति यह होनी चाहिए कि आप 20-25 साल की उम्र में भविष्य को जिस दृष्टिकोण से देखते थे, उससे अलग दृष्टिकोण रखें।

यहाँ पर आपकी रचनात्मकता काम आती है। हम सभी जानते हैं कि निराशाओं या तथाकथित पराजयों में अवसर छिपा हो सकता है। अगर आप अपनी स्थिति को इस तरह से देखते हैं और अवसर खोजने पर ध्यान केंद्रित करते हैं, तो आपकी समस्याएँ आपकी कल्पना से बेहतर भविष्य में बदल सकती हैं। यह हो सकता है। लेकिन मैं इस बात पर ज़ोर दूँगा कि आप अपनी स्थिति के सकारात्मक पहलू पर ध्यान केंद्रित करने को महत्वपूर्ण मानें, क्योंकि इससे लाभ होता है : यही वह सबसे

महत्वपूर्ण कारण है, जिससे आप विजेता बनेंगे।

मेरी पहचान के एक दंपति ने 60 साल से ज़्यादा उम्र में किन्हीं कारणों से अपना बिज़नेस गँवा दिया। यह उनकी जीवन भर की मेहनत और रिटायरमेंट की तैयारी थी। यह कहने की ज़रूरत नहीं है कि वे अपनी स्थिति के बारे में बहुत चिंतित थे। उन्होंने फ़ैसला किया कि वे उस स्की रिज़ॉर्ट पर लौट जाएँगे, जहाँ उन्होंने कई शानदार छुट्टियाँ मनाई थीं, स्की के सीज़न में भी और ऑफ़-सीज़न में भी। उन्होंने हमेशा उम्मीद की थी कि वे किसी दिन इस इलाक़े में रिटायर होने में कामयाब हो जाएँगे। वे उसी होटल में ठहरे, जहाँ वे हमेशा ठहरते थे। वे इस बारे में विचार-विमर्श कर रहे थे कि उन्हें अपनी स्थिति के बारे में क्या करना चाहिए, तभी होटल के मालिकों के सामने एक अप्रत्याशित परिस्थिति आ गई। आपातकालीन पारिवारिक स्थिति के कारण उन्हें क़स्बे से बाहर जाना था। उन्होंने दंपति से कहा कि क्या वे उनकी जगह होटल सँभाल सकते हैं। उनके सामने इसके बदले मुफ़्त में रहने-खाने का प्रस्ताव रखा गया। दंपति यह काम करने के लिए तैयार हो गए। संक्षेप में, बाद में होटल के मालिक ने उन्हें मैनेजर बना दिया और अंततः उन्होंने वह होटल ख़रीद लिया। अब उनके पास एक नया बिज़नेस आ गया, जिससे वे प्यार करते थे और वे वहाँ रह रहे थे, जहाँ उन्होंने रिटायरमेंट के बाद रहने का सपना देखा था! यह उनकी पहले की योजना से न सिर्फ़ बेहतर था, बल्कि इस प्रक्रिया में वे काफ़ी अमीर भी बन गए।

यह इस बात का उदाहरण है कि निराशा के भीतर अवसर छिपा होता है। ऐसी लाखों कहानियाँ हैं और ऐसा कोई कारण नहीं है कि आपकी कहानी भी इनमें से एक नहीं हो सकती। लेकिन ध्यान दें, यह दंपति ऐसी जगह पर गए थे, जहाँ उन्हें आनंद आता था और जिससे वे प्यार करते थे। सकारात्मक ऊर्जा पाने के लिए सकारात्मक यादों से भरी जगह पर जाना समझदारी से भरा क़दम था। अगर आपके पास ऐसी कोई जगह हो, तो उसे न भूलें। शायद इसी कारण आप उसके बारे में प्रेमपूर्ण यादें रखते हों और यह आपके भविष्य के लिए प्रासंगिक हो सकती है।

ख़ुद से यह पूछना भी अच्छा विचार है कि आप किसी जगह को पसंद क्यों करते हैं। कई बार कारण स्पष्ट होता है - यह सुंदर है, यह छुट्टियों के समय की सूचक है, यह रोमांटिक है आदि। लेकिन अगर आप कारण पूछते रहेंगे, तो अक्सर आप किसी ऐसी चीज़ को पा लेंगे, जो आपके सामने नए विचार या कैरियर का दरवाज़ा खोल सकती है।

> ख़ुद को या अपनी संभावनाओं को कभी कम न आँकें।
>
> - डोनाल्ड जे. ट्रम्प

मेरा यह भी मानना है कि रिटायरमेंट लोगों के लिए सबसे अच्छी चीज़ नहीं होती है। मेरे पिता कहा करते थे, "रिटायर होना मरने जैसा है," क्योंकि उन्हें अपने काम से बहुत

ज़्यादा ऊर्जा मिलती थी। सक्रिय बने रहने से बहुत से मामलों में उम्र लंबी होती है। शायद आपकी तथाकथित "पराजय" आपके लंबे और सुखद जीवन के लिए अच्छी ख़बर हो। शायद आपको ज़्यादा कुछ करना हो और शायद ज़्यादा कुछ करने से आपको वह संतुष्टि मिले, जो रिटायरमेंट से कभी नहीं मिल सकती थी। कई बार अच्छे कारणों से हमारी योजनाओं में व्यवधान पड़ जाता है।

हम सबने ऐसे लोगों की कहानियाँ सुनी हैं, जिनकी फ़्लाइट चूक गई थी और वे अपनी यात्रा की योजनाएँ गड़बड़ाने के कारण बहुत परेशान हो गए थे। बाद में उन्हें पता चला कि वह हवाई जहाज़ दुर्घटनाग्रस्त हो गया। हम सबने ऐसे लोगों की कहानियाँ सुनी हैं, जो कई अलग-अलग स्थितियों में विनाश से बाल-बाल बच गए। ऐसे लोगों में से एक न बनें, जो सफलता या दूसरे मौक़े से सिर्फ़ इसलिए बाल-बाल बच गए, क्योंकि वे विकल्पों पर विचार करने का समय नहीं निकाल पाए।

दूसरी दिशा में दोबारा लक्ष्य बनाना एक अच्छा काम है, चाहे यह हम पर थोपा गया हो या नहीं। रॉबर्ट और मेरा दोनों का ही दृढ़ विश्वास है कि आप जो करते हैं, उसमें बहुत सफल होने के लिए आपको उससे प्यार करना पड़ता है। वे यह भी सलाह देते हैं कि आप जिससे प्रेम करते हों, उसमें निवेश करें - जो ठीक वैसा ही है, जैसा होटल में इस दंपति के साथ हुआ था। उनमें उस जगह की यात्रा करने की दीवानगी थी, वे उस जगह से प्यार करते थे। इसी से उन्हें शक्ति मिली। यह प्रत्यक्ष प्रमाण है।

अगर आप बेबी बूमर हैं और आपके पास ज़्यादा पैसा नहीं है, तो अपने अब तक के जीवन के लिए शुक्रगुज़ार रहें और यह जान लें कि जीवन अब भी आपको कुछ महान रोमांच दिखाने का इंतज़ार कर रहा है। ख़ुद को या अपनी संभावनाओं को कभी कम न आँकें। चाहे आप छह साल के हों या साठ साल के, आपके सामने बहुत से महान अवसर हैं। अच्छी ज़िंदगी तब तक ख़त्म नहीं होती है, जब तक कि आप इसकी उम्मीद नहीं छोड़ देते हैं।

मैं यहाँ पर स्टीव फ़ोर्ब्स का कथन बताना चाहूँगा, जिसमें ये सारी बातें आ गई हैं। स्टीव ने इसे कुछ साल पहले अपनी पुस्तक *अ न्यू बर्थ ऑफ़ फ़्रीडम* में लिखा था। यह आज भी काफ़ी ज्ञानवर्धक और प्रासंगिक है : "इस नए युग में दौलत और पूँजी का असली स्रोत भौतिक चीज़ें नहीं हैं - बल्कि इंसान का मस्तिष्क है, इंसान की भावना है, इंसान की कल्पना है और भविष्य में हमारी आस्था है। असली स्रोत तो स्वतंत्र समाज का जादू है - हर व्यक्ति आगे बढ़ सकता है और समृद्ध बन सकता है, क्योंकि दौलत भीतर से आती है।"

अध्याय चौबीस

अगर मैं पहले से ही अमीर हूँ, तो मेरे लिए क्या सलाह है?

रॉबर्ट की प्रतिक्रिया

अगर आप अमीर हैं, तो अपनी नियामतें गिनें। लेकिन हमेशा याद रखें कि पैसा वरदान भी हो सकता है और अभिशाप भी।

दुनिया के ज़्यादातर लोगों के लिए पर्याप्त पैसे कमाना समस्या नहीं है। अगर आपके पास बहुत सा पैसा हो, तो उसे रोके रखना ज़्यादा बड़ी समस्या है। लॉटरी विजेता, फ़िल्म स्टार्स, अंतर्राष्ट्रीय खिलाड़ी और दौलतमंद लोगों के वारिस अपना धन गँवा देते हैं, क्योंकि पैसे को रोके रखना या सुरक्षित रखना इसे कमाने जितना ही मुश्किल हो सकता है। आप ऐसे लोगों के शिकार बन जाते हैं, जो आपका पैसा हथियाना चाहते हैं।

जब आप ***कैशफ़्लो*** गेम बोर्ड को देखते हैं, तो आप निवेशकों के तीन स्तर देख सकते हैं। वे हैं :

1. चूहा दौड़। चूहा दौड़ वही जगह है, जहाँ ज़्यादातर लोग पाए जाते हैं। ये लोग अगर निवेश करते हैं, तो मूलतः पेपर एसेट्स में निवेश करते हैं, जैसे बचत, शेयर, बॉण्ड्स और मीच्युअल फ़ंड्स।
2. छोटे सौदे और बड़े सौदे। ये छोटे सौदे और बड़े सौदे वे हैं, जहाँ अधिकांश लोग अपनी वित्तीय शिक्षा पाते हैं और कुछ तो दरअसल चूहा दौड़ से बाहर निकल आते हैं।
3. फ़ास्ट ट्रैक। फ़ास्ट ट्रैक यानी पैसे का तेज़ रास्ता 1933 में राष्ट्रपति जॉन केनेडी के पिता जोसेफ़ केनेडी ने बनाया था।

   फ़ास्ट ट्रैक अमीर निवेशकों के लिए है, जिनके पास वित्तीय शिक्षा और अनुभव है। समस्या यह है कि कई अमीर लोगों के पास वित्तीय शिक्षा नहीं होती है और कई तो अपनी दौलत बेईमान प्रमोटर्स के कारण गँवा बैठते हैं, जो दौलतमंद लोगों को शिकार बनाते हैं।

तो अमीर लोग मूलतः दो तरह के होते हैं : (1) जिन्होंने अपना पैसा ख़ुद कमाया है और जिनके पास अपेक्षित वित्तीय शिक्षा व अनुभव होता है, जिससे वे फ़ास्ट ट्रैक में निवेश कर सकते हैं, और (2) जिनके पास पैसा तो बहुत है, लेकिन बहुत कम वित्तीय शिक्षा और अनुभव है।

ख़ुद मेहनत करके पैसा कमाने वाले लोगों को पैसा गँवाने का डर कम रहता है, क्योंकि वे जानते हैं कि वे दोबारा कमा सकते हैं। जिन लोगों के पास दूसरे साधनों से पैसा आता है, उनके सामने भी ग़रीब लोगों की तरह दो विकल्प होते हैं - या तो शिक्षित बनें या फिर अपना पैसा किसी योग्य तथा विश्वसनीय विशेषज्ञ को सौंप दें।

हर साल आप अख़बार में पढ़ेंगे कि किसी खेल सितारे या फ़िल्मी सितारे की सारी दौलत किसी बेईमान प्रमोटर ने हड़प ली। आप यह भी पढ़ेंगे कि किसी अमीर बुज़ुर्ग का सारा पैसा किसी रिश्तेदार या विश्वसनीय रखवाले ने चुरा लिया। यह बहुत ही आम कहानी है। और हम सबने ऐसे लोगों के बारे में सुना है, जिन्होंने शादी करके अपना पैसा गँवा दिया। हाल की एक सनसनीख़ेज़ कहानी अन्ना निकोल स्मिथ की थी, जिसने 26 साल की उम्र में 89 साल के बूढ़े से शादी की। इसका कारण प्रेम ही हो सकता है! चार साल की शादी के बाद पॉल मैकार्टनी तलाक़ ले रहे हैं। चार साल के आनंद के लिए यह बहुत महँगा सौदा साबित हो सकता है।

> अगर आप ऐसा काम नहीं कर रहे हों, जिससे आप प्यार करते हैं, तो फिर उस काम को करना शुरू कर दें, भले ही वह पार्ट-टाइम हो।
>
> – रॉबर्ट टी. कियोसाकी

फ़ास्ट ट्रैक पर निवेश करना

औसत निवेशक की सुरक्षा के लिए एसईसी निवेशों और प्रमोटर्स की जाँच करती है। चूहा दौड़ से बाहर निवेश करने वाले लोगों के लिए सुरक्षा कम रहती है।

छोटे और बड़े सौदों तथा फ़ास्ट ट्रैक के लिए शिक्षा, अनुभव, विश्वास और ईमानदारी अनिवार्य हैं। अगर आपमें या आपके सलाहकारों में शिक्षा, अनुभव, विश्वास या ईमानदारी की कमी हो, तो एसईसी की निगरानी वाले पेपर एसेट्स तक ही सीमित रहें।

लेकिन अगर आपके पास योग्यता है, तो फ़ास्ट ट्रैक पर निवेश करना सबसे रोमांचक, लाभदायक और मज़ेदार हो सकता है। डोनाल्ड और मैं फ़ास्ट ट्रैक पर ही निवेश करते हैं। यही शहर का सबसे अच्छा खेल है।

फ़ास्ट ट्रैक सौदों के उदाहरण

मैंने फ़ास्ट ट्रैक पर जो सौदे किए हैं, नीचे उनके उदाहरण दिए हैं :

1. **उद्यमी के रूप में बिज़नेस शुरू करते समय निवेशकों से पूँजी उगाहने का काम फ़ास्ट ट्रैक का सौदा है। मुझे बहुत सावधान रहना पड़ता है कि मैं सिर्फ़ उन्हीं निवेशकों से बात करूँ, जो योग्य, अधिकृत निवेशक हों।**

   योग्य, अधिकृत (qualified, accredited) निवेशक की परिभाषा है :

   जिसकी व्यक्तिगत (या पत्नी के साथ संयुक्त) नेट वर्थ 10 लाख डॉलर से अधिक हो। जिसकी पिछले दो सालों की वार्षिक आमदनी दो लाख डॉलर से अधिक हो और वर्तमान वर्ष में भी इतनी आमदनी की उम्मीद हो या जिसकी अपने जीवनसाथी के साथ संयुक्त वार्षिक आमदनी तीन लाख डॉलर से अधिक हो।

   चीन में मेरी सोने की खदान वाली कंपनी ऐसे ही निवेश का उदाहरण है। उस निवेश से मेरे कई निवेशक मिलियनेअर बन चुके हैं।

   जैसा आप जानते हैं, मैंने एक तेल कंपनी भी शुरू की थी, जो तेल नहीं खोज पाई। उसमें निवेशकों का ज़्यादातर पैसा डूब गया। अच्छी बात यह थी कि जो लोग मेरी तेल कंपनी में निवेशक थे, वे चीन में मेरी सोने की खदान वाली कंपनी में भी निवेशक थे।

2. **रियल एस्टेट पार्टनरशिप :** किम और मैं कई बड़े रियल एस्टेट प्रोजेक्ट्स में पार्टनर हैं – जैसे 300 यूनिट के अपार्टमेंट हाउसेस, व्यावसायिक इमारतें और कार्यालयीन इमारतें। किम और मैं डोनाल्ड ट्रम्प की तरह रियल एस्टेट डेवलपर नहीं हैं। हम डेवलपर्स के पैसे वाले पार्टनर हैं। ईश्वर की कृपा से हमने कभी किसी रियल एस्टेट पार्टनरशिप में पैसा नहीं खोया है ...

   कुंजी ईमानदार और अनुभवी पार्टनर्स को खोजना है।

3. **तेल और गैस पार्टनरशिप :** मैं इन कारणों से व्यक्तिगत रूप से तेल और गैस को पसंद करता हूँ :

   कैशफ़्लो : अगर तेल निकल आता है, तो यहाँ भी रियल एस्टेट की तरह आपको हर महीने भुगतान मिलता है।

टैक्स लाभ : अगर मैं तेल और गैस पार्टनरशिप में एक लाख डॉलर का निवेश करता हूँ, तो आईआरएस मुझे अपने टैक्स से लगभग 70,000 डॉलर की छूट देता है। 50 प्रतिशत टैक्स दर पर यह तो वैसा ही है, जैसे मुझे कैशफ़्लो या अपने निवेश में लगाने के लिए सरकार से 35,000 डॉलर मिल रहे हों।

दूसरा टैक्स लाभ यह है कि मुझे तेल और गैस से जो भी पैसा मिलता है, सरकार मुझे उस पर 15 प्रतिशत अतिरिक्त छूट देती है (इसे डिप्लीशन अलाउंस कहते हैं)। इसका मतलब यह है कि मुझे तेल और गैस से जो आमदनी होती है, उसके सिर्फ़ 85 प्रतिशत हिस्से पर टैक्स देना होता है।

4. **प्राइवेट इक्विटी फ़ंड्स :** ये अमीरों के मीच्युअल फ़ंड हैं। आम तौर पर प्राइवेट इक्विटी फ़ंड किसी ऐसे निवेश समूह के पास होता है, जिसका उत्कृष्ट ट्रैक रिकॉर्ड होता है। ये फ़ंड्स हर तरह के बड़े निवेश करते हैं, जैसे कंपनियों और रियल एस्टेट के बड़े सौदों में।

   सामान्यतः इनमें मीच्युअल फ़ंडों से ज़्यादा धन की ज़रूरत होती है। मैंने एक प्राइवेट इक्विटी फ़ंड में निवेश किया था। उसमें दस लाख डॉलर की आवश्यकता थी। हमें हमारा पैसा तीन साल से कम समय में 40 प्रतिशत ब्याज के साथ वापस मिल गया। कितने धन की ज़रूरत पड़ेगी या कितना लाभ होगा, यह उस प्राइवेट इक्विटी फ़ंड पर निर्भर करता है, जिसमें आप अपना पैसा लगाते हैं।

5. **हेज फ़ंड्स :** हेज फ़ंड्स मीच्युअल फ़ंडों से अलग होते हैं, क्योंकि वे लीवरेज (उधार के पैसे) का इस्तेमाल करते हैं। वे मीच्युअल फ़ंडों की तरह निवेशों और निवेश तकनीकों से सीमित नहीं होते हैं। हेज फ़ंड्स में मेरे अलग-अलग अनुभव रहे हैं। बहरहाल, हेज फ़ंड की ज़्यादातर सफलता मैनेजमेंट पर निर्भर करती है।

6. **डेरिवेटिव्ज़ :** डेरिवेटिव्ज़ की दुनिया एक ऐसी दुनिया है, जिसके बारे में बहुत कम लोग जानते हैं। बहरहाल, ये हम सभी के लिए चिंता का विषय हैं। वॉरेन बफ़ेट डेरिवेटिव्ज़ को "सामूहिक नरसंहार का हथियार" कहते हैं।

   मैं इस निवेश समूह के बारे में ज़्यादा नहीं जानता हूँ। हाँ, मैं जानता हूँ कि डेरिवेटिव (derivative) क्या होता है। डेरिवेटिव किसी चीज़ से प्राप्त चीज़ होती है। उदाहरण के लिए ऑरेंज जूस ऑरेंज का डेरिवेटिव है। मॉर्टगेज रियल एस्टेट का डेरिवेटिव है। तो मेरा मानना है कि वॉरेन बफ़ेट डेरिवेटिव्ज़ की दुनिया के बारे में इसलिए चिंतित हैं, क्योंकि कई लोग, जिनमें उनसे जुड़े लोग भी शामिल हो सकते हैं, शायद उन्हें पूरी तरह नहीं समझते हैं और वे स्टेरॉइड्स की तरह लीवरेज्ड साधन हैं। अगर कोई गड़बड़ हुई, तो आपकी पूरी दौलत ताश के पत्तों की तरह ढह सकती है।

एक दोस्त ने मुझे इस तरह समझाया था। उसने कहा, "यह तो ऐसा ही है कि कोई बेरोज़गार हो और वह किसी चीज़ में निवेश करने के लिए धन उधार ले और उधार लिए गए धन को गिरवी रखकर दोबारा उधार ले।" यह तो वैसा ही होगा कि लोग क्रेडिट कार्ड के कर्ज़ को चुकाने के लिए होम लोन ले लें, लेकिन क्रेडिट कार्ड का इस्तेमाल करते रहें। अगर डेरिवेटिव्ज़ की अँधेरी दुनिया यही है, तो शायद वैश्विक हाई फ़ाइनैंस की दुनिया सचमुच ताश के पत्ते की तरह है।

निष्कर्ष

अगर आप अमीर हैं, तो आपका काम अपने पैसे को रोककर रखना और इसे कई गुना करना है। इससे कोई फ़र्क़ नहीं पड़ता कि आप क्या करते हैं, लेकिन यह बहुत महत्वपूर्ण है कि आपके पास नीचे दी गई चीज़ें हों :

1. वसीयत
2. एस्टेट प्लान
3. असमर्थ होने की स्थिति में योजना
4. दोबारा शादी करते समय विवाह-विच्छेद अनुबंध

डोनाल्ड की प्रतिक्रिया

सबसे पहले तो मैं कहूँगा कि आप इस बात पर कृतज्ञ हों कि आप पहले से ही अमीर हैं। फिर मैं कहूँगा कि सावधान रहें। फिर मैं कहूँगा कि मज़े करें।

मैं यही कर रहा हूँ। इस वक़्त मैं लॉस एंजेलिस के बीवर्ली हिल्स होटल में अपनी सुंदर पत्नी मेलेनिया तथा हमारे नन्हे बेटे बैरन के साथ हूँ और हमारा समय बहुत अच्छी तरह बीत रहा है। मौसम, रहने की जगह और खाना बहुत बढ़िया है और अल्बर्टो डेल होया हमारा बहुत ध्यान रख रहे हैं।

मैं यहाँ *द एप्रेंटिस* की छठी शृंखला की शूटिंग करवाने आया हूँ। मार्क बरनेट और उनकी पत्नी रोमा लॉस एंजेलिस में रहते हैं और मेरी बेटी टिफ़ैनी की इस सप्ताह ग्रेजुएशन सेरेमनी होगी। हालाँकि मैं न्यूयॉर्क का बाशिंदा हूँ, लेकिन इसके बाद भी इतनी अच्छी जगह रह रहा हूँ।

प्रशांत महासागर का पालोस वर्डीस यहाँ से ज़्यादा दूर नहीं है, जहाँ मेरा भव्य नया गोल्फ़ कोर्स, ट्रम्प नेशनल गोल्फ़ क्लब/लॉस एंजेलिस है। मैं नियमित रूप से थोड़ा गोल्फ़ खेलूँगा। गोल्फ़ कोर्स तथा महासागर के सामने नए मकान तैयार होने ही वाले हैं। वे बेहद सुंदर हैं।

> परोपकार की कोशिशें अच्छे जीवन का सबसे बढ़िया पुरस्कार हैं।
>
> *- डोनाल्ड जे. ट्रम्प*

मेरे बहुत से प्रोजेक्ट चल रहे हैं और यह भी मेरे अमीर होने का एक कारण है। मैं अपनी ज़्यादातर दौलत ख़ुद कमाता हूँ। अगर आप सफल होना चाहते हैं, तो इससे बढ़िया बात और कुछ नहीं है। जब तक मैं सौदे न करूँ और नई चीज़ें न सीखूँ, तब तक मैं ख़ुश नहीं होता हूँ। मेरे यहाँ रहते समय हम लॉस एंजेलिस में ट्रम्प प्रॉडक्शन्स ऑफ़िस भी बना रहे हैं। इसलिए बोरियत का तो सवाल ही नहीं उठता है। जीवन रोमांचक हो सकता है और उसे ऐसा ही होना चाहिए।

इसका यह मतलब नहीं है कि मैं सावधान नहीं हूँ। जब चीज़ें अच्छी चल रही हों, तो लापरवाह होना आसान होता है, इसलिए मैं अपना ध्यान एकाग्र रखता हूँ। मेरे बच्चे बड़े हो रहे हैं और बिज़नेस की दुनिया में क़दम रख रहे हैं। मैं नहीं चाहता कि उन पर कोई संकट आए। आपके पास जो है, उसके प्रति ज़िम्मेदार होना महत्वपूर्ण है।

मैं ट्रम्प ऑर्गेनाइज़ेशन में हर एक के साथ रोज़ संपर्क में रहता हूँ। मैं यह पता रखता हूँ कि कहाँ क्या हो रहा है। रौना मुझे अपनी दिनचर्या की जानकारी देती रहती है। मेरे दो सबसे बड़े बच्चे, डॉन जूनियर और इवान्का मेरे साथ *एप्रेंटिस* की सीरीज़ और कुछ नए एपिसोड्स के लिए आए हुए हैं, इसलिए यहाँ जश्न का माहौल है।

अगर आप अमीर हैं, तो मुझे उम्मीद है कि आप भी अपने जीवन के बारे में यही कह सकते होंगे। जीवन ऐसी चीज़ है, जिसका जश्न मनाया जाना चाहिए, ख़ास तौर पर तब, जब आपके पास ऐसा करने के साधन हों।

कभी भी अपनी ख़ुशक़िस्मती को कम न आँकें और याद रखें कि परोपकार की कोशिशें अच्छे जीवन का सबसे बढ़िया पुरस्कार हैं। अमीर लोगों को यह मेरी सबसे अच्छी सलाह है।

डोनाल्ड, मेलेनिया और बैरन

डोनाल्ड और बैरन

डॉन जूनियर और इवान्का

अध्याय पच्चीस

जो लोग अमीर बनना चाहते हैं ...वे अमीर क्यों नहीं बन पाते?

रॉबर्ट की प्रतिक्रिया

जो लोग अमीर बनना चाहते हैं, वे कई कारणों से अमीर नहीं बन पाते। इनमें से कुछ कारण हैं :

1. आलस
2. बुरी आदतें
3. शिक्षा की कमी
4. अनुभव की कमी
5. मार्गदर्शन की कमी
6. बुरा नज़रिया
7. दोस्तों और परिवार का बुरा प्रभाव
8. एकाग्रता की कमी
9. संकल्प की कमी
10. साहस की कमी

लेकिन मैं एक ऐसे कारण के बारे में लिखना चाहूँगा, जिसके बारे में बहुत कम लिखा गया है। वह कारण यह है कि व्यक्ति ऐसा माहौल खोजने में असफल हो जाता है, जो उसे सहारा देकर अमीर बनाए।

टीच टु बी रिच में मैंने इस संभावना पर विचार किया है कि हम सभी पैदाइशी जीनियस होते हैं। इस पैकेज में दो वर्कबुक और तीन डीवीडी हैं। इनमें मैंने बताया है कि व्यक्ति को ऐसा माहौल खोजना चाहिए, जो उसकी प्रतिभा के फलने-फूलने के लिए सबसे अच्छा हो। मैं यह उदाहरण देता हूँ कि टाइगर वुड्स की प्रतिभा गोल्फ़ के मैदान पर प्रकट हुई थी। अगर वे घुड़दौड़ में जॉकी बनते, तो कभी इतने सफल नहीं हो पाते। इसी तरह मिक जैगर अकाउंटेंट बनने के लिए कॉलेज गए थे, लेकिन उनकी प्रतिभा अकाउंटेंसी के क्षेत्र में नहीं थी। उन्हें तो रोलिंग स्टोन के रूप में मंच पर अपनी प्रतिभा का सबूत मिला।

मेरे ग़रीब डैडी की प्रतिभा स्कूल की दुनिया में प्रकट हुई; मेरे अमीर डैडी की नहीं हुई। उनकी प्रतिभा सड़क के माहौल में प्रकट हुई। जहाँ तक मेरी बात है, मैंने स्कूल में अच्छा प्रदर्शन नहीं किया। मेरे लिए स्कूल का माहौल ग़लत था। मेरे अमीर डैडी की तरह ही मेरे लिए भी सड़क वह माहौल है, जहाँ मेरी प्रतिभा प्रकट होती है। अगर मैं शिक्षा की दुनिया में अटका रहता, तो मेरी प्रतिभा फल-फूल नहीं पाती।

सही माहौल आपकी प्रतिभा के विकास के लिए अनिवार्य है। जब मैं नैवी फ़्लाइट स्कूल में था, तो मेरे कुछ साथी पायलटों को यह पता चला कि उनकी प्रतिभा हवाई जहाज़ उड़ाने में है। एक तो जनरल बन गया और बाक़ी एयरलाइंस में सीनियर पायलट बन गए। मैं औसत पायलट था। फ़ुटबॉल में मेरे कई दोस्तों को खेल में मैदान में अपनी प्रतिभा का सबूत मिला। मैं फ़ुटबॉल में औसत था। जब मैं ज़ेरॉक्स कॉरपोरेशन में काम करता था, तो मेरे एक दोस्त को कॉरपोरेट जगत में अपनी प्रतिभा दिखी और वह तेज़ी से सीढ़ियाँ चढ़ गया।

हर माली जानता है कि पौधे के विकास के लिए अच्छी मिट्टी, पानी और सही तापमान की ज़रूरत होती है। अगर सभी तत्व सही होते हैं, तो पौधा फलता-फूलता रहेगा। यही लोगों के बारे में सही है। हर व्यक्ति को फलने-फूलने के लिए कुछ तत्वों की ज़रूरत होती है। अगर अनिवार्य तत्व न हों, तो वह व्यक्ति बढ़ नहीं सकता और फल-फूल नहीं सकता।

ग़रीब माहौल में अमीर व्यक्ति

मेरे अमीर डैडी कहा करते थे, "बहुत से अमीर लोग ग़रीब माहौल में रह रहे हैं।" बड़े होने के बाद मैं उनकी बात का मतलब ज़्यादा अच्छी तरह समझ सकता हूँ।

मेरे घर का माहौल

मुझे बहुत पहले ही यह एहसास हो गया था कि मैं जिस परिवार में पैदा हुआ था उसका माहौल वित्तीय रूप से ग़रीब था। इसका यह मतलब नहीं है कि हमारे बीच में प्रेम नहीं था। हमारे बीच में बहुत प्रेम था। समस्या यह थी कि माहौल अमीर बनने में सहायक नहीं था। मेरे परिवार में दौलत की इच्छा करने पर भी पाबंदी थी। मेरा परिवार शिक्षा, सार्वजनिक सेवा और कम तनख़्वाह को महत्वपूर्ण मानता था। हालाँकि इसे कभी ज़ाहिर नहीं किया गया, लेकिन अंदर ही अंदर यह विश्वास था कि अमीर लोग बुरे होते हैं और दूसरों का शोषण करते हैं।

निवेश करने के बारे में कभी कोई बहस या बातचीत नहीं होती थी। मेरे परिवार में निवेश करने का मतलब जुआ खेलना समझा जाता था। संसाधनों से कम में गुज़ारा करने और पैसा बचाने को जीवन जीने का तरीक़ा मान लिया गया था।

आज मेरे घर के माहौल में पैसा बुरा शब्द नहीं है। अमीर बनना मज़ेदार है और निवेश करना खेल है। अपने संसाधनों से कम में गुज़ारा करने के बजाय हम लगातार संसाधनों का विस्तार करने, आमदनी बढ़ाने, संपत्ति बनाने और अधिकतम लोगों की सेवा करने के लिए मेहनत करते हैं। इसके साथ ही हम वित्तीय रूप से नकारात्मक लोगों से दूर रहते हैं और अपने आस-पास समान मानसिकता के लोगों को रखते हैं, जो हमें चुनौती और सहारा दे सकें। हमारे दोस्त भी हमारे माहौल का हिस्सा होते हैं।

मेरे काम का माहौल

जब मुझे ज़ेरॉक्स कॉरपोरेशन में पहली नौकरी मिली, तो मुझे जल्दी ही पता चल गया कि वहाँ का माहौल मेरे अमीर बनने के लिए आदर्श नहीं था। हालाँकि मेरे बॉस चाहते थे कि

मैं कड़ी मेहनत करूँ और बहुत पैसे कमाऊँ, लेकिन उनका मूल लक्ष्य शेयरहोल्डर्स को ख़ुश करना था ... कर्मचारियों को नहीं। जब भी मैं अपनी कंपनी शुरू करने के बारे में बात करता था, तो मेरे ऊपर के मैनेजर्स मुझे बताते थे कि अपना ख़ुद का बिज़नेस शुरू करना कंपनी की कर्मचारी नीति के ख़िलाफ़ था।

इसका यह मतलब नहीं था कि मुझे ज़ेरॉक्स में काम करना पसंद नहीं था, क्योंकि मुझे था। यह तो बस ऐसा माहौल नहीं था, जो मुझे अमीर बनाने के लिए तैयार किया गया हो। इसके अलावा, यक़ीनन मैंने बहुत पैसे कमाए, लेकिन ऊँची आमदनी वाले कर्मचारियों के लिए टैक्स नियम इस तरह बने हैं कि मैं ज़्यादा दौलत इकट्ठी नहीं कर पाया।

रिच डैड कंपनी में हमारी साप्ताहिक मीटिंग हमारे स्टाफ़ को ज़्यादा अमीर बनाने पर केंद्रित होती है। हम उन्हें वित्तीय सेमिनारों में भाग लेने, उनका ख़ुद का बिज़नेस शुरू करने और निवेश करने के लिए प्रोत्साहित करते हैं - कंपनी रिटायरमेंट योजना में नहीं, बल्कि ख़ुद की निवेश योजना में। कई कर्मचारी हमारी कंपनी छोड़कर इसलिए चले गए, क्योंकि उन्हें वह दबाव पसंद नहीं था, जो मैं उन पर वित्तीय शिक्षा पाने और अंततः वित्तीय रूप से स्वतंत्र होने के लिए डालता था। मुझे ख़ुशी है कि वे चले गए, क्योंकि वे किसी अलग माहौल में काम करके ज़्यादा ख़ुश होंगे।

हारने से डरने वाले लोगों के लिए माहौल

अमीर बनने की इच्छा रखने वाले कई लोग अमीर बनने में इसलिए असफल हो जाते हैं, क्योंकि वे ग़रीब माहौल में रह रहे हैं। उदाहरण के लिए, अगर आप कर्मचारी हैं, तो आप शायद ऐसे माहौल में काम कर रहे हैं, जिसे हार से बचने वाले लोगों के लिए तैयार किया गया है। यह उन लोगों के लिए तैयार किया गया है, जो नौकरी की सुरक्षा और निश्चित तनख़्वाह चाहते हैं। जो मालिक ऐसा माहौल बनाता है, उसे आम तौर पर अच्छे कर्मचारियों को आकर्षित करने तथा अपने यहाँ बनाए रखने में दिक़्क़त नहीं आती है। कर्मचारी हार से बचने के लिए ख़ुशी-ख़ुशी काम करते हैं और स्वयं वित्तीय विशेषज्ञ बनने के बजाय अपना पैसा वित्तीय विशेषज्ञों के हवाले कर देते हैं। स्पष्ट रूप से सरकारी नौकरी का माहौल ऐसा ही है।

विजेताओं के लिए माहौल

कुछ संस्थाएँ विजेताओं के लिए माहौल प्रदान करती हैं - यानी उन लोगों के लिए, जो अमीर बनना चाहते हैं। उदाहरण हैं अंतर्राष्ट्रीय खेल, हॉलीवुड और संगीत उद्योग। इन संस्थाओं में दिक़्क़त यह है कि सफलता पाने के लिए आपको असाधारण रूप से प्रतिभाशाली, प्रेरित और लगनशील होना पड़ता है। इन उद्योगों में 90/10 का नियम लागू होता है। निश्चित रूप से पराजित लोगों की संख्या विजेताओं से बहुत ज़्यादा होती है।

विजेता वाला माहौल वॉल स्ट्रीट निवेश कंपनियों, रियल एस्टेट सेल्स, नेटवर्क मार्केटिंग और अन्य उच्च-प्रदर्शन वाली कंपनियों में भी मिलता है।

मरता हुआ पेड़

हाल में मैंने एक पौधा लगाया, जो मुरझाने लगा। इससे मैं बहुत विचलित हो गया,

> ऐसा माहौल खोजें, जहाँ आपकी प्रतिभा उभर सके। अगर गोल्फ़ कोर्स नहीं होते, तो शायद हमने टाइगर वुड्स का नाम कभी नहीं सुना होता।
>
> *- रॉबर्ट टी. कियोसाकी*

क्योंकि मुझे पेड़ों से प्यार है। मैंने वृक्ष विशेषज्ञों को बुलाया, जिन्होंने पेड़ में खाद डाली, लेकिन इसके बावजूद पेड़ मुरझाता रहा। आख़िर मैंने बगीचे का पाइप उठाकर उसकी जड़ों में एक महीने तक हर हफ़्ते दो-दो दिन के अंतर से पानी डाला। अचानक नई पत्तियाँ फूटने लगीं और मुरझाई हुई शाखाएँ हरी होने लगीं। पौधे को तो बस थोड़े से पानी की ज़रूरत थी। (बाद में जाँच करने पर मैंने पाया कि पौधे तक पानी पहुँचाने वाली पाइप लाइन में कचरा अटक गया था।) आज वह पेड़ स्वस्थ है और लहलहा रहा है। इसे तो बस ऐसे माहौल की ज़रूरत थी, जिसमें यह बढ़ सके। यही लोगों के साथ सही है। कई लोग अमीर इसलिए नहीं बन पाते, क्योंकि वे ग़रीब माहौल में रह रहे हैं।

सशक्त माहौल

माहौल के इस विचार को थोड़ा आगे ले जाते हुए नीचे दिए गए विचारों को तौलें :

1. **अगर आप अपनी बुद्धिमत्ता बढ़ाना चाहते हैं :** तो लाइब्रेरी, बुकस्टोर या स्कूल जाएँ।
2. **अगर आप अपनी सेहत बढ़ाना चाहते हैं :** तो जिम जाएँ, साइकल ख़रीदें या खेलें।
3. **अगर आप अपनी आत्मा को विकसित करना चाहते हैं :** तो चर्च जाएँ, शांत जगह खोजें, ध्यान लगाएँ या ज़्यादा प्रार्थना करें।
4. **अगर आप अपनी दौलत बढ़ाना चाहते हैं :** तो किसी ऐसी जगह जाएँ, जहाँ लोग अमीर बन रहे हैं (जैसे रियल एस्टेट ऑफ़िस या स्टॉक ब्रोकर्स के ऑफ़िस), निवेश क्लब में शामिल हों या स्टडी ग्रुप शुरू करें और नए दोस्त बनाएँ, जो अमीर बनना चाहते हों।
5. **अगर आप अपनी दुनिया का विस्तार करना चाहते हैं :** तो ऐसी जगहों पर जाएँ, जहाँ आप पहले कभी नहीं गए हैं ... ऐसे काम करें, जिन्हें करने में आपको डर लगता हो।

दूसरे शब्दों में, कई बार ख़ुद को बदलने और सुधारने का सबसे तेज़ तरीक़ा अपने माहौल को बदलना होता है।

आख़िरी सवाल

मेरा मानना है कि हम सभी एक ख़ास प्रतिभा, एक अनूठे तोहफ़े के साथ पैदा होते हैं। दिक्क़त यह है कि हर व्यक्ति अपनी प्रतिभा सिर्फ़ इसलिए नहीं खोज पाता है, क्योंकि उसे

ऐसा माहौल नहीं मिलता है, जहाँ उसकी प्रतिभा लहलहा सके। बस इतना याद रखें : अगर गोल्फ़ कोर्स नहीं होते, तो आप शायद टाइगर वुड्स का नाम कभी नहीं सुनते।

तो मेरे आख़िरी सवाल हैं :

1. क्या आपके घर और परिवारिक जीवन का माहौल ऐसा है, जो आपकी वित्तीय प्रतिभा को विकसित करता है? हाँ या नहीं?
2. क्या आपके ऑफ़िस का माहौल ऐसा है, जो आपकी वित्तीय प्रतिभा के विकास को प्रोत्साहित करता है? हाँ या नहीं?
3. क्या आपको पता है कि आपकी प्रतिभा क्या हो सकती है? हाँ या नहीं?
4. क्या आप ऐसे लोगों के साथ काम कर रहे हैं, जो चाहते हैं कि आपकी प्रतिभा विकसित हो? हाँ या नहीं?
5. अगर आपने अपना माहौल खोज लिया है, तो क्या आप अपनी प्रतिभा को विकसित करने के लिए कड़ी मेहनत करने के इच्छुक हैं? हाँ या नहीं?

मैंने यह आख़िरी सवाल इसलिए पूछा है, क्योंकि आपके प्रतिभाशाली होने का मतलब यह नहीं है कि ज़िंदगी आसान हो जाएगी। हम सभी प्रतिभाशाली लोगों को जानते हैं। समस्या यह है कि कुछ लोग अपनी प्रतिभाओं को विकसित करने के लिए मेहनत नहीं करते हैं। हमेशा याद रखें, टाइगर वुड्स (या किसी भी महान व्यक्ति) ने अपनी प्रतिभा को निखारने में बहुत मेहनत की है।

जैसा मेरे अमीर डैडी कहा करते थे, "आलस प्रतिभा का गला घोंट देता है।"

ये पाँच सवाल महत्वपूर्ण हैं, इसलिए पेज पलटने से पहले उनके बारे में और उनके जवाबों के बारे में सोच लें।

डोनाल्ड की प्रतिक्रिया

माहौल

ख़ुशनसीबी से मैं ऐसे परिवार में पैदा हुआ, जहाँ मेरे माता-पिता ने क़दम-क़दम पर मेरा साथ दिया। शिक्षा में उनका दृढ़ विश्वास था। मैं अक्सर इसे ख़ुशनसीब स्पर्म क्लब कहता हूँ। लेकिन मैं ख़राब माहौल से आए अमीर लोगों को भी जानता हूँ। उनके आस-पास का माहौल सफलता के अनुकूल नहीं था, लेकिन इसके बावजूद वे उससे उबरे और बहुत कुशल तथा सफल बन गए।

जैसा थोरो ने कहा है, "मैं इससे ज़्यादा उत्साहवर्धक बात नहीं जानता हूँ कि इंसान में सचेतन प्रयास करके जीवन में प्रगति करने की असंदिग्ध क्षमता होती है।"

> नकारात्मक बातों पर नहीं,समाधानों पर पूरा ध्यान केंद्रित करें।
>
> डोनाल्ड जे. ट्रम्प

हो सकता है आपको ज़्यादा कड़ी और अधिक समय तक मेहनत करनी पड़े, लेकिन बहाने बनाने और अपने लक्ष्यों को फिसलने देने से यह ज़्यादा अच्छा है। मेरे पिता के पास शुरुआत में बहुत कम था और वे मुश्किल से ख़र्च चला पाते थे। लेकिन वे अपनी कार्य-नैतिकता (work ethic) और सहज बुद्धि से तब तक आगे बढ़ते रहे, जब तक कि वे बेहद सफल नहीं हो गए। मैं उन लोगों का बहुत सम्मान करता हूँ, जिन्होंने मुश्किलें उठाकर सफलता हासिल की है।

जैसा रॉबर्ट ने मुद्दा उठाया है, आपके विशिष्ट गुणों के पोषण के लिए सही माहौल ज़रूरी है। हमारी आंशिक ज़िम्मेदारी सही माहौल खोजना है, ताकि हम फल-फूल सकें या कम से कम इसका प्रयोग अगले स्तर तक पहुँचने की सीढ़ी के रूप में कर सकें। जीवन के अनुभव को स्कूल की तरह देखा जा सकता है। जब हम पाँचवीं कक्षा में पहुँचते हैं, तो इसके बाद हमारे छठी कक्षा में पहुँचने की उम्मीद की जाती है, बशर्ते हम आवश्यक काम कर लें। वयस्क जीवन में अगर इंसान कई दशकों तक पाँचवीं कक्षा जैसी जगह पर रुका रहे, तो उसे प्रगतिशील नहीं कहा जा सकता। यह आरामदेह हो सकता है, लेकिन लंबे समय में इसे स्वीकार नहीं किया जाना चाहिए।

अगर माहौल आदर्श नहीं है, तो इससे निबटने का एक बहुत अच्छा तरीक़ा यह है कि आप अपने लक्ष्य पर नज़रें जमाए रखें। सभी चीज़ें शायद ही कभी आदर्श होती हैं, इसलिए अगर आपके घर या ऑफ़िस का माहौल आपकी सफलता के लिए अनुकूल नहीं है, तो आपको अपने लक्ष्य बरकरार रखने के लिए ज़्यादा मेहनत करनी होगी।

सबसे बढ़कर, अपनी स्थिति की नकारात्मक बातों पर ध्यान केंद्रित न करें - समाधानों पर ध्यान केंद्रित करें!

ऐसी कई मिसालें हैं, जिनमें लोग बड़ी मुश्किलों और भारी कमियों के बावजूद बाद में अद्भुत रूप से सफल हुए। हमेशा कोई न कोई संभावना होती है और आप वह मिसाल बन सकते हैं। याद रखें कि अगर आपका माहौल बहुत अच्छा नहीं है, तो आप उन महत्वपूर्ण लोगों की जमात में शामिल हो सकते हैं। अपने लक्ष्यों पर ध्यान केंद्रित करें, अतिरिक्त मील चलने के इच्छुक रहें और यह जान लें कि आपको भी सफल होने का उतना ही अधिकार है, जितना कि किसी दूसरे को है।

मैं ऐसा इसलिए कहता हूँ, क्योंकि मैंने उन लोगों को देखा है, जो सोचते हैं कि उनका सफल होना बड़ा मुश्किल है। ऐसा लगता है कि वे इस इलाक़े को दूसरों के लिए सुरक्षित मानते हैं, अपने लिए नहीं। शायद बचपन से उन्हें यह सिखाया गया हो कि सफलता चाहने का मतलब यह होता है कि आप लोभी या स्वार्थी हैं।

बहरहाल, निश्चित रूप से इस मानसिकता को बदला जाना चाहिए।

ग़रीब होने का कोई लाभ नहीं है। दरअसल, ग़रीबी आगे चलकर सबके लिए बोझ बन जाती है।

कोई भी स्वस्थ व्यक्ति किसी दूसरे पर बोझ नहीं बनना चाहता है। दूसरों के लिए मददगार माहौल बनाने के लिए धन की ज़रूरत होती है। परोपकार करना उपकार लेने से निश्चित रूप से ज़्यादा अच्छा होता है। यह ध्यान देने और मेहनत करने की एक बड़ी प्रेरणा हो सकता है।

आनुवंशिकता और माहौल दो ऐसे महत्वपूर्ण तत्व हैं, जो इस बात को प्रभावित करते हैं कि हम क्या हैं और क्या बनते हैं या क्या नहीं बनते हैं। लेकिन ये अकेले तत्व नहीं हैं। बाक़ी तत्व हैं आपकी ज़िम्मेदारी – और आपका चुनाव। यही अपने आप में शक्तिदायक विचार होना चाहिए।

आप अपनी मुश्किलों से उबर सकते हैं। हम सभी ने "पर्यावरण मित्र" शब्दावली के बारे में सुना है और यह यहाँ भी लागू हो सकती है। अपनी स्थितियों के प्रति दोस्ताना रहें, उनसे सीखें, लेकिन प्रगति करते रहें। उदाहरण के लिए, रॉबर्ट ने अपने दोनों तरह के माहौलों से सीखा और लंबे समय में उन्हें उनसे लाभ हुआ है।

सफलता पर अपना ध्यान केंद्रित करें और अपने जीवन को उठाकर उस जगह ले जाएँ, जहाँ इसे होना चाहिए।

आपका दृष्टिकोण

अपने माहौल का विश्लेषण करने में थोड़ा समय लगाएँ।

1. क्या आपके घर-परिवार का माहौल ऐसा है, जो आपकी वित्तीय प्रतिभा को विकसित करता हो ? *अगर है, तो कैसे है ? अगर नहीं है, तो आप इस बारे में क्या कर सकते हैं ?*

2. क्या आपके ऑफ़िस का माहौल ऐसा है, जो आपको अपनी वित्तीय प्रतिभा के विकास के लिए प्रोत्साहित करता है ? *अगर है, तो कैसे है ? अगर नहीं है, तो आप इस बारे में क्या कर सकते हैं ?*

3. क्या आपको अंदाज़ा है कि आपकी प्रतिभा क्या हो सकती है ? अगर है, तो यह क्या है ? क्या आप इसे विकसित कर रहे हैं ? *अगर आप यह नहीं जानते हैं कि आपकी प्रतिभा क्या हो सकती है, तो आप कैसे पता लगा सकते हैं ?*

4. क्या आप ऐसे लोगों के साथ काम कर रहे हैं, जो चाहते हैं कि आप अपनी प्रतिभा को विकसित करें ? अगर ऐसा है, तो वे आपको किस तरह सहारा देते हैं ? *अगर ऐसा नहीं है, तो आप इस बारे में क्या कर सकते हैं ?*

5. अगर आपको अपना माहौल मिल गया है, तो क्या आप अपनी प्रतिभा को विकसित करने के लिए कड़ी मेहनत करने के इच्छुक हैं ? *क्यों और क्यों नहीं ?*

इसके बाद ***कैशफ़्लो*** क्वाड्रैंट की समीक्षा करें और नीचे दिया गया अभ्यास करें...

किस क्वाड्रैंट से आपको सबसे ज़्यादा आमदनी होती है ?

____

उन छह लोगों के नाम बताएँ, जिनके साथ आप सबसे ज़्यादा समय बिताते हैं :

____

____

____

अब यह सूची बनाएँ कि इन छह लोगों से से कौन किस क्वाड्रैंट से आमदनी कमाता है।

क्या वे उसी क्वाड्रैंट में सक्रिय हैं, जिसमें आप सक्रिय होना चाहते हैं।

अगर ऐसा नहीं है, तो हो सकता है आप अपने दोस्त बदलना चाहें और नए दोस्त बनाना चाहें, जो आपके चाहे गए क्वाड्रैंट में कमाई करते हों।

अगर ऐसा है, तो आपका माहौल आपके लक्ष्यों तक पहुँचने में आपकी मदद कर सकता है।

रॉबर्ट और डोनाल्ड ट्रम्प इंटरनेशनल गोल्फ़ क्लब,
लॉस एंजेलिस के प्रवेश द्वार से गुज़रते हुए

हम आपको अमीर क्यों बनाना चाहते हैं?

खंड पाँच

बस शुरू कर दें!

हर दिन निर्णायक पलों से भरा होता है। जिस पल से हम जागते हैं, हम निर्णय करने लगते हैं, जब हम उठकर व्यायाम करने या आधा घंटे और सोने का फ़ैसला करते हैं। वह पल निर्णायक होता है, जब हम बीमारी का बहाना कर देते हैं, हालाँकि हम ऑफ़िस जा सकते हैं। वह पल निर्णायक होता है, जब हम बिज़नेस या निवेश पर पुस्तक पढ़ने के बजाय टेलीविज़न देखने लगते हैं। और वह पल भी निर्णायक होता है, जब हम ख़ुद निवेश करना सीखने के बजाय अपना पैसा किसी सेल्समैन को निवेश करने के लिए दे देते हैं।

खंड चार में रॉबर्ट और डोनाल्ड ने अलग-अलग समूहों के लोगों को सलाह दी है। अब खंड पाँच में वे रियल एस्टेट, नेटवर्क मार्केटिंग और कंपनियों के मालिक बनने में निवेश करने के बारे में अधिक विस्तृत अनुशंसाएँ करते हैं। इससे भी ज़्यादा महत्वपूर्ण यह है कि वे लीडरशिप योग्यताएँ विकसित करने की ज़रूरत पर अपनी टिप्पणी ख़त्म करते हैं। अगर आप ख़ुद का नेतृत्व नहीं कर सकते, तो आप दूसरों का नेतृत्व नहीं कर पाएँगे।

रॉबर्ट और डोनाल्ड से अक्सर पूछा जाता है, "क्या आपको लगता है कि रियल एस्टेट अच्छा निवेश है?" या "क्या आपको लगता है कि शेयर बाज़ार अच्छा निवेश है?"

उनका जवाब है, "यह कई बातों पर निर्भर करता है। आप कितने अच्छे हैं?" इसका संबंध रियल एस्टेट, शेयर, सोने या अन्य किसी चीज़ से उतना नहीं है, जिसमें आप निवेश करते हैं। इसका संबंध तो आपसे है। कोई चीज़ अच्छा निवेश है या नहीं, इसका इस बात से लेना-देना है कि आप जो कर रहे हैं, उसे अच्छी तरह से करने के लिए आप कितने संकल्पवान हैं। यह पूछना कि रियल एस्टेट अच्छा निवेश है या नहीं, यह पूछने की तरह है कि डाइटिंग कर रहे आदमी का डाइटिंग चार्ट कितना अच्छा है। या व्यक्ति जिससे शादी कर रहा है, वह उसे सुखी रख पाएगा या नहीं।

वे कहते हैं, "रियल एस्टेट अच्छा या बुरा निवेश नहीं होता है। लोग अच्छे या बुरे निवेशक होते हैं।" निवेश जोखिम भरा नहीं है; लोग जोखिम भरे हैं।

रॉबर्ट के अमीर डैडी कहते थे, "बुरे निवेश जैसी कोई चीज़ नहीं होती है, लेकिन निश्चित रूप से बहुत से बुरे निवेशक होते हैं।"

नब्बे प्रतिशत निवेशक चाहते हैं कि उन्हें कोई जादुई फ़ॉर्मूला मिल जाए, कोई ऐसा जवाब, जो उन्हें अमीर बना दे। इसके साथ तीन समस्याएँ हैं। सबसे पहली तो यह है कि ऐसे लाखों तरीक़े हैं, जिनसे कोई व्यक्ति बहुत अमीर बन सकता है। इंटरनेट के जन्म के साथ ज़्यादा बिलियनेअर, मिलियनेअर और अमीर लोग सामने आएँगे और आ रहे हैं। तो पहली समस्या यह है : हर व्यक्ति को अपना ऐसा जादुई फ़ॉर्मूला खोजने की ज़रूरत है, जो उसके लिए सबसे ज़्यादा उपयुक्त हो। दूसरी समस्या है : जो लोग जादुई फ़ॉर्मूले की तलाश करते हैं, वे अक्सर ऐसे लोगों के शिकार बन जाते हैं, जो जादुई फ़ॉर्मूले बेचते हैं – इस तरह के फ़ॉर्मूले, "अपना पैसा लंबे समय के लिए मुझे दे दो और मैं तुम्हारे लिए उसका निवेश कर दूँगा।" तीसरी समस्या यह है : ज़्यादातर लोग लंबे समय तक किसी फ़ॉर्मूले पर नहीं चल सकते, इसीलिए अलग-अलग तरह की डाइटिंग योजनाएँ बिकती हैं, जिन्हें वही लोग ख़रीदते हैं।

अगर आप उन लोगों में से एक बनने का चुनाव करते हैं, जो 10 प्रतिशत वाले चुनिंदा समूह में आने के लिए संकल्पवान नहीं हैं, तो आप जानते हैं कि आपको किस सलाह पर चलना है : "बचत करो, कर्ज़ से छुटकारा पाओ, लंबे समय के लिए निवेश करो और डाइवर्सिफ़ाई करो।" बहरहाल, रॉबर्ट और डोनाल्ड आपको चेतावनी देते हैं कि यह काम जल्दी से जल्दी शुरू कर दें और ज़्यादा से ज़्यादा बचाएँ, क्योंकि आपको इस फ़ॉर्मूले में बहुत से समय और धन की ज़रूरत होगी।

अगर आप 10 प्रतिशत लोगों के चुनिंदा समूह में आने के लिए संकल्पवान हैं, जो 90 प्रतिशत धन कमाते हैं, तो इसमें एकाग्रता और समर्पण की ज़रूरत होती है – *आपकी* एकाग्रता और *आपका* समर्पण!

आपको अपना जादुई फ़ॉर्मूला ख़ुद खोजने की ज़रूरत होगी।

अध्याय छब्बीस

आप रियल एस्टेट में निवेश क्यों करते हैं?

रॉबर्ट की प्रतिक्रिया

मैं रियल एस्टेट में निवेश क्यों करता हूँ? जवाब एक शब्द में मिल जाता हैः नियंत्रण। ऐसा और कोई निवेश नहीं है, जिसमें मुझे धन कमाने और अपने पास रखने के इतने सारे पहलुओं पर इतना ज़्यादा नियंत्रण मिल सकता हो। परिणामस्वरूप, इससे मुझे मेरे जीवन पर नियंत्रण मिलता है।

जैसा इस पुस्तक में बार-बार बताया गया है, कई लोग निवेश को जोखिम भरा मानते हैं, क्योंकि उनका उस संपत्ति पर कोई नियंत्रण नहीं होता है, जिसमें वे निवेश करते हैं। बचत, शेयर, बॉण्ड्स और मीच्युअल फ़ंड्स पर उनका बहुत कम नियंत्रण होता है। हमेशा नीचे दी गई बात याद रखें :

जोखिम = ~~नियंत्रण~~

लोग नौकरी की सुरक्षा की इसलिए चिंता करते हैं, क्योंकि उनका उस पर कोई नियंत्रण नहीं होता है। बहुत कम कर्मचारियों का कंपनी के स्वामित्व पर नियंत्रण होता है, भले ही वे कितना भी ज़्यादा कमाते हों, उन पर कितना ही टैक्स लगता हो या उनकी नौकरी का भविष्य कैसा भी हो।

नियंत्रण के अलावा रियल एस्टेट के कई अन्य लाभ भी हैं। अगर रियल एस्टेट का टुकड़ा सही क़ीमत पर ख़रीदा जाए, अगर फ़ाइनैंसिंग सही हो, अगर यह अच्छे इलाक़े में हो और अगर इसका मैनेजमेंट भी सही हो - तो रियल एस्टेट के कुछ लाभ ये हैं :

1. **कैशफ़्लो** : चेक हर महीने आते हैं।
2. **लीवरेज** : बैंकर्स जायदाद में निवेश करने के लिए आपको पैसे उधार देने के लिए लाइन लगाकर खड़े होंगे। अपने बैंकर से पूछें कि क्या वह मीच्युअल फ़ंड ख़रीदने के लिए आपको पैसे उधार देगा।
3. **कर्ज़ की क़िस्त चुकाना** : किराएदार कर्ज़ की क़िस्त चुकाते हैं।
4. **मूल्यह्रास** : सरकार रियल एस्टेट के लिए टैक्स में छूट देती है, क्योंकि इसका मूल्य काग़ज़ों पर कम होता जाता है। रियल एस्टेट का मूल्य कम हो सकता है, लेकिन होता नहीं है। सच तो यह है कि सरकार मूल्यह्रास (depreciation) के लाभ इसलिए देती है, क्योंकि रियल एस्टेट निवेशक लोगों को रहने के लिए मकान उपलब्ध कराते हैं।
5. **रचनात्मकता** : जायदाद का मूल्य रचनात्मकता से बढ़ता है। उदाहरण के लिए, ज़मीन ख़रीदने के बाद मैं ज़ोनिंग बदल सकता हूँ। या मैं एक पुराना मकान ख़रीदकर उसकी मरम्मत करवा सकता हूँ। या मैं किसी अपार्टमेंट हाउस को फ़्लेट्स में बदल सकता हूँ।
6. **विस्तार योग्य** : जब मैं यह सीख गया कि एक परिवार के मकान कैसे ख़रीदे जाएँ, तो इसके बाद मैं बहुत सारे यूनिट वाले मकान ख़रीदने लगा। आज जब मैं और मेरी पत्नी कोई जायदाद ख़रीदते हैं, तो इसमें कम से कम 250 यूनिट होने चाहिए।
7. **भविष्यसूचकता** : ख़रीदने के बाद किसी अपार्टमेंट कॉम्प्लेक्स को ठीक-ठाक हालत में लाने में लगभग एक साल लग जाता है। एक साल बाद मैनेजमेंट ख़राब किराएदारों से मुक्ति पा जाता है, अच्छे किराएदारों द्वारा चाहे गए छुटपुट परिवर्तन करवा देता है और हम कई बार, धीरे-धीरे किराया बढ़ा सकते हैं।

   जब इमारत की हालत ठीक-ठाक हो जाती है, तो चेक हर महीने घड़ी चलने की तरह आते रहते हैं। यह निश्चित रूप से शेयर बाज़ार के उतार-चढ़ाव को देखने से ज़्यादा अच्छा है ... जिसमें शेयरों की क़ीमतें बढ़ने पर अच्छा लगता है और घटने पर बुरा लगता है। मुझे तो हर महीने डाक में आने वाले चेक ज़्यादा अच्छे लगते हैं।

   अच्छी रियल एस्टेट की कुंजी बेहतरीन मैनेजमेंट है। जैसा पहले कहा जा चुका है, कई स्टॉक, बॉण्ड और मीच्युअल फ़ंड निवेशक रियल एस्टेट में इसी कारण से सफल नहीं हो पाते हैं, क्योंकि वे या तो ख़राब मैनेजर होते हैं या फिर मैनेजर बनना ही नहीं चाहते हैं।

   हमारी निवेश योजना में किम और मैं 100 यूनिट से ज़्यादा बड़ी अपार्टमेंट बिल्डिंग्स में निवेश करने के लिए कड़ी मेहनत इसलिए करते हैं, क्योंकि 100 यूनिट से ज़्यादा में हम बेहतर मैनेजर रखने का ख़र्च उठा सकते हैं।

चूँकि रियल एस्टेट का मैनेजमेंट सफलता की कुंजी है, इसलिए हमें ख़रीदने के सबसे अच्छे अवसर वहाँ मिले, जहाँ मालिक ख़राब मैनेजर थे।

8. **टैक्स-डेफ़र्ड धन :** रियल एस्टेट का एक बड़ा लाभ टैक्स न चुकाकर बचाया गया धन है। ऐसे कई तरीक़े हैं, जिनसे रियल एस्टेट निवेशक टैक्स चुकाने से हमेशा के लिए बच सकता है - वह भी, वैधानिक रूप से। एक तरीक़े को तो 1031 टैक्स-डेफ़र्ड एक्सचेंज के नाम से जाना जाता है। पिछले साल किम और मैंने एक छोटा अपार्टमेंट हाउस बेचा और कैपिटल गेन्स में दस लाख डॉलर से ज़्यादा कमाए। 1031 एक्सचेंज के नियमों का पालन करते हुए हमने बिना टैक्स दिए उस धन का दोबारा निवेश कर दिया।

   यह टैक्स-डेफ़र्ड तरीक़ा उन लोगों के लिए उपलब्ध नहीं है, जो शेयरों, बॉण्ड्स और मीच्युअल फ़ंड्स में निवेश करते हैं। आपको यह जानकर हैरानी होगी कि अगर आपको टैक्स न देना पड़े, तो आप कितनी तेज़ी से अमीर बन सकते हैं।

9. **क़ीमत बढ़ना :** चूँकि डॉलर का मूल्य घटता जा रहा है, इसलिए रियल एस्टेट का मूल्य बढ़ता जा रहा है। इसके अलावा चूँकि हमारी जनसंख्या बढ़ रही है, इसलिए माँग भी बढ़ रही है, जिससे क़ीमतें ऊपर हो रही हैं।

   ज़्यादातर निवेशक ऊँची क़ीमतें पाने (कैपिटल गेन्स) के लिए निवेश करते हैं। शेयर बाज़ार में ज़्यादातर लोग सस्ते में ख़रीदकर महँगे में बेचने के लिए निवेश करते हैं। यह कैपिटल गेन्स के लिए निवेश है। रियल एस्टेट में ऐसे निवेशकों को *फ़्लिपर्स* कहा जाता है। *फ़्लिपर्स* सस्ते में ख़रीदते हैं और महँगे में बेचने की उम्मीद करते हैं। कैपिटल गेन्स रणनीति में दिक़्क़त यह है कि यह रणनीति आम तौर पर सिर्फ़ ऊपर उठते बाज़ार में अच्छी तरह काम करती है। अगर बाज़ार का रुझान नीचे की तरफ़ है (जैसे मंदी का बाज़ार), तो कई पेपर-एसेट निवेशक और *फ़्लिपर्स* का भट्टा बैठ जाता है।

   रियल एस्टेट में कैपिटल गेन्स के लिए निवेश करने से ज़्यादा अच्छा यह है कि कैशफ़्लो के लिए निवेश किया जाए, क्योंकि टैक्स क़ानून कैशफ़्लो निवेशक को लाभ पहुँचाते हैं।

क़ीमत बढ़ना अंत में क्यों है

एक कारण से मैंने क़ीमत बढ़ने को सबसे अंत में रखा है। बहरहाल, ज़्यादातर लोगों के लिए क़ीमत बढ़ना सबसे पहले आता है। कई लोग तो मकान ख़रीदते ही बेचने के लिए हैं। इसका मतलब यह है कि वे लाभ कमाने के लिए मकान ख़रीदते हैं। जो लोग जायदाद को बेचने के लिए ख़रीदते हैं, उन्हें ज़्यादा मेहनत करनी पड़ती है और काफ़ी ऊँची दर पर टैक्स चुकाना पड़ता है। हालाँकि मैं भी कभी-कभार जायदाद बेचता हूँ, लेकिन मुझे पहले पाँच कारणों से रियल एस्टेट में निवेश करना ज़्यादा पसंद है। मेरी प्रिय रणनीति है जायदाद ख़रीदना, फिर एक और ख़रीदना, फिर एक और। लंबे समय में मैं कम काम करता हूँ, ज़्यादा पैसे कमाता हूँ और कम टैक्स चुकाता हूँ।

मैं क़ीमत बढ़ने को सबसे अंत में इसलिए रखता हूँ, क्योंकि *यह आख़िरी कारण है*। मैं दरअसल क़ीमत बढ़ने को गिनता ही नहीं हूँ। मेरी राय में जायदाद या शेयर ख़रीदकर इसकी क़ीमत बढ़ने की आशा करना अटकलबाज़ी (या जुआ) है, निवेश नहीं है। हालाँकि मुझे क़ीमतें बढ़ना अच्छा लगता है, लेकिन मैं इसकी उम्मीद में नहीं रहता हूँ। क़ीमत बढ़ने के लिए निवेश करना ख़ास तौर पर तब दुखद है, जब रियल एस्टेट बाज़ार धराशायी हो जाता है, जो यह अक्सर होता रहता है।

गोपनीय कारण

एक और कारण से मैं रियल एस्टेट को पसंद करता हूँ। और वह कारण यह है कि रियल एस्टेट की गति धीमी है। यह तेज़ी से नहीं बदलती है। जैसा मैंने पहले कहा था, बेबी बूमर पीढ़ी औद्योगिक युग की आख़िरी और सूचना युग की पहली पीढ़ी है। सूचना युग के साथ मेरी समस्या यह है कि मैं दक़ियानूसी हो गया हूँ - मैं पुराना हो चुका हूँ। मेरा कोई ई-मेल एड्रेस नहीं है और मैं चाहता भी नहीं हूँ। मैं नहीं जानता कि वेब या उन उपकरणों का प्रयोग कैसे किया जाता है, जो वेब का प्रयोग करने के लिए आते हैं।

मेरी कंपनियों की वेबसाइटें हैं और मैं वेब से लाखों डॉलर की कमाई करता हूँ। मेरे पास कंप्यूटर है, लेकिन मैं इसका इस्तेमाल टाइपराइटर की तरह करता हूँ। यह कंप्यूटर के रूप में नहीं, बल्कि वर्ड प्रोसेसर के रूप में मेरे लिए लाखों डॉलर कमाता है।

न सिर्फ़ मैं दक़ियानूसी हो चुका हूँ, बल्कि प्रौद्योगिकी के परिवर्तन इतनी तेज़ी से होते जा रहे हैं कि मैं ज़्यादा दक़ियानूसी होता जा रहा हूँ। मैंने एक बार एक आईपॉड ख़रीदा था, लेकिन मैं यह पता नहीं लगा पाया कि इसमें जानकारी कैसे डाली जाए या इसमें से जानकारी कैसे निकाली जाए। दरअसल, मैं अच्छी तरह से जानता हूँ कि मैं कब दक़ियानूसी हुआ था। यह तब हुआ, जब मैंने 1980 के दशक में अपने वीसीआर को प्रोग्राम करने की कोशिश की। तब जाकर मुझे यह एहसास हुआ कि मैं टेक्नोलॉजी-प्रेमी नहीं था।

तो इसीलिए मैं प्रौद्योगिकी की रफ़्तार के साथ चलने के बजाय अपना ज़्यादा समय रियल एस्टेट पर केंद्रित करता हूँ। सौ बात की एक बात यह है कि हम सभी को रहने और काम करने के लिए एक जगह की ज़रूरत होती है। यह ज़रूरत लंबे समय तक बनी रहेगी। जब तक हमारी जनसंख्या बढ़ती है और हमारे डॉलर का मूल्य कम होता है, तब तक रियल एस्टेट का धंधा अच्छा चलना चाहिए, बशर्ते मैं सही जायदाद ख़रीदूँ, अच्छी जगह पर ख़रीदूँ, सही क़ीमत पर ख़रीदूँ, अच्छे कर्ज़ से ख़रीदूँ और अच्छे मैनेजमेंट के साथ ख़रीदूँ।

> भविष्य-दृष्टि वाले व्यक्ति में मुद्दों और निवेशों की तह तक पहुँचने की योग्यता होती है। वे पारदर्शिता की क़द्र करते हैं।
>
> *- रॉबर्ट टी. कियोसाकी*

दक़ियानूसी होने के साथ असली समस्या आगे आने वाली है। 2000 के बाद पैदा होने वाले लोग 2015 तक प्रौद्योगिकी के परिवर्तन की दर को बहुत तेज़ कर देंगे। जिस तरह मेरी पीढ़ी के हाई स्कूल के

बच्चों ने प्रौद्योगिकी की रफ़्तार को बढ़ाया था, उसी तरह आज के बच्चे आज की प्रौद्योगिकी की रफ़्तार को तेज़ कर देंगे।

वेब 1989 से हमारे आस-पास है। सन् 2000 के बाद पैदा होने वाले बच्चों को मुझसे बिलकुल भिन्न वास्तविकता का अनुभव होगा। वे टेलीविज़न नहीं देखेंगे या अख़बार नहीं पढ़ेंगे। उन्हें देशों की सीमाओं का ज्ञान नहीं होगा। उन्हें पता होगा कि वे ऑनलाइन व्यापार कर सकते हैं और दुनिया भर में कहीं पर भी कर सकते हैं।

जब टेलीविज़न पहली बार हमारे घरों में आया था, तब मैं स्कूल में पढ़ता था। 1960 के दशक में बच्चे सड़कों पर दंगा कर रहे थे। क्यों? क्योंकि टेलीविज़न वियतनाम युद्ध को सीधे हमारे घरों में ले आया था। यह असली युद्ध था। यह वैसा युद्ध नहीं था, जो जॉन वेन और हॉलीवुड की फ़िल्मों में दिखाया जाता था। मेरी पीढ़ी ने युद्ध की वास्तविकताओं को देखा, औरतों और बच्चों के शरीर की धज्जियाँ उड़ते देखीं। इसीलिए मेरी पीढ़ी ने दंगा किया - कम से कम उनमें से कुछ ने तो किया था।

इसमें बहुत समय नहीं लगेगा, जब नई पीढ़ी कुछ मुश्किल सवाल पूछेगी। उन्हें इस तरह के मुश्किल सवाल पूछने पड़ सकते हैं, "हम ऊर्जा के वैकल्पिक संसाधन क्यों नहीं खोज रहे हैं?" या, "ग्लोबल वार्मिंग को कम करने पर ध्यान केंद्रित क्यों नहीं करते हैं?" या, "ग़रीबी क्यों है?" या, "अलग-अलग लोगों के लिए अलग-अलग टैक्स क़ानून क्यों हैं?" या, "हम स्कूल में बच्चों को पैसे के बारे में क्यों नहीं सिखाते हैं?" उम्मीद है कि वे उन चुनौतियों का सामना करने का निर्णय लेंगे, जिन्हें मेरी पीढ़ी ने गलीचे के नीचे दबा दिया है।

लाखों निवेशक जिन ब्लू-चिप कंपनियों पर आस लगाए बैठे हैं, हो सकता है वे आगे चलकर ब्लू-चिप कंपनियाँ न रहें। नई कंपनियाँ, जिन्हें अलग मानसिकता वाले बच्चे चलाएँगे, आज की ब्लू-चिप कंपनियों को धूल चटा देंगी। जिस तरह मेरे बचपन में जीएम पॉवरहाउस था, जबकि आज यह एक बूढ़ी संस्था हो चुकी है, उसी तरह हो सकता है कि माइक्रोसॉफ़्ट या डेल या गूगल आने वाले कल के जीएम बन जाएँ।

जब मैं रियल एस्टेट में निवेश करता हूँ, तो मुझे इस बात की परवाह नहीं होती है कि मेरा किराएदार जीएम या गूगल या बूढ़ा बेबी बूमर या नया किशोर है, जब तक कि किराया समय पर मिलता रहे।

और यही वह गोपनीय कारण है, जिसकी वजह से मैं रियल एस्टेट को पसंद करता हूँ: रियल एस्टेट को दक़ियानूसी होने में समय लगेगा।

आपकी रियल एस्टेट का मालिक कौन है?

साइड नोट के रूप में मैं आपको एक बात बताना चाहता हूँ। शायद आपकी दिलचस्पी यह जानने में हो कि रियल एस्टेट का असली मालिक कौन है।

रियल एस्टेट स्पेनिश शब्द *रियल* से आया है, जिसका मतलब है शाही। तो रियल एस्टेट (real estate) का मतलब है शाही संपदा (royal estate)। कृषि युग के दौरान लोगों के दो ही वर्ग थे, शहंशाह और किसान। जैसा पहले बताया जा चुका है, शहंशाह ज़मीन के मालिक थे और किसान भूमि पर रहते तथा काम करते थे। शहंशाह की ज़मीन पर रहने के एवज में

किसान टैक्स देते थे, जो उनकी फ़सल का एक प्रतिशत होता था।

हम अब भी अपनी रियल एस्टेट के मालिक नहीं हैं। सरकार हमारी ज़मीन की मालकिन है। हम अब भी सरकार को एक टैक्स चुकाते हैं, जिसे प्रॉपर्टी टैक्स कहा जाता है। यह टैक्स न चुकाने पर हमें जल्दी ही पता चल जाएगा कि ज़मीन का असली मालिक कौन है।

जैसा आप देख सकते हैं, ज़्यादा कुछ नहीं बदला है।

याहू! फ़ाइनैंस

वर्तमान में मैं याहू! फ़ाइनैंस के लिए लिखता हूँ। अगर आप धन की दुनिया के बारे में मेरे नवीनतम विचार जानना चाहें, तो इस अच्छी वेबसाइट (http://finance.yahoo.com) पर जाएँ। इससे मैं ज़्यादा जल्दी संप्रेषण कर सकता हूँ - पुस्तक लिखने से बहुत जल्दी।

नीचे के लेख में कुछ कारण बताए गए हैं कि डोनाल्ड और मैं रियल एस्टेट में निवेश क्यों करते हैं। इसका संबंध वॉरेन बफ़ेट के एक प्रिय वाक्यांश से है, जो है आंतरिक मूल्य *(intrinsic value)*।

आप कितने तरीक़ों से अमीर बनते हैं?

वॉरेन बफ़ेट शेयर के आंतरिक मूल्य के बारे में बात करने के लिए मशहूर हैं। हालाँकि कई लोग आंतरिक मूल्य के बारे में बफ़ेट के शब्दों को तोते की तरह दोहराते हैं या उनकी नक़ल करते हैं, लेकिन बहुत कम लोग उनका असली मतलब जानते हैं। इस लेख में मैं आंतरिक मूल्य को आसान भाषा में स्पष्ट करने की पूरी कोशिश करूँगा। अगर आपको ज़्यादा गूढ़ स्पष्टीकरण चाहिए, तो आप बफ़ेट और उनकी निवेश तकनीकों के बारे में लिखी ढेर सारी पुस्तकों का अध्ययन कर सकते हैं।

आंतरिक मूल्य को समझने के बाद आपको यह ज़्यादा अच्छी तरह समझ में आ जाएगा कि कुछ निवेशक बाक़ी निवेशकों से ज़्यादा क्यों कमाते हैं। आपको यह एहसास भी होगा कि आप शेयरों के अतिरिक्त अन्य निवेशों में भी आंतरिक मूल्य खोज सकते हैं। मैं रियल एस्टेट का उदाहरण देकर आंतरिक मूल्य को स्पष्ट करूँगा। मैं रियल एस्टेट का प्रयोग क्यों करता हूँ? क्योंकि रियल एस्टेट शेयर की तुलना में अधिक मूर्त होती है, जिसका मतलब यह है कि इससे ज़्यादा लोग आंतरिक मूल्य को समझ पाएँगे।

जब औसत निवेशक पैसे कमाने के बारे में सोचता है, तो वह आम तौर पर सस्ते में ख़रीदने और महँगे में बेचने के बारे में सोचता है। उदाहरण के लिए, कोई निवेशक 10 डॉलर में एक शेयर ख़रीदता है और अगर यह 20 डॉलर पर पहुँच जाए, तो बेच देता है। वह हर दिन उठकर शेयर के भाव देखता है।

कई निवेशक बाज़ार को ऊपर-नीचे होते देखने के आदी हो जाते हैं। अगर भाव बढ़ जाता है, तो उनका दिन अच्छी तरह शुरू होता है और अगर भाव घट जाता है, तो बुरी तरह शुरू होता है। वॉरेन बफ़ेट ऐसा नहीं करते हैं और मैं भी। हालाँकि किसी संपत्ति का भाव महत्वपूर्ण है, लेकिन यह ऐसी चीज़ नहीं है जिसे हर रोज़ देखा जाए, जैसा कई निवेशक

करते हैं। वॉरेन बफ़ेट किसी कंपनी को ख़रीदते समय भाव पर बहुत ध्यान देते हैं। उसके बाद उन्हें इस बात की कोई चिंता नहीं होती है कि उनके शेयर का भाव घट रहा है या नहीं। न ही उन्हें इस बात की परवाह होती है कि स्टॉक मार्केट खुला है या बंद है। वे ज़्यादातर निवेशकों की तरह स्टॉक मार्केट का खेल नहीं खेलते हैं।

सबसे पहले, तो वॉरेन बफ़ेट सिर्फ़ शेयरों के स्वामी नहीं हैं। वे कंपनियों के स्वामी हैं। दूसरी बात, बफ़ेट किसी कंपनी के मैनेजमेंट को देखते हैं, जो समय के साथ ज़्यादा मूल्यवान बने। वे अक्सर कंपनी के मूल्य के बढ़ने का ज़िक्र करते हैं, दूसरे शब्दों में आंतरिक मूल्य के बढ़ने का।

रियल एस्टेट की ओर

अब हम रियल एस्टेट का उदाहरण देखें, क्योंकि मुझे लगता है कि आंतरिक मूल्य को रियल एस्टेट के दृष्टिकोण से ज़्यादा आसानी से समझाया जा सकता है।

जब मैं रियल एस्टेट का टुकड़ा ख़रीदता हूँ, तो मैं ख़रीदते समय भाव के बारे में चिंता करता हूँ (जैसा बफ़ेट करते हैं), क्योंकि भाव से ही मुनाफ़ा तय होता है। जायदाद ख़रीदते समय मैं आमदनी (या कैशफ़्लो) की चार धाराओं की तलाश करता हूँ :

1. **आय (कैशफ़्लो) :** इसे सकारात्मक कैशफ़्लो कहा जाता है, जिसमें सभी ख़र्च घटा दिए जाते हैं, जिनमें मेरे कर्ज़ की क़िस्त और टैक्स भी शामिल हैं।

2. **मूल्यह्रास या डिप्रिसिएशन (फैंटम कैशफ़्लो) :** मूल्यह्रास दिखता तो ख़र्च है, लेकिन टैक्स छूट के कारण दरअसल यह आमदनी होती है। इससे रियल एस्टेट में निवेश करने वाले कई नए लोग दुविधा में पड़ जाते हैं। आपको कैशफ़्लो या आय दिखाई नहीं देती है।

3. **कर्ज़ की क़िस्त पटाना (amortization) :** यह आपको होने वाली आमदनी है, क्योंकि आपका किराएदार आपका कर्ज़ पटा रहा है। जब आप अपने व्यक्तिगत मकान पर कर्ज़ चुकाते हैं, तो यह आपकी आय नहीं, व्यय है। जब आपका किराएदार आपका कर्ज़ पटाता है, तो यह कैशफ़्लो है।

4. **क़ीमत बढ़ना :** यह दरअसल मुद्रास्फीति है, जो क़ीमत बढ़ने के रूप में दिखती है। अगर आपकी किराए की आमदनी बढ़ती है, तो आप निवेशक के रूप में दोबारा फ़ाइनैंस कर सकते हैं और भाव बढ़ने को टैक्स मुक्त धनराशि के रूप में निकाल सकते हैं। इसके बाद आप नए कर्ज़ की क़िस्तें अपने किराएदार को चुकाने के लिए सौंप सकते हैं। दूसरे शब्दों में यह टैक्सरहित कैशफ़्लो होगा।

यह अच्छी तरह से फ़ाइनैंस किए हुए, सही क़ीमत पर ख़रीदे गए और सही प्रबंधन वाले रियल एस्टेट निवेश के आंतरिक मूल्य का उदाहरण है। रियल एस्टेट निवेशक के रूप में मैं ऐसी ही जायदाद में निवेश करता हूँ। मैं बढ़ते मूल्य और कैशफ़्लो में निवेश करता हूँ।

जो निवेशक बेचने के लिए जायदाद ख़रीदते हैं, उन्हें *फ़्लिपर्स* कहा जाता है, लेकिन मैं

उन्हें *अटकलबाज़* कहता हूँ, क्योंकि यह दरअसल निवेश नहीं है। उनका ध्यान कैपिटल गेन्स पर केंद्रित होता है, लेकिन वे अपने लाभ का उपभोग करते हैं और उसका दोबारा निवेश नहीं करते हैं, इसलिए उनके लाभों पर अक्सर ऊँची दर से टैक्स लगता है। इस तरह के अटकलबाज़ों के विपरीत मैं कैशफ़्लो और बढ़ते मूल्य के लिए निवेश करता हूँ।

वॉरेन बफ़ेट को भी बेचना पसंद नहीं है, क्योंकि शेयर बेचने पर टैक्स लगता है और टैक्स से दौलत कम होती है। जो लोग बफ़ेट का फ़ॉर्मूला जानते हैं, उन्हें पता होगा कि वे अपने लाभ को कई गुना कर रहे हैं और उस लाभ में सरकार को हिस्सेदार नहीं बना रहे हैं।

मैं लोगों को हमारे *कैशफ़्लो 101* और *कैशफ़्लो 202* गेम्स खेलने की सलाह इसलिए देता हूँ, ताकि वे बेहतर निवेशक बन जाएँ, ताकि वे अपने मस्तिष्क से वह देख लें, जो उनकी आँखें नहीं देख सकतीं। दूसरे शब्दों में, वे किसी भी निवेश के असली मूल्य या मूल्य की कमी को देख सकें, चाहे यह शेयर, बॉण्ड, मीच्युअल फ़ंड, बिज़नेस या रियल एस्टेट हो। मैं आपको इसे कम से कम 10 बार खेलने की सलाह देता हूँ, क्योंकि आप इसे जितना ज़्यादा खेलते हैं, आपके मस्तिष्क की देखने की क्षमता उतनी ही ज़्यादा हो जाती है - जिसे ज़्यादातर निवेशक नहीं देख पाते हैं :

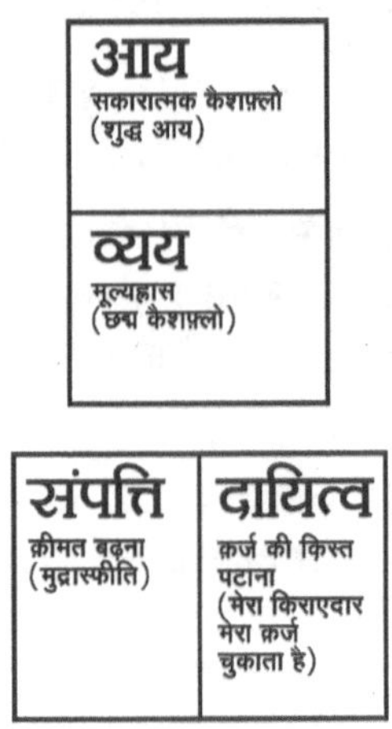

रियल एस्टेट से होने वाली
4 प्रकार की आमदनी

यह एक बहुत ही सतही उदाहरण है कि रियल एस्टेट निवेशक किन चीज़ों की उम्मीद करता है। वह आंतरिक मूल्य की उम्मीद करता है, जिसे ज़्यादातर शौकिया निवेशक नहीं देख पाते।

जब वॉरेन बफ़ेट किसी कंपनी के आंतरिक मूल्य का ज़िक्र करते हैं, तो वे इनमें से कई चीज़ों की तरफ़ इशारा करते हैं। वे जिस शब्दावली का प्रयोग करते हैं, वह कई बार अलग होती है, लेकिन मेरा मानना है कि आंतरिक मूल्य के इस रियल एस्टेट उदाहरण से आपको बेहतर अंदाज़ा लग जाएगा।

औसत शेयर निवेशक अक्सर *पी/ई रेशो* का ज़िक्र करता है; औसत रियल एस्टेट निवेशक

कैप रेट्स के बारे में बात करता है। हालाँकि ये महत्वपूर्ण सूचक हैं, जिनकी तरफ़ ध्यान दिया जाना चाहिए, लेकिन ये आंतरिक मूल्य का असली पैमाना नहीं हैं – और व्यावसायिक निवेशक भाव को नहीं, मूल्य को देखते हैं।

अगर आपको अपना धन जोखिम में डाले बिना हमारे *कैशफ़्लो* गेम्स खेलने का अनुभव लेना हो, तो पूरी दुनिया में फैले किसी भी कैशफ़्लो क्लब में चले जाएँ। आप उनमें से किसी में भी शामिल हो सकते हैं और अपने मस्तिष्क का विस्तार कर सकते हैं, ताकि आपका मस्तिष्क उन चीज़ों को देख सके, जिन्हें आपकी आँखें नहीं देख सकतीं।

निष्कर्ष में, औसत निवेशक पैसे कमाने का सिर्फ़ एक तरीक़ा जानता है : कम क़ीमत में ख़रीदकर ज़्यादा क़ीमत में बेचना। व्यावसायिक निवेशक भी कम क़ीमत पर ख़रीदना पसंद करता है, बहरहाल वह अन्य क्षेत्रों से भी लाभ उठाता है और अपनी संपत्ति को हमेशा के लिए बढ़ने देता है।

भविष्य-दृष्टि की शक्ति

वित्तीय साक्षरता से व्यक्ति अपने मस्तिष्क से उन बातों को देख सकता है, जिन्हें आँखों से नहीं देखा जा सकता। इसी को मैं *भविष्य-दृष्टि* कहता हूँ। डोनाल्ड और मैं रियल एस्टेट में इसलिए निवेश करते हैं, क्योंकि हम कैशफ़्लो और मूल्य को देख सकते हैं। भविष्य-दृष्टि वाले व्यक्ति में मुद्दों और निवेशों की तह तक पहुँचने की योग्यता होती है। वे पारदर्शिता को महत्वपूर्ण मानते हैं।

कोई पारदर्शिता नहीं

मीच्युअल फ़ंडों में पारदर्शिता नहीं होती है। मीच्युअल फ़ंड कंपनी को वित्तीय रूप से पारदर्शी बनने की ज़रूरत नहीं होती है। उन्हें अपने ख़र्च सटीकता से नहीं बताना पड़ते हैं। यह बात मेरी समझ से परे है कि कोई ऐसे फ़ंड में निवेश क्यों करता है, जो अपने ख़र्चों का पूरा हिसाब नहीं बताता है। यह तो शौकिया निवेशक बनने से ज़्यादा बुरा है – यह तो अंधा बनने का विकल्प चुनना है।

लंबे समय के लिए निवेश करना

चूँकि मीच्युअल फ़ंड निवेशक सच्चे अंकों को नहीं देख सकते, इसलिए वे यह नहीं देख पाते हैं कि मीच्युअल फ़ंड कंपनी उनसे कितना पैसा ले रही है। जब कोई वित्तीय सलाहकार आपको लंबे समय के लिए निवेश करने को कहता है, तो इसका कारण यह होता है :

40 साल से अधिक समय में ...

मीच्युअल फ़ंड कंपनी	आप
80% लाभ	20% लाभ
0% जोखिम	100% जोखिम
0% पूँजी	100% पूँजी

कंपनी को ८० प्रतिशत लाभ इसलिए मिल सकता है, क्योंकि कंपनी अपने निवेशकों से जीवन भर फ़ीस वसूलती रहती है। निवेशक 100 प्रतिशत जोखिम लेता है और 100 प्रतिशत पूँजी लगाता है। अब आप समझ गए होंगे कि बैंक आपको मीच्युअल फ़ंड ख़रीदने के लिए लोन क्यों नहीं देते हैं और बीमा कंपनियाँ उनके नुक़सान का बीमा क्यों नहीं करती हैं ?

सभी निवेश समान नहीं होते हैं

लीडर या टीचर का काम लोगों को *देखना* सिखाना होता है। चूँकि हमारा स्कूल सिस्टम पैसे के बारे में ज़्यादा कुछ नहीं सिखाता है, इसलिए ज़्यादातर लोग उच्च शिक्षित होने के बावजूद यह नहीं देख पाते हैं कि कुछ निवेश बाक़ी निवेशों से बेहतर क्यों होते हैं।

अब जब आपने रियल एस्टेट और मीच्युअल फ़ंडों के बीच के अंतरों को देख लिया है, तो आप यह निर्णय लेने की बेहतर स्थिति में हैं कि आपके लिए कौन सा निवेश सबसे अच्छा है।

डोनाल्ड की प्रतिक्रिया

जब मुझसे पूछा जाता है कि मुझे रियल एस्टेट में निवेश क्यों पसंद है, तो मैं हमेशा यह जवाब देना चाहता हूँ, "क्योंकि मुझे साँस लेना अच्छा लगता है।" मेरे लिए रियल एस्टेट ऑक्सीजन की तरह है। यह मुझे जागते समय भी आगे बढ़ाती है और सोते समय भी।

मैं रियल एस्टेट बिज़नेस के आस-पास बड़ा हुआ था, लेकिन शायद मैं वैसे भी रियल एस्टेट निवेश और डेवलपमेंट के क्षेत्र में आ गया होता, क्योंकि मुझे इसके बारे में बहुत सारी चीज़ें पसंद हैं। मैं स्वभाव से निर्माता हूँ। मुझे याद है, बचपन में मैं अपने बिल्डिंग ब्लॉक्स से बहुत ऊँची इमारतें बनाता था। मैं अपनी इमारतों को और ज़्यादा ऊँचा बनाने के लिए अपने भाई से ब्लॉक्स उधार ले लेता था (जो मैं लौटा देता, अगर मैंने उन्हें आपस में चिपका नहीं दिया होता)। मुझे लगता है कि चीज़ों को बनाना मेरी आनुवंशिकता का हिस्सा है और वे चीज़ें जितनी बड़ी हों, उतना बेहतर है।

निवेश के रूप में रियल एस्टेट सबसे सुरक्षित जगहों में से एक है। इसमें आपका निवेश कभी पूरी तरह से नहीं डूबता है, जिस तरह अन्य उद्योगों में डूबता है। रियल एस्टेट में उतार-चढ़ाव हो सकते हैं, लेकिन जैसा रॉबर्ट ने इशारा किया है, यह शायद ही कभी दक़ियानूसी होती है। सदियाँ गुज़रने के साथ ज़मीन ज़्यादा क़ीमती होती जाती है। मैनहट्टन की मूल क़ीमत सिर्फ़ 24 डॉलर थी। यह सिर्फ़ चौबीस डॉलर थी और इसमें कोई शून्य नहीं जुड़े थे।

जब रॉबर्ट यह ज़िक्र करते हैं कि वे उपकरणों से प्रेम नहीं करते हैं, तो मुझे यह

स्वीकार करना होगा कि मैं भी उन्हीं जैसा हूँ और मैं इस बात से सहमत हूँ। मैं तो अपने ऑफ़िस में इंटरकॉम का इस्तेमाल भी नहीं करता हूँ। इसके बजाय मैं चिल्लाना ज़्यादा पसंद करता हूँ - यह प्रभावी होता है और इससे समय बचता है। इससे हर एक के काम करने के लिए ऊर्जावान माहौल बनता है और जब तक लोग इतनी ज़ोर से चिल्ला सकें, ताकि मैं उनकी बात सुन लूँ, तब तक सब कुछ ठीक है। जैसा मैं पहले कह चुका हूँ, मैं हमेशा वन-वे स्ट्रीट नहीं रहता हूँ।

> मैं रियल एस्टेट का दीवाना हूँ और इसीलिए इसमें कामयाब हुआ हूँ।
>
> *- डोनाल्ड जे. ट्रम्प*

रियल एस्टेट ऑफ़िस अपनी शांति के लिए नहीं जाने जाते हैं। मीडिया के जो लोग वहाँ आते हैं, वे बाक़ी बातों के अलावा उन्हें "युद्ध क्षेत्र" की संज्ञा देते हैं। यह ठीक है। बिज़नेस कई बार लड़ाई जैसा ही होता है। मैं इसे लड़ाई की तरह लेता हूँ, जिसका मतलब यह है कि मैं वास्तविकता के लिए तैयार हूँ।

अब मैं अन्य कारण बताता हूँ, जिनकी वजह से मैं रियल एस्टेट में निवेश करना पसंद करता हूँ : यह रोमांचक है। यह जटिल है। यह बहुआयामी है। और यह मूर्त है। आप सचमुच जाकर देख सकते हैं कि आपने किस चीज़ में निवेश किया है। इसका विकास होता है और समय के साथ आपका निवेश ज़्यादा बड़ा और बेहतर होता जाता है, बशर्ते आप जानते हों कि आप क्या कर रहे हैं।

यादगार इमारतों को देखा जाए, तो ट्रम्प टॉवर को बने हुए ज़्यादा समय नहीं हुआ है, लेकिन इसे अभी से ऐतिहासिक इमारत माना जाने लगा है। यह 1983 में बना था। यह एक ऐसी उपलब्धि है, जिस पर मुझे गर्व है और यह एक और कारण है कि रियल एस्टेट लाभदायक हो सकता है। यह वित्तीय निवेश के रूप में भी लाभकारी है।

अगर मैं अपना समय और धन किसी चीज़ में निवेश कर रहा हूँ, तो मुझे अंत में उस पर गर्व महसूस होना चाहिए। बहुत से लोग ऐसी चीज़ों में निवेश करते हैं, जिनके बारे में वे कुछ नहीं जानते हैं और जिनके बारे में उन्हें रत्ती भर भी परवाह नहीं होती है। यह ठीक है। हर एक को उसकी पसंद का पूरा हक़ है, लेकिन निवेश करने से पहले मुझमें उसकी दीवानगी होनी चाहिए। मैं रियल एस्टेट का दीवाना हूँ और इसीलिए इसमें कामयाब हुआ हूँ।

आप किस चीज़ के बारे में दीवाने हैं?

आपका दृष्टिकोण

क्या रियल एस्टेट निवेश आपके लिए है?

अध्याय सत्ताईस

आप नेटवर्क मार्केटिंग की सलाह क्यों देते हैं?

रॉबर्ट की प्रतिक्रिया

जब मैंने पहली बार नेटवर्क मार्केटिंग के बारे में सुना, तो मैं इसके ख़िलाफ़ था। लेकिन दिमाग़ खुलने के बाद मुझे इसमें वे लाभ दिखने लगे, जो बहुत कम कंपनियों में मिलते हैं।

जीवन में दीर्घकालीन सफलता आपकी शिक्षा, जीवन के अनुभवों और व्यक्तिगत चरित्र का प्रतिबिंब है। कई नेटवर्क मार्केटिंग कंपनियाँ इन प्रमुख क्षेत्रों में व्यक्तिगत विकास प्रशिक्षण प्रदान करती हैं।

ज़्यादातर स्कूल लोगों को ई या एस क्वाड्रैंट का प्रशिक्षण देते हैं। यह बहुत बढ़िया बात है, अगर आप इन्हीं क्वाड्रैंटों में अपना जीवन बिताना चाहते हों। ज़्यादातर एमबीए प्रोग्राम विद्यार्थियों को कॉरपोरेट जगत में ऊँची तनख़्वाह वाली नौकरियों के लिए प्रशिक्षित करते हैं - बी क्वाड्रैंट के लिए नहीं, बल्कि ई क्वाड्रैंट के लिए।

अगर आप ई या एस क्वाड्रैंट में हों, लेकिन बदलना चाहते हों, तो आप क्या करें? अगर आप बी क्वाड्रैंट में आना चाहते हों, तो क्या करें? आप वह शिक्षा कहाँ से पाएँ, जो आपको इस क्वाड्रैंट का प्रशिक्षण दे? इसके लिए मैं नेटवर्क मार्केटिंग बिज़नेस में शामिल होने की सलाह देता हूँ। मैं इस उद्योग का सुझाव उन लोगों को देना चाहता हूँ, जो बदलना चाहते हैं और बी क्वाड्रैंट में सफल बनने के लिए आवश्यक कुशलताएँ और नज़रिया विकसित करना चाहते हैं।

उद्यमी बनना और बी क्वाड्रैंट का बिज़नेस बनाना आसान नहीं है। दरअसल, मेरा मानना है कि बी क्वाड्रैंट का व्यवसाय सबसे मुश्किल चुनौतियों में से एक हो सकता है। ई और एस क्वाड्रैंटों में ज़्यादा लोग इसीलिए होते हैं, क्योंकि इनमें बी क्वाड्रैंट की तुलना में कम मेहनत लगती है। जैसा लोग कहते हैं, "अगर यह आसान होता, तो सभी यह काम करने लगते।"

व्यक्तिगत रूप से मुझे यह सीखना पड़ा कि अपनी शंका, संकोच और अस्वीकृति के डर से कैसे उबरूँ। मुझे यह भी सीखना पड़ा कि असफल होने के बाद ख़ुद को कैसे सँभालूँ और आगे बढ़ूँ। बी क्वाड्रैंट के बिज़नेस में सफल होने के लिए व्यक्ति को कुछ गुणों को विकसित करने की ज़रूरत पड़ती है, चाहे वह नेटवर्क मार्केटिंग बिज़नेस हो, फ्रैंचाइज़ी हो या नई कंपनी हो।

> किसी भी बी क्वाड्रैंट बिज़नेस के लिए एक महत्वपूर्ण योग्यता लीडरशिप है। क्या आप काम पूरा करने के लिए अपने भय से उबर सकते हैं और दूसरों के भय से उन्हें उबार सकते हैं?
>
> *- रॉबर्ट टी. कियोसाकी*

किसी भी बी क्वाड्रैंट बिज़नेस के लिए एक महत्वपूर्ण योग्यता लीडरशिप है। क्या आप काम पूरा करने के लिए अपने भय से उबर सकते हैं और दूसरों के भय से उन्हें उबार सकते हैं? क्या आप काम कर सकते हैं और करवा सकते हैं? यह योग्यता मुझे मैरीन कॉर्प्स ने सिखाई। मैरीन कॉर्प्स ऑफ़िसर के रूप में यह अनिवार्य था कि मरने की दहशत के बावजूद हम युद्ध में लोगों का नेतृत्व कर सकें।

मैं एस क्वाड्रैंट के कई लोगों से मिलता हूँ, जो विशेषज्ञ या छोटे बिज़नेस मालिक होते हैं, जो विस्तार करना चाहते हैं, लेकिन उनमें लीडरशिप योग्यता नहीं होती है। कोई भी उनके पीछे नहीं चलना चाहता है। कर्मचारी अपने लीडर पर भरोसा नहीं करते हैं या लीडर कर्मचारियों को बेहतर बनने के लिए प्रेरित नहीं करता है।

जैसा पहले कहा जा चुका है, *फ़ोर्ब्स* ने बड़े बिज़नेस मालिक यानी बी क्वाड्रैंट बिज़नेस मालिक की परिभाषा ऐसे व्यक्ति के रूप में दी है, जो 500 कर्मचारियों से अधिक के व्यवसाय को नियंत्रित करता है। इस परिभाषा के कारण ही बी क्वाड्रैंट में लीडरशिप योग्यताएँ अनिवार्य हैं।

आप ऐसा बिज़नेस कहाँ पा सकते हैं, जो आपकी शिक्षा, आपके व्यक्तिगत विकास और आपका व्यक्तिगत बिज़नेस बनाने में समय का निवेश करे? जवाब है : अधिकांश नेटवर्क मार्केटिंग कंपनियाँ।

बी क्वाड्रैंट का बिज़नेस बनाना आसान काम नहीं होता है। इसके लिए आपको ख़ुद से पूछना होगा, "क्या मुझमें आवश्यक योग्यताएँ हैं? क्या मैं अपने आरामदेह दायरे के पार जाने का इच्छुक हूँ? क्या मैं नेतृत्व करना सीखने का इच्छुक हूँ? क्या मेरे भीतर कोई बहुत अमीर आदमी है, जो बाहर निकलने के लिए तैयार है?" अगर जवाब "हाँ" है, तो किसी ऐसी नेटवर्क मार्केटिंग कंपनी की तलाश शुरू कर दें, जिसका प्रशिक्षण कार्यक्रम बहुत बढ़िया हो। मैं प्रॉडक्ट्स या भुगतान योजनाओं पर कम ध्यान दूँगा और कंपनी के प्रशिक्षण व व्यक्तिगत विकास योजना पर ज़्यादा ध्यान दूँगा।

नेटवर्क मार्केटिंग बिज़नेस बी क्वाड्रैंट बिज़नेस है, क्योंकि यह उन कई मानदंडों को पूरा करता है, जिनकी मैं किसी कंपनी या निवेश में तलाश करता हूँ। ये मानदंड हैं :

1. **लीवरेज :** क्या मैं दूसरे लोगों को अपनी तरफ़ से काम करने के लिए प्रशिक्षित कर सकता हूँ?
2. **नियंत्रण :** क्या मेरा कोई सुरक्षित सिस्टम है, जिस पर मेरा नियंत्रण है?
3. **रचनात्मकता :** क्या यह बिज़नेस मुझे रचनात्मक बनने और अपनी व्यक्तिगत शैली तथा गुण विकसित करने का मौक़ा देगा?

4. **विस्तारणीयता :** क्या मेरा बिज़नेस अनंत काल तक विकसित हो सकता है?

5. **भविष्यसूचकता :** क्या मेरी आमदनी की भविष्यवाणी की जा सकती है, अगर मैं वह सब करूँ, जिसकी मुझसे उम्मीद की जाती है? अगर मैं सफल हो जाता हूँ और अपने बिज़नेस का विस्तार करता रहता हूँ, तो क्या मेरी सफलता और कड़ी मेहनत से मेरी आमदनी बढ़ेगी?

क्या नेटवर्क मार्केटिंग पिरामिड योजना नहीं है?

मुझसे अक्सर पूछा जाता है कि क्या नेटवर्क मार्केटिंग पिरामिड योजना है। मेरा जवाब है कि हर कॉरपोरेशन दरअसल पिरामिड योजना होता है। कॉरपोरेशन में सिर्फ़ एक व्यक्ति ही शिखर पर रहता है, जो आम तौर पर सीईओ होता है और बाक़ी सभी नीचे होते हैं।

नीचे सामान्य कॉरपोरेट पिरामिड का उदाहरण दिया गया है :

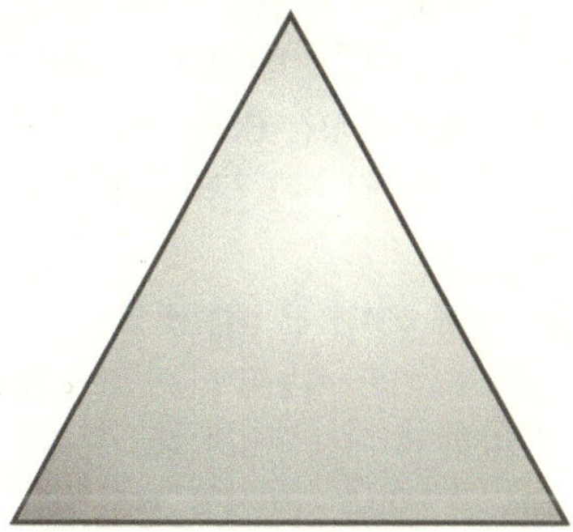

इसकी तुलना नेटवर्क मार्केटिंग बिज़नेस सिस्टम से करें :

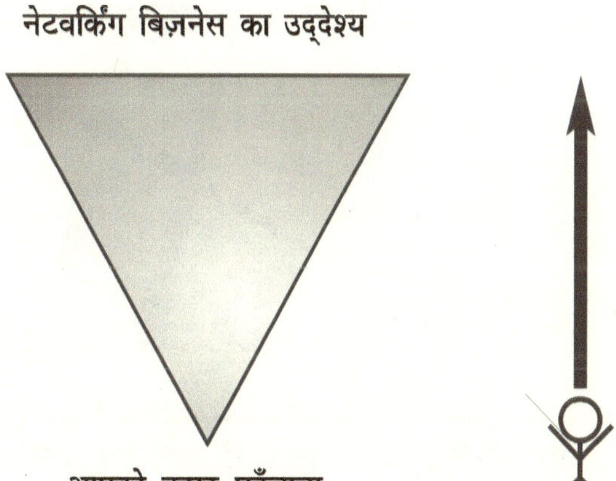

सच्चा नेटवर्क मार्केटिंग बिज़नेस पारंपरिक बिज़नेस मॉडल के ठीक विपरीत होता है। नेटवर्क मार्केटिंग बिज़नेस इस तरह से बनाया गया है कि आप नीचे से ऊपर आ सकें। सच्चा नेटवर्क मार्केटिंग बिज़नेस तब तक सफल नहीं होता है, जब तक यह लोगों को ऊपर न ले आए।

अतिरिक्त महत्वपूर्ण बिंदु

नीचे कुछ और महत्वपूर्ण बिंदु दिए गए हैं :

1. **टैक्स की छूटें बढ़ती हैं।** अपनी नियमित नौकरी करने के बाद अगर आप अपने ख़ाली समय में नेटवर्क मार्केटिंग बिज़नेस करते हैं, तो आपको अमीरों के टैक्स लाभ मिलने लगते हैं। पार्ट टाइम बिज़नेस करने वाला व्यक्ति पूर्णकालिक कर्मचारियों से ज़्यादा टैक्स छूटें ले सकता है। उदाहरण के लिए, आप कार, पेट्रोल, डिनर और मनोरंजन के ख़र्च का टैक्स लाभ ले सकते हैं। ज़ाहिर है, आपको अपनी स्थिति के ठीक-ठीक आकलन के लिए किसी सीपीए से मदद लेनी पड़ेगी। मज़े की बात यह है कि आपके सीपीए की फ़ीस पर भी आपको टैक्स में छूट मिलेगी। अधिकांश मामलों में कोई कर्मचारी सीपीए की फ़ीस की कटौती का लाभ नहीं ले सकता। दूसरे शब्दों में, सरकार कम टैक्स चुकाने की सलाह पाने के लिए आपको टैक्स में छूट देगी।
2. **समान मानसिकता वाले लोगों से मिलते हैं।** मुझे एक फ़ायदा था कि मेरे दोस्त भी बी क्वाड्रैंट में पहुँचना चाहते थे। जब मैंने काम शुरू किया, तो ई क्वाड्रैंट के मेरे अधिकांश दोस्तों ने सोचा कि मेरा दिमाग़ चल गया है। वे यह नहीं समझ सकते थे कि मैं स्थायी नौकरी या स्थायी तनख़्वाह क्यों नहीं चाहता हूँ। इसलिए बी बनने का एक महत्वपूर्ण हिस्सा ऐसे लोगों के आस-पास रहना है, जो बी हैं और चाहते हैं कि आप भी बी बन जाएँ।

3. **ख़ुद को समय देना।** किसी भी क्वाड्रैंट में सफल होने में समय लगता है। जिस तरह ई के रूप में कंपनी की सीढ़ी पर ऊपर चढ़ने में समय लगता है या एस क्वाड्रैंट

में सफल डॉक्टर या वकील बनने में समय लगता है, उसी तरह बी क्वाड्रैंट में सफल बनने के लिए समय और समर्पण की ज़रूरत होती है। सफल बी क्वाड्रैंट बिज़नेस बनाने में मुझे बरसों का समय लग गया।

तो ख़ुद को समय दें। मैं बी क्वाड्रैंट के व्यक्ति के रूप में सीखने और विकसित होने के लिए कम से कम पाँच साल का समय दूँगा।

4. **नेटवर्क मार्केटिंग कंपनियाँ धैर्यवान होती हैं।** नेटवर्क मार्केटिंग बिज़नेस की एक अच्छी बात यह है कि यह आपमें निवेश करता है, भले ही आप सफल न हों।

   कंपनी जगत में अगर आप छह महीने या एक साल में सफल नहीं होते हैं, तो आपको नौकरी से निकाला जा सकता है। नेटवर्क मार्केटिंग जगत में, जब तक आप अपना समय देने के इच्छुक हों, अधिकांश कंपनियाँ आपके विकास में निवेश करती रहेंगी। आख़िर वे आपको शिखर तक पहुँचाना चाहती हैं।

5. **पहले से बने सिस्टम के लीवरेज का लाभ लें।** ये सिस्टम पहले से आज़माए हुए और सफल हैं, जिससे आपको नई कंपनी के आंतरिक सिस्टम बनाने के लिए बरसों तक मेहनत नहीं करनी पड़ती, बल्कि बने-बनाए सिस्टम का लाभ मिल जाता है।

निष्कर्ष

अपने बंद दिमाग़ के दरवाज़े खुलने के बाद मैं उन अनूठे लाभों को देख सकता हूँ, जो नेटवर्क मार्केटिंग उद्योग उन लोगों को देता है, जो अपने जीवन से अधिक चाहते हैं।

आम तौर पर ख़ुद का बिज़नेस बनाने में आपको जितना पैसा लगाना पड़ता है, उससे बहुत कम में आप किसी नेटवर्क मार्केटिंग कंपनी में अपना बिज़नेस शुरू कर सकते हैं।

डोनाल्ड की प्रतिक्रिया

रॉबर्ट की तरह मैं नेटवर्क मार्केटिंग या डायरेक्ट सेल्स इंडस्ट्री के बारे में ज़्यादा कुछ नहीं जानता था। जब मेरे एक दोस्त ने मुझे बताया कि यह सबसे तेज़ी से विकसित हो रहा बिज़नेस मॉडल है, तो मुझे अपने दिमाग़ को खोलकर इसे ग़ौर से देखना पड़ा। मुझे जो नज़र आया, उससे मैं हैरान रह गया।

बरसों पहले, कई कंपनियाँ पारंपरिक उद्योग के विपरीत फ्रैंचाइज़ी के रूप में विकसित हुईं। कई लोगों ने फ्रैंचाइज़िंग की वैधता पर सवाल किए। आज दुनिया में हर व्यक्ति मैक्डॉनल्ड्स का नाम जानता है। नेटवर्क मार्केटिंग एक नया बिज़नेस मॉडल है और यह भी उसी विरोध का सामना कर रहा है, जो फ्रैंचाइज़िंग ने बरसों पहले किया था।

नए उद्योग को क़रीब से देखने पर मैं यह जानकर हैरान रह गया कि कई बड़ी फ़ॉरचून 500 कंपनियों ने नेटवर्क मार्केटिंग शाखा शुरू कर दी है। आज कई बैंक्स, टेलीकॉम कंपनियाँ, रियल एस्टेट ब्रोकरेज, क्रेडिट कार्ड कंपनियाँ और प्रमुख उपभोक्ता कंपनियाँ व्यक्ति-द्वारा-व्यक्ति-को- विक्रय एवं वितरण के नए रूप को अपना चुकी हैं। तो मेरी सलाह यह है कि अपना दिमाग़ खुला रखें और अगर आप अपना ख़ुद का बिज़नेस शुरू करना चाहते हैं, तो नेटवर्क मार्केटिंग बिज़नेस आपके लिए सही हो सकता है।

मार्केटिंग एक सशक्त साधन है और नेटवर्क मार्केटिंग उस शक्ति को बढ़ा सकती है, बशर्ते आप ख़ुद प्रेरित हों। एक आसान कल्पना करें : प्रॉडक्ट देखें और उससे विज्ञापन एजेंसी का नाम हटा दें। मार्केटिंग और विज्ञापन करना आप पर निर्भर करता है।

यह बहुत बढ़िया काम है, लेकिन तभी जब आप इसे करने के लिए भावनात्मक रूप से प्रेरित हों और ऊँचे स्तर तक प्रगति करने के इच्छुक हों। इसमें उद्यमिता की भावना की ज़रूरत होती है और इसका मतलब है एकाग्रता तथा लगन। जो लोग प्रेरित नहीं हैं, उन्हें मैं नेटवर्क मार्केटिंग अपनाने की सलाह नहीं देता हूँ।

> यह सुनिश्चित करें कि प्रॉडक्ट आपकी ऊर्जा और निष्ठा के क़ाबिल हो।
>
> – डोनाल्ड जे. ट्रम्प

नेटवर्क मार्केटिंग का एक और महत्वपूर्ण पहलू यह है कि यह मूलतः सामाजिक है, इसलिए अगर आप सामाजिक या बहिर्मुखी व्यक्ति नहीं हों, तो मैं इसमें जाने से पहले दो बार सोचूँगा।

सामाजिकता इसके लिए एक आवश्यकता है।

ज़ोरदार विज्ञापन अभियान से तब तक कोई फ़ायदा नहीं होता, जब तक कि प्रॉडक्ट भी उतना ही ज़ोरदार न हो। यह भी दिमाग़ में रखें कि डिस्ट्रिब्यूटर बनने के बाद आप क़ानूनी रूप से उन दावों के लिए ज़िम्मेदार होंगे, जो आप प्रॉडक्ट, कंपनी और उपलब्ध अवसरों के बारे में करेंगे। लेकिन सबसे बड़ी बात, यह सुनिश्चित करें कि प्रॉडक्ट आपकी ऊर्जा और निष्ठा के क़ाबिल हो। वरना आप अपने पहिए घुमाने में ऊर्जा बर्बाद कर सकते हैं।

रॉबर्ट ने ज़िक्र किया है कि नेटवर्क मार्केटिंग में अपने आरामदेह दायरे से बाहर निकलना महत्वपूर्ण होता है। उन्होंने यह भी कहा है कि आपको पर्याप्त समय देना चाहिए। इन बातों पर विचार करना अच्छा रहेगा। मैं इस बात से भी सहमत हूँ कि लीडरशिप गुण होना सफलता के लिए महत्वपूर्ण है। मैं-ज़िम्मेदार-हूँ, मैं-कर-सकता-हूँ वाला नज़रिया निश्चित रूप से होना ही चाहिए।

लेकिन कोई भी काम शुरू करने से पहले उसके बारे में ज़्यादा से ज़्यादा पता लगा लें। नेटवर्क मार्केटिंग बिज़नेस साबित कर चुका है कि यह आमदनी का लाभकारी स्रोत बन सकता है। चुनौतियाँ आपके लिए सही हो सकती हैं। सफलता के कुछ उल्लेखनीय उदाहरण हैं, जिनमें लोगों ने मेहनत, उत्साह और सही प्रॉडक्ट के साथ सटीक टाइमिंग से सफलता हासिल की है। हमने पहले भी कई मुद्दों पर बात की है। उन्हीं की तरह ही यहाँ भी कई मूर्त और अमूर्त बातें शामिल हैं, लेकिन सफलता कोई रहस्य नहीं है और यह बात नेटवर्क मार्केटिंग पर भी लागू होती है।

ज़्यादातर लोगों ने फ़ोकस ग्रुप्स के बारे में सुना होगा, जिनकी मदद से विज्ञापन एजेंसियाँ किसी नए प्रॉडक्ट की जाँच करती हैं। एजेंसियाँ अलग-अलग जगहों पर जाकर हर दिन लोगों से पूछती हैं कि नए प्रॉडक्ट में उन्हें क्या पसंद है और क्या नहीं है। जब आप किसी प्रॉडक्ट के बारे में फ़ैसला करें, तो फ़ोकस ग्रुप के विचार को याद रखना सबसे अच्छा है। आपको कोई प्रॉडक्ट पसंद है, इसका यह मतलब नहीं है कि यह हर एक को पसंद होगा। प्रॉडक्ट अपील में आम सहमति-बिंदु महत्वपूर्ण साबित होगा।

सारांश में, नेटवर्क मार्केटिंग के बारे में मेरी सलाह यह है कि अपना शोध करें और फिर अपने प्रॉडक्ट के प्रचार में सब कुछ झोंक दें। सच्चे जोश को हराना मुश्किल होता है और इससे आपके सफल होने की संभावना बढ़ जाती है।

आपका दृष्टिकोण

क्या नेटवर्क मार्केटिंग आपके लिए है?

हम आपको अमीर क्यों बनाना चाहते हैं?

अध्याय अट्ठाईस

आप ख़ुद का बिज़नेस शुरू करने की सलाह क्यों देते हैं?

रॉबर्ट की प्रतिक्रिया

नीचे दिए ***कैशफ़्लो*** क्वाड्रैंट को देखें :

क्वाड्रैंटों में सबसे बड़ा अंतर जीवनमूल्यों का है। मेरे ग़रीब डैडी एस, बी या आई क्वाड्रैंट में सिर्फ़ इसलिए सफल नहीं हुए, क्योंकि टीचर के रूप में प्रशिक्षित होने के कारण उनके जीवनमूल्य ई क्वाड्रैंट के थे। उनमें इस दायरे से बाहर निकलकर सड़क पर सफलता पाने और बचे रहने की आवश्यक योग्यताएँ या सहज अनुभूति नहीं थी। उनके पास बाक़ी तीन क्वाड्रैंटों का प्रशिक्षण नहीं था। जब गवर्नर ने शासकीय सेवा से डैडी को प्रतिबंधित कर दिया, तब जाकर उन्हें पता चला कि उनके जीवन का नियंत्रण किसके हाथ में था।

मेरे साथ अच्छी बात यह थी कि मेरे पास अमीर डैडी थे, जिन्होंने बी और आई क्वाड्रैंटों में दौलत बनाई थी। उन्होंने मुझे मानसिक और भावनात्मक मार्गदर्शन देकर ई तथा एस क्वाड्रैंटों से हटाया और बी व आई क्वाड्रैंटों की ओर ले गए। इसी तरह का मार्गदर्शन डोनाल्ड के डैडी ने उन्हें दिया था। हालाँकि रास्ते में कई असफलताएँ मिलीं, लेकिन मेरे अमीर डैडी की समझदारी और मार्गदर्शन ने मुझे उन मुश्किलों से उबारा।

मुझे उद्यमी बनने से प्रेम है

हालाँकि शुरुआत में राह बहुत मुश्किल थी, लेकिन आज मुझे उद्यमी बनने से प्रेम है। मुझे नए बिज़नेस शुरू करने से प्रेम है। मुझे रचनात्मकता, नए लोगों, चुनौतियों और लाभों से प्रेम है। शिक्षा तथा अनुभव हासिल करने की क़ीमत काफ़ी ज़्यादा थी, लेकिन पीछे मुड़कर देखने पर यात्रा इस लायक़ थी कि इसकी इतनी क़ीमत चुकाई जाए।

मैं टैंकर में सैर करने या हवाई जहाज़ उड़ाने की नौकरी में इसलिए नहीं लौटा, क्योंकि इन व्यवसायों को सीखने का ज़्यादातर रोमांच ख़त्म हो चुका था। जब मैंने पहली बार ऑइल टैंकर का स्टियरिंग व्हील थामा था, तब यह रोमांचक लगा था। जब मैंने अपना पहला हवाई जहाज़ उतारा था, तब यह रोमांचक लगा था। बहरहाल, जब मैं इन कामों में माहिर हो गया, तो सीखने की संभावना अंततः ख़त्म हो गई। एयरलाइन पायलट या शिप्स ऑफ़िसर के रूप में आज काफ़ी हद तक कल जैसा ही होता है।

मुझे नई चुनौतियों से प्रेम है, जो उद्यमी जीवन में मेरे सामने हर दिन आती हैं। मुझे बिज़नेस शुरू करने और फिर विकसित करने के रोमांच से प्रेम है। बिज़नेस शुरू होने के बाद मुझे इसे फैलाने और विकसित करने की चुनौती से प्रेम है। बिज़नेस के विकास के दौरान मुझे बिज़नेस को आगे बढ़ाने के लिए टीम में नए लोगों को जोड़ने की चुनौती से प्रेम है, जो बिज़नेस को सफल और लाभकारी बनाती है।

उद्यमी के रूप में हर दिन रोमांचक, नया और शिक्षाप्रद होता है। मैं हमेशा कोई न कोई नई बात सीखता रहता हूँ, बुरे दिनों में भी। डोनाल्ड भी यही करते हैं, इसीलिए उनके इतने सारे बिज़नेस प्रोजेक्ट्स चल रहे हैं। वे सच्चे उद्यमी हैं। सच्चे उद्यमी बनने के लिए आपको स्मार्ट होने और सीखने से प्रेम करने की ज़रूरत है। अगर आप सीखने से प्रेम नहीं करते हैं, तो इस बात की आशंका है कि आपका बिज़नेस विकसित नहीं हो पाएगा ... क्योंकि आप विकसित नहीं हो रहे हैं। जब भी मुझे कोई ऐसा बिज़नेस दिखता है, जिसका पतन हो रहा है या जो निष्क्रिय हो चुका है, तो ऐसा अक्सर इसलिए होता है, क्योंकि मालिक का पतन हो रहा है या वह निष्क्रिय हो चुका है।

आईने में देखना

आपका अपना बिज़नेस वह सबसे अच्छा आईना है, जिसमें आप देख सकते हैं। आपका ख़ुद का बिज़नेस गोल्फ़ के खेल की तरह है। इसमें जब भी आप अपना क्लब घुमाते हैं, आपको तत्काल फ़ीडबैक मिलता है। अगर आप अच्छे हैं, तो आपका बिज़नेस आपको टाइगर वुड्स से ज़्यादा अमीर बना देगा। जैसा आप जानते हैं, सफल उद्यमी दुनिया में सबसे अमीर होते हैं। और अगर आप बुरे हैं, तो वे आपको कंट्री क्लब में शामिल होने नहीं देंगे। मैं यह बात व्यक्तिगत रूप से जानता हूँ। आज मुझे कंट्री क्लब की मानद सदस्यताओं का प्रस्ताव मिलता है, जबकि कुछ साल पहले वही कंट्री क्लब मुझे अपने दरवाज़े के अंदर नहीं घुसने देते।

ख़ुद को नियंत्रण में रखना

आज अधिकांश लोग इसलिए असुरक्षित महसूस करते हैं, क्योंकि स्कूल ने उन्हें कभी यह नहीं सिखाया कि उनके जीवन में *नियंत्रण* कितना महत्वपूर्ण है। उदाहरण के लिए, अगर

आप कर्मचारी हैं, तो आपका इस बारे में बहुत कम नियंत्रण होता है कि आप कितना कमाते हैं, आपको प्रमोशन कब मिलता है, आपकी तनख़्वाह कब बढ़ती है, आप कब छुट्टियाँ मनाते हैं और कई बार तो यह भी कि आप लंच कब करते हैं।

1974 में जब एरिसा पारित हुआ, जिससे बाद में 401 (के) आया, तो ई क्वाड्रैंट के कई कर्मचारी आई क्वाड्रैंट में निवेशक बनने के लिए मजबूर हो गए। समस्या शिक्षा और अनुभव की कमी ही थी। चूँकि बहुत शिक्षित होने के बावजूद अधिकांश कर्मचारियों को बहुत कम वित्तीय ज्ञान होता है, इसलिए वे अक्सर बचत, शेयर, मीच्युअल फ़ंड और बॉण्ड जैसे पेपर एसेट्स में निवेश करते हैं। एक बार फिर समस्या वही है – निवेशक के रूप में उनका उन पेपर एसेट्स पर कोई *नियंत्रण* नहीं होता है।

> आज अधिकांश लोग इसलिए असुरक्षित महसूस करते हैं, क्योंकि स्कूल ने उन्हें कभी यह नहीं सिखाया कि उनके जीवन में नियंत्रण कितना महत्वपूर्ण है।
>
> *– रॉबर्ट टी. कियोसाकी*

कर्मचारियों का टैक्स पर भी बहुत कम नियंत्रण होता है। ई और एस क्वाड्रैंटों के ज़्यादातर लोग बी और आई क्वाड्रैंटों के प्रोफ़ेशनल्स से ज़्यादा टैक्स देते हैं।

एक बार फिर, कारण है *नियंत्रण*। आईआरएस और देश के टैक्स क़ानून बी और आई क्वाड्रैंट के लोगों को ज़्यादा नियंत्रण देते हैं, क्योंकि इन क्वाड्रैंटों के लोग आर्थिक विकास तथा राष्ट्रशक्ति के लिए महत्वपूर्ण होते हैं। सच्चे बी क्वाड्रैंट के लोग नौकरियाँ प्रदान करते हैं और सच्चे आई क्वाड्रैंट के लोग बिज़नेस, इनफ़्रास्ट्रक्चर, अन्वेषण, ऊर्जा और रियल एस्टेट में पूँजी लगाते हैं।

कई लोग अपने भविष्य के बारे में सिर्फ़ इसलिए अनिश्चित होते हैं, क्योंकि उनका अपनी नौकरियों, निवेशों और टैक्सों पर बहुत कम नियंत्रण होता है।

अक्सर मैं अलग-अलग देशों के लोगों से मिलता हूँ और वे मुझे यह बताने की कोशिश करते हैं कि उनके देश में क़ानून अलग हैं। मेरा अनुभव कुछ और ही बताता है। मुझे असलियत मालूम है, क्योंकि मेरे बिज़नेस चीन, जापान, कोरिया, कनाडा, ऑस्ट्रेलिया, दक्षिणी अमेरिका, इजराइल, मध्य पूर्व और यूरोप में हैं। ज़्यादातर विकसित या विकासशील देशों में मैंने पाया है कि बी और आई क्वाड्रैंट के लोगों के लिए एक जैसे टैक्स लाभ मौजूद हैं। ज़ाहिर है, कुछ अंतर तो होते हैं, लेकिन “जिन लोगों के पास स्वर्ण है, वही नियम बनाते हैं” का स्वर्णिम नियम पूरी दुनिया में काम कर रहा है।

नियंत्रण लेना सीखना

आज बी या आई क्वाड्रैंट में पहुँचना पहले से ज़्यादा आसान है। हमारे पास प्रौद्योगिकी के साधन हैं, जिनसे लीवरेज करना और पूरी दुनिया में बिज़नेस का विस्तार करना बहुत आसान हो चुका है। उदाहरण के लिए, कंप्यूटर और इंटरनेट राष्ट्रीय या अंतर्राष्ट्रीय उद्यमी बनने के काम को ज़्यादा आसान और कम ख़र्चीला बना देते हैं। एक हज़ार डॉलर से भी कम

ख़र्च करके मैं एक कंप्यूटर ख़रीद सकता हूँ और बिज़नेस मालिक या निवेशक के रूप में दुनिया के बाज़ारों तक पहुँच सकता हूँ। सवाल यह है, क्या आपमें राष्ट्रीय या अंतर्राष्ट्रीय उद्यमी बनने की शिक्षा, अनुभव, मानसिकता और मूलभूत जीवनमूल्य हैं?

शिक्षा और अनुभव कैसे हासिल करें

चूँकि हमारे स्कूल उद्यमिता या निवेश के बारे में ज़्यादा कुछ नहीं सिखाते हैं, इसलिए सवाल यह है कि व्यक्ति एस, बी या आई क्वाड्रैंटों में सफल होने की शिक्षा और अनुभव कैसे हासिल कर सकता है?

मेरा और डोनाल्ड का जवाब बहुत मिलता-जुलता है। हम दोनों ही बिज़नेस स्कूल जाने या मार्गदर्शक खोजने की सलाह देते हैं, जिसके आप प्रशिक्षु (apprentice) बन सकते हैं। जैसा आप जानते हैं, उनके और मेरे पास अमीर डैडी थे, जिन्होंने विकास की प्रक्रिया में हमारा मार्गदर्शन किया।

पिछले अध्याय में डोनाल्ड और मैंने नेटवर्क मार्केटिंग के लाभों के बारे में लिखा है। मेरी राय में नेटवर्क मार्केटिंग बिज़नेस का सबसे बड़ा लाभ प्रशिक्षण और प्रवेश की कम लागत है। अगर आप उद्यमी बनने के बारे में गंभीर हैं, तो एक बार फिर मैं आपको यह सुझाव दूँगा कि आप ऐसी नेटवर्क मार्केटिंग कंपनी खोज लें, जिसका प्रशिक्षण कार्यक्रम बहुत अच्छा हो और बी क्वाड्रैंट के मूलभूत जीवनमूल्य सीखने में अपने जीवन के कम से कम पाँच साल लगाएँ।

फ़्रैंचाइज़ी की शक्ति

अगर आपके पास ज़्यादा धन है और आप ज़्यादा बड़ा संकल्प करने को तैयार हों, तो आप फ्रैंचाइज़ी ख़रीदने के बारे में सोच सकते हैं। एक बार फिर, अगर फ्रैंचाइज़ी अच्छा है, तो उसके मालिक बिज़नेस तथा बिज़नेस सिस्टम चलाने में आपको प्रशिक्षित करने के लिए बहुत सा समय और ऊर्जा लगाएँगे।

हम सभी मैकडॉनल्ड्स के बारे में जानते हैं। यह दुनिया के सबसे मशहूर फ्रैंचाइज़ी सिस्टम्स में से एक है। मैंने कई बार मैकडॉनल्ड्स फ्रैंचाइज़ी ख़रीदने के बारे में सोचा था, सिर्फ़ पैसे के लिए नहीं, बल्कि उनके प्रशिक्षण कार्यक्रमों के कारण। आपने हैमबर्गर यूनिवर्सिटी के बारे में भी सुना होगा। यह एक बहुत प्रतिष्ठित बिज़नेस स्कूल है, जो लोगों को बिज़नेस की असली दुनिया के लिए प्रशिक्षित करता है। लेकिन मैकडॉनल्ड्स फ्रैंचाइज़ी के साथ दिक्क़त यह है कि इसमें प्रवेश की क़ीमत ऊँची है, जो अक्सर दस लाख डॉलर से अधिक होती है।

मार्गदर्शक और कोच की शक्ति

व्यक्तिगत रूप से मैं क्वाड्रैंट के बाएँ हिस्से यानी ई और एस से क्वाड्रैंट के दाएँ हिस्से यानी बी और आई तक की यात्रा की चुनौतियों, कुंठाओं और लाभों को समझता हूँ। इसीलिए रिच डैड कंपनी में हम लोगों ने उनके लिए अधिक उन्नत कार्यक्रम तैयार किए हैं, जो बी और आई क्वाड्रैंटों में सफल बनना चाहते हैं। हम निम्न कार्यक्रम प्रदान करते हैं :

1. **रिच डैड्स कोचिंग :** हमारे पास व्यावसायिक रूप से प्रशिक्षित कोचों की टीम है, जिनका एकमात्र लक्ष्य आपको केंद्रित रखना और लक्ष्यों तक पहुँचने वाली

राह पर बनाए रखना है, जो व्यक्तिगत फ़ाइनैंस, निवेश, ख़ुद का बिज़नेस शुरू करने या अपने बिज़नेस का विस्तार करने में हों। इसके बहुत अच्छे परिणाम मिले हैं। मेरा मानना है कि इस कार्यक्रम का जादू यह है कि आप जो लक्ष्य निर्धारित करते हैं, वे आपके लक्ष्य हैं : आपके अपने लक्ष्य, जो आपकी वर्तमान वास्तविकता से परे हैं; आपके अपने लक्ष्य, जो यह माँग करते हैं कि आप अपने सर्वश्रेष्ठ स्वरूप को बाहर निकालें और आपके अपने लक्ष्य, जिनके हासिल होने पर आपका जीवन बदल जाएगा। अधिक जानकारी के लिए www.richdadscoaching.com वेबसाइट पर जाएँ।

2. **रिच डैड्स एज्युकेशन :** हालाँकि अधिकांश निवेश सलाहकार डाइवर्सिफ़िकेशन की सलाह देते हैं, लेकिन रिच डैड कंपनी में हम लोग केंद्रीकरण (focus) की सलाह देते हैं। जिन लोगों ने महानता हासिल की है, वे सभी बहुत केंद्रित लोग थे।

   निकट भविष्य में रिच डैड्स एज्युकेशन ऐसे लोगों के लिए कॉलेज स्तरीय कोर्स और सेमिनार ला रहा है, जो बिज़नेस या निवेश के विशिष्ट क्षेत्रों में ध्यान केंद्रित करने के लिए तैयार हैं। उदाहरण के लिए, मैं एक कोर्स के बारे में बहुत रोमांचित हूँ, जो रॉ-लैंड डेवलपर बनना सिखाता है। या फिर आप स्टॉक ऑप्शन्स या फ़ोरक्लोज़र्स के विशेषज्ञ बनना सीख सकते हैं। जैसा आप जानते हैं, व्यक्ति कई तरीक़ों से बहुत अमीर बन सकता है - बशर्ते वह केंद्रित हो।

3. **रिच डैड्स ऑनलाइन बिज़नेस स्कूल :** कई लोगों ने मुझसे अपना व्यक्तिगत कोच बनने का आग्रह किया है। ऐसे लोगों की बड़ी संख्या को देखते हुए यह काम असंभव होगा। व्यक्तियों को कोचिंग देने के बजाय रिच डैड कंपनी ने रिच डैड्स ऑनलाइन बिज़नेस स्कूल नामक वेब-डिलिवर्ड इलेक्ट्रॉनिक फ़ोरम तैयार किया है।

थोड़ी सी मासिक फ़ीस के बदले में मैं आपको जानकारी देता रहूँगा कि मैं क्या सोचता हूँ और किस बारे में सोचता हूँ। मेरे पास अपने व्यक्तिगत सलाहकार भी हैं, जो अपनी विशेषज्ञता के विषयों पर आपको अपना ज्ञान प्रदान करेंगे। हमारे पास रियल एस्टेट, क़ानून, स्वर्ण, ऑइल, बैंकिंग और स्वास्थ्य के क्षेत्र में भी विशेषज्ञ हैं।

जैसा आप जानते हैं, दुनिया तेज़ी से बदल रही है। रिच डैड्स ऑनलाइन बिज़नेस स्कूल आपसे संपर्क में बने रहने का मेरा तरीक़ा है, जिससे मैं आपको नवीनतम जानकारी दे सकता हूँ कि मेरे हिसाब से इस दुनिया में क्या महत्वपूर्ण है।

निष्कर्ष

दुनिया में दो तरह के लोग होते हैं : जो सुरक्षा चाहते हैं और जो स्वतंत्रता चाहते हैं। जैसा आपमें से कुछ जानते हैं, सुरक्षा और स्वतंत्रता बिलकुल विपरीत हैं। इसीलिए सबसे ज़्यादा सुरक्षित लोगों के पास सबसे कम स्वतंत्रता होती है। जेल में सबसे ज़्यादा सुरक्षा होती है। अगर आप स्वतंत्रता चाहते हैं, तो मैं संजीदगी से कह सकता हूँ कि अधिकतम स्वतंत्रता बी और आई क्वाड्रैंटों में होती है।

डोनाल्ड की प्रतिक्रिया

अजीब बात यह है कि मैं लोगों को अपना बिज़नेस शुरू करने की सलाह हमेशा नहीं देता हूँ। कई लोग उद्यमी नहीं होते हैं और मुझे लगता है कि अगर संभावना न हो, तो हर एक को यह सलाह देना अच्छा नहीं है कि वे भी बहुत सफल हो सकते हैं। मेरी बात उन लोगों को ज़्यादा पसंद नहीं आती है, जो प्रेरणा और सफलता के बारे में मेरे भाषण सुनने के लिए आते हैं, लेकिन मैं ईमानदार रहना चाहता हूँ। मैं ग़लत सलाह कभी नहीं देना चाहता हूँ।

एक साल पहले एक भाषण के दौरान मुझे इस बात का एहसास हुआ, जब 60 साल से ज़्यादा उम्र के एक आदमी ने मुझसे उद्यमी बनने के बारे में कुछ सीधे सवाल पूछे। मुझे उसे बताना पड़ा कि यह हमेशा सबसे अच्छा काम नहीं होता है – इसमें जोखिम भी होता है। यह बूढ़ा व्यक्ति जीवन के उस मोड़ पर था, जहाँ वह अपना सब कुछ खो सकता था। उसे सलाह देते समय मैं सफलता की उस ठोस सलाह के परे सोचने पर मजबूर हुआ, जो मैं आम तौर पर देता हूँ। हर मामला अलग होता है। अगर वह बूढ़ा आदमी मेरी सलाह मानने के बाद असफल हो जाता, तो मैं व्यक्तिगत रूप से अपराधी महसूस करता। मुझे लग रहा था कि वह नैसर्गिक उद्यमी नहीं है और इसका उसकी उम्र से कोई संबंध नहीं था। अगर वह कैरियर शुरू करने वाला युवक होता, तब भी मैं यही सलाह देता। मैं सतर्क आशावादी हूँ, लेकिन सतर्क वाला हिस्सा पहले आता है।

स्थिति के अनुसार मैंने लोगों को अपना बिज़नेस शुरू करने की सलाह दी है – उनके कार्य-संस्कार, प्रेरणा, जोश और लगन देखने के बाद मैं जान गया कि वे यह काम कर सकते हैं। कुछ लोग सोचते हैं कि उनमें आवश्यक गुण हैं, जबकि उनमें नहीं होते हैं। मैंने जिन लोगों को बिज़नेस में उतरने की सलाह दी है, वे सभी सफल हुए हैं। लेकिन मैं हर एक को ऐसा करने को कहता भी नहीं हूँ।

> "आप जैसा बोएँगे, वैसा काटेंगे" कहावत यहाँ भी सच साबित होती है। यह सोचना कितना अच्छा लगता है?
>
> *– डोनाल्ड जे. ट्रम्प*

मैंने रियल एस्टेट में एक युवती को सलाह दी कि उन्हें अपना बिज़नेस शुरू करना चाहिए और उन्होंने कर दिया – अगले ही दिन! किम मोगल न्यूयॉर्क सिटी में अपनी रियल एस्टेट कंपनी के ज़रिये बहुत सफल बन चुकी हैं और वे अब भी लोगों को वह कहानी बताती हैं कि उन्होंने यह कैसे शुरू किया। उन्हें यह काम

करने में 24 घंटे से भी ज़्यादा समय नहीं लगा। एक और व्यक्ति के बारे में मैं जानता था कि वह ग़लत बिज़नेस में है। वह वॉल स्ट्रीट में था। मैंने आख़िर उसे बता दिया कि वह पराजितों जैसा दिखने लगा है, क्योंकि वह इसमें बहुत अच्छा नहीं था और दुखी था। मैंने उससे पूछा कि वह क्या करना पसंद करता है। उसका जवाब था कि वह गोल्फ़ से जुड़े काम पसंद करता है। इसमें कई बरसों के मान-मनुहार की ज़रूरत पड़ी, लेकिन आख़िरकार उसने परिवर्तन कर लिया और आज वह अपने गोल्फ़ बिज़नेस में बहुत सफल – और बहुत ख़ुश है।

ये दो उदाहरण बताते हैं कि (1) आपको अपने वर्तमान काम में अच्छा होना चाहिए, और (2) आपमें छलाँग लगाने तथा उस काम को करने का साहस होना चाहिए। हम सभी के टाइमटेबल अलग-अलग होते हैं, लेकिन इच्छा अवश्य होनी चाहिए।

मैं लोगों को जो सबसे पहली बात बताता हूँ, वह यह है कि उद्यमी बनना सामूहिक प्रयास नहीं है। आपको कुछ समय तक इसे अकेले करने का इच्छुक रहना होगा – और कई बार तो लंबे समय के लिए भी। रॉबर्ट रातोरात सफल नहीं हो गए, लेकिन वे इसमें जुटे रहे, रास्ते भर सीखते रहे और देखिए वे आज कहाँ पहुँच चुके हैं। अगर आपमें संकल्प है, तो मेरी बात का यक़ीन करें, आप अपना मनचाहा काम कर सकते हैं।

स्वामित्व का गर्व आसानी से नहीं समझाया जा सकता। शायद यह हमारी पहली साइकिल से शुरू होता है। जब कोई चीज़ आपकी होती है, तो एक अंदरूनी वफ़ादारी का तत्व होता है कि इसे सही तरीक़े से चलाया जाए। मेरा नाम बहुत सी चीज़ों पर है और यह सुनिश्चित करना मेरी ज़िम्मेदारी है कि वह प्रॉडक्ट सर्वोच्च गुणवत्ता का हो। ये मेरे मानदंड हैं और मैं उन्हीं के हिसाब से काम करता तथा जीता हूँ। उद्देश्य की इस अखंडता की बराबरी करना मुश्किल है, जब तक कि बिज़नेस आपका ख़ुद का न हो।

मैंने लोगों को कई कर्मचारियों के बारे में कहते सुना है, "वे इस तरह काम करते हैं, जैसे यह कंपनी उन्हीं की हो।" उनमें लक्ष्य की वैसी ही एकनिष्ठा होती है, जैसे वे ही मालिक हों। अगर आप अपना ख़ुद का बिज़नेस चाहते हों, तो लक्ष्य की एकनिष्ठा आवश्यक होती है। एक बात तो यह होती है कि आपके काम के घंटे निश्चित नहीं होते हैं। हो सकता है कि आपके काम का सप्ताह सातों दिन चौबीसों घंटे का हो, क्योंकि अंततः सारी ज़िम्मेदारी आपकी है।

मैं इस ज़िम्मेदारी को पसंद करता हूँ, क्योंकि यह शक्तिदायक है। इससे मेरी ऊर्जा कम होने के बजाय बढ़ती है। कुछ लोगों को यह दबाव आनंददायक नहीं लगता है। अगर ऐसी बात है, तो मैं उन्हें कर्मचारी बने रहने की सलाह देता हूँ।

निश्चित रूप से अपना ख़ुद का बिज़नेस करने के लाभ होते हैं, जो सबको दिखते भी हैं। उन्हें स्पष्ट करने की ज़रूरत नहीं है। एक बार जब आप अपना बिज़नेस शुरू कर लेते हैं, तो किसी दूसरे के लिए काम करना मुश्किल होता है। कल्पना करके देखें, यह पहले जैसा नहीं होता है। यह अपने जहाज़ का कप्तान बने रहने के लिए ज़्यादा मेहनत करने की एक अच्छी प्रेरणा हो सकती है। आप हर दिन यह कह सकते हैं, "हर चीज़ मुझसे शुरू होती है – अभी, यहाँ, आज!" यह बहुत अच्छा एहसास होता है।

अपना बिज़नेस होना एक पेड़ को बड़ा करने की तरह है – यह एक जीवित अवयव होता है, जो हर मौसम से गुज़रता है, तूफ़ानों को झेलता है, गर्मी के सुहाने दिनों और बर्फ़ीले तूफ़ानों से मुक़ाबला करता है, लेकिन यह बढ़ता रहता है और अंततः आपकी अभिव्यक्ति बन जाता है। यह भी एक कारण है कि मैं अपने हर काम में गुणवत्ता नियंत्रण के बारे में इतना सावधान रहता हूँ। अगर कोई चीज़ आपका प्रतिनिधित्व करती है, तो आप चाहेंगे कि यह सर्वश्रेष्ठ प्रतिनिधित्व हो। फिर आप अपने सामने की छड़ को और ऊपर उठा सकते हैं। अगर आप इतना सब करेंगे, तो मेरा यक़ीन मानें, आप कभी बोर नहीं होंगे।

अपना बिज़नेस होने के बारे में एक और अच्छी बात है। अगर आप ऊब जाते हैं, तो दोष देने के लिए आपके सिवाय और कोई नहीं होगा, और यह स्थिति ज़्यादा समय तक नहीं चलेगी। कई नौकरियाँ नीरस होती हैं और उन्हें छोड़ने के अलावा आप ज़्यादा कुछ नहीं कर सकते। अपने बिज़नेस के बारे में आप नियंत्रण में होते हैं, जिसका मतलब यह है कि आपके पास ज़्यादा स्वतंत्रता होती है।

स्वतंत्रता एक दिलचस्प शब्द है, क्योंकि स्वतंत्रता की एक क़ीमत होती है। ज़्यादातर बिज़नेस मालिक अपने कर्मचारियों से ज़्यादा समय काम करते हैं, लेकिन मैंने कभी किसी उद्यमी को यह कहते नहीं सुना कि वे किसी दूसरे के लिए काम करना पसंद करेंगे! कभी नहीं सुना!

हम सबने आत्म-अभिव्यक्ति के बारे में सुना है, ख़ास तौर पर कला के क्षेत्र में। यह बात बिज़नेस पर भी लागू होती है, जिसे मैं कला के रूप में ही देखता हूँ। बहुत सी चीज़ें एक समान होती हैं, जिनमें अनुशासन, तकनीक और लगन आदि शामिल हैं। लेकिन अभिव्यक्ति की स्वतंत्रता बिज़नेस मालिक को ख़ास तौर पर महान बनाती है। अगर मेरे पास इस बात की भविष्य-दृष्टि है कि मैं क्या करना चाहता हूँ, तो मैं इसे साकार कर सकता हूँ। पहली बात तो यह है कि मुझे इसके लिए किसी से इजाज़त नहीं लेनी पड़ेगी। यह मेरा खेल है। हालाँकि मुझे उस इलाक़े के नियम-क़ानूनों और ज़ोनिंग आदि चीज़ों का पालन करना पड़ेगा, लेकिन विचार और साकार करने की शक्ति मेरी होती है। यह बहुत ही ज़बर्दस्त एहसास है।

लोग किसी कारण से प्रेरित महसूस करते हैं – प्रेरणा जोश दिलाती है। कुंठा तब उत्पन्न होती है, जब उनकी प्रेरणा अधूरी रह जाती है। अगर आपमें प्रेरणा है और आप इसमें मेहनत तथा एकाग्रता को जोड़ने में सक्षम हैं, तो मैं आपको सलाह देता हूँ कि आप ख़ुद के बिज़नेस का मालिक बनने के बारे में सोचें। पुरस्कार बहुत ज़्यादा हैं और पुरानी कहावत "आप जैसा बोएँगे, वैसा काटेंगे" यहाँ भी सच साबित होती है। फ़सल काटने के बारे में सोचें। यह सोचना कितना अच्छा लगता है ?

आपका दृष्टिकोण

क्या आप अपने बिज़नेस के मालिक बनना चाहते हैं?

क्यों या क्यों नहीं ?

____

____

____

"स्वतंत्रता" का आपके लिए क्या मतलब है ?

____

____

____

अध्याय उनतीस

लीडर्स टीचर्स होते हैं

रॉबर्ट की प्रतिक्रिया

आगे आने वाले समय में कई चुनौतियाँ हैं। इसलिए हमें अनुयायियों की नहीं, लीडर्स की ज़्यादा आवश्यकता होगी।

बहुत सारे लोगों में अधिकार की मानसिकता होती है – लोग उम्मीद करते हैं कि सरकार उनकी समस्याएँ सुलझा दे। यह पुस्तक इस आशा से लिखी गई है कि *आप* लीडर बन जाएँ।

लीडर बनने का क्या मतलब होता है ? नीचे तीन परिभाषाएँ दी गई हैं, जिन पर विचार किया जाना चाहिए :

1. **लीडर्स रोल मॉडल होते हैं।** जब मैं अकेडमी और मैरीन कॉर्प्स में था, तो लीडरशिप में मेरा ज़्यादातर प्रशिक्षण रोल मॉडल बनने पर केंद्रित था – ऐसा व्यक्ति, जिसका ट्रूप सम्मान कर सके, जो जीवन को ज़्यादा ऊँचे मानदंड पर जीता हो।

   डोनाल्ड ट्रम्प निश्चित रूप से इन मानदंडों पर खरे उतरते हैं। डोनाल्ड के साथ यह पुस्तक लिखते समय मैंने एक ऐसे व्यक्ति को जाना, जिनका मैं बरसों से सम्मान करता था। उनकी उपस्थिति में रहना अपने आप में एक सबक़ है कि मैं अपनी ज़िंदगी किस तरह जीना चाहता हूँ – जीवन को ज़्यादा ऊँचे व्यक्तिगत मानदंडों के अनुरूप जीना।

   मेरे ग़रीब डैडी ने मुझे अपने संसाधनों से कम में जीने की सलाह दी। मेरे अमीर डैडी ने लगातार अपने संसाधनों को बढ़ाने के लिए प्रेरित किया। डोनाल्ड के आस-पास रहने से मैं अपने संसाधनों को उतनी ऊँचाई पर ले जा पाया, जो मुझे जीवन में संभव नहीं लगता था। सच्चे लीडर्स यही करते हैं। वे आपको प्रेरित करते हैं कि आप उस सीमा से आगे निकल जाएँ, जो आपको अपने लिए संभव लगती है।

   मैं विश्वास करता हूँ कि इस पुस्तक ने आपको अपनी सीमाओं से बाहर निकलने के लिए प्रेरित किया होगा, जो पहले आपको संभव नहीं लगता होगा। इसने आपको अधिक ऊँचे स्तर पर जीने के लिए प्रेरित किया होगा।

> सच्चे लीडर्स हमें ज़्यादा बड़ा बनने और ऐसे काम करने के लिए प्रेरित करते हैं, जिन्हें करने से हम घबराते हैं।
>
> *– रॉबर्ट टी. कियोसाकी*

2. **सच्चा लीडर आपको शंकाओं तथा डरों से ज़्यादा बड़ा बनने के लिए प्रेरित करता है**। मेरे अमीर डैडी कहा करते थे, "डर बहुत बड़ा विभाजक है। डर ही कायरों और लीडर्स, पराजितों और विजेताओं के बीच की विभाजक रेखा है।"

कैंप पेंडलटन, कैलिफ़ोर्निया के मैरीन कॉर्प्स बेस में अपनी तैयारी के आख़िरी दिनों में, जिसके बाद हमें वियतनाम ले जाया गया, मुझे बंदूकें और रॉकेट चलाने का प्रशिक्षण देने वाले प्रशिक्षक पायलट मुझसे बोले, "स्कूल के दिन अब लगभग ख़त्म हो चुके हैं। जल्दी ही तुम वियतनाम में पहुँच जाओगे। तुम जल्दी ही उस सबसे कठिन काम का सामना करोगे, जो लीडर के सामने होता है। तुम जल्दी ही अपनी टीम के लोगों से अपनी जान देने को कहोगे, ताकि दूसरे ज़िंदा रह सकें। मैं तुमसे यह सवाल पूछना चाहता हूँ, क्या तुम भी यही करने के इच्छुक हो?" मेरे को-पायलट और मुझे इस बारे में सोचने का समय देने के बाद उन्होंने कहा, "अगर तुम अपना जीवन समर्पित करने के इच्छुक रहोगे, तो तुम्हें जीवन मिल जाएगा। बड़ी अजीब बात यह है कि तुम्हें जीवन में एक ऐसी चीज़ का सामना करने का अवसर दिया जा रहा है, जिसका सामना करने से ज़्यादातर लोग ज़िंदगी भर भागते रहते हैं। लेकिन अगर तुम ऐसा कर लोगे, तो तुम ज़िंदगी और मौत से परे जीवन के संसार में दाख़िल हो जाओगे।"

वियतनाम में कई बार मेरा उस पल से साक्षात्कार हुआ, जिसके बारे में मेरे प्रशिक्षक ने बात की थी – वह पल, जब मैंने मौत नाम के बहुत बड़े डर का सामना किया और ज़िंदगी तथा मौत से परे पहुँच गया।

स्पष्ट है कि बिज़नेस और निवेश ज़िंदगी-और -मौत वाले मामले नहीं हैं। बहरहाल, सफल बनने के लिए अक्सर आपको अपने पुराने स्वरूप की मौत और नए स्वरूप के जन्म के बीच चुनाव करना होगा। कई लोग इसलिए विकास करना बंद कर देते हैं, क्योंकि वे मरने से डरते हैं। उनके पुराने अस्तित्व का अहं आत्महत्या करने से मना कर देता है, इसलिए उनका जीवन पहले जैसा ही बना रहता है, जबकि दुनिया आगे निकल जाती है। सच्चे लीडर्स हमें ज़्यादा बड़ा बनने और ऐसे काम करने के लिए प्रेरित करते हैं, जिन्हें करने में हम घबराते हैं।

मैं जानता था कि मेरे नए स्वरूप के बाहर निकलने के लिए मेरे पुराने स्वरूप को मरना होगा।

उदाहरण के लिए :

जब मैंने *अमीर* व्यक्ति बनने का फ़ैसला किया, तो मेरे भीतर के *ग़रीब*

व्यक्ति को मरना पड़ा।

जब मैं *उद्यमी* बनना चाहता था, तो मेरे भीतर के *कर्मचारी* को मरना पड़ा।

जब मैं *दुबला* और *सेहतमंद* व्यक्ति बनना चाहता था, तो मेरे भीतर के *मोटे* और *आलसी* व्यक्ति को मरना पड़ा।

मेरा एक दोस्त अक्सर कहता है, "हर व्यक्ति स्वर्ग जाना चाहता है, लेकिन मरना कोई नहीं चाहता।" पिछले दो साल डोनाल्ड के आस-पास रहने से मैं प्रेरित हुआ कि अपने पुराने स्वरूप के पार जाऊँ और एक ऐसा जीवन खोजूँ, जिसका अनुभव बहुत कम लोगों को होता है।

अस्सी के दशक में जब किम और मैं हमारी ज़िंदगी के सबसे मुश्किल वित्तीय दौर से गुज़र रहे थे, तब हम दोनों ने डोनाल्ड की पुस्तक *द आर्ट ऑफ़ द डील* पढ़ी। जैसा आपमें से कुछ जानते हैं, 1985 में किम और मैं इतने कंगाल थे कि हमें कुछ दिनों तक एक कार में रहना पड़ा था। 1987 में *आर्ट ऑफ़ द डील* प्रकाशित हुई। उसमें डोनाल्ड ने जो बुद्धिमानी की बातें बताईं, उनसे हम संघर्ष करने के लिए प्रोत्साहित हुए, हालाँकि हमारे कई दोस्तों और परिवार वाले कह रहे थे कि हमें अपने सपनों को छोड़ देना चाहिए। 1987 में जब शेयर बाज़ार लुढ़क गया, तो डोनाल्ड के बुद्धिमत्तापूर्ण के शब्दों ने हमें विनाश के बजाय अवसर देखने में समर्थ बनाया। शेयर बाज़ार लुढ़कने के कारण बहुत से लोग ग़रीब हो गए, लेकिन हमने शेयर बाज़ार के लुढ़कने, बचत व कर्ज़ संस्थाओं के लुढ़कने और रियल एस्टेट बाज़ार के लुढ़कने को विनाश नहीं माना। हमने तो इसे आगे बढ़ने और वित्तीय रूप से आज़ाद होने के अवसर के रूप में देखा।

डोनाल्ड किम और मेरे लिए अँधेरे में चमकते लाइटहाउस की तरह थे और इसीलिए हम उनके साथ काम करके बहुत सम्मानित महसूस करते हैं, ख़ासकर उनके साथ पुस्तक लिखते समय। किम और मैं डोनाल्ड के बहुत आभारी हैं और हम इसे अपनी ख़ुशक़िस्मती मानते हैं कि वे अपना ज्ञान दूसरों तक पहुँचाने में जुटे हुए हैं।

3. **लीडर्स में भविष्य-दृष्टि होती है और वे दूसरों को देखना सिखाते हैं।** मैंने एक बार पढ़ा था कि विंस्टन चर्चिल 200 साल आगे तक देख सकते थे। मैंने यह भी पढ़ा था कि डॉ. बकमिंस्टर फ़ुलर एक हज़ार साल आगे तक देख सकते थे। चाहे यह सच हो या नहीं, लेकिन हम सभी ऐसे लोगों को जानते हैं, जो कल से आगे तक नहीं देख सकते। हम यह भी जानते हैं कि डोनाल्ड ट्रम्प ऊँची-ऊँची चमकती अट्टालिकाओं को देख सकते हैं, जबकि दूसरों को सिर्फ़ पुरानी खंडहर इमारतें दिखती हैं। यही बात डोनाल्ड को लीडर और बेहद अमीर बनाती है। वे उन चीज़ों को देख सकते हैं, जिन्हें दूसरे नहीं देख सकते।

मेरे अमीर डैडी ने मुझे वह देखना सिखाया, जिसे दूसरे नहीं देख पाते हैं। मैं इस पुस्तक के एक महत्वपूर्ण सबक़ को दोहराता हूँ। मेरे अमीर डैडी ने मुझे सिखाया कि रियल एस्टेट निवेशक को चार भिन्न प्रकार की आमदनी होती है।

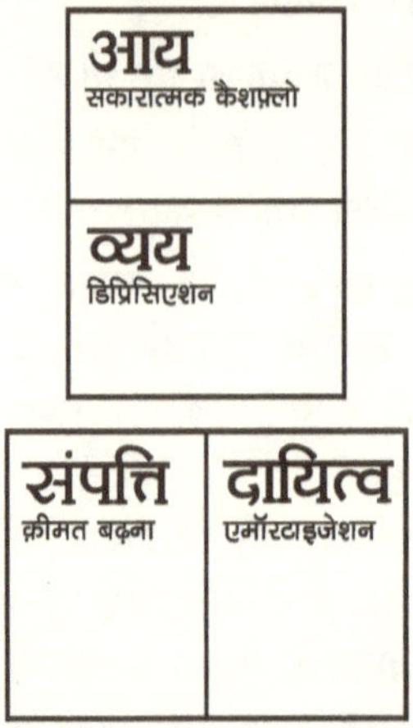

छोटी उम्र से ही मैं इन चारों आमदनियों को अपने मस्तिष्क में देख सकता था। तभी मुझे यह समझ में आ गया कि मैं किस तरह अमीर बन सकता था। मेरे अमीर डैडी ने मुझे वह देखना सिखाया, जिसे दूसरे नहीं देख सकते थे। इस तरह उन्होंने मुझे भविष्य-दृष्टि प्रदान की — अपने भविष्य की भविष्य-दृष्टि।

जब आप इस भविष्य-दृष्टि की तुलना उन निवेशकों की वास्तविकता से करते हैं, जो लंबे समय के लिए मीच्युअल फ़ंडों में निवेश करते हैं, तो आप एक बिलकुल ही अलग भविष्य देख सकते हैं। एक बार फिर मैं इस पुस्तक के एक बहुत महत्वपूर्ण सबक़ को दोहराता हूँ।

25 से 65 साल के बीच की उम्र में मीच्युअल फ़ंड में निवेश करना? निवेशक का लाभ इस तरह दिखता है :

40 साल में

मीच्युअल फ़ंड	**कंपनी**	**निवेशक**
लाभ	80%	20%
जोखिम	0%	100%
पूँजी	0%	100%

लोमड़ी को मुर्गियों के दड़बे में आमंत्रण देना

जैसा आप देख सकते हैं, बहुत कम वित्तीय शिक्षा वाले लोगों को निवेश बेचना बहुत लाभदायक होता है। स्थिति और भी बुरी बन जाती है, क्योंकि कई स्कूल, कंपनियाँ और संगठन अपने यहाँ वित्तीय शिक्षा शुरू करने की कोशिश में उन्हीं लोगों को आमंत्रित करते हैं, जो इन ऊँचे जोखिम और कम लाभ वाले निवेशों को बेचते हैं। दूसरे शब्दों में, यह तो ऐसा ही है कि मुर्गियाँ अपने घर पर लोमड़ी को आमंत्रित करें।

नीचे मुर्गियों के एक बड़े दड़बे में लोमड़ियों को आमंत्रित करने का एक उदाहरण दिया

गया है। हाल में, *मनी मैग्ज़ीन* के मई 2006 अंक में यह रहस्य उजागर किया गया कि 3.6 करोड़ सदस्यों वाले अमेरिकन एसोसिएशन ऑफ़ रिटायर्ड पीपुल द्वारा अपने सदस्यों को जो मीच्युअल फ़ंड बेचे गए, वे सबसे बुरे फ़ंड थे। तमाम आर्थिक और राजनीतिक शक्ति के बावजूद इस संगठन ने अपने सदस्यों को ऐसे फ़ंड बेचे, जो प्रदर्शन के स्तर पर शीर्ष 20 प्रतिशत में भी शामिल नहीं हैं। इसका सबसे बड़ा और सबसे लोकप्रिय फ़ंड शीर्ष 40 प्रतिशत में भी शामिल नहीं है। अच्छी ख़बर यह है कि यह संगठन अब इस स्थिति को सुधारने के लिए आवश्यक क़दम उठा रहा है।

यूएसए टुडे के 22 सितंबर 2006 अंक में एक हेडलाइन थी, "बिल सैनिकों को बुरे निवेशों से बचाएँगे।" लेख की शुरुआत में लिखा था :

"सेना के सदस्यों को उन लोगों से बचाया जाएगा, जो उन्हें महँगी वित्तीय सेवाएँ और बीमा बेच रहे हैं।"

> इस लेख में यह भी लिखा था :
>
> "यह उन बुरी छवि वाले वित्तीय प्रॉडक्ट्स को भी प्रतिबंधित करेगा, जो अब सामान्य नागरिकों को नहीं बेचे जाते हैं, लेकिन सैनिकों को अब भी बेचे जा रहे हैं।"
>
> एक शिकार का उदाहरण देते हुए इस लेख में ज्यॉफ़ डेविस, आर-केंटुकी के प्रतिनिधि का कथन था, "पूर्व युद्ध अधिकारी होने के नाते वे उन सैनिकों में से एक थे, जिन्होंने निवेशों के धोखेबाज़ी भरे विज्ञापन के कारण हज़ारों डॉलर गँवाए थे।" उन्होंने आगे कहा, "जब तक मैं सेना से निकलकर बिज़नेस की दुनिया में नहीं पहुँच गया, तब तक मुझे पता ही नहीं चला कि ये प्रॉडक्ट्स बाक़ी निवेश अवसरों की तुलना में कितने ख़राब थे... मेरी पत्नी और मैंने इस तथाकथित निवेश में अपनी ज़िंदगी की लगभग आधी बचत गँवा दी।"

दोबारा अपनी बात दोहरा दूँ, बहुत कम वित्तीय शिक्षा और निवेश को जोखिम भरा मानने वाले लोगों को निवेश बेचना बहुत लाभदायक हो सकता है। यह ज़रूरी नहीं है कि निवेश जोखिम भरा हो... लेकिन वित्तीय अशिक्षा निश्चित रूप से जोखिम भरी होती है।

क्या आप ऐसे निवेशक बनना चाहते हैं, जो अंधों की तरह अपना पैसा किसी मीच्युअल फ़ंड कंपनी को निवेश करने के लिए दे देता है या फिर आप ऐसे निवेशक बनना चाहते हैं, जो चार अलग प्रकारों की आमदनी का नियंत्रण लेकर अपने भविष्य को नियंत्रित करता है?

> *"लेकिन एक्ज़ीक्यूटिव्ज़ के चरित्र की तरफ़ लोगों का ध्यान गया है। सीईओ अब सार्वजनिक विश्वास के मामले में तलहटी के क़रीब हैं। एक सर्वे का यह निष्कर्ष था कि दुकानदारों पर 75 प्रतिशत, सैनिकों पर 73 प्रतिशत और डॉक्टरों पर 60 प्रतिशत लोग भरोसा करते हैं, जबकि सिर्फ़ 25 प्रतिशत लोग कंपनी के एक्ज़ीक्यूटिव्ज़ पर भरोसा करते हैं – यह आँकड़ा सेकंड-हैंड कार डीलर्स से बस थोड़ा सा ऊपर है, जिन पर 23 प्रतिशत लोग भरोसा करते हैं।"*
>
> *– जॉन सी. बोगल*
> *संस्थापक और सीईओ*
> *वैनगार्ड मीच्युअल फ़ंड ग्रुप*

सीईओ कंपनियाँ चलाते हैं, जिनमें मीच्युअल फ़ंड मैनेजर निवेश करते हैं। मेरे अमीर डैडी कहते थे, "मीच्युअल फ़ंड फ्रेंच फ्राई की तरह हैं। वे कुछ समय के लिए आपका पेट भर देते हैं, लेकिन दीर्घकालीन दृष्टि से आपके लिए ठीक नहीं हैं।"

अगर आप शेयरों और मीच्युअल फ़ंडों को पसंद करते हैं, तो मैं इस बात की प्रबल अनुशंसा करता हूँ कि आप जॉन सी. बोगल की पुस्तक *बैटल फ़ॉर द सोल ऑफ़ कैपिटेलिज़्म* पढ़ लें।

लीडर्स टीचर्स होते हैं

बरसों पहले, मेरे अमीर डैडी ने मुझे काम के बदले में पैसे नहीं दिए। इसके बजाय उन्होंने मुझे देखने की शक्ति दी। यही वित्तीय साक्षरता है : अपनी मानसिक आँख से वह देखने की शक्ति, जो आपकी शारीरिक आँखें नहीं देख सकतीं।

जैसा इस पुस्तक में पहले बताया गया है, धन की दुनिया में आप अक्सर *पारदर्शिता* शब्द सुनते हैं। पारदर्शिता का मतलब है किसी चीज़ में देखने में समर्थ होना। जब कोई बैंकर आपसे आपका फ़ाइनैंशियल स्टेटमेंट माँगता है, तो वह आपके या आपकी कंपनी के भीतर देखना चाहता है। आपका फ़ाइनैंशियल स्टेटमेंट आपकी असली दुनिया का "रिपोर्ट कार्ड" है।

मेरे अमीर डैडी ने महान लीडर और टीचर होने के नाते मुझे मेरे भविष्य को देखने की दृष्टि दी, बहरहाल उन्होंने भविष्य तय करने का काम मुझ पर ही छोड़ दिया। महान लीडर्स और टीचर्स यही करते हैं। महान लीडर्स देख सकते हैं और दूसरों को देखना सिखाते हैं।

डोनाल्ड ट्रम्प के साथ काम करना मेरे लिए सम्मान की बात है, क्योंकि वे महान लीडर हैं - एक भविष्य-दृष्टा और एक महान शिक्षक - एक ऐसे व्यक्ति, जो दूसरों को देखना सिखाते हैं।

- रॉबर्ट टी. कियोसाकी

डोनाल्ड के विचार

संक्षेप

रॉबर्ट और मैंने उन कुछ समस्याओं का उल्लेख किया है, जिनका सामना हम व्यक्तियों और राष्ट्र के रूप में करते हैं। हम दोनों ही समाधान की तलाश करने और समाधान का हिस्सा बनने में विश्वास करते हैं। मुझे उम्मीद है कि हमारी बातों से आप यह जान चुके होंगे कि आप किस तरह समाधान का हिस्सा बन सकते हैं।

टीचर्स के रूप में हम जानते हैं कि हम आपको ज्ञान दे सकते हैं और कुछ दिशानिर्देश भी, लेकिन अंततः आप ख़ुद अपने लिए ज़िम्मेदार होंगे। दरअसल यह हमारा एक लक्ष्य है।

मैं हमेशा फ़ोकस या एकाग्रता या केंद्रीकरण को महत्व देता हूँ, क्योंकि फ़ोकस किसी समस्या से प्रभावी ढंग से निबटने का एक मुख्य आधार है। ठीक उसी तरह, जिस तरह जागरूकता प्रगति का पहला क़दम है। अगर आप किसी समस्या को देख ही नहीं पाएँगे, तो उसे कैसे सुलझा सकते हैं ? हमारा फ़ोकस समस्याओं को स्पष्ट करने पर था, ताकि आप ज़्यादा स्पष्टता से देख सकें कि समाधान क्या हो सकते हैं, व्यक्तिगत भी और सामूहिक भी।

इस पुस्तक को लिखने के दौरान हमने अख़बार की कई ख़बरें पढ़ीं, जिनसे इस पुस्तक का महत्व रेखांकित होता है। हमने कुछ बड़े परोपकारी काम देखे, एनरॉन के लोगों को अदालत में जाते देखा और गैस तथा ऑइल के क्षेत्र को हमेशा की तरह उथलपुथल में देखा। हमें इस बात का पहले से ज़्यादा एहसास हुआ कि स्थिति नहीं बदलेगी – तो जवाब यह है कि हमें ही बदलना होगा।

> हमें यह एहसास हो चुका है कि स्थिति नहीं बदलेगी, तो जवाब यह है कि हमें ही बदलना होगा।
>
> *– डोनाल्ड जे. ट्रम्प*

एक बार मैंने कहा था, "जोश के बिना आपमें ऊर्जा नहीं होती है; ऊर्जा के बिना आपके पास कुछ नहीं होता है।" मैंने यह बात बहुत पहले कही थी, लेकिन यह आज भी सच है और यह एक ऐसा विचार है, जिसने मुझे यह पुस्तक लिखने के लिए प्रेरित किया। यह दुनिया के मैदान से बाहर निकलने का समय नहीं है। आज की स्थितियों से निबटने के लिए हम सबको अधिक जोश और ऊर्जा की ज़रूरत है। विंस्टन चर्चिल की एक बात पर विचार करें :

"हमें जो मिलता है, उससे हम आजीविका चलाते हैं; लेकिन हम जो देते हैं, उससे हम ज़िंदगी बनाते हैं।"

रॉबर्ट और मुझे सच्ची आशा है कि आप सभी एक दिन देने की स्थिति में होंगे, क्योंकि इसका मतलब यह होगा कि आप समाधान का हिस्सा बन चुके हैं। तभी हमारी कोशिशें सार्थक होंगी।

इस दौरान यह जान लें कि जागरूक होना सही दिशा में एक बड़ा क़दम है। बस जागरूक बने रहने पर मेहनत करते रहें। वित्तीय और वैश्विक ज़िम्मेदारी के मामले में अपने अंधेपन को न्यूनतम रखें।

मैं जानता हूँ कि रॉबर्ट महान टीचर के रूप में उत्कृष्टता की राह पर चलते रहेंगे और मुझे उम्मीद है कि आप सभी उनकी बात सुनते रहेंगे। शक्ति ज्ञान से आती है।

मुझे उम्मीद है कि हमने आपको सफल होने की शक्ति प्रदान कर दी है।

– डोनाल्ड जे. ट्रम्प

समापन

आत्म-मूल्यांकन

पूरी पुस्तक में हमने आपसे अपने विचार, अनुभव, लक्ष्य और सपने बताने को कहा है। हमने कोन ऑफ़ लर्निंग के निष्कर्षों के कारण ऐसा किया। जैसा आप देख सकते हैं, कोन में "पढ़ना" सबसे नीचे है और "असली काम करना" सबसे ऊपर है। मुद्दे आपके जीवन में कैसे लागू होते हैं, उस पर विचार करने से आप कोन ऑफ़ लर्निंग के बीच वाले हिस्से में काम करते हैं, जहाँ लिखा है "बातचीत में शामिल होना।" इस कारण हमें उम्मीद है कि आप अपने जीवन में सकारात्मक परिवर्तनों को पहचान लेंगे

कोन ऑफ़ लर्निंग

2 सप्ताह बाद स्मृति		सहभागिता की प्रकृति
जो हम कहते और करते हैं, उसका 90%	असली काम करना	निष्क्रिय
	सच्चे अनुभव की नक़ल करना	
	नाटकीय प्रस्तुति करना	
हम जो कहते हैं, उसका 70%	उस विषय पर भाषण देना	
	बहस में शामिल होना	
हम जो सुनते और देखते हैं, उसका 50%	इसे उस जगह पर होते देखना	सक्रिय
	प्रदर्शन देखना	
	किसी को प्रस्तुति देते हुए देखना	
	फ़िल्म देखना	
हम जो देखते हैं, उसका 30%	तस्वीरों को देखना	
हम जो सुनते हैं, उसका 20%	शब्द सुनना	
हम जो पढ़ते हैं, उसका 10%	पढ़ना	

Source : Cone of Learning adapted from (Dale, 1969)

और अवसरों का लाभ उठा पाएँगे।

अब अपनी समीक्षा और मूल्यांकन करने का वक़्त है।

क्या आपने इन सभी क्षेत्रों को ख़ाली छोड़ा है ?

अगर ऐसा है, तो इससे आपके समर्पण और एकाग्रता के स्तर के बारे में क्या पता चलता है ?

इन खंडों को पूरा करते समय अपनी टिप्पणियों की समीक्षा करें। क्या उनकी टोन नकारात्मक है (मैं नहीं कर सकता, मैं नहीं जानता कैसे) ? या फिर उनकी टोन सकारात्मक है (मैं कर सकता हूँ, मैं करूँगा) ?

नकारात्मक जवाब आपको क़ैद कर देते हैं और तनावग्रस्त कर देते हैं। सकारात्मक जवाब आपको प्रेरित करते हैं और आत्मविश्वास जगाते हैं। अगर आपके जवाब नकारात्मक हैं, तो क्या आपको ज़्यादा मेहनत करनी चाहिए ? अगर आपके जवाब सकारात्मक हैं, तो क्या आप अपनी ज़िंदगी बदलने के लिए तैयार हैं ?

आप इस वक़्त निवेश में कितना समय और धन ख़र्च करते हैं ?

क्या आपने अधिक समय और धन ख़र्च करने का संकल्प कर लिया है ? अगर नहीं, तो हो सकता है आपको कोई सुधार न दिखे। अगर हाँ, तो अपने समय और धन को समझदारी से अपनी रुचि के किसी क्षेत्र में लगाएँ।

क्या आपने कोई ऐसा क्षेत्र चुन लिया है, जिस पर आप ध्यान केंद्रित करेंगे, जैसे रियल एस्टेट, नेटवर्क मार्केटिंग, स्टॉक ऑप्शन्स या अपना ख़ुद का बिज़नेस शुरू करना ?

अगर नहीं, तो क्या आपने अपने लिए कोई दूसरी वित्तीय योजना बनाई है ? चाहे आपने किसी भी चीज़ पर ध्यान केंद्रित करने का फ़ैसला किया हो, ख़ुद को शिक्षित करते रहें और सफल होने का संकल्प करें।

क्या आपका माहौल आपको सहयोग देता है और आपके आस-पास के लोग आपको सफलता की तरफ़ धकेलते हैं ?

या फिर आपका माहौल और आपके आस-पास के लोग आपको रोकते हैं या पीछे खींचते हैं ? क्या आपको अपने माहौल में कुछ परिवर्तन करने की ज़रूरत है ? अगर है, तो कर दें।

सिर्फ़ आप ही इन सवालों के जवाब दे सकते हैं। सिर्फ़ आप ही अपने जीवन में परिवर्तन कर सकते हैं।

विचार – कार्य – परिणाम

हम चाहते हैं कि आप अमीर बनें।

डोनाल्ड का आभार

रॉबर्ट कियोसाकी और रिच डैड टीम के साथ काम करना एक ज़बर्दस्त अनुभव रहा है - और मज़ेदार भी। रॉबर्ट की पार्टनर और सह-लेखिका शेरॉन लेक्टर बहुत ही सहयोगपूर्ण और विश्वसनीय थीं। रॉबर्ट और मेरी समानताओं तथा भिन्नताओं को इतने अच्छे तरीक़े से प्रस्तुत करने के लिए मैं उन्हें धन्यवाद देना चाहता हूँ। यह काम आसान नहीं था, लेकिन उन्होंने इसे बहुत अच्छी तरह से किया। मोना गैम्बेटा ने इस पुस्तक के लोकार्पण में बहुत मदद की। रॉबर्ट, एक अद्‌भुत अनुभव के लिए धन्यवाद- आप अनूठे तो हैं ही, बहुत प्रतिभावान शिक्षक भी हैं।

मैं अपनी सह-लेखिका मेरिडिथ मैकाइवर को उनके समर्पण और हँसमुख स्वभाव के लिए धन्यवाद देना चाहता हूँ। मेरे शेड्यूल को देखते हुए यह तो लाज़िमी था। रौना ग्राफ़ हमेशा हमारी मदद के लिए मौजूद रहीं और मैं उनके प्रति भी आभारी हूँ।

मिशेल लोकी को भी धन्यवाद देना चाहूँगा, जिन्होंने शुरू से ही इस प्रोजेक्ट पर कड़ी मेहनत की। और एलेन वीज़लबर्ग को भी, जिन्होंने अपने ज्ञान से इस प्रयास के शैक्षणिक पहलू में मदद की। कई लोग यह नहीं जानते हैं कि ट्रम्प ऑर्गेनाइज़ेशन के सीएफ़ओ बनने से पहले उन्होंने अपना कैरियर हाई स्कूल टीचर के रूप में शुरू किया था। अब वे यह बात जान जाएँगे। कीथ शिलर को भी धन्यवाद, जिनकी सतर्कता और विचारशीलता से सभी प्रभावित हैं। केसी केनेडी को तस्वीरों के संयोजन के लिए धन्यवाद।

पब्लिशर्स वीकली के विलियम मैकगॉरी, सेविन ब्रायरमैन और उनकी पूरी टीम को उनके उत्साह तथा समर्थन के लिए धन्यवाद, जो रॉबर्ट और मेरे गठबंधन के बाद से हमें लगातार मिलता रहा। आप लोग बहुत ज़बर्दस्त हैं।

और मेरे पाठकों को भी धन्यवाद। आपके साथ बिताया गया समय बहुत बढ़िया रहा। लगातार सीखते रहें, लगातार आगे बढ़ते रहें और लगातार बड़ा सोचते रहें।

रॉबर्ट का आभार

डोनाल्ड ट्रम्प और उनकी टीम के साथ काम करना मेरे लिए सम्मान की बात थी। ऐसा लगा, जैसे मेरा सपना सच हो गया हो। वे सचमुच हमारे युग के दिग्गज हैं। वे अपने हर काम में उत्कृष्टता का आग्रह रखते हैं, लेकिन अपने साथ काम करने वालों का बहुत ज़्यादा सम्मान करते हैं। मैंने उनसे बहुत कुछ सीखा और इस प्रक्रिया में अपनी वास्तविकता का विस्तार भी किया। उनकी टीम उनके प्रगतिशील नज़रिए और ज़बर्दस्त समर्पण के मामले में उनका प्रतिबिंब है।

मेरिडिथ मैकाइवर को जानना और उनके साथ काम करना सचमुच आनंद की बात रही है। उनकी प्रतिभा और रचनात्मकता अतुलनीय है। मिशेल लोकी ने माइकल लेक्टर के साथ वकीलों की आपसी चर्चा करके इस संयुक्त प्रयास को आगे बढ़ाने में महत्वपूर्ण भूमिका निभाई। मैं मेरिडिथ और मिशेल को इस प्रोजेक्ट में व्यक्तिगत रुचि लेने के लिए धन्यवाद देता हूँ।

मैं कीथ शिलर और रौना ग्राफ़ को भी धन्यवाद देना चाहता हूँ, जिन्होंने इस दौरान उत्साह और समझ दिखाई। इसके अलावा, ट्रम्प ऑर्गेनाइज़ेशनके सीएफ़ओ एलेन वीज़लबर्ग से मिलना भी आनंददायी रहा। वे भी युवाओंको वित्तीय साक्षरता प्रदान करने की आवश्यकता के बारे में ज़बर्दस्त उत्साहितहैं।

मेरी पार्टनर और सह-लेखिका शेरॉन लेक्टर को विशेष धन्यवाद, जिन्होंने मेरे शब्दों को पढ़ने लायक़ बनाया। मेरी शैली को डोनाल्ड ट्रम्प के अनुरूप बनाने की उनकी प्रतिभा से इस पुस्तक की शैली और प्रभाव अनूठा बन पड़ा है। प्रकाशन का उनका ज्ञान अविश्वसनीय है और इस प्रोजेक्ट के प्रति उनकी भविष्य-दृष्टि से प्रकाशन जगत में एक नया अध्याय शुरू हो गया है।

मोना गैम्बेटा ने इस पुस्तक के प्रॉडक्शन और प्रमोशन में बहुत मदद की। उनका उत्साह उत्कृष्टता के प्रति उनके निरंतर समर्पण जितना ही है। और फिर वे लोग हैं, जिन्होंने इसे सजीव बनाने में मदद की। मेलेनी विल्की और मेविन स्टॉक ने हमारी भविष्य-दृष्टि को चित्रों की वास्तविकता दी तथा हमारी उम्मीदों से बेहतर काम किया।

मैं *पब्लिशर्स वीकली* की टीम को भी धन्यवाद देना चाहूँगा : उनके मार्गदर्शन, ज्ञान और अनुभव के लिए और सबसे महत्वपूर्ण बात है, उनके उत्साह के लिए। विलियम मैकगॉरी, सेविन ब्रायरमैन, हान्ना वोल्कमैन और रैशेल डील को ख़ास तौर पर धन्यवाद। इस पूरे प्रोजेक्ट में सेविन के मार्गदर्शन के लिए व्यक्तिगत रूप से धन्यवाद।

और सबसे बढ़कर मैं आपको धन्यवाद देना चाहता हूँ, जो आपने अपनी वित्तीय शिक्षा और इस पुस्तक को पढ़ने में रुचि ली।

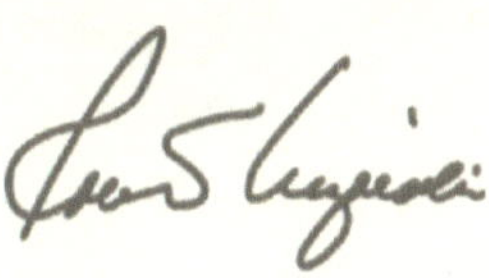

पर्दे के पीछे

डोनाल्ड, शेरॉन, किम और रॉबर्ट

शेरॉन, मोना और किम

रॉबर्ट, मेरिडिथ और शेरॉन

जस्टिन एबरनैथी, केली रिची, डोनाल्ड ट्रम्प, शेरॉन लेक्टर, रिचर्ड टेलर, किम कियोसाकी, रॉबर्ट कियोसाकी और जेसन एबरनैथी

एलन वीज़लबर्ग और मिशेल लोकी

रौना ग्राफ़

जिन्होंने योगदान दिया

केसी केनेडी और कीथ शिलर

शेरॉन और मेरिडिथ

केविन स्टॉक और मोना गैम्बेटा

शेनॉन क्रिस्ट, केविन स्टॉक, मोना गैम्बेटा,
शेरॉन लेक्टर और मेरिडिथ मैकाइवर

डोनाल्ड जे. ट्रम्प

चेयरमैन और प्रेसिडेंट, द ट्रम्प ऑर्गेनाइज़ेशन

अमेरिका के राष्ट्रपति रह चुके डोनाल्ड ट्रम्प सफलता की कहानी का नायाब उदाहरण हैं। रियल एस्टेट, गेमिंग, खेल और मनोरंजन जगत में अपनी रुचियों का विस्तार करते हुए उन्होंने लगातार उत्कृष्टता के मानदंडों को ऊपर उठाया है। उन्होंने वॉर्टन स्कूल ऑफ़ फ़ाइनैंस से स्नातक की उपाधि ली और अपने पिता के ऑफ़िस में अपना बिज़नेस करियर शुरू किया।

ट्रम्प का नाम न्यू यॉर्क की कुछ सबसे मशहूर इमारतों पर देखा जा सकता है, जिनमें फ़िफ़्थ एवेन्यू स्थित ट्रम्प टॉवर, ट्रम्प इंटरनेशनल होटल एंड टॉवर, यूनाइटेड नेशन्स प्लाज़ा में ट्रम्प वर्ल्ड टॉवर और ट्रम्प पार्क एवेन्यू शामिल हैं। न्यू यॉर्क के अलावा वे देश भर में प्रॉपर्टी डेवलपमेंट का काम करते हैं। शिकागो, लास वेगास, मायामी, अटलांटिक सिटी, लॉस एंजेलिस और पाम बीच में उनके कई प्रोजेक्ट्स हैं। ट्रम्प के पास न्यू यॉर्क, न्यू जर्सी, फ़्लोरिडा और कैलिफ़ोर्निया में चार पुरस्कार-विजेता गोल्फ़ कोर्स भी हैं। इसके अलावा पाम बीच, फ़्लोरिडा में ऐतिहासिक मार-ए-लैगो क्लब भी है। 2005 में दुबई में उनके पहले प्रोजेक्ट की शुरुआत हुई, जिसे द पाम ट्रम्प इंटरनेशनल होटल एंड टॉवर नाम दिया गया है।

रियल एस्टेट के अलावा ट्रम्प और एनबीसी टेलीविज़न नेटवर्क ने दुनिया की तीन सबसे बड़ी सौंदर्य प्रतियोगिताओं के संयुक्त स्वामित्व और प्रसारण अधिकार लिए हैं : मिस यूनिवर्स, मिस यूएसए और मिस टीन यूएसए पेजेन्ट्स। वे मशहूर टेलीविज़न सीरियल *द एप्रेंटिस* के स्टार और को-प्रोड्यूसर हैं, जिसे राष्ट्रीय और अंतर्राष्ट्रीय ख्याति मिली है। 2004 की गर्मियों में क्लियर चैनल पर उनका रेडियो कार्यक्रम शुरू हुआ, जिसने सारे सिंडिकेशन रिकॉर्ड तोड़ दिए।

ट्रम्प ने सात पुस्तकें लिखी हैं, जो सभी बेस्टसेलर रही हैं। *ट्रम्प वर्ल्ड मैग्ज़ीन* 2004 में प्रकाशित हुई, ट्रम्प यूनिवर्सिटी ऑनलाइन 2005 में शुरू हुई और डोनाल्ड जे. ट्रम्प के लाइसेंसिंग कार्यक्रम में इस समय पुरुषों के सूट, ड्रेस सूट, नेकवियर, कफ़ लिंक, घड़ियाँ, सेंट आदि शामिल हैं। जनवरी 2006 में ऑनलाइन ट्रैवल एजेंसी GoTrump.com शुरू हुई।

रॉबर्ट टी. कियोसाकी

रॉबर्ट कियोसाकी *रिच डैड पुअर डैड* के लेखक हैं – जो दो साल तक *यूएसए टुडे* की नंबर वन मनी बुक रह चुकी है और अंतर्राष्ट्रीय बेस्टसेलर है। वे निवेशक, उद्यमी और शिक्षाविद् हैं। उन्होंने धन और निवेश के बारे में परंपरागत बुद्धिमत्ता को चुनौती दी है और धन के बारे में दुनिया भर के लाखों लोगों के सोचने का नज़रिया बदल दिया है।

उनका मानना है कि अच्छी नौकरी हासिल करो, मेहनत से नौकरी करो, पैसे बचाओ, कर्ज़ से छुटकारा पाओ, लंबे समय के लिए निवेश करो और डाइवर्सिफ़ाई करो की सलाह 'पुरानी' ही नहीं, बुरी भी है। वे खरी-खरी बातें बोलने के दुस्साहस के लिए मशहूर हैं।

रिच डैड पुअर डैड पब्लिशर्स वीकली की चारों सूचियों में सबसे लंबे समय तक रहने वाली बेस्टसेलर बन चुकी है – *द न्यू यॉर्क टाइम्स, बिज़नेस वीक, द वॉल स्ट्रीट जर्नल और यूएसए टुडे*। यह मशहूर *न्यू यॉर्क टाइम्स लिस्ट* के शिखर पर पाँच साल से अधिक समय से विराजमान है।

इसका 46 से अधिक भाषाओं में अनुवाद हो चुका है और यह 97 देशों में उपलब्ध है। दुनिया भर में रिच डैड सीरीज़ की 2.6 करोड़ से अधिक प्रतियाँ बिक चुकी हैं और यह एशिया, ऑस्ट्रेलिया, दक्षिण अमेरिका, मेक्सिको और यूरोप की बेस्टसेलर सूचियों में आ चुकी है। 2005 में रॉबर्ट को अमेज़ॉन डॉट कॉम हॉल ऑफ़ फ़ेम में शामिल किया गया, क्योंकि वे अमेज़ॉन के 25 बेस्टसेलिंग लेखकों में हैं। वर्तमान में रिच डैड सीरीज़ में 13 पुस्तकें प्रकाशित हो चुकी हैं।

रॉबर्ट *याहू! फ़ाइनैंस* के लिए एक बाई-वीकली कॉलम लिखते हैं – 'अमीर लोग ज़्यादा अमीर क्यों बन रहे हैं!' इसके अलावा वे *एन्टरप्रेन्योर* मैग्ज़ीन के लिए 'रिच रिटर्न्स' नामक मासिक कॉलम भी लिखते हैं।

रिच डैड पुअर डैड लिखने से पहले रॉबर्ट ने शैक्षणिक बोर्डगेम *कैशफ़्लो® 101* बनाया, ताकि लोगों को वित्तीय और निवेश की रणनीतियाँ सिखा सकें, जो उनके अमीर डैडी ने उन्हें सिखाई थीं। इन्हीं रणनीतियों के कारण रॉबर्ट 47 साल की उम्र में रिटायर होने में कामयाब हुए।

आज दुनिया भर में 1,600 से अधिक कैशफ़्लो क्लब्स हैं, जो द रिच डैड कंपनी के अलावा काम करते हैं।

हवाई में पैदा होने वाले रॉबर्ट कियोसाकी चौथी पीढ़ी के जापानी-अमेरिकी हैं। न्यू यॉर्क के कॉलेज से ग्रेजुएट होने के बाद रॉबर्ट मैरीन कॉर्प्स में चले गए और अफ़सर

तथा हेलीकॉप्टर गनशिप पायलट के रूप में वियतनाम युद्ध में लड़े। युद्ध के बाद रॉबर्ट ज़ेरॉक्स कॉरपोरेशन में सेल्समैन बन गए और 1977 में उन्होंने एक कंपनी शुरू की, जिसने बाज़ार में पहले नायलॉन और वेलक्रो 'सर्फ़र वॉलेट्स' उतारे। उन्होंने 1985 में एक अंतर्राष्ट्रीय शिक्षण कंपनी स्थापित की, जिसने दुनिया भर के लाखों विद्यार्थियों को बिज़नेस और निवेश के बारे में शिक्षा प्रदान की। 1994 में रॉबर्ट ने अपनी यह कंपनी बेच दी और अपने निवेशों की बदौलत 47 साल की उम्र में रिटायर होने में कामयाब हो गए। अपने संक्षिप्त रिटायरमेंट काल में उन्होंने *रिच डैड पुअर डैड* लिखी। रॉबर्ट के शब्दों में, "लोग पैसे के लिए कड़ी मेहनत करना सीखने के लिए स्कूल जाते हैं। मैं पुस्तकें इसलिए लिखता हूँ और प्रॉडक्ट्स इसलिए बनाता हूँ, ताकि लोग यह सीख सकें कि पैसे से अपने लिए कड़ी मेहनत कैसे करवाना है।"

www.ingramcontent.com/pod-product-compliance
Lightning Source LLC
LaVergne TN
LVHW040342051026
849518LV00001B/272
9788183220903